Abraham B. Jehoschua

Die Rückkehr aus Indien

SERIE PIPER

Zu diesem Buch

Benjamin Rubin, ein junger Arzt aus Tel-Aviv, bekommt den Auftrag, mit seinem Klinikchef und dessen Frau Dori nach Indien zu fahren, um dort deren schwer an Gelbsucht erkrankte Tochter abzuholen und ihre Rückkehr ärztlich zu begleiten. Vom ersten Blick an übt die junge Enat eine unwiderstehliche Anziehungskraft auf ihn aus – bis er merkt, daß er in Wahrheit der Mutter verfallen ist. Ein großer psychologischer Roman über erotische Leidenschaft und Ehe, über Liebe und Seelenverwandtschaft, Tod und Vergänglichkeit, über die Faszination des indischen Kontinents – und über das Ineinandergreifen westlicher und östlicher Philosophien.

Abraham B. Jehoschua, geboren 1936 in Jerusalem, gehört zu den meistgelesenen Schriftstellern Israels. Sein neues Meisterwerk »Die Rückkehr aus Indien« avancierte dort innerhalb kürzester Zeit zu einem Bestseller.

Abraham B. Jehoschua

Die Rückkehr aus Indien

Roman

Aus dem Hebräischen von
Ruth Achlama

Piper München Zürich

Von Abraham B. Jehoschua liegen in der Serie Piper
außerdem vor:
Die fünf Jahreszeiten des Molcho (1556)
Angesichts der Wälder (1664)
Späte Scheidung (1723)
Der Liebhaber (1769)
Die Manis (2140)

Ungekürzte Taschenbuchausgabe
November 1998

Titel der hebräischen Originalausgabe:
»Hashivah Mehodu«, Hakibbuz Hameuchad
Tel-Aviv 1994

Umschlag: Büro Hamburg
Simone Leitenberger, Susanne Schmitt, Annette Hartwig
Foto Umschlagvorderseite: Bilderberg
Foto Umschlagrückseite: Reto Zimpel
Satz: Uhl + Massopust, Aalen
Druck und Bindung: Clausen & Bosse, Leck
Printed in Germany ISBN 3-492-22724-4

Inhalt

Dir steht nur die Handlung zu, niemals ihre Früchte.
Laß dich weder von den Früchten des Handelns leiten,
noch ergib dich dem Nichthandeln!

BHAGAVADGITA, KAPITEL II, VERS 47

Für Gideon,
der aus Indien zurückgekehrt ist.

Erster Teil

Verliebtheit

I.

Jetzt war der Schnitt für die Naht bereit. Der Anästhesist nahm ungeduldig den Mundschutz vom Gesicht, erhob sich – wohl nicht mehr zufrieden mit dem großen Beatmungsgerät, an dem wechselnde Zahlen aufblinkten – von seinem Platz, faßte sanft die taube Hand, um den Pulsschlag zu fühlen, lächelte dann die nackt schlummernde Frau freundlich an und zwinkerte mir zu. Aber ich reagierte nicht auf seinen Wink, ließ kein Auge von Professor Chischin und wartete ab, ob er selbst fertig nähen oder diese Aufgabe einem von uns übertragen würde. Gewiß wird man mich wieder übergehen und meinen Rivalen, den zweiten Assistenzarzt, die Arbeit beenden lassen, dachte ich herzklopfend und verfolgte beklommen die Gesten der adretten Schwester, die immer wieder Blutstropfen aus dem langen, geraden Schnitt im Bauch der Frau tupfte. Hier könnte man einmal mit Leichtigkeit einen Erfolg einheimsen und die Operation mit einer wirklich eleganten Naht zu Ende führen, dachte ich bitter. Aber Chischin schien nicht gewillt, jemand anders die Näharbeit zu überlassen. Obwohl er schon geschlagene drei Stunden nicht von seinem Platz gewichen war, stöberte er jetzt mit derselben äußersten Konzentration, mit der er den Eingriff begonnen hatte, in dem Haufen Nadeln, um die gewünschte zu finden. Schließlich hatte er die passende Nadel und übergab sie gereizt der Schwester zur erneuten Sterilisation. Hatte er denn besondere Verantwortung gegenüber dieser Frau, daß er auch den Schnitt noch selbst vernähte? Oder war hier unter der Hand Geld geflossen? Langsam trat ich ein Stück vom Operationstisch zurück, in dem Trost, daß mir wenigstens diesmal Kummer erspart blieb. Der andere Assistent hatte die Absicht des Operateurs, selber zu nähen, offenbar ebenfalls erfaßt, blieb aber weiterhin angespannt in nächster Nähe des klaffenden Bauches stehen.

Nun regte sich etwas an der großen Tür – ein grauer Wuschelkopf und eine heftig winkende Hand tauchten vor einem Seitenfenster auf. Der Narkosearzt erkannte, wer dort stand, und eilte sofort, um die Tür zu öffnen, aber der Mann, der ohne Arztkittel oder Mundschutz in den Trakt eingedrungen war, zögerte doch, den Operationssaal selbst zu betreten, rief nur mit frischer, selbstsicherer Stimme: »Bist du noch nicht fertig?« Der Chirurg wandte den Blick, sagte dann mit freundschaftlichem Handwedeln: »Ich komm gleich« und beugte sich erneut nieder, um das Werk fortzuführen. Doch nach ein paar Minuten setzte er ab, blickte suchend um sich, seine Augen begegneten meinen, und es schien, als wolle er etwas zu mir sagen, aber die adrette Schwester, die immer die Gedanken ihres Herrn zu lesen wußte, spürte seine Unschlüssigkeit und erklärte leise, aber bestimmt: »Kein Problem, Professor Chischin, Doktor Vardi kann fertigmachen«, worauf der Chirurg sofort zustimmend nickte, die Nadel dem neben ihm stehenden Assistenten übergab, den Schwestern letzte Anweisungen erteilte, sich energisch den Mundschutz herunterriß, der jüngsten Schwester die Hände hinhielt, damit sie ihm die Handschuhe abzog, und – bevor er aus dem Saal verschwand – noch schnell bemerkte: »Falls es Probleme gibt, ich bin bei Lasar in der Verwaltung.«

Ich wandte mich dem Operationstisch zu und würgte Kränkung und Neid hinunter, damit sie sich nicht etwa in Blick oder Geste zu erkennen gaben. Na dann, dachte ich verzweifelt, wenn auch die Frauen auf seiner Seite sind, besteht kein Zweifel mehr, wer nach Ablauf unserer Probezeit in einem Monat auf der Station bleiben darf und wer von Krankenhaus zu Krankenhaus wandern muß, auf der Suche nach einem Arbeitsplatz. Das ist das klare Signal für meinen Abgang von der Chirurgie. Trotzdem trat ich ruhig neben meinen Kollegen, der die von Chischin erhaltene Nadel schon durch eine andere ersetzt hatte, und war vollauf bereit, die Verantwortung für die Schlußphase der Operation mit ihm zu teilen, während ich nun zusah, wie sich die Wunde unter seinen flinken, kräftigen Fingern zügig schloß. Wäre dieser

Schnitt mir überlassen worden, hätte ich mich bemüht, ihn mit größerer Sorgfalt zu vernähen, um ja keinen einzigen Millimeter der ursprünglichen Konturen dieses sehr bleichen weiblichen Bauchs zu beeinträchtigen, der plötzlich tiefes Mitgefühl in mir weckte. Und schon traf der Anästhesist, Dr. Nakasch, Vorbereitungen für »die Landung«, wie er es nannte, löste die Beatmungsschläuche und zog fröhlich summend die Infusionsnadel aus der Vene der Patientin. Noch ganz in meine Kränkung versunken, spürte ich ein leichtes Antippen. Eine junge Schwester, die leise ins Zimmer geschlüpft war, richtete mir flüsternd aus, der Stationsarzt erwarte mich im Zimmer von Herrn Verwaltungsdirektor Lasar. »Jetzt?« Ich zögerte. Doch der zweite Assistent, der das Getuschel mitgehört hatte, drängte mich: »Geh, geh, das ist in Ordnung, ich mach schon alles allein fertig.«

Ohne den Mundschutz abzunehmen, hastete ich aus dem glänzenden Licht des Operationssaals, vorbei an dem Gelächter der Ärzte und Schwestern im Teeraum, drückte den Knopf, um die große Tür des Operationstrakts zu entsperren, und kam in das von der Mittagssonne durchflutete Wartezimmer, wo ich anhielt, um den Mundschutz abzunehmen. Ein junger Mann und eine ältere Frau erkannten mich sofort und eilten auf mich zu. »Was ist mit ihr? Wie geht's ihr?« »Alles in Ordnung«, sagte ich lächelnd, »die Operation ist vorbei, bald wird sie rausgefahren.« »Aber was ist mit ihr? Was ist?« beharrten sie erneut. »Alles in bester Ordnung«, sagte ich, »machen Sie sich keine Sorgen, sie ist wie neugeboren«, wobei ich mich über meine eigene Formulierung wunderte, denn es war ja gar keine gefährliche Operation gewesen. Damit wandte ich mich ab und lief weiter, immer noch in der blutbespritzten grünlichen Operationskleidung, den Mundschutz um den Hals baumelnd, die Kappe auf dem Kopf, die raschelnden sterilen Plastiküberzüge über den Schuhen, fing unterwegs die mir hier und da folgenden Blicke auf, fuhr dann mit dem Fahrstuhl zu der großen Vorhalle hinauf, steuerte auf den Verwaltungstrakt zu, betrat Vorzimmer, die ich noch nie gesehen hatte und nannte meinen Namen schließlich einer Sekretärin, die zu meiner Begrüßung aufstand, gleich freundlich fragte, wie ich meinen Kaffee gerne hätte, und mich durch einen eleganten, leeren Konferenzraum in ein großes, gardinenverhangenes Zimmer führte, das sehr bürgerlich eingerichtet war – Polstergarnitur und große Topfpflanzen mit polierten Blättern. Der Stationsarzt, Professor Chischin, saß gemütlich dort und las etwas; seine Chirurgenkleidung war verschwunden. Bei meinem Eintreten deutete er sogleich freundlich lächelnd auf mich und sagte zu dem Krankenhausdirektor, der neben ihm stand: »Hier, das ist der ideale Mann für dich.«

Herr Lasar drückte mir wärmstens die Hand und stellte sich vor, während mich Chischin – völlig ungeachtet der schmerzlichen Zurücksetzung, die er mich eben erst hatte spüren lassen – freundlich anlächelte und mir nur mit diskreter Geste bedeutete, Chirurgenkappe und Nylonhüllen abzunehmen. »Die Operation ist ja vorbei«, sagte er in seinem leicht ungarisch gefärbten Tonfall, ein Blitzen seiner unermüdlichen Ironie in den Augen, »sogar Sie dürfen sich jetzt schon ausruhen.« Und während ich nun die Plastikhüllen von den Schuhen streifte, die Kappe in die Tasche stopfte und nach der Kaffeetasse griff, fing Chischin an, Lasar meine Lebensgeschichte zu erzählen, von der ich nie gedacht hatte, daß er sie derart detailliert kannte. Herr Lasar stand derweil unverwandt mir gegenüber und musterte mich mit glühenden Augen, als hinge sein Schicksal von mir ab. Schließlich endete Chischin mit den Worten: »Auch wenn du ihn jetzt in Chirurgenkleidung siehst, laß dich nicht täuschen. Er ist in allererster Linie ein hervorragender Internist, darin liegt seine wahre Stärke. Auf unserer Station harrt er nur deshalb immer noch hartnäckig aus, weil er völlig zu Unrecht glaubt, auf dem Gipfel der Medizin ruhe ein Metzgermesser.« Dabei schwang er ein imaginäres Messer und zog es sich über den Hals – gerade das Instrument verspottend, das er mit solcher Virtuosität beherrschte. Danach lachte er weiter freundlich, legte mir, wie um das harte Urteil über meine Zukunft auf der

Station zu vertuschen, die Hand aufs Knie und fragte sanft, in unvertraut intimen Ton: »Waren Sie schon mal in Indien?«

»Indien?« staunte ich, »Indien? Warum gerade Indien?« Aber Chischin lachte, amüsiert über die gelungene Überraschung. »Ja, gerade Indien, denn Lasar sucht einen Arzt, der ihn auf einen Kurztrip nach Indien begleiten könnte.« »Nach Indien?« rief ich erneut, nun erst mühsam die Nachricht erfassend. »Ja, nach Indien, genau. Warum erschrecken Sie denn? Eine kranke junge Frau muß aus Indien zurückbegleitet werden.« »Was hat sie denn?« fragte ich hastig. »Nichts Schlimmes«, beruhigte Chischin, »aber trotzdem ist einige Vorsicht geboten. Schwere Hepatitis, B-Virus offenbar, die sich ein wenig kompliziert und zu einer Verschlechterung geführt hat. Und obwohl sich der Zustand anscheinend stabilisiert, halten wir es hier alle für besser, die junge Dame schnellstens heimzuholen. Ohne irgendeinen indischen Arzt in seiner Ehre kränken zu wollen – sie wäre hier bei uns doch in allerbester Obhut.« »Aber um wen handelt es sich denn überhaupt? Wer ist diese Frau?« fragte ich mit zunehmender Gereiztheit. »Es geht um meine Tochter«, brach der Verwaltungsdirektor endlich sein Schweigen, »sie ist vor einem halben Jahr zu einer Fernosttour aufgebrochen und hat sich vor rund einem Monat diese Gelbsucht zugezogen. Sie liegt jetzt im Krankenhaus in einer Stadt namens Gaya, das ist in Ostindien, zwischen Neu-Delhi und Kalkutta. Anfangs wollte sie uns wohl Sorgen ersparen und hat die Krankheit zu verheimlichen versucht, aber eine Freundin ist vor zwei Tagen mit einem Brief von ihr zurückgekehrt, in dem sie einiges über ihre Krankheit berichtet, und obwohl Chischin und andere Kollegen versichern, es sei nichts Gefährliches, sind doch alle dafür, sie schnell nach Hause zu holen, bevor Komplikationen auftreten. Wir dachten, für eventuelle Notfälle wäre es am besten, wenn auch ein Arzt mitkäme – könnte ja auch eine nette Reise für ihn werden. Hab schon alles mit meinem Reisebüro durchgesprochen – die ganze Tour hin und zurück würde zwölf, allerhöchstens vierzehn Tage dauern, und auch das nur, weil Gaya etwas abgelegen ist und es wenig Zugverbindungen und Flüge dorthin gibt. Ehrlich gesagt, habe ich zuerst versucht, Ihren Professor zu überreden, der noch nie in Indien war und dem das vielleicht mal ganz guttun würde. Aber Sie kennen ihn ja. Hält sich immer für viel zu beschäftigt, und wenn er schon mal frei ist, fährt er lieber nach Europa als nach Asien. Doch er hatte versprochen, einen idealen Ersatzdoktor zu finden.

Ideal wofür? dachte ich deprimiert – um ein Mädchen mit Hepatitis in verwahrlosten alten Eisenbahnen durch Indien zu begleiten. Doch ich schwieg und wandte meine Aufmerksamkeit der eben eintretenden Sekretärin zu, die mitteilte, draußen warte jemand schon längere Zeit auf den Direktor. »Lauft bloß nicht weg, den werd ich gleich abwimmeln«, rief Lasar und verschwand, uns allein zurücklassend. Ich merkte, daß Chischin meine bittere Enttäuschung über dieses seltsame Angebot bereits gespürt hatte, denn er stand abrupt auf, blieb in voller Länge vor mir stehen und redete sanft auf mich ein: »Hören Sie, ich merke, daß Sie nicht gerade begeistert sind, so mir nichts, dir nichts nach Indien zu fahren, aber ich an ihrer Stelle würde das Angebot annehmen. Nicht nur wegen der interessanten Gratisreise an einen Ort, von dem man nicht weiß, wann Sie sonst jemals dorthin kommen würden, denn obwohl ihr jungen Leute meint, ihr würdet zum Schluß noch in alle Welt verreisen, kann ich aus der Erfahrung eines nicht wenig Reiselustigen sagen – zum Schluß kommt man nirgendshin, klebt nur immer wieder an denselben Orten; aber das ist nicht das Wichtige, sondern der Mann selber, Akiva Lasar, dem Sie unterwegs näherkommen können; schließlich könnte der Mann Ihnen nützlich sein, falls Sie weiterhin hier im Krankenhaus arbeiten möchten, zum Beispiel auf der Inneren oder einer anderen Station. Sie müssen nämlich wissen, daß dieses Krankenhaus von diesem Zimmer aus regiert wird. Das ist der Mann, der die Zügel in der Hand hält, nicht im medizinischen, sondern im wahren Sinn. Außerdem ist er ein liebenswürdiger, redlicher Mensch. Deshalb hören Sie auf mich, und lehnen Sie nicht ab. Fahren Sie. Was haben Sie denn zu verlieren? Zumindest wird's ein nettes

Abenteuer für Sie. Und bei dieser Hepatitis gibt's sowieso nicht viel zu behandeln. Ich glaube kaum, daß die junge Dame es schon fertiggebracht hat, sich einen wirklichen Leber- oder Nierenschaden zuzuziehen, aber falls doch, ist das auch nicht das Ende der Welt, die Natur hilft sich letzten Endes selbst. Sie müssen nur aufpassen, daß keine plötzlichen Blutungen auftreten und der Blutzuckerspiegel nicht absackt, und natürlich achtgeben, daß das Fieber nicht in die Höhe schießt. Ich werde ein paar gute Aufsätze zu dem Thema für Sie zusammensuchen, und morgen halten wir Rat mit Professor Levin von der Inneren. Hepatitis ist sein Spezialgebiet, er weiß alles darüber, auch, was man nicht zu wissen braucht. Außerdem werden wir Ihnen ein nettes Päckchen mit Gerät und Medikamenten zusammenstellen, damit Sie für jede Komplikation gewappnet sind. Und überhaupt, wenn Sie auf dem Rückweg noch in Europa haltmachen möchten, können Sie den Lasars auf Wiedersehen sagen und einen Urlaub anhängen. Ich wollt's nicht glauben, als ich Ihre Personalakte einsah – in der ganzen Zeit hier bei uns haben Sie kaum einen Tag Urlaub genommen?«

Er will mich also schnellstens los sein, dachte ich niedergeschlagen; wartet nicht mal den Monat bis zur Beendigung meines Probejahrs. Kann doch nicht wahr sein. Nun kam Lasar zurück, ein Mann von mittlerem Wuchs, stämmig und forsch im Auftreten. »Also?« fragte er mit breitem Direktorenlächeln. »Abgemacht?« Doch Chischin bremste gleich umsichtig. »Moment mal, Lasar, was soll das denn? Man hat ein Recht auf Bedenkzeit.« »Gewiß, gewiß«, antwortete Lasar und blickte auf die Uhr, »aber bis wann? Es gibt so viele technische Dinge für diese Fahrt zu regeln, und ich hatte geplant, übermorgen aufzubrechen, um den Dienstagflug von Rom zu erreichen.« Doch da er in meinem beharrlichen Schweigen die drohende Ablehnung witterte, drängte er nicht weiter, sondern schlug vor, ich solle am Abend zu ihm nach Hause kommen, um die Einzelheiten durchzusprechen, und dann in Ruhe entscheiden. Das konnte ich kaum ablehnen, zumal ich spürte, daß diese beiden forschen Männer nicht von mir ablassen würden, wenn ich jetzt anfing, mich auf die Hinterbeine zu stellen. Sofort wurde die Privatanschrift auf einen Zettel notiert, und ich erhielt Anweisung, wie ich dorthin kam. Aber als ich das Zimmer verlassen wollte, rief er mir nach: »Moment, hab ganz vergessen – sind Sie überhaupt verheiratet?« Und als ich verneinend den Kopf schüttelte, hob sich seine Stimmung mit einem Schlag, und er wandte sich verwundert an Chischin: »Was hat er denn dann groß nachzudenken?« Worauf sie beide gutmütig lachten.

In den Nachmittagsstunden – es war trübe geworden, und ich rannte zwischen den Krankenbetten der Intensivstation umher und kämpfte, um eine unerwartete Blutung bei der am Morgen operierten jungen Frau zu stoppen – beschloß ich, nein zu sagen. Wenn ich dem Stationsarzt nur wegen dieser merkwürdigen Indienreise plötzlich als idealer Mann gelte, warum dann auf den letzten Monat verzichten, der mir noch zusteht? Schließlich lerne ich hier täglich neue, fesselnde Dinge, und im Operationssaal fasziniert mich jede Minute, selbst wenn ich nur zuschaue. Was habe ich denn plötzlich von einer Indientour mitten im Winter? Aber als ich in der Abenddämmerung naß und müde in meine Wohnung zurückkehrte und mich darauf vorbereitete, Herrn Lasar anzurufen, um ihm meine Ablehnung mitzuteilen und die vereinbarte Zusammenkunft abzusagen, dachte ich, man sollte doch besser nicht leichtfertig einen Mann verprellen, der einem vielleicht noch einmal nützlich sein konnte. Wenigstens mal höflich die Einzelheiten anhören, bevor man endgültig ablehnt. Ich beeilte mich mit dem Duschen und Umziehen und rief dann meine Eltern in Jerusalem an. Da ich jedoch wußte, wie wichtig sie jede noch so leichte Wende in meiner Karriere nahmen, hütete ich mich vorerst, die traurige Tatsache durchblicken zu lassen, daß meine Tage in der Chirurgie gezählt waren und ich demnächst die Krankenhäuser auf Arbeitssuche würde abklappern müssen. Um acht Uhr fuhr ich in den Norden der Stadt, zu dem bewußten Etagenhaus in einer breiten Allee, deren Bäume in Wind und Regen rauschten. Ich deckte das Motorrad mit seiner Plane ab, aber da ich sah, daß der Regen stärker wurde, rollte ich es doch lieber unter die Pfeiler des Gebäudes. Oben erwartete mich in einer schönen großen Dachwohnung ungeduldig Herr Lasar, gekleidet in ein weites rotes Flanellhemd, das ihn plumper und älter machte. »Wie konnte ich bloß vergessen, Ihnen zu sagen, Sie sollten ihren Paß mitbringen?« empfing er mich vorwurfsvoll. »Ist er überhaupt gültig? Wann waren Sie zum letzten Mal im Ausland?« Und ich, der vor zwei Jahren, nach Abschluß des Medizinstudiums, eine kurze Europareise unternommen hatte, konnte mich natürlich nicht entsinnen, ob der Paß gültig war, und versuchte auch verlegen lächelnd seine Begeisterung zu dämpfen und klarzustellen, daß ich trotz meines Erscheinens zum verabredeten Termin immer noch sehr schwankte und nur gekommen sei, um mir die Sache noch einmal anzuhören und gebührend zu überdenken. »Was gibt's denn da zu überlegen?« rief Lasar verwundert mit fast kindlichem Trotz. »Aber wenn Sie unbedingt wollen, kommen Sie mal her und sehen sich an, wohin ich Sie entführen möchte, und erschrecken Sie nicht, wenn es auf der Karte ein bißchen wie am Ende der Welt aussieht. Man kann innerhalb zweier Wochen hin und zurück sein und sich unterwegs sogar noch ein paar hübsche Dinge angucken, denn ich will daraus auch keine reine Martertour machen.« Damit zog er mich in das große schöne Wohnzimmer, wo ein etwa siebzehnjähriger Junge im hellblauen Schulhemd, der seinem Vater sehr ähnlich sah – nur das Haar war länger und weicher –, sofort aufstand und den Raum verließ. Auf einem niedrigen Glastisch lag ein großer Atlas aufgeschlagen, umringt von Bildbänden und Reiseführern. »Nicht nur Sie, auch wir sind von dieser Geschichte völlig überrascht worden«, sagte Lasar entschuldigend. »Gestern klopft plötzlich ein junges Mädchen an die Tür und bringt den Brief. Aber schauen Sie sich erst mal an, wo wir uns befinden. Hier ist Neu-Delhi, das ist Bombay, und dort ist Kalkutta, so eine Art Dreieck, und das da ist Gaya, eine abgelegene, aber heilige Stadt, von Tempeln umgeben. Morgen wird man mich in Jerusalem mit jemandem zusammenführen, der vor einigen Jahren ein paar

Monate dort verbracht hat. Ich werde dann ein klareres Bild von dem Ort haben und davon, was uns dort erwartet. Doch hier, Moment, darf ich erst mal bekannt machen, das ist meine Frau.«

Seine Frau schlenderte langsam herein, eine mollige, bebrillte Brünette, um fünfundvierzig, mittelgroß, das Haar etwas nachlässig hochgesteckt, die Augen mit offenem, scharf funkelndem Lächeln auf mich gerichtet. Ich erhob mich, ihr Mann stellte mich vor, und sie nickte freundlich, nahm umgehend mit majestätischer Geste mir gegenüber Platz, schlug die langen Beine, die gar nicht zu ihren massiven Armen und Schultern passen wollten, übereinander und guckte ihrem Mann zu, der erneut Strecken auf der Indienkarte aufzeigte und Zeiten berechnete. Während ich noch versuchte, ihm zu folgen und zu begreifen, wie er die Reiseroute plante, spürte ich, daß ihre Augen mich unverwandt musterten, und als ich den Blick zu ihr hob, erstrahlten sie gleich wieder mit demselben üppigen, herzlichen, scharf funkelnden Lächeln, wobei sie in einer Geste innerer Zustimmung leicht nickte. Und als spüre sie den nagenden Zweifel in meinem Innern, unterbrach sie plötzlich ihren Mann und wandte sich mit klarer Stimme direkt an mich: »Meinen Sie wirklich, Sie könnten sich vom Krankenhaus freimachen und für über zwei Wochen wegfahren?« Worauf ihr Mann, über ihre Frage höchst aufgebracht, mir zuvorkam und sofort ärgerlich erwiderte: »Erstens, warum sagst du ›über zwei Wochen‹? Wieso denn? Das wird kürzer. Ich muß doch auch am Sonntag in zwei Wochen zurück sein. Und zweitens, warum sollte er sich nicht freimachen können? Er kann, solange er will. Chischin dispensiert ihn völlig, und diese Fahrt kann er auf Kosten seines Urlaubs machen oder, wenn er will, als reguläre Arbeitstage, die wir ihm schon irgendwie vergüten werden.« Aber seine Frau fiel ihm sofort erbost ins Wort: »Wieso auf Kosten seines Urlaubs? Warum sollte er seinen Urlaub für uns opfern?« Wieder blickte sie mich gerade an und sagte mit klarer, forscher Stimme, die ihrer weichen Molligkeit kaum entsprach: »Denken Sie mal nach und bestimmen, was Ihnen für solch eine Fahrt zusteht, und wir zahlen Ihnen natürlich, was immer Sie fordern.«

Plötzlich wurde mir in dieser großen, eleganten Wohnung der Atem knapp. Die zwei älteren Menschen mir gegenüber wirkten machtvoll und einflußreich. »Es ist für mich überhaupt keine Geldfrage«, sagte ich, leicht errötend, »und ich habe auch schon viele Urlaubstage gesammelt, aber wenn ich jetzt wegfahre, und sei es nur für zwei Wochen, ist mein Jahr auf der Chirurgischen Station doch praktisch beendet, und dabei tut es mir um jeden Tag dort leid.« »Auf der Chirurgischen Station?« fragte die Frau. »Ja«, antwortete ich, »ich habe auf der Chirurgie angefangen, und damit möchte ich auch weitermachen.« »Auf der Chirurgie?« sagte die Frau und starrte verblüfft ihren Mann an. »Wir dachten, Sie würden auf die Innere oder sonst eine Station wechseln, denn Chischin hat uns erzählt, Sie blieben nicht auf der Chirurgie.« Ein schmerzlicher Schauder durchlief mich, als ich dieses endgültige Urteil deutlich aus dem Mund der fremden Frau vernahm, die so gelassen von meiner Zukunft redete. Dann ist es also gar keine Planstellenfrage, sondern eine klare professionelle Entscheidung gegen mich, dachte ich entsetzt und glaubte jetzt Chischins Schatten hinter der Frau aufragen zu sehen, die mich unablässig mit lächelnden Augen musterte. »Wieso denn Innere Station?« platzte ich bitter auflachend heraus. »Selbst wenn Chischin Bedenken hat, werde ich nicht auf die Chirurgie verzichten. Es gibt ja noch mehr Krankenhäuser, wenn nicht im Inland, dann im Ausland, in England beispielsweise, dort kann man ebenfalls ausgezeichnete Erfahrungen sammeln.« »England?« fragte Frau Lasar verwundert und ihr herzliches Lächeln verschwand. »Ja, meine Eltern sind aus England eingewandert, und durch sie besitze ich die englische Staatsangehörigkeit, die es mir ohne weiteres ermöglichen würde, dort eine Fortbildung zu machen.« Herr Lasar, bisher desinteressiert an meiner Debatte mit seiner Frau, strahlte jetzt übers ganze Gesicht: »Dann hab ich richtig getippt – ich hatte Ihrer Personalakte entnommen, daß Ihre Eltern in England geboren sind, und da hab ich mir gesagt, vielleicht ist er auch englischer Staatsbürger, das wäre ihm bei der Indienreise von Nutzen. Sie beherrschen doch sicher auch das Englische?« »Beherrschen? Das würde ich nicht sagen«, entgegnete ich kühl, erneut bemüht, die Begeisterung dieses Mannes einzudämmen, der gänzlich auf sein Reiseziel fixiert war: »Ich bin hier geboren und aufgewachsen, und mein Englisch ist wie bei allen, also ziemlich schleppend, auch mit meinen Eltern spreche ich normalerweise hebräisch, aber da ich sie natürlich manchmal englisch miteinander reden höre, fällt mir die Sprache leichter. Ich beherrsche sie nicht, komme aber leichter damit zurecht«, präzisierte ich noch einmal. Doch für Lasar schien auch schon Leichtigkeit im Umgang mit dem Englischen zu genügen; er lächelte mich sichtlich zufrieden an, nichts schien mehr meine Eignung als Anwärter für seine Tour beeinträchtigen zu können, und nun wandte er sich perplex seiner Frau zu: »Aber Moment, was ist das denn hier? Der Gast muß was zu trinken bekommen, vor lauter Reden vergessen wir uns.« Doch die Frau schien jetzt in der Couchecke erstarrt zu sein und lächelte ihren Mann nur an: »Am besten, du kochst einen starken türkischen Kaffee, alle sind hier schlapp.«

Lasar sprang auf. »Sie haben doch gewiß nichts gegen türkischen Kaffee einzuwenden«, sagte seine Frau zu mir und nahm, wie zum Beweis, daß sie sich auch andernfalls nicht von ihrem Platz erheben würde, eine dünne Zigarette und begann zu rauchen. Kaum war ihr Mann in der Küche verschwunden, blitzten ihre Augen mit dem bewußten scharf funkelnden Lächeln, und sie beugte sich ein wenig zu mir vor, um mit kaum hörbarer, aber sehr klarer Stimme freimütig auf mich einzureden: »Ich spüre, daß Sie immer noch zögern. Das ist ganz natürlich. Warum sollte jemand von einem Tag auf den anderen zu einer Indienreise aufbrechen. Und wenn Sie das beunruhigende Gefühl haben, wir versuchten Sie unter Druck zu setzen, liegen Sie damit völlig richtig. Aber verstehen Sie auch unsere Notlage, wir müssen unsere Tochter schnell heimholen, diese Krankheit schwächt und erschöpft – das wissen Sie ja besser als ich. Nach dem Bericht der Freundin, die uns den Brief überbracht hat, ist bereits eine Verschlechterung eingetreten; und nicht nur Chischin, auch andere Ärzte, die wir um Rat gefragt haben, empfehlen dringend, einen qualifizierten Arzt mitzunehmen. Bevor Sie hereinkamen, hat Chischin angerufen und uns gewarnt, wir sollten Sie ja nicht entwischen lassen, denn nach seiner Meinung sind Sie der ideale Kandidat.« »Schon wieder ideal«, unterbrach ich sie mit gereiztem Lachen. »Chischin übertreibt stark. In welcher Hinsicht ideal? Warum ideal? Vielleicht, wie ihr Mann sagt, wegen meines englischen Passes.« Die Frau lachte verwundert. »Wieso das denn? Ein solcher Paß kann bei einer Indienreise zwar nichts schaden, aber das hat Chischin nicht gemeint, er mag Sie wirklich sehr gern. Er lobte Ihre Ruhe und Freundlichkeit, Ihr hervorragendes klinisches Augenmaß und vor allem Ihr tiefes Verantwortungsgefühl.« Sie sprach mit Wärme und Enthusiasmus, klar und wortgewandt, aber auch ein wenig geheuchelt, mit dem Hang zur Übertreibung. Ich konnte nicht wissen, ob Chischin tatsächlich all dieses Lob aufgehäuft hatte oder ob sie Schmeicheleien erfand, um mich zu verlocken. Ich schlug die Augen nieder, wußte aber nicht, wie ich ihren Redefluß stoppen sollte. Schließlich ließ ich müde die Hände sinken und fragte: »Wie alt ist sie überhaupt, die Kleine?« »Kleine?« lachte die Mutter, »sie ist kein kleines Mädchen mehr. Sie ist fünfundzwanzig. Hat sogar schon zwei Jahre an der Universität studiert. Hier, wenn Sie einen Eindruck gewinnen möchten, schauen Sie sich die Bilder an, die sie vor zwei Monaten geschickt hat, noch vor der Erkrankung.« Damit hob sie den Atlas hoch, schob die Reiseführer beiseite und fand schließlich einen groben grünen Papierumschlag, dem sie zwei Bilder einer jungen Frau mit hübschen, feinen Zügen entnahm. Auf dem einen Foto stand sie allein, hinter sich einen mächtigen Fluß, in dem nackte Gestalten kauerten, das andere zeigte sie am Eingang eines Gebäudes, wohl einem indischen Tempel, Arm in Arm mit einem jungen Mann und einer jungen Frau.

Nach Hause zurückgekehrt, beschloß ich, trotz der späten Stunde meine Eltern anzurufen und ihren Rat einzuholen.

Und zu meiner Überraschung vertraten meine Mutter, die noch wach gewesen war, und mein eigens geweckter Vater einmütig die Ansicht, ich dürfte ein derartiges Angebot des Krankenhausdirektors keinesfalls ausschlagen. »Es ist nur der Verwaltungsdirektor«, erklärte ich erneut, aber mein Vater beharrte: »Dann erst recht«, und wegen seiner großen Müdigkeit fing er plötzlich an, englisch zu sprechen: »Das sind die wahren Machtinhaber, weil sie auf ihrem Posten festsitzen, während die anderen ringsum wechseln. Auch dein Professor Chischin kann eines Tages aus dem einen oder anderen Grund fliegen, aber die wohlwollende Unterstützung des Verwaltungsdirektors wird dir künftig nicht schaden.« »So läuft das nicht, Vater«, wehrte ich müde ab, »das ist nicht so einfach.« Aber meine Eltern blieben bei ihrem Enthusiasmus. »Sei bloß nicht vorschnell mit der Ablehnung, das Krankenhaus läuft nicht weg, und dieses Jahr hast du derart schwer gearbeitet, daß dir ein Urlaub zusteht.« »In Indien?« höhnte ich. »Was für einen Urlaub kann man dort wohl verbringen?« Aber jetzt fing meine Mutter an, Indien zu verteidigen. Ein Onkel von ihr hatte zwischen den beiden Weltkriegen dort gedient, und sie erinnerte sich, daß er in Indien ganz vernarrt gewesen war und nicht aufhören wollte, die Zauber des Landes zu schildern. »Das war ein ganz anderes Indien«, versuchte ich sie zu ernüchtern, aber meine Mutter beharrte: »Nichts auf der Welt wird völlig anders, und wo einmal Zauber und Schönheit waren, ist sicher etwas davon übriggeblieben, jedenfalls genug für so eine kurze Reise.« Ich war verblüfft über die Reaktion meiner Eltern, denn ich hatte angenommen, ihre ständige Sorge würde sie veranlassen, mir die Idee möglichst auszureden, und nun drängten sie ebenfalls. »Ich sehe nicht ein, was für ein Urlaub bei solch einer Tour für mich herausspringen soll«, nörgelte ich weiter ins Telefon. »Und ich brauche jetzt auch keinen Urlaub – von einer derart faszinierenden Station, bei der es mir um jeden Tag schade ist. Jedenfalls werde ich es mir heute nacht noch überlegen. Ich habe versprochen, morgen vormittag endgültig Antwort zu geben«, versuchte ich das Gespräch zu beenden. Aber meine Eltern ließen nicht locker. »Auch wenn wir mal annehmen, daß die Indienfahrt dich jetzt nicht lockt, sind hier doch Menschen, die dich um Hilfe bitten«, argumentierte mein Vater, »und das ist eine Gelegenheit, eine gute Tat zu vollbringen.« »Eine gute Tat?« lachte ich, »da gibt's keine gute Tat, Vater. Sie wollen mir die Reise voll und ganz bezahlen. Nichts mit gute Tat, und überhaupt – warum gerade ich, das gesamte Krankenhaus steht ihnen zur Verfügung, da läßt sich leicht ein anderer Arzt finden, der die Tour genausogut machen könnte.«

Aber dessen war ich mir nicht sicher. Als ich mich an der Wohnungstür verabschiedet hatte mit dem Versprechen, am nächsten Morgen definitive Antwort zu geben, hatten sie mehrmals gesagt, wenn ich mich weigerte, sei es schon zu spät, einen anderen Arzt zu suchen und zu überreden, und jemand Unbekannten zu nehmen, käme ohnehin nicht in Frage. Dieses erzählte ich meinen Eltern vorerst lieber nicht, denn plötzlich spürte ich, daß sie enttäuscht, fast verärgert über mein Zögern waren, und ich wollte ihnen keine weiteren Argumente in die Hand geben. In letzter Zeit hatten sie sich Sorgen über meine unermüdliche Arbeitswut im Krankenhaus gemacht, da sie fürchteten, ich könnte ihr ganz und gar verfallen. »Hier hast du Gelegenheit, in eine andere Welt zu reisen und dich ein bißchen zu erholen«, sagte meine Mutter aufs neue. »Eine andere Welt? Vielleicht«, erwiderte ich schwerfällig, zog das Telefon auf den Schoß und ließ mich müde aufs Bett fallen, »aber ob man sich dort erholen kann?« Meine Eltern verstummten – als sei es mir endlich gelungen, ihnen die ganze Last meiner Müdigkeit über die uns trennende Entfernung hinweg zu vermitteln. »Wann soll diese Fahrt denn losgehen?« fragte meine Mutter sanft. »Sofort«, ich schloß die Augen, zog die Decke hoch, »dieser Mann will, daß wir schon übermorgen nach Rom fliegen.« »Übermorgen?« staunte meine Mutter, die nicht geahnt hatte, daß von einer so dringenden Reise die Rede war. »Was habt ihr denn gedacht? Das ist ernst. Dort liegt ein sehr krankes Mädchen. Wer weiß, was ihr wirklich passiert ist. Ich erklär euch doch dauernd: Es ist keine Vergnügungstour.« Und auf einmal spürte ich, daß meine Eltern den Druck lockerten. »Dann muß man wirklich noch überlegen. Vielleicht hast du recht. Schlafen wir alle mal darüber und reden morgen weiter.« Inzwischen bereute ich schon, sie angerufen zu haben, denn ich wußte, daß ihr ohnehin kurzer Nachtschlaf sich noch weiter verkürzen würde wegen ihres ewigen Drangs, immer aufs neue über mich und meine Pläne zu sprechen, nicht nur, weil ich ihr geliebter einziger Sohn war, sondern auch, weil der kleine Eiszapfen dürren Junggesellentums, der sich in den letzten Jahren in meinem Innern zu formen begonnen hatte, sie trotz meiner erst neunundzwanzig Jahre sehr bedrückte. Mitleidig hatte ich im vorangegangenen Jahr ihre Versuche beobachtet, mich diskret auf das Leben außerhalb des Krankenhauses zuzulenken, vielleicht auch aus Schuldgefühl darüber, daß sie mich in meiner Schul- und Studentenzeit derart gedrängt hatten, mich ganz aufs Lernen zu konzentrieren. Gleich nach dem Aufstehen riefen sie erneut an, mein Vater als erster: »Wir haben heute nacht über deine Indienreise nachgedacht und meinen, daß wir wohl doch etwas zu voreilig waren. Es wäre eine ermüdende, überflüssige Tour.« Aber zu ihrer Verblüffung erwiderte ich, ich hätte gerade vor einer halben Stunde meine Zustimmung gegeben und würde sie nun bitten, meinen britischen Paß und einen geeigneten Koffer herauszusuchen.

Doch anstelle von Freude und Genugtuung über meine positive Entscheidung sprachen jetzt eher Anspannung und Sorge aus ihren Stimmen, als hätten sie mit ihren Reden vom Vorabend keine wirkliche Reise im Sinn gehabt, sondern eine seelische oder geistige. Ob ich ihrer und Vaters wegen meine Meinung geändert hätte, wollte meine Mutter wissen. Ich beruhigte sie, nein, der elterliche Rat sei nicht der Grund. Ich hätte die Sache selbst noch einmal überdacht – und tatsächlich: warum nicht fahren? Und nun teilte ich ihnen auch die unangenehme Nachricht mit, daß Chischin den anderen Assistenten mir vorzog. Wer weiß, vielleicht habe er wirklich die geschickteren Hände. Am anderen Ende der Leitung trat

Stille ein. »Chischin zieht dir den anderen Assistenten vor?« fragte mein Vater dann entsetzt, ungläubig. »Wie ist das möglich, Benji?« Mir verkrampfte sich das Herz ob der Enttäuschung, die ich ihm bereitete. »Du wirst dich wundern, wie sehr das möglich ist«, antwortete ich gespielt fröhlich. »Nicht weiter schlimm, vielleicht ist es jetzt gerade gut, an einen fernen Ort zu reisen, an dem man nachdenken kann, wie und wo es weitergehen soll.« Ich war tatsächlich guten Mutes, als habe sich etwas in meinem Innern gelöst. Seit dem Augenblick um halb sieben Uhr früh, in dem ich, wie vereinbart, angerufen hatte, um meine Mitfahrbereitschaft kundzutun, war aller Neid und Ärger durch die Aufregung über die Indienreise wie weggeblasen. Seine Frau war am Apparat gewesen, und im ersten Moment hatte ich ihre Stimme nicht erkannt, da sie jünger und frischer klang, als es ihr Aussehen am Vortag hätte vermuten lassen. Obwohl die positive Antwort sie wohl nicht überraschte – offenbar hatte sie schon am Vorabend vermutet, daß ich zum Schluß einsichtig sein würde –, dankte sie mir mehrmals, erkundigte sich sogar noch, ob ich mir meiner Entscheidung auch wirklich sicher sei, nur verlor ihr Mann jetzt langsam die Geduld, so daß er ihr den Hörer entriß und mich mit einem Hagel praktischer Anweisungen zu überschütten begann. Er selber werde nach Jerusalem ins Außenministerium fahren, um dort irgendeinen Indienexperten zu treffen und auch Empfehlungen und Briefe mitzunehmen, seine Frau könne unterdessen alles sonst noch Nötige mit mir regeln. »Und was ist mit dem Krankenhaus?« fragte ich. »Man erwartet mich schließlich auf der Station, auch heute morgen sind Operationen angesetzt.« Aber Lasar war klar entschieden. Um das Krankenhaus brauche ich mich nicht zu sorgen, das sei sein Revier, und Chischin habe ausdrücklich erklärt, er sei bereit, auf mich zu verzichten. »Nein«, wies er mich erneut brüsk zurück, »von nun an denken Sie bitte nicht mehr an das Krankenhaus, sondern widmen sich einzig und allein den Reisevorbereitungen, die Zeit drängt. Heute nachmittag werden wir ein Stündchen finden, uns mit den Ärzten und dem Chefapotheker über den medizinischen Aspekt der Reise auseinanderzusetzen. Alles nur Kleinigkeiten, aber Hauptsache«, fast hätte er es wieder vergessen, »ist Ihr israelischer Paß gültig?«

Nein, mein Paß war nicht gültig. Das hatte ich noch in der Nacht herausgefunden. Deshalb fuhr ich in den Morgenstunden ins Stadtzentrum, um ihn seiner Frau, von Beruf Rechtsanwältin in einer großen Anwaltskanzlei, zu übergeben. Als sie mir, in Schwarz gekleidet, stark geschminkt und auf hohen Absätzen klappernd, aus ihrem Zimmer entgegenkam, hätte ich sie im ersten Augenblick fast nicht erkannt, wäre da nicht ihr strahlendes Lächeln gewesen. Wieder dankte sie mir für meine Einwilligung, mit einer Freundlichkeit, die mir nach wie vor künstlich und übertrieben vorkam. Ich gab ihr meinen Paß, den sie sofort an ein junges Mädchen im Sekretariatsraum weiterreichte. Dann zückte sie ihr Scheckheft, unterschrieb ein paar Blankoschecks, legte sie der jungen Angestellten dazu und sagte: »Hier bitte, darf ich vorstellen, das ist Chana, sie wird sich heute ganz Ihnen widmen, um Sie auf die Reise vorzubereiten.« An diesem hellen, klaren Wintertag im Reisebüro, umringt von Plakaten wunderhübscher Orte, spürte ich jähe Reiselust in mir aufkeimen. Um die Abfertigung zu beschleunigen, kümmerten sich dort gleich zwei Angestellte um die nötigen Vorbereitungen. Als erstes teilten sie uns mit, Indienreisende müßten vor Erhalt des Visums eine Bescheinigung vorlegen, daß sie gegen Cholera und Malaria geimpft seien, und wir sollten bitte nicht vergessen, dieses auch Herrn Lasar und seiner Frau auszurichten. »Seiner Frau?« fragte ich verwundert. »Wieso seiner Frau?« Aber im Reisebüro stand vermerkt, Frau Lasar habe am Nachmittag zuvor ausdrücklich gebeten, für sie ebenfalls ein offenes Ticket zu bestellen. »Offenbar wußte sie nicht, ob ich bereit sein würde mitzukommen, und hat deshalb auch für sich gebucht«, versuchte ich zu erklären. »Möglich«, erhielt ich höflich zurück. »Aber vergessen Sie jedenfalls trotzdem nicht, es auch ihr mitzuteilen«, setzten die beiden hinzu, an das junge Mädchen und mich gleichermaßen gerichtet, als hielten sie von nun an auch mich für diese Tour für verantwortlich. Schon spürte ich den ersten Schatten auf die gerade erst in mir aufkeimende Reiselust fallen. Ich hatte mir eine flotte, vielleicht sogar etwas abenteuerliche Tour zweier Männer vorgestellt, unter denen trotz der zwanzig Jahre Altersunterschied vielleicht jene feine Kameradschaft hätte sprießen können, die in einer kleinen Reserveeinheit gedeiht. Doch wenn seine Frau auch mitkommt? grübelte ich bekümmert. Wird es dann nicht eine beschwerliche, ermüdende Reise mit Eltern?

Aber kann man jetzt noch einen Rückzieher machen? fragte ich mich, während ich am späten Vormittag vor dem Bankschalter saß und auf meine Devisenzuteilung wartete. Mein inzwischen verlängerter Paß befand sich noch immer in den schmalen, kräftigen Händen des Mädchens, das mich den Morgen über höchst effizient von Amt zu Amt und von Büro zu Büro geschleust und alles für mich erledigt hatte, als wäre ich irgendwie behindert. Wieso fährt seine Frau plötzlich mit? Wirklich nur wegen medizinischer Bedenken, oder hat dort in Indien womöglich auch ein seelischer Zerfall eingesetzt, den man mir noch verheimlicht, aber dessentwegen man die Delegation tunlichst verstärkt? Noch hoffte ich, Frau Lasar würde im letzten Augenblick verzichten. Ihre glatte Art zu reden und ihr mechanisches Lächeln gefielen mir nicht. Solch eine dickliche, verwöhnte Frau würde die Leichtigkeit und Flexibilität unserer Reise nur beeinträchtigen, dachte ich, als ich mich von ihrer Angestellten verabschiedete, meinen Paß wieder an mich nahm und, fast schon leicht indigniert, ihr Angebot ablehnte, mich weiter zum Gesundheitsamt zu begleiten, damit ich die nötigen Impfungen erhielte, die sie vielleicht auch bezahlt hätte. Ich schwang mich aufs Motorrad und fuhr zum Gesundheitsamt in der Haarba'a-Straße, doch die Tür zum Impfraum war wegen eines erst diesen Morgen ausgerufenen Schwesternstreiks versperrt, und während ich noch auf der Suche nach einer Lösung den Korridor ablief, erkannte mich ein alter Studienfreund, der sein Medizinstudium im vierten Jahr wegen der

Verwicklung mit einem Mädchen, das er schließlich heiratete, geschmissen hatte und nun hier als medizinischer Sekretär des Bezirksarztes arbeitete. Er sprang hoch erfreut auf mich zu, war begeistert, als er von der Indienreise hörte, und als ich ihm dann noch erzählte, daß ich außer den Reisespesen auch Honorar bekommen würde, kriegte er sich schier nicht mehr ein und klopfte mir aufgeregt und mit unverhohlenem Neid hart auf die Schulter. »Du bist ein Ganove«, sagte er, »ein stiller Ganove. Glück hast du, hattest du immer schon. Was würde ich nicht alles hingeben, um mit dir tauschen zu können.« Sofort ging er den Schlüssel suchen, ließ mich in das Zimmer der streikenden Schwestern ein, öffnete den großen Glasschrank, zeigte auf Reihen über Reihen von Impfstofffläschchen in allen Farben und sagte scherzhaft: »Da, unsere Bar steht dir offen, hier kannst du dich nach Belieben gegen jede noch so seltsame und ausgefallene Krankheit impfen lassen.« Und während ich noch die farbenprächtigen Etiketten auf den Fläschchen studierte, zog er eine sterile Spritze aus einer Schublade und erbot sich, mir das Serum zu spritzen, schließlich könne ich doch bezeugen, daß er ein Zweidrittelarzt sei. »Hab keine Angst vor mir«, rief er mit unerfindlicher Freude, die gezückte Spritze in der Hand. Aber ich schreckte plötzlich zurück, auch das leere Zimmer machte mir auf einmal unerklärliche angst, als fehle mir die beruhigende Anwesenheit der streikenden Schwestern. »Nein«, sagte ich, »du tust mir bloß unnötig weh, gib mir die Ampullen, ich werde im Krankenhaus schon jemanden finden, der sie mir spritzt, verschaff mir nur einen unterzeichneten Impfschein.« So mußte er widerwillig nachgeben, fand einen gelben Impfpaß, stempelte ihn ordnungsgemäß und begann nun ein ausgedehntes Palaver – versuchte sich an Namen von ehemaligen Kommilitonen zu erinnern, trauerte seinen nutzlos vergeudeten Studienjahren nach, lud mich zum Kaffee ein, und dort, in der kleinen, tristen Kantine, zwischen trägen Staatsbeamtinnen am großen Fenster, an dem die ersten Regentropfen herabrannen, saß ich und dachte an den ermüdenden Tag, der mich erwartete, überlegte, wann ich wohl dazu kommen würde, mich von meinen Eltern in Jerusalem zu verabschieden, und hörte dabei geistesabwesend und mit einer neuen Passivität, die gar nicht zu mir paßte, wie er immer wieder mit sonderbaren Argumenten mühsam seine Mißerfolge im Studium erklärte und über die Machenschaften der Dozenten schimpfte, bis ich mich schließlich vom Stuhl aufrappelte und dem Gespräch ein Ende setzte: »Hör mal, ich muß jetzt wirklich flüchten, aber laß uns noch mal kurz in deine Bar gehen.« Darauf kehrten wir in den Impfraum zurück, in dem ich eigenhändig die Schranktür öffnete, weitere Impfrationen einsammelte, gegen Cholera und Malaria und auch gegen Gelbsucht, ein paar steril verpackte Spritzen nahm und ihn bat, noch zwei weitere Impfpässe, ohne Namen, abzustempeln. Er ging willig und großzügig auf meine Wünsche ein und konnte sich nur zum Schluß nicht verkneifen zu sagen: »Ich sehe, das Reisefieber hat dich schon gepackt.«

Und tatsächlich, das Reisefieber war bei mir ausgebrochen, pochte dumpf und etwas gereizt in meinem Innern, und als ich mit dem Motorrad regennaß im Krankenhaus ankam, spürte ich leichte Entfremdung von diesem Ort, dem ich im letzten Jahr mit Liebe und Treue gedient hatte. Trotz des am Morgen ausgerufenen Schwesternstreiks schien der Krankenhausbetrieb normal weiterzulaufen, doch als ich auf die Station eilte, fand ich dort keine Ärzte, sondern nur Schwestern, die sich über mein Erscheinen wunderten. »Sie?« lachten sie fröhlich, »laut Chischin müßten Sie schon im Himmel sein, unterwegs nach Indien.« Ich schlüpfte in den weißen Kittel mit meinem rot aufgestickten Namen, *Benjamin Rubin*, und ging Chischin suchen, aber der war in einer dringenden Angelegenheit in den Operationssaal gerufen worden. Bei der am Vortag operierten jungen Frau hatte sich irgendeine Komplikation eingestellt, derentwegen man sie schleunigst auf den Operationstisch hatte zurückbringen müssen. Dem ersten Impuls zufolge wäre ich ihm am liebsten in den OP nachgelaufen, aber da der zweite Assistent, mein Kollege und Rivale, ebenfalls dort war, blühten mir möglicherweise wieder Zurücksetzung oder Nichtachtung, die mir vor dem Abschied nur unnötig weh tun würden, und so zog ich es vor, zu verzichten und statt dessen eine kleine Privatvisite auf der Station einzulegen, von Bett zu Bett gehen, die Krankenblätter zu lesen und nachzusehen, was sich seit den Morgenstunden verändert hatte. Doch die Stationsschwester, eine edelmütige Frau um die Sechzig, die in Zivil in ihrer Ecke saß, um Streiksolidarität zu demonstrieren, ohne wirklich zu streiken, stand auf und stoppte mich: »Warum sollten Sie, Dr. Rubin? Morgen treten Sie doch eine lange, schwere Reise an, da gehen Sie sich mal lieber vorbereiten, hier kümmern wir uns schon an Ihrer Stelle.« Ihre Worte klangen so menschlich und zutreffend, daß ich ihr leicht den Arm um die Schulter legte, dann ohne ein weiteres Wort den Arztkittel auszog und zwei Impfampullen aus der Tasche nahm, mit der Bitte, sie mir zu spritzen. Sie tat es mit so wunderbar leichter Hand, daß ich den Einstich kaum spürte. Danach zog ich den Kittel nicht wieder an, sondern warf ihn in den Wäschekorb und ging zur Verwaltungsabteilung, um Herrn Lasar zu suchen. Dort im Sekretariatsraum erkannten sie mich auch schon ohne Arztkittel, begrüßten mich gleich mit freundlichem Respekt – »Da ist Dr. Rubin, der freiwillige Arzt« – und riefen sofort die Chefsekretärin, Frau Kolby, die erzählte, Lasar habe mehrmals aus Jerusalem angerufen, um nach mir zu fragen. »Ist er immer noch im Außenministerium auf der Suche nach Indienexperten?« fragte ich verblüfft. Doch wie ich erfuhr, befand er sich im Finanzministerium, und zwar nicht in Sachen Indienreise, sondern im Zusammenhang mit dem aktuellen Schwesternstreik. Trotzdem hatte er bereits den leitenden Apotheker des Krankenhauses angewiesen, einen Rucksack mit den passenden Medikamenten und Instrumenten zu packen, und auch Chischin daran erinnert, mir entsprechende medizinische Instruktionen zu erteilen. Außerdem sei vom Büro seiner Frau die Mitteilung eingetroffen, mein Flugticket liege bereit. Es bestand also kein Grund zur Sorge. »Aber fährt seine Frau denn wirklich mit?« fragte ich die Sekretärin in leicht gereiztem Ton, worauf sie mit ihrer Antwort sichtlich zögerte, sich gewissermaßen in Unwissen flüchtete, vielleicht fürchtete, neuen Widerstand bei mir zu wecken. Und für einen Moment durchzuckte mich der Gedanke, wegen des Schwesternstreiks könnte Lasar womöglich im Land aufgehalten werden und seine Frau bereite sich darauf vor, als Ersatz mitzufahren, so daß ich, anstatt eine zünftige Männertour zu unternehmen, letzten Endes die komplizierten Routen Indiens mit zwei Frauen bereisen müßte – die eine älteren Jahrgangs, die andere schwer krank. Stellt man mir hier, ohne mein Wissen, eine Falle? rätselte ich plötzlich und bat die Sekretärin, mich mit meiner Mutter in Jerusalem zu verbinden, um sie darauf vorzubereiten, daß ich möglicherweise erst gegen Abend kommen würde. Aber meine Mutter, die mich schon unterwegs nach Jerusalem geglaubt hatte, versuchte nun gerade, mich zu beruhigen. »Nicht weiter schlimm, Benji. Du schläfst daheim in Jerusalem, und wir bringen dich morgen zum Flughafen. Ich habe Vater schon gesagt, er soll für dich einen Tag Urlaub nehmen.«

Jetzt wurde ich ungeduldig. Wenn ich mich schon bereit gefunden hatte, am nächsten Tag in eine derart ferne, fremde Welt zu reisen, was sollte ich dann noch in diesem Krankenhaus herumlaufen, das mir auf einmal düster und stickig vorkam. Ich eilte zum Operationstrakt, um Chischin zu suchen und von ihm den Aufsatz über Hepatitis zu erhalten, aber da ich ohne Ärztekittel war, erkannte mich der neue Wärter an der verschlossenen Eingangstür nicht und wollte mich nicht einlassen. Zur Seite, auf der Bank sah ich wieder die beiden Verwandten der Frau, die am Vortag operiert worden war. Sie erkannten mich, schenkten mir aber keine Beachtung, hatten wohl schon erfaßt, welch schwachen Stand ich hier hatte und wie trügerisch meine gestrige Versicherung bezüglich der Neugeburt gewesen war. Ich wollte zu ihnen hingehen, um zu fragen, was mit ihr sei, hielt mich aber zurück. Innerhalb eines einzigen Tages war ich hier überflüssig geworden. Ich beschloß, nicht zu warten, ging lieber zum Büro des Chefapothekers, Dr. Hessing, eines ältlichen, glatzköpfigen Jecken, der sofort alles stehen- und liegenließ und mich in eine der Kammern in den Tiefen des Apothekenlagers führte, wo er mir einen großen Rucksack zeigte, den er sofort öffnete, um mir im einzelnen vorzuführen, welch reiche und vielseitige medizinische Ausrüstung er enthielt und wie gut und sicher alles darin verstaut war: Medikamente, Spritzen und Ampullen, Fieberthermometer und Blutdruckmesser, Stethoskop und Reagenzgläser, Scheren und kleine Skalpelle und natürlich Infusionsbeutel; gewissermaßen ein ganzes Krankenhaus im Miniaturformat lag dort effizient und großzügig verpackt – vielleicht gerade, weil das Apothekenbudget, mehr als die übrigen Krankenhausabteilungen, vom Privatwillen des Verwaltungsdirektors abhängig war. Aber angesichts des großen Rucksacks sank meine Stimmung. »Warum meinen Sie, daß ich all das hier mitschleppen muß«, protestierte ich. »Ich begleite doch keine Himalaya-Expedition, sondern hole nur eine junge Hepatitispatientin heim.« Ich forderte ihn auf, das, was er mir übergeben wollte, zu reduzieren, aber der Apotheker weigerte sich beharrlich, etwas von dem offenbar sehr liebevoll Zusammengestellten wegzulassen. »Nehmen Sie«, beredete er mich warmherzig, »seien Sie kein Dummkopf, wer weiß, was Sie brauchen werden, Sie fahren doch immerhin an einen der verseuchtesten Orte der Erde, und was Ihnen zur Last fällt, können Sie ja verschenken, es wird gewiß gern genommen.«

So kehrte ich denn mit dem Rucksack zum Operationstrakt zurück, um Chischin zu suchen, aber zu meiner Überraschung dauerte die Operation noch an. Irgendwas ist da schiefgelaufen, dachte ich mir, bemüht, Augenkontakt mit den Verwandten zu vermeiden, die in der zunehmenden Dunkelheit weiterhin auf ihrer Bank saßen, vor Angst erstarrt. Jetzt stoppte mich schon niemand mehr an der Eingangstür, und mit dem Rucksack auf dem Rücken blieb ich an der großen OP-Tür stehen, genau dort, wo am Tag zuvor Herr Lasar gestanden und mit der Hand gewedelt hatte, und durch dasselbe Fenster sah ich auch das Team vom Vortag – nur ich fehlte. Der Rücken des anderen Assistenten war krumm wie ein gespannter Bogen neben Professor Chischin, dessen Bewegungen ich entnahm, daß er dort mit etwas sehr Ernsthaftem tief in den Eingeweiden der Frau kämpfte, von der nur die feinen, weißen Füße am Tischende unter dem Laken hervorblitzten. Niemand bemerkte mich, außer Dr. Nakasch, der Chischin eilig etwas zuflüsterte. Der wandte sofort den Blick nach mir, winkte mir zu, und ein paar Minuten später kam er zu mir heraus, das Skalpell in der Hand, den Kittel mit großen Blutflecken übersät. Er wirkte erregt und müde, und ehe ich noch den Mund aufgemacht hatte, brachte er mich mit seinem drastischen ungarischen Tonfall zum Schweigen: »Ja, ja, Verzeihung, ich weiß, ich halte Sie auf, aber Sie sehen ja selbst, daß ich hier nicht an einer Orgie teilnehme.« Und ich wußte sofort, daß er während der letzten Stunde mit dem Tod persönlich gerungen hatte, denn sobald er den Tod in der Nähe spürte, entschlüpften ihm solche Grobheiten, und mir versetzte es einen schmerzlichen Stich ins Herz, daß ich jetzt nicht bei dem stürmischen Kampf dort am Operationstisch beteiligt war, und sei es nur als Zuschauer. »Was passiert da mit ihr?« fuhr ich ihn an. »Warum mußte erneut operiert werden?« Aber Chischin fuchtelte mir nur mit seiner besudelten Hand vor dem Gesicht herum, wollte nicht über die Operation sprechen, sondern faßte mich in einer unerklärlichen Gemütsaufwallung um die Schulter und sagte: »Unwichtig, zermartern Sie sich jetzt nicht den Kopf damit. Einfach eine störrische Frau, die uns dauernd Blutungen an unerwarteten Stellen beschert, aber machen Sie sich mal keine Sorgen, Sie müssen mit klarem Kopf losfahren. Sie ahnen gar nicht, wie dankbar Lasar mir Ihretwegen ist; die sind ganz verliebt in Sie, er und seine Frau. Also, was fehlt Ihnen denn jetzt noch? Ah, was man mit unserer Hepatitis macht? Eigentlich gar nichts. Ja, ja, Verzeihung, ich hab vergessen, Ihnen den Aufsatz mitzubringen. Aber nicht weiter schlimm. Gerät und Medikamente hat man Ihnen schon übergeben, wie ich sehe. Und ehrlich gesagt, viel tun läßt sich in solchen Fällen nicht. Nur alle Beteiligten in psychologischer Hinsicht beruhigen. Heute ist doch alles psychologisch bedingt, so heißt es ja allgemein. Bald können wir sogar auf Operationen verzichten. Deshalb machen Sie sich keine Sorgen, Sie werden nicht viel zu tun haben. Ich habe Ihnen ja schon gesagt, Hepatitis ist eine Krankheit, die sich selbst kuriert.«

Und als ich mit meinem Sturzhelm auf dem Kopf das Krankenhaus verließ, blickte ich erst mal prüfend zum Himmel und überlegte, ob ich die Honda überhaupt nehmen sollte. Wie habe ich mich bloß zu einer solchen Reise breitschlagen lassen? dachte ich, während ich, wohlgeübt den Pfützen ausweichend, zwischen den Wagenreihen hindurchmanövrierte. Womit jetzt wohl anfangen? Und auf einmal wollte ich rasch ins Haus meiner Eltern gelangen, damit sie mich fürsorglich unter ihre warmen Fittiche nahmen und mir bei den Vorbereitungen für die Reise halfen, die mir jetzt im Galopp näherzurücken schien. In meiner kleinen Mietwohnung spülte ich schnell das verbliebene Geschirr im Ausguß, machte das Bett, packte Kleidung, Wäsche, Socken und Waschzeug in zwei große alte Armeesäcke, stellte den Strom ab, drehte den Haupthahn zu und rief die Hauswirtin an, um ihr meine Abreise mitzuteilen. Nachdem ich die drei Rucksäcke auf dem Rücksitz des Motorrads vertäut hatte, fuhr ich zuerst zu Lasars Wohnung, um den Treffpunkt auf dem Flughafen zu vereinbaren, das Ticket abzuholen und vielleicht auch die Dollars zu bekommen, die Frau Lasars Bürohilfe zwar auf meinen Namen von der Bank abgehoben, dann aber aus irgendeinem Grund selbst einbehalten hatte. In der großen Wohnung, die jetzt im rötlichen Licht der untergehenden Sonne schimmerte, spürte man bereits Geschäftigkeit vor der nahenden Reise – ein Koffer stand an der Tür, daneben eine offene Tasche, und aus dem Wohnzimmer klangen weiche Frauenstimmen. »Da sind Sie ja endlich«, rief Lasar freudig. »Wir haben uns schon gefragt, wohin Sie wohl verschwunden waren!« »Ich verschwunden?« erwiderte ich gekränkt. »Wieso verschwunden?« »Aber egal, ist doch egal«, sagte seine Frau, die im samtenen Hausoverall gleich zu uns herauskam, woraus ich schon ihren Drang ablas, möglichst überall dabeizusein. Und wieder wirkte sie anders – vielleicht jünger, aber auch häßlicher, klein und dick, das Haar ein wenig zerzaust, das Gesicht bleich, das strahlende Lächeln hinter den Brillengläsern verblaßt. »Achten Sie nicht darauf«, sagte sie. »Lasar sorgt sich immer, von der Sorge lebt und gedeiht er, daran werden Sie sich gewöhnen müssen. Aber kommen Sie doch herein. Wie sollen wir Sie anreden, mit Dr. Rubin?« »Nein«, antwortete ich hastig. »Einfach Benjamin. Oder Benji, wie mich meine Eltern nennen.« »Benji ist hübsch«, stürzte sie sich sofort auf die Kurzform. »Dürfen wir Sie wirklich so anreden? Nun kommen Sie doch herein, und setzen Sie sich ein bißchen zu uns, Michaela ist auch da, die Freundin von Enat, die uns den Brief und die Nachricht überbracht hat. Kommen Sie und hören mit zu, was sie von Gaya und dem Krankenhaus dort erzählt.« Aber ich weigerte mich einzutreten. »Tut mir leid«, sagte ich. »Es ist schon spät, und ich habe es eilig, nach Jerusalem zu kommen, um mich von meinen Eltern zu verabschieden und den Koffer fertigzupacken.« »Werden Sie dort auch übernachten?« fragte Lasar enttäuscht. »Schade, wir wollten Ihnen vorschlagen, bei uns zu schlafen, damit wir morgen früh direkt zum Flughafen fahren können.« »Machen Sie sich keine Sorgen«, antwortete ich. »Meine Eltern werden mich rechtzeitig hinbringen.« Aber Lasar rannte gleich nach Papier und Bleistift, um Anschrift und Telefonnummer in Jerusalem zu notieren, und seine Frau, von der ich mich immer noch fragte, ob sie mit von der Partie sein würde, bestürmte mich erneut, ins Wohnzimmer zu kommen. »Meine Mutter ist hier und hätte Sie sehr gern kennengelernt.« »Ihre Mutter?« sagte ich verwirrt. »Gut, aber nur für einen Moment.« Damit betrat ich den Wohnraum, verblüfft über das Tel Aviver Dächerpanorama, das sich derart breit und tief vor dem Fenster erstreckte. Als ich am Vortag dort gesessen hatte, waren die Vorhänge zugezogen gewesen, so daß ich nichts von dem großartigen Ausblick hatte ahnen können. Auf der Couch saß eine zarte alte Dame im dunklen Wollkostüm, daneben ein Jüngling im weißen Leinengewand, den ich erst beim Näherkommen als sonnenverbrannte junge Frau identifizierte, deren große helle Augen durch den kahlgeschorenen Schädel noch deutlicher hervortraten. »Mutter«, sagte Lasars Frau etwas lauter zu der alten Dame, »das ist Dr. Rubin, der Arzt, der sich bereit erklärt hat, uns nach Indien zu begleiten. Du wolltest ihn doch gern kennenlernen.« Und sogleich reichte mir die alte Frau kopfnickend die Hand, wobei ein sehr matter Abglanz des mechanischen strahlenden Lächelns ihrer Tochter über ihre Augen huschte. Jetzt konnte ich mich nicht mehr zurückhalten, die Möglichkeit, daß seine Frau sich uns anschloß, fiel mir siedend heiß wieder ein, und während ich noch der jungen Frau mit dem rasierten Kopf zunickte, die mir diskret Platz neben sich machte, wandte ich mich mit haltloser Verärgerung an Lasars Frau: »Verzeihung, ich verstehe nicht. Fahren Sie auch mit?« Doch Lasar kam ihr eilig mit der Antwort zuvor: »Das steht noch nicht endgültig fest, wir werden uns heute nacht entscheiden, aber warum fragen Sie?« »Nur so«, stammelte ich und blickte seine Frau an, die jetzt kein bißchen lächelte, nur in einer leichten Drohgeste gegen ihren Mann fast unmerklich den Kopf neigte. Ich setzte mich widerwillig auf den mir eingeräumten Platz neben der jungen Kahlgeschorenen, die mich neugierig beäugte, als wolle sie mich mit einem Blick einschätzen. Die Couchpolster in meiner Nähe atmeten noch Reste duftender Wärme. Ich streckte die Hand nach dem Glas Tee aus, das die Großmutter mir unterdessen eingeschenkt hatte, und durch das Panoramafenster sah ich den Meereshorizont, über den sich der große, leise Fächer eines nahenden Unwetters breitete. Was habe ich denn bloß? dachte ich ärgerlich. Ich muß mich doch auf den Weg machen, Mutter und Vater warten auf mich, was setze ich mich denn hier wie ein Angehöriger dazu, demnächst werde ich ja noch mehr als genug von ihnen haben. Damit sprang ich auf, ohne einen Schluck Tee getrunken oder ein einziges Wort mit der leichtgewichtigen jungen Frau gewechselt zu haben, deren indisches Aussehen Angst, aber auch neues Fernweh in mir weckte. »Haben Sie noch die zwei Impfungen für das Indienvisum bekommen können?« fragte ich Lasar spontan auf dem Weg zur Tür. »Welche Impfungen?« fragte er verwundert zurück. Er war schon sicher gewesen, alle Reiseangelegenheiten unter Kontrolle zu haben. Wie sich nun herausstellte, hatte seine Frau vergessen, ihm dieses Erfordernis mitzuteilen. »Wie konntest du das bloß vergessen?« rief er verzweifelt. »Wo sollen wir denn nun in Rom jemanden auftreiben, der uns impft?« Aber als er hörte, daß ich vorsorglich Impfampullen, sterile Spritzen und auch schon fix und fertig abgestempelte Impfpässe für sie beide in der Tasche hatte, beruhigte er sich mit einem Schlag. »Sie sind einsame Spitze«, sagte er und umarmte mich, »Ihnen kann keiner das Wasser reichen, jetzt verstehe ich, warum Chischin auf Ihnen bestanden hat.« Er wollte gleich an Ort und Stelle geimpft werden. Dazu führte er mich in das ebenfalls geräumige und elegante Schlafzimmer, streifte flink das Hemd ab, wobei er seine behaarten Arme und den massigen Rücken entblößte, schloß die Augen und verzog in Erwartung des Nadelstichs ein wenig das Gesicht. Durch das große Fenster nahe dem Doppelbett, auf dem ein voluminöser Koffer und verstreute Kleidungsstücke lagen, sah man den Regenfächer im Glanz der untergehenden Sonne langsam nach Osten segeln. »Du brauchst nicht das Gesicht zu verziehen«, lachte seine Frau, die Watte und eine Flasche Alkohol geholt hatte, während ich die zwei Spritzen aufzog, »es ist ja keine Operation.« Dann blieb sie neben mir stehen und guckte genau zu. Als mich ihr Mann jedoch, frisch geimpft und wieder im Hemd, zur Tür begleiten wollte, war sie überrascht: »Und was ist mit mir?« fragte sie gekränkt. »Vielleicht sehen wir doch erst mal zu, was wir heute nacht entscheiden«, flüsterte ihr Mann sanft. »Warum solltest du dich grundlos impfen lassen?« Aber sie lief hochrot an, setzte eine finstere Miene auf und bat mich energisch, sie ebenfalls zu impfen. Also kehrten wir ins Schlafzimmer zurück, wo sie erst versuchte, die Ärmel aufzukrempeln, aber ihre Arme waren so dick, daß der Stoff sich nur bis zu den Ellbogen hochschieben ließ. Daraufhin drückte sie die Tür ein Stückchen zu, wohl um sich vor dem Sohn zu verbergen, der die ganze Zeit unruhig in der Wohnung umhertigerte, streifte dann das Oberteil ihres Hausoveralls ab und stand nun im Büstenhalter da, der ihre stark gerundeten Brüste bedeckte. Sie lächelte mit verschämtem Charme, die entblößten massigen Schultern hier und da von großen Sommersprossen übersät. Ich spritzte ihr eilig das Serum, und sie dankte mir mit einem Kopfnicken und zog den Overall wieder an – da war mir klar, daß sie sich unserer Reise anschließen würde. Wie bin ich da bloß hineingeschlittert? dachte ich erbittert. Nachdem ich mich von ihr verabschiedet hatte, ging Lasar mit hinunter, da er den Medikamentenrucksack ins Auto umladen wollte. Der Wolkenfächer verdunkelte jetzt die Stadt, feiner Sprühregen erfüllte die Luft. Lasar nahm mir den Rucksack ab und musterte neugierig das große Motorrad. »Bei diesem Regen wollen Sie damit bis nach Jerusalem fahren?« fragte er mit väterlicher Sorge, in der auch Bewunderung mitschwang. Als ich schon auf dem Sattel saß und den Fuß aufs Startpedal setzen wollte, sträubte sich doch etwas in meinem Innern, ich konnte einfach nicht länger an mich halten. »Verzeihen Sie«, sagte ich, »wie ich verstehe, kommt Ihre Frau mit.« Lasar nickte vage. »Aber warum?« fragte ich mit leiser Verzweiflung. »Selbst zwei Begleiter sind meiner Meinung nach ein bißchen viel, aber drei?« Lasar lächelte stumm. Doch ich beschloß, nicht lockerzulassen, vielleicht konnte ich ihn im letzten Moment noch bewegen, die Mitreise seiner Frau abzublasen. »Gibt es einen besonderen Grund, der ihre Anwesenheit dort erforderlich macht … Etwas, wovon ich nichts weiß …?« forschte ich weiter. »Nein, nichts«, antwortete Lasar, »sie hat sich einfach so zum Mitkommen entschieden.« »Aber warum denn?« beharrte ich mit einer Bitterkeit, deren Intensität mir selbst unbegreiflich war. Nun blickte er mir gerade in die Augen, musterte mich gewissermaßen zum erstenmal, bemüht zu erwägen, ob man mir bereits Vertrauen schenken konnte. Dann breitete er die Hände aus und lächelte verlegen: »Sie mag sich einfach nicht von mir trennen, bleibt eben nicht gern allein.« Und als er sah, daß ich immer noch nicht begreifen wollte, grinste er mich erneut mit pfiffiger Genugtuung an: »Ja, sie ist eine Frau, die nicht allein bleiben kann.«

2.

Kann man schon das Wort »Mysterium« hervorholen? Oder ist es noch zu früh, auch nur daran zu denken? Keiner der Helden, die an diesem frühen Wintermorgen von Osten oder Westen dem Flugplatz zustreben, weiß ja, wie ein Gedanke an Mysterium geboren wird – oder gar, woraus er besteht und wie er fließt. Auch das große Indien, das sie erwartet, kann keinen Gedanken an Mysterium befruchten, denn noch ist es in ihren Augen keine andere Wesenheit, sondern nur ein Ort, auf den man schnell und effizient zusteuern möchte, um eine junge Kranke abzuholen und sie behutsam heimzugeleiten. Oder könnte dieses krankhafte Gelb, das die Eiweißkörper der Augen überflutet und die grünlichen Regenbogenhäute umkränzt, die in den grauen Laken einer kleinen Klosterzelle am Rand Buddh Gayas funkeln, etwa von fern den Funken des Mysteriums entzünden? Nein, gewiß nicht. Denn in der Vorstellung derer, die jetzt ihre Koffer durch die Abfahrtshalle schleppen, hat dieses krankhafte Gelb, auf das sie zulenken, keinerlei Anzeichen von Mysterium, ist nur Symptom einer Krankheit, die einen Namen hat, in Büchern und Aufsätzen ausführlich beschrieben ist und sich, Professor Chischins Worten zufolge, für gewöhnlich selbst kuriert, auch wenn auf dem Rückweg noch ein Kreuzungspunkt auf sie wartet, an dem sie gewissermaßen heftig zwischen Leben und Tod schwankt. Aber selbst an diesem furchtbaren Kreuzweg ist keinerlei Mysterium, und jetzt harrt es still an vorgegebenem Ort und Zeitpunkt, zwischen grell purpur gestrichenen Korbmöbeln, genau des goldenen Moments, der immer durch Schlichtheit und Natürlichkeit seines Eintreffens verblüfft.

Das heißt, das Gefühl von Mysterium ist noch verhalten wie die Spitze eines Bleistifts, der sanft auf dem weißen Papier zwischen den Helden – Reisenden und Begleitern – ruht, die jetzt ein wenig verschlafen und aufgeregt vor der Sicherheitskontrolle in der Halle Schlange stehen und sich tastend einander anzunähern versuchen unter dem müde resignierten Lächeln, mit dem sie die altbekannten Fragen der jungen Kontrolleurin beantworten, einer Theaterstudentin in reinweißer Bluse, an deren Tasche ein Schildchen mit einer Sicherheitsnadel angeheftet ist. Immer aufs neue erkundigt sie sich in distanziertem, trockenem Ton nach dem Inhalt der Gepäckstücke, und auch noch so detaillierte Antworten befreien die drei nicht davon, die Koffer aufzumachen und ihre Privatgegenstände voreinander offenzulegen, ja, auch den großen Medikamentenrucksack der Prüfung zu übergeben, der alle durch seine Üppigkeit, die Vielfalt der Arzneien und den Glanz seiner Instrumente verblüfft, so daß man meint, dem Unglück und der Krankheit würde letzten Endes nichts anderes übrigbleiben, als sich von ihm aufsaugen zu lassen. Das schimmernde Morgenlicht, das den jungen Arzt und seine Eltern auf dem Weg von Jerusalem begleitet hat, fällt jetzt durch die Fenster der großen Halle, schwebt über den Tastaturen der Computer, die die Bordkarten ausspeien, während ein weißhaariges Elternpaar seinen einzigen Sohn, ungeachtet seiner bereits neunundzwanzig Jahre, der Obhut eines anderen Elternpaares übergibt, das ihnen zwar völlig fremd ist, aber kraft elterlicher Solidarität – ein selbstverständlich feststehender menschlicher Grundwert – vertrauenswürdig erscheint. Vielleicht bricht gerade hier, bei diesem Übergabeakt, das Mysterium hervor? Aber wenn ja, worauf will es dann hinaus?

Es strebt nach nichts, denn das ist sein Wesen. Es ist richtungslos, denn ihm ist das Ziel abhanden gekommen, nachdem der Grund vergessen war. Und in der unermüdlichen Kreisbewegung der Erdkugel erscheint plötzlich das Mysterium unter uns, wie ein vergessener Verwandter in einer entlegenen Nervenheilanstalt, der für einen kurzen Urlaub entlassen worden ist, obwohl er an dem Wahn festhält, die Erdkugel stünde immer still und jede Stunde sei sich selbst genug und nichts im Universum sei je verlorengegangen; und nachdem er uns besuchen gekommen ist und sehr bleich und mager zwischen uns gesessen und seine phantastischen Auffassungen vorgetragen hat, steht er abrupt auf, wohlbedacht, nicht das Teeglas vor sich umzustoßen, und beginnt traumwandlerisch zwischen unseren Schlafzimmern umherzustreifen, um Menschen oder längst abgeschlossenen Ereignissen zu begegnen.

Deshalb ist selbst dann, wenn hier ein Tröpfchen Mysterium rinnt, noch niemand fähig, es zu spüren. Und gewiß nicht der Vater des jungen Arztes, Herr Rubin, ein hochgewachsener englischer Jude, der – auf dem Kopf einen alten, fünf Jahre zuvor bei einem Besuch seiner Geburtsstadt Manchester erworbenen Filzhut – schon einige Zeit in tiefem, geduldigen Schweigen den lebhaften Erklärungen des Krankenhausdirektors lauscht, der jetzt, da die Koffer schon selbsttätig auf dem Förderband rollen, die Hände frei hat, um wieder und wieder die Landkarte Indiens in der Luft nachzuzeichnen und genauestens die möglichen Fahrtstrecken zu schildern, während seine kleine mollige Frau, in eine weite blaue Tunika gekleidet, mit zweifellos lächelnden Augen hinter der großen Sonnenbrille gelassen dem höflichen Geplauder von Frau Rubin lauscht, einer hageren englischen Jüdin, die ihr einen Schritt voraus auf den Grenzpolizisten zugeht, der gleich mit leichter Geste Begleitpersonen und Reisende trennen wird, jedoch nicht den angenehmen und neuen gemeinsamen Gedanken spalten kann, der sich insgeheim, ja insgeheim und ohne ein Wort, bei den beiden älteren Frauen eingenistet hat, die sich jetzt, jede für sich, eine mögliche Geschichte des Verliebens ausmalen – zwischen dem begleitenden Doktor-Sohn, der diese Reise immer noch als etwas Aufgezwungenes betrachtet, und der kranken Tochter, die in Tausenden Kilometern Entfernung völlig entkräftet wartet.

Zu meiner großen Freude erhielt ich meinen Platz im Flugzeug nicht neben den Lasars, sondern mehrere Reihen entfernt. Wenn sie selbst dafür gesorgt haben, ist das ein ermutigendes Zeichen, dachte ich. Auch sie meiden also übertriebene Intimität, die unsere Nerven in den ersten Tagen strapazieren würde. Und tatsächlich sah ich sie während der drei Flugstunden nur einmal, auf meinem Weg zur Toilette. Sie saßen in der letzten Reihe, in der Raucherabteilung; man hatte ihre Frühstückstabletts noch nicht abgeräumt, aber die Fensterklappe war heruntergezogen. Seine Frau schlummerte, die Brille in der Faust, den Kopf an die Brust ihres Mannes gelehnt, der Papiere durchsah. Meine Eltern, die nur geringfügig älter waren, hätten nie gewagt, in der Öffentlichkeit solche Vertraulichkeit zu zeigen. Ich hatte unbemerkt vorbeischlüpfen wollen, aber Lasar nahm die goldgerandete Lesebrille ab und fragte mich freundlich, ob es mir gelungen sei zu schlafen. »Ich hab's nicht mal versucht«, antwortete ich schnell. »Ich möchte mir die Müdigkeit lieber für den Nachtflug nach Neu-Delhi aufsparen.« Ich merkte sofort, daß ihm meine pragmatische Antwort gefiel. »Haben Sie auch Mühe, unterwegs einzuschlafen?« fragte er. »Ja«, sagte ich. »Dann geht's Ihnen wie mir«, stellte er freudig fest, gewissermaßen froh, einen Verbündeten gefunden zu haben. »Ich habe noch nie im Flugzeug schlafen können, aber warten wir mal ab, wie es heute nacht auf dem Flug nach Neu-Delhi wird.« Seine Frau hob den Kopf, ohne Brille waren ihre Augen rot und schlafverquollen, aber schon war da dieses mechanische Aufleuchten, ihr unverkennbares Lächeln. »Sie haben nette Eltern«, sagte sie freiheraus, als hätte sie sie gerade erst im Traum gesehen. »Ja«, bestätigte ich kopfnikkend und fügte unwillkürlich hinzu: »Sie sind keine hysterischen Typen.« Sie verstand, was ich meinte. »Stimmt«, sagte sie. »Ihre Mutter hat mir erzählt, daß gerade sie und ihr Mann Ihnen zugeredet hätten, unsere Bitte zu erfüllen.« »Ja, Indien fasziniert offenbar noch jeden Engländer der älteren Generation.« »Sie werden diese Fahrt nicht bereuen«, sagte sie sanft und beruhigend, als meinte sie immer noch, bei mir Reste von Widerstand zerstreuen zu müssen. »Warten Sie nur ab.« Ich gab keine Antwort, lächelte bloß matt. Ich wollte schon nach den Dollars fragen, die das junge Mädchen aus ihrem Büro in meinem Namen abgehoben, aber aus irgendeinem Grund selbst eingesteckt hatte, schwieg aber dann doch lieber und ging weiter zur Toilette.

In Rom, wo wir um elf Uhr morgens ankamen, blieben uns rund zehn Stunden Aufenthalt bis zum nächtlichen Weiterflug nach Neu-Delhi. Aber wir mußten uns ja noch um die Einreisevisa nach Indien kümmern. Aus Furcht, kostbare Zeit zu verlieren, wollte Lasar die Koffer mitschleppen, damit wir deswegen nicht erst zum Flughafen zurückkehren mußten, falls die Visabeschaffung sich um einen Tag verzögern sollte und wir in Rom übernachten müßten; seine Frau wollte sie lieber auf dem Flughafen aufgeben, damit wir in der Stadt leichter vorankamen. Sofort gerieten sie in eine hitzige Debatte, bei der es zunächst schien, als werde Lasars praktischer Pessimismus sie zum Nachgeben bewegen, doch sie setzte ihren Willen durch, und so gingen wir zu dritt den Gepäckschalter suchen. Wir hasteten Korridore auf und ab, verfransten uns wegen irreführender Erklärungen, und die ganze Zeit schimpfte Lasar auf seine Frau ein. »Siehst du jetzt, in welche Schwierigkeiten du uns bringst?« Aber sie, die anfangs nur gelächelt hatte, zischte schließlich: »Jammere nicht, nimm dich zusammen«, und er verstummte. Schließlich erreichten wir den abgelegenen Schalter. Erneut mußten wir eine ermüdende Prozedur der Gepäcköffnung und -prüfung über uns ergehen lassen, und ich war gezwungen, mir zum zweitenmal die persönliche Habe der beiden anzuschauen. Ich fand, sie hatten für einen kurzen Zweckaufenthalt in einem armen Land viel zuviel eingepackt. Lasar nahm die Aufbewahrungsscheine an sich, und wir traten leichtfüßig auf den großen Vorplatz hinaus, um ein Taxi zu suchen. Seine Frau wirkte glücklich und freute sich ohne vorwurfsvollen Unterton, wieder mal recht gehabt zu haben: »So ist es doch leichter.« Obwohl Lasar ebenfalls zufrieden schien, mochte er es nicht zugeben: »Wir haben deswegen den Vormittag verloren«, nörgelte er, »und wer weiß, ob diese Inder nach der Mittagspause überhaupt weiterarbeiten.« Doch wie sich herausstellte, arbeiteten diese Inder ohne

Pause. Beim Konsulatsgebäude angekommen, das zwischen Zierbäumen förmlich im Grün versank, fanden wir eine lange Schlange Inder vor, der wir uns unverzüglich anschlossen. Bald kamen Lasar jedoch Zweifel und er ging im Haus nachfragen und kehrte mit der erfreulichen Nachricht zurück, wir seien aus Versehen in eine nur für Inder bestimmte Warteeihe geraten, während man uns Fremde auf der Rückseite erwarte. Und tatsächlich fanden wir hinter dem Gebäude in einem kleinen Anbau ein Büro, vor dem nur ein paar junge Europäer anstanden. Lasar nahm mir meine beiden Pässe ab, unschlüssig, ob er den Indern den israelischen oder lieber den britischen Paß vorlegen sollte, der ihm offenbar sehr imponierte, denn er blätterte lange darin herum. Zum Schluß gab er ihn mir jedoch zurück, da er es für unklug hielt, einen Paß vorzuzeigen, den wir nicht würden verteidigen können, falls man ihm plötzlich einen unerkannten Makel nachsagen sollte. Kurz darauf präsentierte er die drei israelischen Pässe einem dunkelhäutigen, sehr ruhigen Beamten, der sie nur mit den Flugtickets und Impfpässem annehmen wollte. Lasar zog sofort die fehlenden Papiere hervor und lächelte bescheiden. Als ranghoher Bürokrat wußte er nur zu gut, wie leicht ein Beamter, der an einer Schaltstelle saß, die Dinge komplizieren und verzögern konnte. Aber dieser Beamte war kein bißchen feindselig. Schnell hatte er die Visa abgestempelt, und wir traten wieder auf die Straße hinaus, acht freie Stunden in Rom vor uns.

Es war ein Uhr mittags, und seine Frau verkündete mit blitzenden Augen, zuallererst müßten wir ein gutes Restaurant finden, doch obwohl ich ebenfalls sehr hungrig war, dachte ich, wenn ich der Sache jetzt keine Schranken setzte, würde mir die Reise unerträglich werden. Deshalb teilte ich ihnen mit, ich würde jetzt lieber auf die Mahlzeit verzichten und wolle statt dessen einfach allein umherschlendern, wobei ich das Wort »allein« diskret betonte. Sie waren überrascht. »Haben Sie wirklich keinen Hunger?« fragte Lasar mich wie ein sorgender Vater. »Darum geht es nicht«, antwortete ich ehrlich, »aber es ist mir schade um die Zeit, schade um jede

Minute. Ich bin noch nie in Rom gewesen und möchte ein bißchen allein spazierengehen«, erklärte ich, wieder mit leichtem Nachdruck auf dem Wort »allein«. Das automatische Lächeln seiner Frau, die er Dori nannte, verschwand auf einmal. Ihre Züge wurden ernst, sie zupfte ihren Mann sanft am Ärmel, als wolle sie ihn warnen. Aber Lasar bemerkte die Berührung gar nicht. »Moment, Moment«, rief er leicht erschrocken. »Wohin wollen Sie denn gehen, und wo treffen wir uns wieder?« »Wo wir uns wiedertreffen?« überlegte ich laut, »auf dem Flughafen natürlich. Das Ticket habe ich bei mir, und wenn Sie mir bitte auch den Paß und die Gepäckscheine für Koffer und Rucksack zurückgeben könnten, gibt es keinerlei Probleme, ich komme dann direkt zum Abflug.« Aber Lasar war weiterhin beunruhigt über meinen überraschend selbständigen Plan. »Moment, Moment«, rief er. »Wo auf dem Flughafen? Und warum auf dem Flughafen? Sie haben ja gesehen, wie verworren es dort zugeht. Vielleicht treffen wir uns wenigstens irgendwo hier in der Stadt, sonst verlieren wir uns am Ende noch kurz vor dem Abflug.« Doch seine Frau, die meine klare Absicht erkannt hatte, eine eindeutige Grenze zwischen uns zu ziehen, beruhigte hastig: »Völlig in Ordnung, warum nicht? Wir treffen uns beim Einchecken. Ist doch kein Problem.« Er mußte also widerwillig meinen Paß und die Aufbewahrungsscheine für Koffer und Rucksack herausrücken. »Aber was möchten Sie sich denn überhaupt in Rom ansehen? Was interessiert Sie?« fragte er. »Ich weiß noch nicht. Ich habe kein bestimmtes Interesse«, antwortete ich, bedacht, ja keinen konkreten Ort zu nennen, damit er nicht womöglich doch noch einen Weg fand, sich anzuhängen. Jetzt sah ich schon ein beleidigtes Fünkchen in seinen Augen aufblitzen. Aber er fügte sich, wollte nur noch wissen, ob ich genug Geld hätte. »Nein, ich habe fast gar kein Geld«, antwortete ich sofort und blickte seine Frau mit stillem Vorwurf an. »Ihre junge Bürokraft hat gestern meine Dollarzuteilung von der Bank abgeholt, aber auch gleich eingesteckt.« Seine Frau errötete. Lasar nahm ihr die Handtasche ab und stöberte hastig nach dem Umschlag mit den

Banknoten. Er zählte sie, überlegte, und gab mir die Hälfte, zweihundert Dollar, fügte nach kurzem Nachdenken noch einen Hunderter hinzu und sagte: »Sehen Sie, gut, daß ich Sie gefragt habe. Aber ich verstehe nicht«, rügte er seine Frau, »wieso hat sie ihm das Geld nicht ausgehändigt, und wieso hast du nicht achtgegeben, du mußt doch nachgucken, was in einem Umschlag steckt, den man dir übergibt.« Doch bevor sie antworten konnte, winkte er ungeduldig ab: »Unwichtig, egal« und wandte sich mir zu: »Schade um die Zeit. Aber trotzdem, gut, daß ich ein ziemlich besorgter Typ bin, sonst wären Sie hier ohne Geld herumgelaufen, und wenn Sie sich verlaufen hätten, wären wir alle in Schwierigkeiten geraten. Ich möchte Sie wirklich bitten, seien Sie uns gegenüber nicht so schüchtern, sagen Sie alles, was Sie bedrückt oder was Ihnen fehlt, dann können wir Mißverständnisse vermeiden. Und dennoch, wohin möchten Sie gehen?« forschte er beharrlich. Da sagte ich unüberlegt: »Vielleicht mache ich einfach mal eine Stippvisite im Vatikan, wenn ich schon mal die Gelegenheit habe«, worauf beide merklich erleichtert sagten: »Das ist eine ausgezeichnete Idee.«

Und ich, durch mein Wort gebunden, machte mich auf, den Vatikan zu suchen, obwohl ich wußte, daß man mich in Indien an heilige Stätten führen würde; sogar die Stadt Gaya war Lasars Worten zufolge voll von alten Tempeln. Aber dann habe ich wenigstens etwas frisch im Gedächtnis, zum Vergleich, überlegte ich, und obendrein vielleicht ein Gesprächsthema mit den Lasars. Als ich am Petersplatz aus dem Bus stieg, fand ich gleich einen Pizzawagen, kaufte zwei warme kleine Pizzen und aß sie im Stehen unter einer Markise, vor den Regentropfen geschützt. Trotz des trüben Lichts wollte ich vor dem Hintergrund der berühmten grauen Kuppel fotografiert werden. In der Nähe sah ich eine Gruppe älterer Touristen seelenruhig unter Schirmen stehen und den Erklärungen einer Führerin im Regenmantel lauschen. Von dem Gleichmut gegenüber dem Niesel und auch einem zerknautschten Filzhut, der an den meines Vaters erinnerte, schloß ich auf Engländer und steuerte auf sie zu. Eine kurze

Atempause im Vortrag der Führerin nutzend, bat ich eine Frau, deren weißer Schopf unter einem großen Wolltuch hervorlugte, mich in zwei verschiedenen Posen vor dem Dom abzulichten. Als sie mir den Apparat zurückgab, nahm sie bereitwillig den angebotenen Gesprächsfaden auf. Wie vermutet, handelte es sich um eine Gruppe englischer Pensionäre auf einer Reise durch den Kontinent; die meisten waren überhaupt zum erstenmal im Ausland. Als ich ihr erzählte, daß ich schon am Abend nach Indien fliegen würde, unterwegs in eine ferne abgelegene Stadt im Osten des Subkontinents, um eine kranke junge Frau nach Israel zurückzuholen, flammte Neugier in ihren Augen auf, und sie wollte mich gar nicht wieder weglassen. Anfangs dachte ich, der baldige Flug nach Indien reize sie, aber bald stellte sich heraus, daß die Mission des Arztes, der in die Ferne fuhr, um eine kranke Frau zu heilen, sie in Erregung versetzte. Sie rief ihre Pensionärsfreunde, um ihnen von mir und meiner Mission zu berichten, und sogleich fand sich auch ein alter Mann unter ihnen, der in Indien gedient hatte und von seinen Erlebnissen berichten wollte. Die junge italienische Führerin nickte mir ebenfalls freundlich zu und bot mir an, mich dem weiteren Rundgang anzuschließen, und obwohl ich fürchtete, die Besichtigung mit dieser Seniorengruppe würde die wenigen Stunden bis zum Abflug verschlingen, da das Tempo hier offensichtlich besonders langsam war, sagte ich mir: Macht nichts, vielleicht werde ich Chischins Rat folgen und mich auf dem Rückweg von Indien für ein, zwei Tage von den Lasars absetzen, um mehr von Rom zu sehen – und zum Vatikan brauche ich dann wenigstens nicht mehr. Als ich mich abends um halb sechs von den englischen Senioren verabschiedete und über den leeren großen Platz ging – die Dunkelheit hatte die Weite schon aufgesogen, und es tröpfelte immer noch –, war ich vollgestopft mit historischen Erklärungen über den Vatikan und all seine Schätze. Erst erwog ich, gleich zum Flughafen zurückzukehren und meinen Hunger dort zu stillen, denn ich nahm an, die Lasars würden gewiß früh zurück sein und – obwohl wir erst zwischen sieben und acht verabredet waren – schon bald über mein Ausbleiben nervös werden. Aber dann dachte ich, zum Wohl unserer gemeinsamen Reise sollte ich sie lieber daran gewöhnen, meiner Verläßlichkeit und Pünktlichkeit zu vertrauen, und außerdem wollte ich die verbleibenden Stunden auskosten, denn danach würde ich die meiste Zeit mit diesem Paar verbringen. Daher setzte ich mich in ein bescheidenes Lokal an der Ecke einer der Straßen, die vom Vatikan wegführen, und verspeiste ein ganzes Menü. Trotzdem traf ich, mit Medikamentenrucksack und Koffer, immer noch zwei Minuten vor dem mit Herrn Lasar vereinbarten Termin am Schalter unserer Charterfluggesellschaft ein.

Tatsächlich entdeckte ich dort schon von weitem seinen auffallenden grauen Wuschelkopf zwischen farbigen Saris. Stumm und erschöpft saßen die beiden eng beieinander neben ihren zwei Koffern und neuerworbenen Tüten in der bunten Menge, die sich um unseren – noch geschlossenen – Flugschalter scharte. Lasar bekundete seine Zufriedenheit, daß ich nicht länger als vereinbart auf mich warten ließ, hatte aber auch keinen Grund zur Sorge gehabt, denn laut Ansage würde sich der Abflug um zwei Stunden verspäten. Lasar machte mir neben sich Platz und bat mich, Koffer und Rucksack zum Gepäck der beiden zu stellen. »Wir bleiben von nun an besser zusammen«, erklärte er, als hätte ich neue Streifzüge beabsichtigt. Seine Frau erkundigte sich nach dem Vatikanbesuch. Sie selbst hatten nichts Besonderes besichtigt, waren nur durch die Straßen flaniert und hatten ein paar notwendige Mitbringsel eingekauft. »Müssen Sie denn auch von einer solchen Reise Geschenke mitbringen?« fragte ich verwundert. »Warum nicht?« erwiderte seine Frau lächelnd, aber mit leichtem Tadel im Blick, der wohl auch der Bemerkung ihres Mannes galt, sie hege immer noch das alte israelische Schuldgefühl, überhaupt außer Landes zu fahren, was dann mit schönen Geschenken für die Daheimgebliebenen gesühnt werden müßte. »Schuld?« beharrte ich, »sogar bei einer solchen Reise?« »Bei jeder Reise«, entgegnete seine Frau hastig, wandte dann das Gesicht ihrem Mann zu und sagte: »Vielleicht müßte man doch was zu essen kaufen, belegte Brote und Süßigkeiten, denn wer weiß, welche Mahlzeit sie auf diesem komischen Flug servieren, wenn überhaupt eine.« Er erhob sich sofort, aber seine Frau sprang auf und sagte: »Ich gehe mit dir.« Diese Frau kann wirklich nicht allein bleiben, grinste ich im stillen. »Wir sind schon ein bißchen über das Alter für solche Charterflüge hinaus«, sagte Lasar entschuldigend, offensichtlich etwas verstört über die jungen Rucksacktouristen, die uns mehr und mehr einkreisten. Seine Frau bot an, auch mir etwas vom Büfett mitzubringen, aber ich lehnte höflich ab. »Ich habe schon ein ganzes Menü gegessen«, erklärte ich, »damit bin ich wohl bis Indien versorgt.« Ich empfahl ihnen, doch ins Restaurant zu gehen und in Ruhe zu essen, während ich hier das Gepäck bewachen würde. Mir war schon aufgefallen, daß sie ständig Angst hatten, hungrig zu bleiben, und andauernd Bonbons lutschten oder Kaugummi kauten. Tatsächlich hatten beide deutliches Übergewicht, wobei sich Frau Lasar allerdings bewußt gerade und aufrecht hielt und so die schwellende Rundung ihres Bauches kaschierte. Schnell waren sie verschwunden, und ich verstreute die Tüten über die beiden frei gewordenen Sitze, um sie belegt zu halten. Unterdessen wuchs der Tumult um den verspäteten Flug, obwohl bereits ein Angestellter der Fluggesellschaft am Schalter eingetroffen war, um mit Problempassagieren zu verhandeln.

Plötzlich sah ich durch das gegenüberliegende Schaufenster einer edlen kleinen Schuhboutique ihre Silhouette. Im Rock, ohne die blaue Tunika, saß sie auf einem schmalen Sessel, ein Bein dem eleganten Verkäufer entgegengestreckt, der ihren Fuß leicht hielt und Lasar offenbar die Vorzüge des feinen Schuhwerks erläuterte, denn der studierte sorgfältig ihren Fuß, um den Schuh daran mit einem anderen in seiner Hand zu vergleichen. Grünliches Licht, das ein wenig an unsere OP-Beleuchtung erinnerte, schimmerte durch das kleine Schaufenster und verlieh dem Bild der molligen Frau, die ihre langen Beine nach den zwei Männern ausstreckte, eine gewisse geheimnisvolle Note. Passanten blieben stehen und guckten. Wirklich seltsam, diese beiden, die sich bis zur letzten Minute ihren Vergnügungen hingaben, ungeachtet der bevorstehenden anstrengenden Reise ins tiefste Indien und womöglich auch ohne einen Gedanken daran, in welchem Zustand sie ihre kranke Tochter vorfinden mochten. Als der Beginn der Flugabfertigung über Lautsprecher bekanntgegeben wurde, eilten sie etwas aufgeregt herbei, in den Händen einen Beutel mit eingewickelten Sandwiches und zwei mit Schuhkartons. Lasar entschuldigte mir gegenüber den Schuhkauf. »Die Schuhpreise sind hier derart verlokkend, daß man schwer widerstehen kann«, erklärte er, »und die Modelle sind auch so hübsch«, begründete er weiter, während seine Frau, die seine Apologie offenbar peinlich fand, schweigend die beiden Koffer aufklappte, deren Inhalt mir langsam vertraut wurde, und die Beutel mit den Rom-Einkäufen einen nach dem anderen hineinpackte. »Diese dummen Schuhkartons werden noch den Koffer sprengen«, warnte Lasar. Doch sie ließ nicht locker. In einträchtiger Abneigung beobachteten wir beide ihre hartnäckigen Anstrengungen, die Kartons in die Koffer zu zwängen. Einer verschwand dort spurlos in den Tiefen, aber der andere rebellierte. Der Koffer wollte und wollte nicht zugehen. Es schien, als müßte sie letzten Endes nachgeben und die Schuhe unverpackt zwischen den Kleidern verstauen, doch dann, ich weiß nicht warum, durchzuckte mich sonderbares Mitleid angesichts der kindlichen Enttäuschung dieser erwachsenen Frau, und ich bot ihr meinen Koffer als Zwischenstation an. Lasar widersprach immer noch, nunmehr über ihre Sturheit schimpfend: »Wozu diesen verfluchten Karton bis nach Indien und zurück mitschleppen?« Aber seine Frau blickte nicht einmal in seine Richtung, sondern hob den Kopf, strich sich das zerzauste Haar aus den Augen und sah mich errötend an, sogar ohne das bewußte Lächeln. »Macht es Ihnen wirklich nichts aus?«

Der Flug nach Neu-Delhi startete um elf Uhr nachts. Nach ein paar Seiten in Stephen Hawkings *Kurzer Geschichte der Zeit*, das mein Vater mir auf dem Flughafen gekauft hatte, als er hörte, daß ich versehentlich kein Buch mitgenommen hatte, versank ich in tiefen Schlummer

Der Schlaf, den ich mir seit dem Morgen erhofft und für den ich diesen ganzen Tag lang Müdigkeit gehortet hatte, überkam mich früher als gedacht, war aber auch kürzer als gewollt. Als ich drei Stunden später – immer noch zum Start angeschnallt – aufwachte, wußte ich nicht, wo ich mich befand, und dachte für einen Moment, ich sei zur Nachtwache auf der Station. Im Flugzeug herrschte große Dunkelheit, und die Passagiere waren alle in Schlaf versunken, als hätte eine plötzliche Seuche sie niedergestreckt. Über die schwankende Tragfläche hinweg versuchte ich angestrengt, am dunklen Himmel erste Glitter des Sonnenaufgangs zu entdekken, der nach meiner Berechnung längst hätte anbrechen müssen, wenn das Flugzeug eine vernünftige Flugroute einhielt. Und dann sah ich, daß Lasar oder seine Frau mich im Schlaf besucht hatten, denn eins der belegten Brötchen, die sie auf dem Flughafen gekauft hatten, und eine große Tafel italienische Schokolade steckten in der Sitztasche vor mir. Anscheinend hatten sie gemerkt, daß mir das Abendessen entgangen war, und für Entschädigung gesorgt. Ich wickelte mich in die Wolldecke und verspeiste gierig das Sandwich und die ganze Tafel Schokolade, hoch erfreut über diese nette fürsorgliche Geste. Und plötzlich packte mich der Wunsch, die beiden zu sehen oder wenigstens zu wissen, wo sie saßen, aber ich wollte doch lieber den Tagesanbruch abwarten, den ich für sehr nahe hielt.

Tatsächlich dauerte es nicht lange, und im goldenen Licht stand ich auf und ging die beiden suchen. Aber es kostete Mühe, sie zu finden. In dem Riesenflugzeug hatten sich im Verlauf der Nacht gewissermaßen verschwiegene Grüppchen gebildet, abgeschirmt durch aufgehängte Decken. In den Gängen lagen indische Kinder ineinander verschlungen, wie aus Solidarität mit ihren kleinen Freunden, die auf den Straßen schliefen und nicht hatten mitfliegen können. Die Zahl der Passagiere schien weit höher als die Anzahl der Sitze; trotzdem kam es mir seltsam vor, daß ich die Lasars partout nicht finden konnte – als hätte sich während des Tiefschlafs mein Realitätssinn verwirrt. Das Flugzeug begann im Wind zu schlingern, und indische Stewards, die aus verschiedenen Ecken des Flugzeugs zum Vorschein kamen, forderten die Passagiere auf, an ihre Plätze zurückzukehren und sich anzuschnallen. So leerten sich langsam die Gänge, und hier und da wurden auch Decken abgehängt und verborgene Ecken der Sicht preisgegeben. Ich ging wieder an meinen Platz, überlegte, ob man die beiden womöglich getrennt gesetzt hatte und ich daher mit meinem Beharren irreging, sie nebeneinander zu suchen, doch sofort verwarf ich diesen Gedanken als absurd. Wenn meine Eltern in Wartezimmern oder Bussen keine zwei Plätze nebeneinander fanden, setzten sie sich ohne Zögern getrennt – aber doch nicht diese beiden. Als sich der Wind beruhigt hatte und die Passagiere von der Anschnallpflicht befreit wurden, erblickte ich Lasars grauen Wuschelkopf im vorderen Teil der Maschine, und nun fiel mir ein, daß ich ihm während des letzten Jahres im Krankenhaus öfter begegnet war, ohne jedoch zu ahnen, welche Stellung und Aufgabe er besaß. Er kam den Gang herunter; bei mir angelangt, beugte er sich nieder und sagte mit leichtem Vorwurf: »Sie haben geschlafen und geschlafen und geschlafen«, als hätte ich mit meinem Schlummer etwas vom Schlaf der Welt geraubt. »Und Sie?« Er strich sich mit der Hand durch die verklebte Mähne, schloß müde die Augen und antwortete mit sonderbarer Selbstbewunderung: »Ich? Kaum zehn Minuten. Ich habe Ihnen ja gesagt, so bin ich nun mal, ein hoffnungsloser Fall, noch nie ist es mir gelungen, an einem Ort zu schlafen, über den ich keine Kontrolle habe.« »Und Dori?« fragte ich, leicht errötend, weil mir der vertrauliche Kosename herausgerutscht war, den sie unter sich benutzten; aber es wäre doch auch eigenartig gewesen, nach vierundzwanzig Stunden engen Zusammenseins »Ihre Frau« zu sagen. Er lachte. »Sie braucht bloß was Weiches unter ihrem Kopf und jemanden, der im Hintergrund wacht, und schon schläft sie sicher und ruhig.« Dann lehnte er sich plötzlich ganz über mich zum Fenster hin, um hinauszugucken. »Wo befinden wir uns jetzt?« fragte ich ihn. »Besser nicht daran denken«, lachte er, »sicher schweben wir über was völlig Verrücktem wie Iran, Afghanistan oder Pakistan, lieber gar nicht dran denken.« Schweigen kehrte ein. Nach einer Weile sagte Lasar: »Ich hoffe, Sie haben das Brötchen und die Schokolade gefunden, die wir Ihnen dagelassen haben. Uns fiel auf, daß Sie das Abendessen verpaßt haben.« »Ja, ja, das war großartig, ich wollte Ihnen auch dafür danken, aber ich konnte Sie nicht finden. Ich weiß nicht, was mit mir los war, ich hab im ganzen Flugzeug gesucht, aber Sie waren wir verschwunden«, sagte ich lachend. Doch er lachte nicht. »Hören Sie mal«, sagte er mit ernster Miene, »solange Sie uns im Flugzeug verlieren, geht's ja noch, aber was ist, wenn wir uns in Indien aus den Augen verlieren? Wir müssen ein paar sichere Kontaktregeln festlegen. Zunächst sollten Sie unseren geheimen Pfiff kennenlernen, der seit unseren Flitterwochen funktioniert.« Darauf machte er ihn mir einige Male vor, damit ich ihn behielt.

Es war ein dunstiger Nachmittag, als wir in Indien landeten, und einen Augenblick lang hatte ich das Gefühl, wir beträten nicht eine lebendige Wirklichkeit, sondern eine riesige Kinoleinwand, auf der ein Farbfilm über Indien lief. Und schon fand ich mich mit den zweien zusammengepfercht in einem engen alten Taxi, mitsamt dem großen Medikamentenrucksack und den drei Koffern, die unförmig und fast überflüssig wirkten angesichts der Bescheidenheit des indischen Lebens, das in buntem Strom am Autofenster vorbeizog. Lasars Gesicht, an meine Schulter gedrückt, wirkte sehr faltig und müde unter den Bartstoppeln, wahrend die molligen, wachen Züge seiner Frau, die immer noch duftete und zurechtgemacht aussah, vor kindlicher Erregung strahlten. Alle paar Minuten brach sie in helle Entzückensschreie aus, bestürmte ihren Mann und mich, alle möglichen indischen Passanten anzugucken, die ihr einen Extrablick wert schienen. Aber Lasar weigerte sich, den Kopf zu heben. Von Müdigkeit wie zerschlagen, brummelte er mit geschlossenen Augen: »Genug, Dori, nicht jetzt, man kann ja nicht mehr, wir werden sie noch alle zu sehen kriegen«, während ich mich bemühte, ihren schrillen Begeisterungsausbrüchen zu folgen und dahin zu blicken, wohin sie zeigte, wobei sie immer wieder den einen dummen Satz wiederholte, der mir nicht mehr aus dem Kopf ging: »Ich empfinde das noch gar nicht als wirklich, sondern als wär's bloß ein englischer Film über Indien und wir hätten uns selbst ein bißchen in Engländer verwandelt.« Dabei lächelte sie mich jedesmal freigebig an, wie man einem Kind zulächelt, das originell zu sein versucht. Doch als wir das vom Reisebüro empfohlene Hotel erreichten, das hinter den Altstadtmauern lag, sackte ihre Begeisterung augenblicklich ab. Nicht umsonst hatte ich gegen ihr Mitkommen rebelliert. Das Hotel, in dem bereits zwei bestellte Zimmer auf uns warteten, war zwar ein ziemlich alter Kasten, aber weder ich noch Lasar hatten irgendwelche Bedenken, hier zu übernachten. Doch an der Rezeption machte sie ein langes Gesicht und begann auf ihren Mann einzuflüstern, verlangte, die Zimmer zu sehen, bevor wir die Pässe abgaben. Lasar sträubte sich zunächst, gab aber schließlich nach, und so ließen sie mich mit dem Gepäck an der Rezeption zurück und gingen hinauf, um die Qualität der Zimmer zu prüfen. Als sie zurückkamen, schien sich der Streit zwischen ihnen verschärft zu haben. Sie machte ein glühend entschlossenes Gesicht, und er wirkte verärgert und äußerst nervös. »Ich verstehe nicht«, schimpfte er weiter, »ich versteh's einfach nicht, es geht um eine Nacht, allerhöchstens zwei; ich habe schon dreißig Stunden nicht mehr geschlafen, kann mich kaum noch auf den Beinen halten und möchte nichts als ein schlichtes Bett. Das ist alles. Wo sollen wir jetzt wohl ein besseres Hotel finden?« Aber sie ergriff plötzlich mit einer Geste verzweifelter Wut seine Hand, als wolle sie ihn zum Schweigen bringen, und für einen Moment traf ihr Blick den meinen, und sie schickte mir sofort ihr mechanisches Lächeln, vielleicht, um mich ebenfalls stumm zu machen. »Auch eine Nacht hat ihren Wert im Leben«, schnauzte sie ihren Mann an und sah mich dabei mißbilligend an, obwohl ich kein Wort gesagt hatte.

Uns blieb keine andere Wahl, als das Hotel zu verlassen,

und kaum waren wir auf die Straße getreten, sprangen auch schon zwei junge Inder auf uns zu, nahmen uns den Rucksack und die drei Koffer ab und zogen mit uns zur Besichtigung anderer Hotels los. Und da wir uns nun leicht fühlten, erlöst von den langen Stunden eingepferchten Sitzens im Flugzeug, und auch das Wetter angenehm mild war, gingen wir wie schwebend nicht zu einem Hotel, sondern zu fünfen. Es wurde nämlich rasch klar, daß man Lasar im Tel Aviver Reisebüro durchaus zu Recht gewarnt hatte, wir kämen mitten in die Pilgersaison. In den Hotels, die Lasars Frau gefielen, waren keine Zimmer frei, und die, die Platz hatten, sagten wiederum ihr nicht zu, die nun schon allein hinaufging, »um die Zimmer zu schnuppern«, wie Lasar mit einem hilflosen Lächeln sagte, dem ich zu meiner Überraschung auch ein wenig versteckte Bewunderung für ihre Hartnäckigkeit entnahm. So trabten wir durch die Altstadtstraßen, in Begleitung zweier junger Männer, die uns begeistert weiter und weiter führten, bis wir nach einer geschlagenen Stunde des Suchens das »einigermaßen annehmbare« Hotel fanden, dessen Preise gar nicht mal höher waren als die der vier, die wir abgelehnt hatten. Unsere beiden Zimmer lagen nebeneinander – ziemlich klein, aber sauber oder doch zumindest farbenfroh. Die Fenster waren mit blaßgrünen Seidengardinen verhängt, die an Saris erinnerten, und in beiden Zimmern baumelte eine dicke grellgelbe welke Blumengirlande über den Betten. Nach eineinhalb Tagen war ich endlich wirklich allein und genoß die Einsamkeit. Es war schon vier Uhr nachmittags, und ich fragte mich, ob meine Müdigkeit so stark war, daß ich nur noch duschen und ins Bett klettern konnte, oder ob ich nicht doch besser gleich jetzt, vor Einbruch der Dunkelheit, in die neue Welt vor der Tür hinaustreten sollte. Zum Schluß gab der Hunger den Ausschlag, und da Lasar und seine Frau, entgegen ihrer sonstigen Gewohnheit, keinerlei Pläne hinsichtlich eines bevorstehenden gemeinsamen Mahls geäußert hatten, beschloß ich, meinen Hunger auf eigene Faust zu stillen. Die endgültige finanzielle Regelung zwischen uns war noch nicht fest vereinbart. Bisher gab es nur die vage allgemeine Absichtserklärung Frau Lasars vom ersten Abend in ihrer Wohnung. Das Gerangel um die Wahl des Hotels in dieser doch ziemlich einfach wirkenden Gegend hatte mich allerdings gelehrt, daß dies trotz der panikartigen Abreise keine Reise ohne Rücksicht auf die Kosten war, zumindest nicht aus Lasars Sicht. Und warum sollte sie es auch sein?

Das Hotel hatte kein Restaurant, nur eine dämmrige kleine Bar, in der ein paar Gäste in altmodischen europäischen Anzügen und weißen Turbanen Zeitungen durchblätterten und leise englische Konversation pflegten, als seien sie in Wirklichkeit Briten, die man beim Rückzug des Imperiums vergessen hatte und die im Laufe der Jahre zu alten Indern nachgedunkelt waren. Ich wechselte an der Hotelkasse eine Hundertdollarnote in Rupien und trat auf das von weichem, trockenem Sonnenlicht durchflutete Gäßchen hinaus, immer noch ungewillt, die feine Hülle englischer Identität abzulegen, die mich seit meiner Landung in Indien insgeheim wohltuend umgeben hatte. Ich wollte nicht wie ein hektischer israelischer Tourist an den randvollen bunten Tabletts der vielen Stände stehenbleiben, um eine undefinierbare klebrige Masse zu vertilgen. Deshalb suchte ich das erste abgelehnte Hotel wieder auf, da ich mich erinnerte, dort ein großes Lokal gesehen zu haben. Tatsächlich gelang es mir überraschend leicht, unsere Fußstapfen zurückzuverfolgen, und schon betrat ich das Restaurant, in dem ich mir gründlich die Speisen auf den Tischen besah und zum Schluß ein Gericht bestellte, das mir passend erschien: gebratenes Fleisch in einer dicken schwärzlichen Fladenbrottasche, die auf einem riesigen gelben Blatt lag. Nachdem ich gesättigt war, verspürte ich den Drang, hinaufzugehen und in eins der Zimmer zu lugen, um zu begreifen, wovor Lasars Frau hier zurückgeschreckt war. Ein indischer Dienstbote führte mich in den zweiten Stock, um mir das einzige noch freie Zimmer zu zeigen, vermutlich das gleiche, das auch sie gesehen hatte. Es war ein geräumiges Zimmer, von dessen Fenster man in der Ferne die rötliche Mauer eines großen Forts schimmern sah. Aber ich konzentrierte mich auf Einzelheiten, versuchte, mit ihren Augen zu schauen und zu ergründen, was ihr mißfallen haben mochte. Über das große Bett lag eine saubere, aber an den Rändern ausgefranste graue Decke gebreitet. Eine Wand wies lange, schmale Flecken auf – offenbar hatte man volle Gläser oder Tassen dagegen geworfen. Ich tat einen kurzen Schritt ins Zimmer, um es »zu schnuppern«. Der Inder neben mir lächelte. Ich konnte nichts riechen bis auf einen leicht süßlichen Hauch, wie von Schimmel. Was hatte sie denn bloß? grübelte ich und dachte mit mir bisher unbekannter Wut an diese verwöhnte Frau.

Ich verließ das Zimmer, strebte aber – obwohl ich mir müde und verklebt vorkam – nicht unserem Hotel zu, sondern fühlte mich zu dem eben entdeckten Fort hingezogen. Es war mir schade um jede verlorene Minute an diesem faszinierenden Ort. Man hatte uns schon auf dem Flughafen informiert, wir müßten von Delhi mit Bahn oder Bus nach Gaya weiterreisen, da wegen des ungeheuren Andrangs zu dieser Jahreszeit keinerlei Aussicht bestehe, einen Platz im Flugzeug zu ergattern, vielleicht nicht mal in einem klimatisierten Eisenbahnabteil. Lasar, dem es mit der Heimfahrt eilte, würde sich daher wohl kaum in Neu-Dehli aufhalten wollen, sondern trotz seines ausdrücklichen Versprechens, »unterwegs ein paar hübsche Dinge anzugucken«, gewiß schon am nächsten, spätestens übernächsten Tag zum Aufbruch blasen, um schleunigst ans Ziel zu gelangen. Und da ich fürchtete, unsere Hepatitispatientin könnte sich in ernsterer medizinischer Verfassung befinden, als ihre Eltern ahnten, und mich deshalb vom Augenblick unseres Eintreffens an ganz und gar beanspruchen – zumal praktisch veranlagte Menschen wie die Lasars schließlich nicht umsonst einen Arzt bis ans Ende der Welt mitschleiften –, wollte ich mir lieber nichts vom Zauber dieses Ortes entgehen lassen, der mich bereits in seinen Bann zu ziehen begann.

Ja, gerade so, wie ich bin, dachte ich, klebrig und verdreckt von der Fahrt, werde ich freier sein in meiner ersten Berührung mit der indischen Wirklichkeit, die wie farbenprächtige

Lava um mich her sprudelt und strömt und erstarrt, während die heimliche englische Identität in meinem Innern mich vor Verstrickungen schützen wird. Deshalb ließ ich mir, sobald ich den Namen des Hotels auf einen Zettel notiert hatte, völlige Freiheit, durch die dreckigen, überfüllten Straßen zu schlendern, wobei ich langsam, aber stetig der rötlichen Mauer zustrebte, die sich mir vom Fenster des abgelehnten Zimmers aus offenbart hatte. Aus verschlungenen Pfaden, ohne unterwegs jemanden nach dem Weg zu fragen, erreichte ich sie schließlich und sah, daß ich ihr nicht umsonst meine Aufmerksamkeit geschenkt hatte. Die Mauer verlief Hunderte Meter weiter in derselben rötlichen Farbe, die schon von Ferne meinen Blick angezogen hatte und jetzt, im Licht des nahenden Sonnenuntergangs, noch besonderen Reiz gewann. Einen Moment lang suchte ich erneut englische Touristen, um mich ihnen anzuschließen und einige vertraute Klänge aufzuschnappen. Aber am Tor standen nur ein paar zögernde Inder, von den Torhütern gedrängt, einzutreten, ehe das Fort schloß, das tatsächlich verblüffend einfach Rotes Fort hieß. Obwohl es für eine gründliche Besichtigung zu spät war, trat ich fast als letzter ein, passierte eine Arkadenstraße mit hübschen Andenken- und Antiquitätenläden und gelangte weiter zu wunderbaren kleinen Palästen – darunter einem namens Rang-Mahal (Palast der Farbe) –, in denen es jetzt, in der Abenddämmerung, kaum noch Touristen gab. Immer noch wiegte ich mich stur in dem angenehmen Empfinden, der Held eines Films mit festen Wertvorstellungen und klarer Handlung zu sein, denn ich dachte, allein dieses Gefühl könnte mir im Verlauf der jäh aufgezwungenen Reise ein wenig Sinn stiften, der mich über die verlorene Facharztausbildung auf Chischins Chirurgiestation hinwegtrösten würde.

Als ich bei Ende des Sonnenuntergangs mit den letzten Touristen das Fort verließ – noch ganz aufgewühlt von dem, was ich hatte sehen können –, wurde es schnell dunkel ringsum, und eine neue Kühle, vermischt mit weichen Regentropfen, zog auf, vermutlich von dem breiten Fluß, den ich aus einem Fenster des Forts erspäht hatte. Ich hielt ihn für den Ganges, bis man mich korrigierte, das sei der Jumna, der erst tausend Kilometer weiter in den Ganges münde. Und trotz meiner Müdigkeit sagte ich mir, wenn ich schon bis hierher gekommen war und es derart genossen hatte, müßte ich mir vielleicht auch den Fluß anschauen, denn obwohl es nicht der berühmte Ganges ist, besitzt er gewiß eine spirituelle Bedeutung, die mich etwas Neues lehren könnte. Morgen abend, wer weiß, ist der Zauber dieses selbständigen Umherstreifens womöglich schon verloren, und ich sitze eingeklemmt zwischen Lasar und seiner Frau in Bahn oder Bus, wobei die beiden sicher von der Angst um die kranke Tochter überwältigt werden, je näher wir dem Krankenhaus kommen. Deshalb beschloß ich trotz der Dunkelheit und obwohl ich mir unter den ringsum wimmelnden Indern einsam vorkam, mich nicht mit dem Roten Fort zu begnügen, sondern in östlicher Richtung zum Fluß weiterzuwandern. Und so, durch den festen alten Regenmantel, den mir mein Vater mitgegeben hatte, gegen die Kälte geschützt, ging ich zwischen armseligen Hütten hindurch, deren Bewohner recht freundlich oder zumindest nicht gewalttätig aussahen, und hörte hier und da in der Dunkelheit sogar englische Brocken eines Touristen oder Einheimischen, was mich zusätzlich ermutigte.

Trotz der Kühle und des feinen Regens klangen vom Fluß die lebhaften Stimmen von Frauen herauf, die Wäsche wuschen oder sogar badeten, und von Zeit zu Zeit offenbarte auch der schwankende Strahl einer Taschenlampe etwas von ihrem fröhlichen Treiben. Ich blieb lange dort in dem duftenden Regen stehen, bis ein anhaltendes Tuten ertönte und ein sehr langer erleuchteter Zug sich aus einem nahen Bahnhof löste und den Fluß auf einer unsichtbaren Brücke zu überqueren begann, als schwebte er zwischen Himmel und Erde, bevor er am fernen Horizont versank. In diesem Augenblick beschloß ich, mich mit der mir aufgenötigten Reise abzufinden und den wieder und wieder unternommenen Versuch, gegen Chischins Zwang aufzumucken, fallenzulassen, worauf ich meiner tiefen Müdigkeit nachgab und mich zu dem wartenden Bett aufmachte, über dem die welke gelbe Blumengirlande baumelte.

Aber wer hätte geahnt, daß sich nicht nur über den Fluß und seine Umgebung dichte Dunkelheit senken, sondern auch große Teile der Altstadt schon in fahlem Dämmern liegen würden. Hier und da flimmerten zwar vereinzelte Straßenlaternen, aber in deren schummrigem Licht waren die Wegzeichen, die ich mir vorsorglich für den Rückweg eingeprägt hatte, nicht zu erkennen. Mir blieb nichts anderes übrig, als Passanten den Namen des ersten abgelehnten Hotels zu nennen, doch obwohl manche durchaus guten Willen zeigten, waren ihre Antworten verworren und irreführend. Zu meinem Leidwesen erkannte ich Stände und Läden wieder, an denen ich eben erst vorbeigekommen war, bis ich begriff, daß ich durch Straßen ging, die kreisförmig um einen Platz verliefen. An diesem Punkt verlor ich das Vertrauen in sämtliche Erklärungen und begann jeden erhaltenen Hinweis von neuem zu prüfen, selbst wenn ich dafür zuweilen jemanden wecken mußte, der sich schon frühzeitig zum Nachtschlaf auf dem Gehweg zusammengerollt hatte. Irgendwie erreichte ich letzten Endes das erste abgelehnte Hotel, das nun erleuchtet war und aus dem Musik und Gesang die Gegend erfüllte; es fand eine Hochzeitsfeier statt, der ich wie gebannt ein Weilchen zuschaute. Von dort wußte ich nun schon selbst den Weg zu unserem Hotel, das still und dunkel wirkte.

Ich eilte zum zweiten Stock hinauf und rätselte, ob die Lasars wohl über mein langes Verschwinden, das diesmal sogar ohne Vorwarnung erfolgt war, böse sein würden oder ob sie im stillen schon eingesehen hatten, daß sie – abgesehen von meinen künftigen ärztlichen Pflichten – keine Verfügungsgewalt über mich besaßen. Falls eine leichte Rüge kommen sollte, wollte ich aber den Kopf senken und schweigen. Nachdem ich mein Zimmer betreten und festgestellt hatte, daß es dort keinen Strom gab, sondern nur eine Öllampe über dem Bett brannte, die man in meiner Abwesenheit gebracht und inmitten der welken Blumengirlande aufgehängt hatte, klopfte ich sofort leise an die Nebentür, um meine Rückkehr anzuzeigen und zu hören, was die beiden inzwischen gesehen und gemacht hatten. Lasar öffnete – barfuß, zerzaust, mit schmalen, geröteten Augen und in einem altmodischen Flanellschlafanzug, in dem er klein und plump wirkte. Das Zimmer der beiden war kleiner als meines und mit Kleidungsstükken übersät. Schwaches, sanftes Licht schimmerte aus einer versteckten Öllampe neben dem Bett, das kaum größer als meines war, und unter der Bettdecke hob sich eine Silhouette ab, von der nur die kleinen Füße hervorlugten. Sie kann offenbar genausogut schlafen wie lächeln, dachte ich, wieder merkwürdig verärgert. Tatsächlich stellte sich heraus, daß sie beide gleich nach dem Abschied, völlig ungeachtet der gewaltigen indischen Stadt, in Tiefschlaf versunken waren und daher mein Verschwinden gar nicht bemerkt hatten. Ich erzählte gleich an der Türschwelle in geradezu kindlicher Begeisterung, aber knapp und im Flüsterton, von dem Roten Fort, den kleinen Palästen und dem Fluß. Er lauschte leicht taumelnd, mit gesenktem Kopf. Der – laut Chischin – wahre Herrscher über unser großes Krankenhaus stand jetzt als verwirrter und schlaffer Mann vor mir. Trotzdem flüsterte ich weiter, sah unterdessen aus der Silhouette auf dem Bett zwei lächelnde, unbebrillte Augen aufleuchten. »Ich sehe, es hat Ihnen gefallen«, sagte Lasar zum Schluß. »Gut, daß Sie nicht auf uns gewartet haben. Ich weiß nicht, was uns so umgehauen hat«, fuhr er entschuldigend fort, »aber es war stärker als wir. Wir schleppen ja nicht nur die Müdigkeit von der Reise mit, sondern noch ein paar schlaflose Nächte von vorher. Seit dieses Mädchen uns den Brief gebracht hat, sind wir langsam kaputtgegangen, auch wenn man's uns nicht ansah.«

Doch er wollte sich nicht von mir trennen, ohne aus meinem Zimmer zwei Schlaftabletten mitgenommen zu haben, denn in seiner praktischen Zielstrebigkeit war er entschlossen, den einmal gefundenen Schlaf nicht entwischen zu lassen, ehe seine inneren Batterien für die Strapazen der weiteren Reise voll aufgefüllt waren. Und als er mich dann am nächsten Morgen um zehn Uhr durch leichtes Pochen an der Tür weckte, merkte ich tatsächlich sofort, daß seine zermürbende Müdigkeit in Hellwachsein umgeschlagen war. Er entschuldigte sich, daß er mich weckte, aber es seien »ein paar eilige Behördendinge« zu erledigen. Um zehn Uhr abends würden wir mit dem Nachtzug nach Varanasi weiterfahren, eine lange Fahrt, zirka siebzehn Stunden. Und man müsse bis Mittag das Zimmer räumen und das Gepäck unten deponieren. »Schon heute abend?« fragte ich enttäuscht, obwohl ich wußte, daß das dringende Anliegen, schnell zu seiner kranken Tochter zu gelangen und rasch mit ihr heimzukehren, stärker sein würde als seine sämtlichen Versprechen, »unterwegs ein paar hübsche Dinge anzugucken« und »keine reine Martertour daraus zu machen«. Trotzdem wurde ich traurig, denn ich hatte vorgehabt, an den Fluß zurückzukehren, um ihn bei Tageslicht zu sehen, und auch ein paar Stätten zu besichtigen, die mir am Vorabend beim flüchtigen Vorbeigehen im Dunkeln sehr reizvoll erschienen waren. Aber es blieb offensichtlich keine andere Wahl, als am Abend loszufahren. In den Flugzeugen war für die nächsten zwei Wochen kein Platz zu bekommen und sogar der Expreßzug, auf den wir in Israel noch Hoffnungen gesetzt hatten, war ausgebucht. Nur mit besonderem Geschick war es Lasar gelungen, Plätze in einem etwas weniger schnellen und eleganten, aber doch zuverlässigen und annehmbaren Zug zu reservieren, denn sonst, wer weiß, hätten wir womöglich noch in einem alten Omnibus losrumpeln müssen wie im Abenteuerfilm. »Ja, was kann man machen?« sagte er erneut entschuldigend, wirkte aber eigentlich recht selbstzufrieden ob seiner Fähigkeit, sogar im fernen Indien Organisationsprobleme zu meistern: »Wir sind in die Hauptreisezeit der Inder geraten. Aber wir haben uns den Termin ja nicht ausgesucht, sondern er uns. Einen Vorteil gibt es jedenfalls. Die Luft ist angenehm, und man kriegt keinen wilden Monsunregen auf den Kopf.«

Nun kam seine Frau heraus, mit Sonnenbrille, abmarschbereit. Die blaue Tunika hatte sie durch einen bunten indischen Schal ersetzt, den sie bereits am Morgen gekauft und gleich umgelegt hatte. Sie trug flache Laufschuhe, in denen sie kleiner und plumper wirkte. Als sie mich in meiner Zimmertür stehen sah, legte sie scherzhaft die Hände zusammen, mimte eine filmreife indische Grußgeste und sagte in mütterlich tadelndem Ton: »Sie haben geschlafen und geschlafen, aber trotzdem gebührt Ihnen ein Dankeschön für das Rote Fort; nach dem, was Sie in der Nacht erzählt haben, sind wir heute morgen gleich losgelaufen, um es zu besichtigen, und es ist wirklich bildschön. Jetzt wollen wir zu einem wunderbaren Minarett fahren, das alle empfehlen. Vielleicht kommt er mit?« fragte sie ihren Mann, doch bevor der noch ein Wort herausbringen konnte, wandte sie sich schon wieder enthusiastisch an mich: »Vielleicht kommen Sie wirklich mit uns? Wir haben eine Motorradrikscha bestellt, die unten wartet, und alle im Hotel sagen, man dürfe Delhi nicht verlassen, ohne dieses Minarett samt Moschee gesehen zu haben.« Doch ihr Mann ergriff nun rasch ihre Hand und drückte sie kaum merklich, wodurch er mir, vielleicht unbewußt, die intime Kraft ihrer Liebe demonstrierte. »Laß den Mann doch erst mal aufwachen«, tadelte er sie liebevoll. »Du hast dich seit gestern endlos ausgeschlafen, während er bis spät in die Nacht rumgelaufen ist. Außerdem erwartet ihn heute abend eine schwere Fahrt, und ich bin auch keineswegs sicher, ob dieses Minarett wirklich die Zeit und den Aufwand lohnt.« Daraufhin ließ sie lachend von mir ab. Vielleicht freute sie sich auch insgeheim, daß ihr Mann allein mit ihr zu dem Minarett wollte. Lasar stöberte in seinen Taschen, zog meine Eisenbahnfahrkarte hervor und sagte: »Damit Sie sie sicherheitshalber schon mal bei sich haben.« Dann holte er einen Stift aus der Tasche, notierte auf der Rückseite der Karte den Namen der Station und meinte, wir sollten uns um acht Uhr abends im Hotel treffen, um gemeinsam zum Bahnhof aufzubrechen. »Um acht?« protestierte seine Frau schmollend. »Warum so früh? Der Zug fährt erst um zehn, und wie sollen wir da schon von diesem Ort zurück sein, diesem Mausoleum des Humayun, das man sich gerade bei Sonnenuntergang ansehen soll? Vielleicht treffen wir uns doch lieber am Bahnhof, du hast ja schon gesehen, daß er nicht verlorengehen kann.« Auf einmal ärgerte ich mich über die Gelassenheit, mit der sie den Plan skizzierte, und während ich meinen stoppeligen Zweitagebart befummelte, stichelte ich lächelnd: »Und wenn wir nun doch verlorengehen, was machen wir dann?« »Aber warum sollten wir verlorengehen?« fragte zutiefst verwundert dieselbe Frau, die nur wegen ihrer Unfähigkeit, allein zu bleiben, bei uns war. Doch Lasar leistete mir eilig Schützenhilfe. »Sie haben recht, alles möglich, und wenn Sie hier wirklich verlorengehen, können Sie noch nicht mal jemanden benachrichtigen.« Deshalb kritzelte er mir auf einen Extrazettel die Anschrift des Krankenhauses in Gaya. »Das ist zwar über zweitausend Kilometer entfernt«, sagte er lächelnd, »aber doch wenigstens ein klarer Fixpunkt. Geld habe ich Ihnen gegeben. Ihr Hotelzimmer ist bereits bezahlt. Und heute abend treffen wir uns hier, ja, um acht Uhr.« Er wandte sich tadelnd an seine Frau: »Du meinst immer, man könnte mit der Zeit spielen. Aber nicht hier. Deshalb sollten wir wirklich alle um acht Uhr hier zurück sein. Und bis dahin sind Sie frei. Ich sehe, Sie streifen gern allein umher, nur passen Sie auf, daß Sie sich nicht verlaufen wie gestern. Damit wir einander nicht nervös machen.«

Doch sie gingen noch immer nicht. Jetzt warteten sie im Flur auf einen sehr zierlichen dunklen Knaben, der ihr Gepäck hinuntertragen sollte, und ich schloß langsam die Tür, kehrte aber trotz der Müdigkeit nicht ins Bett zurück, sondern rasierte mich gleich im Stehen, und plötzlich fuhr mir durch den Kopf: Stimmt, das ist der richtige Ausdruck – nervös machen. Dieses dickliche Paar fällt mir tatsächlich langsam auf die Nerven, ohne daß ich genau wüßte, wie und warum. Vielleicht bin ich ja zu empfindlich, gestand ich mir ein, aber irgend etwas an der starken, tiefen Bindung zwischen dem fürsorglichen, sachlich-trockenen Lasar und seiner warmen, übertrieben freundlichen Frau mit ihrem überflüssigen, abrupten Lächeln beginnt mich zu ermüden. Denn trotz ihrer »Offenheit« sind sie ja nicht wirklich offen mit mir. Ich weiß nicht, was sich in ihren Köpfen abspielt, die zweifellos in gut abgestimmtem Verbund arbeiten. Ich weiß ja noch nicht einmal so etwas Simples wie den Honorarbetrag, den ich für diese Reise erhalten werde, zumal sich schwer sagen läßt, wie ihr wahres Verhältnis zum Geld aussieht und wie sie untereinander und mir gegenüber rechnen. Ist es nicht schon sonderbar genug, daß sie einen Arzt mitschleifen? Eigentlich hätte doch ein einziger Abgesandter genügt, um diese Tochter heimzubegleiten. Überhaupt könnte man plötzlich meinen, sie fürchteten sich ein wenig vor dem Zusammentreffen mit ihr und wollten mich als eine Art Mittelsperson dabeihaben. Hat Lasar die Wahrheit gesagt, als er vor seinem Haus behauptete, seine Frau könnte nicht ohne ihn bleiben? Und wenn ja, in welcher Hinsicht? Das ist doch völliger Wahnsinn. Obwohl ich schon die Macht dieser glatten Zweisamkeit spüre, die kaum jünger als die meiner Eltern ist. Aber wie unterschiedlich die beiden Paare sind. Mein Vater würde doch niemals auf die Idee kommen, meine Mutter durch solch einen intimen Händedruck zum Verstummen zu bringen. Mein Vater hätte nie einen fremden jungen Mann, der ihnen zuschaute, verlegen gemacht. Aber vielleicht, sagte ich mir, als ich mir zu drittenmal das Gesicht einseifte, um die Rasur angesichts der ermüdenden nächtlichen Bahnreise zu verstärken, vielleicht bin ich doch zu empfindlich, und das ohne Grund, vielleicht einfach, weil ich im tiefsten Innern noch immer heule über diese Tour – aufgezwungen von Professor Chischin, den ich jetzt, zu dieser frühen Morgenstunde, in Israel frisch und arrogant den OP betreten sehe, wo er bereits erwartet wird von den Schwestern, dem Narkosearzt und dem zweiten Assistenten, der sich gewiß schon seinen Mundschutz umgebunden hat. Und Chischin scherzt, foppt sogar den Patienten, der angstbleich und drogenbetäubt »abflugfertig« auf der Bahre liegt, und vielleicht macht er jetzt gegenüber dem Team auch ein paar ironische Bemerkungen über mich, den ersten Assistenten, dem er gütigst eine wunderbare Reise geschenkt habe, wobei doch ihm und allen Umstehenden klar ist, daß ich nichts sehnlicher wollte, als an seiner Seite, das heißt am Operationstisch, zu bleiben und noch und noch Einblick zu gewinnen ins Innerste des menschlichen Körpers, in der Hoffnung, daß auch mir einmal das Messer in die Hand gegeben würde.

3.

Läßt sich das Wort »Mysterium« bereits hervorholen? Oder kann man bisher nur daran denken? Die drei Helden (drei? einstweilen) suchen ja auch gar kein Mysterium, denn ihr relativ ausgeglichenes Wesen und ihre hinreichend rationale Denkweise haben ihnen ein strahlendes Ziel und einen klaren Weg vorgezeichnet wie es zu erreichen ist. Und soweit sie nur der Tyrannei und Willkür der Phantasie entgehen, werden sie aus eigenen Kräften zum einfachen Kern der Sache gelangen und heil in ihre Häuser zurückkehren, nachdem sie sich schmerzlos und wohlgelaunt voneinander verabschiedet haben.

Was sollte ihnen auch ein Mysterium nützen, das nirgendwohin strebt. Denn das ist ja sein Wesen – richtungslos, da ihm das Ziel abhanden gekommen ist, nachdem der Grund vergessen war. Und bei der unermüdlichen Kreisbewegung der Erdkugel erscheint es plötzlich in unserer Mitte wie ein trauriger Verwandter aus einer uralten Anstalt für Geisteskranke, der auf Urlaub geschickt wurde, obwohl er noch nicht von seiner Wahnvorstellung geheilt ist, die Erde stünde still auf einem Fleck und jede Stunde sei in sich selbst endlich und nichts sei jemals verlorengegangen. So sitzt er uns bleich gegenüber, die gesprungene Metallbrille vor den Augen und einen abgewetzten kleinen Lederkoffer zu Füßen, und nachdem er zwanghaft seine phantastischen Auffassungen referiert hat, erhebt er sich, bemüht, das ihm vorgesetzte Teeglas nicht umzuwerfen, und beginnt wie im Traum zwischen den Schlafzimmern umherzuwandeln, um Menschen oder Ereignissen zu begegnen, die längst vergangen sind.

Denn da ihm das Unbewußte herausgeschnitten wurde, hat er sich zum Mysterium verwandelt, wobei ihm aber auch der Humor abhanden kam und fürchterlicher Ernst zum vitalen Sauerstoff geworden ist. Ohne Humor können Menschen zusammentreffen, aber wie sollen sie sich ohne ihn wieder trennen? Und dieser junge Arzt – ein etwas versonnener, zur Einsamkeit neigender Held, drei Tage zuvor plötzlich von Professor Chischins chirurgischer Station abgehängt, die ihm das vergangene Jahr über sehr am Herzen lag, ihm lieb und teuer war und an die er seine Zukunftshoffnungen knüpfte – hat jetzt, wegen der abrupten Indienreise, nicht einmal die Möglichkeit, sich an eine andere Hoffnung zu klammern. Eben beendet er seine Rasur, wäscht sich das Gesicht und geht daran, mit stillem Vorwurf seine Sachen zu packen. Aber bevor er endgültig von dem dämmrigen Zimmer Abschied nimmt, dessen Fenster immer noch dicht von der bunten Seidengardine verhängt ist, und sich auf einen Besichtigungstag mit gedrängtem Programm vorbereitet, damit er vor möglichen Freunden nicht etwa blamiert dasteht, weil er bis Neu-Delhi gelangt ist, ohne das gesehen zu haben, was man nun mal sehen muß, geht er prüfen, ob die Tür auch abgeschlossen ist, zieht sich rasch noch einmal völlig aus, fällt nackt aufs Bett und onaniert schwerfällig und ohne Phantasien, um für die lange Reise leichter und freier zu sein, denn er weiß ja, daß das nächste Bett, das seine energischen Anführer ihm bieten werden, weit weg ist.

Aber der junge Arzt hegt keineswegs den geheimen Wunsch, es als mysteriöses Bett zu betrachten, wenn ihn auch nun, wenig später, da er leicht taumelnd aus der Hoteltür tritt, mitten hinein in das rötliche indische Licht, das über dem betäubend bunten Menschengewühl auf den Straßen schwebt, ein wenig Angst beschleicht, während er sich doch gestern, in ebendenselben Straßen und sogar bei nächtlicher Dunkelheit, durchaus wohl gefühlt hat. Das liegt wiederum daran, daß der englische Film, in den er in Gedanken als Mitwirkender eingestiegen war, um sich zu schützen, im Lauf der Nacht völlig verblaßt ist, so daß er nun ungeschützt einer überwältigend fremden Wirklichkeit gegenübertritt. Und diese Angst war dem Arzt so neu und unverhofft, daß er die erstbeste Rikscha anhielt, obwohl sie von einem Fahrrad, keinem Motorrad gezogen wurde, sich auf den weichen Sitz warf und sagte: »Fahren Sie mich zuerst zum Mausoleum des Humayun.« Und der Rikschafahrer, ein ernster älterer Inder um die Fünfzig, der eine dunkle Sonnenbrille trug und besser englisch sprach als sein Fahrgast, erwies sich als ausgezeichneter Fremdenführer, der seinen jungen Touristen den ganzen Tag über mit Verstand und Effizienz herumfuhr, so daß er nicht nur das zu sehen bekam, was im Reiseführer als Pflichtprogramm galt, sondern auch noch das darüber hinaus Empfohlene. Nachdem sie also das Mausoleum des Humayun, den Qutb-Minar und sogar noch das Nationalmuseum besichtigt hatten und der Fremdenführer gewahr wurde, daß sein Tourist nicht lange verweilte, da sein Blick schnell und sein Gang flink war, schlug er ihm – vielleicht in seiner Eigenschaft als Arzt – den Besuch einer einzigartigen Einrichtung vor, nämlich eines Vogelkrankenhauses, das nicht weit vom Roten Fort lag. Aber dort, in einem dämmrigen Raum im zweiten Stock, angesichts von übelriechenden Käfigen, in denen kranke und verletzte Vögel, teils mit geschienten Gliedern, lagen, auch arg lädierte, zerbissene Raubvögel, die urplötzlich furchtbare Schreie ausstießen, vertiefte sich die Angst des Arztes, so daß er den Besuch zitternden Herzens beenden wollte. »Eine verrückte Idee«, erklärte er draußen, doch als er merkte, welche Enttäuschung er seinem Fremdenführer damit bereitete, korrigierte er sich und sagte: »Vielleicht eine originelle Idee, aber gehen die Menschen mit ihrem Leid hier nicht vor?«

Da nahm der Fremdenführer die Sonnenbrille ab und redete mit leicht entzündeten Augen von der Seelenwanderung, und der Arzt ballte insgeheim die Fäuste, senkte den Kopf und schwieg, und nachdem der andere fertig war, zahlte er ihm haargenau den vereinbarten Betrag und entließ ihn ohne Trinkgeld, aber statt erneut zum Fluß hinunterzugehen, um ihn, wie geplant, bei Tageslicht zu sehen, ging er langsam und ein wenig deprimiert in Richtung Hotel. Es war fünf Uhr nachmittags, unbekannte Düfte mischten sich in das schwindende weiche Licht. Jetzt besaß er schon einen Stadtplan von

Delhi, fand sich gut mit den Richtungen zurecht, ohne nach dem Weg fragen zu müssen. Er setzte sich in ein Lokal, beobachtete den vorbeiziehenden Menschenstrom und entdeckte zu seiner Überraschung unter den vielen Touristen bald auch Lasar und seine Frau – sie immer noch in das indische Tuch vom Morgen gehüllt –, die einfach ganz natürlich in ein paar Schritt Entfernung an ihm vorbeigingen und in einem nahen Stoff- und Teppichgeschäft verschwanden. Wie sonderbar, dachte er, in einer fremden Millionenstadt gerade auf die beiden zu stoßen – und dann noch in so einer x-beliebigen Gasse. Wie merkwürdig, sagte er sich erneut, trank schnell seinen Tee aus und lauerte auf den Moment, in dem sie wieder herauskämen und er auf sie zugehen würde, um seine Trübsal ein wenig mit dem Lächeln der Frau fortzuspülen und das heutige Besichtigungsprogramm der beiden mit dem zu vergleichen, das er selbst absolviert hatte – vielleicht gab es ja noch eine weitere Touristenpflicht, deren man sich während der letzten Stunden in Delhi entledigen konnte. Aber sie kamen nicht wieder zum Vorschein. Das Glas stand leer vor ihm, der Kellner war entlohnt, und er mußte innerlich erneut über die Kaufsucht dieser zwei molligen älteren Leute grinsen. Zum Schluß hielt er es nicht länger aus und betrat das Geschäft, um sie zu suchen. Aber sie waren nicht aufzufinden, obwohl der Laden nicht groß war und keinen zweiten Ausgang zu haben schien. Das ist ja wirklich merkwürdig – tauchen plötzlich auf und verschwinden wieder, das läßt sich wie eine mysteriöse Geschichte an, murmelte er bei sich, immer noch nicht das Wort selbst bildend, sondern nur seine Adjektivform.

Aber als er um sieben Uhr, eine ganze Stunde zu früh, im Hotel ankam, nahm er es zurück. Warum mysteriös? Sicher waren sie in den wenigen Sekunden, in denen er gezahlt und das Wechselgeld geprüft hatte, aus dem Laden gekommen und seinen Augen entschlüpft. Er postierte sich auf einer weichen Ledercouch in der Ecke unweit des Rezeptionsschalters, Koffer und Rucksack neben sich parat. Jetzt konnte er gründlich die ein- und aussteigenden Gäste mustern, wobei er besonders die indischen Frauen, gleich welchen Alters, in Augenschein nahm, um auszukundschaften, an welchem Punkt eine westliche, aber etwas schüchterne Sexualität wie die seine wohl ansetzen könnte. Und da fielen ihm seine Eltern ein, und er wollte ihnen eine Freude machen und sie anrufen, nicht wegen deren Sorge – denn sie sorgen sich ja nicht um mich, dachte er, sie verlassen sich völlig auf Lasars Gewandtheit, sein schüchterner Vater hatte Direktoren dieses Typs immer große Bewunderung entgegengebracht –, sondern einfach, um ihre beruhigende Stimme zu hören, schließlich waren sie auch ein bißchen mitverantwortlich für diese Tour. Aber der Empfangschef konnte vom Hoteltelefon kein Auslandsgespräch durchstellen und verwies ihn auf das Postamt in einiger Entfernung, und der junge Arzt wollte das eben eroberte weiche Ledersofa nicht aufgeben und beschloß, das Telefonat zu verschieben. Es wurde schon acht Uhr, das Abenddunkel vertiefte sich, aber die Lasars blieben aus. Er empfand weder Sorge noch Ärger, nur leichte Verwunderung. Die Straße, auf die man durch die Hoteltür sah, versank nicht wie am Vortag in Schläfrigkeit, sondern wirkte festlich, viele neue Öllampen wurden in die Hotelhalle gebracht, hübsch gekleidete Menschen gingen vorüber. Mit sonderbarem Genuß sagte er sich, die beiden sind verrückt; ihre Tochter liegt Tausende Kilometer von hier krank und braucht sie, und die beiden schlendern zum Vergnügen herum wie zwei Provinzler auf der Suche nach preisgünstigen indischen Klamotten. Doch um neun Uhr begriff er langsam, daß wirklich etwas schiefgelaufen sein mußte. »Damit wir einander nicht nervös machen«, fiel ihm Lasars Stichwort wieder ein, doch noch immer kam keine Bitterkeit oder Wut in ihm auf, nur tiefe Verwunderung. Das Rückflugticket nach Israel hatte er in der Brieftasche, alle Papiere trug er bei sich. Falls sie wirklich verschwanden, wäre er sofort wieder sein eigener Herr und sogar berechtigt, nach Hause zurückzukehren.

Um fünf nach neun nahm er sein Gepäck, hinterließ Nachricht beim Empfang und fuhr zum Bahnhof. Vielleicht wür-

den sie im letzten Augenblick doch noch dort eintreffen, sogar ohne ihre Koffer. Doch von dem Augenblick an, in dem er mitten in den Sog des alten Bahnhofs geriet, in dem das Reisefieber in Reinkultur glühte – der gesamte Raum von Rauch und Gerüchen erfüllt und schwachem, gelbem Licht durchflutet, die vollgezwängten Waggons fiebrig summend und stöhnend, während die Insassen durch jede nur erdenkliche Öffnung Bündel und Matratzen aus- und einluden –, spürte der Arzt den letzten Rest Hoffnung zerrinnen, das verschwundene Paar noch zu finden. Trotzdem bahnte er sich stur einen Weg durch die Menge, ging von Bahnsteig zu Bahnsteig, bis er schließlich den richtigen Zug und das richtige Abteil fand, das sich als hübsch, modern und maßvoll klimatisiert erwies und damit das Gefühl europäischer Kühle vermittelte. Die vier Sitze wirkten bequem und sichtlich bereit, sich für den nächtlichen Schlaf in schmale Pritschen zu verwandeln. Die geschlossenen dunklen Scheiben ließen das Reisefieber des Bahnhofs zu einem Fernsehbild mutieren. Würde er am Ende allein und gegen seinen Willen ins tiefste Indien fahren, um ein unbekanntes krankes junges Mädchen zu einem nicht näher definierten medizinischen Zweck zu treffen? fragte er sich mit der leichten Ironie seiner englischen Vorfahren. Dabei wallten die Einsamkeit und Verwunderung, mit denen er sich den ganzen Tag getragen hatte, mit neuer Stärke in seinem Innern auf und spülten die Reste von Wut und Enttäuschung davon. Jetzt überströmte die süße Woge des Mysteriums seine Seele.

Das heißt immer noch nicht das Mysterium selbst, sondern nur seine Süße, die jetzt nicht der äußeren Wirklichkeit jenseits der dunklen Scheibe entsprang, sondern dem tiefsten Innern dieses jungen Arztes, den Professor Chischin seinen Freunden als für diese Reise ideal vorgestellt hatte. Denn nur ein oberflächlicher Touristenblick würde Mysterium etwa in der indischen Eisenbahn suchen; der Zug ruckte plötzlich schnaufend ein wenig vor und zurück, vermutlich sollten weitere Waggons angekoppelt werden, auf die hochgewachsene tibetische Mönche in orangefarbenen Kutten zuhaste-

ten, dabei sanft, aber bestimmt aufdringliche Bettler abwehrend, unter denen es sogar wahrhaftige Leprakranke gab, die mit verstümmelten Gliedern den Trägern zwischen die Beine liefen, die riesige Matratzenbündel für eine fröhlich vorbeiziehende Pilgergruppe schleppten, in deren Reihen zierliche Frauen wie Nachtfalter dahinschwebten, von einem klugen dritten Auge in der Stirnmitte gewarnt und solcherart davor bewahrt, die schwarzhaarigen, dolchtragenden Sikhs anzurempeln, die nun aber wiederum selbst gezwungen waren, ungeduldig die einzelne weiße Kuh zu umgehen, die ebenfalls arglos in den Bahnhof geschlendert war und nun das spärliche Gras am Bahnsteig rupfte, gleichgültig gegenüber den wilden Blicken magerer, halbnackter Inder, die über die Wagen krochen und mit den Bahnbediensteten rangelten, die sie von dem Dach eines alten Zuges herunterholen wollten, auf dem sie ihre Sachen und sich selbst zwischen den Eisenstreben vertäuten und sich für den nächtlichen Schlaf zudeckten.

Nein, all das, was jetzt auf dem alten Bahnhof von Delhi fiebert, birgt in der Sicht des jungen Arztes keinerlei Mysterium, nicht einmal die geringste Spur seiner Süße. Erst während seines starren, disziplinierten Dasitzens, fünf Minuten vor Abfahrt des Zuges, im richtigen Abteil und auf dem richtigen Platz (er hat wieder und wieder geprüft und nachgefragt), Koffer und Medikamentenrucksack im Gepäcknetz über seinem Kopf – in dieser fast glücklichen Gelassenheit, ergeben in die Aufgabe, die eine verborgene Hand ihm eingepflanzt hat, sieht er ein wahres, klares Zeichen aufziehen, und während der Zug langsam anrollt, flüstert er unwillkürlich bei sich: Unmöglich, sie sind tatsächlich verschwunden, diese beiden, das ist wirklich ein Mysterium, und nun nickt ihm auch schon ein schmalgesichtiger alter Inder zu, der das Abteil betritt. Gekleidet in einen verfleckten hellen Anzug europäischen Stils, in der Hand ein abgeschabtes Köfferchen, macht er eine leichte Verbeugung, vorsichtig bemüht, das Teeglas, das der Zugbedienstete ein paar Minuten zuvor auf seinem Brett abgestellt hat, nicht umzustoßen, nimmt schüchtern Platz, zieht eine billige Metallbrille mit gesprun-

genem Glas aus der Tasche und breitet eine Zeitung in Hindi vor sich aus. Und wer das bewußte Wort eben ganz natürlich und aus freien Stücken geflüstert hört, darf es jetzt endlich vorsichtig zu Papier bringen.

Zwei, drei Minuten nach Verlassen der gelblichen Bahnhofshölle, als der Zug, gleichsam in der Luft schwebend, über den pechschwarzen Fluß zu gleiten begann, erbebte die Abteiltür unter heftigem Klopfen, bei dem der indische Fahrgast vor Schreck die Zeitung fallen ließ, und ich erkannte in der kleinen Türluke wieder Lasars graue Mähne, machte eilends die Tür auf und fand die beiden samt ihren zwei Koffern auf dem Gang zusammengedrängt. Lasar war vor Anstrengung grau im Gesicht und wich verschämt meinem Blick aus. Noch ehe er die Koffer in die Gepäcknetze hob, wollte er wohl sein Versagen beichten. Erst legte er mir den Arm um die Schultern, dann faßte er sich mit beiden Händen an den Kopf und begann ihn zu schütteln. »Ich begreife nicht, was mit uns passiert ist«, sagte er verzweifelt. »Ich verstehe nicht, wie wir derart verlorengehen konnten.« Aber seine Frau brach befreit und erleichtert in gellendes Lachen aus, zur Verwunderung des alten Inders, der nun seine Zeitung zusammenfaltete und die gesprungene Brille einsteckte, um sich diese lachlustige Frau freiheraus anzugucken. Ihre Hochfrisur hatte sich völlig aufgelöst, einzelne Strähnen fielen ihr in das volle, glühende Gesicht mit dem restlos verwischten Make-up. Anscheinend hatten sie eine angstvolle Stunde hinter sich und waren nun glücklich, mich gefunden zu haben. Lasar entschuldigte sich ein ums andere Mal. Als ein Typ, der es sehr wohl verstand, anderen die Schuld zu geben, brannte er jetzt offenbar darauf, alles auf seine Kappe zu nehmen, aber auch immer wieder zu erzählen, wie sie sich verfranzt und wo sie sich geirrt hatten, und entschuldigte sich dann wiederum für die Sorge, die er mir bereitet hatte. Wie sich herausstellte, hatten sie ebenfalls versucht, Israel anzurufen, ohne jedoch vor der endlosen Wartezeit gewarnt worden zu sein. »Aber genug, ist doch unwichtig«, fauchte seine Frau ihn an, erbost über seine erneute Rechtfertigung. »Außerdem hast du ihm gar keine Sorgen bereitet, er wäre gleich dorthin gefahren, und wir wären ihm einen Tag später nachgereist. Ich sag dir doch, er ist kein Typ, der verlorengeht.« Das erklärte sie sanft und leicht spöttisch, worauf sie sich vor einem kleinen Spiegel in der Abteilecke kämmte, Lasar ein paarmal wie einem Zwerglein zulächelte und sich schließlich auch freundlich dem alten Inder zuwandte, der kein Auge von ihr ließ. Und dann nahm sie ihr Teeglas vom Brett und trank mit geschlossenen Augen. Erst jetzt beruhigte sich Lasar langsam, ging daran, die Koffer in den Gepäcknetzen neu zu ordnen, schob und drückte, und als man uns ein Weilchen später die im Fahrpreis inbegriffenen Fertigmahlzeiten brachte, zog er das Jakkett aus und setzte sich mit Appetit ans Essen. Jetzt begann seine Frau, den Inder taktvoll und vorsichtig über das Ziel seiner Reise auszufragen, worauf er in akzeptablem Englisch willig einging und ihr sogar seine Visitenkarte gab. Er war Beamter in Neu-Delhi gewesen, kürzlich pensioniert worden und fuhr nun zum erstenmal von Delhi nach Varanasi, um vor seinem Tod einmal im Ganges zu baden und an der feierlichen Verbrennung der Leiche seines ältesten Bruders teilzunehmen, die seine Schwägerin und die Neffen aus dem Süden dorthin überführen wollten. Sooft er die Wendung »vor meinem Tod« wiederholte, wich das Lächeln aus Frau Lasars Augen, und ihre Miene trübte sich, als weigerte sie sich, auch nur als Zuhörerin an den Tod zu denken. Aber sie irrte sich, die Todesgedanken bereiteten dem greisen Reisenden nur Freude. Da nichts in diesem Universum verlorengehe, werde sein bevorstehendes Bad in dem heiligen Fluß seine Wiedergeburt unter erheblich besseren Bedingungen garantieren.

»Unglaublich, dieser Inder ist wirklich überzeugt, daß ihn noch jemand wiedergebären wird«, bemerkte Lasar, wohlgesättigt, auf hebräisch, und lächelte ihn gutherzig an. Er sah schlecht aus, immer noch grau im Gesicht von der Anstrengung und Aufregung. Sein Atem ging schwer, und einen Moment lang fürchtete ich, seine Herzfunktion sei irgendwie gestört. Der indische Fahrgast verfiel in Schweigen, als habe er eine abfällige Note ihm gegenüber herausgehört. Draußen war es völlig dunkel, man sah kein Licht, das eine vorbeiziehende Wirklichkeit angezeigt hätte, und einen Augenblick schien es, als rollte die Bahn auf der Stelle. Bald darauf lauschte der Inder mit Interesse dem Bericht von Lasars Frau über das Ziel unserer Reise. Offenbar wunderte er sich kein bißchen, daß drei Menschen eigens aus Israel anreisten, um die kranke Tochter zurückzuholen. Vielleicht sei sie im Nirwana versunken, sagte er völlig ernst, und man brauchte viel Kraft, um sie dort wieder herauszuziehen. Gegen Mitternacht kam ein junger Bursche, der die schmutzigen Teller einsammelte, Tee nachschenkte, Decken austeilte und uns auch half, die Sitze in Schlafpritschen zu verwandeln. Lasars Frau und ich kletterten auf die oberen, der Inder und Lasar legten sich auf die unteren. Wir löschten das Licht und deckten uns zu, doch ich fürchtete, in dieser intimen Atmosphäre nicht einschlafen zu können. Komisch, gerade die Anwesenheit des alten indischen Beamten unter mir beruhigte mich irgendwie. Mein Gesicht berührte die dunkle Scheibe. Ich strengte die Augen an, bis ich Umrisse der Wirklichkeit draußen zu erkennen begann, ärmliche Dorfhütten und öde Feldwege. Hier und da meinte ich jemanden zu sehen, der ein Stück Acker pflügte, wobei man nicht wissen konnte, ob für ihn schon ein neuer Tag begonnen hatte oder der vorherige noch andauerte. Ab und zu verlangsamte der Zug stark beim Passieren kleiner Dorfbahnhöfe, fuhr leise an den in Decken gehüllten Gestalten vorbei, die längs der Gleise kauerten und den Zug mit tiefem Verlangen musterten. Lasars Frau schlief sofort ein und begann zu schnarchen, aber Lasar wälzte sich noch auf seinem Lager. Von Zeit zu Zeit stand er auf, legte seiner Frau die Hand auf, um ihr Schnarchen zu stoppen, aber die Berührung unterbrach die Schnarchlaute nur für kurze Zeit; sie erstarkten bald wieder und sprudelten in dünnem, aber kräftigem Strom weiter hervor. Schließlich weckte er sie. »Dori«, flüsterte er ihr energisch zu, »Dori, du störst ja alle.« Nun wachte sie auf, kam verwirrt ein Stückchen hoch, sah mich und zeigte sofort ihr mechanisches Lächeln, nickte ihrem Mann wie bestätigend zu und versank erneut in Schlaf, der auch mich mitriß.

Mich – aber nicht ihren Mann, der sich auch während der Bahnfahrt als Schlafverweigerer erwies. Als ich im Morgengrauen aufwachte, verblüfft über die Stärke des Räderstampfens, das der tiefe Schlaf zu ersticken vermocht hatte, sah ich ihn gleich schwerfällig auf der unteren Pritsche sitzen, einsam, traurig und ohne seine lächelnde Frau neben sich. Sobald er merkte, daß ich die Augen aufschlug, versuchte er, Kontakt aufzunehmen. Und obwohl ich mich gern noch weiter auf der schmalen, warmen Bahre gekuschelt hätte, spürte ich seine Bedrückung und stieg hinunter, um mit ihm zu sprechen. Wie ich erfuhr, hatte er die meiste Zeit der Nacht im Bett sitzend oder mit Streifzügen durch den Zug verbracht. Sogar gewaschen und rasiert hatte er sich. Er könne schwer einschlafen auf dieser Tour, selbst das Lesen falle ihm schwer. Die Sorgen um das Zusammentreffen mit der kranken Tochter setzten ihm zu, und auch die liegengelassenen Krankenhausangelegenheiten beschäftigten ihn. Das nahm ich zum Anlaß, erstmals auf das Krankenhaus zu sprechen zu kommen, worauf er sofort bereitwillig einging, aber vorschlug, auf dem Gang weiterzureden. Man solle lieber nicht jemanden stören, der trotz allem immer schlafen könne, sagte er lächelnd, wobei man nicht recht wußte, ob er nur seine Frau meinte oder auch den alten Inder, der sich auf der halben Pritsche zu einem kleinen weißen Knäuel zusammengezogen hatte, als übte er sich in Embryostellung für die Wiedergeburt. Während der Zug jetzt zwischen rötlichen Hügeln dahinflitzte, begann ich Lasar auf dem Gang über das Krankenhaus auszufragen, wobei ich aus seinem administrativen Blickwinkel überraschende neue Dinge über unsere Chirurgie erfuhr, die ich bestens zu kennen geglaubt hatte. Obwohl er in medizinischen Fachfragen nicht bewandert war, wußte er ganz genau, wie die Arbeit auf der Station ablief, und zeigte sich vor allem erstaunlich gut informiert über die Privatangelegenheiten von Ärzten und Schwestern. Ich konnte nennen, wen ich wollte, er wußte über jeden Arzt und jede Schwester etwas zu sagen und fügte auch jeweils gleich eine Bewertung oder Anerkennung hinzu. Zuweilen flocht er eine Geschichte über einen Machtkampf ein, der in Erfolg oder Niederlage geendet hatte. Auch über mich besitzt er vermutlich detaillierte Kenntnisse, dachte ich, vielleicht sogar Bewertung von Leuten, von denen ich mir nie hätte träumen lassen, daß sie einen Gedanken auf mich verschwenden könnten, aber er hütet sich, etwas durchblicken zu lassen. Ich fragte ihn nach Zukunftsplänen, in der Hoffnung, freie Planstellen zu orten, aber er sprudelte nur seufzend Zahlen über Finanzmittelkürzungen hervor, die besonders schmerzten angesichts seiner fertigen Ausbaupläne, etwa für Gebäude mit zwei Operationssälen und hochmodernen Labors, deren künftige Anordnung er mit breiten Armbewegungen vor mir in der Luft skizzierte.

Aus dem dunstigen Himmel brach unterdessen mehr und mehr Morgenlicht durch, und eine große, runde Sonne zog aus unerwarteter Richtung auf. So begann nun der große Bahnreisetag nach Varanasi – im Glanz der Feldwege, Hütten und Dörfer, die langsam jenseits der dunklen Scheibe vorbeirollten, und im schimmernden, duftenden Halbdämmern jäh auftauchender, großer Bahnhöfe, an denen wir zwischen Zügen aller Sorten und Farben hielten, die Massen an Reisenden austauschten. Und in den wenigen Minuten Aufenthalt eilte Lasar manchmal auf den vor Ständen überquellenden Bahnsteig, um uns etwas Süßes oder eine Art Fladenbrot oder kohlensäurehaltige Erfrischungsgetränke in Flaschen von unvertrauter Form zu holen. Wenn seine Frau nicht mitging, stellte sie sich ans Fenster, um ihn nicht aus den Augen zu verlieren. Schon in Rom war mir aufgefallen, daß die beiden an Süßigkeiten hingen, und selbst in Indien hatten sie keine Bedenken, alle möglichen süßen Sachen zu kauen oder zu lutschen, die unser indischer Mitreisender empfahl und deren Namen er sie auszusprechen lehrte. Er selber hatte seinen alten, verfleckten Anzug bereits mit einem weißen Gewand vertauscht, das ein angenehmes Gefühl der Nähe weckte, und tatsächlich ließ er sich bald in lange Gespräche mit Lasars Frau ein, die sich sichtlich über seine Lebens- und Weltanschauungen amüsierte, dabei aber ständig bemüht war, ihn nur mit dem größten Feingefühl und einer Freundlichkeit auszufragen, die ihn derart für sie gewannen, daß er schließlich seinem Koffer ein altes Deck Spielkarten entnahm, auf denen phantastische Figuren von Göttern und Halbgöttern in prächtigen Farben abgebildet waren, und uns eine Art indisches Poker beizubringen versuchte, dessen komische Regeln Lasars Frau hell auflachen ließen, als hätte sie den wahren Zweck der Reise gänzlich vergessen.

Mittags offenbarte sich dann der Ganges in seinem ungeheuren Ausmaß, strömte langsam unweit des Schienenstrangs, und das dunkle Gesicht des Inders strahlte im üppigen gelblichen Licht. Jetzt bereits von Ehrfurcht vor der neben ihm fließenden Heiligkeit ergriffen, ließ er Kartenspiel und Plaudern mit Lasars Frau sein, erhob sich und trat voll Kraft und Vitalität auf den Gang, angesichts des heiligen Flusses in Gedanken versunken. Doch während der Inder in Erwartung seines bevorstehenden Tauchbads sichtlich Kräfte sammelte, wurde der schlaflose Herr Lasar zusehends schwächer, die Augen fielen ihm ab und an zu, der Kopf baumelte, sackte ab und fuhr wieder hoch. »Versuch dich ein bißchen hinzulegen, sei doch nicht stur«, drängte ihn seine Frau, aber er konnte seine Spannung nicht loswerden: »Es ist schon zu spät zum Schlafen, bald sind wir da.« Schließlich brachte sie ihn dazu, die Schuhe auszuziehen und sich auf dem Sitz auszustrecken, ja sogar die Scham zu überwinden und in meiner Anwesenheit seinen Kopf auf ihren runden Bauch zu legen. Und es gelang ihr tatsächlich – nach ein paar Minuten Rangeln und Brummen versank Lasar in tiefen Schlaf mit sehr mattem Atem, als hätte er unter den Händen eines geübten Narkosearztes abgehoben. Seine Frau warf mir ein zufriedenes Lächeln zu und versuchte, ein Gespräch mit mir anzuknüpfen, aber ich stoppte sie. »Man sollte ihn lieber nicht stören«, flüsterte ich, »nachdem er endlich hat einschlafen können.« Meine Reaktion überraschte sie, und zum erstenmal sah ich leichte Schamröte auf ihre Wangen treten, deren zarter Flaum jetzt im Sonnenlicht glänzte. Aber sie hörte auf mich, nahm die Brille ab und schloß die Augen, und als der Zug eine Stunde später zum festlichen Einzug in die rauchverhüllte Endstation die Fahrt verlangsamte, tauchte Lasar perplex aus dem Abgrund seines Schlafs wieder auf und sah in dem stillen Abteil, daß seine Frau mit ihm eingeschlafen war und nur mein versonnenes Lächeln ihn begrüßte.

Denn der alte indische Reisende, der während der langen Fahrtstunden so nett und redselig gewesen war, tat nun zum Abschied hin plötzlich immer fremder und distanzierter, als fürchtete er, wir wollten ihm womöglich nachlaufen in das mystische Erlebnis, das ihm im heiligen Fluß bevorstand. Auf dem von Menschen wimmelnden Bahnsteig erwarteten ihn bereits Familienangehörige – wie er in Weiß gekleidet – und verschlangen ihn sofort restlos in ihrer Mitte. Wir drei starrten wie gelähmt. Die Menschenmenge, die wir auf den Straßen Neu-Delhis gesehen hatten, erschien im Vergleich zu diesem Bahnhof spärlich und ruhig. Wir waren gezwungen, eng zusammenzubleiben und mit Gewalt unsere Koffer festzuhalten, denen der stürmisch wallende Menschenstrom auf dem Bahnsteig gewissermaßen ein Eigenleben verlieh. Als Lasar beschlossen hatte, in Varanasi haltzumachen, ahnte er gar nicht, welche Touristen- und Pilgermassen er zur Saison in dieser Stadt vorfinden würde, die einer der Höhepunkte jeder Reise war. Hatte man ihn im Tel Aviver Reisebüro denn nicht vorgewarnt? Nein, er hatte arglos einen Reiseführer gekauft und auf der Landkarte einen Ort von Bedeutung auf dem Weg von Neu-Delhi nach Gaya gesucht und eben die Stadt Varanasi am Ganges als eine der touristischen Entschädigungen markiert, die er mir versprochen hatte. Er habe es für ratsam gehalten, auf der Hinreise eine Unterbrechung einzulegen, auch wenn wir uns dadurch um einen Tag verspäteten, denn sobald wir bei der kranken Tochter ankämen, würden wir vermutlich nur noch mit ihrer schnellen Heimführung beschäftigt sein. Doch dieses Varanasi, in dem er vierundzwanzig Stunden haltmachen wollte, erwies sich als zu heilig für unsere Kräfte. Während er noch mit einem lebhaften, zwergwüchsigen Lastträger verhandelte, der sich auf uns gestürzt hatte, war einerder beiden Lasarschen Koffer bereits weggerissen und verschwunden. Zuerst war Lasar verzweifelt, fast den Tränen nahe. Doch dann stürzte er sich entschlossen in die Menge, stieß und drängelte auf der Suche nach dem Dieb, denn er war nicht bereit, sich mit dem Verlust abzufinden, obwohl seine Frau ihn bereits zu trösten begann. Letzten Endes ließen sie mich in einer Ecke stehen, zur Bewachung des Gepäckwagens mit allem Sack und Pack, und die beiden liefen mit dem Zwerg los, um den Koffer zu suchen. Wieder kam es mir lächerlich vor, daß sie alles gemeinsam tun mußten, oder womöglich war dies wirklich eine Frau, die »nicht allein bleiben« konnte, selbst wenn dabei ein Mann wie ich neben ihr stand.

Aber vielleicht gerade deshalb gelang ihnen das Unglaubliche, aus der stürmischen Menge den Koffer herauszufischen, der wirklich nur weggerissen und nicht gestohlen worden war und den jemand dann versehentlich auf einen anderen Gepäckwagen geladen hatte. Jetzt ruhte er auf dem Nacken des kleinen Trägers, verkratzt und staubig, als habe er in der kurzen Zeit seines Verschwundenseins einen ganzen Kontinent bereist. Und dasselbe schien auch uns passiert zu sein. Neu-Delhi hatte uns die Illusion vermittelt, wir verstünden die indischen Regeln, aber in Varanasi packte uns alle ein Angstgefühl, und Lasar, den der tiefe Schlaf auf dem Bauch seiner Frau wieder hellwach und vital gemacht hatte, forderte mich energisch auf, in seiner unmittelbaren Nähe zu bleiben und jetzt nicht zu träumen; denn tatsächlich hatte er mit bewundernswertem Direktorengespür meinen Wunsch zu träumen gewittert, wie er mich zuweilen auch bei Morgenanbruch im Krankenhaus befiel, wenn ich nach einer Nacht in Bereitschaftsdienst die Nahtlinie zu einem neuen Arbeitstag überschritt. »Warum meinst du, daß er jetzt träumen möchte«, fragte seine Frau verwundert. »Der Traum ist das, was hier ringsum vor sich geht.« Aber Lasar gab keine Antwort, denn er glaubte, einen Koffer von dem Gepäckwagen rutschen zu sehen, mit dem der Träger vor uns hereilte, und lief, um ihn wieder an seinen Platz zu schieben, wobei er auf dem Bahnsteig strauchelte, aber gleich wieder hochkam – mit schmerzlich verwirrter Miene und dazu noch ein wenig beleidigt, weil seine Frau in schallendes Gelächter ausgebrochen war, das auch dann nicht aufhörte, als sie ihn fragte, ob er sich weh getan habe, und ihm half, die Kleidung abzustauben. »Kein Traum, sondern Wahnsinn«, sagte er, sich selbst belächelnd. »Kompletter Wahnsinn ist das hier. Laßt uns wenigstens mal von diesem Bahnhof wegkommen.« Aber der Wahnsinn erwartete uns auch in den Straßen der vor Menschen brodelnden Stadt, in deren feuchter, staubiger Luft ein unbekannter, farbig schillernder, süßlicher Gestank wehte. Ohne Anweisungen abzuwarten, eilte der Lastträger weiter, nun schon von einem Schwarm barfüßiger Kinder begleitet, die ihre schmutzigen kleinen Hände ausstreckten, um das glatte Leder der Koffer zu betasten. »Aber wohin rennt er denn dort, dieser Zwerg?« fragte Lasar verblüfft. »Zum Hotel« antwortete seine Frau. »Hotel?« wiederholte Lasar entgeistert, »welches Hotel?« »Er sagt, er weiß ein nettes Hotel in der Altstadt, mit Blick auf den Fluß und auf diese Ghats, von denen der Inder im Zug erzählt hat, mit den Treppen, die zum Fluß runterführen.« »Aber welches Hotel denn, Dori?« rief Lasar, der sich nicht vorstellen konnte, daß seine Frau schon etwas mit dem kleinen Träger abgemacht hatte. »Ein Hotel in der Altstadt«, antwortete sie, »am Fluß«. »Bist du verrückt geworden, so einem Träger in ein Altstadthotel nachzulaufen, in all dem Dreck? Was ist denn mit dir los? Ich verstehe nicht.« Aber seine Frau geriet nicht aus dem Konzept, schien sich ihrer sicher zu sein. »Was kann schon passieren? Versuchen wir's halt, wir haben ja Zeit. Der Inder im Zug hat gesagt, nur dort solle man ein Hotel nehmen, denn dort spiele sich die Hauptsache ab, und wir sind doch nur einen Tag hier. So können wir uns die Riten wenigstens vom Fenster aus anschauen.« »Was für ein Fenster?« schrie Lasar. »Nein, nein, Dori, wir fangen nicht wieder an, von einem Hotel zum anderen zu laufen, um die Zimmer zu schnuppern.

Nein«, bestimmte er energisch, »auf gar keinen Fall, Dori. Wir fangen nicht mit der Altstadt an; selbst hier in der Neustadt ist es ja kaum auszuhalten. Wir sind doch völlig erledigt. Wir suchen uns ein menschliches Hotel, egal, wieviel es kostet.« Und schon rannte er los, um den Träger zu stoppen.

Der zwergenhafte Träger versuchte zu debattieren, doch vergebens. Er wandte sich flehentlich an Lasars Frau, als habe schon ein klares Versprechen vorgelegen, aber Lasar schnitt ihm mit einer Handbewegung das Wort ab, und der kleine Träger – gewiß traurig wegen des Verlustes der Provision, die er sich von dem Hotel erhofft hatte, und erheblich gekränkt wegen des gebrochenen Versprechens – machte kehrt und begann, vor uns her durch die Straßen zu ziehen, bis er uns zu einem sehr netten Hotel gebracht hatte, das uns allen gefiel, bloß war dort nur ein Zimmer frei, und Lasar wollte nicht, daß wir uns ausgerechnet in dieser Stadt trennten. Daher klapperten wir andere Hotels ab, die jedoch alle voll belegt waren, bis wir ein neues Hotel namens Ganga Mata erreichten, das Zimmer frei hatte, nur offenbar sehr teure, denn ich sah, daß Lasar, trotz seines Entschlusses, bei der Hotelwahl nicht auf den Preis zu achten, angesichts des gelassenen Schweigens seiner Frau ein wenig zögerte, aber schließlich sagte er: »Egal, es ist ja nur für eine Nacht« und bedeutete dem Träger, die Koffer den köngiglich livrierten Portiers zu übergeben, die dienstfertig bereitstanden. Doch nun sah ich seine Frau die Hand ausstrecken, um den Lastträger zu stoppen, und fest den Arm ihres Mannes ergreifen. »Du bist wirklich stur. Wenn wir doch nur für eine Nacht hier sind, warum dann in so einem gewöhnlichen Allerweltshotel schlafen? Dieser Träger hat von einem besonderen Hotel gesprochen, mit Aussicht auf den Fluß. Was macht's dir aus?« sagte sie sehr sanft. Und Lasar hob zögernd die Hand – wohl um den Portiers, die bereits zwei Koffer abgeladen hatten, Einhalt zu gebieten – und legte sie dann merkwürdig auf den Kopf, gewissermaßen seine schmerzlichen Gedanken signalisierend. »Entscheide selbst«, fuhr seine Frau fort, »nicht wegen des Geldes, wegen der Umgebung.« Und auf einmal, ohne jede Vorankündigung, gab Lasar seiner Frau nach, warnte sie jedoch auch gleich: »Auf deine Verantwortung, Dori; falls dir das Hotel nicht gefällt, wag bloß nicht, wieder kehrtmachen zu wollen.« Aber seine Frau versprach gar nichts, nur ihre Augen lächelten. »Vertrau auf mein Gespür«, sagte sie, »dieser Gepäckträger weiß, wohin er uns führt. Und überhaupt, was macht's dir aus, ein bißchen rumzulaufen? Du brauchst nichts zu schleppen, und der Abend ist noch weit, wir haben Zeit. Außerdem bist du nicht mehr so müde. Denn du hast im Zug wirklich geschlafen.«

Der zwergenhafte Lastträger, der ihr Gespräch verfolgt hatte, spürte schon, wohin der Wind wehte, und begann, noch ehe entsprechende Anweisung erging, voll neugewonnener Energie und Freude den geschniegelten Portiers die Koffer wieder abzuringen, um sie auf den Karren zu laden. Dabei dachte ich mir, sie behandeln mich hier auch bloß wie einen Koffer oder ihr Kleinkind, denken gar nicht erst daran, meine Meinung einzuholen, ob ich vielleicht schon sehr müde wäre und lieber in diesem Hotel bleiben möchte. Absichtlich erwiderte ich das Lächeln, das auch mir galt, mit finsterem Blick und lud mir verdrossen den Medikamentenrucksack wieder auf, als wollte ich sagen, was kann man tun, ich bin hier bloß Lohnarbeiter, hab nicht mal das Recht, den Mund aufzumachen, dabei ist mein Lohn noch gar nicht festgelegt. Doch da sah ich, daß mein finsterer Blick sie tatsächlich bestürzte, denn sie sprach mich im Gehen an: »Sie wären vielleicht lieber hiergeblieben?« »Was tut es zur Sache, was ich will«, antwortete ich mit bitterem Lächeln. »Ich bestimme hier nichts.« Und nun war diese dominierende Frau sichtlich verletzt – ganz wie beabsichtigt. »Aber wieso denn?« fragte sie gekränkt, »Alle sagen, es sei gut, nahe am Fluß zu sein, denn dort spielen sich die Riten ab. Und wenn wir nun schon mal so kurz in dieser Stadt haltmachen, sollten wir lieber dem Geschehen nahe sein oder wenigstens eine gute Sicht darauf haben.«

Doch ehe der Ganges dann tatsächlich unter uns hingebreitet lag und wir auf die massiven grauen Ghats blickten, die seine Fluten berührten, mußten wir uns erst einen Weg durch die verschlungenen Gassen bahnen, die derart eng und menschenüberfüllt waren, daß der flinke Träger den Karren in einem kleinen Laden zurücklassen und als Helfer beim Koffertragen zwei der barfüßigen Jungen engagieren mußte, die sich schon auf dem Bahnhof an ihn geheftet hatten. Es ging auf vier Uhr nachmittags, das Licht verfärbte sich rosig, und die Luft kühlte ab. Ein unablässiger, energischer Pilgerstrom zog singend und spielend zum Fluß hinunter, darunter junge Rucksacktouristen, die uns links und rechts überholten und mich gelegentlich sogar freundlich und kontaktfreudig anlächelten, ohne zu wissen, daß ich nicht ihrer Touristengattung angehörte, da der Rucksack auf meinem Rücken anderer Art war und ich nicht frei wie sie, sondern an zwei schwerfällige ältere Herrschaften in zerknitterter grauer Kleidung gebunden. Lasar wirkte angespannt und besorgt, während er uns, drängelnd und gedrängt, ein paar Schritte vorauseilte, um nicht den Trupp Kinder mit dem Zwerg an der Spitze zu verlieren, die wegen ihrer geringen Größe zuweilen völlig in der Menge verschwanden. Der Fluß mußte wohl schon nahe sein, denn der Staub der Gasse wurde schlammig und das Gedränge um uns dichter. Von Zeit zu Zeit berührte eine feingliedrige dunkle Hand unsere Schultern, um einer in weiße oder gelbe Tücher gehüllten Leiche Platz zu machen, die schnell an uns vorüberzog, von verläßlichen Händen in die Höhe gehoben, so daß es aussah, als triebe sie von allein über das Meer der Köpfe. Ich warf einen verstohlenen Blick zurück zu Lasars Frau, die in ihrer gezierten Gangart mit ihren flachen Schuhen hinter uns herlief, zwischen Gossen und glitschigen Kuhfladen lavierend, und dabei ohne Lächeln zu den Leichen aufsah, die durch den Raum der Gasse schwebten, unterwegs zur Verbrennung am Fluß. Sicher bedauert sie ihre Sturheit schon, dachte ich, und weil sie wohl mein abschätziges Grinsen bemerkt hatte, hielt sie einen Moment inne, ließ angestrengt ihr wohlfeiles Lächeln steigen und rief ihrem Mann zu, er solle ein bißchen langsamer machen. Aber Lasar war völlig gebannt von der Angst, die Lastträger zu verlieren, die jetzt Hausgänge passierten, vorbei an Nischen, die grellbunte Statuen und wildhaarige Asketen bargen, und uns schließlich zu einer Hintergasse dirigierten, in der ein sehr altes, aber hübsches Landhaus stand, umgeben von verstaubten Bäumen mit winzigen Gemüsebeeten dazwischen, und am Hauseingang, den kleine dunkle Figuren schmückten – allesamt schwarz und rot angemalte Variationen männlicher Glieder, die Lasar belustigt und leicht erschrocken musterte –, scharte sich schon ein kleiner Trupp Inder, der offenbar auf den zwergenhaften Träger mit den Gästen wartete, die er vom Bahnhof mitbringen würde. Und ohne uns nach unserer Meinung zu fragen, schickten sie gleich lautstark die Kinder weg, griffen die Koffer, nahmen mit flinker Hand auch mir den Rucksack ab und führten uns drei über alte, verschlissene Treppenläufer in den dritten Stock, vorbei an überfüllten Räumen. Zum Schluß komplimentierten sie uns in ein geräumiges, dämmriges Zimmer, mit bunten Bastmatten ausgelegt und mit zwei sehr großen Betten, Schrank und Korbstühlen möbliert, zogen dann noch im selben Schwung, ohne einen Moment innezuhalten, einen Vorhang beiseite und ließen uns auf einen kleinen, mit Blumenkästen geschmückten Balkon hinaustreten, der in den Augen unserer Wirte unser Kommen rechtfertigte und das Versprechen erfüllte, das der zwergenhafte Träger uns auf dem Bahnsteig gegeben hatte. Tatsächlich hätte man nie für möglich gehalten, daß wir aus den tunnelartigen Gassen, durch die wir eben noch gestapft waren, hier heraufkommen würden, vor uns eine weite, üppige Landschaft, offen von einem Horizont zum anderen und in der Mitte vom großen Ganges durchflossen, der im rötlichen Licht des nahenden Abends glitzerte.

Lasars Frau stieß einen Bewunderungsschrei aus und wandte sich hell begeistert an die Inder. Lasar lehnte schweigend an der Brüstung, seufzte etwas und lächelte leise vor sich hin. Plötzlich verstand ich die verborgene Kraft seiner Frau und sah ein, warum er mit solcher Leichtigkeit auf das neue Hotel verzichtet hatte. Er setzte tiefes Vertrauen in ihr Gespür für Menschen, und da sie dem kleinen Träger und seinem Versprechen glaubte, uns an einen hohen Punkt mit Flußblick zu führen, hatte er ihr nachgegeben. Vielleicht war ihm die Sache auch dadurch erleichtert worden, daß er auf diese Weise nicht wenig Geld sparte, denn ich hatte schon gemerkt, daß diese Reise, obwohl aus Not geboren, keineswegs ungeachtet der Kosten verlief. Viel Geld war schon ausgegeben, und wer weiß, wieviel noch auf dem Rückweg vergeudet werden würde, wenn die Kranke selbst dabei war, die man ja nicht durch schmale Gassen zu einem einfachen Hotel würde schleppen können, auch wenn es den Vorzug eines besonderen Balkons besaß, den Lasars Frau – zur Freude der Hotelbesitzer – gar nicht genug loben konnte.

Doch nun erst wurde ihnen klar, daß wir zwei Zimmer brauchten. Der kleine Lastträger hatte uns für eine Familie gehalten, mich also wohl für einen Sohn, der mit seinen Eltern reiste. Und auch jetzt, als sie erfuhren, daß ich nur ein ärztlicher Begleiter auf dem Weg nach Gaya war, begriffen sie nicht, wozu ein zweites Zimmer gewünscht wurde. Sofort würden sie ein weiteres Bett bringen und einen kleinen Wandschirm mitten in dem großen Raum aufstellen. Lasar sah mich an. Ich hätte auf der Stelle widersprechen können, wollte aber, daß er von sich aus ein weiteres Zimmer forderte. Der Gedanke, eine ganze Nacht mit den beiden in einem Raum zuzubringen, erschien mir nun wirklich übertrieben, geradezu empörend. Und auch sie wirkten beunruhigt. »Nein«, wies Lasar den Vorschlag zurück, »wir nehmen ein kleines Extrazimmer für ihn.« Doch alle Zimmer des Hotels waren belegt, es blieb nur die Lösung, mich in einem Verschlag neben dem Haus unterzubringen, der als Schlafsaal für Rucksacktouristen und einzelne Pilger diente. Auf einmal empfand ich Bitterkeit gegenüber seiner Frau, die uns hierher geschleppt hatte, aber ich schwieg, nahm nur den Rucksack auf, da ich lieber unten schlafen wollte, als die Intimität der beiden anzutasten. Aber sie, schuldbewußt und verlegen, widersprach energisch. Die Vorstellung, daß sie beide hier die herrliche Aussicht auf den heiligen Fluß genießen sollten, während ich unten in einem Gemeinschaftsschlafsaal nächtigte, kam ihr derart ungerecht vor, daß sie mich zum Bleiben überreden wollte. »Was ist denn dabei? Das Zimmer ist groß, wir können uns klein machen, man wird uns einen Wandschirm bringen, warum sollten Sie runterziehen und den Blick auf Fluß und Landschaft verpassen, nur deswegen haben wir uns doch so mühsam bis hierher durchgeschlagen. Es wäre zu schade, wenn Sie dort allein blieben.« «Aber mir macht es nichts aus, allein zu bleiben«, sagte ich, plötzlich leicht abfällig lächelnd, doch sie wußte mein Lächeln nicht zu deuten und begeisterte sich weiter: »Einmal im Leben kommt man an einen so wunderbaren, besonderen Ort«, sagte sie. »Da ist nicht das Zimmer wichtig, sondern die Aussicht, die es bietet, die herrliche Landschaft und der Fluß mit den Ghats und die Pilger und die herabsinkende Nacht. Warum in armseliger, fremder Umgebung schlafen. Das haben Sie nicht verdient«, fügte sie auf einmal hinzu, »was macht's Ihnen denn aus, letzte Nacht waren wir doch ohnehin schon zusammen mit dem Inder in einem kleinen Abteil eingepfercht, ohne daß uns was passiert wäre, was sollte uns dann hier zustoßen?«

Lasar schwieg immer noch trübe, offenbar ebenfalls verärgert über die Verwirrung, die seine Frau anrichtete. Doch sie wandte sich hilflos an ihn, er solle mich überreden, berührte leicht seine Hand, um ihre Absicht kundzutun, worauf Lasar ruhig sagte: »Er wird selbst entscheiden, wo er schlafen möchte, was willst du denn?« Und sie erwiderte: »Es wäre ungerecht, wenn er unten bei all den Vagabunden schliefe.« Und plötzlich, ohne Vorwarnung, nun zweifellos von ihrem Gewissen geplagt, sagte sie drohend, dann müßte man halt erneut auf Hotelsuche gehen. Lasar blickte mich verzweifelt an: »Ja wirklich, warum sollten Sie nicht hier schlafen, unsererseits ist das kein Problem, soweit es Ihnen nichts ausmacht. Morgen früh geht es doch schon weiter, außerdem ist die Luft hier angenehmer, und dann diese einzigartige Landschaft.« Seine Augen lagen tief eingesunken, und die Haut wirkte so grau, daß ich einen Augenblick erneut um seine Gesundheit bangte. Aber unterdessen hatten die Inder an unserer Stelle entschieden. Zwei Jünglinge, denen das aufgeräumte Lächeln nicht aus dem Gesicht wich, brachten ein Klappbett und einen rötlichen Wandschirm mir farbigen Schlangenbildern, und ohne noch weiter zu fragen, wies Lasars Frau ihnen rasch einen Platz am Fenster, wo sie das Bett auseinanderklappten und den Wandschirm aufstellten. Erst dann wandte sie sich wieder an mich: »Hier sind Sie wie allein. Stellen Sie Ihren Koffer hierher, wir werden uns still verhalten.«

Ich gab nach, denn der Ausblick von dem kleinen, mit Blumenkästen geschmückten Balkon auf den Fluß mit seinen Tempeln war so herrlich und belebend nach der langen Tagesreise eingepfercht im Zug, daß man der Bitte, bei ihnen im Zimmer zu bleiben, schwerlich widerstehen konnte. Außerdem wußte ich, daß seine Frau andernfalls nicht ruhen würde, ehe sie sämtliche Hotels der Umgebung nach einem vernünftigen Zimmer für mich abgesucht hätte, und mir tat der müde Lasar leid. Aber auch, wenn ich diese Nacht bei ihnen schlafen mußte, brauchte ich jetzt nicht bei ihnen zu bleiben und mich hinter dem Wandschirm auf dem Feldbett klein zu machen, bis diese beiden schweren älteren Herrschaften sich ausgezogen und gewaschen hatten, sorgfältig bemüht, mir keine Blöße zu zeigen. Und obwohl auch meine Kleidung feucht und klebrig von der Reise und dem Gang durch die Gassen war und ich mich sehr gern gewaschen und umgezogen hätte, erklärte ich sofort, ich würde erst mal einen kleinen Spaziergang machen, um noch vor Einbruch der Dunkelheit die Badenden im Fluß zu sehen und vielleicht auch die Totenverbrennungen, für die der Ort laut Reiseführer berühmt war. Worauf Lasar, der bereits Schuhe und Hemd abgelegt hatte und sich mit einer Hand den großen Bauch massierte, müde lächelnd sagte: »Obwohl Sie bewiesen haben, daß nicht Sie verlorengehen, sondern wir, möchte ich Sie bitten, aufzupassen, wohin Sie gehen, denn es gib hier nicht einmal Straßen, alles ein einziges Gewühl, und hier verlorenzugehen bedeutet gewissermaßen Seelenwanderung sonstwohin.« Wir prusteten alle drei heraus, versöhnten uns praktisch und vergaben sogar die Sturheit von Frau Lasar, die uns dieses gemeinsame Zimmer beschert hatte. Wir vereinbarten eine Zeit für meine Rückkehr, wie ich es mit meinen Eltern getan hätte, und ich ging in den kleinen Hof des Hotels hinunter, blickte auf das Wirrwarr der Durchgänge und Höfe, das mich umgab, und fürchtete einen Moment, ich könnte nicht wieder hierhin zurückfinden. Daraufhin beschloß ich, mir einen jungen Mann zu suchen, der mich zurückführen könnte. Unter einem Baum sah ich den kleinen Lastträger mit seinen Gefährten beim Abendessen sitzen, und obgleich seine Englischkenntnisse fast gleich Null waren, wollte ich mich gern von ihm zum Fluß führen lassen, denn mir hatte nicht nur die Wendigkeit gefallen, die Lasars Frau zugesagt hatte, sondern auch sein sanftes Gemüt. Ich wußte, er würde mich sicher in dieses Hotel zurückbringen, das mich plötzlich auf unerklärliche Weise faszinierte.

Der zwergenhafte Träger führte mich tatsächlich flink zum Fluß hinunter, an ein Ghat, das er Lalita nannte und zu dem wir viele geborstene Stufen hinabstiegen, uns einen Weg durch die grellen Farben und starken Gerüche bahnend, die die Pilger, Brahmanen und Bettler ringsum verbreiteten. Dort unten verfrachtete er mich, ohne zu fragen, sanft in ein Boot, in dem schon zwei junge skandinavische Rucksacktouristen saßen, und wir fuhren zur Mitte des Flusses hinaus, um die Riten vom geheiligten Wasser aus zu beobachten. Frauen im Sari schritten vornehm langsam zum Fluß hinunter, faßten ihr Haar zusammen und ließen es ins Wasser gleiten, Männer tauchten halbnackt tief unter und blieben lange verschwunden, ehe sie gereinigt wieder herausstiegen. Und fern am Ufer aufgereiht sah man auch die anderen Ghats randvoll mit Pilgern, die in lautlosem Gewimmel ihre rituellen Pflichten erfüllten. Dann plötzlich gellten aus heiseren Lautsprechern lange Gebetsrufe in die einbrechende Abenddämmerung, und viele der Badenden verließen das Wasser und stellten sich an den Strand oder auf die Stufen, um zu beten und komplizierte Yogaübungen auszuführen. Auch unser Fährmann ließ die Ruder hängen, kniete nieder und betete lange, während das Boot auf das nächste Ghat zutrieb, auf dem weißer Rauch von einem großen roten Scheiterhaufen aufkräuselte, auf dem man Tote verbrannte. Die beiden Rucksacktouristen und ich starrten wie hypnotisiert auf die Gestalt des ins Gebet vertieften Bootsführers, der seinen Kahn die Richtung ändern und tief in den Fluß hinaustreiben ließ, wobei man nun auch sah, daß das eine Ufer von Menschen und Geschäftigkeit wimmelte, dicht besetzt mit Ghats und Tempeln, das Gegenufer aber leer und verlassen lag, sich ohne ein Haus oder einen Menschen in den leeren Himmel verlor, als verdunstete die geballte Heiligkeit in der Flußmitte und würde zu nichts. Als die Gebetsrufe endlich verklangen und sich der Bootsführer erhob, faßte er die Ruder und blickte uns verträumt an. Da sagte ich freundlich: »Shiva«, denn ich hatte in Lasars Reiseführer gelesen, Varanasi sei die Stadt Shivas, des Gottes der Zerstörung. Die dunklen Züge des Mannes füllten sich sofort mit Interesse, und er nickte mit dem Kopf, verbesserte mich aber sogleich: »Vishvanatha«, ließ die Ruder sinken und breitete die Arme aus, wie um das ganze Universum zu umfangen. »Vishvanatha«, sagte er erneut, wohl um zu betonen, daß dieser Name größer und wichtiger als der Shivas sei. Aber ich gab nicht nach, legte vielmehr sacht den Zeigefinger zwischen die Augen, um den Ort des dritten Auges zu bezeichnen, und wiederholte mit sanfter Stimme: »Shiva, Shiva?« wobei die beiden jungen Skandinavier mich prüfend anstarrten. Aber der Bootsführer ließ nicht locker, obwohl ihn meine Kenntnisse zu freuen schienen. Wieder sagte er berichtigend: »Triambaka, Triambaka«, und dann erneut: »Vishvanatha, Vishvanatha.« Doch als er sah, daß ich jetzt enttäuscht über die anderen Namen war, lenkte er schließlich ein und sagte mit verschmitztem Lächeln: »*Yes, also Shiva, also Shiva.*«

Bei Einbruch der Dunkelheit nahm mich der kleine Träger mit zu dem Ghat, auf dem die Toten verbrannt wurden. Ich sah die Pilger zuerst Blumen und Süßigkeiten in einen Brunnenschacht werfen; und aus einiger Entfernung, weil der zwergenhafte Träger mich beschwor, bloß nicht näher heranzugehen, blieb ich lange stehen, um die Leiche auf dem aus kreuz und quer aufgeschichteten Scheiten errichteten Altar brennen zu sehen, während die Verwandten leise plaudernd im Kreis ringsum saßen. Ich wartete, bis das Feuer auf dem Scheiterhaufen erloschen war und die Angehörigen im Dämmerlicht, beim Schein einer Fackel, aufstanden und langsam die Asche umschritten, dann den Schädel knackten, um die Seele befreit dem Fluß zuzusenden, und die Asche einsammelten, um sie über dem Wasser zu verstreuen. Erst jetzt konnte ich in unser Hotel zurückkehren, das schon größtenteils im Dunkeln lag. Ich gab dem Träger ein paar Rupien, und er legte die Hände zum Dank zusammen, ließ aber noch nicht von mir ab, denn er fürchtete, ich könnte mich im Zimmer irren, und führte mich deshalb weiter über die stockdunklen Treppen, bis ich vor dem Zimmer der Lasars stand. Ich klopfte leicht an die Tür, um meine Rückkehr anzukündigen, aber da keine Antwort kam, öffnete ich zögernd. Das Zimmer lag im Dunkeln, die großen Betten waren leer. Offenbar hatte man sie während meiner Abwesenheit ein Stückchen weiter zusammengerückt. Dann erspähte ich auf dem Balkon die beiden schweren Gestalten. Als ich näher kam, fand ich sie in Hausmänteln, die Haare noch feucht vom Waschen. Von der großartigen Landschaft, die sich hier am Nachmittag offenbart hatte, war nichts als tiefe, leere Dunkelheit übriggeblieben, Tempel und Ghats waren spurlos verschwunden, nur am Ufer des Ganges flackerten noch einzelne Fackeln, umschwirrt von schemenhaften Pilgergestalten. Neben den beiden stand ein Schemel mit einer gestickten Decke und darauf Teller mit den Resten des Abendessens. Sie hatten mein Eintreffen nicht bemerkt, denn sie unterhielten sich in tiefer freundschaftlicher Intimität. Ich klopfte leicht an die Balkontür, und sofort wandten mir beide die Köpfe zu, lächelnd und hoch erfreut, mich zurück zu sehen, wie Eltern, die auf ihren Sohn warten. Wie ich erfuhr, hatten sie das Zimmer die ganze lange Zeit über gar nicht verlassen, sondern waren allein für sich auf dem kleinen Balkon geblieben, hatten sich mit dem Gesamtanblick von fern begnügt. »Die ganze Zeit haben Sie auf dem Balkon hier gesessen?« fragte ich verwundert. »Wir sind immerhin schon ein bißchen älter«, sagte Lasar mit einem Lächeln voll tiefer Genugtuung, »und dieser Balkon ist ein Erlebnis.« Er war gut gelaunt und schien auch zufrieden mit mir, daß ich ihm wieder nicht verlorengegangen war. Seine Frau lud mich ein, bei ihnen Platz zu nehmen und von meinen Erlebnissen am Fluß zu erzählen, aber Lasar stand auf und fragte, ob ich schon gegessen hätte. Im ersten Moment konnte ich mich nicht entsinnen, denn ich verspürte keinen Hunger, aber als ich dann verneinte, drängte er seine Frau, aufzustehen und schleunigst die Essensreste abzuräumen. »Anfangs wollten wir Ihnen was übriglassen«, sagte er entschuldigend, »aber wir wußten, daß Sie lieber allein essen.« »Egal«, sagte seine Frau, »wir gehen runter, ihm was holen. Was möchten Sie essen? Was hätten Sie gern?« »Was ich gern hätte?« feixte ich. »Was gibt's hier denn überhaupt?« Und als sie es mir aufzuzählen versuchten, unterbrach ich sie und sagte: »Egal, nur was Leichtes, was Sie halt bringen. Ich bin wirklich nicht hungrig, keine Ahnung, warum nicht.« »Vielleicht ist schon die genügsame Seele eines indischen Heiligen in Sie gewandert«, lachte Lasar, der noch nicht von der Seelenwanderung loskam, die mir jetzt, angesichts der völligen Dunkelheit und des leisen indischen Treibens, das vom Hof heraufklang, als eine richtige, wenn auch unmögliche Idee erschien.

Gleichzeitig sagten sie: »Dann waschen Sie sich nur, und wir gehen hinunter, um Ihnen Essen zu holen. Vielleicht haben Sie es vergessen, aber es ist jetzt Freitagabend«, und dann gingen sie beide hinaus, um mir Zeit zu lassen, mich in Ruhe auszuziehen, zu waschen und fertigzumachen. Merkwürdigerweise fühlte ich mich nicht klebrig und verdreckt, obwohl die Hose im Fluß feucht geworden war und Kuhdreck an meinen Schuhen haftete; durch die Bootsfahrt war gewissermaßen auch ich in den Fluß eingetaucht, und das lange Zugucken bei der Leichenverbrennung und dem Knacken des glühenden Schädels hatte mich durch ein tiefes Empfinden von Mysterium gereinigt, das mich den Hunger vergessen und den Schmutz ergeben hinnehmen ließ. Trotzdem wollte ich sie nicht vor den Kopf stoßen. Ich wusch mich schnell mit kaltem Wasser und wartete dann noch lange, bis sie mit einem Korb voll Obst, Süßigkeiten und duftenden Fladenbroten wiederkamen, dazu einer großen Schale dampfendem Reis mit gekochtem Lammfleisch; und merkwürdigerweise war es nicht Lasars Frau, die mich zum Essen ermunterte und drängte, sondern er selbst; er wollte mit sanfter, lächerlicher Väterlichkeit meinen verschwundenen Appetit wieder wekken und füllte mir beharrlich noch und noch auf den Teller, als sei das ganze Krankenhaus, das er leitete, jetzt zu einer einzigen Privatperson zusammengeschrumpft, der er seine Autorität und Fürsorge zuwenden konnte. Seine Frau saß mir gegenüber, mit schwellendem Bauch, die langen Beine übergeschlagen, rauchte eine dünne Zigarette und musterte mich. Als ich schilderte, wie der Schädel geknackt worden war, um die Seele freizulassen, verzog sie kummervoll das Gesicht: »Das ist ja furchtbar, warum mußten Sie denn hinsehen?« Aber Lasar verstand mich: »Ja, das fasziniert einen doch. Schade, daß wir es nicht selbst sehen konnten«, worauf er mir sofort mitteilte, wir würden bereits am Morgen mit dem Zug nach Gaya weiterfahren. »Morgen?« fragte ich erstaunt, denn laut seinem Versprechen und laut dem Telegramm, das ich ihn in Rom an das Krankenhaus in Gaya hatte aufgeben sehen, sollten wir erst am Sonntag dort ankommen. »Ja«, sagte seine Frau, »wir haben beschlossen, die Abreise vorzuverlegen. Sie sehen selbst, die Sorge beginnt an uns zu zehren. Wir haben überhaupt einen Fehler begangen«, fuhr sie fort und zog den Rauch tief ein, »wir hätten nicht nachgeben, sondern in Neu-Dehlhi warten und auf Plätzen für den Direktflug beharren sollen. Das wäre richtiger gewesen, selbst wenn Lasar Ihnen versprochen hat, Sie würden unterwegs was von Indien zu sehen bekommen.« Mir? wollte ich protestieren, senkte jedoch nur still erbost den Kopf und dachte traurig an die schönen Tempel längs des Flusses, deren Besuch ich auf den nächsten Tag verschoben hatte. »Also, was sagen Sie?« fragte sie, als hätte ich plötzlich auch etwas zu sagen, und warf den brennenden Zigarettenstummel übers Geländer. Lasar tadelte sie empört: »Dori, bist du verrückt, da unten sind Leute, du wirst dort noch jemanden verbrennen.« »Menschen brennen nicht so leicht«, lachte sie, sagte jedoch, durch meine trübe Miene wieder besänftigt: »Ich sehe, Sie sind enttäuscht?« Ihre Brillengläser funkelten in der Dunkelheit. »Ein bißchen«, antwortete ich. »Aber was macht das denn, ich verstehe Sie beide. Und doch scheint mir«, stammelte ich, »auch für Sie wär's vielleicht besser, noch einen Tag hierzubleiben, denn vom Balkon aus kann man nicht spüren, was man auf dem Fluß spürt, mittendrin in der Sache selbst.« »Aber was ist denn die Sache selbst?« Sie richtete sich merkwürdig verärgert auf. »Verbrennende Leichen?« »Nein«, sagte ich fest, »es gibt hier etwas sehr Starkes, schwer zu erklären, etwas sehr Altes, nicht wie historische Ruinen bei uns – das hier ist nicht historisch, das ist echt. Wenn Sie hinuntergehen, werden Sie spüren, daß das, was dort geschieht, die Riten und die Verbrennung, seit Jahrtausenden praktiziert wird, als sei es immer so gewesen...« Jetzt huschte ein anderes Lächeln über ihre Züge, nicht das mechanische, sondern ein versonnenes Lächeln, und das nicht etwa, weil sie meine Worte verstehen, sondern weil sie mich ergründen wollte. Und schon merkte ich, daß es falsch gewesen war, den beiden meine Gefühle zu offenbaren, denn das konnte ihnen, vor allem Lasars Frau, den Freibrief zu einer Annäherung gewähren, die keine Grenzen achtete, zumal sie mich auch noch dazu genötigt hatten, in einem Raum mit ihnen zu schlafen, was meinen Eltern im Leben nicht eingefallen war. Um sie zu stoppen, nahm ich ihr die Gelegenheit, mich weiter auszuforschen, und fragte die beiden statt dessen nach ihrer kranken Tochter, von der wir bisher, wie in stillschweigendem Einverständnis, nicht gesprochen hatten. Schließlich würde ich sie ja bereits am nächsten Tag eigenhändig untersuchen müssen – da sollte man lieber wissen, ob sie in der Vergangenheit eine ernste Krankheit durchgemacht oder jemals im Krankenhaus gelegen hatte.

Als es Schlafenszeit wurde, stellten wir den Wandschirm zwischen uns auf, und ich legte mich im Pyjama auf das

Klappbett, das sehr schmal war, gedacht für einen mageren Inder, der sich im Schlaf kasteien wollte. Sie machten ein wenig Lärm, rückten wohl die Betten noch näher zusammen und löschten schließlich das kleine Licht, worauf sie mir plötzlich »gute Nacht« zurief und ihr Mann sie schweigen hieß: »Psst, er schläft schon.« Aber ich antwortete mit matter Stimme: »Auch Ihnen beiden gute Nacht«, und auf einmal stieg die Sorge in mir auf, sie könnten womöglich fähig sein, sich mitten in der Nacht zu lieben. Auf dem Balkon hatten sie Liebe und Nähe ausgestrahlt und sich sichtlich zueinander hingezogen gefühlt. Und obwohl ich mir sagte, das würden sie mir gewiß nicht antun, kam ich nicht zur Ruhe, begann mich vielmehr leise im Dunkeln auf dem schmalen Bett zu wälzen, bis ich rhythmisches Gesäusel vernahm, das bald in Schnarchen überging, und ich merkte, daß es ihr Schnarchen war, das ich aus dem Zug kannte. Ich wartete darauf, daß er es unterbinden würde, doch er stand nur auf, ging Wasser trinken, trat auf den Balkon hinaus – und ich schlief ein, ehe er noch zurück war, allerdings nur für wenige Stunden, denn noch vor Tagesanbruch zog eine Musikantengruppe sehr nahe am Hotel vorbei, lärmend mit Trommeln und Zimbeln, wobei einer laut zu singen begann, und als die Musik verklang, begriff ich, daß auch die Lasars aufgewacht waren. Denn auf einmal hörte ich die Frau mit überraschend kindlicher Einschmeichelei, deren ich sie nicht für fähig gehalten hatte, ihrem Mann zuflüstern: »Liebst du mich?« Worauf Lasar mit merkwürdiger Bestimmtheit mit »Nein« antwortete, sie jedoch unerschrocken in demselben weichen, selbstsicheren Ton fortfuhr: »Dann fang an zu lieben.« »Warum?« antwortete er mit gespieltem Erstaunen. »Du solltest lieber.« »Aber warum?« »Weil ich lieb bin.« »Aber du bist furchtbar stur«, sagte er ernst. »Gar nicht furchtbar«, erwiderte sie schelmisch, doch er beharrte: »Doch, furchtbar stur. Du hast uns in so ein Zimmer gelotst, und der Arme muß wie ein Hund hier neben uns schlafen.« »Wieso denn Hund?« sagte sie nunmehr verblüfft, aber ohne die Ruhe zu verlieren. »Wie redest du denn von ihm? Spürst du nicht, daß er zufrieden ist und die Sache mit uns genießt, obwohl er so ein kühler Typ ist, der keine Gefühle zeigt...« »Sch... sch...« machte Lasar plötzlich erschrocken. »Er könnte uns hören.« »Wieso das denn?« sagte sie. »Diese jungen Leute lassen sich durch nichts aufwecken. Komm, halt mich. Laß uns schlafen, ich hab Angst vor dem, was uns morgen erwartet.« Sie begannen sich zu küssen, schien mir, und sofort wälzte ich mich auf meinem Lager, um die beiden zu stoppen. Anscheinend hatten sie was gehört, denn das Geräusch brach abrupt ab, und wieder setzten langsam ihre leisen Schnarcher ein, die dann plötzlich verschwanden, aber ich konnte nicht mehr einschlafen. Nach einer langen Weile stand ich barfuß auf und ging, bedacht, nicht hinzugucken, an den beiden Betten vorbei, die tatsächlich ein wenig enger zusammenstanden, beleuchtet vom Schein eines Riesenmondes, der langsam über dem öden, ein wenig beängstigend wirkenden gegenüberliegenden Ufer des Ganges aufstieg.

Am Morgen weckten sie mich energisch und drängten mich, schnell das Frühstück einzunehmen, das schon auf dem Balkon angerichtet stand. Sie hatten bereits die Koffer gepackt und waren bei Tagesanbruch sogar schon am Fluß gewesen, um den ersten Badenden zuzusehen. Bald darauf kamen zwei ältere Inder, die das Gepäck hinuntertrugen, es auf einen Handkarren luden und uns zum Bahnhof brachten – einem frischen Strom von Pilgern entgegen, die offenbar mit den Nachtzügen eingetroffen und nun zum Fluß unterwegs waren. Und wieder hatte ich das Gefühl, ich befände mich an uralter Stätte, als sei gerade hier, aus diesem morastigen Menschengetümmel, zwischen den stur mitten auf der Gasse verharrenden großen Kühen, die Welt erschaffen worden oder habe zumindest hier zu brodeln begonnen. Und als wir den stürmischen Bahnhof betraten und ich wie durch ein Wunder von weitem den zwergenhaften Träger vom Vortag entdeckte – einen Koffer auf dem Rücken und zwei ältliche Touristinnen mit breiten Strohhüten im Schlepptau, gewiß zu dem Zimmer, das wir eben verlassen hatten –, konnte ich mich nicht enthalten, zu ihm zu eilen und ihm Lebewohl zu sagen. Zu meiner Überraschung lief mir auch Lasars Frau nach. Der kleine Lastträger war so gerührt, weil wir ihn erkannt hatten und auf ihn zukamen, daß er den Koffer absetzte und beinah in dem Kuhdung und Morast niedergekniet wäre, als er die Hände zum Gruß aneinanderlegte und uns mit seinem bißchen Englisch anflehte: »Kommen Sie wieder nach Varanasi. Sie haben ja gar nichts gesehen.«

In dem Zug nach Osten teilten wir diesmal das kleine Abteil mit zwei Brüdern in weißen Anzügen, die auf dem Heimweg nach Kalkutta waren, nachdem sie den Leichnam ihres Vaters verbrannt hatten. Um zehn Uhr morgens, der Zug hatte gerade den Bahnhof verlassen, gaben sie Lasar und mir, wie üblich, ihre Visitenkarten, und als wir wußten, daß einer der beiden Arzt war, erzählte Lasar ihnen umgehend vom Ziel unserer Reise und fragte, ob sie etwas über das betreffende Krankenhaus wüßten. Sofort zeigten sie Neugier und Interesse und überschütteten uns mit Ratschlägen und Ideen. Über das Krankenhaus in Gaya, in dem sie noch nie gewesen waren, wußten sie vom Hörensagen zu berichten, daß es klein und mit dürftigem, veraltetem Gerät ausgestattet war, denn von Zeit zu Zeit überbrachten Boten von dort Proben in ein Privatlabor, dem der Arzt aus Kalkutta als Berater und Partner verbunden war. Daher rieten sie uns, Enat so schnell wie möglich in das große Krankenhaus von Kalkutta zu überführen, in dem alles professioneller zuginge. Daraufhin eröffnete ihnen Lasar, daß auch ich Arzt sei, wir medizinische Ausrüstung mitführten und nicht die Absicht hätten, zwischen indischen Krankenhäusern herumzureisen, sondern das junge Mädchen schnellstmöglich nach Israel zurückbringen wollten. Der Gedanke erschien ihnen im Grunde richtig, sie wünschten uns gutes Gelingen und baten auch, einen Blick auf unsere mitgebrachten Utensilien werfen zu dürfen. Jetzt, da wir uns der Patientin näherten, wollte auch Lasar wissen, womit wir seine Tochter retten wollten. Ich öffnete also den Rucksack, zog alles heraus und erklärte dabei die Medikamente und Geräte. Die Inder lauschten mit großem Interesse, begierig, von mir zu lernen, und Lasar nahm jedes einzelne Gerät prüfend in die Hand und fragte nach seiner Funktionsweise, womöglich in dem Glauben, durch das Wissen um die kleinsten Details könne er tiefer in sein Krankenhaus eindringen, um seine Herrschaft zu festigen. Seine Frau schwieg geistesabwesend, ihre wache Fröhlichkeit wie weggeblasen, als ängstige sie das bevorstehende Zusammentreffen mit der Tochter. Unterdessen maß ich Lasar auf seine Bitte den Blutdruck und fand ihn sehr hoch, hundertsiebzig zu hundertzehn, wollte den Mann aber vor der aufregenden Begegnung mit seiner Tochter nicht erschrecken, und nannte ihm zur Beruhigung niedrigere Werte. Der indische Arzt erbat ebenfalls das Gerät und maß mehrmals seinen eigenen Blutdruck und den seines Bruders, aber da ich nicht nach den Ergebnissen fragte, sagte er sie mir auch nicht.

Als wir nachmittags in Gaya ausstiegen, verabschiedeten wir uns von den beiden Indern, die noch einmal ihre Visitenkarten überreichten – zur erneuten Erinnerung daran, daß sie uns, falls nötig, in Kalkutta erwarteten. Gerade dieser letzte Abschnitt der Reise schien ohne Mühen verlaufen zu sein, und nun waren wir wohl schlicht und einfach an dem Ort eingetroffen, von dem wir an Lasars Wohnzimmertisch glaubten, er läge am Ende der Welt. »Das ist also Gaya, so ein Loch, ein wirkliches Loch«, murmelte Lasar, an uns beide gerichtet, als wir mit unseren Koffern auf dem Bahnhofsvorplatz standen und in die sonderbare, unindisch erscheinende Leere um uns her starrten. Ringsum sah man niedrige gelbliche Hügel, die Erde war trocken und sehr hart, kein bißchen brodelnd. Ein apathischer Lastträger schlenderte auf uns zu, aber als er hörte, daß wir zum Krankenhaus wollten, schreckte er sofort zurück und winkte statt dessen einem wendigeren Kollegen, uns zum Krankenhaus zu führen. Es war ein mittelgroßes, dreistöckiges Gebäude, mit gelblichem Lehm verputzt. »Gehen Sie zwei rein, ich warte hier beim Gepäck«, sagte ich, »und erzählen Sie nicht, daß Sie einen Arzt dabeihaben, sonst wird der Medizinerstab nervös.« Lasar blickte mich interessiert an und sagte: »Sie haben recht, völlig recht. Das ist ein sehr richtiger Gedanke.« Und angesichts der bläßlichen Züge seiner Frau, die müde und häßlich aussah, gänzlich ungeschminkt, die dunkle Sonnenbrille vor den nicht lächelnden Augen, fügte ich an: »Und erschrecken Sie nicht, wenn Sie sie sehr gelb oder sogar grünlich vorfinden. Das ist die Hepatitis, und die äußerliche Farbe ist nicht das Gefährliche.« Sie nickten dankend und gingen hinein, ein welkes Paar. Ich setzte mich neben einem trockenen Springbrunnen auf die nackte Erde, den Rücken an einen Koffer gelehnt, und bereitete mich auf eine lange Wartezeit vor. Na, dachte ich, jetzt fängt endlich mein Dienst an; hätte ich eine Stechkarte hier, müßte ich sie nun abstempeln. Doch eine Viertelstunde später kamen die beiden sehr verwirrt wieder heraus. Die Tochter war gar nicht mehr im Krankenhaus, vor einer Woche hatte man sie ins etwa fünfzehn Kilometer entfernte Buddh Gaya gebracht, weil man keine Notwendigkeit mehr sah, sie im Krankenhaus zu behalten – ob nun, weil sich ihr Zustand gebessert hatte oder gerade umgekehrt, hatten die beiden leider nicht begriffen.

Deshalb stürmten sie, diesmal schon völlig kopflos, gemeinsam auf eine vorbeikommende Motorradrikscha zu, und gleich darauf eilten wir auf einer ungepflasterten Landstraße, die sich zwischen sanften Feldern dahinschlängelte, dem bewußten Buddh Gaya entgegen. Sanfte Luft umschmeichelte unsere Gesichter, und tief am fernen Horizont der Ebene ruhte weich und reglos eine große gelbe indische Sonne, die sich weigerte unterzugehen. Eine halbe Stunde später waren wir schon in Buddh Gaya, das sich als hübscher heiliger Ort voll dichter Bäume entpuppte, in der Mitte ein breiter Sandpfad, der von einem buddhistischen Tempel zum nächsten führte. Man sah weder Touristen noch Rucksackreisende. Wir schienen die einzigen Westler am Ort zu sein, doch wir fanden mit Leichtigkeit das gesuchte Buddhistenkloster, an dessen Eingang sich üppig grüne Kletterpflanzen die Pfosten des großen Tors emporrankten. Schlitzäugige Thais begrüßten uns, die von unserem Kommen wußten, sich sogar auf uns freuten, denn man hatte das Telegramm, das von Israel aus an das Krankenhaus abgegangen war, der Patientin mitgegeben, gewissermaßen als Faustpfand dafür, daß das Kloster nicht endlos für eine anonyme Kranke zu sorgen haben würde. Auch hier hielt ich am Klosterhof inne und erbot mich, draußen mit dem Gepäck zu warten, um die Eltern als erste hineingehen zu lassen, aber Lasars Frau wollte unbedingt, daß ich mitkam, als fiele es ihr hier im Kloster schwer, mit der Kranken zusammenzutreffen, ohne einen Arzt neben sich, der sie sofort beruhigen konnte. So trabten wir mit dem gesamten Gepäck hinein – Lasar wollte sich nicht mal in einem buddhistischen Tempel davon trennen – und wurden über Korridore mit zerschlissenen Teppichen, vorbei an kleinen Götterstatuen, zu einer dämmrigen Kammer geführt, in der große Reiserucksäcke und aufgerollte Schlafsäcke verstreut lagen. Zwei junge Japanerinnen, die an einem brennenden Gaskocher beim Tee gesessen hatten, sprangen bei unserem Eintreffen auf und blieben mit gesenktem Kopf höflich und respektvoll in der Ecke stehen. Die Kranke selbst, eine kurzgeschorene, entkräftete Blondine, lag in Embryostellung auf einem grauen Laken in einem Schlafsack, neben sich ein zusammengelegtes Moskitonetz. Ihre Haut war grünlich trocken wie Baumrinde, am rechten Bein saß ein etwas schmuddeliger Verband. Ihre Eltern traten heran und knieten nieder, redeten leise auf sie ein, streichelten ihr Gesicht und Hände, versuchten zu scherzen, hüteten sich aber, ihr einen Kuß zu geben. Lasars Frau wollte ihr mechanisches Lächeln erstrahlen lassen, um ihre Tochter aufzumuntern, aber wegen der angstvollen Begegnung verzog sich ihr nettes Lächeln zu einer sonderbaren Grimasse. Die Kranke verhielt sich stumm und abweisend, einen Moment schien sie ihren Eltern sogar böse zu sein – sei es, weil sie so spät oder weil sie überhaupt gekommen waren. Darauf warfen mir Lasar und seine Frau verzweifelte Blicke zu, mit denen sie mich als Arzt wortlos näher baten. Ich trat behutsam heran und beugte mich ebenfalls über die Patientin. Ihr Vater stellte mich mit vollem Namen vor, und das Mädchen bequemte sich, mir das grünliche Gesicht zuzudrehen, dessen Züge ich gleich als schön und rein erkannte. Obwohl ich ihr fremd war, versuchte sie mir das Lächeln zu schenken, das sie ihren Eltern vorenthalten hatte. Und ihre funkelnden grünlichen Regenbogenhäute, die in den grellgelben, fast rötlich angelaufenen Augäpfeln schwammen, glichen so gar nicht denen ihrer Eltern, sondern vielmehr den hellen Augen ihrer Großmutter, die im Wohnzimmer gesessen hatte, laut Lasars Frau begierig, mich kennenzulernen.

4.

Muß man das Wort »verlieben« erklären? Der Verliebte weiß ja noch gar nichts von seiner Verliebtheit, bis sie sich mitten in der Nacht einschleicht und sein Herz ergreift und er stürmisch erregt aufwacht, als sei Verliebtheit nur eine neue Herrschaft und nicht auch eine Knechtschaft, die einen sturen Verliebten in die Selbstaufgabe zu treiben vermag. Da kann er schon nicht mehr weiterschlafen, muß vor Glück aus dem Bett steigen, noch ungläubig, daß es ihm wirklich passiert ist, wandelt traumschwer und zutiefst aufgewühlt durch die dunklen Zimmer des Hauses, um zu verstehen, was ihm eben gerade den Schlaf abgwürgt hat. Und tatsächlich, in der Küche, am Eßtisch, entdeckt er die Verliebtheit in Person – ein fremdes Mädchen, das ein Nachbar, vielleicht auch die Putzfrau, ohne sein Wissen ins Haus gebracht und dann dort vergessen hat. Die Kleine trägt noch die Grundschulkluft, ein einfaches, kindliches Wappen, per Sicherheitsnadel ans Herz geheftet, und im vereinten matten Licht des Mondes und der Straßenlaterne, das durchs Fenstergitter schimmert, beugt sie sich über Bücher und Hefte und macht Hausaufgaben. Und er flüstert sich leicht ironisch zu: Kann doch nicht sein, daß mir das passiert ist, daß ich mich wirklich einfach verliebt habe, ich weiß ja fast gar nichts über sie. Aber er nähert sich weiter leise von hinten, tritt leicht zitternd auf die zu, die sein Herz angerührt hat, ihn jetzt aber ignoriert und weiter über einem alten, tintenfleckigen Atlas brütet, einen abgeknabberten Bleistift zwischen den Zähnen. Nun schon atemlos betrachtet er die Rückseite ihres schmalen weißen Halses, bis dieser unten in der Schulbluse verschwindet, die nach einem langen Unterrichtstag immer noch süße Frische bewahrt. Und erst als er die Fäuste ballt, um sie ja nicht zu berühren, wendet sie ihm den Blick zu und streicht mit einfacher, energischer

Geste die Lockenfülle zurück, das hübsche, ernsthafte Gesicht gar nicht verblüfft über den leisen Eindringling, den Verliebten, dem ein Messer im Herzen wirbelt.

Und trotz des Schmerzes versucht er immer noch, sich zu beruhigen: Das ist nicht ernst, ist mitternächtlicher Wahn, wird schon vorübergehen, ist sonderbare, absurde, überflüssige Verliebtheit, beinah kriminell und aussichtslos obendrein, gleich wird man sie hier wegholen. Aber die Kleine wirft ihm einen offenen Blick zu, der gar nicht zu ihrem jugendlichen Alter passen will, als sei sie in den wenigen Sekunden, die er dort hinter ihr stand und begehrlich ihren Hals beäugte, reif geworden, und habe auch verstanden, so sehr verstanden, daß er erschrocken seine plötzliche Verliebtheit zu vertuschen sucht, sich nämlich kaltblütig über den aufgeschlagenen Atlas beugt, kurz in einem dünnen Heft blättert und mit gespieltem Unwillen fragt: »Bist du immer noch nicht fertig? Hast du Schwierigkeiten? Es ist schon spät. Vielleicht gibst du's endlich auf?« Da werden ihre reinen Gesichtszüge noch lauterer, und sie legt ihm freimütig die kleine Hand auf den Pyjamaärmel und sagt: »Sch ... sch ... Er ist hier.« Und auf dem langen Korridor zwischen den dunklen Zimmern des Hauses funkeln die lächerlichen Brillengläser des mageren Mysteriums, dieses humorlosen Geisteskranken, der immer noch hartnäckig nach Menschen und Ereignissen fahndet, die längst vergangen sind.

Und immer noch ohne sie zu berühren, nur nach ihrer matten, zusammengekrümmten Stellung auf dem grauen Laken in der Ecke der Kammer, begriff ich, daß ihr klinischer Zustand nicht gut war und sie es womöglich doch, in Chischins Worten, »schon fertiggebracht hatte, sich einen wirklichen Leberschaden zuzuziehen.« Ich hatte bereits gemerkt, daß sie beide Arme um den Leib geschlungen hielt und sich schwach, aber unaufhörlich rieb und kratzte, ein typisches Zeichen für nicht normal ausgeschiedene Gallensalze, die die Hautschicht angriffen. Aber ich lächelte, bemüht, den dabeistehenden Eltern keinerlei Anzeichen von Angst oder Schrecken zu zeigen. Es schien mir auch wenig sinnvoll, sie jetzt vor den Augen ihrer Eltern und der Rucksacktouristinnen auszuziehen, um ihr Herz und Atemwege abzuhören. Zweifellos muß man schleunigst Blutsenkung und Blutbild machen, um eine genaue Vorstellung vom Bilirubin- und Zuckergehalt und von der Leberfunktion zu erhalten, und man muß die Farbe ihres Urins sehen, diese Untersuchung ist dringend, dachte ich, all die anderen klinischen Sorgen und Bedenken lassen sich an den Untersuchungsergebnissen prüfen. Daraufhin kniete ich mich neben sie, legte ihr zuerst leicht eine Hand auf die Stirn, um ihre Temperatur zu fühlen, die mir besorgniserregend hoch erschien, und streckte die andere nach ihrem kurzgeschorenen Blondschopf aus, wobei ich mich einen Moment fragte, von wem sie wohl diese Blondheit geerbt hatte, da Lasar und seine Frau dunkelhaarig waren, fühlte dann auch Hals und Nacken ab, um zu prüfen, ob es Schwellungen am Hals oder an der Schilddrüse gab, und stellte ihr unterdessen die harmlosen Routinefragen, die ich meinen Patienten gewöhnlich stelle, um eine Vertrauensbasis zu schaffen, auf der man ihnen, sogar unbemerkt, eine weitere Wahrheit über sich selbst entlocken kann.

Zu meiner Freude spürte ich, daß sie trotz ihrer Schwäche mit mir kooperieren wollte. Schließlich hatte ich beim Aufbruch zu dieser Reise am meisten befürchtet, ich könnte sie in einem Abbaustadium vorfinden, das Apathie und sogar Widerstand nach sich zog, so daß ich unmöglich zu jener tiefgehenden Diagnose ihrer Lage würde vordringen können, die mich wissen ließe, wie man sie am besten und schnellsten nach Hause zurückbrachte. Denn im Gegensatz zu dem Widerstand, den sie ihren Eltern zu leisten schien, antwortete sie bereitwillig, wenn auch in zögerndem Ton, auf meine Fragen, erzählte, wie alles begonnen hatte, was sie gespürt und was ihr besonders zugesetzt hatte, ja, sie wußte sogar die Verfärbung ihres Urins im Lauf der Zeit zu beschreiben und natürlich, was ihr jetzt weh tat, abgesehen von diesem wahnsinnigen Jucken, auf das ich schon vorbereitet gewesen war, denn nachdem Chischin vergessen hatte, mir den versprochenen

Aufsatz zu geben, hatte ich noch in einem alten englischen Gesundheitslexikon nachgeschlagen, das ich am Vorabend meiner Abreise im Haus der Eltern in Jerusalem gefunden hatte, und gerade diesen Juckreiz hatte der Verfasser besonders lebhaft geschildert. »Aber mal abgesehen von dem Jukken – was tut jetzt noch weh?« ermunterte ich sie erneut, weiter nach Herzenslust zu klagen, worauf sie auch einging, und obwohl mir auffiel, daß sie krankheitsgebundene Symptome mit eigenständigen Empfindungen, wie Schmerzen in den Beinen und Schwere im Rücken, vermengte, schwieg ich und nickte nur, scheinbar alles bestätigend, während ich immer noch Nacken und Hals abtastete, dabei eine leichte Schwellung an der Luftröhre feststellte – oder ist das vielleicht normal bei ihr, dachte ich, worauf ich die Hände von ihr ließ, um mich nicht mit nutzlosen Vermutungen abzugeben vor der wichtigen Hauptuntersuchung, die man sofort im Krankenhaus von Gaya vornehmen sollte. Bloß konnte ich die Bemerkung nicht vergessen, die der indische Arzt im Zug über die Unzuverlässigkeit des Gayaer Krankenhauslabors gemacht hatte. Aber schon war ich von diesen müßigen Gedanken wieder abgerückt, die kaum zu jemandem zu passen schienen, der erst eine Woche zuvor als idealer Mann bezeichnet worden war. Und selbst wenn Chischin stark übertrieben hatte, vor allem um sich vor seinen Freunden zu retten, kannte er doch sehr wohl meine ärztliche Sorgfalt und verließ sich darauf, daß sie mich auf der Indienreise leiten würde, und zwar ohne eine Panne, die letzten Endes im Krankenhaus bekannt und zum Gesprächsstoff boshafter Professoren und speichelleckender Ärzte werden würde, denn ich war schon daran gewöhnt, daß in der Medizin jeder Arzt und jeder Patient zum Schluß unweigerlich seine Meinung dazugeben muß, was hätte getan werden müssen und was überflüssig gewesen wäre oder sogar geschadet hätte.

Doch ich wußte, daß ich hier als einzige Autorität gefordert war und meine Entscheidung nicht hinauszögern durfte. Obwohl es mir einen Moment sonderbar vorkam, daß der Direktor eines großen, modernen Krankenhauses, dem die besten medizinischen Koryphäen zu Gebote standen, mit seiner Frau ängstlich und besorgt im dämmrigen Kämmerlein eines Thai-Klosters am Ende der Welt verharrte, allein abhängig von dem Ermessen eines wenig erfahrenen jungen Arztes, der die Patientin noch gar nicht wirklich untersucht, sondern nur leicht an die Stirn gefaßt hatte, um ihre Temperatur zu fühlen, dann noch ein wenig ihren Hals betastete und schon die Hände sinken ließ, um sich aufzurichten und seine Entscheidung zu verkünden: »Wir müssen sofort Standarduntersuchungen durchführen, damit wir wissen, wo wir stehen und worauf wir zugehen. Und obwohl ihr Zustand nicht gerade glänzend ist, kann man sie hier wegholen. Nur müssen wir zuvor ein paar Dinge wissen, wie etwa den Glukosespiegel und die Bilirubinrate, um festzustellen, welchen Schaden die Leber bereits erlitten hat. Aber es ist nicht nötig, sie wieder ins Krankenhaus einzuliefern, wir können die Untersuchungen an Ort und Stelle vornehmen und die Proben ins Labor bringen. Und einstweilen wäre es besser, sie in ein menschlicheres Zimmer zu verlegen, denn es ist nicht ratsam, sie in dieser Verwahrlosung zu belassen, mit diesen beiden Japanerinnen, obwohl sie nett aussehen.«

Über das Gesicht der Frau huschte jetzt ein Lächeln, aber nicht das bekannte, das mich immer noch mit seinem automatischen Auftreten verwirrte, sondern ein innigeres, persönlicheres, als staune sie über den autoritativen Ton, den ich plötzlich angeschlagen hatte, in Anlehnung an Chischin, der stets in der Mehrzahl sprach, wenn er auf einen Patienten oder den Verwandten eines Patienten traf, der ihm besonders zu Herzen ging. Unterdessen hatten die beiden Japanerinnen offenbar gemerkt, daß man Gutes von ihnen redete, kamen aus ihrer Ecke hervor, beugten sich über den brennenden Gaskocher und boten uns von dem gelblichen Tee an, den sie brauten. Lasars Frau zögerte einen Moment, doch Lasar lehnte das Angebot ab, da er es eilig hatte – gewissermaßen stürmisch erpicht, meinen Befehl auszuführen und eine menschliche Unterkunft für uns alle zu finden. »Ihr wartet inzwischen hier«, erklärte er, aber seine Frau, sichtlich erregt über sein schnelles Weggehen, richtete sich auf und sagte: »Moment, Lasar«, worauf er erwiderte: »Was ist?« und seine Frau sagte: »Vielleicht komme ich doch lieber mit.« »Aber warum?« fragte Lasar. »Nicht nötig, bleib hier.« Doch sie versteifte sich: »Nein, ich komme besser mit, um dir zu helfen«, und schon beugte sie sich über die Tochter, um sie zu küssen, und versicherte: »Gleich sind wir zurück.« Dann wandte sie sich an mich mit den Worten: »Bleiben Sie bei ihr, und fangen Sie, falls möglich, mit Ihren Untersuchungen an, wir sind gleich wieder da« und zog mit ihrem Mann ab, denn offensichtlich konnte sie weder mit mir allein bleiben noch mit ihrer Tochter.

Diese lag immer noch da, beide Arme um den Körper geschlungen, schabte und kratzte sich und blickte mich ruhig an – aus Augen so gelb wie die eines Tigers oder einer Hyäne. Doch trotz ihrer sichtlich schlechten körperlichen Verfassung war ich kein bißchen pessimistisch, da ich wußte, daß ich mir hier schon Vertrauen erworben hatte dank der Art, wie ich ihr die Hand auf die Stirn gelegt und über Nacken und Hals gestrichen hatte. Seit Chischins erstem Bericht über sie war ich nämlich den Verdacht nicht losgeworden, ich würde zu einer apathischen Patientin geschickt, die den Genesungswillen verloren hatte und vor lauter Widerstandsgeist noch anfangen könnte, mir auf dem Rückweg mit Blutungen zu kommen. Aber die junge Kranke, die hier lag, sah nicht danach aus, als ob sie Widerstandskräfte mobilisieren könnte, denn sie war ganz und gar von Kratzwut ergriffen, lechzte geradezu danach, daß fremde Hände sie berührten und dadurch mittelbar an der irren Kratzerei mitwirkten. Aber noch wollte ich nicht zu ihr eilen, und obwohl sich nun langsam Dunkelheit in der Kammer ausbreitete, trank ich zuerst den kochendheißen, bitteren Tee, den mir die Japanerinnen eingeschenkt hatten, und erkundigte mich ein bißchen nach ihnen selber, worauf sie erzählten, sie seien erst zwei Tage zuvor in Buddh Gaya eingetroffen, direkt aus Japan, um sich im nahen japanischen Kloster in Meditation fortzubilden, und da dort kein Platz frei gewesen sei, habe man sie an dieses Kloster verwiesen und sie vorerst bei der Kranken untergebracht, unter der Bedingung, daß sie sich ein wenig um sie kümmerten. Und tatsächlich gäben sie sich Mühe, sie zu versorgen, und achteten auch darauf, sich nicht anzustekken, trügen Stoffmasken, wenn sie sie anfaßten. Gestern hätten sie sie in den Garten im Innenhof des Klosters mitgenommen und mit selbstgekochtem Reisbrei gefüttert. Aber ihr Juckreiz sei schlimm, und die Salben, die man ihr im Kloster verabreicht habe, nützten nichts. Ob ich ein gutes Mittel mitgebracht hätte, fragten sie, als sei ich eigens aus Israel angereist, um den Juckreiz zu lindern. »Vielleicht«, sagte ich, »wir werden sehen«, worauf ich den Rucksack aufmachte und seinen Inhalt auf die von ihnen ausgebreitete Stoffdecke schüttete, erbost über Lasars Frau, die nicht dageblieben war, um mir beim Entkleiden ihrer Tochter zu assistieren. Aber die Japanerinnen waren nett, brachten mir eine große Taschenlampe, denn das Licht der Glühbirne war schwach, richteten die Patientin auf, halfen mir, ihr das sehr verfleckte helle Gewand abzustreifen, und stützten ihren mageren weißen Rücken, während ich lange auf dem Boden kniete und das Stethoskop sorgfältig über Rücken und Brust führte, um die Lungen gut darauf abzuhören, ob sie frei waren und keine Flüssigkeit angesammelt hatten, und dabei natürlich auch den Herzrhythmus in allen Kammern kontrollierte, der völlig regelmäßig klang. Die beiden jungen Japanerinnen verfolgten meine Untersuchung, von Herzen froh, daß jemand gekommen war, die Verantwortung für die Kranke zu übernehmen, die ihrer Obhut übergeben worden war, vielleicht auch als eine Art religiöse Prüfung von seiten des Klosters. Nun nickte ich zufrieden und sagte erst mal zu meiner Patientin: »Das scheint völlig in Ordnung zu sein, Enati«, benutzte also gleich den Kosenamen ihrer Eltern, und dann legte ich sie langsam auf den Rücken, um ihren Bauch gründlich abzutasten, der hart und voller Kratzspuren von dem unaufhörlichen Jucken war, fand aber zu meiner Überraschung die Leber nicht etwa infiziös vergrößert, sondern stark eingeschrumpft, so daß man sie unter der harten, flachen Bauchdecke kaum fühlen konnte. Es hatte dort gewissermaßen schon eine Rückbildung eingesetzt, die mich zunächst erschreckte – aber das kann doch nicht sein, dachte ich, das ist ja vollendeter Wahnsinn, wenn die Krankheit erst vor zwei Monaten ausgebrochen ist, wie kann da schon ein Degenerationsprozeß eingesetzt haben? Die Gallenblase schien vergrößert, offenbar auch entzündet, denn es genügte ein leichter Fingerdruck, um bei Enat einen derart gellenden Schmerzensschrei auszulösen, daß die Japanerinnen schnell das Gesicht abwandten. Gleich darauf hörte man Schritte auf dem Flur, und ein kahlgeschorener Mönch in einer Kutte von der Farbe der untergehenden Sonne eilte zu uns, um zu erfahren, was es mit dem Schrei auf sich hatte, der weit durch das stille Kloster gegellt war. Da der Mönch kein Englisch sprach, bat ich die Japanerinnen, ihm zu erklären, daß ich, ein Arzt aus Israel, mit den Eltern gekommen sei, um das Mädchen nach Hause zu holen.

Aber der Mönch blieb in der Tür stehen, als erfasse er noch nicht den Zusammenhang zwischen der Heimkehr und dem Schmerzensschrei des Mädchens, das halb nackt auf dem Boden lag. Da wurde ich plötzlich traurig, denn mir schien, wegen des Schmerzes könnte ich womöglich das in mich gesetzte Vertrauen verlieren, und in meinem Innern stieg Wut gegen Lasars Frau auf, die uns hier einfach so allein ließ. Ich beschloß also, die klinische Untersuchung abzubrechen und das Abtasten von Milz und Nieren auf ein andermal zu verschieben. Ich würde noch Zeit dazu haben, sinnierte ich, und wechselte ihr vorerst den Verband auf der Wunde am Bein, die mehr verunreinigt als entzündet aussah. Mit eigenen Kräften streifte ich ihr das fleckige Gewand wieder über und versuchte sie zu beruhigen: »Das ist in Ordnung, nichts als eine Gallenblasenentzündung, und das ist normal bei solcher Gelbsucht.« Unter den Medikamenten fischte ich eine Kortisonsalbe heraus, die den Juckreiz etwas mildern sollte, und erlaubte der Patientin, sich selbst Arme und Bauch damit einzureiben, warnte sie aber auch, daß sie nicht mehr als örtliche Linderung erhoffen dürfe, und auch die würde keineswegs von Dauer sein, denn die von den Nieren nicht absorbierten Gallensalze sammelten sich unter der Hautschicht, und das Jucken ließe sich nur von innen, nicht von außen kurieren. Aber sie freute sich, dankte mir für die Salbe, und mir fiel bereits eine gewisse Demut an ihr auf, ohne jede Spur von dem anmaßenden Lächeln ihrer Mutter, das manchmal so unerklärlich war. Und während sie sich noch mit Hilfe der Japanerinnen einrieb, bereitete ich alles Nötige vor, um ihr Blut abzunehmen, bat die beiden, mir die Taschenlampe näher zu halten, und sah mit Genugtuung, wie alle, einschließlich des buddhistischen Mönchs, auf der Stelle erstarrten, um zuzusehen, wie ich den Gummischlauch um den mageren Arm festzog, die Vene suchte und ihr sacht und langsam eine Spritze voll Blut abzapfte, ja, mich nicht mit einer begnügte, sondern auch noch eine zweite füllte, denn ich sagte mir, wenn sie schon einmal still liegt und ich jetzt ins Krankenhaus rennen muß – wer weiß, ein Reagenzglas kann zerbrechen oder verunreinigt werden, und diese Vene sprudelt, und wer weiß, was morgen ist?

Nun warteten wir auf die Rückkehr der Lasars. Der Mönch verschwand, und eine der Japanerinnen ging mit Enat auf die Toilette, ausgerüstet mit zwei durchsichtigen, sterilen kleinen Behältern, die ich ihr für Urin und möglichst auch Stuhl gegeben hatte. Ich blieb mit der zweiten Japanerin zurück, die ich um ein weiteres Glas Tee bat, und sie schenkte mit Freuden ein, legte auch einen trockenen Keks dazu, und da sie intelligent wirkte, fragte ich sie, was sie in Buddh Gaya suchte, worauf sie mir von einem örtlichen Kurs in einer Meditationsart namens Vipassana erzählte, deren Hauptmerkmal eine zweiwöchige Sprechabstinenz sei. »Muß man dazu so weit wegfahren?« fragte ich lächelnd. »Kann man nicht auch in Japan zwei Wochen schweigen?« Doch ich erfuhr, daß das Schweigen nahe dem Baum Buddhas eine andere Bedeutung als anderswo habe. Nun bat ich sie, mir ein bißchen von Buddha zu erzählen, welche Bedeutung er für einen weltlich-rational denkenden Mann wie mich haben könnte, der keinen Hang zu Mysterium oder Seelenwanderung besitze. Sie versuchte mir zu erklären, daß es hier nicht um Mysterium gehe, sondern nur um das Bemühen, das Leiden zu beenden, das von Geburt, Krankheit, Alter oder Tod ausgehe, oder sogar das seelische Leid der Nähe zu einem verhaßten oder der Ferne von einem geliebten Menschen. Und der Weg zur Beendung des Leids liege in dem Streben, sich zu lösen und frei zu werden und so das Nirvana zu erreichen, also das Ende der Seelenwanderung. »Kann man die Seelenwanderung wirklich beenden?« fragte ich, innerlich lachend, doch unterdessen kam Enat von der Toilette zurück, gestützt auf die andere Japanerin, die vorsichtig die beiden Behälter trug, in denen eine etwas rötliche Flüssigkeit schwappte, von der Färbung des Tees, den ich getrunken hatte. Und obwohl mir einen Moment das Herz stockte angesichts der eindeutig pathologischen Beschaffenheit des Urins, der womöglich Blut enthielt, sagte ich nichts und ließ mir auch keine Besorgnis anmerken. Im Gegenteil freute ich mich über die erfolgreiche Anstrengung, nahm die beiden Behälter entgegen und stellte sie zusammen mit den beiden Blutproben in ein kleines gepolstertes Ledersäckchen, das man zum sicheren Transport auch unter schwierigen Reisebedingungen am Hosengürtel befestigen konnte. Alle Achtung für unseren Chefapotheker, dachte ich bewundernd, ich darf bei der Rückkehr nicht vergessen, ihn und seine wunderbare Vorsorge zu loben. Dann unterhielt ich mich weiter mit der jungen Japanerin über Buddha und seine Anhänger, trank nun schon das dritte Glas Tee, während Enat in Embryostellung vor uns döste, als habe ihr der große Schrei, den sie ausgestoßen hatte, Ruhe geschenkt. Und schon begann ich mich über das Ausbleiben der beiden Eltern zu wundern, dachte wütend vor allem an Lasars Frau, die selbst in solch schwieriger Stunde gewiß darauf beharrte, uns ein originelles Hotel auszusuchen.

Schließlich kamen sie, aufgeregt, aber auch stolz über das Erreichte. Mit einem Schlag füllte sich die Kammer mit einem ganzen Trupp halbnackter junger Inder, die vor unseren Augen aus Bambusstangen und Matten zwei Bahren zusammensetzten, wie die, auf denen man Leichen zum Fluß bringt.

Schnell belud man die eine mit Koffern und Rucksäcken, hob auf die andere behutsam die kranke Tochter und deckte sie mit einem mit Blumen gemusterten Tuch zu. Und in der milden, schönen Dämmerstunde verließ unsere kleine Prozession das Thai-Kloster mit zwei hoch über den Köpfen getragenen Bahren und zog durch die von dichten Bäumen beschatteten Straßen Buddh Gayas, vorbei an Holz- und Stoffhütten, unter den freundlichen Blicken von Einheimischen und Pilgern, unterwegs zu einer Herberge unweit des Flusses, umgeben von Rasenflächen und Blumenbeeten, wo die Lasars in einem Nebengebäude eine kleine Wohnung mit drei separaten Zimmern gefunden hatten, verbunden durch einen Gang beziehungsweise eine etwas verrußte Küchenecke, in deren einer Ecke Spülstein und Kochplatte standen und in der Mitte ein größerer Tisch, schon beladen mit Obst und Gemüse, Käse und schwärzlichen Fladenbroten, die jemand für uns gebracht hatte. Einen Moment staunte ich, daß mein simpler Wunsch nach einem »menschlicheren Zimmer« zu derart solider Häuslichkeit geführt hatte, denn noch ehe sich die beiden für die Ergebnisse der in ihrer Abwesenheit vorgenommenen Untersuchung interessierten, stürzten sie sich aufs Organisieren: Enat wurde in ein eigenes Zimmerchen gelegt, in ein weißbezogenes Bett, und Lasars Frau hörte gar nicht wieder auf, sie zu verwöhnen und besser zu lagern, ging auch zu dem Hotelbesitzer, um eine Vase mit wunderschönen Blumen zu holen, während Lasar die Unordnung ringsum in Angriff nahm, um sie gebührend zu domestizieren, die Koffer aufklappte und eiligst Kleider in die Schränke räumte, als habe er sein Krankenhaus ebenso vergessen wie sein Versprechen, diese ganze Tour in zehn bis zwölf Tagen zu beenden, und verfolge nur den einen Willen, es sich in diesem kleinen Bungalow in dem freundlichen buddhistischen Städtchen gemütlich zu machen, das im Vergleich zu der indischen Wirklichkeit, die wir bisher kennengelernt hatten, wie ein kleines Paradies wirkte.

Doch ich machte meinen Koffer noch nicht auf, legte ihn nur auf das Bett in der mir zugedachten Kammer, denn ich war innerlich unruhig, nicht nur wegen der Farbe des Urins in den Behältern oder wegen des Blutes, das mir auf den ersten Blick pathologisch ausgesehen hatte, mit hohem Bilurubinanteil gesättigt, ja nicht einmal wegen der vergrößerten Gallenblase, deren etwas unvorsichtige Berührung den gellenden Schmerzensschrei ausgelöst hatte, sondern vor allem, weil es mir schwergefallen war, die Leber zu ertasten, als sei sie in einem furchterregenden, beschleunigten Zellzerstörungsprozeß geschrumpft oder degeneriert. Wenn dem so ist, dachte ich, wird es nicht lange dauern, und sie »beschert uns« womöglich eine plötzliche innere Blutung, was das Allerbeängstigendste wäre. Denn wenn uns das hier, in diesem entlegenen Städtchen, passierte, könnten wir nur noch Buddhas Gnade erflehen. Und während Lasar, eine komische Schürze um die Taille gebunden, in der Tür stand und mich in die Küche bat, raffte ich mich innerlich auf und beschloß, sofort nach Gaya zurückzukehren, um die Proben dem Krankenhauslabor zu übergeben und bei der Gelegenheit das Niveau des medizinischen Geräts dort zu prüfen, damit wir wußten, was uns im Notfall zur Verfügung stand. Denn wenn die Befunde, wie befürchtet, ernst ausfielen, hätte es keinen Sinn, in diesem sonderbaren Bungalow mit verrußter Küche und großem Eßtisch zu bleiben, sondern wir müßten die Patientin schnellstens in das Krankenhaus von Kalkutta bringen, von dem der Arzt und sein Bruder im Zug lobend gesprochen hatten, damit ich einer eventuellen Verschlechterung nicht etwa allein gegenüberstand. Doch komischerweise schienen die Lasars nicht so besorgt wie ich; vielleicht hatten sie sich ihren Zustand schlimmer vorgestellt oder verließen sich womöglich immer noch auf Chischins Worte, es sei eine letzten Endes selbstheilende Krankheit, so daß sie nun, nachdem sie die Tochter abgeholt und in ein menschliches Zimmer überführt hatten, nur noch Ruhe haben wollten. Auch schien dieses heilige Städtchen ihnen Seelenfrieden zu schenken, wenn sie sich derart daran freuten, so eine Küche gefunden zu haben, in der sie mit Tellern und Besteck hantieren konnten, ja sogar mit einem brodelnden Topf auf dem Feuer.

Ich beschloß, ein wenig Sorge in die hier um sich greifende häusliche Gemütlichkeit zu säen, setzte mich daher nicht an den gedeckten Tisch, sondern blieb vor ihnen stehen und erklärte ohne übermäßigen Nachdruck, ich fühlte mich verpflichtet, noch heute abend mit den entnommenen Proben nach Gaya ins Labor zu fahren. Auf den Tisch, mitten zwischen Obst und die dicken indischen Fladenbrote, legte ich die Salbe, die das unaufhörliche Jucken ein wenig lindern sollte, und auch ein paar Valiumtabletten sowie Acamol zur Senkung des Fiebers, warnte die beiden aber, die Patientin nicht zu benommen und schläfrig zu machen, da wir dann nicht mehr wüßten, wie sich sich wirklich fühlte. Dabei war ich immer noch nicht sicher, ob die Intensität meiner Sorge wahrgenommen wurde, denn Lasar fragte erstaunt: »Sind Sie überzeugt, daß Sie jetzt bei Dunkelheit ins Krankenhaus fahren müssen?« »Zweifellos«, antwortete ich sofort und fügte vorsorglich hinzu, ich könnte dort aufgehalten werden und erst am nächsten Morgen zurückkehren, denn falls das Labor nachts nicht arbeitete – was in einem normalen Krankenhaus allerdings undenkbar sei – oder man mir keine zuverlässigen Befunde geben könne, wie der Arzt aus Kalkutta gewarnt hatte, würde ich versuchen, ein besseres Labor zu finden. »Aber wo wollen Sie hier ein anderes Labor auftreiben?« fragte Lasar lächelnd, erstaunt über die Gründlichkeit, die ich plötzlich an den Tag legte. »Ich weiß es nicht, ich werde fragen. Wenn ich könnte, würde ich sogar nach Kalkutta fahren, zu dem Privatlabor dieses Arztes. Der hat mein Vertrauen geweckt, und die Anschrift steht ja auf der Visitenkarte, die er uns gegeben hat.« »Nach Kalkutta? Sind Sie verrückt?« schrie Lasar wie von der Tarantel gestochen. »Wie wollen Sie denn dorthin kommen? Das ist doch die Hölle auf Erden und auch so weit weg.« »Ja, es ist weit«, sagte ich, »aber vielleicht gibt es von Gaya einen Flug dorthin.« »Einen Flug?« fragte Lasar verblüfft, »wollen Sie etwa bloß dieser Untersuchungen wegen dorthin fliegen?« »Nein, natürlich nicht«, stammelte ich, aber Lasar war noch nicht beruhigt: »Ich verstehe nicht, was Sie eigentlich suchen. Was haben Sie wirklich vor?« »Nichts«, sagte ich. »Ich möchte nur zuverlässige, gründliche Ergebnisse.« »Gründliche«, seufzte er. »Ausgerechnet hier?« Und als er merkte, daß ich schwieg, fügte er hinzu: »Vielleicht lassen wir Enati einfach ein paar Tage ausruhen und fahren dann nach Hause, dort wird man schon alle nötigen Untersuchungen machen.« Nun rebellierte ich wiederum, hütete mich aber noch, ihnen allzuviel Angst einzuflößen. »Diese Untersuchungen sind wichtig«, betonte ich erneut, »aber wenn Sie nein sagen – dann eben nicht; bloß müßten Sie mir in diesem Fall mal erklären, warum Sie mich überhaupt mit hierhergeschleift haben.« Seine Frau saß mir mit grauem Gesicht und etwas zerzaustem Haar gegenüber, gekleidet in eine leichte weiße Bluse, die neue kleine Sommersprossen am Hals offenbarte, rauchte schweigend ihre dünnen Zigaretten und musterte mich die ganze Zeit nur, ohne ihr sonderbares Lächeln, aber statt dessen mit einem Ausdruck des Staunens, der, wie mir schien, eine neue Sympathie mir gegenüber ausstrahlte – doch jetzt platzte sie dazwischen und sagte mit sanftem Nachdruck zu ihrem Mann: »Er hat recht. Das ist völlig in Ordnung. Verlaß dich auf ihn. Und wenn er bis Kalkutta fliegen will, um Ergebnisse zu erhalten, mit denen er etwas anfangen kann – warum nicht? Wir haben Zeit, vorerst, dazu haben wir uns hier ja häuslich eingerichtet. Tun Sie, was Sie für nötig halten«, wandte sie sich an mich. »Wir werden geduldig hier ausharren. Aber essen Sie etwas, bevor Sie sich auf den Weg machen.«

Ich setzte mich an den großen Tisch, aß hastig und stand gleich danach auf, um mich für den Aufbruch fertigzumachen, denn ich hoffte doch noch, am selben Abend zurückzukehren. Dann nahm ich das meiste medizinische Gerät aus dem Rucksack, ließ nur ein paar Verbandspäckchen und Medikamente darin zurück, füllte ihn statt dessen mit Pullover, Hemd, Unterwäsche und Waschzeug, hängte mir einen Fotoapparat um, und schon war auch ich in einen Rucksacktouristen verwandelt. Zum Schluß befestigte ich das Ledertäschchen mit den wohlverpackten Proben am Gürtel und erhielt von Lasar weitere dreihundert Dollar für mögliche Ausgaben. Seine Frau belegte die indischen Fladenbrote und steckte mir unbekannte Früchte in eine braune Tüte. Doch bevor ich mich auf den Weg machte, betrat ich doch lieber noch einmal die Kammer meiner Patientin, um sie mir erneut anzusehen. Sie schlief, das hübsche Gesicht friedlich, nur die Hände verkrampft, als wolle sie sich kratzen. Einen Moment zögerte ich, sie zu wecken, nun, da sie Ruhe in einem menschenwürdigen Bett gefunden hatte, aber ich wollte sie doch nicht verlassen, ohne ihre inneren Organe noch einmal richtig abzutasten. Lasars Frau half mir, sie zu wecken, und hob das dünne Flanellhemd des Pyjamas, den sie ihr aus Israel mitgebracht hatten. Nun lagen die gelbliche Brust, der kleine Busen und der zerkratzte Bauch wieder entblößt für meine Finger, deren besonders wirkungsvolle Abtastmethode einmal sogar die Bewunderung Chischins geweckt hatte, für den ich seither »der Internist« war. Ich fühlte jetzt klar, daß die Leber im Vergleich zur vergrößerten Milz und Gallenblase geschrumpft war, nahm mich aber sehr in acht, der Kranken nicht wieder weh zu tun, da ich ihr Vertrauen zurückgewinnen wollte. Ich beendete die Untersuchung, deckte den mageren Körper wieder zu, wollte aber doch noch eine Stuhlprobe von ihr haben. Es sei nicht unabdinglich, erklärte ich ihren Eltern, aber wenn es irgend ginge, könnte es uns sehr helfen. Und tatsächlich, als ich schon in meiner grünlichen Windjacke dastand, kam Lasars Frau heraus und reichte mir lächelnd den gewünschten Behälter, in ein Stück bunte Hindi-Zeitung eingeschlagen, das ich gleich entfernte, um mir die Farbe anzusehen, die verdächtig dunkel wirkte, als sei dort verstecktes Blut enthalten. Aber ich sagte kein Wort, wickelte nur den Behälter gut wieder ein und verschloß ihn in einem weiteren Gefäß, worauf Lasar und seine Frau mich nach draußen begleiteten, wo schon eine grellbunte Motorradrikscha auf mich wartete, die Lasar, der sein Organisationstalent bereits auf die indische Wirklichkeit anzuwenden begann, für mich gemietet hatte. »Der Fahrer wird Ihnen die ganze Zeit zur Verfügung stehen, ich habe ihm Hin- und Rückweg im voraus bezahlt, seien Sie unbesorgt«, sagte er trocken, als ärgere er sich, daß ich ihnen Grund zur Besorgnis gab, statt sie zu beruhigen. Aneinandergeschmiegt, ohne Liebkosung umschlungen, standen sie beide da und sahen zu, wie ich mich auf den Sitz der offenen Rikscha schwang, hinter den sehr ernsten alten Motorradfahrer, der einen hohen weißen Turban trug und mich schnell in die dunkle Nacht hineinzog, als hätten wir eine Umlaufbahn im schwarzen All angetreten.

Denn er wollte mich auf sonderbaren Abkürzungen nach Gaya bringen, über gewundene Feldwege zwischen Äckern und Pflanzungen hindurch, und selbst, wenn es Häuser oder Hütten in der riesigen, flachen Weite gab, wußte ich nichts davon, denn ihre Lichter waren tief drinnen verborgen. Und da der Himmel voll dichtem grauem Nebel hing und sich kein Mond und kein Stern zeigten, blieb der vor mir herschwebende weiße Turban einziges Lebenszeichen. Trotzdem war ich innerlich ruhig und sicher, hielt mich an den Seiten des schwankenden Sitzes fest, den Rucksack zu meinen Füßen, und kümmerte mich nicht mehr um die Entschlüsselung der indischen Wirklichkeit, denn zweckgerichtete medizinische Wirklichkeit nahm ihren Platz ein, im Mittelpunkt der Wunsch, eine richtige Diagnose über den Zustand der gelbstichigen Patientin zu erhalten, die ich zurückgelassen hatte, und noch immer sah ich sie in Gedanken in ihrer Kammer liegen, umsorgt von ihren Eltern, die, wie es mir hier im nächtlichen Dunkel schien, irgendwie Angst vor ihr hatten. Als die Rikscha ihre Fahrt ein wenig verlangsamte, schnallte ich mir den Rucksack auf und zurrte das Gürteltäschchen noch fester, und sobald sie vor dem Krankenhaus hielt, das ich selbst im dichten Dunkel erkannte, sprang ich ab, befahl dem Turbanträger: »Rühren Sie sich nicht von der Stelle!« und eilte, innerlich heiter, die Stufen hinauf: Schon eine Woche war ich nicht mehr im Krankenhaus gewesen, selbst der Geruch hatte mir bereits gefehlt.

Doch es begrüßte mich ein ganz anderer Geruch, weder der nach Lysol und Fäkalien noch der nach Äther und Medikamenten, gelegentlich vermischt mit dem Dunst von gekochtem Gemüse. Es war auch nicht der Totenhauch, den ich ebenfalls kannte, sondern simpler Fäulnisgestank, der mir penetrant entgegenschlug. Ich blieb im Eingang stehen, entnahm dem Rucksack ein großen Stück Gaze, träufelte ein paar Tropfen Jod darauf und band es mir mit Verbandsmaterial wie eine OP-Maske übers Gesicht – jetzt konnte ich die Korridore betreten, um das Labor zu suchen. Und vielleicht hauptsächlich wegen dieses Verbands überm Gesicht und nicht, weil ich mich überall als Arzt bezeichnete, beachtete man mich überhaupt und dirigierte mich zu dem Labor, das in einer großen alten Baracke im Hinterhof untergebracht war, umlagert von stummen Patienten, überwiegend Frauen, die auf dem nackten Boden kauerten, zerlumpte Kinder neben sich. Dort machte meine rötliche Maske keinen Eindruck mehr, ich mußte mich gewaltsam durch die Menge drängeln und in die Baracke zwängen, hinein zu einer sehr dunkelhäutigen, aber vornehm wirkenden älteren Frau, lang und schmal wie eine schwarze Marmorplatte, in einem dünnen, farbenprächtigen Sari, zwischen die Augen ein großes rotes drittes Auge gemalt. Sie war die Laborleiterin – vielleicht eine Bürokraft, vielleicht selbst Laborantin –, langsam in ihren Bewegungen und offenbar auch sehr zerstreut, denn auf ihrem Tisch häuften sich in buntem Durcheinander Dutzende Karteikarten und Laborberichte, unter denen sie nach den jeweiligen Befundnummern kramte, um sie den drängelnden Umstehenden auszuhändigen. Anfangs übersah sie mich beharrlich, obwohl ich bereits die Maske abgenommen und mich als Arzt vorgestellt hatte, aber schließlich ließ sie mich vor, um zu hören, was ich wollte, und als ich meine Bereitschaft bekundete, das Doppelte zu zahlen, falls die Tests sofort durchgeführt würden, blickte sie mich von oben herab leicht verächtlich an und erklärte, im Krankenhaus des Buddhas, der auch der Gott der Bettler sei, würden keine Zahlungen verlangt, aber wenn ich eine Spende dalassen wolle – zu diesem Zweck stünde ein großer Kasten am Haupteingang. »Selbstverständlich, ich werde sofort spenden gehen«, versprach ich und zog eiligst die Reagenzgläser und Behälter heraus. Zuerst schreckte sie zurück. »Nicht hier«, wehrte sie ab, »nicht hier, dafür gibt es einen Sonderschalter, stellen Sie sich dort an.« Aber schließlich gab sie nach und bat mich, die gewünschten Untersuchungen auf dem Krankenhausbriefpapier zu notieren. Ich schrieb alles auf, einschließlich der Bitte um Prüfung der Leberfunktionen, unterzeichnete mit vollem Namen, vermerkte auch die Nummer meiner israelischen Approbation, hütete mich aber natürlich vor jedem Hinweis darauf, daß meine Patientin ein paar Tage zuvor in ebendiesem Krankenhaus gelegen hatte – ich wollte ja keine unerwarteten bürokratischen Schwierigkeiten heraufbeschwören. Sie überflog meine Aufstellung, malte mit Rotstift dicke Fragezeichen neben die Leberuntersuchungen, sagte, sie sei nicht sicher, ob man die hier durchführen könne, wickelte dann die Urin- und Blutproben nachlässig in das Stück Papier, ohne es auch nur festzukleben oder mit einem Gummiband zu sichern, und warf sie in einen großen Pappkarton voll verstaubter Reagenzgläser, die teils leer, teils mit eigenartig gefärbten Flüssigkeiten gefüllt waren. Ich dankte ihr, bat sie aber noch einmal, die Untersuchungen so bald wie möglich vorzunehmen. Falls nötig, sei ich bereit, selbst ins Labor zu gehen und bei der Analyse zu helfen. »Meine Patientin liegt fiebernd in Buddh Gaya«, sagte ich, »und sobald wir die Ergebnisse wissen, können wir mit der Behandlung beginnen.« Doch nun verlor die vornehme Inderin auf einmal ihre Gelassenheit. »Alle hier wollen wissen, alle warten, alle hier sind krank, alle sind von Ärzten geschickt, kein Mensch macht hier Bluttuntersuchungen zum Zeitvertreib«, kanzelte sie mich ab wie einen Schuljungen; warum ich denn meinte, mir stünde außer der Reihe Antwort zu – etwa nur, weil hier Menschen von dunklerer Hautfarbe warteten? Darauf wedelte sie mich mit leichter Hand und sehr langem Arm verächtlich ab.

Ohne zu begreifen, warum ich mich durch die Rüge dieser älteren Frau so tief gekränkt fühlte, wollte ich sie im ersten Moment bitten, mir die Proben zurückzugeben, damit ich sie an einen anderen, verläßlicheren Ort bringen konnte. Aber ich schwieg, weil ich nicht wußte, wohin ich sonst hätte gehen sollen, und zog gemaßregelt ab, ohne zu wissen, wann ich die Ergebnisse abholen sollte. Noch eine ganze Weile lief ich zwischen den im Dunkeln an der Baracke versammelten Indern hin und her und lugte durch ein Fenster in einem Raum, in dem übernächtigte Laborantinnen eng gedrängt im schummrigen Licht saßen, neben sich dicke Serumflaschen, und mit Hilfe von uralten großen Mikroskopen, Zählrastern und Bestimmungstabellen versuchten, die Blut- und Urinproben zu entschlüsseln, die man ihnen in bläulichen kleinen Glasschälchen brachte. Schließlich gab ich das ziellose Herumschlendern auf und ging an die Stelle zurück, an der ich meine Rikscha verlassen hatte, aber die war inzwischen von vielen anderen, ganz ähnlichen umringt, so daß ich Mühe hatte, sie zu erkennen. Ich mußte zwischen den schlafenden Fahrern umhergehen, die in Embryostellung auf den Fahrgastsitzen lagen, bis ich meinen Fahrer fand, der zum Glück auch im Schlummer nicht auf seinen majestätischen weißen Turban verzichtet hatte. »Fahren Sie mich zum Fluß«, weckte ich ihn, denn seit meiner Ankunft in Indien fühlte ich mich zu Flüssen hingezogen. Aber mein verschlafener Fahrer lächelte mich mit weit aufgerissenem zahnlosem Greisenmund an und versuchte mir zu erklären, jetzt gebe es in Gaya keinen Fluß. »Jetzt nicht?« fragte ich staunend. »Auf der Karte im Reiseführer ist doch ein Fluß eingezeichnet.« Es gebe schon einen Fluß, aber er führe kein Wasser, versuchte er mir begreiflich zu machen, half mir unterdessen in den noch von seinem Schlaf vorgewärmten Sitz, breitete eine zerschlissene Decke über mich und schob seine Rikscha schweigend aus dem Knäuel der Fahrzeuge heraus, worauf er den Motor anließ und mich an das Ufer des Flusses fuhr, der zwar durchaus vorhanden, aber fast gänzlich ausgetrocknet war. Tief unten in der Rinne brannte ein Feuer, nach dessen Form ich annahm, es diene zur Leichenverbrennung, so daß die Gestalten, die in andächtiger Stille ringsherum kauerten, wohl Angehörige waren, die die Befreiung der Seele überwachten.

Ich stieg ab, öffnete den Rucksack, nahm den Pullover

heraus, um ihn gegen die Kälte überzustreifen, und ging – von etwas Unklarem angezogen – eilig zu dem breiten trockenen Flußbett hinunter, wobei die Rüge der langen schlanken Laborleiterin mir noch immer im Innern brannte. Aber worüber bin ich denn beleidigt? versuchte ich mich selbst zu erforschen. Was ist denn mit mir los? Alles, weil sie meine Sorge geringgeschätzt hat? Auch Lasar und seine Frau wirkten kaum besorgt, scheinen nicht zu befürchten, daß die Patientin für die ich seit heute zuständig bin, ernstlich krank ist und wirklich in Gefahr schwebt, glauben wohl eher, es sei einfach eine Krankheit, die sich selbst kuriert. Eine Woge der Trauer über die Kranke und ihren Arzt wallte in meinem Innern auf, und während ich noch durch das Ufergestrüpp zu den Scheiterhaufen hinunterging, kamen mir kleine Tränen, die meinen Augen weh taten. Verflixt, was ist das denn? Worüber nun wohl der Schmerz und die Wut? Es ist sein gutes Recht, nicht mich zum Verbleib auf der Station zu wählen, aber ein Arzt, den ich immer verehrt habe – warum sagt der geringschätzig: »Eine Krankheit, die sich selbst kuriert?« Was weiß er denn, dieser Chischin? Und ich erzitterte, als stünde er vor mir. Aber ich hielt nicht inne, sondern bahnte mir weiter einen Weg zwischen Büschen, großen Steinbrocken, die aus dem trockenen Flußbett ragten, und hohen, in der Dunkelheit farblosen Wildblumen, lavierte vorsichtig an schlafenden Pilgern oder Bettlern, mit Decken oder Pappe zugedeckt, vorbei, und schon wischte ich mir die komischen Tränen ab und fragte mich grinsend, wieso ich denn so weinerlich wurde, ausgerechnet hier an einem Ort, der uns verwöhnte Westler angesichts von wahrem Leid still und demütig machen müßte.

Die Inder, die um den Scheiterhaufen saßen, mußten gemerkt haben, daß ich auf sie zusteuerte, denn sie erhoben sich nun nach und nach, um mich zu begrüßen, aber auch um mich daran zu hindern, dem Feuer selbst nahe zu kommen und die Zeremonie durch meine Gegenwart zu entweihen. Nach ihrer uneinheitlichen Kleidung schienen sie gutsituierte Städter zu sein; jedenfalls wußten sie mir mit taktvoller Bestimmtheit zu begegnen. Sie umringten mich, legten die Hände zur Begrüßungsgeste ans Herz, verstellten mir aber auch gewissermaßen den Weg. Ich legte die Hände zu ähnlichem Gruß zusammen, um ihnen Mitgefühl und gute Absichten zu signalisieren, und spürte eine leichte Berührung. Es war mein Rikschafahrer, der mir insgeheim hastig gefolgt war, um mich vor Verwicklungen zu bewahren. Er redete gut von mir vor den Leuten, bemühte sich aber ebenfalls, mich von dem Scheiterhaufen fernzuhalten, der hell und fröhlich loderte, als liege gar nichts darauf. Ich nahm den Rucksack ab und setzte mich auf einen großen feuchten Stein. Letzte Reste von Flußwasser plätscherten noch in der Nähe, und die Nacht war kalt und neblig. Da die Inder jetzt sahen, daß ich die Absicht aufgegeben hatte, zum Feuer vorzustoßen, und einfach abseits saß, beruhigten sie sich, und jemand reichte mir sogar ein Glas kochendheißen Tee, vielleicht zum Dank für meine Zurückhaltung. Ich nahm das Glas dankend entgegen, aber ehe ich es noch an die Lippen setzte, sah ich zu meiner Verblüffung, daß der menschliche Körper, der eingehüllt neben dem Scheiterhaufen auf seine Verbrennung wartete, noch gar nicht ganz tot war, sondern offenbar einem Schwerkranken oder Sterbenden gehörte, den man hierherverfrachtet hatte, damit er an der richtigen Stelle eingeäschert werden konnte. Von Zeit zu Zeit kauerte jemand nieder, um ihn zu streicheln oder ihm etwas zuzuflüstern, ihn wohl mit der Hoffnung auf das ersehnte Feuer zu ermutigen. Jetzt begriff ich, warum man mich so hartnäckig ferngehalten hatte, aber den angebotenen Tee konnte ich nun nicht mehr trinken, und als nach einer Weile Flugzeugdröhnen am Himmel zu hören war und alle die Köpfe hoben, goß ich die gelbliche Flüssigkeit schnell auf die Erde. Aus dem Nebel blinkten jetzt grellrote Lichter auf, und ein großes altes Flugzeug, dessen Propeller angenehmen Lärm verbreiteten, glitt niedrig über unsere Köpfe hinweg und folgte dem Flußbett bis zur Landung. Die Inder redeten nun von diesem nächtlichen Flugzeug, das aus Neu-Delhi kam und über Patna nach Kalkutta weiterflog. »Nach Kalkutta?« staunte ich, plötzlich

Feuer und Flamme. Alle kannten hier das alte Nachtflugzeug und hegten offenbar Sympathien für diesen Flug, der in ein, zwei Stunden nach Patna weiterging und bei Tagesanbruch Kalkutta erreichte. Ohne eine weitere Minute zu zögern, stand ich auf, gab das leere Glas zurück und sagte zu meinem Fahrer, der mit seinem hohen Turban dasaß, zufrieden mit sich selbst und der Nacht, und bereits ein zweites Glas trank: »Auf, fahren Sie mich schnell zum Flugplatz, ich möchte nach Kalkutta.« »Aussichtslos«, sagte er, ohne sich vom Fleck zu rühren. »Sie werden keinen Platz finden, dieses Flugzeug ist immer voll.« Aber ich ließ nicht locker. Die Möglichkeit, nicht nur die Bilirubinrate festzustellen, sondern auch zu erfahren, welche Leberfunktion geschädigt war und besonders alles über den Glukosegehalt und die Gerinnungsstoffe, deren Fehlen meiner Patientin innere Blutungen verursachen konnte, erschien mir so wichtig, daß sie den Versuch, nach Kalkutta zu gelangen, rechtfertigte, selbst wenn Lasar, der noch nie dagewesen war, die Stadt als »Hölle« bezeichnete. Gut, daß ich Enat eine doppelte Portion von jeder Probe abgenommen hatte, nun brauchte ich nicht mehr zu der langen Inderin im Labor zurückzukehren.

Der Flug war tatsächlich ausgebucht, wie mich mein Fahrer gewarnt hatte, aber nachdem ich den Flugplatzangestellten wiederholt erzählt hatte, ich sei ein englischer Arzt, der schnellstens zu einem Labor in Kalkutta gelangen müsse, um medizinische Proben abzuliefern, und ihnen zum Beweis sogar die Blut- und Urinproben zeigte, fanden sie sich bereit, mir einen kleinen Klappsitz hinten im Flugzeug einzuräumen, der offenbar für die Stewards gedacht war, denen ich auch den recht billig erscheinenden Flugpreis bezahlte. Dem Rikschafahrer gab ich ein paar Rupien und einen kurzen Brief, den er sofort den Lasars nach Buddh Gaya bringen sollte. Darin schilderte ich meinen Plan, die Proben nach Kalkutta mitzunehmen und am nächsten Tag per Flugzeug oder Bahn mit verläßlichen Ergebnissen zurückzukommen. »Machen Sie sich keine Sorgen«, endete ich mit einem ironischen Satz. »Ich werde sogar aus der ›Hölle‹ wiederkehren, Sie haben ja schon gemerkt, daß ich nicht verlorengehe.« Das Wort »Hölle« setzte ich in Anführungszeichen, um anzuzeigen, daß ich Lasar zitierte, aber auch um seine Sorge zu erleichtern. Danach unterzeichnete ich »mit herzlichen Grüßen, Ihr Benjamin«. Und nun war ich bereit, das große alte Flugzeug zu besteigen und den Klappsitz einzunehmen, der für mich geöffnet wurde. Es war kurz vor Mitternacht. Ich entnahm dem Rucksack eins der großen belegten Brote, die Lasars Frau für mich gemacht hatte, verspeiste es mit Appetit und dachte dabei an die beiden, die so gut aufeinander abgestimmt waren. Sogar ihr Verhältnis zur Tochter war identisch – eigenartiges distanziertes Mitgefühl, in dem auch ein wenig Angst vor ihr mitschwang. Ob seine Frau Kalkutta wohl ebenfalls als »Hölle« bezeichnen würde? Aber was weiß er denn schon von der Hölle? Gewiß kennt er in seinem Krankenhaus finstere Orte wie die Totenkammer. Und selbst, wenn wir Hölle sagen – der Arzt und sein Bruder, die wir im Zug getroffen haben, wirkten durchaus fröhlich, und dabei wohnten sie dort. Und selbst, wenn die Bilder der Armut und des Leids schlimmer als das bisher Gesehene sein sollten – na gut, dann habe ich bei meiner Rückkehr nach Buddh Gaya einen leichten Vorsprung vor den Lasars, der meine ärztliche Autorität untermauert, falls die schwere Stunde eintritt, vor der ich bange. Sie sind sich wegen ihrer tiefen Bindung zu sicher. Als dann nach Mitternacht die Propeller angeworfen wurden und das Flugzeug mit einer Leichtigkeit abhob, die gar nicht zu seinem Alter paßte, nahm ich diesen Start als Zeichen für die Richtigkeit meiner Entscheidung und schlief auf der Stelle ein.

Ich träumte, ich käme in ihr Häuschen zurück, das nicht mehr in Buddh Gaya war, sondern in einer anderen Stadt, ebenfalls im Osten, aber nicht in Indien. Auch die Küche war viel größer und geräumiger, und nicht der große Holztisch stand dort, sondern der Glastisch aus dem Lasarschen Wohnzimmer in Tel Aviv, dazu noch weitere Möbel aus jener Wohnung und auch aus der meiner Eltern. Sogar mein Motorrad, das ich im Hof meines Elternhauses in Jerusalem zurückgelassen hatte, stand dort abgedeckt neben dem Spülstein. Nur die Patientin war nicht da. Die beiden saßen traurig am Eßtisch und warteten, daß ich mit den Befunden aus Kalkutta zurückkehren sollte, und da erst begriff ich, daß ich mich sehr verspätet hatte, nämlich nicht, wie im Brief versprochen, innerhalb eines Tages zurückgekehrt war, sondern erst nach Wochen, vielleicht sogar Monaten. Doch sie hatten auf mich gewartet, getreu dem meinen Eltern gegebenen Versprechen, gut auf mich aufzupassen. Wo ist meine Patientin? fragte ich mit unendlicher Beklemmung. Sie wechselten Blicke, Lasar erhob sich nicht von seinem Platz, nur seine Frau stand auf und führte mich zu der Ecke, in der ein fremdes Mädchen, in ein graues Laken gewickelt, lag. Nun ist er da, flüsterte die Mutter ihr zu.

Bei den ersten Anzeichen von Tageslicht ging das Flugzeug über Kalkutta hinunter, das in seiner Dunsthülle mit den vereinzelt hervorblinkenden Lichtern wie eine riesige alte Fabrik aussah, in der die Arbeit ruhte, über der die Abgaswolke aber noch in der Luft hing. Trotz der frühen Stunde trieb bereits eine brodelnde Menge ziellos umher – die Menschen schienen zu schweben, als habe das Schwerkraftgesetz sich selbst annulliert. Wenn ich ein Zeichen finden muß, daß ich tatsächlich zur niedrigsten Stufe menschlichen Leidens hinabgestiegen bin, dann ist es wohl dies, schoß es mir durch den Kopf. In Neu-Delhi oder Varanasi hatten sogar die Bettler und Krüppel irgendeine Richtung, aber hier war auch die verlorengegangen, und die Menschen wogten durcheinander in einem Taumel, in den ich alsbald mit hineingerissen wurde, ohne den Weg hinaus zu finden. Nackte Bettler, aussätzig und verstümmelt, hängten sich an mich und ließen sich unmöglich abschütteln. Ich war durstig und müde von dem Flug, zögerte aber, ob ich hier – mitten im Trubel, in unmittelbarer Nähe von Krüppeln und Sterbenden, die längs der Wände lagen – trinken oder lieber warten sollte, bis ich in der Stadt selber war. Doch der Durst war stark. Ich trat an einen Stand, bestellte Tee mit Milch, nach der englischen Art meiner Mutter, suchte zwei Aerogramme mit bereits aufgedruckter Briefmarke aus, zog ein weiteres belegtes Brot von denen, die Lasars Frau mir mitgegeben hatte, aus dem Rucksack und aß im Stehen, wobei ich mit meiner kleinen, ordentlichen Handschrift ein paar nette Worte an meine Eltern auf eins der Aerogramme schrieb und auch erklärte, zu welchem Zweck ich Kalkutta aufgesucht hatte. Der Verkäufer zeigte mir den Briefkasten, der groß, rot und sehr britisch aussah und damit das Vertrauen erweckte, daß der eingeworfene Brief seinen Bestimmungsort wirklich erreichen würde. Das andere Aerogramm steckte ich ein, riß mich, nunmehr gestärkt aus dem Menschengewimmel los und wählte ohne Zögern keine Rikscha, sondern ein richtiges Taxi, das mich – laut der Adresse auf der Visitenkarte – geradewegs zum Labor brachte.

Der Traum, den ich im Flugzeug geträumt hatte, beunruhigte mich, diente mir aber auch als Warnsignal: Hauptsache, hier nicht verlorengehen. Meine Aufgabe besteht darin, die Leberfunktionen zu erfahren, die beiden Transaminasen, die Gerinnungsstoffe und den Zuckerspiegel. Ich habe volles Vertrauen in diesen Arzt und seinen Bruder. Sie stehen mit der Universität Kalkutta in Verbindung. Aber als der Taxifahrer mich zu einem gewöhnlichen Wohnblock in einer kleinen Gasse brachte, ohne jedes Schild oder Zeichen, das von einem medizinischen Labor gezeugt hätte, sank meine Stimmung, und ich entließ den Fahrer nicht, ehe er mich zur Wohnungstür geleitet hatte. Erstaunlicherweise fand sich in dem verwahrlosten, nicht besonders hohen Wohngebäude ein kleiner Fahrstuhl, von dem man nicht wissen konnte, ob er noch in Gebrauch war, denn es schliefen mehrere Menschen darin, ineinander verschlungen wie ein Knäuel schwarzer Schlangen. Tatsächlich waren wir zu sehr früher Stunde eingetroffen, und das Treppenhaus lag voll schlafender Menschen, die sich geschickt auf jeweils nur einer einzigen Stufe eingerichtet hatten. Sofort streifte mein Fahrer die Sandalen ab und stieg barfuß über die Schlafenden hinweg, worauf auch ich die Schuhe auszog und auf Strümpfen über sie hinwegzuschweben versuchte. Auf diese Weise erreichten wir die Wohnungstür meines Arztes, an der eine Visitenkarte prangte, wie die, die er mir gegeben hatte. Der Taxifahrer begnügte sich nicht damit, die Wohnung zu finden, sondern betrat sie auch, um den Arzt selber ausfindig zu machen und aus dem Bett zu holen, bis der Gesuchte dann vor mir stand, nur einen schmalen Schurz um die Lenden und mit seinem schlanken, glatten Körper wie ein Jüngling wirkend. Der Arzt war kein bißchen überrascht, mich vor sich zu sehen, die Schuhe noch in der Hand, und rief mit echter Freude: »Die ganze Zeit sage ich meinem Bruder, Dr. Benjamin wird letzten Endes zu uns kommen müssen, wenn er die Wahrheit wissen will – aber wer hätte gedacht, daß er so früh da sein würde?« Damit bat er mich lachend in ein großes dämmriges Zimmer voller Teppiche und Zierat, wo er sofort zwei schlafende kleine Mädchen vom Sofa aufhob und rasch ins Nebenzimmer brachte, und wenige Minuten später kehrte er in einem hellen europäischen Anzug zurück, nahm mir umgehend die mitgebrachten Behälter ab, lauschte mit großem Interesse dem Bericht über den Zustand meiner Patientin und meinen Befürchtungen und notierte dann mit sauberer, klarer Handschrift die von mir gewünschten Untersuchungen, wobei ich seinen Bemerkungen entnahm, daß er äußerst kompetent war und ihm keine Untersuchung unmöglich oder überflüssig erschien. Schließlich stand er auf und sagte: »Das wär's, geben Sie mir einen halben Tag, dann werden mein Bruder und ich Ihnen alle Antworten liefern; und wenn Sie den Nachmittagsflug nicht mehr erreichen, können Sie immer noch den Fünfuhrzug besteigen, der bei Tagesanbruch in Gaya ankommt.« Danach breitete er einen dünnen bunten Teppich über das Sofa der beiden Mädchen, klopfte leicht auf die Kissen, um den kindlichen Schlaf herauszuschütteln, drehte sie um, verteilte ein paar Räucherstäbchen in einer rußigen Schale und zündete sie an, damit sie mit angenehmem Weihrauchduft die Gerüche der Nacht zerstreuen sollten. »Hier können Sie nicht nur ruhen, sondern auch schlafen, damit Sie heute nacht wohlbehalten zu Ihrer Patientin zurückkehren, für die Sie bis nach Kalkutta gereist sind«, erklärte er.

Ich befand mich in einem höchst angenehmen Raum, mit Blumengirlanden und kleinen Götterstatuen in Elefanten- oder Affengestalt. Zarter Weihrauchduft umhüllte meine Sinne. Nichts zeugte von einer Hölle. Sogleich setzte ich mich ohne Schuhe auf das Sofa und dachte, wie merkwürdig, daß ich bis hierher gereist bin – wirklich nur aus Sorge um meine Patientin, oder will ich auch Chischin beweisen, daß ich ein hingebungsvoller, hartnäckiger Arzt bin, der auf keine Untersuchung verzichtet? Ich zog das zweite Aerogramm aus der Tasche und schrieb in leicht scherzhaftem Stil: »Lieber Professor Chischin, beste Grüße aus Kalkutta, der niedrigsten Stufe der Welt in allem, was Armut und menschliches Leid betrifft. Ich bin allein hier eingetroffen, um eine zuverlässige und ausführliche Diagnose für unsere Patientin zu erhalten, deren Zustand besorgniserregender ist, als Sie gedacht haben. Die Lasars sind nett, und Indien ist interessant. Ihr ›idealer Mann‹.« Ich wollte noch hinzufügen: »... den Sie verführt haben«, hielt aber an mich. Wie sollte er das verstehen? Auch das Wort »ideal«, das ich in Anführungsstriche gesetzt hatte, erschien mir überflüssig. Würde er sich überhaupt erinnern? Ich steckte das Aerogramm in die Tasche. Es würde ohnehin nach mir ankommen, warum also Sprüche machen? Ich zog den Pullover aus. Hinter der Tür hallten leichte Schritte. Weiß die Frau des Arztes, wer ich bin und was ich hier will? Aber die Couch war weich, und ich streckte mich in tiefer Müdigkeit darauf aus, wobei ich mir dachte, das ist doch ein kleines Paradies inmitten der Hölle, von der ich noch gar nichts richtig gespürt habe und vielleicht auch nichts spüren werde, und jedenfalls will ich nicht damit prahlen, drinnen gewesen zu sein.

Aber trotz meiner starken Müdigkeit konnte ich keinen tiefen Schlaf finden, sondern nur leicht einnicken, denn die Schläfer auf den Treppenstufen wachten langsam auf, die Hausbewohner versuchten, sie wegzujagen, und der Fahrstuhl, offenbar von seinen nächtlichen Flüchtlingen befreit, begann unvermittelt an seinem Kabel auf- und abzurumpeln. Außerdem machten die beiden Töchterchen des Arztes die

Tür auf und zu, lugten herein und wollten mich wecken, so daß ich sie hereinbitten mußte, worauf sie zögerten, aber schließlich schüchtern eintraten – in luftigen rötlichen Saris als Schuluniform, das Haar mit blauen Schleifen zusammengebunden, Ranzen auf dem Rücken. Ich versuchte, ein Gespräch mit ihnen anzufangen und sie mit komischen Grimassen zum Lachen zu bringen, aber sie lachten nicht, vielleicht glaubten sie, diese Grimassen seien für westliche Gesichter normal. Schließlich kam die Mutter herein, die die Mädchen zur Schule bringen wollte, jedoch zögerte, mich allein in der Wohnung zu lassen. »Dann ist es vielleicht besser, ich gehe auch ein bißchen in der Stadt spazieren. Gibt es hier einen Fluß?« fragte ich.

Natürlich gab es einen Fluß, Hughli hieß er, mit eigenen Ghats, und auch eine Festung names Fort William, in dem schönen Maidan von Kalkutta. Wirklich schade, sich das nicht anzugucken, dachte ich und verabschiedete mich. Beim Hinuntergehen zählte ich die Stufen, deren Zahl ich mir zum Schluß notierte, damit ich die Wohnung später wiederfand. Draußen merkte ich mir auch Zeichen in der Gasse und schritt sie auf und ab, um mir die Lage des Gebäudes einzuprägen, aber als ich von dort in die Hauptstraße einbog, umwogte mich bereits die mächtig strudelnde Menge, und ich stellte fest, daß ich der einzige Fremde in dieser Gegend war. Mich überkam leichte Schwäche, und mein Traum fiel mir ein. Man muß achtgeben, daß man sich nicht zu weit entfernt, und ich wollte auf mich aufpassen, denn ich muß unbedingt zurückkommen, auch Lasars Frau hat mir ihr Vertrauen geschenkt. Ich war kein Tourist mehr, sondern ein diensthabender Arzt und mußte noch diese Nacht zu meiner Patientin zurückkehren, deren feines gelbes Gesicht ich mir von Zeit zu Zeit ins Gedächtnis rief, wie auch das unerklärliche Lächeln, das gelegentlich in den Augen von Lasars Frau aufblitzte. Also beschloß ich, auf den Fluß samt seinen Ghats und auch auf die wichtige Festung und den hübschen Maidan zu verzichten und mich nur in engen, sicheren Kreisen zu bewegen, um nicht den Kontakt zu dieser Straße zu verlieren. Alle halbe

Stunde stand ich wieder vor dem Gebäude, erklomm manchmal sogar die Treppen bis zur Wohnung und klopfte an die Tür, vielleicht lagen die Ergebnisse ja schon vor. In einer der angrenzenden Straßen erregte ein Gebäude meine Aufmerksamkeit, vor dem sich viele Menschen drängten. Zuerst dachte ich, aha, ein weiterer Tempel, aber als ich näher kam, entdeckte ich, daß es nichts anderes war als ein großes, altes Kino, vollgeklebt mit bunten Plakaten. Auf dem Gehsteig lag eine alte Frau hingestreckt, die dem Tod nahe zu sein schien, und neben ihr saßen Aussätzige, die mit funkelnden Augen die Eintretenden musterten. Vielleicht sollte ich mir Indien lieber im Kino angucken, dachte ich. Ich kaufte eine Karte und betrat einen großen dämmrigen Saal mit zahlreichen Säulen samt bröckelnden Kapitellen, vor mir reihenweise Köpfe, einige mit sonderbaren Turbanen bedeckt, andere barhäuptig – glattrasiert, zerzaust oder gelockt. Bei meinem Eintreten wandten sich mir alle Blicke zu, als sei mein Geruch oder Schritt fremd und eigenartig. Ich suchte mir einen Platz in einer mittleren Reihe, wobei sich alle bereitwillig erhoben, um mich bequem vorbeizulassen, und mir sogar freundlich zulächelten. Doch bald kam ein Ordner, dem irgendeine Marke mit Sicherheitsnadel an der Brust baumelte, und begann auf mich einzureden, ich solle auf einen anderen Platz umziehen, offenbar einen Ehrenplatz. Ich versuchte abzulehnen, aber er zeigte um mich her in die Runde und sagte »Schlechte Leute, schlechte Leute«, wobei alle uns anlächelten. Ich weigerte mich weiterhin, aber er blieb stur, kam sogar durch die Reihe, faßte mich energisch am Arm und zeigte erneut auf die Menschen ringsum, die immer noch lächelten. Letzten Endes führte er mich zu einem Sitz mit rotem Plüschpolster, das im Lauf der Jahre schäbig und rosa geworden war, struppig wie ein altes Tier. Und auf diesem Sitz, der wohl schon ehrwürdigere Gäste als mich gekannt hatte, sah ich mir einen Film ohne Übersetzung an, dessen Held, ein magerer junger indischer Star, die ganze Zeit Qualen litt, aber nicht des Hungers, sondern der Liebe.

Als ich dann gegen Mittag in die Wohnung zurückkehrte,

fand ich dort nicht nur die Mädchen und die Mutter, sondern auch den Arzt und seinen Bruder vor, die mit dem Laborbericht winkten. Meine Befürchtungen hatten sich tatsächlich bewahrheitet. Es lag ein Leberschaden vor. Die Enzymkette der Gerinnungsfaktoren war gestört. Das Bilirubin lag mit fast dreißig sehr hoch, die ALT war von vierzig auf hundertachzig hochgeschnellt, und auch die AST hinkte dem nicht nach. Die Glukosekonzentration war vermindert, was das Erschöpfungsgefühl auslöste. Man mußte dem Mädchen schleunigst Glukose spritzen, vielleicht auch etwas, was die Regenerierung der geschädigten Gerinnungsfaktoren unterstützte, und das einfachste – eine frische Blutkonserve. Sie zeigten mir auch die Ergebnisse von Untersuchungen, die ich nicht erbeten hatte. Zweifellos hatten sie gründliche Arbeit geleistet, waren den ganzen Morgen von einem Labor zum anderen gelaufen und hatten den übergebenen Proben jede nur mögliche Information abgepreßt. Nun mußte ich sofort zu meiner Patientin zurück, jede weitere Minute wäre vergeudet. Ich zog die Brieftasche heraus und gab ihnen hundert Dollar – ein sehr großzügiger Betrag, nicht nur in ihren Augen, sondern auch in meinen –, aber ich fügte eine Bedingung an – sie sollten mich nicht allein zurückkehren lassen, sondern mich in den richtigen Zug nach Gaya setzen, denn auf einen Flug konnte man ja nicht hoffen. Sie waren verblüfft und überglücklich über die Summe, die ich ihnen gegeben hatte, und versprachen, einen erheblichen Teil für wohltätige Zwecke zu spenden, und natürlich würden sie mich schnellstens zum richtigen Zug nach Gaya bringen, aber sie wollten auch wissen, ob ich etwas von Kalkutta gesehen hatte. »Ich habe sehr wenig gesehen«, erwiderte ich. »Es ist ein harter Ort, aber keine Hölle.« Sie brachen in herzliches Lachen aus, beharrten dann jedoch trotzdem, daß es hier höllische Bereiche gebe, als sei die Hölle unverzichtbarer Bestandteil der örtlichen Touristenattraktionen. Auf dem Weg zum Bahnhof wollten sie mir Bezirke zeigen, die mich wirklich deprimieren würden, aber erst mal müßte ich mich hinsetzen und nach Herzenslust speisen. Ich war nicht hungrig, und die Sorge um meine Patientin begann mich völlig zu überschwemmen, aber es fiel mir auch schwer, die beiden netten Gastgeber zu enttäuschen. Unterdessen wurden bunte kleine Teller aufgetragen, gefüllt mit Pröbchen aller möglichen Speisen in originellen Farben und Formen. Der Arzt und sein Bruder setzten sich zu mir, die Arme um die kleinen Mädchen geschlungen, und alle paßten auf, daß ich von jedem Teller probierte. Sehr bald war ich satt und verspürte leichte Übelkeit. Der ernste Blick der dunklen Mädchen beängstigte mich zusätzlich. Ich erhob mich und sagte entschuldigend: »Die Untersuchungsergebnisse haben mir endgültig die Ruhe geraubt. Bitte Freunde, in Gottes Namen, lassen Sie uns aufbrechen, und wenn Sie mir unterwegs etwas zeigen möchten, bringen Sie mich vielleicht zum hiesigen Fluß hinunter, denn ich weiß nicht, was mit mir los ist, aber seit meiner Ankunft in Indien fühle ich mich zu den Flüssen dieses Landes hingezogen, als hätte ich mich in sie verliebt.« Trotz ihres Bedauerns darüber, daß ich das Mahl abbrechen wollte, gingen sie eilfertig auf meinen Wunsch ein und brachten mich zum Maidan, einer offenen Grünfläche am Fluß, am Nordende die hohe Säule des Ochterlony Monuments, vor der sie mich mit meiner Kamera fotografierten und sich auch von mir knipsen ließen. Aber ich begnügte mich nicht mit einem Blick auf den Fluß, wollte ganz ans Wasser hinunter, und wieder respektierten sie meinen Wunsch, und als sie sahen, daß ich mich plötzlich niederbeugte und die Fingerspitzen in die kühlen Fluten tauchte, neigten sie voll Genugtuung die Köpfe. Dieses private und unabhängige Eintauchen bestärkte sie in ihrer Meinung, daß ich würdig war, die Hölle von innen zu sehen und nicht nur in schneller Vorbeifahrt, sondern ganz langsam, von der Rikscha aus, die ein Mann durch jene furchtbaren Gassen zog, in denen riesige Haufen von Unrat und Abfällen lagen, teils durchwühlt von kriechenden, zerfallenden Menschen – schon von Geburt an siech, eine verworfene, wimmelnde Menschheit, wie unter dem Fuß eines vorbeigegangenen Riesens zertretenes Gewürm. Eine geschlagene Stunde lang lotsten sie mich durch Straßen, die einst offenbar menschenwürdig und freundlich gewesen waren, gesäumt von hübschen Häusern, jetzt jedoch von furchtbarem, alles zerfressendem Aussatz behaftet schienen, wobei die noch erkennbaren Reste von Schönheit den Schmerz nur vergrößerten. So zogen wir unter der hellen Wintersonne dahin, ich in der langsamen Rikscha sitzend, die beiden bärtigen, weißgekleideten Begleiter neben mir herschreitend, wobei sie von Zeit zu Zeit eine Münze aus der Tasche zogen und sie einem Sterbenden oder einem Kind in die Hand drückten, offensichtlich zufrieden über mein Interesse. »Kann die Hölle schlimmer sein?« fragten sie mich schließlich mit sonderbar triumphierendem Ausdruck, als wir den Bahnhof betraten.

Obwohl die Bahnfahrt neun Stunden dauerte, bekam ich kein Auge zu. Die Bilder von Kalkutta vermischten sich mit der nagenden Sorge um meine Patientin, und alles verschmolz zu einer Masse, die mir aufs Herz drückte. Als mich zum Schluß der Schlaf doch fast übermannen wollte, stellte ich mich in den Gang, aus Furcht, ich könnte Gaya im Schlummer verpassen. Nach Mitternacht stolperte ich auf den Bahnhofsvorplatz hinaus, der wie das letzte ferne Ende der Welt aussah, und lief vorsichtig zwischen den vielen Rikschas umher, in der Hoffnung, den Weißbeturbanten wiederzufinden, der jedoch nicht da war. Ein anderer, jüngerer Fahrer fuhr mich über den sich dahinschlängelnden ländlichen Weg durch die lieblichen Hügel, deren Konturen sich im Licht einer dünnen Mondsichel abzeichneten, nach Buddh Gaya. Das Hotel am Fluß war dunkel und verrammelt, und momentan wußte ich nicht mehr, wo der separate Eingang zu unserem Bungalow lag. Müde und zerschlagen umkreiste ich das Haus, und zum erstenmal auf dieser Reise war es aus mit meiner Seelenruhe, so daß mir ein nie gekannter schmerzlicher Schluchzer entschlüpfte. Mußte ich wirklich bis zum Morgen in der vom nahen Fluß aufsteigenden Kälte ausharren, bloß weil ich nicht nur in Lasars Augen, sondern auch in meinen ideal sein wollte? Zur Erholung setzte ich mich unter einen der großen Bäume. Mir fiel ein, daß im Rucksack noch ein belegtes Brot übrig war, das ich nun aß, um die Schläfrigkeit zu überwinden. Dann erhob ich mich, wie nach einem guten Glas Wein, und umkreiste erneut das Gebäude, bis ich die richtige Tür erkannte und leicht anklopfte. Sie öffnete sich sofort. Es war Lasars Frau, ohne Brille, das Haar aufgelöst, in einem dünnen Nachthemd, unter dem sich ihre Körperfülle und die großen Brüste abzeichneten, an den Füßen hochhakkige Pantoffeln. Zuerst wollte sie mir nur das mechanische Lächeln ihrer Augen schenken, aber dann wallten ihre Gefühle auf, und sie breitete die Arme aus und umschlang mich mit verbotener Wärme. Einen Moment standen wir in der trübseligen Küche mit den rußigen Kesseln auf dem Herd, doch sogleich erschien auch Lasar und umfaßte meinen Kopf in einer mächtigen Umarmung voll Ärger und tiefer Zuneigung. »Was ist denn mit Ihnen? Wohin waren Sie verschwunden? Bald wären wir ohne Sie abgefahren. Sagen Sie mir bloß nicht, Sie sind mit den Proben bis Kalkutta gefahren.« »Doch, bis Kalkutta«, flüsterte ich mit eigenartigem Stolz. »War es denn wirklich nötig, dorthin zu reisen?« fragte Lasar zutiefst verblüfft. »Ja, unbedingt«, antwortete ich mit neuer Bestimmtheit. »Ich habe alle nur möglichen Ergebnisse bekommen, und das in zuverlässiger Weise, jetzt weiß ich, wo wir stehen.« »Wo denn?« fragte Lasar, offensichtlich gekränkt durch meinen forschen Ton. »Gleich«, erwiderte ich, »gleich werde ich alles erzählen, nur lassen Sie mich zuerst meine Patientin besuchen.« Und damit ging ich, wie ich war, ohne mir die Hände zu waschen, in das kleine Zimmer, in dessen gelblichem Lichtschimmer die Liegende sich immer noch in unruhigem Schlaf kratzte, ohne zu ahnen, welch gefährliche Bombe in ihrem Innern tickte. Ich kniete am Bett nieder und legte ihr die Hand auf die Stirn. Das mittelhohe Fieber war unverändert. Lasar und seine Frau blickten mich ungeduldig an. Der Zustand der Kranken war in den letzten vierundzwanzig Stunden nicht ermutigend gewesen, und nun kam ich aus der Ferne mit den wahren Befunden und kniete besorgt neben ihr. Ja, ich muß die beiden besorgt machen, dachte ich im stillen, sonst arbeiten sie nicht mit mir zusammen, und meine Autorität, die hier noch dringend nötig sein wird, schwindet dahin. Ich griff nach ihrer schlaffen Hand, um den Puls zu fühlen. Ihre grünen Augen öffneten sich weit, ihre Züge waren ausgemergelt und schön, aber sie lächelte nicht wie ihre Mutter. »Nun?« sagte Lasar, dem das Arztgehabe langsam auf die Nerven ging. »Sofort, nur lassen Sie mich erst die Hände waschen«, damit ging ich in die Küche hinaus. Lasars Frau reichte mir Seife und Handtuch, und ich lächelte die beiden an und sagte zu Lasar gewandt: »Übrigens, was Kalkutta angeht, haben Sie wirklich recht gehabt. Aber es gibt dort auch gute Menschen, und Sie werden's nicht glauben – ich habe dort sogar einen Film gesehen.«

5.

Aber selbst wenn wir mal annehmen, es ist wirklich »Verliebtheit« – was kann man schon damit anfangen? fragt er sich wehmütig lächelnd und liebkost mit den Augen den geschmeidigen Rücken des Mädchens, das sich am Bleistift knabbernd, über den Atlas beugt. Es kann ja nicht sein, daß sie keinen Angehörigen hat, der sie hier abholt, beruhigt er sich selber. Doch der Gedanke, die Kleine könnte wirklich ihm überlassen sein, pulsiert weiter in seinem Innern, und mit einer neuen, wohligen Lust, die er noch für beherrschbar hält, legt er ihr leichthin ermunternd die Hand auf die schmale Schulter, lehnt sich über die Landkarte, die mit ihren blauen, grünen und gelben Farben vor ihm ausgebreitet liegt, liest mit süßer Stimme die Namen der Städte und Länder und sagt leicht tadelnd: »Aber was gibt es denn da noch zu suchen, wenn das der Ort ist?« Dabei legt er den Zeigefinger auf einen grünen Fleck, den blaue Flußlinien kreuzen, und erklärt mit Nachdruck: »Hier, das ist die richtige Antwort, genug mit dem Lernen. Es ist schon spät.« Und während noch ein kleines Messer in seinem Herzen wirbelt, klappt er Atlas und Heft zu, öffnet die Sicherheitsnadel und nimmt das Schulabzeichen von ihrer Blusentasche, unter der seine Fingerspitzen die Umrisse ihrer kindlichen Brust fühlen, und schon kann er nicht mehr umhin, sich zu fragen, was sie wohl spürt und ob er sie ein bißchen küssen könnte, ohne sich zu gefährden?

Er traut sich tatsächlich, legt ihr stumm die Lippen auf die Stirn, hört in der Stille der Nacht das einsame Brummen des Kühlschranks und küßt weiter ihre Augen, leckt das Ende eines Ohrläppchens und sagt sich – bis hierher und nicht weiter, denn sonst verliert man sich ja. Aber das Mädchen spürt nichts von Verlieren, sondern schließt schläfrig die Augen, sperrt den Mund auf zu einem kleinen Gähnen, wor-

auf er sich nicht mehr enthalten kann, seine glühende Zunge in den roten Mund zu stecken, um den Nachgeschmack der tagsüber gelutschten Bonbons zu kosten. Es kann doch unmöglich Liebe sein, erklärt er sich immer aufs neue, nur momentane, vorübergehende Verliebtheit. Wird sie es verstehen? Seine Hand greift ihr zwischen die Beine, streicht über ihre glatte, jungfräuliche Scham, und während er noch ihre kindliche Leichtigkeit spürt, schwingt er sie plötzlich zur Decke hoch, damit sie ein bißchen vergnüglich schweben kann nach einem so langen Schultag. Und er glaubt, gerade dieser Schwebezustand, den er mit ganzer Kraft anstrebt, würde die Lauterkeit seiner Absichten beweisen.

Doch zu seinem Leidwesen spürt er, daß auch bei dieser leichten, schwebenden Verliebtheit Lust erwacht, denn warum sonst schließt sie, statt in befreites kindliches Lachen auszubrechen, langsam die Augen, öffnet in lustvoller Regung sanft die Lippen und wird schwer in seinen Händen, rutscht ab, schlingt ihm die dünnen Ärmchen um den Hals und küßt ihn heiß, während ihre Locken ihm die Augen verdecken. Verspürt denn so ein kleines Mädchen Lust in sich? rätselt er verblüfft. Und sehr behutsam legt er sie auf den großen Küchentisch, wobei ihm ein neuer Gedanke durch den Kopf schießt. Vielleicht ist sie krank, gar dem Sterben nahe, und das wäre die letzte Freude, die man ihr schenken könnte. Wie sollte er ihr die vorenthalten? Er weicht ein Stück zurück, zieht ihr die Turnschuhe aus, streift ihr die weißen Söckchen ab, die in der Tiefe dieser herrlichen Nacht, nach einem langen Schultag, ebenfalls noch unbegreifliche Frische bewahrt haben. Atemlos beugt er sich nieder und nimmt die molligen Füßchen in die Hände, um sie mit leichten Küssen zu wärmen, obwohl sie keiner Wärmung bedürfen, denn die aufwallende Lust hat sie erglühen lassen. Und auch wenn sie noch nicht dem Sterben nahe ist, sinniert er schmerzlich weiter, ist sie vielleicht eine Waise, die weit weg von hier verbannt werden soll und ihren Verbannungsort in dem tintenfleckigen Atlas sucht. Deswegen zieht er ihr mit vorsichtigen Händen die hellblaue Bluse aus, sieht die niedlichen kleinen Sommersprossen, die sanft die Haut neben den Trägern ihres weißen Kinderunterhemds pünkteln, das sie nun allein noch am Leibe trägt, und sagt sich, wer könnte es mir jetzt verübeln, wenn ich sie nur mit Wasser und Seife wüsche, ehe sie schlafen geht? Doch der feine Nabel, der sich wie ein geschlossenes drittes Auge vor ihm auftut, verwirrt ihm vollends den Geist, und er schaut sich verzweifelt nach Hilfe um.

Aber wird denn wirklich Hilfe kommen von dem ernsten, mageren Mysterium, das endlich aus seinem Versteck hinter dem einsam summenden Kühlschrank hervorkommt, unterwegs seine billige Metallbrille mit dem gesprungenen Glas aufsetzt, um mit seinem düsteren, humorlosen Blick diese kleine Verliebtheit besser inspizieren zu können, die da in wirrer Aufmachung auf den Küchentisch hingegossen liegt und – wie der Verliebte in seiner Verzweiflung jetzt begreift – offenbar seine liederliche kleine Tochter ist, die am Ende eines Schultags am Tor der Irrenanstalt auf ihn wartet, für den Fall, daß er zufällig entlassen wird und sie ihm bei seinen unverhofften Besuchen nachtappen kann, die allesamt der einen Besessenheit unterliegen: daß die Erdkugel immer noch stillsteht, jede Stunde sich selbst genug und nichts je verlorengegangen ist.

Nachdem ich mir gründlich die Hände gewaschen hatte, spritzte ich der halb schlafenden Patientin 100 ccm Glukose, denn wenn der Leberschaden tatsächlich vorhanden war, würden auch die A-Zellen einer völlig intakten Bauchspeicheldrüse nicht ausreichend Glukose produzieren, um den Mangel im Blut zu beheben. Tatsächlich trat die Veränderung schnell, fast dramatisch ein, schon nach einer kurzen Weile zeichnete sich eine erhebliche Verbesserung in Enats Gemütslage ab. Sie stand ermutigt auf und setzte sich gelb und ausgemergelt mit an den Küchentisch, auf dem Lasar und seine Frau bereits ein überraschend reichhaltiges Abendessen angerichtet hatten. Anfangs wollte ich offen meine Sorge über die aus Kalkutta mitgebrachten Befunde ansprechen, vor allem beunruhigte mich die Schädigung des Blutgerinnungssystems mit der entsprechenden Gefahr plötzlicher Blutungen. Aber ein sanfter Blick voller Staunen von Enat, die mich erst jetzt wirklich neben ihren Eltern wahrzunehmen schien, hielt mich davon ab, alles zu erzählen, zumal ich annahm, daß Lasar trotz seiner reichen Krankenhauserfahrung nicht imstande sein würde, die Feinheiten organischer Prozesse zu verstehen, schon gar nicht die der Blutgerinnung, die sogar uns Ärzten ein wenig schleierhaft sind. Deswegen verbarg ich vorerst meine Sorge und versuchte trotz meiner großen Müdigkeit etwas von dem Teller zu kosten, den Lasar mir vollgehäuft hatte. Die Augen seiner Frau strahlten mich mit unverwandtem Lächeln an, als wolle sie mir signalisieren, daß sie sich nicht nur über meine heile Rückkehr freue, sondern auch eine zusätzliche – mir vorläufig selbst noch verborgene – Bedeutung meiner Reise nach Kalkutta erfasse oder sogar bestätige. Lasar berichtete mir unterdessen eifrig, er sei auch nicht untätig gewesen, könne vielmehr einen bereits fast völlig ausgearbeiteten Rückreiseplan vorlegen: am nächsten Tag Flug von Gaya nach Varanasi, von dort, nach Zwischenaufenthalt auf dem Flugplatz, Anschluß nach Neu-Delhi, in der Hoffnung, Donnerstag den Direktflug nach Rom zu ergattern, wo es dann am Freitag mit El Al nur noch ein Katzensprung bis Israel sei. All das hatten die beiden in Gaya im Reisebüro herausgefunden, das glücklicherweise ein Telefax-Gerät besaß. »Sie sind mit nach Gaya gefahren?« fragte ich seine Frau ungläubig, denn es wollte mir einfach nicht in den Sinn, daß ihre Unfähigkeit, allein zu bleiben, sie auch diesmal veranlaßt hatte, ihre kranke Tochter zu vernachlässigen. »Nur für zwei, drei Stunden«, antwortete sie rasch, vor Verlegenheit leicht errötend, als habe sie den versteckten Vorwurf aus meinen Worten herausgehört, »und Enat haben wir in der Obhut einer netten indischen Pflegerin gelassen, die wir im Hotel gefunden hatten.« »Ich bin völlig kaputt«, erklärte ich ihr. Meine Augen brannten und waren schmal, ich zog mich mühsam vom Sitz hoch, um mein Bett anzupeilen, bevor ich mich noch auf dem großen Tisch ausstreckte. Erschrocken über die Intensität meines plötzlichen Schwächeanfalls, eilten die beiden, mich zu stützen, ja, sie müssen mir wohl auch geholfen haben, Kleidung und Schuhe auszuziehen, denn als ich zwölf Stunden später aufwachte – fein zugeknöpft in meinem Pyjama, in eine weiße Decke gehüllt und von rötlichem Streulicht, wie Granatapfelkernen, umgeben, das mit seiner Süße die letzte Nachmittagsstunde anzeigte –, erinnerte ich mich nicht, einen dieser Handgriffe selbst verrichtet zu haben.

Sehr wohl erinnerte ich mich jedoch an das anhaltende, laute Lachen seiner Frau, sei es, weil ich ihnen plötzlich in die Arme gesunken war, sei es, weil ich mich dagegen gewehrt hatte, daß sie mich eigenhändig auszogen. Jetzt war es still in dem dämmrigen Bungalow. Die Lasars waren abwesend, und die kranke Tochter, womöglich auch der schlummernde Arzt, der Obhut einer zarten jungen Inderin im bläulichen Sari übergeben, die, sobald sie mich aus dem Bett steigen sah, zu meinen Ehren aufstand und die Hände zum Gruß zusammenlegte. In akzeptablem Englisch erzählte sie, Lasar und seine Frau seien wegen der Flüge nach Gaya gefahren. Komisch, dachte ich gekränkt, sie kommen gar nicht erst auf die Idee, den von fern her mitgebrachten Arzt zu Rate zu ziehen, als würde eine einzige Glukosespritze alle Probleme lösen. Daher machte ich mich hastig ans Anziehen und Rasieren, ehe ich meine Patientin besuchte, der ich wegen ihres schlaffen Daliegens bereits von weitem ansah, daß ihr Zustand sich erneut verschlechtert hatte. Ich trat in Begleitung der jungen Inderin näher, die mich nicht für einen Arzt, sondern für irgendeinen Verwandten hielt. Die Glukosespritze war spurlos verpufft, das Fieber erneut gestiegen und die Haut noch gelber geworden. Aber die meiste Sorge machte mir der jetzt aufkommende Gedanke, daß sie in den letzen Tagen kaum nennenswerte Mengen an Urin ausgeschieden hatte. Während ich ihr den Wundverband am Bein wechselte, fragte ich sie näher nach ihrem Befinden, worauf sie ein wenig benebelt antwortete. Nach rund einem Monat mit Hepatitis hatten sich bei ihr die Grenzen zwischen Gesundheit und Krankheit verwischt. Deshalb half ich ihr, die Bluse auszuziehen, und bat sie, sich auf den Rücken zu legen, damit ich nicht nur die geschrumpfte Leber, sondern auch die leicht vergrößerten Nieren abtasten konnte. Die junge Inderin verfolgte neugierig, wie ich mich hütete, die bloßen Brüste zu berühren, die im Vergleich zu ihrer schmalen Figur doch recht voll waren. Ich habe bereits junge Ärzte klagen hören, daß ihre Sexualität durch die intime Behandlung kranker Frauen beeinträchtigt sei, und obwohl ich selbst nicht in diesen Jammer einstimme, weiß ich, daß etwas Wahres daran sein kann. Doch hier, in Buddh Gaya, in der einfachen, kühlen Kammer, verschmolz die starke Präsenz der hübschen jungen Inderin, die hinter mir stand, mit dem angenehmen Gefühl in meinen Händen, die Enats nackten Bauch abtasteten, so daß einen Moment leichte Lust in mir aufflammte und ich dachte, ich darf nicht vergessen, mich heute nacht im Bett selbst zu befriedigen, bevor morgen die schnelle Rückreise losgeht, die ich immer noch für übereilt und vielleicht sogar gefährlich hielt, denn bei dem schlechten Blutbild, das ich aus dem Labor in Kalkutta mitgebracht hatte, hätte man unserer Patientin ein paar Tage Bettruhe gönnen sollen, um sicherzugehen, daß wir nicht rückwärts marschierten, sondern den besten Weg einschlugen.

»Deine Eltern haben es eilig, heimzukommen«, sagte ich zu ihr, während ich ihr erneut Glukose spritzte, unterließ es jedoch, meine Meinung über diese Rückfahrt zu äußern. »Ja«, erwiderte sie matt, als habe sie ebenfalls Angst davor, sich auf den Weg zu machen, »Vater muß am Sonntag zur Arbeit zurück sein.« »Aber warum denn?« forschte ich. Sie wußte es nicht oder wollte keine klare Auskunft geben, hatte womöglich keine Lust, das Verhalten ihrer Eltern zu kommentieren. Deshalb verzichtete ich auf die Befriedigung meiner Neugier und schlug ihr vor, draußen ein bißchen mit mir spazierenzugehen. »Ich weiß, du fühlst dich schwach«, sagte ich, aber wenn deine Eltern unbedingt morgen schon aufbrechen wollen, ist es besser, du machst den ersten Schritt heimwärts gemächlich heute abend an der frischen Luft.« Über ihr Gesicht huschte ein verlegenes Lächeln, nicht das mechanische, selbstsichere, aber auch sehr beschwingte Lächeln ihrer Mutter, sondern ein zögerndes, etwas gequältes, das vor lauter innerer Angst schnell wieder verschwand. Zuerst war sie nicht begeistert, aber dann erhob sie sich taumelnd. Sie wußte nicht, ob sie das weiße indische Gewand wechseln sollte, das sie als eine Art Morgenmantel trug, beschloß dann jedoch, es anzubehalten, und zog nur eine verwaschene Jeansjacke darüber, die das Gelbliche ihrer Augäpfel betonte. Ich hängte mir den Fotoapparat über die Schulter und bat die junge Inderin, uns zu begleiten, damit wir sicher zurückkamen, falls wir uns verlaufen sollten, obwohl eigentlich keine Gefahr dafür bestand an diesem friedlichen Ort, den ich trotz seiner Schlichtheit immer noch hartnäckig als ein kleines Paradies betrachtete, vielleicht wegen dieser ewigen Sonne, die mächtig, aber mild, reglos über dem flachen Horizont ruhte.

Und in dem gelblichen Licht dieser Sonne postierte ich zuerst die beiden jungen Frauen zum Schnappschuß neben einem kleinen goldenen Tor im Sandsteinzaun um den mit farbigen Stoffbändern geschmückten heiligen Bodhibaum. Danach bat ich die Inderin, Enat und mich an derselben Stelle aufzunehmen. Aber als dann Enat auf meine Bitte die Inderin und mich an dem nahen Lotosteich fotografieren wollte, sah ich die Kamera in ihren Händen zittern, weshalb ich lieber gleich einen schlitzäugigen Pilger bat, uns drei zu knipsen. So sollte das Paradies doch aussehen, mußte ich stur immer wieder denken, als ich leicht den Arm der Hepatitispatientin stützte, die bei dem aufgenötigten Spaziergang nach tagelanger Bettlägerigkeit Schwindel empfand. »Schau, wie durchgeistigt hier alles ist«, sagte ich aufmunternd und zeigte auf die gepflegten kleinen Gärten rings um das große Hauptkloster ein Stück weiter. »So muß das Paradies sein, ganz vergeistigt, denn es gilt ja der Seele, nicht dem Leib.« Und wieder zog ich die Kamera aus dem Etui und gab sie hier und da Passanten, damit sie uns auf dem verschlungenen Weg fotografierten, der zwischen den Buddhistenklöstern der verschiedenen Nationen hindurchführte. »Nach meinem Tod wirft meine Seele vielleicht einen Blick ins Fotoalbum und weiß dann, wohin sie fliegen soll«, sagte ich auf englisch zu der jungen Inderin, bei der meine lustig gemeinte Bemerkung allerdings kein Lächeln hervorrief, ganz im Gegenteil – mit gesenktem Kopf bestätigte sie, daß ein junger Mann wie ich durchaus anfangen sollte, ernsthaft seinen Tod zu bedenken. »Nur schade, daß deine Eltern unbedingt schon morgen aufbrechen wollen«, sagte ich erneut zu Enat, die nichts erwiderte. »Wenn dein Vater es so eilig hat«, fuhr ich sanft fort, »soll er doch allein losfahren, und wir warten hier noch ein paar Tage, bis du dich erholt hast.« Doch sie schwieg sonderbarerweise weiter. Entweder erscheint es ihr undenkbar, daß die Eltern sich auch nur für ein paar Tage trennen könnten, dachte ich, oder die Erschöpfung macht sie apathisch. Aber gerade weil ich sie weiter über ihre Eltern ausforschen wollte, hütete ich mich, auf sofortige Antwort zu drängen, zumal in einiger Entfernung, am Ende der breiten Straße, bereits die rundlichen Gestalten von Lasar und seiner Frau auftauchten, die sich – rosiges Licht vom Fluß hinter sich – behutsam ihren Weg durch eine große Gruppe eben aus Gaya eingetroffener junger Rucksacktouristen bahnten. Vermutlich hatten sie im Hotel erfahren, daß wir spazierengingen, und wollten uns nun schnellstens finden. »Indien fängt mir plötzlich an zu gefallen«, erklärte ich feierlich auf englisch der jungen Inderin, wobei ich den Ausdruck »gefallen« vorläufig stehenließ, bis sich ein passenderer für das langsam in mir aufwallende Freiheitsgefühl finden würde, denn als ich die erste Blutung wahrnahm, die mit einem dicken Strom aus Enats Nase einsetzte, ohne daß das Mädchen es selbst gleich gemerkt hätte, faßte ich sie nicht nur eilig um die Schulter, sondern schwang sie auch ein Stück in die Luft, um sie auf die Steinumfriedung zu setzen, den zurückgelegten Kopf behutsam auf mein Knie gestützt, während ich ihr mit einem Taschentuch das quellende Blut abtupfte, das ein kleines, aber klares Zeichen für die Richtigkeit meiner ärztlichen Intuition lieferte. Dann ist es also wirklich noch zu früh für die Heimreise, dachte ich.

Aber es war schon zu spät, um noch etwas zu ändern. Lasar

und seine Frau hatten für uns alle Flugtickets ab Gaya für den nächsten Morgen mitgebracht, weshalb Lasar angesichts des blutgetränkten Taschentuchs gleich schnauzte: »Wieso geht ihr denn auch plötzlich spazieren?« »Wenn Sie morgen die Heimreise antreten wollen, muß man Enat doch wohl ein bißchen an die frische Luft gewöhnen«, antwortete ich in einem Ton, in dem bewußt Tadel und Anklage mitschwangen. Aber nur seine Frau hörte die Rüge heraus. Ihr Mann fühlte sich durch einen Blick auf seine Tochter, die jetzt den Kopf zu heben begann, nur noch in seiner Meinung bestärkt, daß man sich am nächsten Morgen lieber schnellstens auf den Weg machen sollte, ehe noch größere Schwierigkeiten auftauchten. »Nicht weiter schlimm«, sagte er, als sei er hier der Experte. »Das war nur ein bißchen Nasenbluten und ist schon wieder vorbei. Kommt nach Hause, damit wir essen und dann packen können.« Da zog ich den Apparat aus der Kameratasche und fotografierte die drei, einmal und noch einmal. Danach rief ich der jungen Inderin, sich dazuzustellen, und fotografierte die vier, bat dann wiederum Lasar, uns vier aufzunehmen, hatte aber immer noch nicht genug. Ich nahm die Kamera wieder an mich, postierte ihn und seine Frau vor der milden Sonne und nahm nur die beiden auf. »Am besten, wir knipsen gleich den Film ab«, sagte ich. »Das Licht ist so schön hier und der Ort einfach herrlich, und morgen sind wir schon wieder auf häßlichen Wegen.« Lasar wirkte zu erschöpft, um sich von meiner Fotografierlust anstecken zu lassen, aber seine Frau machte freudig mit. Man sah, daß sie sich gern abbilden ließ. Etwas Charmantes offenbarte sich bei dieser ältlichen Frau – in der Art, wie sie sich hoch aufrichtete, ihre langen Beine ein wenig kreuzte, den vorstehenden Bauch einzuziehen versuchte und dann den Blick auf den Apparat richtete, ein Lächeln nach dem andern hervorzaubernd, ehe noch der Auslöser gedrückt war. Und zum erstenmal auf dieser Reise, die Professor Chischin mir aufgezwungen hatte, spürte ich einen leichten Stich im Herzen. Ich war so weit gefahren und hatte so wenig gesehen. Würde ich wohl eines Tages hierher zurückkommen können?

Obwohl ich annahm, daß die plötzliche Blutung mit der allgemeinen Schwäche zusammenhing, womöglich auch mit einsetzender Menstruation, wie es – allerdings eher bei Jüngeren – gelegentlich vorkommt, konnte ich mich des störenden Gedankens nicht erwehren, daß hier irgendeine alte oder neue Sickerblutung vorlag, die wegen des schädigenden Einflusses der viralen Hepatitis auf die Gerinnungsfaktoren in der Leber nicht aufhören wollte. Deshalb wandte ich kein Auge von Enat, die sich jetzt auf die junge Inderin stützte. Lasars Frau gab ihr ebenfalls Halt, und die drei schritten langsam hinter Lasar her, der es eilig hatte, ins Hotel zurückzukommen. Wer konnte wissen, welche weitere Überraschung sie mir noch auf der Heimreise bescheren mochte? Ich eignete mir langsam schon den zynischen Stil Chischins an, der zuweilen von seinen Patienten so sprach, als seien sie listige Gegner, die nur das eine Ziel verfolgten, ihn hereinzulegen. Und während ich schnell den Film im Apparat wechselte und darauf bestand, die vier noch einmal vorm Eingang unseres Hotels zu knipsen, das jetzt in sonderbares Dämmerlicht von gelblich-violetter Tönung gehüllt war – wie eine riesige Beule als Überbleibsel des Kampfes der Sonne, die nicht hatte untergehen wollen –, erkundigte ich mich nebenbei, ohne Angabe von Gründen, nach den Blutgruppen der Lasars. Ich hatte richtig geraten: Nur Lasars Frau kam im Notfall als Spenderin in Frage.

In der Nacht wälzte ich mich schlaflos in meiner Kammer. Der Beschluß, morgens aufzubrechen, ärgerte mich immer noch. Lag das nur an der Kränkung darüber, daß er und seine Frau gar nicht erst meine Meinung eingeholt hatten, oder sorgte mich auch weiterhin der Gedanke, daß ich nach meiner Rückkehr arbeitslos sein würde und, obwohl ich nun schon eine ganze Woche Tag und Nacht mit dem Krankenhausdirektor höchstpersönlich zusammen war, noch nichts Greifbares in Händen hielt, mich also nach der Heimkehr notgedrungen – und gewiß ohne große Aussicht – auf die Suche nach einer Assistentenstelle auf der Chirurgie eines anderen Krankenhauses würde machen müssen? Als ich glaubte, nicht mehr einschlafen zu können, ging ich ans Pakken. Ich zündete ein kleines Licht an und begann die medizinischen Utensilien in den Rucksack zurückzulegen, wobei ich mir jedes einzelne Teil genauestens betrachtete. Dieser geniale Apotheker hatte wirklich an alles gedacht. Und sein einfallsreiches, aber auch präzises und ökonomisches Denken strahlte mir nun in der Stille der Nacht entgegen. Ich muß ihm unbedingt meine Bewunderung aussprechen, sagte ich mir immer aufs neue, während ich alles sorgfältig zusammengelegt im Rucksack verstaute und mir dabei Zeichen einprägte, um zu behalten, wo ich jedes Stück wiederfand. Obwohl schon rötlicher Schimmer zwischen den Dattel- und Kokospalmen aufleuchete, als ich damit fertig war, beschloß ich, mir möglichst doch noch ein paar Stunden Schlaf vor der Reise zu gönnen, entnahm daher einem Gläschen, das nur mit zwei Worten in der Handschrift des Apothekers beschriftet war – *wirksames Schlafmittel* –, eine angenehm anzufassende blaue Kapsel und schluckte sie.

Deshalb mußte Lasar mich wiederholt rütteln und schütteln, um mich meinem wirksamen Schlaf zu entreißen, und seine Frau, die die Küche mit einem Eifer putzte, als sei dies kein Hotelbungalow, sondern die Wohnung von Freunden, warf mir ein Lächeln zu, in dem auch Staunen über die starke Schlaflust lag, die sich da bei mir zeigte. »Ich habe die ganze Nacht nicht geschlafen«, erklärte ich den beiden, entschuldigend die Hände ausbreitend, aber Lasar wollte keine Entschuldigungen, sondern raschen Aufbruch. Drei pralle Koffer standen bereit – die zwei alten und ein neuer, in dem Enats Schlafsack, Rucksack und sonstige Habseligkeiten verstaut waren. Sie selbst saß draußen auf einem Stuhl, sehr blaß, in einem einfachen geblümten Kleid, das sie ihr aus Israel mitgebracht hatten, auf dem Kopf einen roten Kibbuzhut – eine traurige, versonnene Touristin, die als Andenken aus diesem stürmischen bunten Subkontinent nur den Hepatitis-B-Virus mitnahm, der sie daheim noch wochenlang begleiten würde, als schlagender Beweis für den Fehlschlag ihrer selbständigen Rucksackreise, der eine Rettungsaktion von Papa und Mama erforderlich gemacht hatte. Ohne meine Patientin vor der Abreise noch ein letztes Mal zu untersuchen, zog ich mich hastig an und aß rasch die belegten Brote, die Lasars Frau gemacht hatte. Einen Moment schien es, als zögere auch sie, ob es klug sei, schon jetzt aufzubrechen. Aber nun kam der Rikschafahrer mit dem weißen Turban, der bei meinem Anblick unverzüglich auf mich zulief, um mir mit lebhaftem Händedruck und einer kleinen Verbeugung seine Hochachtung auszudrücken, daß ich wohlbehalten aus Kalkutta zurückgekehrt war. Diesmal hatte er eine größere Rikscha mitgebracht, die uns und unser Gepäck mit Leichtigkeit aufnahm und uns schnell zu dem schmutzigen kleinen Flugplatz von Gaya brachte, dem das Tageslicht sein Mysterium raubte.

Der Flug von Gaya nach Varanasi dauerte nicht lange, und das Flugzeug flog nicht besonders hoch; trotzdem bekam die Patientin erneut Nasenbluten. Ich saß am Fenster und war in die Aussicht vertieft, verfolgte in schläfrig deprimiertem Staunen die Glitzerzunge, die – offensichtlich von unserem Flugzeug herrührend – vor uns über Felder und Wege glitt, in Wäldchen, Kanälen und kleinen Seen verschwand und dann an unerwartetem Ort schnell wieder treu und silbrig aufschimmerte. Lasars Frau saß zwei Reihen weiter vorn; im Verlauf des Fluges merkte ich, daß ihr Haarknoten sich mehr und mehr löste. Plötzlich erhob sich Lasar von seinem Platz, ein blutgetränktes Handtuch in der Hand. Ich sprang auf. Er sah es und bedeutete mir, mich wieder hinzusetzen. Aber ich hastete zu ihnen. Enats Kopf ruhte im Schoß ihrer Mutter. »Es hat aufgehört«, verkündete Lasar sofort, als wolle er mich fernhalten, aber seine Frau wirkte unsicher. Ihr mechanisches Lächeln war spurlos verschwunden. »Was ist das?« fragte sie mit echter Besorgnis. »Es ist wohl eine für ihre Hepatitis typische Schwächeerscheinung«, sagte ich ohne Nachdenken, »und vielleicht auch eine Folge des Luftdruckunterschieds. Lassen Sie uns einen Moment die Plätze tauschen«, instruierte ich Lasar, nahm seinen Platz ein und blickte Enat an, die den Kopf zu mir hob und ein wenig blaß, aber vor allem unglücklich wirkte. Trotz der Unbequemlichkeit für Lasar blieb ich stur bei den beiden Frauen sitzen, bis zur Landung, die durchs Fenster einen grandiosen, geradezu verblüffend schönen Anblick bot. Das Flugzeug kreiste über den beiden Ufern des Ganges, dem öden östlichen und dem besiedelten westlichen, glitt dann gerade dahin über Tempel auf Tempel, Ghat auf Ghat, wiegte sich in der Luft über den kleinen schwarzen Gestalten, als wollte es ebenfalls in die Heiligkeit des goldschimmernden Flusses eintauchen. Ich begann mit Enat zu reden, um sie von der Angst abzulenken. Ob sie einmal in Varanasi gewesen sei, fragte ich. Sie schüttelte verneinend den Kopf. »Schade«, sagte ich, »wenn dein Vater es nicht so eilig hätte, könnten wir hier einen weiteren Tag einlegen. Das bißchen, was wir hier gesehen haben, hat mir Appetit auf mehr gemacht.« Dabei lächelte ich sie mit dem mechanischen Lächeln ihrer Mutter an, die mich unablässig tief besorgt musterte.

Ähnliche Besorgnis war immer dann im Operationssaal aufgekommen, wenn wir plötzlich den ironischen Funken aus Chischins Zügen schwinden sahen. Wir müssen haltmachen, das ist meine Verantwortung, dachte ich erneut gequält, während ich mit vier Koffern und Rucksack in einer schmutzigen Ecke des Flugplatzes von Varanasi saß, umringt von indischen Kindern, die herbeiliefen, um mich und meine Patientin zu begucken, die sich ein wenig an mich lehnte, die Augen erschöpft geschlossen hielt und nicht einmal auf den großen Korb ein paar Schritte weiter achtete, aus dem hell wach der Kopf einer dicken Schlange lugte. Uns blieben drei Stunden bis zum Weiterflug nach Neu-Delhi, und obwohl Lasar und seine Frau aus Buddh Gaya belegte Brote und Getränkeflaschen mitgebracht hatten, verzichteten sie auch hier nicht auf ihre Gewohnheit, die Geschäfte abzuklappern und uns irgendeine sauber verpackte Süßigkeit oder ein Glas heißen Tee zu bringen. Ich nahm die Hand der Patientin in meine, um ihren Puls zu fühlen. Er ging schnell, hundert pro Minute, und nun – in der absurden Verzweiflung eines Arztes, dem man nicht glaubt – betete ich von Herzen, es möge ihr wieder Blut herunterrinnen, denn nur so würde ich Macht erhalten, diese gefährliche Reise zu unterbrechen, die Lasar und seine Frau mit fieberhaftem Eifer vorantrieben. »Hast du Brechreiz?« fragte ich. Sie überlegte einen Moment und nickte. »Dann komm und spuck aus, was dich drückt.« Ich half ihr auf und führte sie zu einer Ecke, faßte sie um die Schulter und drückte ein wenig auf die Magengegend. Das Erbrochene war nicht viel, enthielt aber unverkennbare Blutspuren. Wo immer die verborgene Quelle sitzen mochte, sie wurde durch die klare Schädigung der Gerinnungsfaktoren in der Leber nur noch verstärkt. Ich brachte sie an ihren Platz zurück, bat sie, sich auch über meinen Sitz auszustrecken, und stellte mich dann wieder in die Ecke zu dem Erbrochenen, um aufzupassen, daß Vorübergehende es nicht verwischten, ehe ihre Eltern wiederkamen und es mit eigenen Augen sahen, damit ich ihnen dann endlich ruhig, aber bestimmt entgegenhalten konnte: »Tut mir leid, aber es geht nicht mit dem Weiterflug nach Neu-Delhi. Wir müssen ihr sofort eine Bluttransfusion geben. Sie haben es zu eilig heimzukommen und gefährden sie dadurch unnötig.«

Lasar war entgeistert: »Was soll das heißen?« Aber ich ließ nicht locker, beharrte vielmehr in ruhigem, energischem Ton, dessen überzeugende Wirkung auf Patienten und Angehörige ich schon früher erprobt hatte, daß wir unmöglich weiterfliegen dürften, sondern ein vernünftiges Hotel aufsuchen müßten, vielleicht das Ganges, in dem wir bei unserem letzten Aufenthalt beinah abgestiegen wären, und dort würde ich ihr ungestört und unter guten hygienischen Bedingungen eine Bluttransfusion geben, die vierundzwanzig Stunden völlige Ruhe erfordere, um richtige Erholung sicherzustellen. »Natürlich kann man sie jederzeit in ein örtliches Krankenhaus einliefern«, fuhr ich fort, »aber auch abgesehen von den unsterilen Nadeln und verseuchten Blutkonserven wäre es Irrsinn, die in der ›ewigen Stadt‹ zu hospitalisieren, die nach Seelenwanderung und Leichenverbrennung lechzt.« Lasar versuchte immer noch aufzubegehren: »Laßt uns wenigstens bis Neu-Delhi kommen«, flehte er auf einmal wie um sein

Leben. »Es sind nur zwei Stunden Flugzeit, und dort machen wir halt, denn wer weiß, wann wir einen anderen Flug ergattern, und wieder einen ganzen Tag im Zug zu fahren wäre riskanter als die Hinauszögerung der Bluttransfusion.« »Stimmt nicht«, erklärte ich ruhig, »es ist riskanter, die Bluttransfusion aufzuschieben.« Dabei blickte ich seiner Frau direkt ins Gesicht, doch als ich merkte, daß sie schwieg, als fiele es ihr schwer, meine Partei zu ergreifen, erhob ich in dramatischer Kapitulationsgeste die Hände, als wäre eine verborgene Pistole auf meine Schläfe gerichtet, und während wir noch dicht von Indern umringt standen, die das kleine Drama, das sich hier abspielte, erfaßten, brach ich in eine schmerzliche Anklage aus, deren Eindringlichkeit mich selbst überraschte: »Stimmt, es ist Ihre Tochter, aber erklären Sie mir eins: Warum haben Sie mich mit hierhergeschleppt?«

Vielleicht bezwangen diese Worte Lasars Frau, die mich nun mit klarer Entschlossenheit zu unterstützen begann, bis auch Lasar sich in das Urteil fügte und in seiner tüchtigen Art daranging, die Umbuchung vorzunehmen, Gepäckträger zu suchen und an eine passende Unterkunft zu denken. Doch da sank Enat ohnmächtig zu Boden, und zum erstenmal packte mich wahre Angst, sie könnte versuchen, unseren Händen zu entgleiten. Passanten halfen, sie aufzuheben; dank der indischen Erfahrung im Tragen von Kranken und Sterbenden hatten wir im Handumdrehen eine provisorische Tragbahre aus zwei Bambusstangen und einer Decke parat, und schon wurden wir unter großem Tumult zum Flughafenausgang geleitet, wo ein klappriger Kleinbus uns alle aufnahm, um uns dann in einem Tempo, das für Indien untypisch war, in die zwanzig Kilometer entfernte Stadt zu bringen, die mir erst wenige Tage zuvor als ein archaischer Ort vorgekommen war, aus dessen Schlamm die Erde erschaffen wurde. Wieder passierten wir den großen Bahnhof und durchquerten den wogenden Menschenstrom mit seinen endlos vielen Seelen, die dem Tauchbad im Fluß zustrebten. Schon bald hatten wir das Ganges-Hotel erreicht, und obwohl Enat bereits aus ihrer Ohnmacht erwacht war, wollte man uns wohl von den anderen Gästen isolieren, denn statt ins eigentliche Hotel einzuziehen, kamen wir in ein separates Hinterhäuschen, eine Art Pilgerherberge, in der wir zwei einfache, aber blitzsaubere Zimmer mit leuchtend purpur gestrichenen Korbmöbeln bezogen. Nachdem ich mir Gesicht und Hände gewaschen und sicherheitshalber sogar eine kleine Operationsmaske angelegt hatte, wandte ich mich eilig dem Inhalt meines Instrumentenrucksacks zu, um alles Nötige für die Bluttransfusion zusammenzusuchen, die ich als Noteingriff durchzuführen gedachte, getreu den Erste-Hilfe-Leitfäden der Rote-Davidstern-Station, auf der ich während meiner Studienzeit Nachtdienst geleistet hatte, das heißt als Direktübertragung, bei der ich die Menge rein dem Gefühl nach regulierte. Ich bat Lasar, zwei Betten zusammenzuschieben, und ließ die Frauen sich nebeneinanderlegen, wobei Lasar mir half, ihnen die Schuhe auszuziehen und die Gürtel zu lockern. Ich maß beiden den Blutdruck, der nun gerade ziemlich ähnlich gute Werte, um hundertdreißig zu achtzig, aufwies, und sagte zu Lasars Frau, die mich etwas ironisch musterte: »Vielleicht möchten Sie die Brille abnehmen?« worauf sie sehr erstaunt »Warum?« fragte. »Nur so«, stammelte ich verlegen, »vielleicht wär's Ihnen bequemer«, beharrte aber nicht darauf, sondern suchte gleich nach Enats »Infusionsvene«, die ich an ihrem mageren Handgelenk leicht fand, und legte das kleine Infusionsgerät an. Beim Einstich der Nadel stieß Enat einen schrillen Schmerzensschrei aus, worauf ich sofort ihren Kopf streichelte und mich entschuldigte, obwohl ich wußte, daß der Schmerz bei der mageren Hand und der stark zerkratzten Haut unvermeidlich war. Ich führte den Schlauch über die Tischlampe, die zwischen den beiden Betten stand, und konzentrierte mich auf die Vene der Mutter, bei deren fülligem Arm sie ein wenig verborgen lag. Ich schnürte den Oberarm mit einem Gummischlauch ab, und da sie keinerlei Angst ausstrahlte, fiel es mir leicht, mit meiner Kanüle schnell und schmerzlos tief in die Vene einzudringen. Als dann das Blut langsam herausgesogen wurde und ich die Zeit nach der Uhr abmaß, lächelte sie mich an und begann zu witzeln. Ich bat

Lasar, der nicht wie der Direktor eines Krankenhauses, in dem Tag und Nacht komplizierte Operationen durchgeführt werden, sondern wie ein verstörter Ehemann und Vater um mich herumlief, seine Frau ein bißchen aufzurichten und ihr Kissen in den Rücken zu stopfen, damit das Blut laut dem Grundsatz der verbundenen Röhren ungehindert von ihrem Arm in den der Tocher fließen konnte. Das Haar seiner Frau hatte sich gelöst und bedeckte einen Teil ihres Gesichts, auf dem trotz allem das unerklärliche, kindliche Lächeln strahlte und niedliche Grübchen in den Wangen offenbarte. Sie versuchte, die Tochter aufzumuntern, die mit geschlossenen Augen und schmerzlichen Zügen dalag, als täte ihr der einfließende Blutstrom weh. Jetzt herrschte lange Stille. Lasar beobachtete mein Vorgehen noch immer mit mißtrauischer Sorge. Ob ich die Blutmenge auch kontrollierte, fragte er mich plötzlich im Flüsterton. Ich nickte, wohlwissend, daß sein scharfer Verstand alles, was ich hier tat, bis zur letzten Einzelheit registrierte. Wenn wir erst zurück waren, würde er bei Chischin und »seinen« anderen Professoren schon nachfragen, ob die Bluttransfusion so dringend gewesen war, daß man den Flug deswegen hatte abblasen müssen. Aber ich war ruhig und meiner Sache sicher, bereit, die dringende Transfusion vor jedem Professor zu rechtfertigen und dazu noch spezielle Anerkennung für die Diagnosestellung und Geistesgegenwart im Notfall einzufordern. Sie haben einen idealen Mann für diese Reise gesucht, dachte ich plötzlich mit höchster Erregung, und sie haben ihn gefunden.

Nachdem schätzungsweise vierhundertfünfzig ccm Blut von Arm zu Arm geflossen waren, zog ich Lasars Frau die Kanüle aus der Vene, tupfte die Einstichstelle mit Alkohol ab und beugte ihr behutsam den Arm. Wieder lächelte sie mich nett an. Und hätte Lasar nicht mit unnötiger Hast den Schlauch geschnappt, wäre kein Tropfen Blut unnütz vergossen worden, aber Lasar war unvorsichtig, und ein wenig vom Blut seiner Frau spritzte mir auf die Kleidung. »Nicht schlimm«, sagte ich und löste den Infusionsschlauch vom Handgelenk meiner Patientin, die sich schon beruhigt hatte und in ein Halbdämmern versunken war, von dem ich wünschte, es möge in richtigen Schlaf übergehen. Deswegen holte ich einen Beutel Hartmannsinfusion heraus, hängte ihn an einen Nagel an der Wand, schloß ihn an die Infusionskanüle an, die eben noch durstig und flink das Blut getrunken hatte, und trat erst dann ans Fenster, doch bevor ich den Vorhang vorzog, um den Raum ein wenig abzudunkeln, erfaßte ich haarscharf meinen goldenen Moment. Ja, es ist mir gelungen, dachte ich. »Und nun brauchen wir alle Ruhe«, sagte ich zu den beiden, »vor allem Sie, Dori«, wobei ich errötete, weil ich sie zum erstenmal seit Beginn der Reise mit dem von ihrem Mann benutzten Kosenamen angeredet hatte, doch die beiden lächelten mich freundlich an, und Lasar nahm mich um die Schulter, als sei er mit mir versöhnt. »Auch Sie müssen sich ausruhen«, sagte er zu mir, aber ich war wach und vital, als hätte ich selbst eine Bluttransfusion erhalten. Ich räumte das Gerät in den Rucksack und trug ihn ins Nebenzimmer, und da ich wußte, daß die beiden dauernd hungrig waren, erbot ich mich, auf unsere Patientin aufzupassen, bis sie vom Mittagessen zurückkämen, und danach würde ich, wenn alles glattzulaufen schien, ebenfalls zum Essen hinuntergehen und vielleicht auch einen Blick in ein nahes Museum werfen.

Doch im Herzen wußte ich, daß ich kein Museum aufsuchen würde, sondern erneut den Ganges mit den rauhen Ufertreppen und den riesigen, mysteriösen sonnenbraunen Tempeln, die mir bei unserem letzten Aufenthalt entgangen waren. Nach einem Mittagsmahl westlichen Stils, das ich allein im Hotelrestaurant einahm, und ermutigt durch die klaren Erholungsanzeichen bei Enat, die – nachdem der gesamte Infusionsbeutel verbraucht war – aufgewacht war und sogar das von den Eltern mitgebrachte Essen ein wenig probiert hatte, erlaubte ich mir, vor Einbruch der Dunkelheit zum Fluß hinunterzugehen. Die Luft war von feinem, warmem Sprühregen erfüllt, und die Stadt lag in penetrantem Weihrauchdunst. Wer hätte gedacht, daß ich hierher zurückkommen würde, sinnierte ich, als ich mir erneut meinen Weg durch den ewigen, unermüdlichen Menschenstrom in den schmalen Gassen bahnte, bis ich ans Ufer des Flusses gelangte, in dem trotz des Regens viele badeten. Ich mietete mir ein Boot ohne weitere Mitfahrer und bat den Bootsführer, mich diesmal zu den südlichen Ghats zu rudern, um die großen Tempel vom Fluß aus zu sehen. Abendliche Dunstfetzen tauchten in den Fluß, während das Boot ruhig übers Wasser glitt, und doch gelang es mir nicht, das Mysterium zu kosten. Mich beschäftigten immer noch die eben vergangenen Stunden – die Debatte mit Lasar auf dem Flugplatz, die plötzliche Ohnmacht und vor allem die erfolgreich und höchst elegant durchgeführte Bluttransfusion. Das blitzende Lächeln in den Augen seiner Frau, als ich ihr Blut abnahm, schwebte mir lieblich in Gedanken vor. Offenbar hatte ich ihr Eindruck gemacht, und nach unserer Rückkehr könnte Lasar vielleicht, wie von Chischin verschmitzt angedeutet, für meine Weiterbeschäftigung im Krankenhaus sorgen. Doch bald merkte ich, daß ich nicht an Lasar dachte, sondern vielmehr an seine Frau, die nicht allein bleiben konnte. Letzten Endes doch gut, daß sie mitgekommen ist, überlegte ich zufrieden; woher hätte ich in dieser ewigen Menge wohl einen passenden Spender nehmen sollen? Und wer hätte mir geholfen, Lasar zur Unterbrechung der Reise zu überreden?

Und während uns erleuchtete Schiffe entgegenkamen und unser kleines Boot auf ihren Bugwellen schaukelten, begann ich auch liebevoll an unsere Patientin zu denken. Wie traurig, auf diese Weise eine Reise zu beenden, die vielleicht mehr als eine Reise hatte sein sollen, womöglich eine kleine Rebellion oder Flucht. Und hatten Lasar und seine Frau mich nicht insgeheim auch deshalb auf die Reise mitgenommen, um ihr Verbindung zu einem jungen Arzt und idealen Mann zu verschaffen? Sie ist nur vier Jahre jünger als ich, wirkt aber ein bißchen desorientiert, denn wieso hat sie sonst nicht wenigstens ihren Bakkalaureus gemacht? Der Bootsführer rief mir zu, die Ghats anzuschauen, die wir passierten. In seiner Feinfühligkeit hatte er gemerkt, daß mich fremde Gedanken beschäftigten. Ich lächelte dankend und hob den

Blick zu den sonnenbraunen Steintempeln. Vishvanath, sagte ich leise, diesmal den richtigen Namen benutzend. Vishvanath – und das Gesicht des Bootsführers leuchtete auf, während er gleich auch beide Hände in Dankesgeste ans Herz legte. Aber der Zauber war verflogen, und als wir nach unserer Ghatsrunde ans Ufer zurückkehrten, verweilte ich nicht mehr, sondern hatte es eilig, zum Hotel zurückzukommen, konnte mich unterwegs aber doch nicht enthalten, an einer kleinen Telefonsäule stehenzubleiben, die von ein paar Rucksacktouristen umlagert war. Verblüffenderweise erhielt ich bald Verbindung zu meinen Eltern, die sich gern wecken ließen, um meine Stimme zu hören. Wir seien schon auf dem Heimweg, sagte ich, und alles laufe geregelt. Danach berichtete ich ihnen in aller Kürze die Ereignisse des letzten Tages.

An der Tür hörte ich laute Stimmen, und als ich eintrat, fand ich die Eltern auf den purpurnen Korbsesseln sitzen und mit meiner Patientin debattieren, die sehr gelb und sich ständig kratzend, aber hellwach in ihrem Bett saß. Das Lächeln von Lasars Frau leuchtete bei meinem Anblick auf wie ein automatischer Detektor. Aber auch die beiden anderen freuten sich über mein Kommen. Lasar war in gehobener Stimmung, weil es ihm nach vieler Mühe gelungen war, für den nächsten Abend vier Flugtickets nach Neu-Delhi zu ergattern. Er hoffte immer noch, den Anschluß von Neu-Delhi nach Rom, den wir während des Aufenthalts in Varanasi verpaßt hatten, auf den nächsten Tag umbuchen zu können, um noch rechtzeitig den El-Al-Flug am Freitag nach Israel zu erreichen. Ich hatte von ihm schon den Grund für seine Eile erfahren. Ihm stand ein äußerst wichtiges Treffen mit einer Abordnung ausländischer Großspender bevor, die er unter erheblichen Mühen überredet hatte, den Sonntagmorgen unserem Krankenhaus zu widmen. »Sie wollten vierundzwanzig Stunden Erholungspause haben, und nun bekommen Sie sogar dreißig Stunden bis zum Abflug«, erklärte er mit aggressivem Unterton, als sei die Erholung für mich gedacht und nicht für seine Tochter. Aber ich lächelte nur stumm. Er war sehr grau im Gesicht, die kleinen Augen lagen tief in den

Höhlen. Wäre ich ihm so nahe gewesen wie Chischin, hätte ich ihn ein paar Tage zur Generaluntersuchung auf die Innere Station gelegt. Doch seine Frau war offenbar schon an sein graues Aussehen gewöhnt, und die vielen Ärzte, die ihm ständig begegneten, betrachteten ihn nicht als möglichen Patienten, sondern nur als Direktor. Es war noch früh, und momentan wollte ich mich nicht von ihnen lösen; mir schien unklar, ob sie die Kranke in das mir zugedachte Zimmer verlegen wollten oder ob Lasar die Nacht bei mir schlafen würde. Zum Schluß sah ich, daß Lasar ein Bett aus meinem Zimmer rollte und es zu den anderen zweien stellte. Was hattest du denn gedacht, tadelte ich mich, innerlich schmunzelnd, daß seine Frau eine Nacht ohne ihn bleibt?

Aber als wir am nächsten Abend um acht Uhr in Neu-Delhi ankamen, mußte Lasar eine bittere Enttäuschung einstecken. Für den Flug am Donnerstagmorgen nach Rom war nur noch ein Platz frei. Und im Fall der Umbuchung über eine andere europäische Stadt wären die Tickets verfallen, die immerhin viel Geld gekostet hatten. »Warum nehmen Sie nicht den freien Platz und fliegen allein«, sagte ich zu dem trübsinnig dreinschauenden Krankenhausdirektor. »Wir drei folgen Ihnen am Freitag nach Rom und finden dort schon einen Weg, am Sonntag oder Montag nach Israel weiterzukommen.« Er sah mich an, ohne etwas zu erwidern, suchte nur mit den Augen den Blick seiner Frau, die wiederum angstlich ihren Mann anstarrte – das übliche Lächeln gänzlich verschwunden. »Das ist unmöglich«, schnauzte er schließlich nach einem erneuten Blickwechsel mit seiner Frau, die mich angespannt beobachtete, bereit, jeden weiteren Vorschlag auf der Stelle abzuwehren. Es blieb also nichts anderes übrig, als wiederum nach Neu-Delhi hineinzufahren, das nach Varanasi, Kalkutta und Gaya die zivilisierteste Stadt zu sein schien. Mit untypischer Geistesabwesenheit ließen sie den Rikschafahrer uns zu einem großen, modernen Hotel bringen, dessen Zimmer geräumig und wohl auch sehr teuer waren. Wieder mußten die drei sich in einem Zimmer zusammendrängen, während mir ein nicht sehr großes, aber gemütliches und hochelegantes Zimmer in einem höhergelegenen Stockwerk zugewiesen wurde. Und zum erstenmal auf dieser Reise hatte ich plötzlich ein leichtes, unklares Schuldgefühl ihnen gegenüber, wie das, das ich manchmal bei meinen Eltern empfinde, wenn mir scheint, daß sie meinetwegen leiden. Deshalb ging ich hinunter, um bei ihnen anzuklopfen, und trotz der späten Stunde und des Tumults des Auspackens und Ausziehens ließen sie mich wie ein Familienmitglied ein und lauschten überrascht meinem Angebot, am nächsten Tag allein auf unsere Patientin aufzupassen und ihnen Gelegenheit zu geben, unseren Zwangsaufenthalt in Neu-Delhi zu einem Touristenausflug ins zweihundert Kilometer entfernte Agra zu nutzen und sich das Taj Mahal anzusehen. »Wie wollen Sie Ihren Freunden erklären, daß Sie in Indien gewesen waren, ohne das Taj Mahal gesehen zu haben?« fragte ich lächelnd und bot ihnen an, meinen Fotoapparat mitzunehmen. »Und wie wollen Sie sich bei Ihren Leuten herausreden?« lachte seine Frau, deren Feindseligkeit mir gegenüber völlig verflogen war. »Ich bin noch jung«, sagte ich taktlos, »ich werde wieder mal herkommen.« Zu meiner Überraschung akzeptierten sie mein Angebot, als stünde ihnen tatsächlich irgendeine Entschädigung von mir zu, und fuhren früh am nächsten Morgen in einem Touristenbus zu dem Grabmal, das Kaiser Shahjahan zum Gedenken an seine Frau errichtet hatte. Ich ging unterdessen bei Enat ein und aus, saß im Sessel oder legte mich aufs Bett ihrer Eltern und versuchte mit mäßigem Erfolg, *Eine kurze Geschichte der Zeit* zu lesen und zu verstehen. Die Bluttransfusion, die ich ihr verabreicht hatte, erwies sich nachträglich als unerläßlich, denn die Blutungen hatten völlig aufgehört. Trotzdem fieberte sie noch und war erschöpft von dem störenden Jucken infolge der nicht absorbierten Gallensalze. Schon wochenlang hatte sie keinen richtigen Schlaf mehr gefunden, döste nur immer wieder mal ein, auch jetzt, als ich ihr den Verband an der inzwischen besser aussehenden Beinwunde wechselte und sie mir knapp, aber offen die Fragen beantwortete, mit denen ich sie zu überschütten begann, erst über ihre Indienreise, dann über ihren Krankenhausaufenthalt in Gaya und danach, vielleicht infolge der sich langweilig dehnenden Stunden, über Bereiche, die nichts mit ihrer Krankheit zu tun hatten, anfangs über ihre Reisegefährten, vor allem ihre Freundin Michaela mit dem glattrasierten Schädel und den hellen Riesenaugen, die den Eltern die Nachricht von ihrer Erkrankung überbracht hatte, und danach über sie selbst und ihr abgebrochenes Universitätsstudium in Jerusalem, wobei ich – gleichsam wie ein Anwärter auf den Posten des Lasarschen Hausarztes – kleine Fragen über ihre Familie – den jüngeren Bruder und die nette Großmutter – unterzumogeln begann und mich schließlich sogar zu Fragen über ihre Eltern hinreißen ließ: Sie möge sie offenbar nicht so besonders? Und ob wohl etwas Wahres an der merkwürdigen Klage ihres Vaters mir gegenüber sei, daß seine Frau nicht allein bleiben könne?

Erst bei Anbruch der Dämmerung erschienen Lasar und seine Frau, vollgestopft mit Eindrücken. Lasar beeilte sich, mir die Kamera zurückzugeben, und dankte mir für die schöne Idee mit dem Ausflug. Abgesehen von Süßigkeiten und Seidentüchern für sich selbst hatten sie auch mir ein Geschenk mitgebracht, eine knapp fußgroße Nachbildung des Taj Mahal aus rosigem Marmor. Seine Frau schilderte begeistert, was sie gesehen hatten. Auch Lasar wirkte entspannt – amüsiert über sonderbare Inder, denen er unterwegs begegnet war, als spüre er erst jetzt langsam ihrem wahren Wesen nach. Sein Gesicht war im Lauf des Tages braun geworden, das kränkliche Grau verschwunden. Jetzt wollten sie für uns alle ein großes Abendessen aufs Zimmer bestellen, aber ich wurde auf einmal rastlos und erhob mich zu einem Abschiedsspaziergang von Indien. Wie schon zehn Tage zuvor schlenderte ich durch die dunklen Straßen Neu-Delhis, diesmal in einer wohlhabenderen Gegend, trieb mühelos in der Menge mit, deren Körperlichkeit ich im Dunkeln irgendwie als luftig empfand. Und dann durchzuckte mich plötzlich im tiefsten Innern das Gefühl, daß ich trotz meiner Jugend, mit der ich mich gerade erst vor seiner Frau gebrüstet hatte, nie wieder nach Indien gelangen würde und das herrliche Taj

Mahal, das die beiden heute gesehen hatten, bis zu meinem Tod niemals zu Gesicht bekäme. Diese merkwürdige Gewißheit lastete bald traurig in meinem Innern, und zum erstenmal auf dieser Reise machte ich vor einem Stoffgeschäft halt, um ein Andenken oder Geschenk für meine Eltern zu kaufen, betrat also das duftgeschwängerte Halbdunkel voll raschelnder blumengemusterter Stoffe und erwarb zum Schluß zwei bunte Tücher, die mir als Bettüberwurf passend erschienen, in Gedanken an die beiden sehr separaten Betten meiner Eltern und daran, ob sie wohl bereit sein würden, in ihrem Schlafzimmer etwas derart Grelles und Wildes aufzulegen. Danach wollte ich mir auch selbst noch etwas kaufen, weil alles wirklich so billig war, aber auf einmal hatte ich genug von dem einsamen Bummeln, es zog mich zum Hotel zurück, um mit Lasar oder seiner Frau zu plaudern, vielleicht würde ich ja auch von ihr einen Dank für den schönen Tag ernten, den ich ihnen geschenkt hatte. Bei meiner Rückkehr war es jedoch bei ihnen schon still, sie mußten wohl früh zu Bett gegangen sein, nicht mal ein Lichtstreifen schimmerte unter der Türritze hervor. Mir blieb nichts anderes übrig, als zu meinem Zimmer hinaufzugehen, und wie in der letzten Nacht in Buddh Gaya wälzte ich mich stundenlang im Bett, auf der Suche nach dem Schlaf, der mich sonst immer im Nu befällt.

In Rom landeten wir gegen Nachmittag; das El-Al-Flugzeug, das es eilig hatte, Israel noch vor Sabbatbeginn zu erreichen, war natürlich weg. Wir mußten bis Sonntag warten, aber Lasar hatte die Hoffnung noch nicht aufgegeben, rechtzeitig zu seiner wichtigen Zusammenkunft am Sonntagmorgen zurück zu sein. Kaum waren wir in einem großen alten Hotel an der Via del Parione untergekommen, zog er – zum offensichtlichen Mißvergnügen seiner Frau – auch schon los, einen billigen Flug aufzutreiben, der ihn am Samstag heimbringen würde. Als ich abends, nach einer Tour zum Colosseum und dem Forum Romanum, ins Hotel zurückkam, fand ich die beiden in der Lobby, die Züge der Frau von einer bisher unbekannten Traurigkeit erfüllt. Wie ich erfuhr, hatte er sich trotz seines Alters einem billigen Studentenflug anschließen können, der am folgenden Nachmittag von Rom über Athen ging und spätabends in Tel Aviv endete. Hochzufrieden über seine eigene Gewandtheit, versuchte er auch seine Frau zu versöhnen, die ihn des typischen Managerwahns bezichtigte, niemand andere für fähig und tüchtig genug zu halten, einen erfolgreich zu vertreten. Am Nachmittag nahmen wir Abschied von ihm. Er wirkte angespannt, aber auch ein wenig spöttisch gegenüber seiner Frau, die zu meiner Verblüffung wirklich traurig aussah, als bedeutete dies keine Trennung für vierundzwanzig Stunden, sondern völliges Verlassensein. Obwohl ich daneben stand, umarmte und küßte er sie immer wieder, lächelte aber dabei, als amüsiere er sich insgeheim auch über ihre Angst, die aus einer unkontrollierbaren, tief verborgenen Quelle herrührte. Schließlich wandte er sich an mich, als gehörte ich zur Familie, und sagte: »Passen Sie bis morgen gut auf sie auf«, wobei ich sah, daß gerade diese harmlosen, scherzhaft gesprochenen Worte ihre Wut und Anspannung steigerten. Sie riß sich augenblicklich von ihm los, stieß ihn weg und sagte: »Nun geh schon, nimm dich unterwegs in acht, und ruf an, sobald du zu Hause bist.«

Im ersten Moment wollte ich die kindliche Angst dieser erwachsenen Frau stillen, die nur neun Jahre jünger als meine Mutter war und so eigenartig mit ihrem Mann zusammenhing, der sich offenbar auch nur schwer von ihr trennen konnte. Doch kaum war er verschwunden – und mir war noch kein passender Satz eingefallen –, strahlten ihre Augen wieder vor Lächeln, als würde ihr der Stolz verbieten, in meiner Anwesenheit elend zu wirken. Sie fragte, ob ich irgendwelche Pläne hätte, und als ich mit der Antwort zögerte, fragte sie gleich weiter, ob ich so gut sein wolle, ein Weilchen bei Enat zu bleiben, sie müsse nämlich einen Friseur aufsuchen, denn am Montag ginge es für sie gleich wieder ins Büro. Einen Augenblick war ich verblüfft, ich hatte doch schon in Neu-Delhi einen ganzen Tag Babysitter gespielt, und nun wollte sie mich wieder ins Hotel sperren, als sei ich wirklich ihr Lohndiener, wo doch über den Lohn, der mir für diese

Reise zustand, noch kein Wort gefallen war. Außerdem ließ ihre Gewißheit, bereits am Montag zurück bei der Arbeit zu sein, die energische Frau in dem kurzen schwarzen Kleid und den hohen Schuhen, die mich souverän in ihrem Anwaltsbüro empfangen hatte, wieder vor meinen Augen erstehen. Und wer soll wohl Montag auf Enat aufpassen, die noch weitere Untersuchungen durchlaufen muß? Haben die beiden vor, mich zum Hausarzt und Kindermädchen zu ernennen? Aber ich sah, daß mein Schweigen ohnehin schon als Zusage ausgelegt worden war, denn sie wandte sich ab und verschwand um die Straßenecke, als würde sie sich hier bestens auskennen. Ich kehrte unlustig in mein Zimmer zurück und holte die *Kurze Geschichte der Zeit* hervor, denn ich war mir nicht sicher, ob ich noch weitere Fragen an Enat parat haben würde. Ich klopfte leicht an die Zimmertür, erhielt aber keine Antwort, klopfte erneut, rief Enat beim Namen, doch hinter der Tür herrschte völlige Stille, und zum erstenmal seit unserer Begegnung bekam ich es wirklich mit der Angst zu tun. Ich lief zum Rezeptionsschalter, stellte mich vor, erläuterte meine Verbindung zu den Lasars und bat, mir deren Tür aufzuschließen. Zuerst wollten sie nicht darauf eingehen, aber ich ließ nicht locker, und langsam gelang es mir, die Italiener mit meiner Angst anzustecken, da ich ihnen immer wieder meinen Arztausweis vor die Nase hielt. Zum Schluß fand sich ein Zweitschlüssel, aber als der Hoteldiener hinaufging, zeigte sich, daß der andere Schlüssel von innen steckte und sich die Tür daher nicht öffnen ließ. Wieder klopften wir heftig an, aber es kam keine Antwort. Was kann denn schon passieren? versuchte ich mich zu beruhigen. Die letzten Anzeichen nach der Bluttransfusion hatten doch vielversprechend ausgesehen, so daß ich schon erwogen hatte, ihr am Nachmittag eine ganze Diuretiktablette zu verabreichen, um die Nierenfunktion anzuregen, denn mich beunruhigte immer noch ihre geringe Urinausscheidung. Doch nun hatten die Italiener schon meine Panik übernommen und begannen fieberhaft untereinander zu palavern. Zum Schluß fand sich eine Lösung. Ein weiterer junger Hoteldiener, mit nordafrikanischen

Zügen, wurde aus der Küche gerufen, lief sofort ins Nebenzimmer, hangelte sich mit affenartiger Geschmeidigkeit von Fenster zu Fenster und schloß uns von innen auf. Als wir das Zimmer betraten, sahen wir Enat in tiefen ruhigen Schlummer versunken, in den sie nach vielen schlaflosen Nächten nun endlich verfallen war.

»Alles in Ordnung, alles in Ordnung«, schickte ich die Italiener weg, die ein größeres Drama erwartet hatten und nun nicht von mir weichen wollten. Ich setzte mich neben die Patientin, die den Schlaf wiedergefunden hatte. Ja sogar ihre Hände, mit denen sie sich all die Tage unaufhörlich gekratzt hatte, ruhten jetzt friedlich auf dem Bett. Ich knipste ein Lämpchen an und begann Hawkings Buch zu lesen, das laut Klappentext von Millionen Lesern gekauft worden war, die gewiß wie ich geglaubt hatten, die Geheimnisse des Universums zu verstehen, aber vermutlich ebenfalls bald merkten, daß diese Geheimnisse wirklich kompliziert und schwierig sind und vor allem dauernd umstritten. Trotzdem setzte ich die Lektüre fort, blätterte hier und da zu verständlicheren Passagen weiter und wunderte mich unterdessen über das von Lasars Frau beanspruchte »Weilchen«, das keineswegs kurz war, sondern über die frühe Dämmerung des europäischen Wintertags hinaus andauerte. Aber ich wich nicht aus dem Zimmer, obwohl meine Anwesenheit bei der Schlafenden nicht zwingend nötig war, denn ich wollte gern sehen, wie seine Frau sich bei mir entschuldigen würde. Doch als sie schließlich eintrat, mit gut gelegter Frisur, mit frischem Make-up, die Hände voller Geschenktüten, auf hohen Absätzen tänzelnd und das Gesicht schamrot wegen der Verspätung, merkte ich, daß ich gar keine Wut auf sie hatte, nur ein sonderbares, beängstigendes Glücksgefühl überschwemmte mich, als sei ich verliebt.

Ich wurde rot im Gesicht und erhob mich sofort vom Stuhl. Selbst in ihren wildesten Phantasien würde sie nichts erraten können. Sie entschuldigte sich nur immer aufs neue, hatte nicht gedacht, daß ich die ganze Zeit bei der Kranken bleiben würde, die beim Eintreffen der Mutter aus irgendeinem

Grund sofort erwachte, worauf das Gesicht wieder gequälte Züge annahm und die Hände erneut ihr triebhaftes Kratzen fortsetzten. Als ich von dem langen Schlummer berichtete, meinte sie besorgt, ich solle Enat lieber noch mal untersuchen. Ich holte also das Stethoskop und Blutdruckmeßgerät und tastete den flachen Bauch ab, wobei ich vor allem die geschädigte Leber zu fühlen versuchte. Es schien keinerlei Verschlechterung eingetreten zu sein, die Nieren wirkten immer noch leicht vergrößert, aber ich beschloß, jetzt nicht weiter medikamentös einzugreifen, und verabschiedete mich, nachdem ich eingewilligt hatte, rechtzeitig zurück zu sein, um das Abendessen mit ihnen auf dem Zimmer einzunehmen. Draußen regnete es, und die Schaufenster der europäischen Läden, die die indischen Tempel ersetzten, funkelten vor bunten Lichtern. Ich schlenderte an den Häuserwänden entlang, wurde naß und war verblüfft über das jähe neue Gefühl für diese unmögliche ältere Frau. Das ist doch völlig idiotisch, rügte ich mich lächelnd selbst, lief aber doch nicht weit, sondern kehrte nach kurzer Zeit ins Hotel zurück, ging zum Duschen in mein Zimmer hinauf, zog ein Hemd an, das ich in Buddh Gaya gewaschen hatte, und nahm gemeinsam mit den beiden Frauen ein exzellentes italienisches Abendessen ein. Trotz meiner Erregung versuchte ich mit Enat zu scherzen, der der wunderbare Schlaf frische Farbe ins Gesicht gebracht hatte. Ihre Mutter lachte den ganzen Abend viel, und als das Telefon klingelte und Lasar mitteilte, daß er zu Hause angekommen sei, klang sie sanft und liebevoll und keineswegs verärgert. Sie erkundigte sich, wie die Reise verlaufen war, und versicherte, bei uns sei alles in Ordnung. Sie sprachen lange, als hätten sie gar nicht vor, sich in knapp vierundzwanzig Stunden wiederzusehen. Ich betrachtete unterdessen ihre Beine, die während der Reise meistens in Hosen verborgen gewesen waren. Sie wirkten jung und wohlgeformt, aber der schwellende Bauch und die fülligen Arme ruinierten den Gesamteindruck. Trotzdem war ich innerlich albern und aufgeregt und blieb wohl länger bei den beiden, als sie erwartet hatten.

Mitten in der Nacht wachte ich auf, ergriffen von eindeutigem Schmerz- und Glücksgefühl, fragte mich, was denn bloß mit mir los war, was es denn war, was mich da schier erdrückte, wie es überhaupt möglich sei. Ich machte den Kleiderschrank auf, stellte mich vor den Spiegel und musterte im Dunkeln die Silhouette meines Spiegelbilds. Dori, flüsterte ich plötzlich, Dori, als könnte ich sie allein durch die Beschwörung ihres Namens abschütteln oder aber geheime Macht über sie gewinnen. Das ist sehr seltsam, das ist verrückt, dachte ich mir grinsend. Das Zimmer war so überheizt, daß ich trotz der hohen Decke nach Atem rang. Ich zog mich an und ging hinunter, um nachzusehen, ob die Hotelbar offen war und man vielleicht ein Glas Milch bekommen konnte. Aber es war zwei Uhr morgens, und im Hotel herrschte Stille. Auch der Empfangschef, vielleicht der, der mir am Nachmittag geholfen hatte, ins Zimmer einzubrechen, schlief auf einem Bett hinter dem Tresen. Ich lief ein bißchen in dem großen dunklen Speisesaal umher, in dem schon fürs Frühstück gedeckt war, und bevor ich mich wieder hinaufbegab, drückte ich einmal probeweise gegen die Tür, die zur Küche führte, wie ich es während der Nachtwachen im Krankenhaus tat, vielleicht würde sich dort etwas finden. Und tatsächlich war es in der großen Küche nicht völlig dunkel. Tief drinnen schimmerten riesige Kupferkessel rötlich im schwachen Licht, und leises Lachen war zu hören. Da ist jemand, mit dem man reden könnte, sagte ich mir und tappte an den langen Tischen und sauberen Spülen entlang vorwärts. An einem großen Eßtisch sah ich drei Männer, die eine fremde Sprache, kein Italienisch, sprachen und Suppe aus rotgeblümten Keramikschalen löffelten. Es waren Gastarbeiter, vielleicht Flüchtlinge. Einer stand sofort auf und fragte mich mit freundlicher Miene auf italienisch, was ich wollte. »*Milk*«, sagte ich auf englisch und legte schwer die Hand auf den Bauch, um den jähen Verliebtheitsschmerz zu signalisieren, der in meinem Innern brannte, während ich mit der andern Hand ein imaginäres Glas anhob und es gänzlich leerte. Er begriff sofort, wiederholte meine Bitte seinen Gästen in ihrer

Sprache und ging an den Kühlschrank, um mir ein Glas Milch einzuschenken. Und da sah ich neben dem riesigen Kühlschrank, dessen Motor wie ein kleines Flugzeug dröhnte, ein Mädchen sitzen, eine Art Findelkind, und auf einen kleinen Fernseher gucken. Und daneben einen mageren, bebrillten Mann von sehr kränklichem Aussehen, der in einem Schulheft blätterte.

Zweiter Teil

Ehe

I.

Lasar hatte, vielleicht aus medizinischen Erwägungen, die Genehmigung erwirkt, uns gleich nach der Paßkontrolle in der Ankunftshalle in Empfang zu nehmen. Noch ehe seine Frau und seine Tochter ihn entdeckten, sah ich ihn breitschultrig im feuchten Regenmantel dicht hinter einer Polizistin am Ende der Absperrung stehen und mit besorgter Spannung die Passanten mustern, als hege er tatsächlich den Verdacht, wir könnten ohne ihn womöglich nicht nach Israel zurückfinden. Neben ihm stand geistesabwesend, mit klatschnassem, langem Haar, der jüngere Sohn, der seinem Vater ähnlich sah. Sogleich hastete seine Mutter auf ihn zu und umarmte ihn mit großer Liebe, als sei er der Schwerkranke, dem unsere Reise galt. Aber Lasar erlaubte niemandem, Zeit auf Umarmungen und Küsse zu verschwenden. Er drückte seinem Sohn einen großen schwarzen Schirm in die Hand und wies ihn an, seine Schwester, der sie einen Regenmantel übergezogen hatten, behutsam und ohne Umweg direkt zum Auto zu bringen, während er selbst einen leeren Gepäckwagen schnappte, um die Koffer abzuholen. »Wenn ihr erst seht, was für ein Sturm euch draußen erwartet, werdet ihr euch noch nach Indien zurücksehnen«, warnte er uns beide. »Mußtest du wirklich so schnell zurückfliegen?« fragte seine Frau in einem Ton, in dem noch immer Reste von Ärger mitschwangen, daß er sie vierundzwanzig Stunden allein gelassen hatte. »Müssen ist gar kein Ausdruck, es war unerläßlich«, antwortete Lasar mit triumphierendem Lächeln, und als er sah, daß ich ihn trübsinnig anstarrte, beruhigte er mich freundlich: »Machen Sie sich keine Sorgen, Ihre Eltern warten auch draußen.« »Meine Eltern?« staunte ich. »Weshalb denn das?« »Weshalb?« fragte Lasar verwirrt. »Was weiß ich, einfach so, damit Sie nicht im Regen heimlaufen müssen. Meine Sekretärin hat sie heute morgen telefonisch erreicht, und sie haben versprochen, Sie nach Jerusalem mitzunehmen.« Doch ich hatte jetzt gar keine Lust, nach Jerusalem zu fahren, obwohl mein Motorrad dort stand. Ich wollte eigentlich in Tel Aviv bleiben, um bei Tagesanbruch auf der Station zu sein. Lasar hatte zwar Wort gehalten, die Reise hatte tatsächlich nur zwei Wochen gedauert, und hier am leer rotierenden Gepäckband schrumpfte unsere Abwesenheit auf natürliche Maße zusammen, aber ich fürchtete doch, in der Zwischenzeit könnte sich etwas Wesentliches zu meinem Nachteil verändert haben. »Hatten Sie schon Gelegenheit, Chischin zu erzählen, was war?« fragte ich, begierig zu erfahren, ob Chischin von der Bluttransfusion wußte, die ich in Varanasi durchgeführt hatte. »Nein«, sagte Lasar, den Arm bereits um die Schultern seiner Frau gelegt, als müsse er sie immer noch versöhnen, »Chischin ist vor ein paar Tagen nach Paris geflogen, deshalb wollte er nicht mitkommen, hat bloß den wahren Grund verheimlicht. Nicht weiter schlimm, wir sind gut allein fertig geworden.« Dabei lächelte er uns zufrieden an, als sei die medizinische Verantwortung gleichmäßig auf uns drei verteilt gewesen. Er machte einen glücklichen Eindruck. Das Treffen mit der Spendergruppe war gut gelaufen. Ich sah, daß er unter dem Regenmantel Anzug und elegante Krawatte trug. Seine Frau schmiegte sich an ihn. Allmählich verzieh sie ihm seinen vorzeitigen Rückflug. Ich blickte sie an und wurde rot im Gesicht. Sofort leuchtete ein Lächeln in ihren Augen auf. Sie wirkte müde, aber glücklich, wieder im Land zu sein. Habe ich mich wirklich ein bißchen in sie verliebt, grübelte ich, oder phantasiere ich nur?

Aber es war keine Zeit, der Sache weiter nachzugehen, denn auf dem Förderband rollten die Koffer heran, ganz naß von dem Sturzregen, den man auf das Dach der Ankunftshalle prasseln hörte. Die Stunde des Abschieds rückte näher. Mein Koffer traf als erster ein, und Lasar sah keinen Grund, mich aufzuhalten. »Sie müssen nach Jerusalem fahren, da machen Sie sich lieber auf den Weg«, erklärte er energisch, doch während ich noch überlegte, wie ich mich von ihnen verabschieden sollte, fiel ihm etwas ein, und er ergriff meinen Koffer: »Wir wollen Sie nur noch von dem blöden Schuhkarton befreien, den wir Ihnen aufgehalst haben.« Zu meiner Überraschung versuchte ausgerechnet Dori, ihn abzuhalten: »Nicht wichtig, nicht jetzt, mach ihm jetzt keine Umstände deswegen, seine Eltern warten. Er wird ihn bei Gelegenheit zurückgeben.« Aber Lasar sah absolut nicht ein, warum ich den Schuhkarton seiner Frau nach Jerusalem und zurück schleppen sollte. »Keinerlei Umstände, das dauert genau eine halbe Minute«, sagte er und half mir, die Riemen zu lösen und den Koffer zu öffnen, und schon steckte er behutsam wie ein geübter Chirurg die Hände in den Haufen meiner Kleider und Sachen und zog rasch den kleinen Karton hervor, den ich mich die ganze Reise über gehütet hatte, aufzumachen. »Das wär's, keinerlei Umstände«, sagte er und lächelte zum Abschied. »Dann sehen wir uns morgen im Krankenhaus«, erwiderte ich, mich noch an ein Fadenende klammernd. »Im Krankenhaus?« fragte Lasar, momentan verwundert, als sei das nicht unser beider Arbeitsplatz, erinnerte sich aber sofort, »selbstverständlich.« »Und ich sehe ihn gar nicht wieder?« fragte seine Frau, die mich überrascht, aber nicht traurig musterte. Strähnen ihres langen Haars hingen ihr über Gesicht und Hals, auf denen wegen des weißen Neonlichts und des unterwegs verblaßten Make-ups die Falten wieder hervortraten. Sie wußte nicht, wie sie sich von mir verabschieden sollte, und in meinem Innern bebte süßer Schmerz. »Die Fotos«, stammelte ich verlegen, und mein Gesicht begann zu glühen, als führte ich die beiden an der Nase herum. »Ihre Fotos sind noch in meinem Apparat, wenn sie fertig sind, bringe ich sie Ihnen.« Lasar und seine Frau erinnerten sich ebenfalls freudig an die Fotos: »Richtig, unsere Bilder.« »Ja«, versicherte ich, »vielleicht bringe ich sie Ihnen vorbei, denn ich will und muß ja auch wissen, wie es meiner Patientin geht.«

Vielleicht wegen des versprochenen Wiedersehens nahmen wir leichten Herzens Abschied, wie wir es von Zeit zu Zeit in Indien getan hatten, ohne Berührung, ohne Händedruck, ohne flüchtige Umarmung. Und immer noch weigerte ich mich, auch nur insgeheim zu rätseln, ob ihr womöglich ein Funken meiner absurden nächtlichen Verliebtheit zugeflogen war, die gewiß gleich nach dem Zollschalter dahinschwinden würde, wenn ich erst in die stürmische Nacht mit ihren Regen- und Hagelschauern hinaustrat, wo die getreulich Wartenden unter dem kleinen Vordach zu einer dichtgedrängten Gruppe verschmolzen waren, in der noch die traditionelle israelische Begeisterung herrschte, wonach jeder heimkehrende Israeli verdächtigt wird, sich in einen verwirrten Einwanderer verwandelt zu haben, der einer Hand bedarf, die ihn sanft führt. So empfanden jedenfalls meine Eltern, die lange Zeit auf zwei Spähpfosten Ausschau gehalten hatten, um mich beim Herauskommen ja nicht zu verpassen. Meine Mutter entdeckte mich als erste, und es kostete uns einige Mühe, meinen Vater zu finden, der gelassen unter seinem Schirm im strömenden Regen stand, da er als eingefleischter Gentleman seinen Platz unter dem Vordach zwei älteren Damen eingeräumt hatte, die beim Kampf mit dem Sturm fast verzweifelt waren. »Aber du siehst gut aus«, sagte meine Mutter, als wir im Dunkeln meinem Vater zum Parkplatz nachgingen. »Du hast ein bißchen abgenommen, wirkst aber zufrieden. Unser Indien hat dich offenbar nicht enttäuscht.« Meine Mutter fürchtete ständig, ich könnte geistige Enttäuschungen erleben, jene Zustände innerer Leere, in die junge Menschen geraten können. Da sie mir zugeredet hatte, mit nach Indien zu fahren, das sie wegen der Erinnerungen ihres Onkels als »ihres« bezeichnen konnte, war sie gespannt, wie ich von dort zurückkehren würde. Und obwohl ich noch gar nichts gesagt hatte, freute sie sich, daß ich gesund wiedergekommen war. Hätten wir nicht zwischen den Regenpfützen lavieren müssen, hätte sie womöglich auch etwas von meinem neuen mysteriösen Gefühl und dem Abschiedsschmerz gespürt, der bereits in meinem Innern zu pochen begann.

Meine Mutter meinte, bei dem zunehmenden Sturm sollte lieber ich den Wagen nach Jerusalem fahren, aber mein Vater wollte das Steuer nicht abgeben. »Das geht schon«, beruhigte er sie, »der Weg ist einfach und vertraut.« Doch er willigte notgedrungen ein, daß ich neben ihm saß, um ihn vor möglichen Fehlern zu schützen. Er zog den Mantel aus, putzte die Brille und wärmte wie üblich den Motor zu lange vor. Zu mir sagte er immer noch nichts. Erst als er uns behutsam und gemächlich aus dem Parkplatz mitten in den Sturm hineingefahren hatte und den Wagen auf die Hauptstraße lenkte, wandte er sich endlich an mich und sagte freundlich: »Es war also ein Erfolg.« »Ein Erfolg?« fragte ich verblüfft. »In welcher Hinsicht?« »In der Hinsicht, daß du dich bewähren mußtest«, antwortete mein Vater in seinem typischen ruhigen Ton. »Lasars Sekretärin hat erzählt, du hast eine kluge medizinische Maßnahme ergriffen, die die Situation rettete.« Ich drehte mich rasch zu meiner Mutter auf dem Rücksitz um. Sie schien ungehalten, daß mein Vater zu früh mit dem herausgeplatzt war, was die Sekretärin ihr am Morgen gesagt hatte. Ich war verwirrt, aber ein Glücksgefühl stieg in mir auf. Hatte Lasar schon mit einem der Professoren über die Untersuchungen in Kalkutta und die Bluttransfusionen in Varanasi gesprochen, was dann in sein Sekretariat durchgesickert war? Oder hatte er arglos etwas seiner Sekretärin erzählt, die aus eigenem Antrieb, gutherzig, aber eigentlich ohne große Sachkenntnis, mich vor meinen Eltern gelobt hatte, als sie sie anrief, um ihnen die Zeit meiner Rückkehr mitzuteilen? All dem werde ich morgen nachgehen, dachte ich, denn inzwischen drängte mich mein Vater – erpicht jede Einzelheit und alles in der richtigen Reihenfolge zu hören –, ihm den medizinischen Teil der Reise zu schildern, und zwar vom praktischen und theoretischen Gesichtspunkt. Er lauschte begierig. Aufgrund seiner Fähigkeit, von jedem Menschen zu lernen, war er schweigsam und ein guter Zuhörer. Jetzt, da er aufrecht in einigem Abstand zum Steuerrad saß und wie ein objektiver Richter stumm beobachtete, wie der Wagen samt Scheibenwischern, Scheinwerfern und Windschutzscheibe gemeinsam mit der Straße gegen den wütenden Sturm ankämpfte, der uns in einen Straßengraben zu kippen drohte, wollte er meinen Worten entnehmen, wie groß die Rettung, die ich den Lasars gebracht hatte, wirklich gewesen war, denn er fürchtete, aufgrund der Bescheidenheit, die er mir nachsagte und als ungutes Erbe seiner selbst betrachtete, könnte ich mein Licht womöglich unter den Scheffel stellen. Außerdem hatte er sich noch nicht damit abgefunden, daß der andere Assistent die ersehnte Stelle bekommen sollte. Auch meine Mutter lauschte still meinen Worten. Sie schob ab und zu eine kurze Frage ein und war von meiner mangelnden Begeisterung für Enat überrascht, auf die sie geheime Hoffnungen gesetzt hatte. Eigentlich horchte sie auf die innere Seite der Geschichte, die ich beim Sprechen zu verschleiern suchte. Zum Schluß platzte sie dann doch heraus: »Du sagst die ganze Zeit: Lasars Frau, Lasars Frau, aber wie heißt sie denn?« »Sie heißt Dorit, aber ihr Mann nennt sie Dori«, antwortete ich, von süßem Schmerz ergriffen. »Und du, wie hast du sie angeredet?« bohrte meine Mutter weiter. »Ich?« Verwundert über ihre Beharrlichkeit starrte ich ein Weilchen müde auf die Straße. »Auch ich habe sie zum Schluß Dori genannt«, gestand ich. »Und was ist das für eine Frau?« hakte meine Mutter nach. »Eine verwöhnte Frau«, antwortete ich prompt, »anfangs hat sie uns Schwierigkeiten bei der Hotelsuche gemacht.« Dabei schloß ich erschöpft die Augen und sah die mollige Frau in ihrem langsamen, gezierten Gang durch die Gassen Varanasis stolzieren, die Füße vorsichtig in den Morast setzen und zerstreut die sie bedrängenden Inder anlächeln. Dann raubte mir eine jähe Hitzewelle den Atem.

Im selben Moment begriff ich, daß ich mich im Gespräch mit meiner Mutter in acht nehmen mußte. Denn ihr gelang es zuweilen, sich mit verblüffender Genauigkeit in mich hineinzudenken, und jetzt konnte sie womöglich einen Hauch der eigenartigen Empfindung wittern, die ich von der Reise mitgebracht hatte, was natürlicherweise ihre Abscheu, vielleicht auch Furcht erregen und die Absicht wecken mußte, diese überflüssige Verliebtheit zu vereiteln – wenn man denn die Grübeleien über diese Frau so nennen konnte, bei denen auch Lust mitschwang, die ich gerade jetzt, bei dieser nächtlichen Auffahrt vom Flughafen nach Jerusalem, zum erstenmal deutlich spürte, mollig warm auf dem Platz neben meinem Vater, den Blick auf die Straßenschneise durch die Hügel gerichtet, die nun gänzlich regen- und nebelfrei waren, nur von leichten Schneeflocken durchweht. Es wäre schade, wenn Mutter sich auch nur vorübergehend wegen dieses schon vom Wesen her absurden und aussichtslosen Gefühls quälen würde, sagte ich mir. Lieber nicht zuviel von der Indienreise reden, damit mir nicht aus Versehen eine Bemerkung herausrutscht, die uns alle unnötig in Verlegenheit bringen würde. Deswegen bot ich meinem – leicht gekränkten – Vater an, ihn am Steuer abzulösen, da die luftigen Schneeflocken die Heimfahrt in ein Abenteuer verwandelten, das riskant werden konnte. Tatsächlich ging der leichte, flimmernde Flockenwirbel, der ein paar Kilometer nach Scha'ar Haggai eingesetzt hatte, kurz vor der Stadt in heftiges Schneegestöber über, und für die nächsten zwei Tage saß ich in Jerusalem fest, weil meine Eltern, die mir normalerweise vertrauten, mich nun inständig baten, nicht auf verschneiten Straßen mit dem Motorrad nach Tel Aviv zurückzufahren. Und da die Aufregungen der Indienreise starke Müdigkeit bei mir ausgelöst hatten, fand ich mich bereit, wieder mein altes Kinderzimmer zu beziehen und mich diesem Gefühl des Verwöhntwerdens hinzugeben, das nichts mit Essen und Trinken zu tun hat – meine Mutter war keine große Köchin –, sondern mit dem ruhigen »britischen« Treiben in unserer Wohnung, das mir selbst im Bett noch das Gefühl vermittelte, in einem alten Familienfilm in Schwarzweiß mitzuwirken, in dem gefällige, festgefügte Wertvorstellungen herrschten und ein gutes, moralisch einwandfreies Ende von vornherein garantiert war. So wollte ich jetzt in der Abgeschiedenheit meines eingeschneiten Hauses meine Verliebtheit abkühlen oder vielleicht sogar abtöten, und versuchte daher nicht mehr an Lasars füllige, stets zum Lächeln aufgelegte Frau zu denken, damit sie hier in dem treuen Zimmer meiner Kindheit und Jugend durch die Schwere ihrer Jahre in die Tiefen des Vergessens versinken mochte.

Aber die lächelnde ältere Frau versank keineswegs, sondern ihr Bild verschwamm mit den vertrauten Möbeln und Gardinen dieses Zimmers, in das ich mit zwei Jahren eingezogen war, als meine Eltern wegen der Beamtenstelle meines Vaters von Tel Aviv nach Jerusalem übersiedelten. Dafür schlief ich viel, ängstlich bedacht, keine Spuren meiner Lust auf dem reinweißen Laken zu hinterlassen, das meine Mutter für mich aufgezogen hatte, während sie und mein Vater über mein plötzliches Schlafbedürfnis staunten. Schließlich kannten mich beide als Studenten, der lange aufblieb und früh aufstand, und in der letzten Zeit auch als Bereitschaftsarzt, der vierundzwanzig Stunden ohne Schlaf auskommen konnte. »Du versetzt uns in deine Rekrutenzeit zurück«, sagte meine Mutter leicht besorgt, als ich nach ausgedehntem Mittagsschlaf in der Abenddämmerung in unsere düstere alte Küche tappte, das Herz voller Sehnsucht nach der grellen Farbenpracht indischer Tempel. »Das ist die einschläfernde Wirkung des Schnees«, erklärte uns Vater auf englisch und erhob sich, um mir meinen alten Platz am Eßtisch einzuräumen, den er nach meinem Auszug selbst übernommen hatte. »Doch, doch, setz dich auf deinen Platz«, beharrte er, als ich ablehnen wollte, und guckte gleichzeitig, ob Mutter mir auch richtig den Tee mit Milch zubereitete, den sie mir alsbald vorsetzte, begleitet von einem Stück Krümelkuchen, den ich sofort mit roter Marmelade bestrich, um ihm die muffige Trockenheit zu nehmen, die mich schon als Kind leicht deprimiert hatte.

»Während du schliefst, ist Vater in die Stadt gegangen und hat die Bilder für dich entwickeln lassen, die du in Indien aufgenommen hast«, sagte meine Mutter und übergab mir leicht verlegen zwei bunte Umschläge voller Fotos. »Meine Bilder?« wandte ich mich fast schreiend an meinen Vater, unfähig zu glauben, daß dieser ruhige, taktvolle Mann sich aus eigenem Antrieb heimlich in mein Zimmer gestohlen haben sollte, um die zwei Filme von meinem Nachttisch zu nehmen. Und tatsächlich ergab sich, daß die Initiative von meiner Mutter ausgegangen war. Sie hatte nachsehen wollen, ob das Zimmer genügend geheizt war, dabei die zwei schwarzen Rollen entdeckt und dann meinen Vater losgeschickt, um sie im Stadtzentrum entwickeln zu lassen. Bloß weil sie mehr über die Indienreise erfahren wollte, nachdem ich in Schweigen und ausgiebigen Schlaf verfallen war, vermutlich spürt sie, daß mich etwas beschäftigt, dachte ich und senkte den Kopf, um ihrem Blick auszuweichen, aber selbst sie mit ihrer natürlichen Intelligenz wagt sich nicht auszumalen, was wirklich passiert ist. »Willst du nicht wissen, wie deine Bilder geworden sind?« fragte sie, als sie sah, daß ich die zwei Umschläge immer noch festhielt. »Aber es sind nicht alles meine«, erklärte ich rasch. »Es sind auch Bilder von den Lasars dabei, denen ich die Kamera für einen Ausflug zum Taj Mahal geliehen hatte.« Meine Eltern wunderten sich, daß die Lasars allein auf Tour gegangen waren und mich am Bett ihrer kranken Tochter zurückgelassen hatten, und selbst nach meinen Beteuerungen, es sei meine Initiative gewesen, sie zum Taj Mahal zu schicken, kritisierten sie die Lasars weiterhin, weil sie das Angebot angenommen hatten, waren aber auch stolz über meine Großzügigkeit. »Na, erklär doch trotzdem mal, was du gesehen hast«, sagte meine Mutter und streckte begierig die Hand nach den Umschlägen aus. »Natürlich«, sagte ich, »aber ich dachte, du hättest sie schon angeguckt.« Von leichtem Horror davor ergriffen, hier in der trübseligen Küche meiner Eltern ihrer Gestalt zu begegnen, sprang ich auf, stellte Teller und Teeglas in die Spüle und ging ins Bad, um mir das Gesicht zu waschen und erneut die Zähne zu putzen. Als ich zurückkehrte, war die Küche lichtüberströmt und der Küchentisch übersät mit Farbfotos, die im rotbraunen Licht Indiens leuchteten, und schon von weitem erkannte ich ihre Gestalt, die sich wundersamerweise in mehr Bilder als gedacht hineingedrängelt hatte, keineswegs nur in diejenigen, die Lasar am Taj Mahal aufgenommen hatte. Waren es ihre natürliche Gelassenheit und das mechanische Lächeln, die sie trotz ihrer üppgen Molligkeit auf jedem Schnappschuß natürlich und fotogen erscheinen ließen, selbst wenn sie von zerlumpten Indern umringt war oder im

Abendlicht auf einer wackligen Bank vor dem Thai-Kloster in Buddh Gaya saß? Mein Vater betrachtete ein Bild nach dem anderen und wollte detaillierte Erklärungen hören, aber meine Mutter verfiel in Schweigen, und eine neue Blässe bedeckte ihr Gesicht. »Sie läßt sich gern fotografieren«, quetschte sie schließlich hervor; es klang wie eine Beschwerde. »Wer?« fragte ich gespielt harmlos. »Lasars Frau, oder wie nennst du sie?« fuhr meine Mutter fort, den Kopf noch immer gesenkt, als fürchte sie, mich anzublicken. »Das ist ihr Mann, das ist Lasar, dem ich meinen Apparat geliehen hatte«, rechtfertigte ich mich, die Stimme gepreßt unter der erneut aufwallenden Woge der Erregung angesichts der Frau, die in farbig glänzenden Quadraten über unseren grauen Küchentisch verstreut lag.

Am Abend nahm das Schneetreiben zu, aber ich verzichtete nicht auf einen Besuch bei meinem Jugendfreund und früheren Studienkollegen Ejal, der diese Nacht Dienst im Hadasssa-Krankenhaus tat – als Assistent auf der Kinderstation, nachdem man ihn auf der Chirurgie nicht genommen hatte. Wir saßen in einem kleinen Raum mit Kinderzeichnungen an den Wänden, inmitten des Tumults erschöpfter Eltern und durch den Korridor tollender kleiner Patienten, tranken lauwarmen Tee aus Plastiktassen mit eingestanztem Krankenhausemblem und verglichen wie üblich erst mal die Bedingungen in den verschiedenen Krankenhäusern. Er hatte schon von meiner Mutter von der Indienreise gehört, und angesichts seiner neugierigen, freundlichen Augen bekam ich Lust, bei der Hauptsache anzufangen. Ich glaubte, gerade er, der seit Jahren mit seiner verwitweten Mutter zusammenlebte, könnte mich verstehen. Doch im letzten Moment hielt ich mich zurück. Es hatte Zeit, noch war der richtige Augenblick nicht gekommen. Statt dessen fing ich an, ihm den medizinischen Teil der Reise zu schildern. Er zeigte sich besonders beeindruckt von dem Nachtflug nach Kalkutta mit den Blut- und Urinproben, schien aber skeptisch hinsichtlich der Bluttransfusion in Varanasi. »Ich hoffe, du hast im Eifer nicht die Mutter mit dem Virus der Tochter infiziert«, sagte er lächelnd. »Unsinn«, erwiderte ich, »wie hätte ich sie denn infizieren sollen? Ich habe die Mutter auch sorgfältig höher gelagert.« »Das macht nicht viel aus«, erklärte er in seinem wissenden Ton, »aber was passiert ist, ist passiert, Hauptsache, nicht den Kontakt zu diesem Lasar verlieren, und nimm für die Reise bloß kein Honorar von ihm an, damit er dir verpflichtet bleibt und vielleicht deinen verehrten Chischin beeinflußt, dir ein weiteres Assistenzjahr auf seiner Station anzubieten.« Doch während Ejal mich noch mit praktischen Ratschlägen überschüttete, wurde er dringend in die Aufnahme gerufen, um einen Jungen zu untersuchen, der einen Selbstmordversuch hinter sich hatte. Es war spät, aber es reizte mich zu sehen, wie sie den Fall angingen. Der Junge, etwa dreizehn und groß für sein Alter, zappelte heftig unter den Händen der Schwestern und Pfleger, die ihm ziemlich brutal den Magen auspumpten. Da ich in Straßenkleidung war, hielten sie mich für seinen Bruder oder einen anderen Verwandten und machten mir wieder und wieder Zeichen, daß ich aus der kleinen Behandlungskabine verschwinden sollte. Schließlich wollte ich trotz meiner Neugier lieber gehen. Ejal, der gedacht hatte, ich würde den Nachtdienst mit ihm verbringen, schlug mir vor, die Rückfahrt nach Tel Aviv aufzuschieben und am nächsten Tag zum Mittagessen zu ihm nach Hause zu kommen. Ich zögerte. Der Trubel in der Aufnahme des Hadassa-Hospitals hatte in mir Sehnsucht nach meinem Krankenhaus geweckt. Aber Ejal beredete mich durch den Trennvorhang, während er den Arm des Jungen festhielt, der schon anfing, die Schlaftabletten durch den dicken Schlauch auszustoßen, den man ihm in den Magen getrieben hatte. »Hör mal, du mußt kommen, ich habe nämlich eine tolle Geschichte für dich.« »Was für eine Geschichte denn?« fragte ich mißtrauisch, um nicht etwas zu versprechen, was ich nicht würde halten können. »Du wirst es nicht glauben, ich heirate«, verkündete er laut und unbekümmert vor den Ohren der trübseligen, ängstlichen Versammlung in der Notaufnahme.

Auf dem Weg von En Kerem zurück in die Stadt war es jetzt

sehr hell. Die Schneekuppen auf Zweigen und Felsbrocken entlang der Straße gewannen der Nacht neuen Zauber ab, und ich richtete mich an dem Gedanken auf, am nächsten Mittag, Zug um Zug mit der Hochzeitsgeschichte, vielleicht den Mut aufzubringen, Ejal von meiner überraschenden Verliebtheit zu erzählen. Warum nicht? Wer sonst sollte mich wohl verstehen, wenn nicht Ejal? Meine Mutter war aufgeblieben, um auf mich zu warten, saß in ihrem alten Wollmorgenrock im dunklen Wohnzimmer. »Das ist wegen des Schnees, nur wegen des Schnees«, sagte sie entschuldigend und stand sofort auf, um uns beiden ein Glas Tee zu machen. »Ich habe schon mit Ejal im Krankenhaus Tee getrunken«, erklärte ich auf dem Weg zu meinem Zimmer, denn ich wollte kein nächtliches Verhör riskieren. Während sie enttäuscht dem Schlafzimmer zustrebte, sah ich durch die offene Tür die Betten meiner Eltern in L-Form unter den beiden mondhellen Fenstern stehen. »Du wirst es nicht glauben, Mutter«, entfuhr es mir im Flüsterton, »Ejal heiratet.« »Warum sollte ich's nicht glauben?« rief sie. »Es wird ja Zeit. Auch für seine Freunde.« Worauf Vater den Kopf unter der Decke hervorstreckte und vergnügt sagte: »Du eröffnest mitten in der Nacht eine Front.« Aber meine Mutter hatte sich schon beruhigt und fragte nur noch neugierig nach der Braut. »Habe ich nicht mitgekriegt«, sagte ich, »aber morgen bin ich zum Mittag bei ihm und sehe sie vielleicht sogar.« »Dann bleibst du also morgen noch da«, bemerkte meine Mutter einigermaßen erleichtert; wenn ich schon nicht heiratete, blieb ich wenigstens noch einen weiteren Tag bei ihnen.

Während unseres Medizinstudiums hatte ich oft bei Ejal gegessen, weil wir gern in seinem ruhigen, geräumigen Zuhause lernten. Seine Mutter hatte Angst, abends allein zu bleiben, und lockte uns daher mit schmackhaften Mahlzeiten. Sie war eine traurige Frau, die Reste früherer Schönheit erkennen ließ und gern englisch mit mir sprach, in der Hoffnung, Arbeit beim Fremdenverkehrsamt zu finden. Von Zeit zu Zeit empfing sie den Besuch älterer Herren, aber sie vermied es, eine neue Bindung einzugehen. Jetzt betrachteten beide höflich die Fotos, die ich aus Indien mitgebracht hatte. »Ein hübsches Mädchen, aber sehr neurotisch«, erklärte Ejal bei Enats Anblick. »Fragt sich, ob da der Einsatz lohnt.« Hingegen musterte er immer wieder mit Freuden Lasars breites Gesicht: »Man sieht deutlich, daß er ein starker, aber auch freundlicher und humaner Typ ist«, stellte er fest. »Wenn du schon so eine intime Beziehung zu ihm und seiner Familie aufgebaut hast, wäre es schade, sie zu verlieren.« »Auch seine Frau ist sehr nett«, sagte ich auf einmal und fühlte mich erröten. Ejal sah sich erneut die Bilder an. »Ja, immer lächelnd«, bestätigte er. »Man sieht gleich, daß sie mit sich selbst zufrieden ist.« Seine treffenden Worte füllten mein Herz mit solch dankbarer Erregung, daß ich gern noch etwas über sie gesagt hätte. Aber seine trübsinnige Mutter, die in letzter Zeit sehr zugenommen hatte, wollte uns nicht allein lassen. »Freuen Sie sich, daß Ejal heiratet?« fragte ich sie vorsichtig. »Sie ist überglücklich«, antwortete Ejal an ihrer Stelle. Seine Mutter schwieg, fragte dann, wann wir essen wollten. Ejal bat, auf seine Freundin zu warten, die jeden Augenblick kommen müsse.

Aber seine Mutter wollte das Essen nicht kalt werden lassen und verlangte in unerwartet aufbrausendem Ton, gleich anzufangen. Als Ejal und ich uns daraufhin einander gegenüber an den besonders sorgfältig gedeckten Tisch setzten und seine Mutter in die Küche verschwand, senkte ich die Augen und sagte mit trübseligem Lächeln: »Du heiratest auf einmal, während ich mich – weiß gar nicht, was mit mir los ist – plötzlich in eine verheiratete Frau verliebt habe.« »Eine verheiratete Frau?« Seine kleinen Augen füllten sich mit schalkhaftem Grinsen zum Zeichen, daß ihn meine Offenbarung keineswegs überraschte. »Ja, in eine verheiratete Frau«, bestätigte ich traurig nickend. »Sag mir bloß nicht, du meinst diese Frau von eurem Direktor«, erwiderte Ejal und blickte mich mitleidig lächelnd an. »Lasars Frau?« lachte ich verblüfft auf. »Wie kommst du denn auf die Idee?« Worauf ich gleich energisch fortfuhr: »Kannst du dir wirklich vorstellen, daß ich mich in eine um zwanzig Jahre ältere Frau verliebe?«

Doch Ejal schien kein bißchen verlegen über meine barsche Reaktion. Er zuckte lässig die Achseln und lächelte weiter. »Ich meine nur so – egal, mir ist einfach aufgefallen, daß du sie dauernd fotografiert hast, und sie sieht auch wirklich nett aus. Aber egal, wenn nicht sie, wer denn dann? Und vor allem, mit wem ist sie verheiratet?« Aber da kehrte seine Mutter zurück, stellte vorsichtig die vollen Suppentassen vor uns hin und setzte sich zu uns, die schönen weißen Hände auf die Tischdecke gelegt. »Essen Sie nicht mit uns?« fragte ich liebenswürdig. »Nein«, sagte sie zögernd, »ich bin nicht hungrig.« Dabei blickte sie ihren Sohn an und wurde knallrot im Gesicht. Ejal legte ihr sanft die Hand auf die Schulter und bestätigte liebevoll: »Ja, Mutter muß ein bißchen mehr auf sich achten.«

Gegen Ende der Mahlzeit kam dann die künftige Braut, Hadas – ein aufgewecktes, gutmütiges Mädchen von schlichtem, aber frischem Aussehen. Sie schüttelte sich charmant den Schnee aus den Haaren, und als sich Ejals Mutter endlich in ihr Zimmer zurückzog und uns allein ließ, hatte ich schon beschlossen, eventuellen weiteren Fragen Ejals auszuweichen. Tatsächlich erkundigte er sich gleich wieder nach der »verheirateten Frau«, da die Geschichte offenbar seine Phantasie beflügelte. Unterdessen floß diese überraschende Verliebtheit, wie von äußerer Quelle gespeist, ständig unkontrollierbar weiter in mich ein, als tropfte ein reichhaltiger, aber undefinierbarer Cocktail insgeheim in die Tiefen des Organismus und veränderte dessen Formel. Hadas, die mir sympathisch schien, wußte überraschend viele Einzelheiten über meine Indienreise. Wie sich herausstellte, stammte nämlich jenes kahlgeschorene junge Mädchen, Michaela, die die Nachricht von der Hepatitis überbracht hatte und mir zuerst fälschlich wie ein Junge vorgekommen war, ebenso wie Hadas aus dem Kibbuz En-Sohar in der Arava. »Die Welt ist doch klein«, sagte ich und stand abrupt auf, stürmisch erregt wegen der unerwarteten Erwähnung der Indienreise, überlegte nur noch, ob ich zu seiner Mutter aufs Zimmer gehen sollte, um mich von ihr zu verabschieden und ihr für die

Mahlzeit zu danken, oder ob es besser war, sie nicht in ihrer Ruhe zu stören. »Ja, klein und nah«, bestätigte Ejal und erhob sich ebenfalls, vielleicht erfreut, daß ich schon gehen wollte. »Also dann, Benji, und sag bloß nicht, es wär dir zu weit, zu unserer Hochzeit nach En-Sohar zu kommen.« »Habt ihr das Datum schon festgesetzt?« »Natürlich«, antworteten beide auf einmal, nannten auch den genauen Zeitpunkt und vergewisserten sich, daß ich ihn in mein Notizbuch schrieb, damit kein Bereitschaftsdienst der Welt mich am Kommen hindern sollte. Nun wollte Ejal unbedingt, daß ich seiner Mutter auf Wiedersehen sagte; sie hätte mich doch so gern, warum ihr also nicht eine kleine Freude machen? Behutsam betrat ich nach ihm das große dämmrige Zimmer, in dem wir als Kinder gespielt hatten, und dort lag sie, schwer und sehr weiß, nur mit einem Laken zugedeckt, durch das man wirklich sehen konnte, wieviel Fleisch sie im letzten Jahr angesetzt hatte. »Benji möchte dir auf Wiedersehen sagen«, flüsterte Ejal, sie sanft weckend. Sie schlug die großen Augen auf. »Ja, ich wollte mich von Ihnen verabschieden«, sagte ich, »und Ihnen auch für die Mahlzeit danken, sie war sogar noch vorzüglicher als sonst.« Aber sie lächelte mir nicht zu, sondern nickte nur und sagte: »Grüß deine Eltern, und vergiß nicht, zu Ejals Hochzeit zu kommen. Es ist wichtig, daß du dabei bist, nicht nur für uns, auch für dich.« »Ich komme, das verspreche ich«, sagte ich und legte zur Bekräftigung nach indischer Sitte beide Hände ans Herz.

Ich hatte tatsächlich fest vor, zur Hochzeit zu kommen, nicht nur weil Ejal seit Schulzeiten mein bester Freund war und seine Hadas nett und gewiß ungefährlich aussah, sondern auch, weil Michaela, das knabenhafte Mädchen, vermutlich dort sein würde, so daß man auf Umwegen vielleicht mit Enat in Verbindung kommen konnte und über sie wiederum mit ihren Eltern, falls der Direktkontakt zu Lasar im Krankenhaus demnächst abbrechen sollte und anderweitig geplante Begegnungen scheiterten. Denn selbst jetzt, als ich die Jerusalemer Straße entlangschlenderte und über die großen Schneehaufen am Rand des Gehwegs staunte, ließ dieses süße Gefühl nicht von mir ab, und trotz des leichten Neids ob Ejals bevorstehender Hochzeit und der Erwägung, daß diese überwältigende neue Verliebtheit, die gewiß einen langen, schwierigen Ablösungsprozeß erfordern würde, eine echte, potentiell auf eine Ehe gerichtete Verbindung vorerst wohl verhinderte, war ich nach wie vor gewillt, mich in den Abgrund dieses neuen Gefühls fallen zu lassen. Als ich dann das Haus meiner Eltern betrat, die mich schon sehnsüchtig erwarteten, und ihnen erklärte, die Wetterlage habe sich sehr gebessert, die Straßen seien schneefrei und nichts würde mich mehr an der Rückfahrt nach Tel Aviv hindern, spürte ich, daß sie bei aller Traurigkeit über mein Weggehen sehr wohl wußten, daß ich ins Krankenhaus zurückkehren mußte, um für meinen Verbleib auf der Chirurgie zu kämpfen. Und dieses Thema schnitt mein Vater plötzlich auch so heftig an, wie ich es sonst gar nicht von ihm gewohnt war: »Warum läßt man Professor Chischin allein entscheiden, wer auf der Station weitermacht und wer nicht?« fragte er erbittert. »Bei solchen Dingen spielen doch immer unbekannte Triebe mit, und vielleicht gerade – hör zu, hör erst mal zu, bevor du vorschnell antwortest – vielleicht gerade, weil du ihm zu eifrig bist, versucht er dich auszubooten. Warum läßt man nicht andere auf der Station mitreden? Schließlich zählen ja nicht nur flinke Hände, sondern auch Treue und Hingabe, wie du sie dem Krankenhaus im letzten Jahr geschenkt hast, und dann erinnern sie sich vielleicht auch mal, daß du fast keinen Tag Urlaub gehabt hast.« Es fiel mir schwer, meinen Vater so reden zu hören, vielleicht, weil ich insgeheim mit ihm übereinstimmte. »Aber Vater, du tust ja, als wär's das einzige Krankenhaus auf der Welt. Es gibt doch noch mehr davon in Tel Aviv«, versuchte ich ihn zu beruhigen. »Nicht auf dem Niveau deines Krankenhauses«, erklärte mein Vater, und damit hatte er recht. »Dann vielleicht nach Jerusalem zurück«, erklärte ich. »Nach Jerusalem?« sagte mein Vater widerstrebend. »Denkst du daran, nach Jerusalem zurückzukommen und womöglich hier zu Hause zu wohnen? Auf diese Weise heiratest du bestimmt nie.« Ich brach in seltsames

Lachen aus. Es war mir nie in den Sinn gekommen, daß sich auch mein Vater über mein Ledigsein Sorgen machen könnte. Doch jetzt erwachte meine Mutter aus ihrem düsteren Schweigen: »Halt ihn jetzt nicht auf«, schnauzte sie ihn an. »Es wird schnell dunkel. Besser, er fährt noch bei Tageslicht.« Aber mein Vater packte mich fest an der Schulter: »Hör mal, Benji. Kämpf um deinen Platz. Jetzt hast du einflußreiche Verbündete am Krankenhaus, Lasar und seine Frau.« »Was hat denn seine Frau damit zu tun«, rief ich in gespielter Verwunderung. »Welche Verbindung hat sie zum Krankenhaus?« »Sie hat Verbindung zu Lasar«, beharrte mein Vater, »und er kann dir vielleicht eine zusätzliche Planstelle besorgen, falls Chischin nach wie vor den anderen Assistenten vorzieht. Denn er hat gesehen, daß du ein guter Arzt bist, und ohne dich hätten sie noch immer ein todkrankes Mädchen in Indien.« »Unsinn«, sagte ich. »Du übertreibst. Ich habe eine simple Bluttransfusion vorgenommen.« »Ich mische mich nicht in Dinge ein, in denen ich Laie bin«, sagte mein Vater, »aber hör mal gut zu. Sie haben dir noch kein Geld gegeben?« »Noch nicht, sind noch gar nicht dazu gekommen«, sagte ich entschuldigend, »schließlich haben wir uns auf dem Flughafen getrennt.« »Egal, egal«, wehrte mein Vater ab, »sollen sie halt nichts geben, bloß die Verbindung wahren und dich möglichst in diesem Krankenhaus halten, dann kannst du in Tel Aviv bleiben, das ist eine Stadt mit Leben.« Und nun schenkte er mir ein wunderbares, müdes Lächeln, durchglüht vom Himmelblau seiner Augen, um seine Rüge abzumildern, denn er wußte ja, daß sein ganzer Ärger nur seinem Traum entsprang, nach Erreichung des Pensionsalters aus seinem Jerusalemer Exil zurückzukehren und in meiner Nähe in Tel Aviv zu wohnen.

Meine Mutter hob wieder die Augen zum Himmel, als wollte sie mit sorgendem Blick das weite Blau vor erneuter Bewölkung bewahren. »Wenn du heute fahren willst, dann mach dich jetzt auf den Weg«, drängte sie mich schließlich in ihrer gradlinigen Denkweise. Ich ging auf mein Zimmer und sah, daß meine Säcke schon gepackt waren, vollgestopft mit gewaschener und gebügelter Kleidung und Unterwäsche, und in einem steckte auch eine Blechdose mit den schottischen Keksen, die ich als Kind gern gemocht hatte; inzwischen schmeckten sie mir nicht mehr so gut, aber meine Mutter glaubte immer noch, mir damit eine Freude zu bereiten. Von meiner Indienreise hatte ich mir selbst gar nichts mitgebracht, abgesehen von dieser verflixten Verliebtheit, die mich nicht mal hier, in meinem dämmrigen Kinderzimmer, losließ. Ich schlüpfte in meine Lederjacke, und obwohl meine Eltern das im Haus nicht gern sehen, setzte ich den schwarzen Sturzhelm gleich auf und zurrte ihn fest, streifte die alten Lederhandschuhe über und ging an mein Motorrad, das auf Anhieb ansprang, leicht bläulichen Qualm ausstieß und schon abfahrtbereit war, als hätten weder meine lange Abwesenheit noch Schnee und Kälte irgendeine Wirkung auf den Motor gehabt. Ich verschnürte die Rucksäcke auf dem Rücksitz und deckte sie mit einer Plane ab. Mein Vater stand im leichten Flanellhemd neben mir und bewunderte wie immer das Motorrad. Meine Mutter, hinter ihm, zitterte unter ihrem Umschlagtuch. »Ruf an, wenn du da bist«, sagte sie, bevor ich den durchsichtigen Schutzschild vor die Augen klappte und den Motor weiter aufdrehte. Dann ging sie ins Haus, während mein Vater sich mein Abfahrtsmanöver nicht entgehen ließ, das mich in langsamer Fahrt den Gehsteig entlangführte – gegen die Richtung der schmalen Einbahnstraße, um ein Stück Weg zu sparen und schnell auf die Hauptstraße zu gelangen.

Man muß vorsichtig fahren, sagte ich mir, als das Motorrad in der ersten Kurve auf der Abfahrt von Jerusalem wegen einer unsichtbaren Glatteisschicht auf dem Asphalt erstmals richtig wegrutschte. Sofort zügelte ich den starken, schnellen Motor, schaltete in den zweiten Gang hinunter, fuhr mit verhaltenem Brummen langsam in der Mitte der Spur und setzte die Fahrtgeschwindigkeit für die Autos hinter mir, die sich auf der vom Schnee geräumten Fahrbahn bereits sicher fühlten und sogar wagten, gegen meine Zaghaftigkeit anzuhupen. Doch ich wollte nicht beschleunigen, hob vielmehr noch den durchsichtigen Gesichtsschutz von den Augen, um die glatte schwarze Straße besser sehen zu können. Und da, während der gemäßigten Fahrt, sah ich das Jerusalemer Kupferlicht, in das der weiße Schnee Lilatöne einstrahlte. Anfangs dachte ich, dieses Licht käme von den schneebedeckten Bordsteinen, aber als ich die Augen hob und erkannte, daß die weißen Anhöhen am Horizont in dem seltsamen Licht glühten, begriff ich, daß der schwere Schnee mehr bedeutete als eine vorübergehende Wetterlage, daß er in die Seele der Stadt eingedrungen war. Einen Moment lang von Angst gepackt, verlangsamte ich noch weiter, als hätte dieses neue Licht die Macht, mir die Kontrolle über die Fahrt zu rauben. Auf der Nebenspur begannen überholende Fahrer mich mit Unverständnis oder sogar wütend anzustarren, als sei die Angst, die ich durch meine langsame Fahrweise offenbarte, nicht nur unvereinbar mit meinem schweren schwarzen Helm, sondern auch objektiv unbegründet. Selbst an der königlich breiten dreispurigen Auffahrt am ganz und gar verschneiten Kastel beschleunigte ich nicht viel, schaltete nur in den dritten Gang hinauf, obwohl die Maschine die Steigung spielend im fünften Gang genommen hätte. Denn der Lichtstrom, der dem vertrauten Jerusalemer Kupferton eine solch traurige und mysteriöse Färbung verlieh, beschäftigte mich immer noch derartig, daß ich es nicht eilig hatte, die Anhöhe zu erreichen, auf der ich ihn in der verschwenderischen Flut hellen, heiteren Lichts vom weit offenen westlichen Horizont notgedrungen verlieren würde.

Doch der flache Horizont, der erstmals als feierliche Verheißung auf der Anhöhe des Kastels auftaucht, bevor er in jenem scharfen Einschnitt zwischen den sonnenbraunen neuen Häusern Abu Ghoshs und den Aqua-Bella-Quellen wieder verschwindet, war jetzt nicht nur mit den Strahlen einer mächtigen westlichen Sonne, sondern auch mit den Blaulichtern mehrerer Polizeiwagen gesprenkelt, die ein imponierendes Motorrad umstellten, das auf der Fahrbahn lag. Die Fahrer verlangsamten und wandten das Gesicht, um aus der genauen Lage des großen weißen Sturzhelms neben einem der Räder abzulesen, was wohl vom Leben des armen Motorradfahrers übriggeblieben war, der bereits im Rettungswagen dem beängstigenden Jerusalemer Licht entgegenfuhr. Nun erwarteten die Autos hinter und neben mir wohl schon, daß ich die Fahrt auf der gefährlichen vielspurigen Abfahrt noch mehr verlangsamen würde. Doch ich blieb im dritten Gang, während ich in das kleine Tal von Abu Ghosh hinunterfuhr, dachte nicht an den Motorradfahrer, der – nach dem heil abgefallenen Helm zu urteilen – gewiß das Bewußtsein verloren hatte, sondern an mich, daran, ob sich Lasars Frau, die insgeheim Dori zu nennen ich noch immer zögerte, wohl noch an mich und meinen Namen erinnern würde – sagen wir, in ein, zwei Jahren, wenn die Indientour längst vergessen war.

Aber kann denn eine solche Reise in Vergessenheit geraten? fragte ich mich, während das Motorrad begierig den kurzen, geraden Anstieg nahm, der die bläulich geästelten Granatapfelpflanzungen von Abu Ghosh und die weißen Häuser eines arabischen Dorfes trennte, dessen Name mir schleierhaft geblieben war und das für mich immer noch aussah wie eine jüdische Ortschaft, in der man aus Versehen ein Minarett aufgepflanzt hatte. Indien ist doch nicht wie Europa oder Amerika mit ihren ewig gleichen Flughäfen und hellerleuchteten Prachtstraßen, an denen sich Kirchen und große Geschäfte aneinanderreihen. Kann man das gelbliche Varanasi mit seinem süßlichen Totenrauch oder die Tempel Buddh Gayas mit den Tier- und Vogelfiguren einfach so vergessen? Demnach war diese Frau, deren vom Ehemann benutzten Kosenamen ich mit aufgerissenem Mund gegen den Wind zu flüstern suchte, dazu verurteilt, selbst dann noch an diese Indientour zu denken, wenn sie einmal als Greisin im Pflegebett lag. Wie schade nur, daß sich zu dieser fortan absolut werdenden Erinnerung nicht jene sonderbare Verliebtheit gesellen würde, die der begleitende junge Arzt für sie empfunden hatte, eine Verliebtheit, durch die die Weiblichkeit einer beinah Fünfzigjährigen, deren Zyklus vielleicht schon aufhörte, unerwartet aufgewertet wurde. Komisch, dachte ich mir bei der natürlichen Geschwindigkeit, die sich in den sanften Kurven der Straße am Scha'ar Haggai einstellte und mich zwang, gegen den würzigen, schneidenden Wind den Plastikschutz wieder vor die Augen zu klappen – komisch, daß ich eigentlich immer noch nicht ihr genaues Geburtsdatum weiß, obwohl ich ihren Paß mehr als einmal offen gesehen habe.

Derart voll zärtlicher Liebesgedanken – trotz des wilden Brummens, das mein Motorrad hinter meinem Rücken unaufhörlich ausstieß –, sauste ich im fünften Gang vom Scha'ar Haggai auf das Ajalontal zu, kreuzte also die letzte Grenze Jerusalems, nachdem der Aufenthalt dort mich mit Ruhe, aber auch mit zuviel Muße erfüllt hatte. Doch bevor ich mich noch an den weiten Pflanzungen und Feldern und dem großen Wasserreservoir, das man kürzlich hier angelegt hatte, erfreuen konnte, erfaßte mein Auge am verhangenen Horizont der Küstenebene, der grünlich wie ein Computerbildschirm flimmerte, den ersten stummen Blitz. Es war eine Vorwarnung, daß die große Wolke, die auf mich zusegelte wie ein fröhlicher Zeppelin, vollgesogen mit den rosigen Farben der untergehenden Sonne, insgeheim bereits vorhatte, nicht in Flammen, sondern in Sturzbäche auszubrechen. Ich muß mich also beeilen, sagte ich mir, beschleunigte auf über hundert Stundenkilometer und entdeckte erst dann, leicht verspätet, den in Gegenrichtung geparkten Polizeiwagen, der mich mit seinem Radarstrahl einfing, sogleich Scheinwerfer und Blaulicht aufleuchten ließ und losjagte, womit er mich zwang, mit einem Schlag – noch ehe der Polizist sich über sein Vorgehen recht schlüssig wurde – auf hundertsechzig Kilometer hochzugehen, um ihm jede Hoffnung zu rauben, mich zu schnappen. In einem wilden Tempo, das meiner Art und Weise gar nicht entsprach, legte ich hingerissen in wenigen Minuten die zwanzig Kilometer vom Trappistenkloster Latrun bis zur Abzweigung zum Flughafen zurück, die ich einschlug, um von der Hauptstrecke wegzukommen, auf der man mir womöglich schon einen Hinterhalt gelegt hatte. In gemäßigter Geschwindigkeit fuhr ich nun nahe am Flughafen vorbei, durch den Gedanken an die Abfertigungshalle bereits in große Sehnsucht versetzt, und gelangte über Neben- und Umgehungsstraßen nach Tel Aviv, das mir trotz des lästigen Regens, dem alle Schneepracht fehlte, von neuer, geheimer Verheißung erfüllt schien.

Ohne lange zu zögern – die Rucksäcke lagen noch wie feuchtes Wild mitten im Zimmer –, rief ich in Lasars Wohnung an. Ich habe nicht nur das Recht, sondern sogar die Pflicht, Einzelheiten über das Befinden meiner Patientin zu erfahren, dachte ich, aber zu meiner Überraschung nahm Enat selbst den Hörer ab und wirkte im eigenen Haus verlorener und verwirrter als in Indien. Doch vielleicht aufgrund des Vertrauens, das ich mir dank meiner geübten Finger bei ihr erworben hatte, als sie noch im Tempel von Buddh Gaya auf dem Schlafsack lag, kam sie schnell aus sich heraus, ließ das unverbindliche Gerede und teilte mir einiges über ihr körperliches Befinden mit, soweit sie es verstand. Der Chefarzt der Inneren, Professor Levin, sei gestern morgen bei ihr gewesen und habe sie sofort auf seine Station einweisen wollen, aber ihre Eltern hätten beschlossen, auf ihren Freund Chischin zu warten, der heute morgen aus Paris zurückgekehrt und vom Flughafen aus gleich zu ihnen gekommen sei, um sie zu untersuchen, und dann geraten habe, sie zu Hause zu lassen, obwohl ihre Temperatur wieder gestiegen sei. Die Temperatur ist gestiegen? grübelte ich tief enttäuscht, denn ich hatte gedacht, die Bluttransfusion würde auch die Leberinfektion bekämpfen, die anscheinend die anhaltende Instabilität des Immunsystems verursachte. »Habt ihr Chischin erzählt, was in Indien gewesen ist?« fragte ich. »Natürlich«, antwortete sie gedehnt. »Vater und Mutter haben ihm alles berichtet.« »Und was hat er gesagt?« fragte ich leicht beklommen. Sie dachte einen Augenblick nach und sagte dann: »Er meinte, Hauptsache, es ist gutgegangen.« »Was gutgegangen?« fragte ich, gekränkt auflachend, aber Enat wußte Professor Chischins Worte nicht zu deuten, weshalb ich – klopfenden Herzens und den Hörer fester umklammernd – die Bitte wagte, einen Moment mit ihrer Mutter sprechen zu dürfen, aber die Eltern waren nicht zu Hause. Lasars Frau war nach Chischins Visite zur Arbeit gegangen, und Lasar hatte vor einer Weile das Haus zu Besorgungen verlassen. »Und du bist allein zu Hause?« fragte ich in einem Ton, in dem zu meiner eigenen Überraschung Ärger mitschwang. »Ja«, antwortete sie, vermutlich ebenfalls über den unbegreiflichen Ärger verwundert. Und als sie nun mein sonderbares Schweigen bemerkte, fragte sie, ob ihr Vater mich bei seiner Rückkehr anrufen solle. »Nein, egal«, erwiderte ich schnell. »Ich sehe ihn ja morgen im Krankenhaus«, und hängte ein, knöpfte dann sofort die Lederjacke auf, warf sie ab und rief die Station an, um geradeheraus Chischins Meinung über die in Indien vorgenommene Bluttransfusion zu erfragen. Aber Chischin war erst kurz zuvor eingetroffen und auf die Innere Station gegangen, um Levin aufzusuchen. »Wozu?« fragte ich besorgt. Doch die Schwester wußte keine Antwort. »Warum bist du schon zurück?« fragte mein rivalisierender Kollege, der zweite Assistent, der der Schwester eilig den Hörer abgenommen hatte. »Wir dachten alle, du würdest die Tour nutzen, um ein bißchen allein herumzureisen.« Er sprach freundschaftlich mit mir. Hatte er von Chischin etwas über meine Bluttransfusion in Varanasi erfahren? Er wollte erste Indieneindrücke hören, aber ich brachte nicht die Geduld auf, jetzt über meine Reise zu sprechen, fragte ihn nur, was in den zwei Wochen meiner Abwesenheit auf unserer Station vorgefallen sei, erkundigte mich nach einzelnen Patienten, deren Namen ich gut in Erinnerung hatte, und fragte nach den Ergebnissen der Operationen, bei denen ich daneben gestanden und den Ablauf verfolgt hatte. Er war überrascht über meine detaillierten Fragen, bemühte sich aber, sie so vollständig wie möglich zu beantworten, und nun fiel mir plötzlich die Frau ein, die auf dem Operationstisch gelegen hatte, als Lasar angekommen war, um Chischin in sein Büro zu rufen. »Was ist mit ihr? Wie geht's ihr?« fragte ich mit unerklärlicher Aufregung. »Du hast sie doch selbst genäht.« Seine Antwort klang etwas verlegen: »Sie ist ein oder zwei Tage nach deiner Abreise an inneren Blutungen gestorben.« »Innere Blutungen?« fragte ich verwundert, plötzlich von echter Trauer über diese junge Frau befallen, auch in Gedanken an ihren Mann und ihre Mutter, die an der Tür zum OP-Trakt gewartet hatten. »Wieso Blutungen?« fuhr ich leicht verärgert fort. »Ich erinnere mich an jede Minute dieser Operation, ich habe nichts vergessen, in Indien mußte ich wieder daran denken, es war ein einfacher Eingriff, in keiner Hinsicht bösartig.« »Ja«, bestätigte er mit seiner tiefen Stimme, nachdem er mir ruhig zugehört hatte, »das war unser aller Fehler, wir dachten, es sei ein leichter Eingriff, aber er war nicht einfach, die Blutung hat alles überflutet und infiziert, und Chischin weiß immer noch nicht die Ursache.« »Und was hat die Autopsie ergeben?« fragte ich. »Nichts Klares, ein komplettes Mysterium.« »Mysterium?« fiel ich mit verzweifeltem Hohn über ihn her, als hätte er persönlich diesen Tod zu verantworten? »Wieso Mysterium? Um Mysterium zu sagen, braucht man nicht Arzt zu sein.«

2.

Ist es schon Zeit, an Ehe zu denken? Wenn ja, muß derjenige, der die Ehe zum höchsten Ziel dieses Kapitels erkoren hat, langsam anfangen, die harte graue Schale des Junggesellentums aufzuweichen, mit der das Wesen ebenjenes Helden sich umgeben hat, der zu dieser frühen Wintermorgenstunde geschickt und höchst verantwortungsbewußt mit seinem Motorrad durch den Tel Aviver Verkehrsstrom laviert und dabei von Zeit zu Zeit einen schnellen Blick auf die Silhouette einer Frau riskiert, die am Steuer sitzt und eine Zigarette raucht – nun nicht länger in dem normalen Verlangen, sich am Anblick eines hübschen Gesichts zu erfreuen, sondern in der neuen Hoffnung, das vertraute Gesicht zu finden.

Aber wie soll eine Ehe zustande kommen, die zwar manchmal eine leichte, selbstverständliche, natürlich fließende Angelegenheit ist, andererseits aber auch derart schwierig, fordernd und störrisch sein kann, daß man sie mit demselben Recht als unnatürliche oder sogar absurde Handlung bezeichnen könnte – wie zwei robuste Stück Federvieh, an der Kette geführt von einem leicht gereizten, kurzsichtigen Mann, den wir im ersten Teil als Mysterium sahen, während er sich jetzt, im zweiten Teil, auf den Ehestand zubewegt, ohne das geringste von seinem ursprünglichen, recht charmanten alten Mysterium einzubüßen oder seine ungebührliche Gewohnheit abzulegen, unerwartete nächtliche Kurzbesuche abzustatten, kraft eines archaischen Verwandten, der ohne Vorwarnung aus dem Schlafzimmerschrank hervorschießen kann, im Schlepptau zwei Raubvögel, die scheinbar zahm und gehorsam hinter ihm herlaufen, während sich beim genaueren Hinsehen zeigt, daß sie ihn gebunden haben, um ihn gemeinsam mitzuziehen.

»Dann wäre es vielleicht besser, die Kette zu lösen und sie

in die Luft fliegen zu lassen«, rät man ihm mit wohlwollendem Mitleid. »Lösen?« erwidert er verblüfft, enttäuscht, sogar leicht verärgert und faßt die Kette fester. »Wie ist das möglich? Sie sind doch verheiratet.« »Verheiratet?« prusten wir heiter und unbekümmert in die nächtliche Stille hinein, beugen uns nieder, um das komische Paar ein wenig zu mustern, das in glücklicher Trance dasteht, die Schwänze unwillkürlich aneinanderreibend. »In welcher Hinsicht?« beharren wir lachend. Aber wir haben den Zeitpunkt verpaßt, können schon keine Antwort mehr auf unsere Frage erhalten, die sich durch unser vorlautes Lachen erübrigt hat, denn die beiden richten sich jetzt mit ernster Miene auf, heben, unter Zurücklassung einer gelblichen Feder, mit leisem, gekrümmten Flügelschlag ab und ziehen ihres Weges, das Mysterium ihres Ehestands im Schlepptau führend – seinen tiefen Sinn, seine ängstliche Bindung, seine rabiate Treue, seine Erfolge und Frustrationen. Da zieht er jetzt an uns vorüber, mit ernstem Gesicht und traurigen Augen, gebeugt unter der Last der Verantwortung, die nicht immer verstanden wird oder gerechtfertigt ist, während die Kette in seiner Hand wie ein Glöckchen schwingt und klingt.

Als ich auf der Station eintraf, lief Chischin schon zwischen den Betten herum. Zuerst schien er mir ausweichen zu wollen und verschwand in seinem Büro, aber dann besann er sich, kam wieder heraus, ging von hinten auf mich zu und umarmte mich wärmstens. »Ich habe alles gehört«, sagte er in dröhnendem Flüsterton. »Ein Riesenerfolg, ich bin stolz auf meine Wahl. Habe auch Enat gesehen, sie gründlich untersucht und stimme nun völlig mit Ihnen überein. Nicht nur, was die Diagnose betrifft, sondern auch bezüglich der Bluttransfusion, die Sie ihr unterwegs verabreicht haben. Ich habe den Lasars gesagt, das war die brillante Idee eines Arztes, dessen Gefühl tiefer dringt als das feinste Skalpell. Und wenn es da eine etwas abweichende Meinung gibt, wie die meines guten Freundes Levin, der die Transfusion für ein überflüssiges Mätzchen hält – machen Sie sich nichts daraus, er ist ein stolzer komischer Kauz, der glaubt, die Hepatitis erfunden zu haben. Lassen Sie sich nicht einschüchtern von dem, was er Ihnen sagen wird – er möchte Sie nämlich sprechen. Hören Sie ihm geduldig zu, nicken Sie höflich, aber bedenken Sie, daß ich hinter Ihrer Idee stehe, vor allem in psychologischer Hinsicht, und ich habe Ihnen allen ja schon wiederholt gesagt – die Psychologie ist nicht weniger wichtig als das Messer in der Hand«, wobei er wie gewohnt sein imaginäres Skalpell fröhlich durch die Luft schwang. Aber ich wollte nicht, daß er mir wieder mit seinem Vertrauen in die Psychologie anfing, was aus dem Mund eines Chirurgiechefs geradezu gefährlich klang. Ich hatte das Bedürfnis, sofort zu erfahren, ob er bei seiner neckischen Ausdrucksweise meine Bluttransfusion tatsächlich unterstützte, denn ich dachte mit sonderbarem Verlangen an den dünnen, durchsichtigen Schlauch, der im Ambiente der rötlichen Korbmöbel des Hotelzimmers in Varanasi das Blut lautlos von Bett zu Bett hatte strömen lassen, während man durchs Fenster die Massen zum Ganges strömen sah, ohne sie zu hören. »Aber was ist denn Professor Levins Argument?« fragte ich Chischin bedrückt und rasselte ihm, ehe er überhaupt antworten konnte, gereizt die Zahlenwerte herunter, die ich noch auswendig wußte: die beiden Transaminasen, die von vierzig auf hundertachtzig beziehungsweise fast hundertfünfundachtzig hochgeschnellt waren, das Bilirubin von dreißig, dazu der Verdacht, die Blutgerinnung könne beeinträchtigt sein. »Wo liegt denn mein Fehler?« wollte ich gekränkt wissen. Aber Chischin winkte schon ungeduldig ab: »Bitte, ich bitte Sie, guter Freund, versuchen Sie mich bloß nicht zu überzeugen, denn ich bin ja längst überzeugt, bin direkt Ihr Verehrer.« Damit zwinkerte er mir und den neben ihm stehenden Schwestern zu und legte, in einer neuen indischen Geste, die mich in ihrer Gewieftheit verblüffte, die Hände ans Herz. »Bitte, fangen Sie nicht an, jetzt mit diesen Zahlen um sich zu werfen, von denen ich nie genau begriffen habe, was sie uns über den Leberzustand sagen. Dazu haben wir Professor Levin, der versteht was von der Leber, ich schneide sie nur auf«, erklärte er lachend und umarmte mich erneut. »Nein, Dr. Rubin, schade um die Energie, ich bin wirklich ein Verehrer von Ihnen, sonst hätte ich Sie nicht nach Indien geschickt, und ich freue mich, daß sich jetzt auch andere meiner Meinung angeschlossen haben.«

Ich wußte sofort, wen er meinte, und das Glücksgefühl war derart stark und abrupt, daß mir das Blut ins Gesicht schoß. Ich senkte die Augen und schwieg. Aber nun war Chischin entschlossen zu reden, faßte mich mit derselben Schnelligkeit, mit der er präzise und elegant den ersten Schnitt setzte, an der Schulter, schickte die Schwestern weg und führte mich in sein Büro, wo er die Tür schloß, mir einen Stuhl anbot und sagte: »Glauben Sie, ich wüßte nicht, womit Sie sich die ganze Zeit herumschlagen? Aber was soll man machen, wenn wir nur eine Assistentenstelle auf der Station frei haben und wählen müssen, wählen zwischen Ihnen beiden – eine sehr schwierige Wahl, denn Sie beide haben viele Vorzüge und nur wenige Nachteile. Auch Lasar und seine Frau haben schon gefragt, ob Sie Ihre Assistententätigkeit bei uns fortsetzen.« »Lasar und seine Frau? Warum seine Frau?« murmelte ich, aber der Gedanke, daß auch sie sich nach meiner Zukunft im Krankenhaus erkundigt hatte, erregte mich stark. »Warum haben Sie ihnen überhaupt von mir erzählt?« fragte ich scheinbar arglos. »Die beiden haben doch nachgefragt«, rechtfertigte sich Chischin. »Sie wollten wissen, welche Chance Sie auf unserer Station haben, und es tat ihnen sichtlich leid zu hören, daß ich nicht Sie gewählt habe. Aber da habe ich Lasar gesagt: ›Du wagst es, dich zu beschweren? Die Planstellen sind in deiner Hand; bewillige eine zusätzliche Stelle, und ich belasse ihn ein weiteres Jahr, obwohl‹«, er hob drohend den Finger, »›das eigentlich nicht genau der richtige Ort für ihn ist. Er wird mal ein ausgezeichneter Arzt, aber seine größten Fähigkeiten liegen in der Seele, nicht in den Händen. Nicht weil seine Hände nicht gut wären, sondern weil er gern zuviel nachdenkt, bevor er schneidet oder näht, und unterdessen vergeht die Zeit, und beim Operieren ist der Zeitfaktor nicht nur sehr teuer, sondern auch höchst riskant. Warum also unbedingt mit dem Messer spielen, wenn man anderswo sein Feingefühl, sein tiefes Verständnis, seine glänzenden Einfälle braucht.‹ Deshalb haben wir beide beschlossen, Ihretwegen mit Levin zu sprechen, weil auf seiner Station eine Vertretung für ein halbes Jahr frei wird. Also nehmen Sie die mal einstweilen, sehen Sie sich bei ihm um, und lernen Sie ein paar Dinge dazu. Wenn es Ihnen wirklich wichtig ist, können Sie ja immer noch jemanden finden, der Sie an den Operationstisch zurückholt. Aber reden Sie mit Levin um Gottes willen erst mal über diese Bluttransfusion, die Sie in Indien durchgeführt haben, damit er weiß, was Sie richtig und was falsch gemacht haben, und sich nicht unnötig aufregt. Er ist nämlich nicht gesund.«

Damit war also meine Stellung auf der Chirurgischen Station endgültig geklärt. Mir verblieben nur noch zwei Wochen bis zum Ablauf des Probejahrs, und ich versuchte, diese vierzehn Tage bestmöglich zu nutzen und keine Operation zu verpassen. Manchmal blieb ich abends nach Dienstschluß noch im Krankenhaus, nur um bei einer eventuell anfallenden Notoperation dabeisein zu können, denn ich spürte, daß mir mein erzwungener Abschied von der direkten Einsichtnahme in die Eingeweide des menschlichen Körpers künftig schwerfallen würde. Und jetzt, da ich kurz vor dem Ausscheiden stand, zeigten sich alle großzügig. Ab und zu durfte ich kleine Nähte selbst zu Ende führen oder sogar mal den ersten Schnitt setzen. Und ich tat es mit Erfolg, so dachte ich wenigstens. Oberärzte der Station, die von meinem bevorstehenden Weggang wußten, nickten wohlgefällig, und auch Chischin sagte dann: »Sehr gut, eine ausgezeichnete Naht, wie schade, daß Sie nicht bei uns bleiben« und zwinkerte mir zu. Aber zu einer wirklichen Aussprache kam es nicht mehr. Einmal, als wir im OP standen und auf die Laborbefunde warteten, bat er mich, ihm von Indien zu erzählen, doch ich antwortete bewußt trocken und oberflächlich, worauf er sich ernstlich gekränkt den Schwestern, die mit dem Abkochen der Instrumente beschäftigt waren, zuwandte: »Was sagt ihr zu Dr. Rubin? Wir haben ihn nach Indien geschickt, und er behält sämtliche Erlebnisse für sich. Wenn er wenigstens ein paar Fotos zeigen würde. Die Lasars waren gestern bei mir«, fuhr er in meine Richtung fort, »und haben geklagt, daß Sie bisher alle Bilder für sich behalten haben.«

Tatsächlich hütete ich immer noch alle Fotos, auch die privaten von Lasar und seiner Frau. Sie lagen bei mir auf dem kleinen Tisch am Bett, und oft guckte ich mir die beiden an, musterte ihre verschiedenen Zweierposen vor dem Taj Mahal; ich bereute es jetzt, das Grabmal wegen übertriebener Großzügigkeit verpaßt zu haben. Wieder und wieder betrachtete ich Gesicht, Figur und Körperhaltung dieser Frau, die auf jedem Bild ihr spontanes Lächeln zu bewahren wußte und die ich bei mir beharrlich »meine Geliebte« nannte. Ich wußte, wenn ich den Lasars ihre Fotos übergab, riskierte ich eine endgültige Trennung, und dabei schmiedete ich doch im Geist ständig Pläne zur Wiederaufnahme der Verbindung mit ihm, um von ihm zu ihr zu gelangen. Der Gedanke, mir insgeheim Bilder nachmachen zu lassen, auf denen sie allein zu sehen war, erschien mir unmoralisch, obwohl ich annahm, daß ich der Versuchung am Ende nicht würde widerstehen können, zumindest hinsichtlich eines Fotos nicht, auf dem sie im sonnenbraunen indischen Licht besonders reizend wirkte. Ich fragte mich, wie sie die Finanzangelegenheit zwischen uns regeln wollten. Würde es eine Sonderzuwendung geben? Anfang des Monats bekam ich vom Krankenhaus das volle Gehalt und sah auf der Abrechnung, daß dort keinerlei Urlaub oder Abweseneheit verzeichnet stand. Als hätte die Indienreise nur in der Phantasie stattgefunden. Hatte man in der Finanzabteilung insgeheim Anweisung vom Verwaltungsdirektor erhalten, meine Abwesenheit zu ignorieren, oder einfach gar nichts davon erfahren? Vorerst fragte ich nicht bei Lasar nach, um ihn nicht an den Lohn erinnern zu müssen, den seine Frau mir am Vorabend der Abreise am Telefon versprochen hatte. Auch der Rucksack mit der medizinischen Ausrüstung stand noch bei mir zu Hause, und ein paar Tage lang war ich unschlüssig, was ich damit machen sollte. Ich dachte kurz daran, ihn als eine Art Entschädigung für meine Mühe zu behalten, befürchtete aber, Chefapotheker Dr. Hessing, der ihn so sorgfältig und liebevoll zusammengestellt hatte, könnte immer noch darauf warten. Am Ende beschloß ich, ihm ihn persönlich zurückzubringen, doch zu meiner Überraschung war der Apotheker enttäuscht, daß ich den Rucksack aus Indien wieder mit zurückgeschleppt hatte, statt ihn, seinem Rat folgend, dort zu spenden. »Bis zum letzten Moment befanden wir uns im Alarmzustand, so daß ich nicht wußte, ob ich ihn noch brauchen würde«, erklärte ich, »und als wir schon auf dem Flughafen waren, hatte es keinen Sinn, ihn mitten in der Abfertigungshalle stehenzulassen.« »Ich hätte einfach das Wort Israel und den Namen unseres Krankenhauses darauf geschrieben und ihn einem Polizisten dort übergeben«, sagte der Apotheker traurig. Er leerte den Rucksack, warf sämtliche Medikamente und Verbandspäckchen unbesehen weg und legte die Geräte in einen alten Karton. Ich hatte ihm noch ein gutes Wort über seine wunderbare Umsicht und Einfallsgabe bei der Zusammenstelllung des Rucksacks sagen und ihm erzählen wollen, welchen Nutzen ich davon gemacht hatte, aber er nickte mir schon leicht vergrimmt zu, als hätte ich seine gute Absicht vereitelt, unsere Reise zu einer privaten menschlichen Geste gegenüber den wahrhaft Leidenden zu nutzen.

Nun nahm ich mir fest vor, Lasar die Fotos zu übergeben, und aufgrund der anständigen Erziehung, die ich im Elternhaus genossen hatte, unterließ ich es im letzten Moment, mir auch nur ein einziges der Bilder abziehen zu lassen, auf denen sie allein zu sehen war, und begnügte mich statt dessen mit den Familienschnappschüssen aus größerem Abstand, die ich in Buddh Gaya aufgenommen hatte. Wenn ich mich von dem Gedanken an diese Frau frei machen muß, dann je früher, desto besser, warnte ich mich selber, und so ein gelungenes, scharfes Bild wie das, auf dem sie dasteht und lächelt – wenn hier auch nur ganz leicht –, während hinter ihrem Kopf auf wundersame Weise das gesamte Taj Mahal in rosig glänzendem Licht schwebt, würde die gewünschte Loslösung nur verzögern. Denn obwohl ich sie nun schon seit drei Wochen nicht mehr gesehen hatte, gab es ständig neue Dinge, die meine Gefühle verwirrten. Wie zum Beispiel Chischins beiläufige Bemerkung, nicht nur Lasar, sondern auch seine Frau hätten sich für meine Zukunft im Krankenhaus interessiert, oder auf einmal der törichte, aber hartnäckige Verdacht, Chischin sei insgeheim genauso verliebt in sie wie ich. So ging ich an einem meiner letzten Arbeitstage auf der Chirurgie um die Mittagszeit zum Verwaltungsflügel, um Lasar die Fotos zu bringen, mich nach dem Befinden »meiner« Patientin zu erkundigen und ihm bei dieser Gelegenheit auch Grüße an seine Frau aufzutragen. Doch die Sekretärin, die mich sofort erkannte, sogar meinen Namen behalten hatte und mich mit echter Herzlichkeit empfing, erklärte mir bedauernd, Lasar habe das Büro gerade eben zur Mittagspause verlassen. Sofort eilte ich im weißen Kittel davon, um Lasar noch zu erwischen – oder richtiger: ihm nachzustellen.

Denn ich war sicher, er würde diejenige abholen, die ich im stillen »meine Geliebte« nannte. Er sorgt dafür, daß sie nicht allein bleibt, dachte ich beklommen, aber auch voll leidenschaftlichem Verlangen nach ihr, das meine Schritte beflügelte und die Sinne schärfte, so daß es mir alsbald gelang, in der zum Krankenhausparkplatz strömenden Menge von fern den großen Kopf mit der grauen Wuschelmähne zu entdekken. Ich streifte den Arztkittel noch im Gehen ab, stopfte ihn in den schwarzen Kasten meines Motorrads, nahm den Helm heraus, setzte ihn hastig auf und startete die Maschine entschlossen, obwohl ich meine Lederjacke nicht dabeihatte und es draußen ziemlich kalt war. Da ich das Modell seines Wagens kannte – während der ermüdenden Bahnfahrt von Neu-Delhi nach Varanasi hatten wir uns sogar ein wenig darüber unterhalten –, konnte ich ihn beim Ausbiegen aus dem für ihn reservierten Parkplatz erkennen und ihm nachfahren. Aus Kinofilmen wußte ich bereits, wie sehr sich ein Motorrad zur Verfolgung eines Autos eignete, aber ich hatte nicht an die völlige Überlegenheit gedacht, die der Motorradfahrer, durch seinen Helm getarnt, bei fast intimer Annäherung an den Verfolgten besitzt. Es war ein Uhr mittags, als sich der Wagen, von Lasar sicher gelenkt, geschickt durch den Verkehr schlängelte und eilig dem Stadtzentrum zustrebte, mit Kurs auf die Straße, in der Lasars Frau ihr Büro hatte. Dort fand Lasar keinen Parkplatz, mußte deshalb auf dem Bürgersteig halten, einen Ladenbesitzer um Verzeihung bitten und im Auto auf sie warten. Nach ein paar Minuten, die auch mir endlos schienen, kam sie herunter, während ich in einiger Entfernung auf dem Motorrad saß und feiner Sprühregen mich langsam durchnäßte. Und als ich sie dann heraneilen sah, auf hohen Absätzen, in einem Rock, der vielleicht ein wenig kurz für ihr Alter war – sie ging auf die Fünfzig zu –, und in der samtblauen Tunika, die sie nach Indien mitgenommen, aber nicht viel getragen hatte, das füllige Gesicht lachend, ein Bündel Akten unter den drallen Arm geklemmt, erpicht, selbst für das kurze Stück von der Bürotür zum Auto den Schirm aufzuspannen – da begriff ich, daß ich mich nicht geirrt hatte und keiner Einbildung erlegen, sondern wirklich verliebt war, unpassenderweise zwar und ohne Aussicht, aber doch schon mit tiefempfundenem Schmerz.

Eigentlich hätte ich jetzt ja die Verfolgung abbrechen können – vom Motorrad absteigen, in einen Hauseingang treten, dort warten, bis der Regen aufhörte, und dann ins Krankenhaus zurückkehren; oder umgekehrt, wie zufällig zu ihnen hingehen, ihnen nebenbei den Umschlag mit den Fotos übergeben, ein paar Worte sagen, die ein Versprechen für die Zukunft enthielten, und mich davonmachen. Aber statt dessen blieb ich – in meiner leichten Jacke und durch den Helm getarnt – auf dem Motorrad sitzen und wartete, daß sie losfuhren, um ihnen weiter auf der Spur zu bleiben, diesmal allerdings in größerem Abstand, denn ich fürchtete Doris freischweifende Blicke im Spiegel neben sich und ihre menschliche Neugier. So fuhr ich ihnen nach, sah den Wagen vor der Konditorei halten, die sie betrat und rasch wieder verließ, in der Hand eine rechteckige weiße Schachtel mit bläulicher Schleife, die mich an den Schuhkarton erinnerte, den ich in Rom auf dem Flughafen bereitwillig in meinen

Koffer gesteckt hatte. Dann ging es, offenbar nach einer Debatte, weiter zu einem Obst- und Gemüsestand, und unter der Markise kam ein junger Araber hervor, der randvolle Plastikbeutel ins Auto lud. Sie pflegen immer noch ihre runden Bäuche, dachte ich, doch obwohl ich schon regendurchnäßt war, ließ ich nicht von ihnen ab, denn ich wollte mit eigenen Augen sehen, wie sie zu Hause in der Chen-Allee ankamen, ausstiegen, einander beim Tragen der Plastiktüten halfen und durch die große Glastür verschwanden. Dann bleibt sie also in der Mittagspause nicht allein, dachte ich, innerlich irgendwie beruhigt.

Doch an jenem Tag übergab ich die Bilder nicht mehr, obwohl Lasar um vier Uhr nachmittags in sein Büro zurückkehrte. Und auch am folgenden Tag brachte ich sie ihm nicht, sondern hängte mich wieder an seine Fersen, um zu sehen, ob er auch diesmal darauf achtete, seine Frau in der Mittagspause nicht allein zu lassen. Da es in Strömen goß, hatte sie auf Rock und Stöckel verzichtet und Stiefel, anliegende Hosen und ein schwarzes Cape angezogen, das ihr plötzlich ein anderes Profil verlieh. Wie soll das denn bloß enden? rügte ich mich verzweifelt selber, als die beiden in ihrer Haustür verschwunden waren und ich klatschnaß im Krankenhaus ankam. Es war mein letzter Arbeitstag auf der Chirurgischen Station, und da noch immer nichts mit Profesor Levin vereinbart war, der schon seit zwei Wochen wegen einer mysteriösen Krankheit bei der Arbeit fehlte, hatte ich, vielleicht zum erstenmal im Leben, das Gefühl, in der Luft zu schweben, ohne Patron und ohne festen Rahmen. Deshalb beschloß ich, Lasar nachmittags bei seiner Rückkehr im Büro aufzusuchen, ihm die Bilder auszuhändigen und ein, zwei Fragen über die Rechte einer Aushilfskraft zu stellen. Doch diesmal fiel es der Sekretärin, Frau Kolby, bei aller Freundlichkeit schwer, in dem gedrängten Nachmittagsterminplan einen freien Moment zu finden. Erst als ich bei einbrechender Dunkelheit – das Abendessen war bereits ausgeteilt – zu einer privaten Abschiedsvisite zwischen den Patienten auf der Station herumlief, ohne irgend jemandem zu sagen, daß dies mein endgültiger Abschied war, damit sie sich nicht etwa betrogen und verlassen fühlten in der langen, schweren Nacht, die sie erwartete, rief die Sekretärin auf der Station an und ließ mich suchen, um mir mitzuteilen, daß Lasar endlich alle anberaumten Termine erledigt habe und mich mit großer Freude erwarte.

Wieder stand ich also in dem großen schönen Raum, der mit seinen ausladenden Kübelpflanzen in den Ecken und den geblümten Vorhängen an den Fenstern jetzt zu dieser späten Abendstunde ganz anders als alle Arztzimmer des Krankenhauses wirkte – eher wie ein gutbürgerliches Idyll, geschützt vor allen Krankheiten, Gerüchen, Medikamenten und Untersuchungsgeräten und fern jeglicher Formulare und Krankenblätter, als sei dies nicht die Führungszentrale des Krankenhauses, sondern eine Zuflucht vor ihm. Lasar saß an seinem riesigen Tisch, den Wuschelkopf, der mir als praktischer Wegweiser zwischen den Köpfen der indischen Massen gedient hatte, gegen die hohe Rückenlehne seines Managerstuhls wippend, und war in eine lebhafte Unterhaltung mit seiner treuen Sekretärin, der fünfunddreißigjährigen Frau Kolby vertieft, die neben ihm stand. »Sie!« rief er in scherzhaftem Tadel. »Na endlich! Wohin waren Sie denn verschwunden?« »Verschwunden?« wiederholte ich, verwundert lächelnd, denn mir war es in diesen drei Wochen vorgekommen, als wären er und seine Frau Tag und Nacht bei mir gewesen. »Wieso verschwunden? Ich bin die ganze Zeit hier, im Krankenhaus.« Daß Sie hier sind, weiß ich«, antwortete er mit echter Freundlichkeit, »aber Sie waren verschwunden. Dori dachte schon, Sie seien wegen irgendwas beleidigt, denn seit unserem Abschied auf dem Flughafen haben Sie kein Lebenszeichen von sich gegeben.« »Ich habe doch einmal abends angerufen«, rechtfertigte ich mich, voller Freude über diesen neuen Beweis ihrer Beachtung. »Hat Enat denn nichts davon erzählt? Sie sagte, Chischin und Professor Levin hätten sie bereits gesehen, und deswegen dachte ich, daß ich mir keine Sorgen mehr zu machen brauchte.« »Sorgen müssen Sie sich immer machen«, sagte Lasar herzlich lachend, »aber ich meine nicht Enati, obwohl sie noch nicht wieder ganz gesund ist, und Levin, der sie zu weiteren Untersuchungen auf seine Station legen wollte, ja selber krank geworden ist. Nein, ich meine, Sie sollten für sich selbst sorgen, denn wir haben ja noch Angelegenheiten miteinander zu erledigen.« »Angelegenheiten?« fragte ich scheinbar harmlos. Er faltete die Hände auf dem Tisch und blickte mich gerade an: »Das Honorar, das Ihnen für die Reise mit uns zusteht.« »Honorar ist nicht nötig«, fiel ich ihm sofort ins Wort und senkte die Augen, damit er meinen leisen Zweifel nicht merken sollte, aber Lasar versuchte zu beharren. »Kein Honorar und keine Entlohnung«, wiederholte ich energisch und blickte in die wachen, durchdringenden Augen seiner Sekretärin, die immer noch neben ihm stand. »Die Reise selbst war Lohn genug.« Dabei verspürte ich allerdings einige Bedrückung, nicht nur wegen des Honorars, auf das ich endgültig verzichtet hatte, sondern auch wegen der zu kurz und flüchtig ausgefallenen Reise. »Ich bin nur gekommen, um Ihnen dies hier zu bringen«, fuhr ich mit matter Stimme fort und streckte ihm den Umschlag hin. »Ach, unsere Bilder«, erkannte er freudig, schnappte mir den Umschlag aus der Hand, zog die Fotos heraus, sah sie rasch durch und gab sie sofort lächelnd der Sekretärin, die sie ehrfürchtig entgegennahm und ebenso langsam wie interessiert beguckte. »Dori ist immer fotogen«, sagte sie mit familiärer Intimität. »Ja«, stimmte Lasar leicht seufzend zu. »Das kommt, weil sie innerlich ruhig ist, nicht so wie ich. Dadurch werden die Konturen immer scharf und klar.« Damit nickte er mir zu, als wollte er sich dafür entschuldigen, daß er seine Frau vor Fremden hatte loben müssen. »Aber wieviel schulde ich Ihnen denn für die Bilder?« fragte er und zückte die Brieftasche. »Nein, Unsinn«, rief ich erschrocken. »Wieso Unsinn?« protestierte er vehement. »Sie können hier doch nicht auf alles verzichten. Sagen Sie, was sie gekostet haben, sonst nehme ich sie nicht.« Er zog einen Fünfziger heraus und legte ihn auf den Tisch. Jetzt tat es mir im Herzen leid, daß ich mich von den Fotos trennen mußte. Trotzdem schüttelte ich heftig den Kopf und erklärte ihm, meine Eltern hätten die zwei Filme entwickeln lassen. »Es ist eigentlich ein Geschenk der beiden für Sie beide.« Das bewog ihn endlich, auf die Bezahlung zu verzichten. »Ein Geschenk Ihrer Eltern?« wiederholte er, Bestätigung heischend. »Dann vergessen Sie nicht, Ihnen Dank auszurichten.« Damit steckte er den Schein eilig wieder weg und wandte sich an die Sekretärin: »Sie wird sich darüber freuen, mag ja gern Fotos, und so bleibt vielleicht irgendeine Erinnerung an diese Tour, die wir, glauben Sie mir, schon ganz vergessen haben.« Nun blickte er auf die Uhr und sagte überrascht: »Aber sie müßte doch schon hier sein.« Und als er mich langsam der Tür zustreben sah, vielleicht auch intuitiv meine innere Erregung spürte, stand er auf, um mich zu stoppen: »Warten Sie ein bißchen und sagen Sie ihr guten Abend. Sie hat nach Ihnen gefragt.« Ich blickte auf die Uhr: Viertel nach sieben. Meine letzte Arbeitsstunde auf der Chirurgischen Station war bereits abgelaufen. »Ich weiß nicht«, sagte ich zögernd, »ich muß noch auf die Station zurück.« »Auf die Station?« fragte Lasar verblüfft. »Heute ist doch Ihr letzter Tag.« »Auch das wissen Sie?« rief ich mit echter Bewunderung. »Auch kleinere und unwichtigere Dinge als das«, sagte Lasar seufzend und schloß rechtschaffen müde die Augen, »dazu bin ich hier. Und ich weiß zum Beispiel auch, daß Professor Levin Sie vielleicht bis Juni als Aushilfskraft beschäftigen wird.« »Bis Juli«, versuchte ich matt zu verbessern. »Nein, nur bis Juni«, erklärte er nachdrücklich. »Die Stelle ist nur bis Juni vakant. Aber egal, Juni, Juli, dann sehen wir weiter. Erstmal warten wir auf seine Genesung, denn er besteht auf einer kleinen Klärung mit Ihnen.« »Klärung?« hauchte ich. »Eine Kleinigkeit«, sagte Lasar wegwerfend. »Hat Chischin Ihnen nichts davon erzählt? Die Bluttransfusion, die Sie Enati gemacht haben, sorgt ihn.« »Ja, hab schon gehört, aber ich weiß nicht, was ihm daran Sorgen bereitet.« »Ich begreife auch nicht, was er meint. Auch Chischin hat's nicht begriffen. Reden Sie halt selbst mit ihm, und erklären Sie ihm genau, was Sie damit beabsichtigt haben. Er ist ein redlicher Mann, aber ungeduldig.« »Woran ist er jetzt erkrankt?« fragte ich. »An irgendwas«, antwortete Lasar und lächelte still vor sich hin. »Aber woran denn genau?« ließ ich nicht locker, denn ich brannte nun förmlich vor Neugierde, das Geheimnis um die Erkrankung meines künftigen Arbeitgebers zu erfahren. Lasar wechselte einen Blick mit seiner Sekretärin, die offenbar in Levins Krankengeheimnis eingeweiht war, Lasar jedoch mit den Augen warnte, es ja nicht preiszugeben. »Egal, unwichtig«, er wedelte mit der Hand, um mich zum Schweigen zu bringen, und neigte auf einmal den Kopf in tief angestrengtem Lauschen: »Da kommt Dori, ich höre schon ihre Schritte.« Aber weder ich noch die Sekretärin, die den Kopf ein wenig schräg legte, um besser zu hören, konnten Schritte wahrnehmen – im Gegenteil, die Stille in allen Zimmern des Flügels schien nur zugenommen zu haben. Doch Lasar blieb stur dabei, von fern ihre Schritte zu hören – kraft ihrer wechselseitigen Liebe, kraft des starken Bandes zwischen ihnen, das mich während unserer gemeinsamen Reise verwirrt und erregt hatte. Tatsächlich erklang schließlich das Geräusch von Schritten, weich, aber selbstbewußt, und ich stellte glückselig fest, daß auch ich sie wiedererkannte. Sie zögerten ein wenig an der Tür des Nebenzimmers, wurden dann forscher vor der Bürotür ihres Mannes, die sie sanft, aber ohne Zögern öffnete, ihr herzliches Lächeln auf den Zügen, und schon kam sie unter leicht geziertem Nachziehen des linken Fußes herein, erstaunt, mich zu sehen, begrüßte aber erst mal die Sekretärin mit herzlicher Umarmung und Küßchen, bevor sie sich mir zuwandte und verblüfft in der Formulierung ihres Mannes und mit demselben leichten Tadel in der Stimme fragte: »Ja, was ist denn mit Ihnen? Wohin waren Sie verschwunden?«

»Wohin warst *du* denn verschwunden?« schnitt Lasar ihr ehrlich erbost das Wort ab. »Warum hast du dich so lange aufgehalten? Du wolltest um sechs Uhr hiersein, und nun ist es schon zwanzig nach sieben.« »Kein Unglück«, ihr molliges Gesicht füllte sich mit sanftem Lächeln. »Sag bloß nicht, du hättest hier unterdessen nichts zu tun gehabt.« »Darum geht es nicht«, schnauzte er, freute sich jedoch auch sichtlich über ihre Antwort und stand auf, um seine Sachen zu nehmen.

»Morgen habe ich einen verrückten Tag. Aber guck dir mal an, was für ein hübsches Geschenk wir hier bekommen haben.« Damit reichte er ihr die Bilder, die sie ihm mit einem kindlichen Bewunderungsschrei aus der Hand riß, worauf sie das Cape abwarf und – mich immer noch nicht direkt anblikkend – aufgeregt sagte: »Und ich dachte schon, wir hätten die Bilder versehentlich überbelichtet.« Sofort spannte sie ihren Schirm in einer Zimmerecke zum Trocknen auf, setzte sich in aller Ruhe auf einen Sessel zwischen den beiden großen Topfpflanzen, nahm die Brille ab, um Bild für Bild genauer angukken zu können, und akzeptierte unterdessen freudig das Angebot der Sekretärin, ein Glas Tee zu trinken, das Lasar mit der Behauptung, sie müßten eilig nach Hause, vergebens abzulehnen versuchte, worauf seine Frau flehte: »Moment, mir ist sterbenskalt.« Und die Sekretärin, die ihr gern zu dienen schien, wandte sich nun höflich an mich mit der Frage, ob ich mich auch anschließen wolle, und obwohl ich zögernd dastand, schon mit einem Bein draußen, bereit und im tiefsten Herzen vielleicht auch gewillt, mich jeden Augenblick abzusetzen, konnte ich nicht nein sagen, spürte nun vielmehr mit einem Schlag die ganze Wucht des hypnotisierenden Mysteriums, das mich an diese mollige ältere Frau fesselte, die da plump in ihrer warmen Kleidung saß – das sommersprossige Gesicht glühend, die hochgesteckte Frisur wieder ein wenig in Auflösung begriffen, die übereinandergeschlagenen Beine durch die schwarzen Stiefel noch länger wirkend – und offensichtlich vergnügt und zuweilen leise auflachend die Aufnahmen von sich und ihrem Mann auf der Reise betrachtete, die seinen Worten zufolge ihnen schon fast aus dem Gedächtnis geschwunden war.

Die flinke Sekretärin, die keinen Ring am Finger trug und vermutlich noch ledig war, kehrte bereits zurück, in den Händen ein Tablett mit drei Tassen Tee und ein paar Stück Sahnetore, die von einer privaten Feier im Verwaltungsflügel übriggeblieben waren, und Lasars Frau dankte ihr in ihrer typischen überschwenglichen Art: »Sie sind meine Rettung, ich bin völlig ausgedörrt, den ganzen Nachmittag war ich mit meiner Mutter unterwegs, um Angelegenheiten für das Altersheim zu erledigen.« »Ihre Mutter geht ins Altersheim?« fragte die Sekretärin verwundert. »Warum das denn? Ich habe sie vor einem Monat im Café getroffen, sie sah großartig aus.« »Ja«, sagte Dori erfreut, als sei sie unmittelbar verantwortlich für das blendende Aussehen ihrer Mutter. »Es geht ihr gut, sie kommt allein zurecht, aber als wir in Indien waren, hat man ihr mitgeteilt, es sei ein Platz in dem Altersheim frei geworden, in dem sie sich vor Jahren angemeldet hatte, wir hatten's fast vergessen, weil in diesem Altersheim anscheinend keiner stirbt, und obwohl sie selbständig ist und weiter allein in ihrer Wohnung leben könnte, möchte sie den frei gewordenen Platz nicht verlieren. Was kann man machen? Man muß den Willen der alten Leute respektieren.« Dabei wandte sie mir das Gesicht zu, scheinbar überrascht von meiner leisen Anwesenheit, während ich so dastand und die leere Teetasse mit den Fingern umklammert hielt. Sie schenkte mir ein flinkes Lächeln, bei dem leichte Röte mitzublitzen schien, und wiederholte in dem fast intimen Ton, der mir aus den letzten Tagen unserer Reise vertraut schien, die Frage, die ich noch nicht beantwortet hatte: »Also, was ist mit Ihnen?« Und als sie sah, daß ich nach einer Antwort suchte und nicht recht zu wissen schien, worauf sie hinauswollte, fragte sie freundlich weiter: »Haben Sie sich schon von unserer Reise erholt?« Doch trotz meiner Genugtuung über das Wort »unsere«, gelang es mir immer noch nicht, eine charmante Antwort zu finden, weshalb ich nur unbeholfen stammelte: »In welcher Hinsicht?« »In welcher Hinsicht?« wiederholte sie meine Worte, gelangweilt von meiner Begriffsstutzigkeit. »Was weiß ich? Sie haben zum Schluß ein bißchen traurig und deprimiert gewirkt.« »Deprimiert?« flüsterte ich erstaunt und ein wenig gekränkt darüber, daß ich für sie trotz meiner geheimen Verliebtheit nicht Wärme, sondern Trübsal ausgestrahlt hatte, aber immer noch von Herzen froh, daß meine Stimmungslagen sie beschäftigten. »Traurig?« sagte ich und lächelte sie leicht ironisch an. »Wieso traurig?« Doch sie blieb beharrlich, überrascht, daß ich es ableugnete, und suchte mit den Augen sofort Bestätigung heischend ihren Mann. Aber der war schon ungeduldig über das viele Gerede, und nachdem er den Tisch von Papieren und Akten geräumt und die Tasche nervös zugeklickt hatte, stand er auf, knipste demonstrativ die Schreibtischlampe aus und beäugte mit offener Feindseligkeit seine Frau, die in aller Ruhe genüßlich ihr Stück Sahnetorte weiteraß. »Wir dachten, Sie wären traurig, weil man Ihnen den Platz auf Chischins Station weggenommen hat.« Lasar, der sich bereits eine Regenjacke in Militärfarbe überzog und sich mit forschem Griff eine komische Fellmütze auf den Kopf stülpte, platzte dazwischen: »Mach dir keine Sorgen, wir haben für ihn eine Stelle bei Levin gefunden, wenigstens für einige Zeit.« »Auf der Inneren Station?« erwiderte seine Frau freudig erregt und wandte sich mir zu: »Dann sind Sie zufrieden?« »Ja«, antwortete Lasar an meiner Stelle. »Warum sollte er nicht zufrieden sein? Du hast doch selbst gehört, was Chischin dauernd von ihm sagt: ›Das ist ein Internist, und dort kann er auch was nützen.‹« Und als er seine Frau weiter gemächlich an ihrer Teetasse nuckeln sah, sagte er ungeduldig: »Los, Dori, du hast genug getrunken, wir müssen nach Hause.«

Aber sie sog langsam die letzten Tropfen aus der Teetasse, als wolle sie uns allen ihre innere Unabhängigkeit demonstrieren, zum Zeichen, daß sie sehr wohl mit sich zufrieden sein und ihre Umwelt beherrschen konnte, solange sie nur nicht allein war. Schließlich stand sie gemächlich auf, hängte sich lässig das lange schwarze Cape um, zog ein blaues Tuch aus der Tasche und danach ein Papier, das sie der Sekretärin hinhielt, die zwischen ihrer natürlichen Loyalität zu Lasar und ihrer geheimen Bewunderung für seine Frau zu schwanken schien. Dori lächelte sie freundschaftlich an und fragte: »Meinen Sie, ich kann dieses Formular für Professor Levin bei Ihnen lassen? Es ist ein ärztliches Attest, das für Mutters Altersheim ausgestellt werden muß. Ich werde ihn heute abend noch anrufen und ihm alles erklären.« »Das wird warten müssen«, fiel ihr Lasar mit versteckter Schadenfreude ins Wort, »Levin ist weg, krank.« »Levin ist schon wieder krank?« rief seine Frau, wobei ich dem leicht erschrockenen Unterton in ihrer Stimme entnahm, daß sie in das Geheimnis seiner Krankheit eingeweiht war. »Was sollen wir denn dann machen? Das Attest muß schon übermorgen abgegeben werden.« »Macht nichts«, sagte Lasar bestimmt. »Soll deine Mutter halt mal zum Kassenarzt gehen, sie zahlt dort für nichts und wieder nichts ihre Beiträge und nimmt die Leistungen nie in Anspruch.« »Wieso Kassenarzt?« wehrte seine Frau leicht verärgert ab und wandte sich dann hilfesuchend an die Sekretärin: »Wie soll sie plötzlich allein zur Poliklinik laufen, und an wen soll sie sich da wenden? Sie hat schon Jahre lang keine Verbindung mehr zu irgendeinem Arzt dort.« Aber Lasar wirkte zu müde, um sich am Ende eines harten Arbeitstages noch mit derlei Problemen herumzuschlagen; er klappte den Schirm seiner Frau zusammen, sammelte die leeren Teetassen ein und stellte sie aufs Tablett, stopfte sich unterdessen den Rest Sahnetorte, den seine Frau auf dem Teller gelassen hatte, in den Mund und strebte der Zimmertür zu, an der ich stand und auf eine Gelegenheit wartete, mich von ihnen zu verabschieden. »Vielleicht gibt es einen anderen Arzt auf der Inneren Station, der es an Levins Stelle tun könnte?« äußerte die Sekretärin vorsichtig. »Ich kann niemand andern bitten«, schnauzte Lasar sie an. »Es ist nicht mein Privatkrankenhaus, und die Ärzte sind nicht meine Dienstboten. Levin ist ein persönlicher Freund, der ihre Mutter deshalb aus Gefälligkeit behandelt. Macht gar nichts«, wandte er sich, immer noch leicht giftig, wieder seiner Frau zu, »soll deine Mutter mal zur Poliklinik gehen, das wird sie nicht umbringen.« Damit schaltete er das Licht in seinem Zimmer aus, obwohl die beiden Frauen noch drinnen waren; und ich, bereits in den erleuchteten Sekretariatsraum vorausgegangen, sah jetzt den dicken Schatten an der Wand, gefangen zwischen den großen Blätterschatten der beiden Kübelpflanzen, und erneut stockte mir das Herz ob des unbegreiflichen Hingezogenseins, während ich noch zögernd auf den richtigen Moment wartete, mich von den beiden zu lösen, ohne daß es ein endgültiger Abschied wurde. Sie passierten jetzt die sämtlich erleuchteten Sekretariatsstuben, gingen zwischen grauverhüllten Computern und Schreibmaschinen hindurch, und ich wartete höflich, um ihr den Vortritt zu lassen, wobei ich zu meiner Überraschung den vertrauten herbsüßen Duft des Parfums wahrnahm, das sie bei unserer Ankuft in Neu-Delhi auf dem Flughafen gekauft und Lasar und mich hatte begutachten lassen. Sie lauschte jetzt irgendeiner langen, verschlungenen, Lasar anscheinend schon vom Vormittag bekannten Privatgeschichte der Sekretärin, und ich tappte ihnen nach – ein junger Arzt, dessen Stellung im Krankenhaus zwar gesunken war, aber der wegen der gemeinsamen Reise nach Indien doch noch als entfernter Freund der Familie galt, wenn auch nicht in den Augen von Lasars ergebener Sekretärin, der es zum Beispiel gar nicht eingefallen war, mich anstelle von Professor Levin vorzuschlagen und der netten Großmutter dadurch die Mühe zu ersparen, am nächsten Tag im strömenden Regen zur Poliklinik zu laufen und dort stundenlang zu warten, um irgendeinem unflexiblen Arztbürokraten ein Attest zu entlocken. Deshalb pochte mir nun, als wir schon beim Abschied auf dem Flur standen, plötzlich das Herz vor Glück bei dem Gedanken, ich könnte mich ihnen selbst als approbierter Arzt erbieten und so einen dünnen Faden – ich wußte ja, daß es alles nur höchst feine Fäden waren – um diese unmögliche Frau winden.

Und tatsächlich, gerade als ich mich auf dem dämmrigen Hauptkorridor von ihnen verabschieden wollte, hielt ich im letzten Moment inne und bot ihnen in schlichten Worten meine ärztliche Hilfe beim Ausstellen des Attests an, das fürs Altersheim benötigt wurde. Ich sah ihre Augen strahlen, aber sie schwieg, wartete, daß Lasar zuerst reagieren sollte, worauf er anfangs wohl Bedenken hatte, erneut für eine Gefälligkeit in meine Schuld zu geraten, mich dann jedoch um die Schulter faßte: »Wirklich? Das ist eine ausgezeichnete Idee. Sie haben morgen ja auch Zeit«, aber sogleich fügte er der ausgezeichneten Idee energisch die Bedingung an, diesmal ein richtiges Honorar für meine Dienste zu nehmen, nicht wie bei der Indienreise, die zum Schluß geschenkt gewesen sei. Darüber war seine Frau sehr erstaunt: »Wie kommt es denn, daß wir ihm nichts bezahlt haben?« wandte sie sich aufgebracht an Lasar. »Weil er nichts annehmen will«, gab Lasar ärgerlich zurück. »Hier, sagen Sie's ihr selbst.« »Das geht doch nicht«, fuhr sie fort, als könnte sie jeden Augenblick einen jener Wutanfälle bekommen, zu denen sie, wie ich bereits wußte, durchaus fähig war. »Das geht nicht, Lasar«, sagte sie erneut, »es kann doch unmöglich alles auf Kosten seines Urlaubs gehen.« »Das ist nicht auf Kosten seines Urlaubs«, gab Lasar sichtlich verlegen zurück. »Noch ist alles so registriert, als wäre er in diesen Tagen im Krankenhaus gewesen. Vorerst. Bis wir sehen, was zu tun ist.« »Aber das ist doch unmöglich«, rügte sie ihren Mann, »und gesetzwidrig obendrein.« Doch plötzlich beugte ich mich, belustigt und erregt von dem stürmischen Wortwechsel, freimütig zu ihr herab und sah ihr im gelblichen Flurlicht durch die Brillengläser geradewegs in die braunen Augen, um die ihr mechanisches Lächeln viele kleine Fältchen eingegraben hatte. »Frau Rechtsanwältin«, sagte ich in einem neuen humoristisch-intimen Ton, der gewiß auch die beiden überraschte. »Was soll hier gesetzwidrig sein? Die Freundschaft? Hier«, ich ergriff fest die schmale Hand der Sekretärin, die hoch zufrieden über meine plötzliche Heiterkeit zu sein schien, »sie hier kann vor jeder Untersuchungskommission bezeugen, daß ich nicht nur keinerlei Vergünstigungen vom Direktor oder seiner Frau erhalten habe, sondern im Gegenteil auch keine Verlängerung meiner Stelle auf der Chirurgie; sie lassen mich gerade eben mal, zeitlich begrenzt, als Vertretung auf der Inneren Station einspringen. Nun seien Sie nicht derart kleinlich«, tadelte ich die Lasars, zog einen kleinen Rezeptblock aus der Kitteltasche, schrieb meine Telefonnummer darauf – vielleicht hatten sie sie ja verloren oder absichtlich weggeworfen –, ließ mir Anschrift und Telefonnummer der Großmutter geben und verabredete mit ihnen, früh am nächsten Morgen den Termin für meine Visite festzulegen. »Ich werde versuchen, ebenfalls dort zu sein«, versprach Lasars Frau. »Sehr wünschenswert«, antwortete ich sofort. Erneut dankten sie mir wärmstens, und schon traten sie, eingemummelt wie zwei plumpe Bären, nacheinander durch die Drehtür auf den hellerleuchteten, von dichtem Regen überströmten Vorplatz hinaus.

Jetzt habe ich wieder einen neuen Faden in der Hand, dachte ich voll Genugtuung, zur Verstärkung des indischen Fadens, der sich schon gelockert hat und bald ganz abgerissen wäre. Denn jetzt, da man mir das Messer aus der Hand genommen hatte und ich notgedrungen zum Internisten wurde, konnte ich auch eine Art Hausarzt für die Familie werden, mich um Angina, Blutdruck, Hitzewallungen und mysteriöse Bauchschmerzen kümmern – vielleicht sogar bei Übergewicht beraten – und dabei auch, nur in Gedanken, das sonderbare Verliebtheitsfieber in meinem Innern ein wenig befriedigen, bis es, wie ich sicher annahm, von selbst abklingen würde. Denn jetzt, als sie mir aus den Augen entschwand – ein rundlicher kleiner Teddybär, bemüht, den Schirm über ihren Mann zu halten, der eilig dem Auto zustrebte –, spürte ich erneut dieses seltsame Sehnen. Empfand ich letzten Endes auch simples Verlangen nach ihr? Ja, da war Verlangen, aber es war weder simpel noch direkt, denn ich wollte sie in der Phantasie nicht etwa ausziehen, wozu ja auch kein Grund mehr bestand, weil ich längst schon eine – zwar verschwommene, aber höchst befriedigende – intime Vorstellung von ihrem Körper besaß, die nicht nur durch die zwangsläufige Nähe während der Reise entstanden war, sondern schon in dem großen Schlafzimmer bei ihnen zu Hause, als sie darauf bestanden hatte, sich ebenfalls die beiden Impfseren spritzen zu lassen, die ich vom Gesundheitsamt mitgebracht hatte, und zur Entblößung der Arme gezwungen war, ihren schwarzen Overall abzustreifen, wonach sie verschämt lächelnd nur im Büstenhalter dasaß, in dem sich, wie ich flüchtig sah, zwei große, aber reine Brüste drängten, gepünktelt mit ein paar überdurchschnittlich großen Leberflecken – mehr noch als die Brüste selbst, stellte ich mir immer wieder diese sattbraunen

Flecken vor, wenn mich das Verlangen befiel, von ihrem innersten Wesen verschlungen zu werden.

Ich machte mich wieder auf den Weg zur Chirurgischen Station, um richtig Abschied von den zufällig dort Anwesenden zu nehmen, meine wenigen Sachen zu packen und meinen Kittel, ungeachtet des rot aufgestickten Namens, in den Wäschekorb zu werfen. Und erneut dachte ich darüber nach, was ich mit meiner wachsenden Verliebtheit in diese Frau anfangen sollte – mit diesem Gefühl, für das ich mir langsam selbst lächerlich vorkam. Wollte ich sie in meiner Phantasie wirklich erobern, oder versprach ich mir von ihr nur die richtige Inspiration, um die junge Frau herauszupicken, in die ich mich nach dem Willen meiner Eltern verlieben sollte? Vielleicht suchte ich ja nichts weiter als eine gewisse Nähe, die mir eine genauere Vorstellung von den Umrissen der jungen Frau, die sie einst war, vermitteln würde, wollte die über Arme und Schultern verstreuten großen Leberflecke als Wegweiser benutzen, ihre Figur abzulesen, die früher einmal schlanker und jünger auf den langen Beinen mit dem gezierten Gang dahergekommen war. Denn dadurch würde ich ein genaueres Bild vom Typ der Frau gewinnen, mit der ich mich wirklich fürs Leben verbinden wollte. Meine Eltern glaubten, die hingebungsvolle Arzttätigkeit und die Treue zu meinen Patienten raubten mir erotische Kräfte. Aber dem war nicht so. Denn selbst wenn ich nach vierundzwanzig Stunden erschöpfenden Krankenhausdienstes erschlagen in meine Wohnung zurückkehrte, konnte ich bei der heißen Dusche, die ich häufig noch halb im Schlaf nahm, massenweise Samen ergießen. Nicht meine erotischen Kräfte waren beeinträchtigt, sondern meine Fähigkeit, die zu erkennen, in die zu verlieben es sich lohnte. Wenn ich nämlich zufällig nette Mädchen wiedertraf, mit denen ich früher mal angenehme, aber unverbindliche Kontakte unterhalten hatte, und sie nun verheiratet oder verzogen waren und ich entdeckte, daß sie seit unserer letzten Begegnung sowohl schöner als auch klüger und reifer geworden waren – dann schmerzte mich die verpaßte Chance ganz besonders, weil ich wußte, daß mein Versäumnis nicht von Arroganz oder Gefühlsarmut herrührte, sondern von Schläfrigkeitsphasen nicht physischer, sonder psychischer Natur, die anscheinend auf meiner wachsenden Fähigkeit beruhten, mich mit Genuß einsam selbst zu befriedigen. Und hier stieß ich nun auf eine Frau, die genau das Gegenteil von mir war, deren Unfähigkeit, allein, ohne ihren Mann, zu Hause zu bleiben, zwar dreist und lächerlich, aber auch verwirrend attraktiv wirkte.

Am nächsten Morgen wachte ich wie immer bei Tagesanbruch auf, obwohl ich freihatte wie zuletzt in der Schulzeit. Schließlich brauchte ich nicht an meinem Arbeitsplatz zu erscheinen, ja hatte gar keinen Arbeitsplatz mehr, zumindest nicht bis zu Professor Levins Genesung und der klärenden medizinischen Debatte mit ihm. Deshalb zwang ich mich zu entsprechender Ruhe, beschloß, mich weder zu rasieren noch den Pyjama auszuziehen, sondern im Bett ihren Anruf abzuwarten. Anfangs machte es mir nichts aus, daß sich das Gespräch ein wenig verzögerte, zum einen, weil das die Vorfreude steigerte, zum andern, weil ich mich erneut in *Eine kurze Geschichte der Zeit* vertiefte. Ich hatte ja die Lektüre in den letzten Reisetagen in Indien aufgegeben, weil die dortigen Erlebnisse so gar nicht zu einem wissenschaftlichen Werk dieser Art passen wollten, meinte aber, mich erneut mit einigen Kapiteln auseinandersetzen zu müssen, die mir völlig unverständlich vorkamen. Letzten Endes handelte es sich um ein populärwissenschaftliches Werk – so wurde es zumindest auf dem Umschlag angezeigt –, und wenn das Medizinstudium auch nur am Rande der reinen Naturwissenschaften stand, konnte es doch nicht angehen, daß ein Absolvent des realwissenschaftlichen Zweiges des Gymnasiums an der Hebräischen Universität unfähig sein sollte, die Mysterien des Urknalls oder der Schwarzen Löcher des expandierenden Universums zu begreifen. Ich kuschelte mich also in kosmischer Freiheit unter die Bettdecke, was angesichts des strömenden Regens, der die Welt nachhaltig wusch, besonders angenehm war, und merkte kaum, daß sich der Anruf mehr und mehr verzögerte. Erst als es auf fünfzehn Uhr zuging, schien mir, sie habe wohl unterdessen auf mich verzichtet, und der Faden, den ich ihr wie ein dünnes Lasso übergeworfen hatte, sei noch vor dem ersten Ruck gerissen. Trotzdem wollte ich partout nicht die Wohnung verlassen, nicht einmal, um einen Karton Milch oder frischen Quark zu kaufen oder auch bloß meiner Hauswirtin, die einen Stock tiefer wohnte, das Geld für die Treppenreinigung zu bezahlen, das ich ihr noch schuldete. Ich stellte nur die Heizung im Zimmer höher und zog die Pyjamajacke aus. Bei dem Telefongespräch mit meinen Eltern faßte ich mich absichtlich kurz, und ich unterließ es auch, meinen Jugendfreund Amnon, der in seiner Doktorarbeit an der Physikabteilung der Tel Aviver Universität steckte, anzurufen, um ein paar obskure Passagen in Hawkings Buch mit ihm zu klären, in dem trotz des sympathischen Stils und des feinen englischen Humors äußerst komplizierte physikalische Begriffe ohne ausreichende Erklärung verwendet wurden. Bei Einbruch der Dänmmerung kamen mir ein paar schöne Gedanken über das Schicksal des Universums, dessen Zukunft – in der es wieder zu einem Teilchen der Größe Null von unendlicher Dichte als Gegenpol zum Urknall schrumpfen würde – Hawking beschäftigte, ohne daß es ihm gelungen wäre, diesbezüglich eine klare und überzeugende Theorie zu entwickeln. Der Telefonanruf wollte nicht kommen, aber ich unterließ es, bei ihr anzurufen und mich vor den beiden bloßzustellen. Ich schaltete den Boiler im Badezimmer an, zögerte jedoch immer noch, unter die Dusche zu gehen, damit ich das Klingeln des Telefons nicht etwa überhörte. Und da ich sah, daß der Tag zu Ende ging und es bald Nacht sein würde, verzichtete ich sogar auf die tägliche Rasur. Es war ein Tag völliger körperlicher Ruhe und eindeutigen geistigen Genusses gewesen, denn als ich mich nun zum Abendessen setzte, hatte ich das Gefühl, sowohl logisch als auch emotional das Problem der Schwarzen Löcher bei Hawking überwunden zu haben, dessen Greisenkindergesicht auf dem Umschlag Vertrauen in die Auffassungsgabe eines jeden gebildeten Laien der Welt ausstrahlte. Erst als ich bei anbrechender Nacht, nach den Neunuhrnachrichten im Fernsehen, in Traurigkeit verfiel, beschloß ich, die Großmutter anzurufen und mich vorzustellen.

Sie wußte nicht nur sofort, wer ich war, sondern hatte fix und fertig angezogen ebenfalls den ganzen Tag in ihrer Wohnung gesessen und auf meinen Anruf gewartet, denn Lasars Frau hatte irrtümlich angenommen, ich hätte mir Anschrift und Telefonnummer ihrer Mutter notiert, um selbst mit ihr den für uns alle günstigsten Termin zu vereinbaren. Und obwohl sie im Verlauf des Tages miteinander in Kontakt gewesen waren, hatte Lasars Frau sie davon abgehalten, mich anzurufen – mit der Begründung, ich sei ein äußerst zuverlässiger Mensch, und wenn ich nicht anriefe, bedeute das, daß ich mich heute nicht habe freimachen können. »Tut mir leid, tut mir ja so leid«, sagte ich am Telefon immer aufs neue zu der alten Dame, die jedoch entschieden jede Schuld meinerseits zurückwies und sich nur über den Irrtum ihrer Tochter ärgerte. »Hauptsache – wann treffen wir uns?« unterbrach ich leidenschaftlich ihre Entschuldigungen, als ginge es hier um eine romantische Verabredung, nicht um eine Arztvisite. »Wann immer Sie möchten«, lachte die alte Dame glücklich. »Ich habe kein anderes Rendezvous.« »Morgen vormittag?« schlug ich sofort vor. »Ja, morgen vormittag ist gut«, bestätigte sie, »auch morgen nachmittag geht es, jede Zeit, die Ihnen recht ist, sogar heute abend, wenn Sie möchten.« »Heute abend?« staunte ich. »Es ist doch schon Nacht.« »Noch nicht«, protestierte sie, »die Nachrichten sind ja eben erst zu Ende, und es kommen noch viele Programme.« Ich zögerte einen Moment, dann willigte ich ein. »Lassen Sie mir einen Augenblick, um mich fertigzumachen«, bat ich sie. »Es ist jetzt zwanzig vor zehn, bis halb elf bin ich bei Ihnen.« »Sie finden mich auch, wenn Sie später eintreffen«, beruhigte sie mich mit feinem Humor, »und ich rufe unterdessen Dorit an, vielleicht möchte sie auch kommen.« »Ja, es wäre sehr wünschenswert, wenn sie auch käme«, sagte ich höflich und eilte unter die Dusche.

Aber trotz der Eile traf ich erst nach halb elf in der Wohnung der alten Dame ein, denn ich hatte nicht erwartet, daß sich im Lauf des Tages, den ich mit der Lektüre über den expandierenden Kosmos verbracht hatte, einige der wichtigsten Kreuzungen von Tel Aviv in richtige Seen verwandeln würden, in deren Fluten, trübgelb im Laternenlicht, ich weder mein Motorrad noch die Instrumententasche feucht werden lassen wollte, die meine Eltern mir zum Abschluß des Medizinstudiums geschenkt hatten. Deshalb kettete ich das Motorrad an einen Pfeiler der Taxistation und nahm einen Wagen zur Grisim-Straße, einem jener Sträßchen im Norden der Stadt, die trotz ihrer Nähe zu lauten Verkehrsadern sehr ruhig und wohnlich sind. Lasars Frau war noch nicht da. »Aber sie kommt«, versprach die Großmutter, die wirklich alt, aber im Gegensatz zu ihrer Tochter immer noch feingliedrig war. Sie trug ein gut geschnittenes graues Wollkostüm, die Füße steckten in warmen Hausschuhen. Die zentralgeheizte Wohnung war sorgfältig eingerichtet, wenn auch mit altem Mobiliar. Auf dem niedrigen Couchtisch standen, vielleicht schon seit dem Morgen, leere Teetassen und Schälchen mit Süßigkeiten und Nüssen bereit. »Dann wollen wir nicht auf sie warten«, bestimmte ich und erbat den medizinischen Fragebogen des Altersheims. Ich nahm am Tisch Platz und begann, die alte Dame über sich und ihre Kinderkrankheiten auszufragen, um die ersten, trivialeren Daten einzutragen. Insgeheim freute ich mich auf die bevorstehende körperliche Untersuchung, nicht nur weil die alte Dame wirklich blühend aussah, wie Lasars Sekretärin tags zuvor versichert hatte, und angenehm anzufassen war, sondern auch wegen der Aussicht, durch die Entblößung dieses Körpers eventuell weitere intime Kenntnis jenes anderen Körpers zu erlangen, der ihm vor knapp fünfzig Jahren entsprossen war. Doch ich fürchtete, Dori, die jeden Augenblick eintreffen sollte, könnte meine Absicht, eine gründliche Untersuchung durchzuführen, abfällig bewerten, da sie den Fragebogen des Altersheims womöglich für eine reine Formalie hielt, in der irrigen Annahme, in solch hohem Alter hätten vergangene Beweise guter Gesundheit keinerlei Aussagekraft für die Zukunft. Deswegen zog ich eilig meinen Blutdruckmeser aus der Tasche, und ehe ich noch die Manschette um den sehr mageren Oberarm gelegt hatte, gestand die Großmutter – oder erwähnte eigentlich nur –, daß ihr Blutdruck gelegentlich sehr hoch sei, bis zu Werten von zweihundert oder mehr systolisch und hundertzwanzig diastolisch. »Wir werden gleich sehen«, sagte ich und maß ihr mehrmals nacheinander den Blutdruck. Jede Messung ergab einen anderen Wert, aber der Durchschnitt war leicht überhöht. »Sind Sie jetzt aufgeregt?« fragte ich sanft. Sie errötete, dachte nach und sagte: »Vielleicht«, wobei ein Lächeln auf ihre Züge trat, das vage an jenes andere, mechanische erinnerte. Ich bat sie, mir die von Professor Levin verschriebenen Tabletten zu zeigen, die sie nicht gern regelmäßig einnahm, weil sie sie schläfrig und deprimiert machten. Tatsächlich enthielten sie ein starkes Beruhigungsmittel, wie es in der Notaufnahme verabreicht wurde. »Vielleicht gebe ich Ihnen statt dessen etwas Passenderes«, versprach ich ihr. »Aber vorerst müssen Sie das Medikament regelmäßig weiter nehmen. Sogar eine halbe oder Vierteltablette pro Tag genügt, aber das Wichtigste ist die Regelmäßigkeit.« Damit stand ich auf, ging in die Küche und holte mir dort ein großes Messer, um ihr zu zeigen, wie man die Tablette leicht in vier Stücke schneiden konnte. Als ich ins Wohnzimmer zurückkehrte, wurde die Eingangstür von außen aufgeschlossen, und Lasars Frau trat ein, in ihr Cape gehüllt, das Haar feucht von Regen oder Wäsche. Sie war in den schwarzen Samtoverall gekleidet, den ich von meinem zweiten Besuch bei ihnen zu Hause in Erinnerung hatte, an den Füßen derbe weiße Turnschuhe. Sie war blaß und ungeschminkt, und als sie das Messer in meiner Hand entdeckte, drohte sie mir gleich mit dem Finger und sagte in einem Ernst, der gar nicht zu ihr paßte: »Ich hoffe, Sie wollen Mutter nicht operieren – um weiteren Mißverständnissen zwischen uns vorzubeugen.«

Ich blieb bis gegen Mitternacht dort. Wir redeten über Schmerzen, Krankheiten und Eßgewohnheiten. Ich prüfte den Medikamentenschrank, empfahl ein paar Änderungen und notierte sie auf dem Rezeptblock, den meine Eltern mir seinerzeit hatten drucken lassen, mit ihrer Jerusalemer Adresse unter meinem Namen. Danach bat ich sie, die weiße Seidenbluse auszuziehen, damit ich ihr mit dem Stethoskop Herz und Lunge abhören konnte. Dori schien zufrieden und half mir, die Couch von den verstreuten Kissen zu räumen und die alte Dame dort entspannt zu betten, damit ich die inneren Organe abtasten konnte. Ihre Haut war sehr welk, aber mit einer duftenden Seife gewaschen, und bei oberflächlicher Betrachtung erinnerte ihr Körper mehr an den ihrer Enkelin Enat als an den ihrer Tochter. Dori stand neben mir, beobachtete, innerlich lächelnd, meine beiden Hände, die den Bauch ihrer Muter abtasteten. Ob sie sich, ebenso wie ich, an die dämmrige Kammer des Thaitempels in Buddh Gaya erinnerte, hätte ich gern gefragt, verkniff es mir aber. Schließlich beendete ich die Untersuchung und setzte mich daran, sehr verantwortungsbewußt die verschiedenen Rubriken des Fragebogens fürs Altersheim auszufüllen. Allgemein gesehen war der Gesundheitszustand der alten Dame gut, und Professor Levin schien sie strenger als nötig zu behandeln. Seine medizinische Auffassung paßte für Krankenhauspatienten, nicht aber für reguläre, die ein normales Leben führen mußten. Deshalb litt sie ab und zu unter starker Verstopfung. Ich gab ihr Ratschläge, wie sie sich Linderung verschaffen konnte, und reduzierte die Dosierung ihrer Medikamente. Der lange Ruhetag hatte mir besondere geistige Klarheit und Redegewandtheit verliehen, und als gegen Mitternacht alles beendet war, willigte ich ein, eine Tasse Tee mit den beiden zu trinken, die es nicht eilig zu haben schienen, obwohl Lasar seine Frau bereits zweimal angerufen hatte. Konnte er etwa auch nicht allein bleiben?

Die Nacht, in die ich hinausging, war nicht dieselbe, in der ich gekommen war. Die neue Klarheit, die von dem sternenübersäten Himmel ausging, ließ Tröpfchen glitzern, die jedes für sich die Windschutzscheibe hinunterkullerten. Sie fuhr mich im Wagen zu dem Pfosten, an den ich das Motorrad gekettet hatte, und suchte leicht spöttisch den gelblichen See, den ich vorher nicht zu durchqueren gewagt hatte und der nun gänzlich zwischen Straße und Bordstein versickert war. »Wozu haben Sie überhaupt ein Motorrad?« richtete sie plötzlich eine Frage an mich, die mir aus irgendeinem Grund zu persönlich erschien, als daß ich sie erschöpfend hätte beantworten können. Ich äußerte meine Bewunderung für ihre Mutter und fragte, was sie mit der Wohnung anfangen würde – wollte sie sie verkaufen? »Nein«, erwiderte Lasars Frau, die langsam fuhr, aber ohne auf andere Wagen zu achten. »Anfangs werden wir sie nur vermieten, um eine Rückzugsmöglichkeit offenzuhalten, falls das Experiment mit dem Altersheim nicht glückt.« »Haben Sie schon einen Mieter gefunden?« fragte ich leise. »Nein«, sie schüttelte müde den Kopf, »bisher haben wir uns noch gar keine Gedanken gemacht.« »Ich frage deswegen«, ließ ich nicht locker, »weil ich Interesse habe, eine solche Wohnung zu mieten.« Sie warf mir einen raschen Blick zu, in dem mir leiser Verdacht auf versteckte Motive mitzuschwingen schien. »Wieviel Miete bezahlen Sie jetzt?« erkundigte sie sich. Ich sagte es ihr. »Das ist gar nicht teuer«, erklärte sie, und das zu Recht – ich zahlte wirklich wenig Miete. Nun sah sie mich eindringlicher an. Ich stellte bei ihr den Ansatz zu einem Doppelkinn fest. »Für Mutters Wohnung werden wir mehr verlangen«, warnte sie mich. »Macht mir nichts aus«, antwortete ich gelassen, die Augen ganz auf die Straße konzentriert, als sei ich der Fahrer, »nicht nur wegen des angenehmen Gedankens, Sie zur Hauswirtin zu haben, sondern auch, wer weiß, vielleicht heirate ich bald, und dann hätte ich jemanden, der mir hilft, die höhere Miete aufzubringen.« Daraufhin sah ich zum erstenmal das Lächeln gänzlich aus ihren Augen schwinden, die sich sehr weiteten, während das Gesicht im Laternenschein leicht errötete. »Sie stehen vor der Hochzeit?« fragte sie leise, als sei die Ehe für mich gar nicht möglich. »Noch nicht ganz«, antwortete ich mit mysteriösem Lächeln, voll Liebe und Zuneigung zu ihr. »Das heißt, es ist noch gar keine Kandidatin vorhanden, aber ich spüre, daß sie schon ausersehen ist, auch wenn sie noch nichts von meiner Existenz weiß. Mein fester Wille wird sie letzten Endes schon anlocken.«

3.

Und trotzdem – wie kommen Ehen zustande? Warum wollen zwei einzelne Geschöpfe sich mit einer – wenn auch höchst feinen und dünnen – Kette aneinanderbinden? Hat das Mysterium – mitten in der Nacht von einer Schülerin in blauer Uniform, ein Wappen ans Herz geheftet, eingeschmuggelt, die über Bücher und Hefte gebeugt am Küchentisch sitzt, bis man ein freies Bett für sie findet – ihnen etwa die Sinne verwirrt und sie aneinandergebunden, um selbst zu ihrem Untertan zu werden, zum willigen Sklaven, der die Verantwortung für etwas übernehmen möchte, was vielleicht seine Kräfte übersteigt?

Denn da gleiten sie seelenruhig den Fluß entlang, wobei die verborgene Kette, die sie unter dem Wasser miteinander verbindet, langsam Rost ansetzt. Und auch wenn sie das grünlich schimmernde Festland betreten und gründlich nach unsichtbaren Körnern und Lebewesen stöbern, tarnt ihr natürlicher freier Gang weiterhin den gleichbleibenden Abstand zwischen ihnen, der sorgfältig von dem überwacht wird, der seine geborstene Metallbrille abgenommen und sich mit geschlossenen Augen auf einen kleinen Heuhaufen am Fluß gelegt hat, um seine schwache Brust der warmen Frühlingssonne auszusetzen.

Können sie denn fliegen? Und wer paßt auf, daß sie sich auch in luftigen Höhen nicht trennen? Das Paar nähert sich uns; ein ernstes Geschöpf, das uns den langen schwarzglänzenden Hals entgegenreckt; der Blick eines Auges durchbohrt uns, von dem wir nie wissen werden, ob es einem männlichen oder weiblichen Wesen gehört. Und bevor die Antwort, deren wir harren, erfolgt, bohrt sich ein großer Schnabel in die schwache Brust des Mysteriums, das in der warmen Frühlingssonne daliegt, und vier große graue Schwingen breiten sich in voller Spannweite aus und entfliegen mit gemeinsamem Flügelschlag rasch in die Höhen, um dort das in Stücke zu reißen, was sie verbunden hat.

Na dann, sagte ich mir, als ich zurück nach Hause sauste, die klare Nacht mit dem Gebrumm meines Motorrads zerreißend, das sich wieder mal von meiner Erregung hatte anstekken lassen. Ich habe dieser Frau einen weiteren Faden zugeworfen, der – falls er sich wirklich wie ein Lasso zuzieht – nicht so schnell abreißen wird. Denn bei einem Mietverhältnis wäre die Verbindung zwischen uns nicht mehr von gelegentlichen medizinischen Angelegenheiten oder Zufallsbegegnungen im Krankenhaus abhängig, auch nicht von Lasars Willen oder Beisein, bestünde vielmehr auf einem klaren Vertrag, vermutlich von ihr selbst aufgesetzt, und umfaßte nicht nur Zahlungen, Sicherheiten und Kautionen, sondern auch laufende Post, Gemeindesteuern, einen defekten Boiler, leckende Rohre, ja vielleicht sogar Beschwerden von Nachbarn, falls es mir mal einfallen sollte, mit Freunden eine fröhliche Party zu feiern. Kurz gesagt, eine neue, unabhängige Verbindung, die die Erinnerungen an die Indienreise samt ihrer verblassenden Ausläufer überholen würde und durchaus wert wäre, eine höhere Miete zu bezahlen und die Zusatzausgaben durch Nachtdienst beim Roten Davidsstern wieder hereinzuholen, wie in meiner Studentenzeit. Jetzt werde ich doch mehr Zeit haben, denn die begeisterte Loyalität, die mich mit Chischin und seiner Station verband, kann auf der Inneren nicht wiederkehren – falls Professor Levin überhaupt bereit ist, mich dort zu nehmen, sobald er sich erstmal von seiner mysteriösen Krankheit erholt hat.

Aber wird sie mir die Wohnung vermieten wollen, nachdem ich einen Satz habe fallenlassen, der ihr bei näherem Nachdenken die Sinne verwirren muß, so daß sie ihn wohl auch nicht so schnell Lasar erzählen wird, der wahrscheinlich wach in seinem Bett auf sie wartet? Denn nachdem sie ihm erklärt hat, warum sie so spät nach Hause gekommen ist – ihm meine gründliche ärztliche Untersuchung ihrer Mutter geschildert und womöglich noch unter mysteriösem Lächeln den Satz angefügt hat: »Hör mal, es hat sich sogar schon ein Mieter für Mutters Wohnung gefunden, so brauchen wir gar nicht erst Anzeigen aufzugeben und Leuten nachzulaufen« –, wird sie wohl kaum treuherzig und naiv Wort für Wort das wiederholen, was ich vor unserem Abschied gesagt habe. Denn selbst wenn es zwischen ihnen keinerlei Geheimnisse geben sollte, nicht einmal in bezug auf solch obskure und doppeldeutige Dinge, wie ich sie ihr jetzt gesagt habe, kann es doch nicht angehen, daß Lasar, der sie derart liebt, zusammengekuschelt wie ein Riesenembryo unter der Bettdecke liegenbleibt und schläfrig durch die Lider auf ihren schweren nackten weißen Körper blinzelt, dessen schöne Konturen schon etwas verwischt sind und jetzt nur noch wie die künftige Verheißung einer Marmorstatue wirken, die noch präziser Ausarbeitung bedarf. Nein, er wird sich ein wenig aufrichten, die Laken noch mehr zerknüllen, wie ich es ihn in der ersten Nacht in Neu-Delhi tun sah, als ich in das Zimmer der beiden lugte, und befremdet ausrufen: »Aha? Er will diese Wohnung haben? Wieso das denn? Gefällt sie ihm wirklich? Mir scheint, er versucht einfach, mit mir in Verbindung zu bleiben. Deswegen hat er sich ja auch erbarmt, deine Mutter zu untersuchen. Weil er meint, ich könnte Chischin umstimmen. Er hält mich im Krankenhaus für allmächtig, weiß gar nicht, daß ich mich – selbst wenn ich es könnte – nie und nimmer bei professionellen Stellenvergaben einmischen würde, gerade um die Macht für wichtigere Dinge aufzusparen.« Und sie löst ihr Haar, verteilt die Strähnen, nimmt die Brille ab und legt sie auf den Nachttisch neben ihrem Bett, streift das zartgelb geblümte Nachthemd über den Kopf und setzt sich hin, um sorgfältig ihre langen nackten Beine einzucremen, massiert auch ein wenig die bloßen Füße und verwirft im Herzen völlig die Auslegung ihres Mannes, denn sie spürt schon, daß ich es auf sie, nur auf sie, abgesehen habe, und bei der Verblüffung, die sich in ihrem Innern ausbreitet, plätschert vielleicht auch eine kleine Welle Mitleid für mich mit, als verstünde sie erst jetzt, daß mich irgend etwas auf dieser gemeinsamen Indientour durcheinandergebracht hat. Deshalb beschließt sie, zu schweigen und ihrem Mann kein Wort von dem zu erzählen, was zwischen uns gesprochen wurde, läßt ihn vielmehr unter der Decke liegen. Seine müden Augenschlitze verwandeln sich in zwei Funken, und sie spitzt die Ohren, um nach Enat zu horchen, die – immer noch nicht ganz von ihrer Gelbsucht geheilt – eben erwacht ist und in die Küche geht. Und dann schmiegt sie sich an ihren Mann, kitzelt ihn ein bißchen, sagt: »Warte, warte mal, noch nicht schlafen, kuschle ein bißchen mit mir, wärm mich auf« und legt zwei kleine kalte Füße auf seinen warmen Bauch.

Aber ich war zufrieden, daß es mir gelungen war, dieser Frau ein erstes klares Signal des Gefühls zu übermitteln, das mich erfüllte. Und obwohl ich wußte, daß alles absurd und aussichtslos war und zu nichts führen würde, weigerte ich mich immer noch, mit eigenen Händen diese Verliebtheit abzuwürgen, wollte vielmehr, daß diese Frau, die nach Jahren der Gefühlsarmut in meinem Leben aufgetaucht war, meine Verliebtheit mit demselben Charme zerquetschte, mit dem sie ihre langen Zigaretten ausdrückte, die Lasar stets feindselig und manchmal anklagend beäugte. Deshalb sagte ich mir, daß ich unbedingt diese Wohnung mieten mußte. Und da ich nach dem eben verlebten Tag tiefer Ruhe ohnehin schwer einschlafen konnte und man durchs Fenster deutlich sah, daß der Sturm vom Tage nicht wiederkehren würde, gab es kein Halten mehr: Ich zog die Lederjacke an, setzte den Helm auf und ging zu dem Motorrad hinunter, das mich jetzt in gemäßigtem Tempo zu dem Haus brachte, als dessen Bewohner ich mich bereits sah. Dann erkundete ich im Dunkeln die Umgebung – welche Geschäfte es dort gab, und ob sich zwischen den Gebäudepfeilern vielleicht ein Unterstellplatz für mein Motorrad finden ließ. Alles, was ich sah, gefiel mir, auch die geringe Entfernung von der Wohnung zum Meer, die ich mit dem Motorrad in wenigen Minuten überwand. Ich fuhr zum Strand hinunter und beobachtete lange begeistert, wie sich die Wellen brachen – noch immer dem Sturm die Treue haltend, der selbst völlig verschwunden war.

Nun setzten unklare Zeiten ein. Bei der Personalabteilung des Krankenhauses war ich als Angestellter auf Urlaub registriert, aber in Wirklichkeit wartete ich auf Professor Levins Genesung von einer Krankheit, deren Art plötzlich verdächtig schien. Die Stationssekretärin und auch andere Schwestern drückten sich am Telefon so vage aus, daß ich nach einer Weile beschloß, selbst ins Krankenhaus zu fahren und in der Personalkantine zu Mittag zu essen, um vielleicht auf jemanden von der Inneren Station zu stoßen, der mir klarere Auskunft geben konnte. Zuerst wollte ich auf die Chirurgie gehen und den Kittel mit meinem aufgestickten Namen aus der sauberen Wäsche abholen, bevor er so verschwand, wie persönliche Gegenstände in diesem Krankenhaus gemeinhin verschwinden. Aber im letzten Moment nahm ich davon Abstand, weil ich nicht Chischin oder anderen Ärzten in die Arme laufen wollte, solange ich auf etwaige Fragen nach meiner Zukunft keine klare Antwort geben konnte. Daher betrat ich den Speisesaal ohne Kittel, in meiner schwarzen Lederjacke, den Sturzhelm in der Hand. Sofort entdeckte ich, daß Chischin und sein Ärzte- und Schwesternstab nach beendetem Mahl rauchend beieinandersaßen und mit ausholenden Gesten debattierten. Bemüht, ihren Blicken zu entgehen, trug ich mein Tablett in die entgegengesetzte Ecke und hielt von dort nach bekannten Gesichtern aus der Inneren Station Ausschau, konnte jedoch niemanden entdecken. An einem kleinen Tisch, der noch von Speiseresten voriger Esser bekleckert war, fand ich Platz, und zum erstenmal verspürte ich leichte Übelkeit von dem Krankenhausgeruch, den das Menü vor mir aufgesogen hatte. Dieser Speisesaal, den ich immer als willkommenen Zufluchtsort betrachtet hatte, kam mir jetzt, nach den geruhsamen Tagen in meiner Wohnung, laut und häßlich vor. Ich ließ das meiste Essen auf dem Teller, löffelte nur langsam den roten Pudding, den ich immer gemocht hatte. Plötzlich landete eine Hand auf meiner Schulter, und ehe ich noch den Kopf wandte, erkannte ich an der Leichtigkeit der Berührung, daß es Chischin persönlich war. Er stand hinter mir mit seinem gesamten Team, sogar dem alten Narkosearzt, Dr. Nakasch, alle in grüner OP-Kleidung. Sie schienen mit sich zufrieden zu sein, hatten wohl gerade eine komplizierte Operation erfolgreich beendet. »Was ist denn mit Ihnen? Boykottieren Sie uns?« fragte er mit sanfter Stimme, während er sich zu mir niederbeugte und mich mit wohlwollend mitleidigen Augen anblickte. Und bevor ich noch antworten konnte, schüttelte er wahrhaft traurig den Kopf: »Sie können doch meinetwegen nicht auch allen anderen Kollegen böse sein. Die haben keine Schuld.« Jetzt sah ich ein, daß es falsch gewesen war, sie zu ignorieren und mich in die Ecke zu verdrücken. »Und Sie, sind Sie etwa schuld?« erwiderte ich in bewußt scharfem Protest und echter Verwunderung. »Da irren Sie sich aber gründlich. Ich habe keinerlei Beschwerden. Diese Indienreise, die ich trotz Ihres Zuredens erst nicht recht mitmachen wollte, war zum Schluß großartig. Außerdem glaube ich sicher, daß die Innere Medizin besser für mich sein wird. Warum sollte ich Ihnen böse sein, wenn ich doch weiß, daß Sie mein Bestes wollen?« endete ich und blickte ihm gerade in die Augen. Meine Worte verwirrten ihn, denn trotz meines ernsten, aufrichtigen Tons war er sicher, daß sich dahinter eine Ironie verbarg, die er nicht recht zu fassen wußte. Er ließ den Blick in die Runde schweifen, bestrebt, aus den Gesichtern seiner Kollegen die Bedeutung meiner Worte abzulesen, aber alle schwiegen ebenso verlegen wie er, und so beruhigte er sich, wollte wohl annehmen, daß ich es ernst gemeint hatte, legte mir wieder leicht die Hand auf die Schulter, nickte und zog dann ab mit allen außer Dr. Nakasch, der mit mir sprechen wollte. Er war etwa fünfundsechzig, schlank und hager, der weiße Haarkranz um die Glatze stand in sympathischem Kontrast zur tiefdunklen Gesichtsfarbe. In Indien hatte ich nicht wenige Menschen gesehen, die an ihn erinnerten und sogar von fern meine Sympathie weckten. Chischin schätzte ihn hoch und arbeitete am liebsten mit ihm, obwohl er nicht der Chefanästhesist war. »Nakasch begreift nicht immer, was bei der Operation passiert«, pflegte er hinter seinem Rücken zu sagen, »aber er ist immer hellwach, auch wenn der Eingriff zehn Stunden dauert. Und das ist das Wichtigste. Denn der Patient liefert sich nicht dem Chirurgen, sondern seinem Narkosearzt aus.«

Jetzt wollte Nakasch wissen, wann ich meine Arbeit auf der Inneren Station antreten würde. Ich erklärte ihm, daß ich auf Professor Levins Genesung wartete. »Ist er dort immer noch nicht raus?« sagte Nakasch verwundert. »Wo raus?« fragte ich, worauf Nakasch mir in aller Natürlichkeit das Geheimnis verriet, das bisher alle vor mir gehütet hatten: »Sie rücken ihm den Kopf wieder zurecht«, sagte er auf seine schlichte Art, »wenn er dort rauskommt, ist er wieder frisch, bis zur nächsten Depression, und dann geht er halt wieder in die Klinik. Was kann er machen? Die Patienten auf der Inneren deprimieren ihn, und er kann sie nicht mit dem Messer aufschneiden wie Chischin.« Danach fragte Nakasch, ob ich an Privattätigkeit interessiert sei – als sein Assistent bei Operationen in einer Privatklinik. In letzter Zeit würde sehr darauf geachtet, daß dem Narkosearzt ein Assistent zur Seite stünde. Die Bezahlung gehe rein nach Arbeitsstunden, ohne all die sonstigen Extras, aber das Stundenhonorar sei hoch, alles klar und sauber geregelt. »Aber ich bin doch nicht zum Anästhesisten ausgebildet«, sagte ich, über Nakasch verwundert. Doch der meinte, die Narkosekunst sei nichts Himmelstürmendes und die technische Seite simpel und schnell zu erlernen; bei der Anästhesie komme es hauptsächlich darauf an, den Narkotisierten nicht aus den Augen zu lassen, auch an seine Seele zu denken und nicht nur an die Atmung. Während der Chirurg und sein Team sich im Verlauf des Eingriffs nur auf einen kleinen Teil des Patienten konzentrierten, betrachte der Anästhesist ihn die ganze Zeit als ein einheitliches Ganzes, nicht als eine Ansammlung von einzelnen Körperteilen. Der Narkosearzt sei der wahre Internist; sollte der Chirurg ruhig nach Herzenslust in den innersten Eingeweiden stöbern. »Und Sie wollen doch nun Internist werden«, schloß Nakasch seinen kleinen Vortrag, der mich in Niveau und Eloquenz verblüffte. »Wollen? Das stimmt nicht ganz«, sagte ich, bitter lächelnd, »aber mir bleibt keine Wahl.« »Und ich dachte, Sie hätten es ehrlich gemeint, als Sie vorhin zugaben, daß Chischin mit seiner Entscheidung recht hatte. Glauben Sie mir, Benji, ich habe im Lauf der Zeit schon viele Chirurgen erlebt. Kenne sie wie kein anderer. Und ich sage Ihnen, ich habe Sie ein bißchen bei der Arbeit beobachtet, und das ist nichts für Sie. Ihr Skalpell zögert, weil es zuviel denkt. Nicht weil Sie keine Erfahrung besitzen, sondern weil Sie zu gewissenhaft sind. Aber in der Chirurgie darf man nicht zu gewissenhaft sein, weil man dann nicht vorankommt und nichts erreicht. Man muß ein Risiko eingehen; um einen Menschen aufzuschneiden und ihm dann noch zu sagen, daß sei gesund für ihn, muß man ein wenig Scharlatan und ein wenig Hasardeur sein. Sehen Sie sich doch Chischin an. Der operiert übrigens auch gelegentlich privat, so daß Sie wieder mal im OP neben ihm stehen können, wenn Sie sich derart danach sehnen.« Das Angebot war so verlockend, daß ich mir nicht mal Bedenkzeit erbat, sondern auf der Stelle einwilligte. Nakasch war nicht überrascht darüber: »Wußte ja, daß Ihnen das zusagen würde, und Sie müssen doch sowieso warten, bis Professor Levin entlassen wird und Zeit findet, sich mit Ihnen zusammenzusetzen, um Sie von allen Seiten zu durchleuchten und mit Ihnen zu debattieren. Habe schon was von einer Bluttransfusion gehört, die Sie den Damen dort in Indien gemacht haben. Er ist ein gründlicher Arzt, aber schwierig. Dauernd versucht er, sein Stationsteam zu deprimieren, und wenn ihm das nicht gelingt, wird er selbst depressiv. Deshalb fallen Sie ihm lieber nicht zu bald in die Hände.« Ich notierte seine private Telefonnummer und er meine: »Aber die gilt nur vorläufig«, warnte ich ihn, »ich ziehe nämlich bald um.«

Noch am selben Abend teilte ich meiner Hauswirtin vertragsgemäß mit, daß ich zum Monatsende ausziehen wollte. Sie bedauerte das sehr. Ich wußte, daß sie mich als höchst angenehmen Mieter betrachtete, zumal meine Tätigkeit als Krankenhausarzt ihr offenbar Sicherheit versprach, obwohl sie mir noch nie mit persönlichen Problemen gekommen war, höchstens mit allgemeinen medizinischen Fragen. »Darf ich den Grund erfahren?« konnte sie sich nicht verkneifen zu fragen. »Ich bin auf Veränderung aus«, sagte ich mit einer Offenheit, die ich augenblicklich bereute, da ich leichten Schmerz über ihr spitzes Gesicht huschen sah. »Aber welche Veränderung?« beharrte sie plötzlich in einem Ton, der unerklärlichen Ärger erkennen ließ. »Veränderung«, wiederholte ich stur das Wort, das vielleicht von vornherein falsch gewählt war, mir nun aber keinen Rückzieher mehr erlaubte. »Einfach Veränderung.« Damit senkte ich den Kopf und ging kommentarlos. Im Verlauf des Abends berichtete ich meinen Eltern am Telefon von Nakaschs Angebot und mußte ihnen auch noch unbedingt erzählen, daß ich die Wohnung von Lasars Schwiegermutter mieten wollte. Sie waren sofort sehr besorgt. Die Idee, die Lasars zu meinen Hauswirten zu machen, erschien ihnen von Grund auf verfehlt. »Warum dich in ein Mietverhältnis mit Lasar einlassen, nachdem du auf der Indienreise sein Vertrauen erworben hast?« fragte meine Mutter ärgerlich. »Auch als Mieter werde ich vertrauenswürdig sein«, erklärte ich. »Und außerdem läuft der Vertrag genau genommen nicht mit ihm, sondern mit seiner Frau.« »Das ist ja noch schlimmer«, platzte meine Mutter in echter Erregung heraus, mit allen Kräften bemüht, mich von dem Gedanken abzubringen: »Wenn du in der Wohnung was kaputtmachst oder Reparaturkosten von ihr einforderst, wird sie sich über dich beschweren, und das schlägt dann auf die Beziehungen im Krankenhaus durch. Und überhaupt«, fuhr sie mit unerwarteter Giftigkeit fort, »auch wenn sie noch so lächelt, sieht sie mir doch wie ein energischer Typ aus; du mußt Geschäftliches säuberlich von Freundschaft trennen.« Auch mein Vater hieb in dieselbe Kerbe: »Ich verstehe dich nicht«, begann er mit seiner sonst so ruhigen Stimme, in der jetzt Erregung mitschwang. »Suchst du nun doch noch Bezahlung für das, was du in Indien für die Leute getan hast?« »Wieso das denn?« brauste ich auf. »Die Wohnung wird mich mehr kosten als die jetzige.« »Noch mehr?« staunte er. »Wieviel?« Und als sie hörten, daß der Preis noch nicht einmal abgesprochen war, steigerte das ihren Groll. Doch da konnte ich nicht mehr an mich halten: »Ich bitte euch, Herrschaften, ich bin schon neunundzwanzig, verlaßt euch darauf, daß ich auch ein bißchen weiß, was gut und was schlecht für mich ist.« Dieser Ausbruch brachte die beiden zum Schweigen. Dabei handelte ich unfair, denn ich wußte ja, daß sie mir immer vertraut hatten und ihre jetzige Wut nur daher rührte, daß ich sie, ganz gegen meine Gewohnheit, irreführte, indem ich ihnen meinen wahren Beweggrund vorenthielt. Sie taten mir leid. Ich wußte nicht, wie ich sie versöhnen sollte, ohne noch weiter zu lügen. »Ich brauche ein bißchen Veränderung«, erklärte ich ihnen behutsam. »Ich habe die Wohnung zufällig gesehen, und sie gefällt mir. Sie liegt nahe beim Meer, die Straße ist ruhig, eine gute Wohngegend. Ich werde mir Mühe geben, nicht mit Lasar oder seiner Frau aneinanderzugeraten. Ihr wißt doch, daß ich normalerweise mit niemandem Probleme habe.« Sie hörten mir aufmerksam zu, aus Liebe und Respekt bemüht, sich mit meiner unverständlichen Entscheidung abzufinden. »Daß du Veränderung willst, ist ja sehr positiv, denn die brauchst du wirklich«, sagte meine Mutter schließlich, »aber paß auf, daß sie nicht zu groß ausfällt.«

Hatte ich vielleicht vorschnell von Veränderung geredet? dachte ich besorgt, als eine Woche ohne jegliches Zeichen von Lasars Frau verging. Hatte sie mich vergessen oder, umgekehrt, beschlossen, sich vor mir in acht zu nehmen? Ich wußte ja, daß die Großmutter bereits ins Altersheim umgezogen war, denn ich hatte sie dort angerufen, um mich zu erkundigen, ob die neue Dosierung der Medikamente ihr Erleichterung verschafft hatte. Sie war sehr gerührt über meinen Anruf gewesen und hatte sich gern mit mir unterhalten. Ja, die chronische Verstopfung habe nachgelassen, aber vielleicht nicht nur wegen der veränderten Dosierung, sondern auch dank der Ruhe und Stille im Altersheim. Sie sprach in den höchsten Tönen von dem Heim und lud mich sogar ein, es mir selbst anzusehen, vielleicht für meine Eltern. »Wissen Sie, daß ich Ihre Wohnung mieten werde?« fragte ich zum Schluß. Zu meiner Verblüffung wußte sie es nicht. Ihre Tochter hatte ihr nichts erzählt. Dann ist es ja gut, daß ich mit der

Großmutter gesprochen habe, dachte ich mir, denn jetzt wird ein klares Zeichen in die eine oder andere Richtung kommen. Und wenn sie einen Rückzieher gemacht oder einen anderen Mieter gefunden hat, gebe ich ihr die volle Erlaubnis, meine Verliebtheit abzuwürgen. Inzwischen hatte meine Hauswirtin Mietinteressenten gefunden, die sie abends mal ohne vorherige Absprache in die Wohnung einließ, damit sie die Räume ausmessen konnten. Eines Tages stoppte sie mich auf der Treppe und verlangte kühl, ich solle vorzeitig ausziehen.

Ich befand mich in einer prekären Lage. Sollte ich jetzt auf der Straße landen wegen einer sonderbaren Liebe, die vielleicht nicht einmal erwidert wurde? Sofort suchte ich im Telefonbuch die Nummer ihres Büros, um sie zu fragen, woran ich war und worauf ich hoffen durfte. Die Sekretärin stellte mich zu ihr durch, ohne sich vorher nach meinem Namen zu erkundigen. Sie nahm den Hörer ab, unterhielt sich aber weiter angeregt mit einem Mann, auf den ich plötzlich ein bißchen eifersüchtig wurde. Ihre Stimme klang laut und enthusiastisch, voll Sicherheit und Autorität. Als ich mich meldete, spürte ich ihre Verlegenheit. Dann sind also ein oder zwei Fünkchen schon auf sie übergesprungen, dachte ich. »Nun ist schon wieder ein Mißverständnis zwischen uns entstanden«, begann ich in scherzhaftem Ton, »und deswegen stehe ich nächste Woche mit meinen Siebensachen auf der Straße.« Sie war hörbar erleichtert. Nun brauchte sie nicht mehr zu zögern, ob sie mir erlauben sollte, die Wohnung als eine Art Fangschlinge zu benutzen. Die prekäre Lage, in die ich geraten war, zwang sie nicht nur, mich als Mieter zu akzeptieren, sondern sich auch noch zu entschuldigen, daß sie nicht früher angerufen hatte. »Die Wohnung ist noch nicht bezugsfertig. Es sind viele Sachen darin verblieben, von denen wir noch nicht recht wissen, was wir damit anfangen sollen.« »Macht nichts«, beruhigte ich sie. »Ich brauche nicht viel Platz.« Nach einigem Hin und Her verabredeten wir uns für Dienstag nachmittag, wenn ihr Büro geschlosssen blieb, und zwar gleich in der Wohnung, um zu sehen, was rausmußte und was bleiben konnte, und natürlich auch, um die sonstigen Bedingungen festzusetzen. Als ich den Hörer auflegte, fragte ich mich, ob sie wohl Lasar mitbringen oder allein kommen würde.

Sie erwartete mich allein in der Wohnung. Der Gedanke begeisterte mich, daß sie vielleicht meinetwegen ihre Angst vor dem Alleinbleiben überwunden hatte. Denn ich wußte noch nicht, daß sie diese Angst nur dort verspürte, wo ihr Bett stand, nirgendwo sonst. Hinter der Tür erklang leise klassische Musik, die sich mit dem angenehmen Rauschen fließenden Wassers aus offenem Hahn mischte. Ich klopfte zweimal sanft und gleichmäßig an die Tür, weil ich sie nicht mit der Klingel erschrecken wollte, deren unangenehmen Klang ich vom letztenmal in Erinnnerung hatte. Sie öffnete mit ernster, trüber Miene, auf hohen Absätzen stehend, eine rote Schürze umgebunden. Ihre Hände waren voller Seife. »Sie haben mich schön in Bedrängnis gebracht«, beschwerte sie sich, leicht errötend, »jetzt muß ich hier so viel für Sie herrichten.« Ihre forsche und direkte Art traf mich unvorbereitet und erschreckte mich; auch vermißte ich ihr gewohntes Lächeln hinter den Brillengläsern. »Aber was gibt's denn herzurichten?« begann ich töricht zu stammeln, bemüht, mich zu verteidigen und ihre Beschwerde zu entkräften, und betrat zaghaft die Wohnung, die mir sofort verändert vorkam, obwohl ich sie nur von den wenigen Abendstunden her kannte, in denen ich die Großmutter untersucht hatte. Die Räume wirkten immer noch ordentlich, aber der Glanz und die Gemütlichkeit, die sie an jenem Abend ausgestrahlt hatten, waren verflogen, vielleicht weil die gestickten Decken auf den kleinen Couchtischen fehlten, die Kristallkelche und Silberbecher hinter den Glastüren der dunklen Anrichte verschwunden waren und die großen Familienporträts nicht mehr an den Wänden hingen. Der Vorhang war jetzt aufgezogen, aber durch das Fenster sah man nur Dächer, zwischen die sich nicht das kleinste Stückchen Meer gemogelt hatte. Es war kein Zeichen der Strandnähe zu erkennen, die mich in jener Nacht so beglückt hatte. Trotzdem gefiel mir die Wohnung beim schnellen Rundblick weiterhin, und die untergehende Sonne tauchte alles in goldenes Licht, in dem feine Stäubchen tanzten. Auf der weißen Marmorplatte in der Küche stand eine Reihe langstieliger Gläser, die von Seifenschaum gekrönt waren. Die Möglichkeit, daß sie sie für mich spülte und nicht etwa nur, um sie sauber aufzubewahren, rührte mich tief ans Herz. Einen Moment herrschte peinliche Stille. Ich hütete mich, zu unverblümt auf ihre geraden Beine in den honigfarbenen Seidenstrümpfen zu starren. Sie wirkte immer noch verärgert, vielleicht auch etwas gedemütigt durch die erzwungene Geschirrspülerei. »Wir dachten, wir hätten alles hergerichtet«, sagte sie, »aber es bleibt noch so viel aufzuräumen.« »Wie lange hat Ihre Mutter hier gewohnt?« erkundigte ich mich freundlich. »Nicht lange. Sieben Jahre: Seit dem Tod meines Vaters. Aber sie hat diese Wohnung sehr geliebt. Und viel reingesteckt. Schade, sie hätte noch ein paar Jahre bleiben können. Ich habe mich immer noch nicht damit abgefunden, daß sie hier nicht mehr wohnt. Deswegen habe ich Sie auch nicht so schnell angerufen. Ich hoffte, sie würde reumütig zurückkehren. Aber nun zwingen Sie mich, Ihnen die Wohnung jetzt schon zu geben.« Das überraschende Eingeständnis, daß sie sich in Wahrheit meiner Forderung gebeugt hatte, löste eine derart starke und unerwartete Woge der Lust in mir aus, daß ich den Kopf senken und die Augen schließen mußte, was sie als Beleidigtsein auslegte und eiligst mit ihrem mechanischen Lächeln quittierte. »Falls Ihre Mutter ihren Schritt bereut und zurückkommen möchte, räume ich die Wohnung sofort«, sagte ich galant, bestrebt, mich als noch angenehmeren Mieter zu erweisen. Aber sie schüttelte den Kopf. »Nein, nicht nötig. Machen Sie sich keine Sorgen. Vorerst ist sie dort glücklich.« Nun mußte ich doch unbedingt hinausposaunen: »Ich weiß. Sie hat's mir gesagt« und ihr von dem Telefongespräch erzählen, das ich mit ihrer Mutter geführt hatte. Sie hörte mir zu. Ein hübsches Lächeln spielte um ihre Lippen, aber die weit offenen Augen blickten hart und mißtrauisch, als wollte sie haargenau das Ausmaß der Gefahr abschätzen, die ihr durch mein geschicktes Eindringen in ihr Leben drohte.

Unterdessen wurde es in der Wohnung langsam dunkel, die Goldstäubchen verloren ihren Schimmer und verflossen wie Hieroglyphen auf vergilbtem Papyrus. Sie ließ sich jetzt neben mich aufs Sofa fallen und schlug die Beine übereinander. Das kleine Doppelkinn bebte. Aus einem abgewetzten Pappordner, der Telefon-, Gas- und Stromrechnungen enthielt, nahm sie ein Blatt Papier, auf dem nur wenige Worte standen, und sagte niedergeschlagen: »Das Wohnungsinventar muß aufgelistet werden für den Vertrag zwischen uns, und ich habe keine Ahnung, womit wir anfangen sollen. Wir haben noch nie eine Wohnung an Fremde vermietet. Manche schreiben alles auf, einschließlich Wandschränken und Waschbekken, aber ich denke nicht, daß Sie die Absicht haben, hier Möbel rauszuholen und zu verkaufen, nicht wahr? Sie werden auch nicht gerade Klosettschüsseln und Waschbecken rausreißen, stimmt's?« Sie sprach humorlos, deprimiert, und auch ich nickte ernsthaft zur Bestätigung. Ich war wie gebannt davon, wie schnell sich die Dunkelheit im Raum ausbreitete. »Dann verzeichnen wir nur die wirklich wichtigen Dinge«, schlug sie vor, »den Teppich, den wertvolleren Hausrat und ein oder zwei Bilder. Außerdem notieren wir den Stromzählerstand und fordern die Aufstellung der bisher geführten Telefongespräche an, damit wären wir mehr oder weniger abgesichert. Und was die Kleidung und sonstigen Sachen betrifft, die Mutter hiergelassen hat – macht es Ihnen wirklich nichts aus? Kommen Sie sich wenigstens ansehen, ob der Platz, den wir Ihnen frei gemacht haben, ausreicht.« Damit erhob sie sich vom Sofa, machte zu meiner Verblüffung aber immer noch kein Licht in der Wohnung, in der das winterliche Dunkel von Minute zu Minute zunahm. Als ich ihr in das Schlafzimmer der Großmutter folgte, fiel mir auf, daß die Gläser, an denen der Seifenschaum schon zerlaufen war, auf dem Marmor ganz von allein rot schimmerten. Das Fenster über der Spüle war nämlich genau im richtigen Winkel zur untergehenden Sonne eingesetzt, vielleicht in der Absicht des Architekten, die geschirrspülende Hausfrau einmal am Tag zu entschädigen. Ich wollte sie auf diese kleine originelle Entdeckung aufmerksam machen, aber sie stand schon neben dem Doppelbett der Großmutter, das mit einem rötlichen Überwurf und vielen dicken Kissen in geblümten Bezügen bedeckt war, und öffnete weit die Türen der beiden leeren Schränke, um mir zu zeigen, welcher Platz mir schon zur Verfügung stand. Danach zeigte sie mir mit resignierter Geste auch die beiden nicht ausgeräumten Schränke. In dem einen hingen graue Kostüme, alle ziemlich gleich aussehend, und bei dem zweiten stand ich, wie in einem vertrauten Traum, vor Dutzenden weißer Schuhkartons voller Kleinkram. »Das genügt mir völlig«, flüsterte ich hinter ihrem breiten Rücken, um sie ein wenig zu beruhigen. »Seien Sie unbesorgt, wir werden das alles noch ausräumen. Aber lassen Sie uns einfach mal ein bißchen zu Atem kommen«, sagte sie heiser und warf mir erneut einen feindseligen, mißtrauischen Blick zu, der nicht etwa abschreckend wirkte, sondern im Gegenteil derartige Lust bei mir weckte, daß mein Glied anschwoll. Wenn ich sie jetzt bloß an ein gemeinsames Erlebnis von der Indienreise erinnern könnte, würde das die Atmosphäre vielleicht entspannen, fuhr es mir durch den Kopf. Aber die Leidenschaft in meinem Innern lähmte mich. Erst jetzt erkannte ich, daß die zunehmende Dunkelheit ihr schmeichelte. Denn ich sah die Runzeln an ihrem Hals nicht mehr, auch nicht die Fältchen um die Augen, ja sogar der kleine Bauch war wie weggeblasen; es blieb nur noch der Eindruck einer reifen, molligen Frau. Vielleicht will sie mich ja verführen? überlegte ich, als ich sah, daß sie zurück ins Wohnzimmer strebte, dessen Dunkel jetzt von einem Lichtstrom durchbrochen wurde, der sich plötzlich zwischen den Wolkenfetzen ergoß. »Jetzt müssen wir über die Miete reden«, seufzte sie, ließ sich schwer auf die Couch fallen und schlug die langen Beine übereinander, während das stumme Ringen, das sich zwischen Licht und Dunkelheit im Zimmer abspielte, feine gelbliche Arabesken auf ihre Strümpfe malte. Na, dachte ich besorgt, von meiner abenteuerlichen Verliebtheit wird bloß eine überhöhte Miete übrigbleiben, die auf mangelnde Erfahrung der neuen Hauswirtin zurückgeht. »Welche Miete hatten Sie sich vorgestellt?« fragte sie überraschend. »Ich?« lachte ich. »Ich habe an keinen bestimmten Betrag gedacht. Aber machen Sie sich keine Sorgen, Sie hatten mich ja schon gewarnt, daß die Miete hier höher sein würde als die, die ich jetzt zahle.« »Ja«, sagte sie lächelnd, »ich hatte Sie schon vorgewarnt. Bloß habe ich vergessen, wie hoch der Betrag war.« Ich nannte ihr die Summe. Sie erinnerte sich, versank leicht enttäuscht in Gedanken, während die Konturen ihres Gesichts in der aufs neue einsetzenden Dunkelheit, die vom Schlafzimmer der Großmutter hereinströmte, allmählich verschwammen. »Wenn wir nur zehn Prozent aufschlügen – wäre das fair?« fragte sie mit ihrer klaren Stimme, in der stets natürliche Forschheit mitschwang. »Ich habe immer noch Schuldgefühle, weil Sie und Lasar so übereingekommen sind, daß Sie zum Schluß gar nichts für die Indienreise erhalten haben.«

»Ich habe ja etwas erhalten«, protestierte ich, obwohl ich im stillen froh war, da ich eine weit höhere Miete befürchtet hatte, »die Reise selbst und die Bekanntschaft mit Ihnen beiden. Auch diese Wohnung habe ich ja eigentlich aufgrund der Reise bekommen, und das zu gar nicht mal hoher Miete. Dazu sogar noch eine so wunderbare Hauswirtin wie Sie«, fügte ich leise hinzu. Sie gab keine Antwort, verblaßte nur weiter im Schutz der Dunkelheit, und ich wagte nichts zur Erhellung meiner Gefühle hinzuzufügen, wußte nur, daß in dem Schweigen, das sich jetzt im Zimmer ausbreitete, erstmals die aus dem Altersunterschied resultierende Spannung langsam versiegte und die Tatsache, daß sie wohl nur sieben Jahre jünger als meine Mutter und zehn Jahre jünger als mein Vater war und ihre Tochter nur vier Jahre jünger als ich, ihre Kraft verlor.

Auch so ließe sich *Eine kurze Geschichte der Zeit* auslegen, sinnierte ich, als sie schließlich aufstand, in die Küche ging und dort Licht anschaltete, um das Wohnzimmer nicht grell auszuleuchten. Und ohne mich anzublicken oder zu lächeln, erklärte sie, sie werde am nächsten oder übernächsten Tag in ihrem Büro einen Standardmietvertrag vorbereiten. Sie notierte sich die Nummer meines Personalausweises auf einen kleinen Block und verlangte, daß meine Eltern eine Bürgschaft unterzeichneten. Und dann verabredeten wir, daß ich sie in den nächsten Tagen anrufen sollte, um den Termin für Vertragsunterzeichnung und Schlüsselübergabe zu vereinbaren. In der Zwischenzeit werde ihre Putzfrau die Wohnung bezugsfertig machen, versprach sie. »Wissen Sie zufällig, wo der Hauptwasserhahn für die Wohnung ist?« fragte ich, schon in der Tür, von einem leichten Schauder überlaufen, weil ich sie nun allein zurückließ. Sie versuchte sich zu erinnern, ging ihn erst unter dem Spülbecken suchen, guckte dann im Badezimmer nach, fand ihn aber nirgends, da er sich, wie in allen alten Wohnungen, an unerwarteter Stelle verbarg. »Ich werde Mutter fragen, vielleicht weiß sie es, und wenn nicht, wird Lasar ihn schon finden.« Dabei blitzte das mechanische Lächeln in ihren Augen auf, und wir verabschiedeten uns, ohne daß ich sie noch mit einem weiteren Faden umgarnt hatte, abgesehen von dem Wort »wunderbar«, das dort bei ihr blieb und mit dem allein ich diese Frau bis zum nächsten Treffen halten konnte, bei dem ich ihr unbedingt – das wußte ich sicher, schwor es mir schon, während ich auf meinem Motorrad langsam durch den geschäftigen Tel Aviver Winterabend fuhr – meine Gefühle gestehen mußte. Aber ich wußte, daß ich mit diesem Geständnis lieber erst nach Vertragsunterzeichnung herausrükken sollte, denn sonst konnte ich riskieren, ohne Unterkunft dazustehen. Deshalb hatte ich es, obwohl meine Vermieterin weiterhin auf Räumung drängte, nicht eilig, meine Geliebte anzurufen. Diesmal werde ich es ihr nicht leicht machen, beschloß ich. Und wenn sie alles, was zwischen uns begonnen hat, ersticken will, kann sie das ohne weiteres tun. Sie braucht bloß ihre Sekretärin zu bitten, mich in ihrer Abwesenheit ins Büro zu bestellen, um den Vertrag zu unterschreiben und den Schlüssel entgegenzunehmen. Falls sie keinen Kontakt mit mir wünscht und meine Verliebtheit als etwas lächerlich Überflüssiges betrachtet, braucht sie mich nur auf Distanz zu halten – oder Lasar zu mir zu schicken, unter dem Vorwand, nur er könne mir zeigen, wo sich der Haupthahn für die Wohnung befindet.

Aber nach einigen Tagen kam ein Anruf von ihr, bei dem sie sich äußerst freundlich und ohne jeden Anflug der Feindseligkeit vom letzten Treffen zunächst nach meinem Befinden erkundigte und wissen wollte, wie ich meinen Zwangsurlaub verbrachte, denn sie hatte ja von ihrem Mann erfahren, daß sich Professor Levin noch nicht wieder von seiner Depression erholt hatte. »Wenn wir das gewußt hätten«, aus dem Telefonhörer erklang fröhliches Lachen, »daß Sie hier derart müßiggehen, hätten wir Sie in Indien herumreisen lassen. Unseretwegen konnten Sie ja nicht mal das Taj Mahal besichtigen.« »Richtig«, antwortete ich, gleich Feuer und Flamme, glücklich, daß die Indienreise, die bisher gewissermaßen aus unseren Beziehungen verschwunden war, nun wieder auftauchte und zur gemeinsamen Erinnerung wurde. »Wegen der Tüchtigkeit Ihres Mannes ist diese Reise so schnell wie ein Traum vergangen. Und das ist schade, denn ich weiß, daß ich nie mehr dorthin zurückkehren werde.« »Sagen Sie das nicht«, protestierte sie hastig. »Was wissen Sie? Sie sind doch noch so jung.« Darauf gab ich keine Antwort, denn ich wollte nicht, daß wir jetzt in eine Diskussion über meine Jugend gerieten, nachdem ich schon geglaubt hatte, der Altersunterschied hätte sich von selbst aufgelöst, kraft des Schweigens, das im dunklen Wohnzimmer über sie gekommen war, als ich ihr sanft, aber auch klar das Wort »wunderbar« zu Füßen gelegt hatte, das – so glaubte ich – immer noch auf sie wirkte, da sie mich jetzt in einem Ton, in dem eine neue, unbekannte Sorge mitschwang, fragte, ob ich es eilig hätte, die Wohnung zu beziehen, oder noch bis nächsten Dienstag warten könne; denn sie meinte, wir sollten den Vertrag in der Wohnung unterzeichnen, damit sie mir nicht nur zeigen könne, wo sich der bewußte Haupthahn befinde, sondern auch, wie Herd und Mikrowelle zu bedienen seien. Außerdem sollten wir die Inventarliste durchgehen, die ihre Mutter inzwischen doch erstellt habe, damit wir danach den Vertrag auf fairer Grundlage unterzeichnen könnten. Denn sie wisse ja nur zu gut, daß gerade Geschäftsabschlüsse unter Freunden gern mißverständlich ausgelegt würden. »Wird auch Ihre Mutter anwesend sein?« fragte ich. »Wenn Sie möchten, daß sie auch kommt, um Ihnen die Bedienung der Geräte besser zu erklären, werde ich mich bemühen, sie mitzubringen«, antwortete sie natürlich und gelassen. »Nein, nein«, wehrte ich hastig ab, spürte selbst den verräterischen Eifer in meiner Stimme. »Warum sie bemühen? Es wäre auch nicht schön für sie, ihre Wohnung umgekrempelt zu sehen.«

Obwohl der Vorschlag, den Vertrag in der Wohnung zu unterzeichnen, von ihr stammte, war ich immer noch sicher, daß nichts zwischen uns geschehen würde. Sie ist eine erwachsene, realistische Frau, dachte ich, und umhegt von der Liebe und Bewunderung ihres Mannes und wohl noch anderer Menschen. Und selbst wenn ihr der Gedanke, ein junger Mann bringe ihr Sympathie entgegen, gefallen könnte, würde es ihr doch nicht in den Sinn kommen, diese Sympathie als wahre Verliebtheit auszulegen, denn wer sein Leben lang das üppige Mahl der Liebe genießt, hat den nagenden Hunger der Verliebtheit längst vergessen. Und wenn sie ihrem Spiegelbild noch so ermunternd zulächelt, sieht sie zweifellos doch die Fettpolster um die Taille und den kugelrund gepäppelten Bauch, der sich nicht verbergen läßt. Auch die tiefen Runzeln am Hals und die feinen Pigmentflecken im Gesicht, die hervortreten, sobald das Make-up verblaßt, sind ihrem Blick gewiß nicht entgangen. Und selbst wenn sie sich noch an ihren schmalen, geraden Beinen freut, wird sie nicht verstehen, warum ein keineswegs häßlicher junger Mann wie ich sich am Startpunkt seines Lebens plötzlich in sie verliebt. Denn wie soll sie darauf kommen, daß ausgerechnet ihre verborgene Schwäche, die mir ihr Mann arglos verraten hat, Interesse und Leidenschaft bei mir weckt. Trotzdem überlegte ich bereits, wie ich mich auf diese Begegnung, die für mich auf einmal schicksalhaft geworden war, vorbereiten sollte. Ich zog das karierte Hemd an, das ich bei der Bluttransfusion in Varanasi getragen hatte, denn es war zwar schlicht und verwaschen, aber ich hoffte, dadurch würde – und sei es nur im Unterbewußtsein – die Erinnerung an jene mysteriöse Stunde aufblitzen, in der ich den Blutstrom zwischen den beiden Frauen überwacht hatte, denn unter all unseren gemeinsamen Erinnerungen könnte mir wohl nur diese ein wenig Zuneigung bei ihr erwerben, nachdem ich das Geständnis hinter mich gebracht hätte, das, wie ich wußte, nur töricht und erniedrigend verlaufen konnte.

Jedenfalls wollte ich es unbedingt loswerden und hoffte nur, die Wohnung möge wie beim Mal zuvor in goldene Abenddämmerung getaucht sein, die mit der natürlichen Melancholie des verlöschenden Tages alles allzumenschlich Alberne und Verächtliche mildert. Aber gegen Nachmittag trübte sich der Himmel, strömender Regen prasselte auf die Stadt nieder, und ich wußte schon, daß allenfalls diejenigen, die hoch über den Wolken westwärts flogen, das Licht der Abenddämmerung genießen mochten, während ich ihr meine Worte bei grellem elektrischem Licht würde vorstammeln müssen. Trotzdem änderte ich meine Absicht nicht, obwohl ich, als ich an die Wohnungstür klopfte, betete, Lasar möge ebenfalls dasein, um sie zu schützen und vielleicht auch mich vor der bevorstehenden Demütigung zu bewahren. Aber hinter der Tür herrschte Stille. Sie war noch nicht eingetroffen, fürchtete, allein zu bleiben. Nach einigen Minuten hörte ich ihre Schritte auf der Treppe. Erkannte ich ihre Schritte auch schon von fern, wie ihr Mann? Tatsächlich, sie kam verspätet, aber allein, traute sich also zu, selbst mit mir fertig zu werden. Ihr Gesicht war stark geschminkt, die Kleidung jedoch kein bißchen attraktiv. Im Gegenteil, sie sah darin plump und untersetzt aus. Die Beine steckten in langen schwarzen Stiefeln, und am Leib trug sie jenen gepünktelten schwarzen Samtoverall, dessen Ärmel sich schwer hatten hochschieben lassen, um ihr die Impfspritzen zu geben. Sie war forsch und sachlich, nicht feindselig wie noch beim vorigen Mal. »Gut, daß Sie früh gekommen sind«, sagte sie lächelnd und schloß die Wohnungstür auf. Nun wußte ich schon, daß ich sie wegen meiner Voreiligkeit nicht mehr zu versöhnen brauchte. Im Gegenteil, sie schien schon jetzt zufrieden mit dem ruhigen, anspruchslosen Mieter, der sich ihr aufgedrängt hatte. »Kommt Lasar nicht?« fragte ich. »Nein, er ist heute zu beschäftigt«, antwortete sie und schob einen leeren Koffer zur Seite, der auf dem Flur zum Schlafzimmer im Weg stand. »Aber er war gestern hier und hat darauf bestanden, Ihnen einen weiteren Schrank frei zu räumen, damit Sie mehr Platz haben. Hier, sehen Sie sich an, wieviel Mühe er sich gegeben hat.« Sie öffnete schwungvoll die Schranktür, um mir zu zeigen, daß es Lasar genialerweise gelungen war, all die weißen Schuhkartons verschwinden zu lassen. Aber die grauen Kostüme seiner Schwiegermutter, die im anderen Schrank hingen, hatte er nicht anrühren dürfen. »Sie beide hätten sich nicht so viel Mühe machen müssen«, sagte ich freundlich, »der Platz reicht mir völlig.« »Jetzt ja«, erklärte Lasars Frau energisch, »aber was wissen Sie, was in Zukunft sein wird?« Dabei blitzte ein Lächeln in ihren Augen, vielleicht in Gedanken an die versprochene Heirat. Danach führte sie mich in die Küche, um mir ein paar alte Elektrogeräte zu zeigen, die aus den Schranktiefen hervorgeholt worden waren und jetzt auf der Marmorplatte standen, mit hübschen bunten Bezügen abgedeckt. Doch als sie mir anhand der Anleitungen, die die Großmutter ihr diktiert hatte, den Gebrauch erklären wollte, merkte ich, daß sie durcheinandergeriet. Und als sie die Schalter und Knöpfe zu bedienen versuchte, rührte mich ihre reizende, verwöhnte Hilflosigkeit derart, daß ich meine Hand Einhalt gebietend auf ihre kleine sommersprossige legte. »Geht schon«, beruhigte ich sie. »Ich komme schon damit klar. Und falls ich Probleme haben sollte, kann ich ja auch direkt bei Ihrer Mutter nachfragen.« Jetzt betraten wir das Wohnzimmer, um gemeinsam die detaillierte Aufstellung durchzugehen, die die Großmutter in ihrer großen, aber schwer zu entziffernden Handschrift beharrlich niedergeschrieben hatte, und flüchtig nachzusehen, ob die geschriebenen Worte der Wirklichkeit entsprachen. Danach las ich stumm den Mietvertrag, der vor Warnungen und Androhungen gegenüber dem Mieter strotzte. Aber vielleicht ist das ja der in ihrem Büro übliche

Standardvertrag, beruhigte ich mich. Alles war perfekt, bis auf die Bürgschaft meiner Eltern, auf die sie bis zur folgenden Woche zu warten bereit war. Ich unterzeichnete zwei Vertragsausfertigungen und stellte auf ihre Bitte ein Dutzend vordatierte Schecks für sämtliche Monate des kommenden Jahres aus, damit wir einander nicht mit weiteren Zahlungsterminen zu belästigen brauchten. Sie steckte die Schecks ungeprüft in die Handtasche, zog zwei Wohnungsschlüssel heraus und legte sie auf den Tisch. Entspannt und selbstzufrieden zündete sie nun eine dünne Zigarette an, fixierte mich sanft und fragte: »Haben wir etwas vergessen, oder sind wir mit allem fertig?«

Die Worte hätten nicht passender sein können, um das Liebesgeständnis einzuleiten, das schon mehrere Tage in meinem Innern wirbelte. Und ohne zu zögern oder zu stammeln, mit leicht geneigtem Kopf, um ihren Augen nicht zu begegnen, begann ich in sicherem Ton und schwindelerregendem Fluß auf diese Frau einzureden, die nur wenig jünger war als meine Mutter. »Ich weiß, das, was ich jetzt sage, wird dir absurd vorkommen, denn auch mir erscheint es seltsam und absurd, aber es ist trotzdem wahr. Und wenn du es gespürt hast, warum solltest du's dann nicht wirklich hören und mir sagen, wie ich damit umgehen soll. Denn seit wir aus Indien zurück sind, schleiche ich um dich herum und versuche, dich mit feinen Fäden zu umgarnen, die immer wieder reißen. Und wenn du auch nichts tust, um mich zu ermutigen, entziehst du dich diesen Fäden doch nicht, die ich um dich spannen will, um dich zu halten, wie etwa diese Wohnung – ich habe sie eigentlich nur gemietet, um einen weiteren Faden zu dir in die Hand zu bekommen, um dich nicht ganz zu verlieren.« Noch immer hob ich nicht den Kopf, sie anzublicken, da ich fürchtete, das leiseste Lächeln in ihren Augen könnte meinen Redestrom verwirren, dessen Ton mir richtig erschien – männlich, aber zu Herzen gehend. »Denn ich muß dir sagen, daß ich selbst nicht weiß, was mit mir los ist«, fuhr ich gesenkten Hauptes fort, »in der letzten Nacht in dem Hotel in Rom, als Lasar abgefahren war, habe ich mich Hals über Kopf in dich verliebt, entgegen aller Logik und völlig überraschend, denn ich war noch nie in eine ältere Frau verliebt. Ja, du hörst richtig. Ich habe mich in dich verliebt. Und ehe du gegen dieses Wort aufbegehrst, sollst du wissen, daß auch ich mich dagegen wehre und die ganze Zeit versuche, es zu verjagen, aber selbst wenn wir das Wort verjagen, wird die Verliebtheit nicht weichen, und die füllt den ganzen Tag lang meine Gedanken. Ich frage mich, ob ich entschieden dagegen ankämpfen muß. Das heißt, ob es eine unmoralische Verliebtheit ist, wie, sagen wir, die eines erwachsenen Mannes, der sich in ein kleines Mädchen verliebt.« Plötzlich verstummte ich, konnte nicht mehr weiterreden, so erregt war ich darüber, daß es mir gelungen war, das loszuwerden, was mir seit Tagen auf dem Herzen gelegen hatte, aber ich konnte ja nicht ewig mit gesenktem Kopf auf den Teppich starren, der an den Rändern ein wenig ausgefranst war, was man vielleicht in der Inventarliste hätte vermerken müssen, und daher hob ich langsam den verzweifelten Blick zu der Frau, die sich in die Sofaecke gekuschelt hatte, eine weiche schwarze Samtkugel, das gewohnte Lächeln völlig aus ihren Augen verschwunden; und mit einer Geste, die ich bei ihr nicht kannte, hielt sie die Faust auf den Mund gepreßt, nicht vor Staunen oder Hohn, sondern in großer Aufmerksamkeit, was mich zum Weiterreden animierte. »Ich frage mich, ob du und Lasar mich womöglich nicht nur als Arzt auf der Indienreise dabeihaben wolltet, sondern im stillen auch hofftet, ich würde mich in eure Enati verlieben, wie es manchmal in wohlmeinenden britischen Filmen vorkommt. Aber die Wirklichkeit ist ein anderer, unglaubwürdiger Film, und anstatt in die angebotene junge Patientin, habe ich mich in deren Mutter verliebt, obwohl ich nun wirklich keine weitere Mutter gesucht habe, denn die, die ich habe, ist bei weitem gut genug. Deshalb, Dori, versuch bitte nicht, mir meine verkorkste Psyche zu erklären. Sie mag verkorkst sein, aber nicht in diesem Bereich. Hier liegt etwas ganz anderes vor, etwas, was ich – verzeih mir – ein Mysterium nenne. Ja, Mysterium, ein Wort, gegen das ich mich immer gewehrt habe, und nun bin ich ihm sklavisch verfallen. Siehst du, mein Herz hat vorausgeahnt, was über mich kommen würde, denn von dem Moment an, als ich erfuhr, daß du uns auf der Reise begleiten würdest, geriet ich dermaßen unter Druck, daß ich meine Zustimmung schon zurückziehen wollte. Wieder und wieder habe ich Lasar gefragt, warum du unbedingt mitkommen wolltest, warum das nötig sei. Und da hat er mir arglos deine merkwürdige Schwäche verraten – du seist eine Frau, die nicht allein bleiben könne, so hat er dich definiert. Irgendwas mache dir furchtbare Angst, allein zu bleiben. Und gerade dieses kleine Geheimnis, das mir immer noch komisch und unbegreiflich vorkommt, erregt ständig mein Mitgefühl dir gegenüber, ein Mitleid, das sich nun in starkes, tiefes Begehren verwandelt hat.«

Vielleicht wäre dies der richtige Moment gewesen, aufzustehen, sie in Freundschaft und bestem Einvernehmen zu verlassen und dabei beide Hände vor dem Gesicht zusammenzulegen. Denn ich erhoffte mir ja nichts von ihr. Bloß war nach Unterzeichnung des Vertrags und erfolgter Schlüsselübergabe nun ich der Hausherr und sie der Gast, und man kann ja nicht einfach gehen und einen Gast sich selbst überlassen. Deshalb erstarrte ich auf meinem Platz, hörte den Regen draußen träge tropfen, den der starke Wind vergeblich zu vertreiben versuchte. Sie schwieg immer noch. War sie entsetzt – oder auf ein derartiges Geständnis vorbereitet gewesen? Vielleicht war sie trotz Vorahnung überrascht. Denn sie kauerte immer noch in der Sofaecke, die Faust an die Lippen gepreßt, als wolle sie sich vor einer unweigerlich heranrasenden Katastrophe schützen. Ihr dickes Gesicht glühte vor Anspannung, aber die Pupillen hinter den Brillengläsern strahlten Gelassenheit, wenn nicht gar tiefe Genugtuung aus. Zum Schluß sprengte ein strahlendes Lächeln aus eigener Kraft die Mauern ihres Widerstands, worauf sie die Faust von den Lippen löste und leicht wedelte, wie man etwa einem gehorsamen Schüler oder einem geliebten Haustier winkt, und »Komm her« flüsterte. Sofort sprang ich auf und eilte zu der Sofaecke, hielt gar nicht erst inne, um festzustellen, was sie wollte, denn ich wußte ja, was ich wollte, beugte mich über sie, faßte sie an den Schultern und zog sie zu mir hoch. Und obwohl sie die schwerstgewichtige Frau war, die ich je umarmt hatte, kam sie leicht hoch. Jetzt bloß nicht mehr zögern, sagte ich mir. Und ohne um Erlaubnis zu bitten, preßte ich ihr mit demselben Schwung, mit dem ich sie zu mir aufgerichtet hatte, die Lippen auf Stirn, Wangen, Mund und glitt den weichen, ein wenig faltigen Hals hinunter. Sie begann zu schnaufen, zu ringen, versuchte mich abzuwehren, wollte etwas sagen. Aber ich ließ sie jetzt nicht reden, drückte ihr fest den Mund auf die Lippen, schnupperte den feinen Tabakgeruch der eben erst ausgedrückten Zigarette und drückte ihr beharrlich einen langen, leidenschaftlichen Kuß auf, bis ich ihre Hand an meinen Haaren ziehen spürte. »Das geht nicht«, murmelte sie und versuchte mich sanft zurückzudrängen. »Das ist nicht richtig, das ist ja völlig albern.« Aber ich umarmte sie nur um so fester, denn ich wußte, wenn der Körperkontakt jetzt abriß, wäre der Zauber verflogen. Es war ja noch gar nichts passiert, und ich mußte mich trauen, auch ihren Körper anzufassen, mir ein paar Andenken daran für künftige ruhige, öde Zeiten einzuheimsen. Ich mußte versuchen, ihre Brüste zu umfassen, von denen ich wußte, daß sie alle, die ich bisher berührt hatte, an Größe und Schwere übertrafen. Und mit kindlich verzweifelter Beharrlichkeit versuchte ich, das Oberteil ihres samtenen Overalls abzustreifen, erregt bei dem Gedanken an die Schönheitsflekken, die über ihre reinweißen Schultern und Arme verstreut lagen. Doch die Hand strebte in begeistertem Elan schon weiter, suchte ersten Kontakt mit ihrem dicken, festen Bauch, den sie so oft zu verbergen gesucht hatte. Und als ich ihn berührte, überkam mich ein starkes Gefühl der Lust und Befriedigung. Zwischen meinen Fingern fühlte ich ein natürliches Wärmekissen, nach dem ich viele Jahre gesucht hatte, um Stirn oder Wange darauf zu legen und den Eisberg abzutauen, der sich ständig weiter in meinem Innern ausbreitete.

Und dann beschloß ich, zum Zeichen des Dankes, ihr die Hingabe zu erleichtern. Obwohl sie es gewesen war, die mich herangerufen hatte, meinte ich ihr als wahrer Gentleman den absoluten Vorteil der Geliebten über den Verliebten einräumen zu müssen. Deshalb ließ ich von ihr ab, zog mit blitzartiger Geschwindigkeit Schuhe und Socken aus, um kleiner zu werden, legte dann rasch sämtliche Kleider ab, bis zum letzten Stück, ungeachtet der Kälte, und ehe sie so recht zu sich kam, stand ich nackt wie am Tage meiner Geburt vor ihr, wie jemand, der in einen geliebten Fluß eintauchen möchte. Denn sie sollte mich so sehen, wie ich war, sollte sich überzeugen, daß ich keine Scham vor ihr hatte, damit sie entscheiden konnte, ob meine Liebe und Lust ihrer würdig waren. Und trotz ihrer Verblüffung beim Anblick dieses unbekannten jungen Körpers eines Fremden, der sich ihr darbot, wich das Lächeln nicht aus ihren Augen, die langsam einsanken, absorbiert in ihre aufwallende Leidenschaft. Doch sie wehrte hastig mit scharfer nervöser Geste ab. »Nicht hier, nicht hier«, sagte sie energisch und strebte langsam dem mütterlichen Schlafzimmer zu, wo sie wie geistesabwesend meinen schwarzen Helm beiseite legte, der auf dem Bett liegengeblieben war, als wir gemeinsam die Schränke inspizierten. Und dann warf sie nachdenklich einen Blick zurück zu dem beharrlichen Verliebten, der ihr nackt nachlief, hob – offenbar in der Befürchtung, er könnte versuchen, sie selbst zu entkleiden – erneut die Hand in der Bitte um Einhalt, in der immer noch versteckter Ärger mitschwang: »Nein, bitte laß mich.« Sie setzte sich aufs Bett, zog langsam und mühevoll die langen Stiefel aus, die sie nicht vor meiner stürmischen Leidenschaft bewahrt hatten, öffnete zögernd und verlegen ein paar versteckte Knöpfe an ihrem störrischen Overall, zerrte die enge Bluse über den Kopf und kam hochrot und mit zerzaustem Haar wieder zum Vorschein, noch immer über meine plötzliche Nacktheit beschämt, die ihr keine Wahl ließ. Doch mit der merkwürdigen Loyalität einer guten Ehefrau und Hausherrin löste sie den Büstenhalter, streifte den Schlüpfer ab und legte sich aufs Bett, den Kopf auf ein Kissen, das noch in dem geblümten Bezug der Großmutter steckte. Jetzt lag sie vor mir wie eine der schweren nackten Frauen mit Obstkorb, wie man sie aus Kunstbänden kennt. Aber der Blick, den sie mir zuwarf, war nicht ergeben oder apathisch wie bei diesen, sondern sie wirkte immer noch beunruhigt oder sogar verärgert, und als wäre ich ein unerfahrenes junges Tier, hob sie wiederum warnend die Hand: »Aber hör mal, ohne Kratzen und Beißen.« Ich nickte bestätigend – von ungeheurer Liebe erfüllt –, kniete vor dem Bett nieder und fing an, ihren molligen kleinen Fuß zu küssen, auf dem ich ein Grübchen ähnlich dem in ihrem Gesicht entdeckte. Und ich spürte sogleich, daß diese Küsse ihr höchst angenehm waren, fürchtete jedoch, vor lauter Eifer könnte ich befriedigt sein, bevor ich sie befriedigt hatte, nahm mich also zusammen, stand auf, befreite sie mit kühnem Schwung von ihrer Brille und legte mich dann behutsam auf ihren Körper, der sich plötzlich kalt anfühlte – nur der füllige Bauch strahlte gleichmäßige Hitze aus, als besäße er eine eigene Wärmequelle. Ich küßte sie erneut auf den Mund und die großen Brüste, legte ihr Stirn und Wange auf den Kugelbauch, immer noch ohne die leiseste Ahnung, warum sie mir mit solcher Leichtigkeit nachgegeben hatte, spürte aber, daß sie auf einmal die Geduld für mein Vorspiel verlor und nicht länger warten wollte. Denn eine sichere Hand erfaßte bereits meinen Penis und lenkte ihn zu einem Ort, der nicht weniger glühte als er.

Sie war die vierte Frau, mit der ich bis dahin geschlafen hatte, aber nur sie vermochte mir das besondere Gefühl zu verleihen, ein großes, leises Segelschiff in einen schmalen Tiefseehafen zu steuern. Denn im Gegensatz zu den anderen, die mich mit jähen Schreien und tiefen Seufzern erschreckten, gab sie während des ganzen Liebesspiels keinen Laut von sich; sogar ihre Atemzüge blieben sanft und ruhig, als bremste die Verblüffung über ihre eigene Nachgiebigkeit den Wunsch, zu schärferem Vergnügen abzuheben. Sobald sie sich aus meinem Armen gelöst hatte und aufstand, um sich hastig anzuziehen, erzählte sie mir, daß sie ihren Lasar noch nie zuvor betrogen hatte. Ich glaubte ihr, doch in den Stolz, der mein Herz erfüllte, mischte sich nun auch Trauer über das, was ihr passiert war. Und um ihr zu beweisen, daß sie mir stets vertrauen konnte, ging ich nicht meine Kleider holen, die im anderen Zimmer verstreut lagen, sondern blieb nackt im Schneidersitz auf dem Bett. »Du bist wie dieser waghalsige, verrückte deutsche Pilot, der ein kleines Flugzeug nahm, sämtliche Radarkontrollen durchbrach und auf dem Roten Platz landete«, sagte sie auf einmal mit leicht vorwurfsvollem Lächeln, während sie ihr gelöstes Haar wieder zu einem Nackenknoten zusammenfaßte. »Ich weiß nicht, wie du es geschafft hast, in den Innenhof eines gesitteten Ehelebens einzudringen.« Will sie wirklich eine Antwort von mir hören? dachte ich und zog stumm den Kopf ein, weil ich fürchtete, mir könnte ein Wort herausrutschen, das sie womöglich als versteckten Seitenhieb auf ihre Ehe mit Lasar werten mochte, deren Schönheit ich in der Intimität unserer gemeinsamen Reise beobachtet hatte und deren Geheimnis ich hatte enträtseln wollen, indem ich ihren Körper berührte. Sie zog die Stiefel über die langen, schlanken Beine, und als plötzlich das Telefon klingelte, sagte sie in sachlichem Ton und ohne Angst: »Das wird Lasar sein«, eilte ins Nebenzimmer, wagte jedoch nicht, die Tür hinter sich zu schließen, sondern sprach nur sehr leise. Aber ich wollte das Gespräch gar nicht mithören, verharrte vielmehr stur auf der Bettecke, nackt und einsam wie ein Heiliger, der an der Tempelwand lehnt, und starrte in das Dunkel, das sich im Schlafzimmer der Großmutter ausbreitete, die jetzt vielleicht gerade in ihrem Altersheim beim Tee saß, ohne zu ahnen, was sich eben auf ihrem Bett abgespielt hatte. Dann kehrte sie forschen Schritts zurück, bereits frisch geschminkt und im Mantel. »Es war nicht Lasar«, sagte sie mit ernster Miene. »Es war eine Freundin von Mutter. Du mußt bereit sein, solche Gespräche anzunehmen und Mutters Telefonnummer im Altersheim weiterzugeben. Die kennst du ja schon.« »Aber was wird mit uns?« fragte ich sie verzweifelt, denn plötzlich fühlte ich, daß hier keine schwere Goldkette war, sondern nur ein dünner Faden, der jeden Moment reißen konnte. »Nichts wird zwischen uns werden«, antwortete sie ernst. »Vergiß es. Es war eine Episode. Du weißt, daß es völliger Wahnsinn für mich wäre. Es hat keinerlei Zukunft. Du kannst es dir erlauben, weil du noch ledig bist – ich nicht. Du bist Junggeselle, und ein Junggeselle ist weit gefährlicher als ein verheirateter Mann.« Ich schwieg, da ich spürte, daß alles, was sie jetzt sagen würde, machtlos war, denn wenn ich angefangen hatte, konnte auch nur ich wieder aufhören. Aber mein Herz verkrampfte sich in Schmerz um sie, und so streckte ich rückhaltlos die Hand nach ihr aus, worauf sie einen Moment zögerte, wohl fürchtend, ich sei erneut von Leidenschaft gepackt, dann jedoch nachgab und meine Hand ergriff. »Überrascht dich meine Verliebtheit?« fragte ich. Sie überlegte einen Augenblick den Kopf leicht geneigt, was reizend aussah: »Ja, es ist sonderbar und überflüssig. Obwohl es Leuten in meiner Umgebung manchmal passiert. Aber du bist wirklich derart jung – was brauchst du eine Frau wie mich. Doch sag mal, ist dir noch nicht kalt?« »Ein bißchen, aber ich will mich noch nicht anziehen, um nicht den Geruch des Körpers zu verlieren, der bei mir war.« Sie errötete, aber das Lächeln wich nicht aus ihren Augen, als sie zu mir trat, mich leicht auf die Lider küßte und mir übers Haar strich. »Wenn das Telefon jetzt klingelt, brauchst du nicht zu antworten. Aber falls du versehentlich den Hörer aufnimmst und Lasar dran ist – sag ihm, ich sei längst weg, und paß gut auf, daß du mich nicht verrätst, sonst wird es schlimm für uns alle.«

Kaum war sie weg, begann ich mich schon nach ihr zu sehnen, trennte mich unwillig von dem leeren Bett, ging im Dunkel der Wohnung den Kleiderhaufen suchen, der auf dem Teppich liegengeblieben war, und entdeckte nun zu meiner Freude zwischen Hausdächern und häßlichen Antennen doch noch ein bescheidenes blaues Stückchen des nahen Meeres, das von hier zu sehen ich schon nicht mehr zu hoffen gewagt hatte. Ihr Parfumduft war noch an meinen Händen, die ich ans Gesicht führte, um sie erneut zu beschnuppern. Das Telefon klingelte, und ich wußte augenblicklich, daß es Lasar war, der seine Frau suchte, und sagte mir: Was ist denn? Wovor sollte ich Angst haben? Also nahm ich den Hörer ab, und seine Stimme klang so nahe, als stünde er hinter der

Wand. »Sie ist weg«, sagte ich hastig, ehe er noch nach ihr gefragt hatte. »Dann habt ihr alles Nötige erledigt?« fragte er. »Ich glaube schon«, sagte ich zögernd, damit er nicht etwa dachte, sie könnten mich von nun an völlig vergessen. »Und hat sie Ihnen den Haupthahn gezeigt, oder hat sie das zum Schluß etwa wieder vergessen?« »Hat sie zum Schluß natürlich vergessen«, sagte ich seufzend, stimmte aber in sein Lachen über ihre leichte Zerstreutheit ein. Sogleich erklärte er mir, wo der Haupthahn saß – wirklich an einer unlogischen Stelle verborgen. Und plötzlich bekam ich Angst vor ihm. Mit der freien Hand zog ich mich hastig an, als könnte er meine Blöße womöglich durchs Telefon wahrnehmen. Hinter der Wand, in der Nachbarwohnung, hörte ich Schritte, und mich überlief ein Schauder, als lauerte sein Geist in nächster Nähe auf meine Taten, während seine Stimme mich ablenkte. Furcht und Bedauern über das, was ich ihm angetan hatte, erwachten in mir, und ich hätte das Gespräch gern abgebrochen. Aber Lasar war freundlich, spürte in seiner natürlichen Menschlichkeit meine neue Verlegenheit und wollte mich versöhnen. »Sagen Sie mal ehrlich – sind Sie mir böse?« wagte er zu fragen. »Böse?« Mir blieb das Wort im Halse stecken. »Warum? Wieso das denn?« »Was weiß ich? Vielleicht meinen Sie, ich hätte Chischin überreden können, Sie auf der Chirurgie zu behalten. Aber glauben Sie mir, in diese Dinge darf ich mich nicht einmischen, ich habe da auch gar keinen Einfluß.« »Ich weiß, Sie haben recht«, beruhigte ich ihn hastig. »Ich bin Ihnen auch wirklich nicht böse, ganz im Gegenteil.« Aber Lasar war noch nicht beruhigt: »Außerdem treffen Sie morgen ja Professor Levin, und vielleicht ist er bereit, Ihnen die zeitlich begrenzte Assistentenstelle auf seiner Inneren Station zu geben.« »Morgen treffe ich mit Levin zusammen?« fragte ich verwundert. »Ist er wieder gesund?« Nun war es an Lasar, sich zu wundern. »Aber wie ist das denn? Hat Dori es Ihnen nicht erzählt? Ich hatte ihr doch gesagt, sie solle Ihnen ausrichten, daß Sie morgen vormittag zu ihm bestellt sind. Hat sie das auch vergessen? Was ist denn heute mit ihr los?«

4.

Und nachdem sie alles in Stücke gerissen und zu Staub zerkrümelt haben, was sie verband, hasten die beiden Partner auseinander, schießen jeder für sich mit dem wilden Schwung eines von starkem Bogen ausgeschickten Pfeils in die Tiefen des strahlenden Alls, um mit einem Schlag die geraubte persönliche Freiheit zurückzugewinnen und zu demonstrieren, daß sie ihrer immer würdig waren, ja, daß sie ihnen nie teurer war als jetzt, da sie, sanft gewiegt von einer kühlen Brise, auf windgeküßten Schwingen behutsam an einen Ort geleitet werden, wo jeder für sich allein sein möchte, weshalb sie kühn die Gefahr auf sich nehmen, die uralte, noch von der Flammenzunge fliegender Dinosaurier vorgezeichnete Bahn zu verlassen, die Sicherheit und Geborgenheit der Zugvogelschwärme aufzugeben, die alterprobten Zeichen folgen, wenn sie die Ozeane überqueren, und sich statt dessen von launischen Winden willig an einen Ort tragen zu lassen, wo der, von dem man sich endlich hat lösen können, nie sein wird.

Ja, von Zeit zu Zeit landet der eine zum Ausruhen an einem Bach oder gelben Ackerrain, taucht den Schnabel in frisches Wasser und beschreibt mit kleinen Trippelschritten einen imaginären Kreis um den Partner, der da war und nicht mehr ist, sich an dessen völliger Abwesenheit freuend. Doch noch immer blickt sein grünliches Auge, von dem man nicht weiß, ob es Männlein oder Weiblein gehört, prüfend um sich, ob dort nicht jemand ist, der ihn überraschen möchte. Aber es gibt keine Überraschung, nur ein Bauer tappt schwerfällig die Furchen entlang, auf dem Rücken einen langen Wasserschlauch, und ein Mädchen in Schuluniform, einen großen Ranzen auf dem Rücken, geht auf einem sonnenbraunen Wanderweg nach Hause. Und selbst eine winzige Schlange, die ihn im niedrigen Gras überraschen wollte, bekäme sofort mit flinkem Schnabel einen Hieb verpaßt und wäre spurlos verschlungen.

So zieht er weiter, fliegt ab und zu ein Hausdach oder einen Strommasten an, badet den Kopf in einer duftenden Pfütze, um einen roten Wurm oder ein flirrendes Insekt aufzupicken, hält aber dauernd offenen Auges Ausschau, ob jemand, der Teil seiner Seele war, am Horizont die Flügel schlägt. Denn er glaubt immer noch nicht, daß die Einsamkeit ihm zurückgegeben und seine tote Freiheit wieder auferstanden ist. Deshalb schwingt er sich, wenn der Tag weicht, trotz der Schwere in seinen Flügeln erneut mit Macht in die Höhen auf, um einen Westwind zu ergattern, der ihn in die Wüste trägt, denn nur dort meint er wirklich sichere Zuflucht zu finden. Die Linie der Dämmerung überquert er in niedrigem Flug, schwebt dann langsam über fahles Ödland, dessen Wadis sich beim Abendrot in Schrunden verwandeln. Und mit der Willensstärke, kraft deren er im Verein mit seinem Partner das verbindende Mysterium zerriß, fliegt er stundenlang in der Dunkelheit weiter, durch die zuweilen der warme Hauch eines Raubtiers huscht. Bis er sich um Mitternacht, reisemüde und selbstzufrieden, endlich erlaubt, auf einem einsamen Baum oder Busch inmitten der Ebene zu landen, um sich aufgeregt in die ihm wiedergegebene Freiheit zu stürzen. Doch sofort weiß er auch, daß das Funkeln, das ihn im Geäst empfängt, weder von einem Glühwürmchen noch von einer Glasscherbe herrührt – es ist das offene Auge seines Partners, der ihm ebenfalls den ganzen Tag zu entfliehen suchte, verfolgt vom Mysterium.

Auch nach dem Gespräch mit Lasar ließ mich der Schrecken nicht mehr los, denn ich begriff, daß ich nicht nur in Doris Intimsphäre eingedrungen war, sondern auch in die ihres dynamischen Mannes selbst, von dem ich wußte, wie sehr er an seiner Frau hing. Außerdem kam mir siedendheiß zum Bewußtsein, daß mich das, was eben zwischen uns geschehen war, selbst dann, wenn sie es stur als Episode ohne Fortsetzung betrachten könnte, nicht – wie nach einem flüchtigen Verkehr – von ihr würde loskommen lassen, sondern im Gegenteil noch mehr zu ihr hinziehen mußte. Schon zogen mich meine Füße wieder ins Schlafzimmer zurück, wo ich, halb bekleidet, sehnsüchtig auf das Liebesbett fiel, das von diesem Augenblick an mein persönliches Bett geworden war, und mich in Gedanken erneut in die machtvolle Glut des festen weißen Bauches dieser Frau versenkte, die mir nicht aus dem Kopf gehen wollte. Ich zog mir das aufgedeckte rosa Federbett, das mir die Großmutter dagelassen hatte, über den Kopf und sann im Dunkeln traurig darüber nach, wie die Ehe, die nicht nur meine Eltern für mich erhofften, sondern die ich mir auch selber wünschte, in immer weitere Ferne rückte. Als ich jedoch ein paar Stunden später aufwachte und mich erinnerte, was mir gelungen war, erfüllte tiefes Glücksgefühl mein Herz. Ich steckte beide Wohnungsschlüssel in die Tasche und ging nach draußen, denn ich vermochte das Staunen nicht allein zu fassen, wollte die Außenwelt, die sich inzwischen in leere, feuchte Nacht verwandelt hatte, daran beteiligen. Ich schwang mich aufs Motorrad, fuhr ein bißchen in den benachbarten Straßen herum und steuerte schließlich meine alte Wohnung an, um dort den Rest der Nacht zu verbringen, was auch gut war, denn in aller Frühe rief man von der Inneren Station an, um mich zu einer dringenden Unterredung mit Professor Levin zu bestellen. Ob Lasar und Chischin ihn wohl aus Schuldbewußtsein gedrängt haben, das Treffen umgehend anzusetzen, überlegte ich, oder beunruhigt ihn die bewußte Bluttransfusion womöglich weiterhin, und er möchte nun, kaum genesen, gleich seine Beschwerden gegen mich loswerden? Ich bat um Aufschub bis Mittag, damit ich am Morgen noch Zeit hatte, mich in die Krankenhausbibliothek zu setzen und dort am Computer alles gespeicherte Material über Hepatitis gründlich zu studieren. Außerdem suchte ich den Aufsatz von Levin, den ich vor der Indienreise hätte lesen sollen, wenn Chischin ihn damals nicht vergessen hätte, aber der Aufsatz war nicht am Standort, vielleicht hatte Chischin ihn weiterhin ausgeliehen. Trotz allem, was ich an jenem

Morgen in der Bibliothek las, hatte ich keine Ahnung, wogegen sich der Vorbehalt richten mochte. Ich notierte die Werte der Blutuntersuchungen aus dem Labor in Kalkutta, an die ich mich trotz des langen Zeitraums noch genau erinnerte, säuberlich auf einen Zettel. Natürlich hätte ich die Werte ein bißchen frisieren können, um mich dadurch noch besser zu rechtfertigen, aber diesen Gedanken verwarf ich sofort wieder. Mit aufgefrischtem Wissen betrat ich dann gegen Mittag sein Büro, das kleiner und düsterer als Chischins wirkte, vielleicht weil es mit einem Wust von Büchern und Papieren vollgestopft war. Zu meiner Überraschung begrüßte er mich mit einem freundlichen Lachen und schloß eilig die Tür ab, damit uns niemand störte. Er rollte seinen Stuhl an die Vorderseite des Schreibtisches neben meinen, als wollte er es nicht beim Gespräch mit mir belassen, sondern mich anschließend auch noch eigenhändig gründlich untersuchen.

»Wie ich verstehe, Dr. Rubin, haben wir beide eine gemeinsame Patientin«, begann er so leise und schleppend, daß ich mich fragte, ob er noch unter dem Einfluß von Psychopharmaka, vielleicht Anaphranil, stand oder ob er immer so redete. »Eine gemeinsame Patientin?« gab ich, für einen Moment verblüfft, zurück, ehe es mir plötzlich dämmerte. »Natürlich, die Großmutter.« »Die Großmutter?« fragte er verwirrt. »Verzeihung«, ich wurde knallrot, »ich bin wohl von Frau Lasar angesteckt, mit der ich gestern gerade einen Mietvertrag über die Wohnung ihrer Mutter unterzeichnet habe.« Damit brach ich in ein kurzes, verlegenes Lachen aus, das ihm wohl überflüssig erschien, denn er fiel nicht mit ein, lächelte nicht mal, sondern begann mich nun erst recht etwas neugierig besorgt zu mustern, als hätte ich ihn mit einer praktischen, gewieften Ader überrascht, auf die er nicht gefaßt gewesen war. »Ja, also«, fuhr er fort, »heute morgen habe ich mit ihr über Sie gesprochen. Insgesamt scheint sie zufrieden mit dem Dienst, den Sie ihr erwiesen haben, aber sie war ein wenig in Sorge wegen der neuen Ordnung, die Sie unter den von mir verordneten Medikamenten und Dosierungen geschaffen haben, und wollte daher meine Zustimmung einholen. Und obwohl ich nicht recht begriff, was Sie mit der Änderung bezweckten, habe ich beruhigend geantwortet: Wenn die von Dr. Rubin empfohlene Neuordnung Ihnen hilft, freuen wir uns alle; und wenn sie nicht hilft, ist es auch nicht schlimm. Solange er nicht vorhat, Ihnen spontan eine Bluttransfusion zu verabreichen, ist von ihm nichts zu befürchten. Er gilt hier allgemein als fleißiger und sensibler Arzt, ich treffe mich heute sogar mit ihm, um zu prüfen, ob er in unseren Stationsstab aufgenommen werden kann.« Nun endlich huschte ein leichtes Lächeln über seine Züge, worauf sein etwas gepeinigtes Gesicht noch trübseliger wirkte. Ich nickte verbindlich lächelnd, überhörte aber geflissentlich den scharfen Seitenhieb auf das Thema Bluttransfusion, denn ich brannte darauf, erst einmal zu erklären, was ich mit der Änderung der medikamentösen Behandlung beabsichtigt hatte. Doch sogleich erkannte ich, daß er nicht meine Gedanken in dieser Angelegenheit erfahren, sondern gleich zum eigentlichen Zweck meines Hierseins kommen wollte, das heißt zur Prüfung meiner Eignung für die in seiner Station frei gewordene Zeitstelle. Zuerst interessierte er sich überraschenderweise für meine Studienzeit in Jerusalem, vor allem das erste Grundstudiumsjahr, notierte sich sogar auf einem Zettel ein paar Daten über die Kurse, die ich in allgemeinen naturwissenschaftlichen Fächern, Chemie und Physik, belegt hatte. Danach fragte er gezielt nach meiner Erfahrung als Militärarzt und den praktischen Kenntnissen, die ich im vergangenen Jahr im Krankenhaus gesammelt hatte, sowohl im Operationssaal als auch auf der Chirurgischen Station allgemein. Und zum Schluß wollte er noch wissen, wie ich mir Chischins Entscheidung zugunsten des anderen Assistenten erklärte. All seine Fragen versuchte ich nicht nur gründlich, sondern auch offen und ehrlich zu beantworten, dabei trotz seiner Lockversuche peinlich bemüht, keinesfalls über Chischin herzuziehen, denn ich wußte ja, daß sie bei aller Konkurrenz Freunde waren. Die bevorstehende Privattätigkeit mit Dr. Nakasch verschwieg ich allerdings lieber, damit er nicht womöglich befürchtete, meine Aufmerksamkeit könnte irgendwie abgelenkt werden. Schließlich waren alle Fragen gestellt, er verschränkte die Arme auf der Brust und versank in langes, düsteres Schweigen. Einen Moment hob er die großen blauen Augen zu mir auf, als wollte er etwas sagen, doch sogleich senkte er wieder resigniert den Kopf, die Finger fest an die Stirn gepreßt, als ringe er noch mit sich. Ich begriff, daß er zögerte, das Thema Bluttransfusion anzuschneiden, vielleicht gerade, um sich nicht den positiven Eindruck zu verderben, den er von mir gewonnen hatte, zumal ich auf Empfehlung des Verwaltungsdirektors gekommen war, der großzügig über seine gelegentliche psychisch bedingte Abwesenheit hinwegsah. Auf einmal empfand ich diffuses Mitgefühl mit diesem trübsinnigen, selbstquälerischen Mann, der Chischins Jahrgang war, aber viel verbrauchter wirkte. Ich wollte es ihm leichter machen, wollte ihm die Möglichkeit geben, das loszuwerden, was er auf dem Herzen hatte, und falls er mich angreifen würde, bekäme ich Gelegenheit, energisch mein Handeln zu verteidigen, das mir nach der morgendlichen Lektüre in der Bibliothek geradezu genial einfach erschien. Deshalb sagte ich, als er schon aufstehen und mich verabschieden wollte, mit sanfter, aber selbstsicherer Stimme: »Man hat mir gesagt, Professor Levin, daß Sie gewisse Vorbehalte gegen die Transfusion hegten, die ich Lasars Tochter in Indien gegeben habe, und ich würde Ihnen, falls Sie interessiert sind und noch ein wenig Zeit haben, sehr gern mein Vorgehen erkären.« Tatsächlich hatte ich damit genau das angesprochen, was ihm noch Kummer bereitete. Zuerst wurde er rot, dann faßte er sich, hob den Kopf, löste die Arme voneinander, seine Augen leuchteten verblüfft ob meiner couragierten Offenheit, und er ergriff mit neuer Lebhaftigkeit das Wort. »Ehrlich gesagt, Dr. Rubin, hatte ich letzten Endes beschlossen, die Sache mit Schweigen zu übergehen, aber da Sie reden möchten, bin ich wirklich neugierig, wie Sie diese unglückselige Transfusion dort rechtfertigen wollen, die nicht nur völlig überflüssig, sondern auch verantwortungslos und vielleicht sogar riskant war.« Eine derart schnelle Attacke hatte ich nicht erwartet, doch ich beschloß,

Gelassenheit zu wahren, und fuhr mit ruhiger Stimme fort: »Aber warum denn keine Transfusion? Es bestand die akute Gefahr innerer Blutungen. Innerhalb von knapp vierundzwanzig Stunden bekam sie dreimal starkes Nasenbluten. Außerdem hatte ich beängstigende Befunde über ihre Leberfunktion. Aber Moment mal, entschuldigen Sie, hat Ihnen überhaupt jemand die Werte mitgeteilt?« »Sie werden sich wundern, Dr. Rubin, die Daten sind in dieser Frage belanglos«, fiel er mir in nun schon drohend werdendem Ton ins Wort. »Aber gewiß kenne ich sie, hier sind sie.« Damit zog er flink ein zusammengefaltetes Stück Papier aus der Hemdentasche und breitete es vor mir aus. Mir stockte das Herz beim Anblick des graustichigen indischen Papiers mit dem verschnörkelten Emblem des Labors aus Kalkutta. Ich hatte schon gerätselt, wohin es verschwunden sein mochte, und nun stellte sich heraus, daß Lasar oder seine Frau es für ihre Professorenfreunde aufbewahrt hatten, um insgeheim nachzuprüfen, ob meine Panik in Varanasi begründet gewesen war. »Aber warum sind die Daten belanglos?« Ich geriet langsam aus der Fassung, weil ich merkte, daß der Angriff offenbar aus völlig unerwarteter Richtung kommen würde. »Da eine so hochgradige Schädigung der Leber vorlag, die die Transaminasen auf hundertachtzig zu hundertachtundfünfzig hochschnellen ließ, mußten bei dieser Rebellion doch auch Gerinnungsfaktoren zerstört worden sein, ganz zu schweigen von dem Bilirubin, das bei dreißig angelagt war. Warum dann die arme junge Frau nicht mit ein wenig frischem, sicherem Plasma von einer so nahen Angehörigen wie ihrer Mutter stärken, damit sie mit der nächsten Blutung fertig wurde? Und tatsächlich, nach der Transfusion hörten die Blutungen auf.« »Sie haben von allein aufgehört, nicht ihretwegen«, warf mir Professor Levin aufgeregt an den Kopf. »Die Gerinnungsfaktoren, die Sie ihr mittels der Transfusion zukommen lassen wollten, sind Enzymketten, keine Blutkörperchen, und die verhalten sich bei der Transfusion gänzlich anders. Sie werden aufgesogen und verschwinden ohne effektive Wirkung, wenn man sie nicht mit einem speziellen Serum verdünnt, das ihre Struktur festigt, damit sie nicht zerfallen. Aber das, mein Freund, konnten Ihnen nicht mal ihre vorzüglichen Hochschullehrer in Jerusalem beibringen, und deshalb konnten Sie es auch nicht wissen. In diesem Punkt beschuldige ich nicht Sie, sondern Chischin, der schon gestanden hat, Ihnen aus Vergeßlichkeit vor der Reise meinen Aufsatz unterschlagen zu haben, den ich eigens für Sie bereitgelegt hatte – in weiser Voraussicht entsprechender Blutungsbeschwerden. Aber Ihnen, Dr. Rubin, lege ich zur Last, daß Sie mit derartiger Leichtfertigkeit die Mutter gefährdet haben, die Sie doch mit dem Virus ihrer Tochter hätten infizieren können. Als die Lasars mir arglos berichteten, daß Sie den Rückflug nach Neu-Delhi unterbrochen haben, um in dieser Totenstadt, deren Name mir entfallen ist, eine Bluttransfusion durchzuführen, habe ich mir auf die Zunge beißen müssen, um meine Angst davor, was hätte passieren können, zu verheimlichen. Wie durch ein Wunder ist nichts passiert. Manchmal schützt Gott den Menschen vor seinem Arzt. Aber ich habe mich doch gefragt: Ist dieser junge Mann einfach ein Idiot, der kaum das kleine Abc der Bluttransfusion gelernt hat, oder verfolgt er womöglich mir verborgene Ziele? Und als man mich dann zu prüfen bat, ob ich Ihnen den vorübergehend vakanten Posten auf der Station geben könnte, dachte ich anfangs, nein, bitte nicht diesen Arzt, ich will nicht mal seinen Namen hören. Aber Lasar, seine Sekretärin und sogar Ihr Chischin fingen an, mich unter Druck zu setzen, und andere, objektive Menschen beschrieben Sie nun gerade als strebsam, zuverlässig und bescheiden – was inzwischen ehrlich gesagt, auch mein Eindruck von Ihnen ist. Also sage ich Ihnen mal folgendes, Dr. Rubin: Wenn Sie, und sei's auch nur vorübergehend, auf unserer Station mitarbeiten wollen, setzen Sie sich bitte die ganze nächste Woche in die Bibliothek und repetieren Sie ein paar einfache physikalische Grundregeln wie das Gesetz der verbundenen Röhren, blättern Sie mal wieder im Biologielehrbuch über die Fortbewegung der Viren und ihre Vermehrung im Blut nach, insbesondere die Beschreibung der Viren B und C, die schon an sich interessant sind, und kommen Sie dann in ein, zwei Wochen – es eilt gar nicht – wieder zu mir, damit wir über all das reden können und Sie ein für allemal begreifen, in welche Katastrophe Sie eine nette, kerngesunde, bei uns allseits beliebte Frau hätten stürzen können, allein um Ihr Theaterstück aufzuführen.«

Nun war ich wirklich baff, denn mir fiel sofort ein, daß Ejal spontan ganz ähnlich reagiert hatte, als ich ihm in Jerusalem von der Bluttransfusion erzählte. Und Ejal stand ja wirklich außer Verdacht, Dinge zu erfinden, um mich zu Fall zu bringen. Wie also sah die Wahrheit aus? War ich im Irrtum? Mich schauderte bei dem Gedanken, sie könnte mich des voreiligen Handelns bezichtigen und womöglich das Vertrauen in mich als Arzt verlieren. Aber ich wußte auch, daß ich jetzt nicht mit diesem nervlich labilen Mann debattieren durfte. Besser verhielt ich mich »angelsächsisch«, wie mein Vater es stolz nannte, und ließ mich nicht auf einen unnötigen Streit ein, nicht einmal über den demütigenden Ausdruck »Ihr Theaterstück«. Deshalb erhob ich mich mit glühendem Gesicht, in tiefster Seele getroffen, und ging fast wortlos, ohne etwas zu versprechen. Zunächst nahm ich versehentlich den Weg zur Inneren Station, lief den Korridor zwischen den Krankenzimmern entlang, in denen überwiegend ältere und alte Menschen lagen, und hatte plötzlich Tränen in den Augen. Kann doch nicht sein, dachte ich mir, kann ja nicht stimmen, das ist ein völlig unbegründeter Verdacht, aber es wird mir nie gelingen, ihm die Absurdität seiner Worte zu beweisen, denn er will mich ja nur deprimieren, genau wie es Dr. Nakasch vorausgesagt hat, ja, Nakasch kennt ihn. Und plötzlich empfand ich den dringenden Wunsch, Dr. Nakasch zu sprechen, damit er mir auf seine schlichte Weise ein bißchen Halt auf der Welt gab, denn ich hatte jetzt das Gefühl, endgültig aus diesem Krankenhaus vertrieben zu sein, von dem ich bis vor ein paar Monaten noch sicher geglaubt hatte, es würde mein wahres und endgültiges Wirkungsfeld werden. Ich suchte Dr. Nakasch in den Aufwachräumen, aber dort hieß es, er sei schon im OP. Ungewillt aufzugeben, stahl ich mich in den Operationstrakt und sah durch das Türfenster meine Kollegen von der Chirurgie in ihren grünen Kitteln in der Runde stehen, während Nakasch schlank und sehr dunkel in seiner weißen Jacke dasaß, stumm wie ein indischer Fakir, seinen Kopf nahe an dem des Patienten. Bald bemerkte er mich und winkte mir freundlich zum Zeichen, daß ich auf ihn warten solle. Ein paar Minuten später kam er zu mir heraus. Ich erzählte ihm von meinem Treffen mit Levin, einschließlich der gemeinen Bemerkung über »mein Theaterstück«. Er wunderte sich nicht, lächelte nur und schimpfte leise: »Ich hab's Ihnen ja gesagt. Das ist ein schwieriger Mann, der nur nach Wegen sucht, wie er Sie deprimieren kann, ohne Ihnen dafür etwas zu geben. Vergessen Sie ihn. Sie brauchen ihn nicht. Morgen abend haben wir eine große Privatoperation und Ende des Monats noch zwei langwierige ernste Eingriffe. Außerdem habe ich Sie anderen Anästhesisten weiterempfohlen. Machen Sie sich keine Sorgen, Benji, Sie werden nicht Hunger leiden, werden Ihre Fachausbildung als Narkosearzt machen und es nicht bereuen, denn selbst wenn Sie letzten Endes zur Chirurgie zurückkehren sollten, verschafft Ihnen das einen großen Vorsprung vor Ihren Anästhesisten. Sie können Ihnen dann mehr abverlangen.«

Damit kehrte er in den Operationssaal zurück, um wieder bei seinem Patienten zu sitzen, während ich aus dem Krankenhaus eilte, das mir zum erstenmal, seit ich dort angefangen hatte, unerträglich wurde. Vor allem wollte ich keinem mir bekannten Arzt in die Arme laufen, dem ich hätte Erklärungen abgeben müssen. Wer hätte vor zwei Monaten, als ich in dem großen Direktionszimmer zwischen zwei starken, einflußreichen Männern stand, die einen »idealen Mann« in mir sahen und mich zu der Indienreise verlockten, je gedacht, daß sich in diesem ganzen großen Krankenhaus jetzt keine Stelle für mich finden würde, und wäre sie auch zeitlich begrenzt, und mir von allen insgeheim gehegten Hoffnungen des vergangenen Jahres nur eine seltsame, unmögliche Verliebtheit geblieben war, die mir nun ebenfalls weh tun würde, denn hätte sie, wie bis zum Vortag, im rein geistigen Bereich verharrt, hätte ich ihr vielleicht noch entfliehen können, aber jetzt, da mein Körper auf wunderbare Weise ihren berührt hatte, war ich es nicht nur meiner Seele, sondern auch diesem vor Leidenschaft brennenden Körper schuldig, mir hartnäkkig zu beweisen, daß dies nicht bloß eine flüchtige Episode war, wie sie beim schnellen Ankleiden mit forscher Sicherheit erklärt hatte. Denn wenn ich derjenige war, der angefangen hatte, konnte auch nur ich wieder aufhören. Und ich wollte ja nicht aufhören, wollte ganz und gar nicht aufhören.

So sagte ich mir, als ich auf den großen Parkplatz hinaustrat, in das starke, aber süße Licht eines strahlenden Wintertags. Ich ging zu meinem Motorrad, das ich neuerdings zwischen die Direktorenwagen unter die ihnen vorbehaltene Überdachung quetschte, nicht nur um es vor Regen zu schützen, sondern auch um aus der Nähe einen verschwiegenen Blick auf Lasars Wagen zu werfen und zu sehen, ob dort drinnen nicht irgendein von ihr vergessener Gegenstand lag. Ich startete und verließ geschwind das Krankenhausgelände, aber als ich an der ersten Ampel bei Rot wartete, mußte ich mich einfach nach dem gelblichen Gebäude umblicken, aus dessen beiden hohen Schornsteinen Rauch aufstieg, und auf einmal schien es mir, als verließe nicht ich das Krankenhaus, sondern das Krankenhaus entsegelte mir wie ein großes Schiff, das mit Patienten und Ärzten zu neuen Stürmen und Abenteuern aufbrach, deren ich für unwürdig befunden worden war. Professor Levin hat recht, er hat etwas erfaßt; die Geistesstörung schärft die Sinne. Richtig, ich habe dort in Varanasi ein bißchen Theater gespielt. Die Berührung des Arztes mit seinem Patienten ist auch immer ein klein wenig Theater, denn nur durch ein bißchen Spiel läßt sich die natürliche Scheu eines wildfremden Menschen überwinden, sich vor uns auszuziehen, damit wir ihm in den Rachen gucken, die Organe abtasten, das Herz abhorchen, die Geschlechtsteile befummeln. Aber in dem Hotel in Varanasi, neben den rotlackierten Korbmöbeln – das war nicht nur Theater, sondern auch der Beginn einer Verliebtheit, die ich jetzt pflegen muß, damit sie nicht erstirbt, nicht bloß Episode bleibt.

Vorerst mußte ich mich beeilen, meine Sachen in die neue

Wohnung zu bringen. Denn als ich mein altes Domizil erreichte, fand ich die Tür offen, fremde Koffer standen im Flur, und meine Wirtin lief mir mit der Mitteilung nach, die neuen Mieter zögen bereits ein, da sie sonst nirgends auf der Welt eine Bleibe hätten und nicht länger warten könnten. Ich hätte ja einer vorzeitigen Räumung zugestimmt, und wenn meine neue Wohnung schon fertig sei – warum dann noch bleiben? Tatsächlich gab es keinen Grund zu zögern, aber ich packte meine Sachen, die zahlreicher als gedacht waren, auch nicht gern in Anwesenheit eines stillen, verliebten jungen Pärchens, gerade erst aus dem Wehrdienst entlassen, das mich zu umwuseln begann und sich ebenso sanft wie zielstrebig in jedem eben geräumten Bord einrichtete. Mein Motorrad war natürlich nicht umzugstauglich, weswegen ich eilig meinen Jerusalemer Jugendfreund Amnon anrief, der an der Abteilung für Physik und Astronomie der Tel Aviver Universität über seiner Doktorarbeit brütete und unterdessen seine Brötchen als Nachtwächter einer großen Konservenfabrik im Süden der Stadt verdiente. Nachtsüber stand ihm ein alter Lieferwagen zur Verfügung, mit dem ich meine Habseligkeiten in die neue Wohnung bringen wollte. Ich mußte bis zu seinem Arbeitsbeginn am späten Abend warten, während mich das junge Paar schon mit sanfter, aber beharrlicher List aus meiner alten Wohnung drängte. Zuerst kamen wir überein, ich solle ihnen ein Zimmer frei machen, in dem sie ihre Sachen abstellen konnten, bis ich die übrige Wohnung räumte. Und tatsächlich ließen sie sich in dem einen Raum nieder, packten leise kichernd Sachen in den Schrank und begannen sogar, Bilder aufzuhängen. Aber als sie gegen Abend sahen, daß ich immer noch ausharrte, wurden sie ungeduldig, fingen an, in der Wohnung herumzulaufen, kochten sich in der Küche etwas, und die junge Frau ging ins Bad duschen. Sie waren ein symbiotisches Paar mit ständig funkender Verbindung unter sich. Auch als sie duschte, ging er wieder und wieder zu ihr hinein, um ihr etwas zu bringen oder wegzuholen. Schließlich teilte Amnon telefonisch mit, er komme in einer halben Stunde. Ich begann, die schweren Koffer und Decken hinunterzutragen, und die jungen Leute erboten sich sofort, die Kartons mit Büchern und Hausrat zu schleppen. Selbst als ich mit meinen Habseligkeiten schon unten auf dem Vorplatz saß und auf Amnons Lieferwagen wartete, räumten sie hinter mir her und brachten mir alle möglichen dreckigen und obskuren Dinge, die ich zurückgelassen hatte. Es war wirklich unangenehm, so überstürzt meine erste Tel Aviver Wohnung zu verlassen, die mir lieb gewesen war, deren Ruhe und Einsamkeit ich genossen hatte und die auch Erinnerungen an die Zeit meiner ersten Begeisterung für das Krankenhaus barg, als ich noch den Operationstisch am Küchentisch nachgestellt und mich im Besteckführen und Knotenschlagen geübt hatte, um Chischins besonnene und dennoch flinke Bewegungen nachzuahmen.

Als Amnon mit großer Verspätung eintraf, fand er mich, in eine Wolldecke gehüllt, inmitten meiner Habseligkeiten sitzen wie ein vertriebener Flüchtling. Aber ich konnte ihm nicht böse sein, denn ich wußte, daß er extra meinetwegen seinen Wachtposten heimlich verlassen hatte. Hastig luden wir alles auf den offenen Lieferwagen, dann schwang ich mich aufs Motorrad und fuhr ihm als Lotse voraus. Wir luden die Sachen auf dem Vorplatz der neuen Wohnung ab, und Amnon hatte es eilig wegzukommen. »Du mußt mir immer noch Hawkings Problem mit den ersten drei Sekunden des Urknalls erklären«, sagte ich zu ihm, bevor wir uns verabschiedeten. Ich wußte, er freute sich, wenn ich ihm Fragen aus Physik oder Astronomie stellte, weil er dann einen langen Vortrag starten konnte, während ich wie ein Schüler vor seinem Meister saß. Schon mehrere Jahre steckte er in seiner Doktorarbeit, obwohl er alle Kraft darauf verwendete, und seine guten Freunde wagten kaum noch, danach zu fragen, aus Angst, es könnte leise Skepsis durchklingen. »Wann immer du willst. Du weißt doch, wie ich mich freue, wenn du mal aus deiner Quacksalberei herauskommst und ein bißchen wahre Wissenschaft lernst«, antwortete er freundschaftlich und wollte sich sofort meine neue Telefonnummer notieren, aber plötzlich war sie mir entfallen, und ich versprach, noch in der Nacht in seinem Wächterhäuschen anzurufen und ihm die Nummer durchzusagen. Aber in der neuen Wohnung war das Telefon mausetot. Der Gedanke, daß meine Eltern mich gewiß den ganzen Abend suchten und nicht begreifen konnten, wohin ich verschwunden war, begann mir zuzusetzen. In den letzten Wochen hatte ich neue Besorgnis aus ihren Stimmen herausgehört – warum ihnen also unnötig Kummer bereiten? Aber was war bloß plötzlich mit dem Telefon los? Seit dem Vortag hatte es doch niemand angerührt. Einen Moment kam mir der Verdacht, Dori könnte ihr Gesuch um Zwischenablesung des Zählers irgendwie mißverständlich formuliert haben, so daß man fälschlich geglaubt hatte, sie wollte den Apparat abmelden. Es war schon spät, und die Wohnung füllte sich erschreckend mit meinen Siebensachen. Jetzt merkte ich, daß sie kleiner als meine vorige war, und der Schrank voll grauer Großmutterkostüme ärgerte mich plötzlich. Aber am meisten bedauerte ich, entgegen meinem Versprechen nicht meinen netten Freund Amnon anrufen zu können, um mit ihm ein Treffen in Sachen Hawkings Universum zu vereinbaren, denn so würde er ja vergeblich in seinem klammen Wächterhäuschen darauf warten, daß ich mich meldete, und sicher denken, ich wollte mich wieder mal um eine Begegnung mit ihm drücken, nachdem ich seine Hilfe ausgenutzt hatte. Ich ließ die Unordnung in der Wohnung hinter mir und machte mich auf die Suche nach einem öffentlichen Telefon, um ihn von dort anzurufen und einen Termin zu vereinbaren, ihn aber auch vorzuwarnen, daß ich diesmal nicht nur wie ein braver Schüler dasitzen und seinen gelehrten Ausführungen lauschen, sondern auch eine eigene Theorie vorschlagen wollte, deren vorläufige Kernsätze ich ihm sogar jetzt, mitten in der Nacht, unbedingt darlegen mußte, damit er darüber nachdenken und seine Antwort ausarbeiten konnte. Dieses Dunkel bezüglich der ersten drei Sekunden des Urknalls etwa, vor dem Hawking und andere stünden, wobei Hawking sympathischerweise zugebe, daß die Theorie hieran versage, weil sie nicht zu erklären vermöge, wie das ganze Universum, komprimiert auf ein Elementarteilchen von unendlicher Dichte und der Größe Null, sich mit solcher Geschwindigkeit ausdehnen könne – zu diesem Dunkel könne ich eine einfache Theorie beisteuern, die zumindest erörternswert sei. Die Physik stehe diesen ersten drei Sekunden einfach deshalb hilflos gegenüber, weil sie sich außerhalb der Physik befänden. Hier läge der Kreuzungspunkt vom Geist zur Materie, und bevor er dort nachsichtig grinsend die Nase rümpfe, wolle ich ihm mitteilen, daß ich auch einen schönen Beweis hätte, einen Beweis in umgekehrter Richtung, das heißt dafür, wie die Materie wieder zu dem einen Teilchen zusammenschrumpfe, dem sie entstamme. Der Geist werde das bewirken – und nicht durch Zauberwerk, sondern im Verlauf eines langsamen, schrittweisen Prozesses, der praktisch schon eingesetzt habe. »Nehmen wir beispielsweise das Flugzeug«, fuhr ich fort. »Es komprimiert die Materie, hebt die Entfernung auf, und was ist ein Flugzeug denn anderes als ein mäßig großes Stück Materie, in das eine Unmenge an Geist, das heißt an Gesetzen und Denken, investiert worden ist?« Mit seinem raschen, geradlinigen Verstand hatte Amnon schon erfaßt, in welche Richtung ich steuerte, und war Feuer und Flamme, eine große, umfassende Diskussion zu beginnen, die die leeren Stunden seiner durchwachten Nacht füllen könnte. Aber da erklärte ich ihm, ich spräche von einem öffentlichen Telefon, da der Apparat in meiner Wohnung kaputt sei, versicherte ihm, wir würden die Erörterung bei unserem nächsten Treffen fortsetzen, bat ihn, der Telefongesellschaft die Störung zu melden, und gab ihm meine neue Nummer, die ich mir vorsichtshalber auf dem Personalausweis notiert hatte. Und dann rief ich trotz der späten Stunde auch meine Eltern an, weil ich dachte, sie könnten besorgt sein, wohin ich plötzlich verschwunden war, aber wie sich herausstellte, weckte ich sie aus tiefem, sorglosem Schlaf, denn als sie in den Nachmittagsstunden versucht hatten, meine neue Wohnung anzuläuten, hatte ihnen eine Tonbandstimme geantwortet, die Leitung sei vorübergehend unterbrochen.

»Das ist typisch für meine neue Hauswirtin«, sagte ich sofort halb lachend, halb ärgerlich, »statt um eine simple Zählerablesung zu bitten, wird sie was verpatzt haben, und prompt hat man die Leitung unterbrochen. Großartig. Was soll ich nun machen?« Doch meine Mutter beruhigte mich, sie setzte unerklärliches Vertrauen in die Logik staatlicher Behörden, vielleicht weil Vater Beamter war. »Man wird dir am Vormittag den Apparat wieder anschließen, und morgen kommen wir sowieso nach Tel Aviv, um dir die Bürgschaft zu unterschreiben und ein wenig beim Einrichten zu helfen.« Plötzlich war es mir unangenehm, daß sie schon am nächsten Tag meine neue Wohnung aufsuchen wollten, in der noch ein Hauch der Liebesstunde in der Luft hing. Außerdem war ich sicher, mein neues Domizil würde meiner Mutter kein bißchen gefallen, da sie ja vom ersten Moment etwas dagegen gehabt hatte und nun vielleicht nicht mal das anerkennen würde, was schön und gut daran war. Und selbst, wenn sie sich abfällige Bemerkungen verkneifen sollte, würde sie mich doch gewiß erneut nach dem wahren Grund meines abrupten Wohnungswechsels ausfragen. »Nein, kommt morgen nicht«, wimmelte ich sie gleich ab. »Auch die Bürgschaft eilt nicht. Ich habe ihr genug vordatierte Schecks gegeben. Morgen hätte ich kaum Zeit für euch. Und abends nehme ich an einer Privatoperation teil, mit Dr. Nakasch, der mich als Assistent angeheuert hat, da muß ich früh im OP sein, um mir ein bißchen das Narkosegerät anzugucken und mich in die Materie einzuarbeiten. Nein, kommt morgen nicht. Laßt mir Zeit. Warum jetzt mitten in das Durcheinander platzen. Laßt mir Zeit, ein bißchen aufzuräumen, bevor ihr kommt und alles begutachtet. Lieber komme ich am Freitag nach Jerusalem, damit wir uns sehen, und dann könnt ihr auch die Bürgschaft unterschreiben. Laßt mir ein bißchen Zeit«, endete ich fast flehend. Nun herrschte Stille auf der anderen Seite. Zweifellos waren sie enttäuscht, besonders mein Vater, verzichteten nur ungern auf diesen Tel-Aviv-Besuch, der gewiß schon im einzelnen geplant war. Aber mein erfreuliches Versprechen, am Wochenende nach Jerusalem zu kommen, ließ sie einlenken. »Dann bist du also morgen wieder beim Operieren«, sagte mein Vater, plötzlich zum Leben erwacht. »Siehst du, nichts ist verloren. Sie wollen dich wieder im OP.«

»Der Chirurg operiert, Vater. Mir bleibt nur die Narkose«, sagte ich trostlos und fixierte eine junge Frau im Wintermantel, die ein paar Schritte entfernt auf der leeren Straße stand, eine Telefonmünze zwischen den Fingern rollte und darauf wartete, daß ich das Gespräch beendete. »Das ist nicht mein wahres Ziel. Ich möchte nicht nur narkotisieren. Aber genug, hier draußen wartet jemand, daß das Telefon frei wird. Ihr vergeßt, daß ich auf der Straße stehe. Machen wir Schluß.«

Ich hatte ihnen nichts von der Unterredung mit Professor Levin erzählt, um sie nicht noch mehr zu bekümmern. Nach und nach würde ich sie an den Gedanken gewöhnen müssen, daß ich aus dem Krankenhaus raus war. Ich eilte zur Wohnung zurück, und obwohl ich einen wirren und schwierigen Tag hinter mir hatte, empfand ich keine Müdigkeit, sondern stürzte mich vehement auf den Haufen mitgebrachter Sachen, um sie an ihre neuen Plätze zu räumen. Nur hatten die Lasars neben dem Kleiderschrank der Großmutter, den ich schon abgeschrieben hatte, auch noch vergessen, die beiden Nachttische an dem großen Bett auszuräumen, die hauptsächlich Papiere, alte Briefe und Fotoalben enthielten, weshalb ich zunächst zögerte, sie auf eigene Faust zu leeren, aber mich störte der Gedanke, daß zu beiden Seiten meines Bettes Nacht für Nacht Archive voller Briefe, Bilder und Dokumente einer mir völlig fremden Familie meinen Schlaf beeinträchtigen sollten. Deshalb packte ich schließlich alles in leere Schuhkartons, die auf dem Balkon zurückgeblieben waren, und schob diese zwischen die grauen Kostüme der Großmutter. Einen Moment verspürte ich zwar Lust, ein Fotoalbum draußen zu lassen, das ich mir als einziges kurz durchzublättern erlaubt hatte, denn darin fand ich alte Bilder von ihr – sie als junge Soldatin, als Jurastudentin, Schnappschüsse mit und ohne Lasar, mit Babys auf den Armen, immer lächelnd, hübscher und wohlgeformter als heute, eine junge Frau meines Alters –, aber zum Schluß packte ich es doch zu den anderen. Ich stand den Fotos fremd und feindselig gegenüber, konnte keine Verbindung zur Vergangenheit dieser Frau herstellen. Nichts gehörte hier mir, und ich brauchte es auch nicht, um meine Phantasie und Liebe zu beflügeln. Ich wollte sie so, wie ich sie jetzt kannte, mollig, in reifem Alter, verwöhnt, aber selbstsicher. Bis spät in die Nacht putzte ich die Wohnung und räumte meine Sachen ein. Die mitgebrachten Bilder hängte ich an schon vorhandene Nägel, denn ich wollte die Nachtruhe nicht durch Hammerschläge stören. Zum Schluß duschte ich und bezog das Bett mit frischen, duftenden Leintüchern, die man mir offenbar zur Benutzung dagelassen hatte, und da das abgestellte Telefon neben mir meine Ruhe nicht stören konnte, versank ich in dem neuen Bett in tiefen, anhaltenden Schlaf, dank dessen ich die Privatklinik am Strand von Herzlia mit klarem Kopf erreichte, um an der Operation teilzunehmen, die begann, als es draußen dämmerte, und fast bis zum Tagesanbruch dauerte.

Es war eine komplizierte und riskante Gehirnoperation, durchgeführt von einem etwa fünfunddreißigjährigen amerikanischen Gastprofessor, dem ein hiesiger Chirurg assistierte, ein namhafter Ruheständler unseres Krankenhauses, der früher mit Dr. Nakasch zusammengearbeitet hatte und ihm wohl deshalb die in diesem Fall besonders heikle Narkoseaufgabe anvertraute. Zum erstenmal sah ich Nakasch ein wenig von seiner natürlichen Ruhe und inneren Sicherheit einbüßen. Er war vor Aufregung rot im Gesicht, und nachdem er mich dem Gastchirurgen als seinen persönlichen Assistenten vorgestellt hatte, sprach er auch mich auf englisch an, mit der Bitte, ihm ebenfalls auf englisch zu antworten, damit wir uns richtig in die Sprachatmosphäre des Ortes einfügten, der mir vom ersten Moment an ein angenehmes Gefühl vermittelt hatte. Während nämlich die mir bisher bekannten OPs immer kalt, fensterlos und weltabgeschieden im Herzen des Krankenhauses gelegen hatten wie der Maschinenraum eines verborgenen Unterseeboots, betraten wir hier einen in warmen Farben gehaltenen Saal mit Fenstern, die hinter den hübschen Gardinen einen fast pastoralen Blick auf die gepflegte Strandpromenade mit den geruhsam auf und ab schlendernden Spaziergängern boten. Die medizinischen Apparaturen waren moderner als in unserem Krankenhaus, von kleinerem Format, leicht und angenehm zu handhaben. Und zu all dem kam noch der große, glattrasierte Schädel eines gutaussehenden, kräftigen Mannes Mitte Fünfzig. Seit meinen Anatomiekursen hatte ich nicht mehr gesehen, wie ein von Zangen gehaltener Schädel sich langsam Schicht für Schicht öffnet, von Meisterhand aufgesägt, um das weißliche Gehirn mit seinen pulsierenden Äderchen freizulegen, deren haargenauen Gleichklang zwischen Ruhe und Vitalität Nakasch jetzt an seinem hochmodernen Narkosegerät mit den wechselnd aufflimmernden kleinen Zahlen überwachte. Und so begann die lange Nacht, in der ich dicht neben Nakasch lernte, fast die ganze Zeit auf einem Fleck zu verharren, um sorgfältig die Funktion des Beatmungsgeräts zu kontrollieren und vor allem die wechselnden Daten des Sauerstoffgehalts im Blut, die ausgestoßene Kohlendioxydmenge und die Luftzufuhr in die Lungen zu verfolgen und natürlich auch auf Herzrhythmus, allgemeinen und venösen Blutdruck und den Flüssigkeitsgehalt des Körpers zu achten – die allesamt bei dem Narkosedrama mitwirken, das bei der Gehirnoperation absolut ruhig und präzise ablaufen muß, denn jedes kleinste Zucken oder Husten des Operierten kann Teile des entblößten Hirns hervortreten lassen.

»Wenn es Ihnen langweilig wird«, flüsterte Nakasch mir mitten in der Nacht in seinem schleppenden, irakisch gefärbten Hebräisch zu, das dunkle Gesicht von innerem Lächeln erleuchtet, »dann stellen Sie sich vor, Sie seien der Pilot der Seele und müßten dafür sorgen, daß sie schmerzlos durch das All des Schlafes schwebt, erschütterungsfrei dahingleitet, ohne zu schlingern oder abzusacken, aber auch nicht zuviel Höhenschwung gewinnt und aus Versehen gleich ins Jenseits davonsegelt.« Auch in unserem Krankenhaus hatte ich ihn seine Arbeit so beschreiben hören, aber jetzt, mitten in der Nacht, leicht benebelt nach stundenlangem konzentriertem Blick einzig und allein auf die wechselnden Anzeigen des

Narkosegeräts, während Schädel und Gehirn mir nicht wirklich vor Augen waren, sondern nur Grau in Grau vom aufgehängten Videoapparat flimmerten, empfand ich seine Worte als echt. Ich verwandelte mich vom Arzt in einen Piloten oder Aeronauten, umgeben von Schwestern, die in dieser Privatklinik wie gepflegte Stewardessen aussahen und gelegentlich leise hereinkamen, um etwas Blut abzuzapfen, das im Labor auf seinen Kalium- und Natrongehalt geprüft werden mußte, oder die baumelnden Infusionsbeutel mit Pentothal- oder Morphiumcocktails aufzufüllen, angereichert durch spezielle Zusätze, die Nakasch unterdessen gebraut hatte, um die Ruhe seines »Instrumentenflugs« sicherzustellen. Und nun erstmals erschien mir dieses ermüdende, passiv beobachtende Sitzen vor stummen Apparaten als eine Angelegenheit von spiritueller Bedeutung, denn Denken und Sorge galten nicht dem Körper, der Materie, dem grünlichen Tumor, den die beiden Chirurgen neben uns aus den Tiefen des Gehirns zu fischen rangen, sondern dem Geist, der Seele, von der ich auf einmal wirklich meinte, sie sei in meine Hände gegeben – in ihrem Schweigen und, wer weiß, vielleicht auch mit ihren Träumen.

Als die Operation zu Ende war, sahen wir, daß sich das Morgenlicht schon in die Vorhangfalten gestohlen hatte. Die beiden Chirurgen und die Schwestern verließen den Saal, und der Patient wurde in den Aufwachraum verlegt. Nakasch setzte sich ein Weilchen dazu und ging sich dann um unsere Honorarabrechnung kümmern, ließ mich also die »Landung« abwarten, das heißt zusehen, wann die ersten Ausfallzeichen am Beatmungsgerät ankündigten, daß der Patient sich seine natürliche Atemfunktion zurückzuholen begann. Ich verspürte jetzt keinerlei Müdigkeit mehr, zog die Vorhänge beiseite und ließ den Blick zwischen Beatmungsgerät und dem frühen Morgenlicht schweifen, das das Meer in zartem Pastell färbte. Meine Hände waren sauber, frei von Blut und Medikamentengeruch, ohne die Wärme aus den Tiefen des menschlichen Körpers, die ich sonst nach Operationen – trotz meiner nur bescheidenen Mitwirkung – in den

Fingern spürte. Und obwohl ich das entfernte Geschwür, das schleunigst zur Biopsie geschickt worden war, nicht einmal mit eigenen Augen gesehen hatte, empfand ich eine spirituelle Befriedigung, als hätte ich selbst an dem Ringen teilgenommen. Ich trat zu dem Patienten und zog ihm die Lider hoch, wie ich es Nakasch bei seinen Narkotisierten hatte tun sehen, ohne jedoch recht zu wissen, was ich dort sehen wollte. Eine bildhübsche Schwester, die über Nacht nicht dagewesen war, kam langsam ins Zimmer, setzte sich neben mich und sagte: »Dr. Nakasch schickt mich, Sie abzulösen, damit Sie die Honorarquittung unterschreiben können.« Ich wollte den Patienten nicht verlassen, hätte gern selbst gesehen, wie das Fahrgestell der Seele auf dem festen Boden des Körpers aufsetzte. Auch die freimütige Erwähnung des Honorars durch die Schwester klang grell in meinen Ohren. Aber ich war neu hier und wollte nicht aus dem Rahmen fallen. Also ging ich zum Sekretariat, wo mich bereits ein Scheck über achthundert Schekel erwartete, begleitet von einer sorgfältig und klar ausgedruckten Aufstellung aller Zahlungsmodalitäten und Abzüge. Nakasch prüfte meinen Scheck und fragte, ob alles in Ordnung sei. Dann schickte er mich nach Hause: »Ich werde darauf achten, daß unser Patient sanft landet«, sagte er schmunzelnd. Ich ging in den Umkleideraum, und obwohl ich mich bei der Operation nicht schmutzig gemacht hatte, mußte ich unbedingt den eleganten Duschraum nutzen und brauste mich ausgiebig ab. Danach zog ich mich an, klemmte den Helm unter den Arm und wandte mich zum Gehen, konnte mir aber doch nicht verkneifen, noch einen Blick in den Aufwachraum zu werfen, um nachzusehen, ob die Landung erfolgt war. Sie war erfolgt. Der Patient lag allein. Nakasch war verschwunden. Auch die bildhübsche Schwester war weg. Das Narkosegerät hatte man in die Zimmerecke gerollt. Die Seele war in den Leib zurückgekehrt. Der Patient atmete aus eigener Kraft.

Ich erreichte spielend meine Wohnung und ließ lange Autoschlangen hinter mir, die sich verzweifelt nach Tel Aviv hineinquälten. Das Honorar hatte ich in der Tasche, rund ein

Viertel meines Monatsgehalts im Krankenhaus. Jetzt dachte ich an sie. Sollte ich warten, bis ich die Bürgschaft meiner Eltern in den Händen hielt, oder ohne handfesten Anlaß erneut Kontakt zu ihr suchen? Kinder in Schuluniformen kamen die Treppen herunter. Nachbarn musterten mich mißtrauisch, als ich in schwarzer Lederjacke, den Helm auf dem Kopf, meine Wohnungstür aufschloß, aber noch wagte mich keiner anzusprechen. Ich machte mir ein großes Frühstück, ließ dann die Läden herunter und erwartete einen süßen Schlaf, ungestört durch irgendeinen Anruf. Aber während meines festen Schlummers erwachte die Leitung zum Leben, und um ein Uhr mittags läutete das Telefon energisch. Es war meine Mutter, die sich freute, daß ihre Bemühungen um meinen Anschluß Früchte getragen hatten, und fragte, wann ich am nächsten Tag kommen wollte. »Früh«, sagte ich sofort, wohlbewußt, daß ich sie für den verpatzten Tel-Aviv-Besuch entschädigen mußte. Tatsächlich traf ich am Freitag in Jerusalem ein, noch bevor mein Vater vom Dienst zurück war, und erzählte meiner Mutter von der unerquicklichen Unterredung mit Dr. Levin und meinem endgültigen Ausscheiden aus dem Krankenhaus. Zuerst lauschte sie schweigend. Wann immer ich in eine Auseinandersetzung hineingeriet, achtete sie darauf, sich nicht gleich zur Beschuldigung der Gegenseite hinreißen zu lassen, ja, selbst wenn ihr klar war, daß die anderen falsch und ungerecht gehandelt hatten, prüfte sie erst mal, was an mir und meinem Verhalten diesen Fehler veranlaßt haben mochte. Auch jetzt versuchte sie mich wieder und wieder behutsam auszufragen: Ob die Bluttransfusion wirklich nötig gewesen sei? Und was ich empfunden hätte, als ich sie durchführte? Ich hatte Mitleid mit ihr. Sie tappte im dunkeln, suchte etwas, wovon sie nicht ahnen konnte, daß es wahrhaft existierte. Aber ich fürchtete, sie könnte etwas herausfinden, und säte daher weiteres Dunkel. Schließlich traf mein Vater ein. Ich wollte ihm nicht gleich mit der Nachricht von meinem Weggang aus dem Krankenhaus weh tun, aber meine Mutter erzählte es ihm sofort. Anfangs erblaßte er, dann faßte er sich und lauschte mit einem Vergnügen, das gar nicht zu ihm passen wollte, Dr. Nakaschs treffenden Bemerkungen über Levins Geisteskrankheit. Auch die Tatsache, daß Chischin keine medizinischen Bedenken gegen meine Bluttransfusion geäußert hatte, schien ihm meine völlige Unschuld zu beweisen, und er war beruhigt. Außerdem staunte er sehr über meine Beschreibung der Privatklinik in Herzlia und wunderte sich über das hohe Honorar, das ich für eine Nacht erhalten hatte. »Wer sich mit der Seele befaßt, ist wichtiger und teurer als der, der sich nur um den Körper kümmert«,sagte ich lächelnd. »Die ganze juristische Verantwortung fällt letzten Endes nämlich den Anästhesisten zu. An wen sollten sie sich denn sonst wenden, wenn dem Patienten was passiert? Wer hätte schon die Kraft, erneut den Bauch oder das Hirn aufzuschneiden, um dort nachzustöbern, was richtig und was falsch operiert worden ist.« Meine Mutter war in tiefes Schweigen versunken und warf mir prüfende Blicke zu. Ich spürte, daß sie irgendwie unzufrieden mit mir war, wußte aber auch, daß sie der Sache nicht auf den Grund kommen würde.

Als mein Vater und ich endlich mit dem Gerede über Arzthonorare und mögliche Komplikationen bei chirurgischen Eingriffen fertig waren, überreichte meine Mutter mir einen an mich adressierten weißen Umschlag mit der Einladung zu Ejals Hochzeit, die drei Wochen später im Kibbuz En-Sohar in der Arava stattfinden sollte. Meine Eltern hatten eine separate Einladung erhalten, und Ejal hatte sie zudem telefonisch bestürmt, doch ja zu kommen. Seine Mutter hatte sich der Bitte angeschlossen, und sogar Hadas hatte den Hörer übernommen und ein paar nette Worte gesagt. Offenbar war es ihnen wichtig, daß meine Eltern, die Ejal schon von Kindesbeinen kannten, zu der Hochzeit erschienen. »Ihr habt doch nicht etwa vor, bis in die Arava zu fahren?« fragte ich verblüfft, aber tatsächlich hatten meine Eltern Ejal bereits zugesagt und ihm auch mitgeteilt, sie kämen nicht mit dem extra für die Gäste aus Jerusalem gecharterten Bus, sondern mit dem eigenen Wagen, denn nach der Hochzeitsfeier wollten sie zu einem der Kurhotels am Toten

Meer weiterfahren und dort einige Tage verbringen. Die Enttäuschung über den vereitelten Tel-Aviv-Besuch mußte wohl verstärkte Reiselust bei ihnen geweckt haben, denn im allgemeinen berieten sie ihre Pläne mit mir, doch diesmal hatten sie alles selbständig entschieden und auch schon Hotelzimmer bestellt. »Was wollt ihr denn auf einer Hochzeit junger Leute im Kibbuz anfangen?« fragte ich mit verwundertem Lächeln. »Wozu so weit fahren und dann noch mit dem alten Wagen?« Aber meine Mutter war fest entschlossen. Ejal habe sie ausdrücklich eingeladen, und sie wollten ihn nicht kränken. Sie erinnerten sich noch sehr wohl, wie er bei uns ein und aus gegangen sei, und es habe, besonders nach dem Selbstmord seines Vaters, Zeiten gegeben, in denen sie ihn fast wie einen zweiten Sohn betrachtet hätten. Außerdem freuten sie sich auf die Hochzeit, die Reise in die Wüste, den Kibbuz. Ich könnte mich ihnen in Jerusalem anschließen, oder sie würden mich in Tel Aviv abholen, und dann würden wir gemeinsam in die Arava fahren und nach der Hochzeitsfeier ins Hotel am Toten Meer. Dort hätten sie schon ein Zimmer neben ihrem für mich bestellt, und wirklich – warum sollte ich nicht ein paar Tage Urlaub machen? Doch ich wollte meine alten Freunde nicht unter elterlicher Aufsicht treffen und schlug auch sofort ihren Vorschlag aus, mit ans Tote Meer zu kommen, und sei's nur für eine Nacht. Ich versuchte, es ihnen schwerzumachen, erklärte, auch in die Arava müßten sie auf eigene Faust gelangen, denn ich hätte vor, das Motorrad zu nehmen, um beliebig nach Tel Aviv zurückfahren zu können und von niemandem abhängig zu sein. »Aber du bist doch nicht mehr ans Krankenhaus gebunden«, sagte meine Mutter, gekränkt, daß ich ihre Einladung ausschlug. »Ich bin an andere Dinge gebunden«, ließ ich kommentarlos verlauten. Sie waren sehr enttäuscht über meine ablehnende Haltung, besonders meine Mutter, die ziemlich bang an die Tour zu zweit mit dem alten Wagen auf der Wüstenstrecke dachte und auch befürchtete, mein Vater könnte sich unterwegs verfranzen, denn er war kein Held im Kartenlesen und zu stolz, anzuhalten und nach dem Weg zu fragen. Doch als ich sah, daß alle Hindernisse, die ich ihnen in den Weg legte, sie nicht davon abschreckten, Ejal gegenüber Wort zu halten, wurde mir ein bißchen weicher ums Herz, und ich versprach, am Ortsausgang von Beer Scheva einen Treffpunkt mit ihnen zu vereinbaren und von dort an vor ihnen herzufahren, um ihnen den richtigen Weg zu weisen, und sie dann auch nachts sicher zu ihrem Hotel zu geleiten. Daraufhin beruhigte sich meine Mutter, und wir verbrachten einen gemütlichen Schabbat zusammen. Die meiste Zeit blieb ich zu Hause, um die beiden zu entschädigen. Ich schilderte ihnen noch einmal ausführlich die komplizierte Gehirnoperation, an der ich mitgewirkt hatte, und beschrieb meine neuen Gefühle als Anästhesist. Ja, ich kam sogar auf Indien zu sprechen, war großzügiger mit Geschichten über meine Streifzüge in Kalkutta und an die Ghats von Varanasi und erwähnte die Lasars fast gar nicht. Auch von der Bürgschaft sagte ich kein Wort, erst kurz vor meiner Abfahrt am Samstag nachmittag, als meine Mutter ein kleines Nickerchen hielt, ließ ich meinen Vater unterschreiben und setzte ihre Unterschrift schnell selbst hinzu.

Jetzt, da die unterzeichnete Bürgschaft in meiner Tasche steckte, hatte ich sie von fern wieder mit einem dünnen Faden umgarnt, dessen Ende in meiner Hand lag. Aber wie absurd, grübelte ich niedergeschlagen, daß ich nach dem kühnen Geständnis und der geglückten Verführung immer noch am Ausgangspunkt zu stehen meine, ohne Kraft und Position, und daher eine überflüssige Bürgschaft als Vorwand für ein Treffen brauche. Rief ich sie an, behielt sie ein Schlupfloch, mir auszuweichen, selbst wenn sie sich noch nicht ganz klar war, ob sie das auch wirklich wollte. Hatte sie ihren Mann, an dem sie, wie ich nur zu gut wußte, sehr hing, jetzt wirklich zum erstenmal betrogen, mußte sie sich doch gewiß mit reuigen Gedanken über ihr Verhalten herumquälen, selbst wenn sie sich ein bißchen in mich verliebt haben sollte oder zumindest noch etwas sehnsüchtig an das zurückdachte, was zwischen uns gewesen war. Deswegen durfte ich ihr nicht die Macht in die Hand geben, unsere Verbindung zu lösen, ehe es noch zu einem weiteren Treffen gekommen war, das ich ganz einfach dadurch arrangieren wollte, daß ich selbstbewußt in ihr Büro hineinplatzte wie ein alter Mandant, der auch ohne Voranmeldung stets eingelassen und wenigstens kurz empfangen wird, da man ihm das Recht zubilligt, zu jeder beliebigen Zeit beunruhigt und besorgt zu sein. Und trotz meiner Befürchtung, sie könnte im ersten Augenblick vor mir erschrecken, war ich sicher, sie würde schnell begreifen, daß ich sie mit dem Überraschungseffekt lediglich bewegen wollte, mir weiterhin Vertrauen zu schenken, genau wie zuvor, als ich mich splitternackt ausgezogen und ihr die Wahl überlassen hatte, mit mir zu verfahren, wie es ihr gefiel. Wenn ich es nämlich vorzog, sie auf ihrem eigenen Terrain zu treffen, wo sie vor jeder unpassenden Geste oder Bemerkung, die mir herausrutschen mochte, geschützt war, tat ich das nicht nur, um ihre Furcht vor Belästigung zu zerstreuen, sondern auch als Signal, daß meine wahren Absichten nicht nur sexueller Art, sondern durchaus tiefer waren, als bürge die schriftliche Sicherheit, die ich ihr vorlegte, auch für die Persönlichkeit des Mieters. Und vielleicht gerade wegen der Bedeutung, die ich meinem plötzlichen Eintreten in ihr Büro beimaß, wartete ich noch ab, und obwohl ich jetzt genug Zeit gehabt hätte, durch die kleinen Straßen in der Nähe ihres Büros zu schlendern und, wie schon öfter, in einem Hauseingang versteckt zuzusehen, wie Lasar sie hineinbrachte oder abholte oder sie selbst den Wagen auf einen Platz im Parkverbot manövrierte, schob ich es hinaus, dorthin zu gehen, und zögerte immer noch, mich zwischen den Klienten hineinzudrängen, ihr die Bürgschaft auszuhändigen und damit den feinen, süßen Faden wieder aus der Hand zu lassen. Bis sie mir zum erstenmal im Traum erschien, mitten am Tag – jetzt, da ich über meine Zeit frei verfügen konnte, hatte ich mir nämlich angewöhnt, in langen, tiefen Mittagsschlaf zu versinken –, und in diesem Traum stand sie da und redete in ihrer frohen, freundlichen Art mit Chischin, der, anscheinend im Scherz, auf einem Krankenbett der Station lag. Dieser simple Traum erregte mich eigenartigerweise dermaßen, daß ich noch in den späten

Nachmittagsstunden desselben Tags in einem kleinen Modegeschäft in der Basel-Straße ein buntes Seidentuch indischen Stils kaufte, bevor ich endlich ihre Anwaltskanzlei betrat und die schwarzhaarige Sekretärin, die mich noch in Erinnerung hatte und entsprechend freundlich begrüßte, bat, sie möchte mich für einen kleinen Moment zu ihr vorlassen, sobald sie frei sei. Aber sie war gerade frei, und so trat ich ein, schloß die Tür hinter mir, setzte mich auf den Stuhl ihr gegenüber, bevor sie mir anbieten konnte, Platz zu nehmen, reichte ihr mit gesenkten Augen die Bürgschaft meiner Eltern und sagte: »Hier ist die erbetene Sicherheit.«

Ihre Augen erstrahlten in dem netten Lächeln, und sie wirkte gelassen, als habe sie meinen Überraschungsauftritt erwartet, ohne daß ich im Moment gewußt hätte, ob sie gelassen war in der Sicherheit, das zwischen uns Gewesene sei nichts als eine flüchtige Episode gewesen, aus und vorbei – oder ob im Gegenteil jetzt Gelassenheit über sie gekommen war, als sie sah, daß ich ihre Worte nicht ernst genommen hatte, ihr vielmehr diese blöde Bürgschaft brachte, weil ich sie nicht aufgeben wollte. Sie nahm das Papier entgegen und faltete es in der Mitte, als wolle sie es zerreißen, hielt jedoch zögernd inne, als würde die Rechtsanwältin in ihr sie vor unerquicklichen Eventualitäten in der Zukunft warnen, überlegte es sich aber dennoch anders, zerriß es in kleine Fetzen, die sie in den Papierkorb warf, und sagte: »Unwichtig, ich vertraue dir«, worauf sie die lachenden Augen zu mir hob und mit fester Stimme fortfuhr: »Na, was ist mit dir? Hast du dich erholt?« Ich sah sie mit einem Schlag erröten, vielleicht in Angst, was ich ihr antworten mochte. Deshalb behielt ich meine wahre Antwort zurück und fragte harmlos: »Wovon?« worauf sie erwiderte: »Du weißt schon, von etwas völlig Unmöglichem, das nicht fortdauern wird.« Ich schwieg, in dem Bedenken, die aufsteigende leichte Lust könnte meine Geistesgegenwart beeinträchtigen, blickte ihr aber gerade in die Augen. Sie trug ein graues Kostüm im Stil derer, die in meinem Schlafzimmerschrank hängen geblieben waren. Der Haarknoten hatte sich ein wenig gelöst, einzelne

Strähnen streichelten jetzt ihren Nacken. Ihre Haarfarbe wirkte dunkler, als ich sie von der Vorwoche in Erinnerung hatte. War sie nachgefärbt, oder täuschte mich das Licht im Zimmer? Auch ihr Make-up war während der Arbeitsstunden etwas verblaßt, so daß die hübschen Sommersprossen auf ihren Wangen durchschimmerten. Ihre Brüste schienen jetzt kleiner, hoben sich getrennt unter der weißen Bluse ab. Und hinter der Tischkante schwoll ihr verwöhntes Bäuchlein. Sie ist wirklich nicht schön, dachte ich insgeheim, wobei mich die vage Erinnerung an den mittäglichen Traum durchhuschte, aber sie hat eine Wärme, Lebhaftigkeit und Direktheit, die ich jetzt brauche, und wenn sie unbedingt meint, daß es nicht fortdauern wird, ist das ihr gutes Recht, denn ich habe sie ja noch nicht davon überzeugen können, daß nur der, der angefangen hat, auch wieder aufhören kann. Und in diesem gedrückten Schweigen nun zog ich das in Geschenkpapier verpackte Tuch aus der Jackentasche, legte es vor sie auf den Tisch und flüsterte heiser: »Das ist für dich. Es ist mir in einem Geschäft aufgefallen. Vielleicht, weil's mich an die indischen Tücher erinnert. Ich weiß es nicht.« Jetzt war sie völlig baff und erregt, als hätte mein ganzes Liebesgeständnis, samt meinem Nacktauftritt vor ihr, sie nicht so von der Ernsthaftigkeit meiner Absichten überzeugt wie dieses kleine mitgebrachte Tuch. Sie schloß fest die Augen, drückte dann wieder die Faust auf den Mund, als wollte sie sich für etwas bestrafen, was sie mir und sich selbst angetan hätte. Danach wickelte sie das bunte Schmuckpapier ab, breitete wortlos das Tuch aus, und dann lächelte sie mich zerstreut an und begann: »Sag mal, Benji, was willst du nun eigentlich? Ich werde doch bald fünfzig. Ich begreife nicht, was dort in Indien in dich gefahren ist und deine Gefühle verwirrt hat. Was ist denn dort bloß passiert? Richtig, ich habe auch was falsch gemacht. Mir schmeichelte plötzlich der Gedanke, daß ich auf einen jungen Mann wie dich anziehend wirke. Aber das ist alles. Was hätten wir denn davon? Es ist doch unmöglich. Und du weißt es.« »Ja, ich weiß«, gestand ich trübsinnig, fuhr jedoch mit erbärmlicher Hartnäckigkeit fort: »Ich möchte bloß noch ein einziges Mal.« »Nein«, erwiderte sie auf der Stelle entschieden, ohne nachzudenken, »es hat keinen Sinn. Obwohl es auch für mich schön war. Was soll's. Was nützt uns ein weiteres Mal? Es wird dir nur noch mehr weh tun, und du wirst wieder angelaufen kommen und nicht lockerlassen, denn du bist ja völlig frei, brauchst auf niemanden Rücksicht zu nehmen. Du hast mich irregeführt, als du mit der Bitte kamst, Mutters Wohnung zu mieten; ich glaubte, du wolltest wirklich heiraten.« »Aber ich will's ja wirklich«, gab ich hastig zurück.

Die Sekretärin klopfte an die Tür, wartete aber nicht ab, sondern trat gleich ein und nannte den Namen eines inzwischen eingetroffenen Mandanten. »Sofort«, antwortete Dori, stand auf und glitt auf ihren hohen Absätzen vorwärts, um ihn zu begrüßen. Eine heiße Welle der Liebe überflutete mich, als sie neben mir innehielt. Sie wollte etwas sagen, mich vielleicht trösten, aber der Mandant, ein elegant gekleideter älterer Herr, war wohl zu aufgeregt, um zu warten, denn er machte schon selbst die Tür auf und blieb auf der Schwelle stehen. Sie schenkte ihm sofort ihr mechanisches Lächeln und stellte mich vor, vielleicht um jeden eventuellen Verdacht bei ihm auszuräumen: »Bitte, darf ich bekannt machen – Dr. Rubin, gewissermaßen mein Hausarzt. Bitte treten Sie ein und nehmen Sie Platz.« Der Mandant nickte mir zerstreut zu und setzte sich. Sie begleitete mich auf den Flur. »Wie ich hörte, ist es mit Professor Levin zum Schluß nichts geworden«, sagte sie. »Stimmt«, erwiderte ich, vor Aufregung zitternd. »Er ist ein seltsamer Mann, ich verstehe ihn nicht. Er behauptet, ich hätte dich durch die Bluttransfusion in Varanasi mit Enats Gelbsucht infizieren können.« Sie lachte überrascht. Hatte sie denn wirklich nichts von Levins merwürdiger Beschuldigung gewußt? »Vielleicht hast du mich tatsächlich infiziert«, sagte sie mit leisem Lächeln, wandte sich ab und ging ins Zimmer, und durch die offene Bürotür sah ich sie das Tuch zusammenfalten und in eine Schublade stecken.

Um sieben Uhr abends rief Dr. Nakasch an, um zu fragen, ob ich bereit sei, schnellstens in die Klinik nach Herzlia zu kommen. In einer Stunde solle eine Operation beginnen, die ursprünglich ohne zweiten Anästhesisten geplant war, um dem Patienten Ausgaben zu ersparen, aber gestern habe er, Nakasch, eine schwere Erkältung bekommen, heute morgen sei die Temperatur gestiegen, und obwohl er sich tagsüber aggressiv behandelt habe, fürchte er immer noch, Bazillen im Operationssaal zu versprühen. Deshalb hätte er gern, daß ich den »Flug« selbst übernähme, und er würde natürlich zur Anleitung und Überwachung in der Nähe sein. »Meinen Sie nicht, es ist zu früh, mich allein zu lassen?« fragte ich aufgeregt. »Nein«, antwortete Nakasch in festem Ton, »Sie werden es können. Nicht von ungefähr habe ich Sie ausgewählt. Schon ein ganzes Jahr lang beobachte ich Sie im OP, und ich habe gesehen, daß Sie innere Abläufe erfassen. Sie haben das richtige Verständnis von Narkose. Nicht umsonst hat Chischin Sie damals in der Kantine vor uns allen gelobt. Übrigens, falls Sie Sehnsucht nach ihm haben, können Sie die bald befriedigen, denn heute nacht operiert er. Aber in Gottes Namen, Benji, schwingen Sie sich schnell auf Ihr Motorrad und schwirren Sie an.«

Meine Stimmung, die nach dem Gespräch mit Dori gedrückt gewesen war, hob sich mit einem Schlag. Ich setzte mich aufs Motorrad und begann mit der Verbissenheit eines dringenden Nothelfers, mich dreist durch den dichten abendlichen Stoßverkehr aus Tel Aviv herauszuschlängeln, erreichte den Operationssaal aber trotzdem erst, nachdem die erste Prämedikationsspritze unter Nakaschs Aufsicht gegeben worden war. Um seine Umgebung vor Bazillen zu schützen, hatte er sich eine seltsame Maske gebastelt, die den ganzen Kopf bedeckte und nur zwei Löcher für die schmalen schwarzen Augen frei ließ. Die Patientin war eine mollige, blauäugige Frau um die Fünfzig, deren Figur an die Frau erinnerte, die ich wenige Stunden zuvor noch um Liebe angefleht hatte. Sie mußte sich einer Bauchoperation unterziehen, Korrektur einer Hiatushernie verbunden mit einer Vagotomie – ein Eingriff von der Sorte, für die Chischin Experte war, trotz des rätselhaften Exitus der jungen Patientin, die er vor der Indienreise operiert hatte. Ich zog einen Mundschutz über und fing mit Hilfe der Schwestern an, die Patientin auf die Operation vorzubereiten. Da Nakasch Abstand von uns hielt, leitete ich ein freundliches Gespräch mit der Kranken ein, fragte sie nach ihren Gefühlen und Wahrnehmungen, erkundigte mich nach Mann und Kindern und legte unterdessen ihre Brust frei, um noch ein letztes Mal Herz und Lungen abzuhören und dadurch unangenehme Überraschungen möglichst auszuschließen. Auf dem Korridor erklang Chischins schallendes Lachen, und Nakasch winkte mir zur Eile. Ich spritzte ihr die erste Portion Dormicum, lächelte sie an, legte ihr die Maske auf, schloß sie an den Narkoseapparat an und fühlte ihren Körper unter meinen Händen erschlaffen; ich gab ihr die erste Phenthotal-Spritze, um ihre Muskeln zu entspannen, und stach die Infusionsnadel ein, damit das Narkotikum zu tropfen begann und ihr den Schmerz nahm; sie verlor das Bewußtsein, und sofort spürte ich, daß ihre Seele mich um Befreiung und Höhenstart bat; mit beiden Händen umfaßte ich den blauen Ballon und gab ihr zur Beruhigung eine erste Portion Sauerstoff; dann öffnete ich ihr mit Gewalt die zusammengepreßten Lippen und führte die kleine Metallzunge des Laryngoskops ein, um die Schließung des Mundes zu verhindern; und in dem feinen Lichtstrahl aus dem Gerät selbst konnte ich genau den rötlichen Durchgang zwischen den Stimmbändern erkennen, durch den ich den Beatmungstubus langsam in die Lunge einführte. Nun setzte ich den Respirator in Betrieb. Die Schwester legte den runden weißen Bauch frei, reinigte ihn mit Alkohol und zeichnete nach vorgefertigter Skizze die Linien für die ersten Schnitte des Skalpells. Nakasch, der mit seinem vermummten Gesicht wie eine weiße Mumie mit brennenden Augen hinter der Tür stand, machte mir ein Siegeszeichen und bedeutete mir, ihm das Sichtfeld freizugeben, damit er von weitem ebenfalls die Monitore verfolgen konnte, die am Narkoseapparat den von seiner Seele verlassenen Leib zu steuern begannen.

Chischin verzögerte seinen Auftritt noch wie ein Dirigent, der wartet, bis das Orchester die Instrumente gestimmt hat.

Aber als die Schwester mit den Röntgenaufnahmen hereinkam und sie wie Notenblätter vor den erleuchteten Bildschirm stellte, spürte ich seine unmittelbare Nähe und bebte vor Aufregung, da ich wußte, daß Nakasch ihm nichts von meiner Teilnahme an der Operation gesagt hatte. Er schlenderte langsam herein, hoch aufgerichtet, lächelnd, selbstzufrieden ein Lied summend. Die lila Farbe von Kittel und Maske, die an dieser Klinik das übliche Grün ersetzte, verlieh ihm ein fröhlich leichtes Aussehen, als hätte er sich in jemand anders verkleidet. Er stoppte, warf dem vermummt in der Ecke stehenden Nakasch einen amüsiert staunenden Blick zu, und dann trafen seine Augen auf meine, die nicht von den flimmernden Anzeigen des Narkoseapparats wichen, für dessen Funktion ich mich nun hauptverantwortlich fühlte. »Welch angenehme Überraschung«, sagte er, wieder gefaßt. »Mein Freund Dr. Rubin, Sie haben also auf das Skalpell, nicht aber auf den Operationssaal verzichtet. Sehr gut. Das ist eine positive Entscheidung. Als Sie uns verließen, wollte ich Ihnen selbst Fortbildung in der Anästhesie empfehlen, aber ich fürchtete, Sie könnten mich bezichtigen, ihre großen Ambitionen eindämmen zu wollen. Doch nun hat Dr. Nakasch Sie zu überzeugen vermocht. Alle Achtung, Nakasch, Sie haben einen idealen Assistenten gefunden.«

5.

Und nun endlich findet auch das harte, offene grünliche Auge, von dem man noch nicht wissen kann, ob es Männlein oder Weiblein gehört, seine Ruhe, fängt alsbald an zu flakkern, bis es ganz erlischt, die Angst in den Schlaf einbringend. Und trotz der Trauer über die Schlappe, daß die Freiheit wieder mal entwischt und spurlos verschwunden ist, wird das Streicheln einer fremden, doch vertrauten Feder in der Dunkelheit ein bloßes Bein trösten. Und wenn feine Lichtspeere zwischen den kahlen gelblichen Felsen hervorblitzen und ein lila Pinsel zart über den dunklen Himmel gleitet, findet man die beiden schon eng umschlungen in die dürren Zweige eines robusten Busches verheddert, wo sie darauf warten, daß die Sonne das Firmament zu scharfem Azur aushämmern möge. Ja bis ins Herz der Arava sind sie geflogen, um zu lernen, daß keiner von ihnen beiden allein bleiben kann.

Aber da sie die Kette der Ehe zerrissen haben, die sie verband, sind sie dazu verdammt, fortan ihre Nahrung in dürrer Erde zu suchen und bitteres, salziges Wasser aus dem See des Todes zu trinken. Und erregt über das Los ihrer erneuten Begegnung umkreisen sie unaufhörlich in tiefer Ehrfurcht die bluttriefenden Bruchstücke des Mysteriums, das nicht von ihnen abließ, ihnen vielmehr getreulich nachstellte, um sie wieder miteinander zu verbinden. Jetzt liegen die Fragmente dort vor ihnen über die Felsen verstreut, erbärmliche dürre Glieder, zerschunden und erschöpft, aber noch zuckend, als wollten sie wieder fliegen oder ihre Gestalt wechseln. Ein abgetrennter Arm verwandelt sich in einen schwarzen Flügel, ein verlorenes Bein in einen haarigen Schwanz, die geborstene Brille in einen scharfen Schnabel, worauf man in der Mittagsglut, die sie wieder aneinanderschweißt, auch schon ein vages Flattern spürt, das von der trockenen Erde her alles zu einem glänzendschwarzen Raben zusammenfügt, der seine Flügel schlägt.

Ejals bevorstehende Hochzeit versetzte mich seltsamerweise in etwas bange Aufregung, als könnte in ihrem Verlauf etwas Bedeutsames geschehen. Ejal selbst schürte durch häufige Beratungen, wie man die Gästezahl erhöhen könnte, ständig das Interesse an seiner Feier. Da er fürchtete, die große Entfernung zu dem Kibbuz in der Arava könnte potentielle Gäste abschrecken, so daß die Teilnahme zum Schluß gering ausfallen würde, wollte er möglichst viele Leute einladen und rief mich immer wieder an, um nach Namen und Anschrift längst vergessener Schulkameraden zu fragen. Aber auch auf die lange Gästeliste mochte er sich nicht verlassen, telefonierte vielmehr immer wieder, um sicherzugehen, daß keiner im letzten Moment absprang. Doch vielleicht löste auch nur die altbekannte Sorge Ejals, der seit dem Verlust seines Vaters ständig fürchtete, abgelehnt und verlassen zu werden, diese erwartungsvolle Erregung bei mir aus, die offenbar auch auf meine Eltern übergesprungen war, denn nachdem sie dem jungen Paar ein schönes, teures Geschenk von uns allen ausgesucht hatten, kaufte sich meine Mutter auch noch ein neues Kleid, und mein Vater brachte den Wagen zur Inspektion. Tatsächlich waren das alte Auto und die lange Fahrtstrecke jetzt unsere Hauptsorgen. Um Vater den langen Tag am Steuer ein wenig zu erleichtern und unnötige Schwierigkeiten mit dem Treffpunkt in Beer Scheva zu vermeiden, kamen meine Eltern schon morgens nach Tel Aviv, und nachdem sie eine alte Tante im Seniorenheim besucht hatten, aßen wir in einem kleinen Restaurant in der Nähe meiner Wohnung gemeinsam zu Mittag, worauf ich die beiden kurz zum Ausruhen mit zu mir nach Hause nahm. Die neue Wohnung gefiel meiner Mutter überraschenderweise, da sie sie trotz ihrer vielen Nachteile wärmer und weniger fremd als die vorige fand. »Alles in allem hast du zwar einen Fehler gemacht«, sagte sie in ihrer etwas belehrenden Art, »aber einen Fehler in die richtige Richtung.« Ich bezog ihnen mein Bett, das heißt das der Großmutter, mit frischen Laken und Decken, stellte trotz des schönen Tages einen kleinen Elektroofen auf und bestand darauf, daß sie wirklich die Kleidung ablegten, Pyjamas anzogen und ein leichtes Schläfchen hielten, um neue Kräfte für das große Abenteuer zu tanken. Anfangs amüsierten sie sich über meine ungewohnte Hartnäckigkeit, aber zum Schluß gaben sie nach. Und wenn auch meine Mutter nicht durchielt, sondern eine Viertelstunde später aus dem Zimmer kam, verfiel mein Vater tatsächlich in einen langen, tiefen Schlaf, der uns beide ein wenig zu beunruhigen begann. Meine Mutter bewies zwar Noblesse und versuchte nicht länger, mich zum Mitkommen im Auto zu überreden, aber als ich meinen Vater verwirrt, mit glasigen Augen und müder als zuvor aus meinem Schlafzimmer wanken sah, bekam ich für einen Moment Mitleid mit den beiden und überlegte, ob es nicht richtiger wäre, auf die lange separate Tour mit dem Motorrad zu verzichten und meinen Vater bei der ermüdenden Fahrt am Steuer abzulösen. Aber da ich hauptsächlich vor der Nachtstrecke Bedenken hatte, die sie nach der Hochzeit auf der öden Straße von der Arava über Sodom zum Hotel am Toten Meer erwartete, hätte der Verzicht auf das Motorrad bedeutet, mindestens eine Nacht bei ihnen im Zimmer verbringen und am Morgen mit dem Bus nach Norden zurückfahren zu müssen, wodurch ich meine Freiheit viele Stunden lang eingebüßt hätte. Dazu war ich nicht bereit, zumal ich Amnon, der in Begleitung seiner ebenfalls eingeladenen Eltern mit dem Charterbus aus Jerusalem kommen wollte, versprochen hatte, ihn auf dem Motorrad direkt nach Tel Aviv zurückzubringen, so daß wir unterwegs endlich das »astrophysikalische Treffen« abhalten konnten, das wir einander zwar längst zugesagt, aber immer wieder aufgeschoben hatten.

Die Trauzeremonie sollte um halb acht anfangen, aber Ejal hatte uns immer wieder beschworen, noch bei Tageslicht anzukommen, um die lange, phantastisch schöne Abenddämmerung genießen zu können. »Verpaßt nicht den Sonnenuntergang in der Wüste«, warnte er immer aufs neue.

Doch nicht nur dieses Naturschauspiels wegen brach unsere kleine Kolonne schon um drei Uhr nachmittags auf, sondern vor allem um den zweihundertfünfzig Kilometern, die vor uns lagen, eine sanftere, menschlichere Dimension zu verleihen. Im Grunde fuhr mein Vater gut, aber in der letzten Zeit überkamen ihn am Steuer träumerische Momente, die ohne die Aufmerksamkeit meiner Mutter böse enden konnten. Und dann war da natürlich das Problem des Hinfindens. Die Strecke zum Hochzeitsort war zwar einfach und gerade, aber ich wußte, daß manchmal ausgerechnet durchgehende Hauptstraßen, die in ruhigem Fluß von allein ans Ziel führten, meinen Vater irreleiteten, der ständig angespannt nach einer nötigen Abzweigung fahndete, bis er es nicht länger aushalten konnte und an einer harmlosen, unwichtigen Kreuzung meinte, daß es Zeit zum Abbiegen sei, und das Steuer herumriß. Aber diesmal hatten wir ausdrücklich ausgemacht, daß er ohne ein klares Zeichen von mir nirgends abbiegen sollte. Und so begann ich ihnen in langsamem Tempo vorauszufahren, lotste sie wie Ehrengäste in einem fremden Auto durch das Tel Aviver Straßengewirr, um sie präzise auf die richtige Spur der Stadtautobahn zu setzen, wo ich mir schon erlaubte, ein wenig Abstand von ihnen zu nehmen, sie sogar ein Weilchen zu verlieren, sie aber alsbald wieder aus dem Verkehrsstrom auffischte, um sie an der entsprechenden Kreuzung auf die Strecke in den Süden zu lenken, dessen weite Ebenen jetzt in einer verschwenderischen Fülle warmen Lichts erstrahlten, so daß es mir unter dem Sturzhelm heiß zu werden begann. Denn obwohl wir offiziell noch Winter hatten und die jungen Meteorologen, die in den Monaten mit Sturm und Schnee zu gefragten Medienstars avanciert waren, noch hartnäckig an ihren Wind- und Regenprognosen festhielten, war flugs frühlingshafte Wärme eingezogen, um flutverwüstete Felder, frostbraune Wiesen und sturmgeplagte Bäume zu trösten; ja sogar die große, breite Asphaltstraße schien angenehmen Frühlingsduft auszudünsten. Deshalb konnte ich es mir nicht verkneifen, das Motorrad auf dem Randstreifen anzuhalten und wie ein gestrenger Verkehrspolizist meine Eltern ebenfalls an den Straßenrand herauszuwinken, um ihnen zu raten, die Fenster herunterzukurbeln und die frische Luft einzuatmen.

Ich trug mich noch mit einem Rest an Trübsinn und Ärger infolge des unerquicklichen Gesprächs in ihrem Büro. Noch hatte ich es nicht aufgegeben, aber die Sicherheit und Entschlossenheit ihres Versuchs, mich abzuschütteln, verblüfften mich. Stimmt, anfangs habe ich mir nichts erhofft, dachte ich, aber als sie überraschenderweise mein Geständnis erhörte, begriff ich schon, daß ich mich nicht plötzlich zum Träumer oder Phantasten gewandelt hatte, sondern derselbe wie immer geblieben war – ein ausgewogener, realistischer Mensch, der das anstrebt, was im Rahmen seiner Möglichkeiten liegt, und tatsächlich hat ja die Wirklichkeit erwiesen, daß sogar eine mir so fernstehende ältere Frau mich als möglichen Mann betrachten kann, wenn ich auch noch nicht weiß, wie und warum, ob allein dank dem Zauber der Jugend oder vielleicht auch dank einiger meiner inneren Werte, die sich ihr noch im indischen Licht offenbart haben. Aber nun sagt sie trotzdem: »Genug« und weist mich energisch zurück, weil sie, durchaus zu Recht, befürchtet, ich könnte völlig der Leidenschaft verfallen, deren Stärke ich ihr ja schon zu kosten gegeben habe. Deshalb mußte man vielleicht erwägen, ob eine positive Absicht in der lächelnd hingeworfenen Bemerkung lag, ein Junggeselle sei gefährlich für ein solches Abenteuer, ja womöglich müßte ich gerade jetzt, im Stadium glühender Verliebtheit, mein zäh beibehaltenes Junggesellendasein aufgeben, denn nur so könnte ich sie vor mir schützen, wie ich vor ihr geschützt bin. Es mag eine verkehrte Logik sein, aber sie birgt auch Hoffnung in sich. Vielleicht sollte ich also wirklich heiraten, muß heiraten, muß heiraten – und dieser simple Satz begann in meinem Innern zu tönen, rollte vor mir her über den schwarzen Asphalt, belebte den Kreislauf und ließ mich unwillkürlich die Fahrt beschleunigen, bis ich merkte, daß der Wagen meiner Eltern hinter mir verschwunden war. Dabei wären mein Vater und meine Mutter, könnten sie in meinen neuen Gedankengang eindringen, doch selbst dann hoch erfreut, wenn sie den verborgenen Grund erführen, denn ich wußte, sie unternahmen, ein teures Geschenk auf dem Rücksitz, diese ermüdende Fahrt zu einer Hochzeit an einem fernen Ort nicht nur, um ihrer Zuneigung zu Ejal und der Freude über seine Heirat Ausdruck zu verleihen, sondern auch, um ihrem einzigen Sohn, der sie jetzt mit Helm und Lederjacke anführte, klar zu signalisieren, was ihnen wirklich wichtig war, wichtiger als alles andere, und wie sehr seine Einsamkeit ihnen langsam Kummer bereitete. »Man müßte vielleicht wirklich heiraten«, sagte ich laut zu mir selbst und bog in einen Feldweg ein, um das Motorrad einen kleinen Hügel hinaufzulenken, mit weitem Blick nicht nur über die Straße von Nord nach Süd, sondern auch über die landwirtschaftlichen Siedlungen, die die Wohnblocks von Kiriat Gat mit einem hübschen ländlichen Gürtel umgaben – grüne Luzernefelder und frisch gepflügte saftige Roterde; sogar die Reihen häßlicher Plastikplanen glitzerten jetzt im scharfen Sonnenlicht wie die glühenden Heizelemente eines Riesenofens. Der Straßenverkehr floß gemächlich dahin, und es verging einige Zeit, bis ich das ruhige Gesicht meiner Mutter entdeckte, die sich bereits ein Kopftuch umgebunden hatte, um ihre Frisur vor dem Luftzug durchs offene Wagenfenster zu schützen. Auf dem Rücksitz saß ein junger Tramper, den mein Vater, der gern Anhalter mitnahm, um deren Ansichten über die Welt zu hören, trotz meiner vorherigen Ermahnung, diesmal nicht unterwegs anzuhalten, um das Fortkommen unserer kleinen Kolonne nicht zu behindern, aufgegabelt hatte. Sie haben also auch ihr Vergnügen, sagte ich mir und ließ sie ein Stück weiterfahren, bevor ich das Motorrad startete, um ihnen zu folgen und auf meinen Vater aufzupassen, damit er nicht plötzlich nach Aschkelon abbog.

An der Tankstelle am Ortsausgang von Beer Scheva fanden wir einmütig, daß die Fahrt bisher außerordentlich leicht und angenehm verlaufen war und wir den vorgesehenen Zeitplan zweifellos würden einhalten oder sogar noch unterbieten können. Doch nachdem wir den Höhenzug von Jerucham passiert hatten, der dank der üppigen Regenfälle dieses stürmischen Winters mit zartem Grün bedeckt war, und tiefer in die Wüste selbst vordrangen, bewölkte sich der Himmel, und das warme rötliche Licht, in dem wir bisher wohlig gebadet hatten, trübte sich gelblich. Es wäre komisch, wenn gerade hier Regen fiele, dachte ich, und tatsächlich vermochten die Wolken über uns nur ein paar große, kalte Tropfen abzugeben, aber es setzte ein scharfer Ostwind ein, der mein Motorrad aus dem Gleichgewicht brachte. Sofort mußte ich die Geschwindigkeit drosseln, und der Abstand zwischen mir und meinen Eltern schrumpfte. Fortan führte ich sie nicht nur, sondern hatte auch das Gefühl, daß sie mich von hinten schützten, und als der Wind noch mehr zulegte, hängte ich mich hinter ihren Wagen, um die jähen Sturmböen zu brechen, die mich heftig beutelten. Meine Mutter blickte ständig besorgt zurück, um mein Ringen mit dem Wind zu verfolgen und aufzupassen, daß mein Vater mich nicht aus Versehen verlor. Ab und zu winkte sie mir irgendwie sonderbar zum Gruß oder zur Ermunterung. Zweifellos ärgerte sie sich insgeheim über mein exzentrisches Beharren, zu solch einer fernen Hochzeit partout mit dem Motorrad zu fahren, aber ich war auch sicher, daß sie sich nun, da es einmal geschehen und nicht mehr zu ändern war, hüten würde, ein Wort des Tadels oder Vorwurfs zu äußern. Für diese kluge Zurückhaltung war ich ihr von Herzen dankbar. Ich winkte ihr freundlich zurück und kämpfte weiter gegen den unbändigen Wind an, glaubte schon, bei diesem Tempo würden wir doch erst bei Dunkelheit zur Hochzeit kommen, aber als wir langsam und vorsichtig die steilen dreihundert Meter Höhenunterschied von der Hochfläche zur Arava-Kreuzung hinterfuhren, spürte ich den Wind mehr und mehr abflauen, und obwohl an der Kreuzung noch minutenlang ein kurzer warmer Schauer auf uns niederprasselte, riß der häßlich trübe Himmel schnell auf, und frische Quellströme unbekannten rosavioletten Lichts begannen zu sprudeln, als erwiderten sie den Ruf des großen Sonnenuntergangs, der bald fern über den Tiefen des Mittelmeeres einsetzen würde. Meine Eltern meinten, nach meinem Ringen mit dem Wind brauchte ich gewiß eine

Ruhepause, aber ich war ungeduldig erpicht, die verbleibenden fünfzig Kilometer schnell zu überwinden, in dem geheimen Glauben, die Anstrengung, Ejal Wort zu halten und vor Einbruch der Dunkelheit zu seiner Hochzeit einzutreffen, werde mir verborgenen Lohn einbringen. Tatsächlich wartete Ejal in seiner Sorge schon am Tor des Kibbuz, als könnte er von dort geladene Gäste, die womöglich im letzten Augenblick vor der langen Fahrt zurückschreckten, aus der Ferne ansaugen. Sobald er unsere putzige kleine Kolonne Richtung Tor einbiegen sah, leuchtete sein Gesicht auf, und als wir ankamen, überhäufte er mich mit Umarmungen und Küssen. Aber er wirkte nicht wie ein glücklicher Bräutigam. Seine Züge waren blaß und angespannt, und dunkle Ringe zeichneten sich unter seinen Augen ab. »Kommt Mutter beglückwünschen«, sagte er sofort, »sie wartet auf euch.« Damit schwang er sich hinter mich aufs Motorrad, um uns zu einer kleinen, hinter Häusern verborgenen Schlucht zu geleiten, auf deren Grund inmitten einer großen Rasenfläche das ruhige Wasser eines Schwimmbeckens im Abendlicht sanft den Schatten der schroffen Felswand widerspiegelte. Runde weiße Tischchen standen wie große Pilze über den Rasen verstreut, aber es saßen nur wenige Leute daran, die versonnen dem langhaarigen Gitarrenspieler zusahen, der auf dem Sprungbrett saß, sein Instrument stimmte oder einfach so die Saiten zupfte, und seine langsamen Klänge erfüllten diesen Ort, an dem es weder Lautsprecher noch Verstärker gab, mit solch einer Atmosphäre positiven Willens, daß ich vielleicht dadurch letzten Endes dazu bewegt wurde, mich, bevor ich ihn bei Nacht verließ, zur Heirat zu entschließen.

In einem weißen Kleid, als wäre sie die Braut, saß Ejals Mutter einsam und fremd mitten auf dem Rasenplatz, vor sich ein Glas mit gelblichem Saft. Seit unserem letzten Zusammentreffen schien sie trotz der strengen Diät, die ihr Sohn ihr aufgenötigt hatte, noch dicker geworden zu sein, als schwemme nicht das Essen sie auf, sondern die Angst, bald verlassen zu werden. Trotzdem erinnerte ich mich auch jetzt noch an ihre einstige Schönheit, die mich schon als Kind mit

Bewunderung erfüllt hatte, und ihr volles weißes Gesicht unter der Make-up-Schicht bewahrte in meinen Augen seine alte Ausstrahlung. Aber meine Eltern, die seit Jahren nicht mit ihr zusammengetroffen waren, erkannten sie im ersten Moment kaum, und als sie aufstand, um die beiden herzlich zu umarmen und zu küssen, erschraken sie über ihr Aussehen. Unterdessen kam Hadas heran, schlicht gekleidet, gelassen, voller Fröhlichkeit, und machte uns mit ihren Eltern bekannt, Kibbuzmitgliedern, die noch in Arbeitskleidung herumliefen und eigenhändig die letzten Vorbereitungen für die Feier trafen. »Ejal fürchtet die ganze Zeit, es könnten nicht genug Leute kommen«, sagte Hadas, herzlich auflachend, zu mir, »aber sie werden kommen, und nicht nur Gäste, die ihn überraschen, sondern auch welche, mit denen du nicht gerechnet hast«, und damit war sie verschwunden. Eine junge Frau mit großen hellen Augen und krausem Haar trat zu uns und fragte, ob wir etwas trinken wollten. Meine Eltern verzichteten nicht auf ihre Tasse Nachmittagstee, fügten sogar bescheiden die Bitte an, ihn mit Milch zu erhalten, und während ich noch die Züge der jungen Frau studierte und mich zu erinnern versuchte, wann ich ihr schon mal begegnet war, bat ich um ein Glas Wein, was mir sofort das Lob meiner Mutter einbrachte: »Ausgezeichnete Idee«, sagte sie, »wir werden uns später ebenfalls anschließen und ein Glas Wein mittrinken.« »Ich weiß nicht, was mit mir los ist«, sagte ich zu Ejals Mutter, den Blick nicht von der jungen Frau lösend, die der Getränkebar zustrebte, »aber ich fiebere plötzlich mit Ejal.« »Mögest du bald folgen, Benji«, sagte sie und lächelte mir liebevoll zu. »Du wirst dem nicht entfliehen.« »Nein, er wird nicht entfliehen«, versicherte ihr mein Vater an meiner Stelle und deutete auf zwei große Vögel, die über der rötlichen Zackenlinie des jetzt bei Sonnenuntergang schärfer und klarer hervortretenden Felsmassivs dahinsegelten. »Sind das vielleicht Raubvögel?« fragte er die junge Frau, die uns die Getränke brachte. Doch bis die Angesprochene die Teetassen und das Weinglas vor uns abgestellt hatte und die Augen zum Himmel hob, waren die Vögel in einer der vielen Spalten verschwunden, in denen das sinkende Sonnenlicht präzise die schwarzen Löcher nachzeichnete. Und da erkannte ich sie blitzartig: »Aber du bist doch Michaela?« sagte ich erstaunt. Sie nickte: »Ich dachte, du würdest mich nicht mehr wiedererkennen.« »Das ist die Freundin, die mit Enat in Buddh Gaya war und Laser und seiner Frau die Nachricht von ihrer Erkrankung überbracht hat«, stellte ich sie freudig meinen Eltern vor. Die beiden nickten verständnisvoll, und Michaela lächelte ihnen zu, legte wie zur Bestätigung meiner Worte die schmalen Hände aneinander, führte sie ans Gesicht und bewegte sie derart anmutig und präzise, daß mich süßer Schmerz durchzuckte. Das große Wohnzimmer der Lasarschen Wohnung blitzte in meinem Innern auf, gefolgt von einem betörenden Farbenwirbel indischer Momentaufnahmen, in dessen Mitte das warme, herzliche Lächeln der geliebten Frau schwebte. »Wie lange waren Sie in Fernost?« fragte mein Vater sie. »Acht Monate«, antwortete Michaela. »So lange?« staunte meine Mutter. »Das ist gar nichts«, tat Michaela ab. »Wenn das Geld gereicht hätte, wäre ich noch geblieben. An der Sehnsucht nach dort habe ich immer noch zu knabbern.« »Aber was macht den Fernen Osten denn für junge Leute bloß so attraktiv?« fragte mein Vater staunend. Sie musterte ihn eingehend, wog ihre Antwort ab. »Jeder fühlt sich zu was anderem hingezogen. Mich hat die andere Zeitauffassung fasziniert. Beinahe wäre ich selbst Buddhistin geworden.« Sie sagte das mit einem Ernst, der Achtung erweckte. Wir verstummten alle drei, und da heftete sie die großen hellen Augen auf mich, als hätten ihre offenkundigen Sehnsüchte meine verborgenen erkannt, und fügte in leicht tadelndem Ton hinzu: »Wir haben uns tatsächlich alle gewundert, daß du so schnell von dort zurückgekehrt bist.« »Wir alle?« fragte ich, über die unvermittelte Mehrzahlform verblüfft. »Wer – wir alle?« »Nur so«, sagte sie ausweichend, »Freunde, die genauso verrückt wie ich nach dem Fernen Osten sind und von deiner Geschichte gehört haben.« »Meiner Geschichte?« fragte ich, vor Schreck errötend. »Welcher Geschichte? Ich verstehe nicht.« Aber jetzt zögerte sie irgendwie mit der Antwort, lächelte leise vor sich hin und folgte dem Blick meiner Eltern zu den beiden Bussen am Eingang der Schlucht, die in sanfter Stille die zahlreichen Gäste ausluden, von denen Ejal befürchtet hatte, sie könnten womöglich seiner Hochzeit fernbleiben.

Schon rief auch von weitem jemand nach Michaela, sie solle kommen und helfen, die Ankömmlinge in Empfang zu nehmen, und sie entschuldigte sich bei uns, wieder mit ihrer anmutigen und präzisen indischen Geste, und verschwand zwischen den vielen Gästen, die sich langsam über den Rasen verteilten und die ersten Fetzen Abenddunkel aus dem Norden mitbrachten. Später erfuhr ich, daß auch sie, genau wie Hadas, mit diesem Kibbuz verbunden war, ohne Mitglied zu sein. Obwohl ihre Eltern den Kibbuz schon zu ihren Grundschulzeiten verlassen hatten, kehrte sie selbst gelegentlich als Saisonlohnarbeiterin oder als Serviererin und Küchenhilfe bei Hochzeiten oder sonstigen Veranstaltungen an den Ort zurück. Immer noch verstört und erregt über ihre Worte versuchte ich zunächst, ihre Bewegungen zu verfolgen, aber halb vergessene Klassenkameraden aus der Oberschule und Studienkollegen von der medizinischen Fakultät umringten mich, Aufmerksamkeit fordernd, und auch zwei bekannte Professoren vom Hadassa-Krankenhaus, die Ejal erfolgreich überredet hatte, an seiner Hochzeit teilzunehmen, und nun eifrig umschwirrte, um sie für die lange Fahrt zu entschädigen, lenkten mein Augenmerk auf sich. Ejal wirkte jetzt ruhiger, und seine Augen hatten ihr verschmitztes Lächeln wieder. Nicht nur um Kosten zu sparen, hatte er eingewilligt, die Hochzeit im Kibbuz zu feiern, sondern auch wegen Plänen – die ich für unrealistisch hielt –, eines Tages das Krankenhaus zu verlassen und in die Arava hinunterzuziehen, um »sinnvollere« ärztliche Arbeit zu leisten und die Stille des Ortes zu genießen. Und tatsächlich herrschte zumindest bei dieser Hochzeit eine tiefe, seltsame Ruhe. Meine Eltern, die jetzt den Wein genossen, den Michaela ihnen gebracht hatte, merkten es und machten mich darauf aufmerksam. Hier gab es keine laute Musik, nur das fortgesetzte leise Klimpern des

Gitarristen, der auf dem federnden Sprungbett bereits zur Silhouette geworden war. Und es tobten auch keine lärmenden, gierigen Kinder herum, die sich sonst auf Hochzeiten gern als kleine Paschas aufführten. Ejals Mutter hatte keine Angehörigen mehr, die Verwandten des Vaters hatten nach dessen Selbstmord die Verbindung abgebrochen, und deshalb waren die Gäste in der Mehrzahl Kibbuzmitglieder oder einfach Freunde, junge Leute, zum Teil noch ledig. Die jungen Ärzte vom Hadassa-Krankenhaus wahrten unter dem prüfenden Blick ihrer Professoren Zurückhaltung. Der einzige Junge, der aus Jerusalem eingetroffen war, saß still zwischen seinen Eltern. Es war Amnons geistig zurückgebliebener dreizehnjähriger Bruder, dessen Eltern ebenfalls eingeladen worden waren, weil Ejal nach dem Tod seines Vaters oft bei ihnen gewesen war und er niemanden vergaß, der ihm in der Vergangenheit Gutes erwiesen hatte. Meine und Amnons Eltern schienen nicht nur froh, zu dieser Wüstenhochzeit geladen worden zu sein, sondern freuten sich auch, einander zu treffen. Nachdem sie ein wenig von sich selbst erzählt und aus Elternsicht Erinnerungen an vergessene Abenteuer unserer Schulkameraden aufgefrischt hatten, versuchte mein Vater zu erkunden, in welchem Stadium Amnons Doktorarbeit steckte, worauf ich mit Verblüffung sah, wie meine Mutter, die sich sonst immer hütete, meinen Vater in der Öffentlichkeit zu berühren, im Dunkeln rasch die Hand ausschickte, um ihm fest an den Oberschenkel zu greifen, da sie mit ihrem scharfen Instinkt schon erfaßt hatte, daß die Promotion meines Freundes Amnon tiefer in der Klemme steckte, als er oder seine Eltern zugeben wollten, so als beginne etwas von der geistigen Zurückgebliebenheit des jüngeren Bruders auf den Älteren abzufärben, der immer begabt und fleißig gewesen war.

Mein Vater verstand den Wink, ließ sofort seine Fragen sein und lächelte verlegen Michaela an, die mit einem großen Tablett ankam und uns Platten mit herzhaft duftenden warmen Pasteten anbot. Wie wir hörten, war es hier üblich, den Gästen die Hauptmahlzeit vor der Trauung zu reichen, damit sie während der eigentlichen Zeremonie nicht etwa ungeduldig vor Hunger wurden. Man hatte eigens einen Rabbiner und eine Rabbinerin aus Kibbuz Jahel im Süden bestellt, um die Trauung auf besondere Weise zu vollziehen. Ich brannte auf einmal darauf, mich weiter mit Michaela zu unterhalten, mich in ein entlegenes Eckchen mit ihr zurückzuziehen, um zu erfahren, was hinter ihrer Anspielung auf »meine Geschichte« steckte. Auch ihre eben eingestandene starke Sehnsucht nach Indien und die Bereitschaft, jederzeit dorthin zurückzukehren, drängten mich, mit ihrer Hilfe an lebendige Erinnerungen anzuknüpfen und meine eigenen, die letzthin immer mehr verblaßten, damit aufzufrischen. Ohne auch nur das überraschend wohlschmeckende Stück Pastete fertig zu essen, sprang ich daher auf, um Michaela an der Schulter zu fassen, bevor sie vom Kreis der jungen Kibbuzniks, Hadas' Freunden, aufgesogen wurde, die jetzt feierabendlich frisch gewaschen auf den Rasenplatz strömten. »Verzeihung, Michaela«, sprach ich sie bewußt namentlich an, »könnte ich irgendwann heute abend ein bißchen mit dir reden?« Sie errötete sofort, als habe mein loser Griff an ihre Schulter etwas Intimes an sich, dessen ich mir selbst noch nicht bewußt war. »Reden? Warum nicht?« antwortete sie. »Aber wann?« drängte ich. »Wann kannst du dich frei machen?« Sie blickte mich aus ihren großen Augen gerade an: »Ich bin jetzt schon frei«, antwortete sie ernst, ohne zu lächeln. »Laß mich nur das Tablett zurückbringen.« Damit ging sie zum Büfett, um es dort abzustellen. Und die große Leichtigkeit, die ich ihrer schnellen Reaktion entnahm, entzündete bei mir, während ich noch im Kreis von Ejals Freunden, vergessenen Kindheitskameraden, stand, plötzlich eine Idee, die mir im ersten Moment verblüffend kühn, aber auch faszinierend attraktiv erschien. Warum eigentlich nicht sie? Wenn ich wirklich heiraten muß, um in den Augen der Frau, in die ich mich verliebt habe, als weniger gefährlich zu gelten, wäre womöglich gerade diese junge »Buddhistin«, die in weichem Fluß frei und sehnsüchtig von Ort zu Ort wandert, ideal für mich.

Sie nahm das Servierschürzchen ab, hängte es einfach über

einen Stuhl und sagte mit sympathischem Lächeln: »Ganz zu deiner Verfügung.« »Dann laß uns ein ruhigeres Plätzchen finden«, schlug ich vor, bemüht, erkennen zu lassen, daß ich ein ganz spezielles Gespräch suchte. Sie schien nicht überrascht über meinen Vorschlag, obwohl der Rasenplatz, auf dem wir standen, ruhig war, die Leute nur gefällig miteinander plauderten und gelegentlich ans Büfett traten, um sich weitere Stücke von den appetitlich duftenden Pasteten abzuschneiden. Zuerst führte sie mich wie eine Einheimische zu den Häusern des Kibbuz, doch plötzlich hielt sie inne, als sei ihr eine bessere Idee gekommen, machte kehrt, ging wieder zu der kleinen Schlucht zurück und steuerte, ohne mich zu fragen, die dunkle Seite des Felsens an, einen Bergpfad, der sich deutlich im bleichen Quarzgestein abzeichnete, dessen gelblicher Schimmer vom fernen Lampenlicht verstärkt wurde. »Komm«, sagte sie in geheimnisvollem Ton. »Wenn es dir nichts ausmacht, ein bißchen zu klettern, können wir dort oben in Ruhe sitzen und auf alle runtergucken, damit wir sehen, wann die Trauung losgeht und noch rechtzeitig wieder unten sind, um nichts zu verpassen.« Ich fand sie nicht hübsch, nur sehr lieb und angenehm. Ihr schmaler Körper war zu lang und hager für meinen Geschmack, und ihr kleines Gesicht vermochte kaum die großen Augen zu fassen, die jetzt im Licht des aufgehenden Mondes wie zwei blaue Laternen leuchteten. Ich folgte ihr schweigend aufwärts, überrascht von ihrer spontanen Entscheidung, mich diesen langen, gewundenen Felspfad hinaufzuführen, der uns schnell in völlige Einöde emporzog, aus der hier und da der rauschende Flügelschlag eines aus dem Horst aufgescheuchten Vogels tönte. »Dürfen Buddhisten heiraten?« platzte ich, leise auflaufend, reichlich dumm heraus. »Sie dürfen alles«, antwortete sie umgehend, keineswegs überrascht über meine Frage. »Der Buddhismus ist nicht einfach eine weitere bösartige Religion, die nur zusieht, wie sie die Menschen peinigen kann, um ihnen Angst vor ihr einzujagen, sondern ein Weg, das unvermeidliche Leid zu erleichtern.« Sie sprach ernsthaft, und die Wendung »unvermeidliches Leid« kam ihr so ehrlich und überzeugend von der Zunge, daß mich eine Welle der Zuneigung erfaßte. »Schade, daß du nicht wenigstens noch ein paar Tage länger in den Tempeln von Buddh Gaya bleiben konntest«, fuhr sie fort. »Dort hättest du von selbst verstanden, was ich dir nie werde erklären können.« Und wieder schwang in meinen Ohren Tadel mit, daß ich meine plötzliche Reise nach Indien nicht richtig genutzt hatte. »Aber wie hätte ich denn dort bleiben sollen?« versuchte ich mich zu rechtfertigen, als sei ich tatsächlich schuldig. »Herr Lasar hatte es derart eilig mit der Heimkehr, und ich konnte Enat keinen Augenblick allein lassen, denn ihr Zustand war wirklich nicht gut.« »Ja, sie war in schlechter Verfassung«, antwortete sie sanft, »und ohne dich wäre sie auch nicht von dort zurückgekehrt.« Der Pfad machte jetzt eine scharfe Kehre, und auf einmal standen wir beide wie schwebend über dem blauschimmernden Rechteck des Wasserbeckens, um dessen Rand die Gäste ihr Abendessen einnahmen. Es war ein phantastischer Anblick, denn wir waren dem Hochzeitsplatz eigentlich nah und doch völlig verborgen vor ihm, allein für uns, »meiner« Geschichte hingegeben – oder vielmehr der von Enat –, die ich Michaela gar nicht zu entlocken brauchte, denn sie sprudelte mit derselben schlichten Direktheit aus ihr heraus, mit der sie immer sprach, und versetzte mich dadurch in angenehme Gelassenheit nach langen Monaten starker innerer Spannung.

Sie hatte Enat und zwei weitere Israelis in Kalkutta auf der Straße getroffen, als Enat am Anfang ihrer Reise war, überwältigt von dem, was sich ihren Augen bot. Michaela hingegen war schon indienerfahren nach ausgedehnten Streifzügen durch die Landesmitte und drei Monaten in Kalkutta selbst, wo sie sich französischen und Schweizer Ärzten angeschlossen hatte, die den Einheimischen in improvisierten »Straßenkliniken« gratis ärztliche Hilfe leisteten. Sie assistierte diesen Medizinern, die sich »Gehsteigärzte« nannten, im Austausch gegen Unterkunft und zwei Mahlzeiten pro Tag. Dort, auf dem Gehsteig, lernte sie Enat kennen, die bei den Ärzten auftauchte, um sich ihre Wunde am Bein verbinden zu lassen. Michaela hatte sofort gespürt, daß sich Enat an sie hängen wollte, weil sie völlig verstört von der Begegnung mit der Lebenswirklichkeit in Kalkutta war, vielleicht sogar bereute, nach Indien gekommen zu sein. Aber Michaela hatte darin die Panik derer erkannt, die jenseits von Armut und Häßlichkeit eine spirituelle Stärke wahrnehmen, die eine starke Saugkraft ausübt, besonders auf Menschen mit eher labilem Identitätsbewußtsein, die sich machtlos fühlen, ihre Ambitionen zu verwirklichen, und daher auch schnell überall die Flucht ergreifen. Tatsächlich hatte Enat bald darauf ihre beiden Gefährten überredet, Kalkutta zu entfliehen und ins benachbarte Nepal hinaufzufahren, um sich von den herrlichen Naturpanoramen des Himalayas überfluten zu lassen. Doch zwei Wochen später war Enat zu Michaelas Verblüffung allein wieder in Kalkutta angekommen und hatte sie, Michaela, auf ihrem Gehsteig aufgesucht. Und dort begann ihre Freundschaft. Enat ging anfangs gemeinsam mit Michaela den »Gehsteigärzten« zur Hand, gab die Arbeit jedoch bald wieder auf, um sich ein paar jungen Leuten anzuschließen, die den Vipassana-Kurs in Buddh Gaya besuchen wollten, was sie aber nicht wegen dessen Einsichten getan habe, sondern weil sie von Natur aus zu denen gehöre, die eher fliehen als suchen. »Und du?« fragte ich Michaela betont. »Ich?« Sie überlegte ein wenig, bemüht, eine ehrliche Antwort zu geben. »Mir scheint, ich suche eher, als daß ich fliehe, aber vielleicht irre ich mich.« Jetzt sah ich meine Eltern. Sie standen im Gespräch mit den Professoren, die aus Jerusalem gekommen waren, und warfen ab und zu einen Blick in die Runde, vermutlich rätselnd, wohin ich wohl verschwunden sein mochte. Ein Stück entfernt unterhielt sich Amnon erregt gestikulierend mit zwei ehemaligen Klassenkameradinnen von der Oberschule, während sein jüngerer Bruder auf dem Rasen lag und einen Sprinkler zu demontieren versuchte. Ejal und Hadas waren nirgends zu entdecken, wurden vermutlich schon für die Trauung vorbereitet. Doch Ejals Mutter verharrte weiterhin auf dem Platz, auf dem wir sie bei unserer Ankunft vorgefunden hatten, starr und reglos wie ein imposanter weißer Torso, den Essensteller noch immer vor sich. Von Zeit zu Zeit schweifte ihr Blick zu der kleinen Spalte empor, in der wir beide saßen, als hätte sie etwas bemerkt. Nun setzte aus dem Mund eines gemischten kleinen Kibbuzchors mit Notenblättern in den Händen leiser Gesang nach einer mir unbekannten Melodie ein. »Da, so geht es los«, sagte Michaela. »Möchtest du schon runtergehen?« »Nein, warum?« gab ich zurück. »Wenn es dir nichts ausmacht, wäre es netter, hier oben zu bleiben und die Hochzeit aus der Höhe zu betrachten. Außerdem bin ich auf das Ende deiner Geschichte gespannt, besonders auf den Abschnitt, in dem ich in sie eintrete. Du hast vorhin gesagt, Enat sei auf der Flucht, aber wovor denn?« »Wovor?« erwiderte Michaela erstaunt. »Zuallererst vor ihren Eltern, aber vielleicht noch vor anderen Dingen.« »Vor ihren Eltern?« fragte ich gespielt harmlos, aber zutiefst erregt und begierig, vielleicht etwas Neues über Lasar und und seine Frau zu hören. »Weshalb denn?« »Du solltest doch wissen, weshalb«, fiel sie schnell ein. »Warst du nicht zwei Wochen eng mit ihnen zusammen?« »Stimmt, ich war ein bißchen eng mit ihnen zusammen«, antwortete ich seelenruhig, fest entschlossen, sie zu einem Angriff auf die Lasars zu verleiten, damit ich die beiden in Schutz nehmen konnte, sowohl meine Geliebte als auch deren Mann. »Aber mir sind sie durchaus sympathisch vorgekommen, vielleicht ein wenig zu eng aneinandergebunden, auf übertriebene, manchmal direkt pathetische Weise, seine Frau zum Beispiel kann kaum allein mit sich bleiben, ohne ihren Mann, nicht mal für kurze Zeit, aber das ist alles.« »Für dich mag das alles sein«, sagte Michaela mit unerklärlich tiefsitzendem Groll, »aber es ist anscheinend sehr viel für jemanden, der mit ihnen zusammenlebt wie Enat, die von dieser irrsinnigen Zweisamkeit bis zum Ersticken verfolgt wird. Manchmal scheint mir, wenn sie dich nicht nach Indien mitgenommen hätten, hätten sie sie nicht heil dort rausgekriegt. Sie wäre ihnen auf der Rückreise gestorben.« »Gestorben?« wiederholte ich erstaunt, da ich Michaelas tiefe, unklare Abneigung gegen Lasar und seine Frau spürte. »Du übertreibst stark. Und überhaupt, glaub nicht, daß es so leicht ist zu sterben.«

Jetzt schwoll der Gesang unten zu größerer Lautstärke und Klangfülle an, die einfachen, aber unvertrauten Melodien wurden komplizierter und volltönender. Zwei Paare in einheitlich blaßblauer Kleidung trugen den Hochzeitsbaldachin auf den Rasenplatz, steckten die vier Pfosten in die fertigen Bodenhalterungen und spannten den farbenprächtigen, reichbestickten Baldachin, der so groß und breit war, daß man manchmal wohl auch mehrere Paare gleichzeitig unter ihm traute. Nachdem die Chuppa aufgestellt war, löste sich der kleine Chor vom Fleck, schritt vorwärts und verschwand unter dem Baldachin, als sollte der optimistische Gesang das neue Paar bestärken, das im Begriff stand, kühn und tapfer eine große Aufgabe anzugehen. Nun traten von zwei Seiten des Platzes die beiden Reformrabbiner, ein Mann und eine Frau in Gebetsschals, auf den Plan, machten eine leichte, etwas ironische Verbeugung zueinander und schritten ebenfalls unter die Chuppa, während ein hübsches junges Mädchen aus dem Kibbuz das Sprungbrett bestieg und an dessen Ende ging, um Ejal und Hadas dann mit majestätischer Geste zu bitten, von beiden Seiten des Rasenplatzes vorzutreten und einander zu heiraten. »Ich fürchte, das wird ein bißchen albern«, sagte ich zu Michaela und fragte mich gleichzeitig, ob Ejals Mutter uns wirklich gesehen hatte. »Warum?« protestierte sie. »Ich kenne diese Zeremonie, sie wirkt immer schön und echt. Wenn ich heiraten würde – wollte ich so heiraten«, und sie errötete stark, scheinbar erschrocken über das, was ihr da herausgerutscht war, aber gerade diese jähe zarte Röte, die rund um ihre leuchtenden Augen erstrahlte und gar nicht zu ihrer bisherigen logisch-trockenen Redeweise passen wollte, eroberte mein Herz derart, daß ich es wagte, freimütig die Hand auszustrecken und zart mit Michaelas Kräusellocken zu spielen. »Sag mal«, begann ich, »als ich dich damals gleich nach deiner Rückkehr aus Indien bei den Lasars gesehen habe, war dein Köpf völlig kahlgeschoren. Ich hielt dich für einen Moment lang sogar für einen jungen Mann. Wie ist dein Haar bloß so schnell wieder gewachsen?« Ich sah, daß sie keineswegs meine Hand abzuschütteln suchte, den Kopf vielmehr starr hielt, gewissermaßen um die Absicht der darauf ruhenden Hände näher zu ergründen. »Was weiß ich?« Sie zuckte lachend die Achseln. »Mein Haar wächst halt, kann wohl nicht anders. Aber guck mal, wie sie Ejal führen.« Tatsächlich wurde er jetzt zur Chuppa geleitet, ganz in Weiß zwischen seinen beiden Bräutigamführern gleitend, die ihn fest eingehakt hielten. Der eine war Hadas' Vater, der andere zu meiner Überraschung Professor Shalev, Chefarzt der Kinderstation im Hadassa-Krankenhaus, den Ejal erkoren hatte, die Stelle seines aus dem Leben geschiedenen Vaters einzunehmen. Wie schlau und klug von Ejal, dachte ich im stillen, nachdem die drei unter der Chuppa verschwunden waren. Auf diese Weise bürdet er ihm emotionale Verpflichtung auf, die ihm eines Tages nützen kann, wenn es um seine Festanstellung geht. Und schon kam auf der anderen Seite Hadas ins Blickfeld, geführt von ihrer Mutter und einer mir unbekannten Frau, mehr schwebend als gehend, nicht weil jemand sie gehalten hätte, sondern weil sie ein wirkliches Brautkleid trug, bodenlang aus weißem Leinen. Ejals Mutter hatte offenbar nicht die Kraft oder den Willen aufgebracht, ihre künftige Schwiegertochter unter den Hochzeitsbaldachin zu führen. Sie saß immer noch stumm versonnen und abgeschieden auf ihrem Platz, den Blick ab und an nach oben gerichtet, als verfolge sie uns tatsächlich mit den Augen. Jetzt verloschen auf einen Schlag alle Lichter, und jemand bat die Anwesenden, sich zu erheben. Zwei scharfe Scheinwerferstrahler schossen im Kreuzfeuer auf die Chuppa und offenbarten die Farben- und Musterpracht der breiten Stoffbahn. Das Wasser des Schwimmbads, das vorher im Dunkeln gelegen hatte, fing an zu glitzern. Tiefe Stille herrschte, so daß man selbst den Flügelschlag hartnäckiger Nachtvögel hören konnte, die über uns die Schlucht durchkreisten.

»Jetzt werden wir von hier nichts mehr sehen«, flüsterte Michaela in stiller Enttäuschung und lehnte sich in dem

Versuch vor, etwas von der Trauung mitzubekommen, die unter dem schimmernden Baldachin genau unter uns begann. Durch den Ausschnitt ihrer weißen Bluse konnte ich ihre kleinen, festen Brüste frei und ungezwungen von ihrem langen, mageren Körper hängen sehen. Ich dachte an meine Eltern, die dort inmitten der übrigen Gäste standen, die Feier genossen, aber sich vielleicht auch fragten, wann für sie die Zeit kommen würde, mich unter eine solche Chuppa zu führen. Ich wollte jetzt ihren Wunsch erfüllen und wie mein Freund Ejal unter einem ähnlich farbenprächtigen Baldachin verschwinden, einer jungen Frau gegenüberstehen und etwas im Stil der Dinge hören, die jetzt in der Stille der Nacht von dem unsichtbaren jungen Rabbinerpaar gesprochen wurden, das sich gewiß bemühte, den Neuvermählten mit warmen Worten Mut zu machen. »Eigentlich schöner, diese Hochzeit von oben zu beobachten«, flüsterte ich Michaela zu, die es aufgegeben hatte, etwas von dem Geschehen unter der Chuppa mitzubekommen, und wieder für sich dasaß, die Arme um die Knie geschlungen. »Ich würde die beiden jetzt gern ganz aus der Nähe sehen«, sagte sie, aber ohne jeden Anflug von Ärger, vielmehr mit einer Ergebenheit, die wohl nicht nur von ihrem »Buddhismus« herrührte, sondern auch von ihrer nüchtern gelassenen Grundhaltung, die sich vielleicht, schoß es mir plötzlich durch den Kopf, in die sonderbare Liebe, die mich befallen hatte, einfügen und auch deren Schmerz lindern könnte. »Es tut mir leid, wenn ich dich hier aufgehalten habe«, sagte ich auf die bei uns daheim übliche englische Art der Entschuldigung, wenn einer dem anderen seinen Willen aufgezwungen hatte, »aber wir sind noch nicht am Ende der Geschichte angelangt, die du mir erzählen wolltest. Das heißt, was Enat von mir erzählt hat, wenn überhaupt etwas.« Jetzt huschte ein leises Lächeln über Michaelas Lippen, ganz anders als das, das mein Herz erobert hatte, kein bißchen mechanisch, auch nicht hemmungslos überschwenglich, sondern eher skeptisch und doch gutmeinend. Und während die Trauzeremonie, die dort unten am Wasserbecken im Gang war, ihrem Höhepunkt zustrebte, erzählte sie mir, Enat habe gar nicht gewußt, daß ihre Eltern kommen wollten, um sie aus Indien abzuholen. Jemand, der aus Buddh Gaya in Kalkutta eingetroffen war, hatte Michaela von einer jungen Israelin berichtet, die mit schwerer Gelbsucht im Thai-Kloster liege. Nach der Beschreibung hatte Michaela erkannt, daß es sich um Enat handeln mußte, und da sie meinte, sie könnte sich während der gemeinsamen Arbeit auf dem Gehsteig bei einem Patienten angesteckt haben, fühlte sie sich moralisch verpflichtet, nach Buddh Gaya zu fahren und sie persönlich zu pflegen. Als sie sie dort gelbgesichtig, verzweifelt und von ständigem Juckreiz gequält vorfand, meinte sie, man müsse die Eltern benachrichtigen, damit sie selber kämen oder jemanden schickten, um sie nach Hause zu holen, aber Enat weigerte sich anfangs, auch nur die Adresse ihrer Eltern herauszurücken, als wolle sie tief in ihrer Krankheit versinken und sie genießen, vielleicht weil sie sicher glaubte, letzten Endes aus eigenen Kräften gesund zu werden. Michaela befürchtete jedoch eine weitere Verschlechterung, wenn man Enat einfach sich selbst überließe, denn sie hatte bei ihr schon in Kalkutta die verborgene Neigung bemerkt, mit dem Tod zu flirten, und so beschloß sie, entgegen ihrer Einstellung, daß jeder Mensch Herr seines eigenen Schicksals ist, ihre Abreise aus Indien vorzuverlegen, und beharrte Enat gegenüber darauf, wenigstens einen Brief für deren Eltern mitzubekommen, und sofort nach ihrer Ankunft in Israel war sie zu Enats Elternhaus nach Tel Aviv geeilt, um die Lasars über den Zustand ihrer Tochter zu informieren. Doch als Enat dann zwei Wochen später die Eltern verstört in ihre Kammer treten sah, war sie überrascht, sie tatsächlich dazu gebracht zu haben, so eine lange, beschwerliche Reise zu unternehmen, aber auch verzweifelt, weil sie sicher war, daß die beiden jetzt keine Lust haben würden, ruhig bei ihr sitzenzubleiben, um sie gesund zu pflegen, sondern sie sicher stur sofort mit letzten Kräften den schweren Weg zurückschleifen wollten. Als jedoch ein fremder junger Arzt nach ihnen eintrat, der, statt zu fragen und zu quatschen, ruhig bei ihr niederkniete und anfing, sie langsam und gründlich rundum zu untersuchen, schöpfte sie neuen Mut, denn sie spürte sofort, daß sie seinen Händen vertrauen konnte.

»Ja, auf die ist gewiß Verlaß!« Dieser Satz rutschte mir heraus und hätte auf Michaela anmaßend wirken können, wäre er nicht dem echten Gefühlssturm entsprungen, der mich jetzt bei der Erinnerung an den in einem Tempeleckchen hingebreiteten Schlafsack und die beiden verstört vor ihrem kleinen Gaskocher kauernden Japanerinnen ergriff. »Vielleicht hat sie dir zufällig auch von der Bluttransfusion erzählt, die ich ihr in Varanasi gegeben habe?« fragte ich Michaela zutiefst erregt, weil ihre Redeweise etwas Verheißungsvolles hatte, als könnte ich mittels ihrer Geschichte den dünnen Nebel auflösen, der noch immer nicht nur mein Handeln, sondern auch meine Gestalt auf der Indienreise umgab. »Natürlich, sie hat alles erzählt«, sagte Michaela. »Und ich weiß nicht, ob es stimmt oder nur Einbildung ist, aber sie behauptet immer noch, du hättest sie gerettet.« Ich war tief bewegt, hätte schweigen, die wunderbaren Worte langsam in die schmerzende Seele sinken lassen mögen, konnte aber doch nicht anders, als zögernd zu fragen: »Und du? Was meinst du dazu? Wirklichkeit oder Einbildung?« Sie wunderte sich nicht über die komische Frage. Ein leichtes Lächeln zerknitterte ihre Züge – sie war keineswegs schön, aber die großen leuchtenden Augen darin boten mir einen ruhenden Punkt, der jede Schönheit an Stärke übertraf. »Ich glaube, du hast sie wirklich gerettet«, antwortete sie schlicht und freimütig, ohne Zögern, und da konnte ich nicht mehr anders – ich beugte mich vor zu ihr, faßte sie erregt mit eben den Händen, denen Enat vertraut hatte, und umarmte sie wärmstens, hütete mich jedoch, ein Wort der Liebe zu murmeln, um nicht etwa die wahre Liebe zu entweihen, die ich insgeheim jener anderen Frau entgegenbrachte. Aber völlig freimütig und ehrlich sagte ich: »Du gefällst mir. Du gefällst mir sehr«, zog dann mit beiden Händen ihren Krauskopf an mich und drückte ihr sanft die Lippen auf die Augen, worauf sie in einer natürlichen Geste, die auf viel Erfahrung beruhen mußte, ihre

Lippen zu meinem Mund gleiten ließ und mir einen richtigen, langen Kuß entlockte, währenddessen dort unter uns bereits der Gesang verebbte, der Rasenplatz wieder von Licht überflutet wurde und schlichte, gewöhnliche Masaltov-Rufe die unter der Chuppa Hervortretenden begrüßten, was der eben beendeten Zeremonie ein wenig das Besondere nahm.

Jetzt mußten wir uns sputen zurückzukommen. Aber der Kuß, der zwischen uns gewesen war, hatte uns gewissermaßen aneinander geheftet, und kaum waren wir zu dem abwärts führenden Pfad auf der Schattenseite des Felsens gehuscht, hielt Michaela auch schon inne und winkte mich in eine kleine Nische oder Höhle. Und in dem bitter-würzigen Hauch trockener Wüstenerde brauchte ich mich nicht groß anzustrengen, um ihr die weiße Bluse abzustreifen und im kalten Mondlicht ihre reizenden weißen Brüste zu entblößen, mein Gesicht zwischen ihnen zu reiben, nicht nur um ihre tröstliche Zartheit zu spüren, sondern vielleicht auch, um etwas von dem indischen Hauch zu schnuppern, den sie sich noch stark bewahrt hatte. Doch sofort begriff ich, daß ihre reiche Erfahrung mit Männern und die stete Aufrichtigkeit ihres Denkens mir nicht gestatten würden, mich damit zu begnügen, meinen Kopf zwischen ihren kühlen Brüsten zu bergen, denn glatte, ziemlich harte Beine umschlangen mich bereits in festem Griff, der mich sanft auf den trockenen Boden zwang, um das von mir zu bekommen, was ein Mann, der einmal anfängt, seinen Kopf zwischen den Brüsten einer Frau zu reiben, letzten Endes aus seinem Innern zu spenden hat. Und so liebten wir uns schnell, ohne stürmische Leidenschaft, aber auch ohne Leid oder Peinlichkeit, ohne Liebesworte – die jemand anderem gehörten –, aber mit Zärtlichkeit und Freimut, die uns beiden nicht nur wohltat, sondern auch rasche Befriedigung garantierten, die natürlich völlig lautlos erfolgte, denn auch sie wußte ja, daß meine Eltern und viele unserer Freunde in Hörweite waren.

»Glaubst du an Seelenwanderung?« fragte ich leise, nachdem sie rasch wieder in ihre Kleider geschlüpft war, sich die

Strohhalme aus dem Kraushaar gezogen hatte und nun in der Dunkelheit auf den Pfad zusteuerte, um mich zu meinen Eltern zurückzubringen. Sie blieb augenblicklich stehen, überrascht, wie ich gehofft hatte. »Seelenwanderung?« Sie fixierte mich mit ihren großen Augen, in denen ein neues Fünkchen Rüge aufblitzte. »Gerade du solltest nicht davon reden.« »Warum sollte ich nicht?« fragte ich neugierig. »Weil ich dachte, ein Arzt müßte es schon wissen.« »Was denn?« fragte ich verwirrt. »Daß es keine Seele gibt«, antwortete sie prompt. »Keine Seele?« Ich war belustigt, aber auch ein bißchen erschrocken über ihre Schärfe und Entschiedenheit. »Sicher«, erwiderte sie mit neuer Ungeduld in der Stimme, »die Seele ist bloß die phantastische Erfindung von Menschen, die nicht ertragen können, daß sie nichts Festes, Unveränderliches in sich tragen, das man die ganze Zeit pflegen und tätscheln muß.« Es lag etwas berückend Niedliches in dem ungewohnt wütenden Unterton ihrer Worte, und deshalb machte ich stur weiter, während wir rasch den Pfad hinunterhüpften. »Was wandert denn dann? Gibt es wirklich nichts, was von Mensch zu Mensch überspringt?« Sie schwieg einen Moment, musterte mich prüfend, ob ich mich über sie lustig machte oder ernsthaft fragte. Dann begann sie mir zu erklären, das, was wandere oder wiedergeboren werde, sei nichts als eine Ansammlung von Neigungen und Fähigkeiten, die sich unaufhörlich veränderten, denn die Menschen seien ja nichts Festes, sondern nur Geschehensabläufe, die sich wiederholten, weil die benutzte Energie, die für jede materielle oder spirituelle Handlung nötige Energiemenge, nicht verbraucht, sondern am Ende der jeweiligen Handlungen freigesetzt und dann wiederverwendet werde. Auf diese Weise würden sich die Geschehnisse oder Handlungen der Vergangenheit in anderem Gewand wiederholen. Ich entdeckte einen neuen Charakterzug – sympathisch, aber auch ein wenig starr – in der Art, wie sie heftig gestikulierend ihre Ansichten referierte. Von ihrem eigenen Redestrom mitgerissen, merkte sie gar nicht, daß wir bereits den erleuchteten Bereich betraten und die Gäste, die mit aromatisch duftenden Kaffeetäßchen herumstanden, sehr wohl unseren gemeinsamen Auftritt registrierten, womöglich schon argwöhnend, daß wir während der Trauzeremonie an einem anderen, intimeren Ort gewesen waren. Daher trennten wir uns wortlos in stillem Einverständnis und gingen jeder in eine andere Richtung, um uns unter unsere jeweiligen Freunde zu mischen. Schon kam auch Ejal in seiner weißen Hochzeitskleidung aus irgendeiner Ecke auf mich zugesprungen, und sofort umarmte und küßte ich ihn ergriffen. »Aber wohin warst du denn verschwunden?« fragte er vorwurfsvoll. »Michaela hat mich auf den Felsen raufgeführt, um eure Trauung von oben zu begucken«, erklärte ich ihm. Das verschmitzte Lächeln funkelte wieder in seinen Augen auf, als habe er schon kapiert, was sich während der Trauzeremonie alles über seinem Kopf abgespielt hatte. »Dann hat sie dich also zum Schluß doch erwischt.« »Mich erwischt?« fragte ich verwirrt. Aber Ejal beharrte: »Schon vor einer Woche wollte sie von Hadas wissen, ob du zur Hochzeit kämst, und erst, als wir ihr versicherten, du kämst auf jeden Fall, hat sie ebenfalls zugesagt.« Ich war verblüfft und wollte noch mehr aus ihm herausholen, aber meine Eltern hatten mich entdeckt und eilten auf mich zu, wohl fürchtend, ich könnte ihnen erneut abhanden kommen. »Wo warst du denn?« fragte Vater, ganz rotwanging vom Wein. Ich erzählte ihnen, daß ich mir mit Michaela die Hochzeit vom obersten Felsrand angeguckt hatte. Meine Mutter stand schweigend da, ließ die Augen über meine Züge wandern. Ob sie tatsächlich imstande ist, mir am Gesicht abzulesen, was ich eben erlebt habe? überlegte ich. »Es war eine schöne Trauung«, sagte ich. »Ich hatte gefürchtet, es könnte albern werden, und zum Schluß war es sogar bewegend.« Sie bestätigten meinen Eindruck und waren hoch zufrieden, ins Herz der Wüste hinuntergefahren zu sein. Jetzt hatten sie für Jahre ein gemeinsames Gesprächsthema. Doch sie wollten schon aufbrechen. Es war zwar erst neun Uhr, aber die Fahrt zum Toten Meer konnte über eineinhalb Sunden dauern, und meine Eltern waren gewohnt, um zehn ins Bett zu gehen. Ich ging Amnon rufen, der uns begleiten sollte. Anfangs war es schwierig, ihn aus der angeregten Unterhaltung loszueisen, die er immer noch mit alten Freunden führte, aber zum Schluß gab er nach. Wir begannen uns von allen zu verabschieden, und ich suchte natürlich Michaela. Einen Moment schien sie verschwunden zu sein, aber dann sah ich sie allein an einem Tisch sitzen und hungrig essen.

Ob ich ihr vor dem Abschied lieber beharrlich noch einmal erkläre, daß man nicht so leicht auf die Seele verzichten sollte? grübelte ich, während ich sie Wein aus einem großen Glas trinken sah, oder sparen wir diese pubertäre Debatte lieber für unser nächstes Treffen auf? Denn ich war ja sicher, daß es ein weiteres Treffen geben würde. Dieses Mädchen hat ein paar Vorzüge, die mir sehr gut gefallen. Nicht nur die lockere, befreite Leichtigkeit, die sie ausstrahlt, auch ihre Unaufdringlichkeit, die Art, wie sie an sich gehalten hat, obwohl sie mich erwartete, nicht etwa aufstand und mich ansprach, sondern zurückhaltend abwartete, bis ich aus eigenem Antrieb auf sie zuging. Sie gefällt mir, sinnierte ich, sogar wie sie da allein mit solchem Heißhunger ißt. Sie könnte eine wertvolle Partnerin für mich sein, gerade weil ich mich in sie weder verlieben will noch kann, denn das verliebte Herz brennt ja noch für die, die ich bereits zu meiner Hauswirtin gemacht habe. Warum also dann jetzt über das Thema Seele diskutieren und sie von deren Existenz überzeugen – gerade wer nicht an die Existenz der Seele glaubt, wird ihr doch auch Freiheit lassen, und das brauche ich jetzt, eine freie Ehe, um der, die vor meiner Leidenschaft bangt, ihre Sorge zu nehmen. Ich ging mich von Michaela verabschieden. Sie wirkte nicht verlegen, blickte mich im Gegenteil offen an. »Du bist doch gewiß auch hungrig«, sagte sie lächelnd und deutete auf den randvollen Teller vor sich. »Ja, ich bin hungrig, aber meine Eltern haben es schon eilig zurückzukommen.« Und auf einmal konnte ich mir nicht verkneifen anzufügen: »Aber in Sachen Seele müssen wir noch debattieren, denn ich stehe jetzt auf der anderen Seite des Operationstisches. Nicht mehr als Chirurg, sondern als Anästhesist. Und das läßt sich schwer machen, wenn man nicht glaubt, daß man die Seele vom Körper lösen und anschließend zurückbringen kann.«

»Bist du plötzlich Narkosearzt geworden?« fragte sie gelassen und nahm einen großen Schluck Wein, bemüht, die Bedeutung meiner beruflichen Veränderung zu erfassen, denn nach drei Monaten Arbeit mit den Gehsteigärzten von Kalkutta war ihr die Welt der Medizin ja nicht mehr ganz fremd.

»Ja«, antwortete ich und konnte mir wieder nicht verkneifen, einen Satz anzufügen, von dem ich annahm, daß er ihr gefallen würde. »Einer der die sowieso Verschlafenen zum Schlafen bringt.« Sie erfaßte den Sinn und setzte ein bitteres, leicht mißtrauisches kleines Lächeln auf, nicht freigebig überbordend, wie das, das mein Herz erobert hatte. Wir tauschten Telefonnummern aus und verabredeten, uns zum Wochenende in Tel Aviv in Verbindung zu setzen. Als ich Abschied nahm, sah ich meine Mutter an der Seite stehen und uns beobachten.

Bevor wir aufbrachen, lud ich Amnons behinderten Bruder, der mit ungeheurer Bewunderung mein Motorrad betrachtete, zu einer kleinen Runde ein. Ich setzte ihm meinen Sturzhelm auf und kutschierte ihn sacht zwischen den Häusern des Kibbuz herum. Er war ganz ängstlich und aufgeregt und hielt mich fest von hinten umklammert. Seine Eltern dankten mir wärmstens. Als wir aus dem erleuchteten Wohnbereich des Kibbuz auf die Arava-Landstraße zufuhren, merkten wir, wie hell der Mond schien, der eine Stunde zuvor über der anderen Seite des Jordans aufgegangen war, und mit welcher Freigebigkeit er die schnurgerade Straße beleuchtete, so daß wir eine gute Geschwindigkeit vorlegen konnten. Ich hatte nämlich Amnon ans Steuer des Wagens meiner Eltern gesetzt, da ich ihn als hervorragenden Fahrer kannte und auch wußte, daß er mit der Strecke gut vertraut war und uns daher alle sicher ans Ziel bringen würde. Die Arava-Kreuzung erreichten wir nach einer halben Stunde, zwanzig Minuten später passierten wir die weißen Pottaschewerke von Sodom, und nun erst, auf der gewundenen Uferstraße am Toten Meer, reduzierten wir die Geschwindigkeit ein wenig, nicht nur um den Blick auf die majestätischen Konturen der Berge von Edom im Mondlicht zu genießen, sondern vor allem um das Hotel meiner Eltern nicht zu verfehlen, ein neues, erst kurz zuvor eröffnetes Haus, das ein wenig abseits der älteren Hotels lag. Um Viertel nach zehn entdeckte Amnon tatsächlich das kleine Schild, das uns auf eine staubige Zufahrt lenkte, und wir sahen das Gebäude im Dunkeln liegen. Da meine Eltern der Hotelleitung vorsorglich mitgeteilt hatten, daß sie spät eintreffen würden, war der Empfangschef nicht überrascht über ihr Kommen, doch er wunderte sich über den Begleiter mit schwarzem Helm, der ihnen das Gepäck trug. »Vielleicht können wir ein Zimmer für dich und Amnon finden, und ihr zwei verbringt hier die Nacht«, schlug meine Mutter vor. Amnon war natürlich begeistert von dem Angebot. Er war sehr müde nach dem langen Tag und der vorangegangenen Nachtwache, und es faszinierte ihn auch der Gedanke, die ganze Nacht mit mir zu verbringen und über seine Erlebnisse auf der Hochzeit zu plaudern. Aber ich lehnte ab. Ich wartete schon ungeduldig darauf, in meine Wohnung zurückzukommen und mit mir allein zu sein, um meine neuen Gedanken zu verdauen. Auch der unerwartete Sex mit Michaela hatte mich sehr aufgewühlt. »Macht euch keine Sorgen«, beruhigte ich meine Eltern, »die Nacht ist klar und hell, das Motorrad völlig intakt. Und wir beide passen schon aufeinander auf«, endete ich mit einem Lieblingsspruch meines Vaters, den er immer gern anbrachte, wenn ich abends mit einem Freund ausging. Wir tranken in der Hotellobby schwarzen Kaffee, und ich zog aus einem Automaten eine kleine Tafel Schokolade, um den spürbar aufkommenden Hunger zu stillen. Dann holte ich aus dem schwarzen Gepäckkasten des Motorrads einen Reservehelm für Amnon, und wir brachen auf. Unterdessen war der Mond auf seiner Wanderung gen Westen verschwunden und der Himmel mit einer verblüffenden Fülle von Sternen übersät. Da die Uferstraße Richtung Jericho-Kreuzung wie ausgestorben war, durften wir sie als unsere Privatstraße betrachten, so daß wir mitten auf der weißen Trennlinie entlangsausen konnten. Aus der festen Umklammerung von hinten schloß ich, daß Amnon sich über mein hohes Tempo ängstigte, doch allmählich beruhigte er sich, hob den Kopf und begann die Fahrt zu genießen. Bald erhob sich zu unserer Linken das mächtige Massadamassiv, das in der nächtlichen Stille wie das Deck eines alten Flugzeugträgers wirkte, den man aus den Tiefen des Meeres geborgen hatte. Ein paar Minuten später tauchten die Lichter am Zaun von Kibbuz En-Gedi und die Gebäude der Feldschule oberhalb von Wadi Arugot auf. Die Straße begann den Felshang zu erklimmen, und ich mußte das Motorrad bremsen, damit ich nicht vor lauter Begeisterung angesichts des bleiernen Meeresspiegels, der unten hingebreitet lag, mit meiner Maschine aus der Bahn geworfen wurde. Dann glitten wir wieder zum Ufer hinunter, sausten an Mizpe Schalem vorbei und hatten nun eine gerade Strecke vor uns, auf der das Motorrad mit Leichtigkeit hundertvierzig Stundenkilometer erreichte. Tatsächlich übersahen wir völlig die Abzweigung zu den heißen Feschcha-Quellen, und hätte die Straße nach den Qumran-Höhlen nicht eine Kurve nach Osten gemacht, wären wir vielleicht auch daran vorbeigebraust, ohne sie wahrzunehmen. Erst die große, noble Silhouette des alten, aufgegebenen Hotels am Strand von Kalia, die sich klar am Ufer abzeichnete, bereitete uns auf den bevorstehenden Abschied vom tiefsten Punkt der Erde vor. Nun wiesen die grünen Schilder an der Almog-Kreuzung uns Richtung Westen zu der gemäßigt ansteigenden Straße, die uns zur gemeinsamen Stadt unserer Kindheit, Jerusalem, brachte.

»Aber wann sollen wir denn über deine astrophysikalische Theorie reden, Benji?« brüllte Amnon mir verzweifelt ins Ohr, da er jetzt schon merkte, daß er bei der hohen Geschwindigkeit, mit der wir dahinjagten, in kurzer Zeit vor seinem Haus in Tel Aviv landen würde, ohne daß er mich von meinen lächerlichen Irrtümern, was die *Kurze Geschichte der Zeit* anging, hätte befreien können. »Du hast recht«, brüllte ich zurück. »Ich dachte, wir würden uns ins Atara oder ein anderes Cafe im Jerusalemer Dreieck setzen, aber vielleicht ist es schon zu spät, in die Stadt reinzufahren, es ist ja nicht Tel Aviv. Halten wir also lieber gleich an, vielleicht wird gerade der freie Himmel mit helfen, meine Gedanken zu erklären.« Tatsächlich fuhr ich kurz nach Mizpe Jericho an einem Ort namens Mischor Adumim von der Hauptstraße ab und schlug den kurzen Staubpfad zu einem Baum ein, der dort oben auf einer kleinen Anhöhe in den Himmel ragte, der sich wie ein farbenprächtiger Baldachin darüber spannte, unendlich und doch auch intim, denn selbst die fernen Türme Jerusalems fügten sich darin ein. Ich nahm den Helm ab und schickte mich an, meinem Freund in der Stille der Nacht die neue Theorie zu referieren, die ich mir in den letzten Wochen ausgedacht hatte, mußte ihn aber zuvor bitten, meine Worte selbst dann nicht zu unterbrechen, wenn sie ihm grotesk vorkamen, denn neue Gedanken wirken anfangs ja immer lächerlich. Er setzte sich vor mich auf den Boden, nahm aber aus irgendeinem Grund den Helm nicht ab und sah jetzt aus wie ein zerstreuter Weltraumfahrer von einem anderen Planeten. Im Geäst des Baums, vor dem wir uns niedergelassen hatten, raschelte es – anscheinend Vögel, die wir aus dem Schlaf geweckt hatten.

»Hawking gibt selbst zu, daß er zwei ungelöste Probleme hat«, begann ich, «das des Anfangs und das des Endes, die sich natürlich nicht voneinander trennen lassen. Das erste Problem hängt zusammen mit Guths sonderbarer Theorie von der ›inflatorischen‹, das heißt mit zunehmender Geschwindigkeit fortschreitenden Ausdehnung, der zufolge sich die Teilchen im Universum unmittelbar nach dem Urknall sehr rasch bewegt haben sollen. Und das zweite Problem betrifft die Frage, was am Ende mit dem Universum passieren wird. Hawking zeigt drei Möglichkeiten auf. Die erste, die er selbst für unwahrscheinlich hält, wäre, daß die Ausdehnung der Galaxien in konstanter Geschwindigkeit weitergehen wird, was höchst fraglich erscheint, denn die Schwerkraft – von der ich mit Verwunderung las, daß sie die schwächste aller Naturkräfte ist, aber dennoch stark, weil ihr als einziger Kraft kein Minus entgegensteht – wird im expandierenden

Universum ständig wachsen und dann letzten Endes diese Ausdehnung stoppen müssen. Auch die umgekehrte Theorie, daß das Universum wieder zusammenschrumpfen werde, weil die Schwere stärker als die Ausdehnungskraft sein und das Universum nach und nach wieder auf den Anfangszustand des Urknalls reduzieren werde, ist unwahrscheinlich, denn die im Verlauf eintretenden Kollapse würden den Prozeß stoppen. Wahrscheinlicher ist, daß Schwerkraft und Ausdehnungskraft einen Gleichgewichtszustand erreichen und die Expansion des Universums zum Stoppen kommt. Dann stellt sich aber immer noch die Frage nach der Symmetrie zwischen dem dramatischen, wunderbaren, unfaßlichen Anfang, diesem Urknall, bei dem aus einem Punkt von der Größe Null, aber unendlicher Dichte dieses ganze riesige Universum entstanden ist, und dem, was zum Schluß bleibt – eine Art statisches Universum ohne jede Bewegung, in dem absolutes, vollkommenes Gleichgewicht zwischen Schwere und Ausdehnung bestehen würde. Was verbindet Anfang und Ende? Das ist die Frage, die ich mir stelle. Folgst du mir?« Er nickte zögernd, wollte mich gewiß schon korrigieren, hielt sich aber zurück. »Es kann doch nicht sein, daß zwischen Anfang und Ende keinerlei Identität oder Verbindung besteht. Denn sonst hieße das ja, daß die Zeit einen Anfang hat und dem Anfang ein Ziel zugrunde lag, und dann heißt es noch, es gäbe einen Gott, was Hawking strikt verneint. Im letzten Kapitel vertritt er doch die Hypothese, ebenso wie das Universum mit dem Urknall begonnen habe, werde es zum Schluß vollständig schrumpfen und zum Kollaps gelangen, und dann gäbe es eine Verbindung zwischen Anfang und Ende, welch letzteres wiederum zum Anfang werden würde, denn das sei der einzig denkbare Kreislauf.« Jetzt trat ein mißtrauisch besorgter Ausdruck auf Amnons Gesicht, als fände er, sein Freund finge an, völlig unwahrscheinliches und sogar kindisches Zeug von sich zu geben. Aber ich redete geschwind weiter, damit er mich nicht stoppte, bevor ich beim Kernpunkt angelangt war. »Kurz, worüber ich dich nachzudenken bitte – weil ich vermutlich viele Dinge hierbei nicht verstehe –, ist die Hypothese, daß die Schrumpfung des Universums nicht aufgrund physikalischer Gesetze von Schwere und Expansion erfolgt, mit denen Hawking und andere ja sowieso Schwierigkeiten haben, sondern aufgrund des menschlichen Geistes, der dem Universum schließlich nicht fremd ist, denn selbst das erste winzige Teilchen von der Größe Null, aber unendlicher Dichte, von dem der Urknall ausging, enthielt ja alles – ihr sagt doch selbst, daß nicht nur die materiellen Potentiale, die wir heute vor uns sehen, darin enthalten waren, sondern auch sämtliche Gesetze der Physik, Chemie und Biologie – kurzum alles, also auch wir als biologische Wesen, natürlich samt unseren Gedanken und Gefühlen, das heißt, der ganze menschliche Geist war in diesem Anfangspunkt enthalten, darauf beruhte seine Kompaktheit. Dem zufolge sind wir ein wesentlicher Bestandteil von ihm. Und daher wird dieser Geist das Universum wieder auf seinen Anfangspunkt schrumpfen lassen, und der war letzten Endes – ja was eigentlich? Wenn Hawking persönlich sagt, es sei ein Teilchen von der Größe Null, aber unendlicher Dichte gewesen – was war es dann? Materie? Nein, nur Geist, das heißt das, was ich als Geist bezeichne.«

»Ich verstehe nicht, was genau du mit Geist meinst«, begann Amnon zu stammeln. »Du weißt es sehr gut, und fang jetzt nicht an, mich beim Wort zu packen«, sagte ich höchst erbost. »Geist. Denken. Was wir jetzt tun. Was du in deinem Labor tust, an deinem Schreibtisch. Die Suche nach dem Gesetz, nach dem Prinzip hinter den Dingen. Nimm dieses Motorrad, es besteht aus Materie, hat aber auch einen Geist in sich stecken, der es fertigbringt, dieses Stück Eisen hier von der Stelle zu heben, es entgegen den Schwerkraftgesetzen über die Straße sausen zu lassen und uns entgegen den Entfernungsgesetzen von Ort zu Ort zu bringen. Und so weiter und so fort. Auch die Kernkraft, die etwas sprengen und in nichts, in pure Energie verwandeln kann. Eines Tages wird sich doch auch die Kraft finden, einen Stern zu sprengen oder ihn näher zu holen oder eine ganze Galaxie auszulöschen. Auch den Menschen zu verkleinern, seine Organe gegen kleinere, kompaktere, dauerhaftere auszutauschen, vielleicht auch auf ein paar Körperteile zu verzichten – ein winziger Transistor an Stelle des Herzens, damit er den Kreislauf lenkt, auf den man künftig vielleicht ebenfalls verzichten kann, um nur das Gehirn übrigzulassen und auch das auf eine Art Computerchip zu reduzieren, auf dem alle Funktionen enthalten sind, und danach könnte man eventuell auch seine Individualität aufheben, da man nicht derart viele Menschen braucht, sich vielmehr allein mit dem menschlichen Prinzip begnügen, das Denken aller zu einem gemeinsamen Reservoir sammeln könnte, und so wird die Materie nach und nach schrumpfen, bis sie sich in Geist verwandelt, das heißt, das gesamte Universum auf jenen Punkt zurückführt, von dem alles angefangen hat, als die Dichte unendlich war und die Zeit-Entfernungskurve unendlich, was eine Eigenschaft des Geistes, nicht der Materie ist. Erscheint dir das nicht simpel?« Er nahm jetzt den Helm ab und kratzte sich den Krauskopf. Offenbar hatte er den Faden meiner Worte verloren, die ihm wohl wie literarischer Humbug vorkamen. »Das mag interessant sein, vielleicht sogar möglich«, sagte er taktvoll, jedoch ohne wahre Begeisterung, sichtlich enttäuscht, daß ich alle möglichen Dinge angeschnitten hatte, die er vermutlich gar nicht der Debatte wert erachtete. »Aber glaub mir, Benji, das ist irrelevant im Zusammenhang mit dem, was Hawking oder andere gesagt haben. Das fällt in den Bereich der Mystik, was du da redest, und daß du ein guter Arzt bist, tut hier auch nichts zur Sache. Ich habe schon immer gesagt, man sollte die Medizin nicht zu den Naturwissenschaften zählen.« Und plötzlich, mit einem Schlag, war meine Begeisterung für all meine seltsamen Gedanken und ihre Erörterung verflogen. »Mag sein«, sagte ich leise und fügte dann kleinlaut hinzu: »Egal, nicht weiter wichtig.« »Das war mal eine nette Hochzeit», begann ich nach einer Weile. »Ich hasse Hochzeiten, aber diesmal war es ruhig und angenehm. Ich schwör dir, Amnon, dort würde ich selbst gern heiraten.« Und plötzlich bekam ich Lust, mich ihm anzuvertrauen, ihn an einem Stück von meinem Leben teilhaben zu lassen als Entschädigung für die Enttäuschung, die ich ihm eben mit meiner kindischen Theorie bereitet hatte. »Vielleicht heirate ich wirklich bald, kann gut sein, daß ich sehr bald heirate, und vielleicht mußt du dann für mich wieder in die Arava runterfahren.« Er saß müde auf der Erde, den Kopf gesenkt, ohne mich anzublicken – auch ohne groß hinzuhören; er glaubte mir wohl nicht, da er sich nicht vorstellen konnte, wen ich denn heiraten wollte –, seine Augen auf einen großen pechschwarzen Raben geheftet, der plötzlich aus dem Zweiggewirr hervorlugte, halb verborgen auf einem Ast hockte und uns angespannt mit seinen schwarzen Augen verfolgte, wobei man nicht recht wußte, ob er Angst vor uns hatte oder sich im Gegenteil gleich zum Angriff auf uns stürzen wollte.

Dritter Teil

Tod

I.

Aber meine Hochzeit wurde nicht in der Arava gefeiert, sondern in einem kleinen Festsaal im Herzen des alten Straßendreiecks von Jerusalem. Trotz der angenehmen Erinnerung an die Kibbuzhochzeit war meinen Eltern kein logischer Grund ersichtlich, ihre Gäste, darunter nicht wenige Verwandte, die extra aus England anreisten, zu einem fernen Kibbuz im Süden zu bemühen. Auch Michaelas Eltern, die geschieden waren und den Kibbuz vor vielen Jahren verlassen hatten, hatten nicht die gleiche emotionale Bindung an ihr früheres Heim, wie Michaela sie vielleicht noch besaß. Und da sie ohnehin nicht in der Lage waren, sich an den Hochzeitskosten zu beteiligen, räumten sie meinen Eltern das Recht ein, den Ort der Trauung allein zu bestimmen. Überhaupt schienen sie der Hochzeit ihrer Tochter mit einem gewissen Gleichmut entgegenzusehen, denn obwohl Michaela keineswegs so jung war, wie ich zunächst angenommen hatte, sondern sogar ein paar Monate älter als ich, zeigten sich ihre Eltern unbekümmert über ihr langes Ledigbleiben, sei es in dem Gedanken, daß ein so selbständiger Typ wie ihre Tochter keinen Beschützer brauche, sei es in dem Glauben, sobald sie sich zur Heirat entschließe, könne sie jederzeit einen Anwärter finden. Daher mußte ich, als ich ihrem Vater und ihrer Mutter getrennt als künftiger Schwiegersohn vorgestellt wurde, enttäuscht feststellen, daß beide mein Erscheinen völlig selbstverständlich hinnahmen und nicht im geringsten von der Tatsache beeindruckt waren, daß hier ein voll ausgebildeter Arzt mit gesicherter Zukunft vor ihnen stand – als könne ihre Michaela jeden Beliebigen ansprechen und ihm befehlen: Werde mein Mann! Dabei lag die Geschichte hier doch offensichtlich umgekehrt, denn ich hatte ihr die Ehe angetragen, und sie hatte nicht abgelehnt, vielleicht in der sanften hinduistischen Annahme, daß wir nicht zwei Seelen sind, die sich für immer miteinander verbinden, sondern nur zwei strömende Flüsse, jeder seiner Tiefe und der Eigenständigkeit seines Laufs gewiß, so daß keine Gefahr besteht, wenn ihre Wasser sich ein wenig mischen.

So deutete Michaela ihre Einwilligung, mich zu heiraten, mit der sie sogar meiner ursprünglichen Planung ein wenig vorgriff. Zwar hatte ich schon zwei Tage nach Ejals und Hadas' Hochzeit Kontakt zu ihr aufgenommen, aber doch ohne zu ahnen, daß die Sache derartigen Schwung entwickeln würde. Und vielleicht gerade, weil ich keine Verliebtheit, sondern nur große Zuneigung und tiefen Respekt für sie empfand, lief es so, daß ich schon im Hochsommer, rund drei Monate nach Ejals Hochzeit, an einem glutheißen Abend ebenfalls unter der Chuppa stand, umringt von Ejal, Hadas und Amnon, die halb verblüfft, halb amüsiert den jungen ultra-orthodoxen Rabbiner beobachteten, der vom Stadtrabbinat beauftragt worden war, unserer Heirat den Segen zu erteilen, was er mit besonderer Sorgfalt und Ausführlichkeit tat, als beunruhige ihn ein vager Verdacht hinsichtlich der Art der Ehe, die er da vor sich hatte. Schließlich konnte er nicht wissen, daß Michaela schon im dritten Monat schwanger war, denn auch mir erzählte sie erst am folgenden Tag, daß sie unser gemeinsames Kind im Schoß trage, und fragte dann unumwunden, was ich wollte – es austragen oder abtreiben? Obwohl ich glaubte, Michaela in den Monaten vor der Hochzeit schon ein bißchen kennengelernt zu haben, überraschte mich diese Geheimhaltung, trotz der logischen und moralischen Begründung, die sie dafür vorbrachte. Auf ihren Wunsch hin hatte unser Beschluß zu heiraten in völliger Freiheit fallen sollen, frei von jeder Erwägung, die nicht mit dem reinen Kern unserer Verbindung zusammenhing. »Und wenn ich nun nicht so schnell oder womöglich gar nicht hätte heiraten wollen?« drang ich in meine frischgebackene Ehefrau. »Was hättest du dann gemacht?« Sie überlegte kurz, ehe sie ehrlich zurückgab: »Ich hätte unsere Kleine wohl allein zur Welt gebracht, denn sie ist ja nicht schuld, daß ich mich dort oben auf dem Felsen mit dir nicht in acht genommen habe.«

An diesem Zeitpunkt hielt sie beharrlich fest – wollte schon bei unserem ersten Zusammensein in der Arava schwanger geworden sein, als sei es ihr wichtig, an dem Ort Leben geschaffen zu haben, an dem sie selbst geboren war und für den sie Liebe und Sehnsucht empfand. Reines Wunschdenken? Wahrscheinlich nicht, denn als wir uns drei Tage nach der Rückkehr von Ejals Hochzeit liebten, erkundigte ich mich ohne Hemmungen, ob sie aufpasse, und auch ich selbst wollte vorsichtig sein. Denn obwohl Michaela mir als ideale Frau für eine Ehe erschien, die einerseits meine unmögliche Verliebtheit schützen, andererseits aber auch der Freiheit eine Chance geben und meine Leidenschaft befriedigen könnte, wollte ich gewiß nicht versuchen, sie mittels einer ungeplanten Schwangerschaft ins Netz der Ehe zu treiben, was heutzutage schon als weibliche List nicht mehr zieht und erst recht nicht als männliche. Aber als sie mir am Morgen nach der Hochzeit das intime Geheimnis verriet und ihr bisheriges Schweigen vernünftig begründete, merkte ich wieder, daß ich mich bei ihr nicht in der Wahl geirrt hatte, wenn ich auch ein wenig ärgerlich auf sie war, weil sie unseren Fötus und vielleicht auch sich selbst gefährdet hatte, als sie hinter mir aufs Motorrad stieg, das ihr vom ersten Augenblick an Vergnügen machte. Nach außen hin schien Michaela nämlich furchtlos, und falls sie verborgene Ängste hatte, war es noch zu früh, sie zu entdecken. Schon als ich sie am ersten Freitag aus ihrer Mietwohnung abholte, die sie im Süden der Stadt mit zwei Mitbewohnern teilte, hatte ich aus der Art, wie sie den Sturzhelm am Hals zuschnallte, abgelesen, daß sie sich auf die Fahrt mit meinem Motorrad freute. Sie sah hübsch aus mit dem schweren Helm, der den strahlenden Glanz ihrer großen Augen noch betonte. Sie hielt sich nicht etwa an mir fest, sondern verschränkte nur die Arme über der Brust und wunderte sich, daß ich so langsam fuhr. In meiner Wohnung hatte sie es nicht eilig, den Helm abzunehmen, sondern begutachtete sich lange vor dem Spiegel, voll Freude über ihr neues

Aussehen, so daß ich ihr schließlich selbst den Helm vom Kopf nehmen mußte. Der vollendete Intimverkehr in der Arava enthob mich der Notwendigkeit, jede Bewegung oder körperliche Berührung zwischen uns vorauszukalkulieren, aber noch reichte unsere Erfahrung miteinander nicht aus, um die Körpersprache präzise einzusetzen. Deshalb meinte sie bei meinem Ringen, ihr den Helm abzunehmen, irrtümlich, ich wollte mit ihr schlafen, umschlang daher fest meinen Kopf, schloß die Augen und streichelte und küßte mich, wobei sie die Balance verlor, so daß ich sie stützen und letzten Endes auf den Armen in das Bett tragen mußte, das ich komischerweise insgeheim immer noch »das Bett der Großmutter« nannte, obwohl der Großmutter doch noch weitere Dinge in der Wohnung gehörten.

Für mich war dieser Liebesakt weniger genußvoll als der erste, obwohl er länger dauerte, und mittendrin befiel mich sogar leichter Schwindel, vielleicht weil ich diesmal weniger Lust empfand als drei Tage zuvor. Außerdem betonte das starke Licht, das im Schlafzimmer brennen blieb, zu sehr das Knochige ihrer rastlos unter mir strampelnden nackten Glieder, im Gegensatz zu der wohlig weichen weißen Fülle der reifen Frau, die vor kurzer Zeit ruhig auf demselben Bett gelegen hatte. Als Michaela kam, stieß sie auch noch zwei kurze Schreie aus, die mich an ein stranguliertes Federvieh erinnerten und mich beunruhigten, weil ich fürchtete, ihr weh getan zu haben, und als Arzt gewiß nicht gern Schmerzen verursache. Aber meine leichte Enttäuschung änderte nichts an meiner guten Meinung von ihr, und als wir, wieder angezogen, Kaffee tranken und den Kuchen aßen, den ich eigens für sie gekauft hatte, betrachtete ich erneut angetan ihre riesengroßen leuchtendblauen Augen, die bei ihren Mitmenschen Vertrauen erweckten, soweit die nicht etwas sein wollten, was sie nicht waren. Sie begann, mich über meine Arbeit im Krankenhaus und meine neue Aufgabe als Anästhesist bei Privatoperationen in Herzlia auszufragen. Danach wollte sie wissen, ob ich einige sonderbare und seltene Krankheiten diagnostizieren könne, denen sie in den drei Monaten an der

Seite der Gehsteigärzte in Kalkutta begegnet war. Sie hatte eine originelle Art, Krankheiten und Patienten zu beschreiben, und mixte auf die anschaulichste Weise Schilderungen körperlicher Symptome mit tiefgehenden psychologischen Einsichten, so daß die elenden Kranken von Kalkutta alsbald aufstanden und in ihrer kunterbunten Aufmachung mein Wohnzimmer bevölkerten. Als Arzt freute ich mich festzustellen, daß sie sich nicht vor Krankheiten fürchtete, was ihr meine gesteigerte Wertschätzung einbrachte. »Schade, daß du nicht Medizin studiert hast«, sagte ich, und sie stimmte mit mir überein. Ja, manchmal denke sie daran, Ärztin zu werden, aber wie solle sie Medizin studieren, wenn sie noch nicht mal das Abitur habe?

Die Nachricht, daß sie die Schule nach der elften Klasse verlassen hatte und nie zu den Abiturprüfungen angetreten war, versetzte mir einen Stich ins Herz, vor allem, weil ich wußte, daß meine Mutter – vielleicht auch mein Vater – das schnell herausbekommen und darüber enttäuscht sein würde. Dabei hatte ich doch schon vorgehabt, Michaela in der folgenden Woche zu einem Ausflug nach Jerusalem einzuladen und bei dieser Gelegenheit meinen Eltern vorzustellen. Doch ich bemühte mich, nicht die leiseste Enttäuschung durchblicken zu lassen und auch kein abfälliges Wort darüber zu verlieren, daß sie als Kellnerin in einem Innenstadtcafé arbeitete. Seit ihrer Rückkehr aus Indien falle es ihr schwer, ihren Platz in der Welt zu finden, vielleicht wegen der Sehnsucht, die noch immer an ihr nagte, und womöglich auch, weil ihr Abschied von Indien erzwungen gewesen sei. »Erzwungen?« bohrte ich neugierig nach. »Es kann doch nicht sein, daß du nur zurückgekehrt bist, um Enats Eltern von der Erkrankung zu informieren?« »Nicht nur deshalb«, gab sie ehrlich zu, auch die letzte Rupie sei verbraucht gewesen, und sie habe nicht den Mut gehabt, sich in etwas zu verstricken, was unter ihrer Würde war. »Was denn zum Beispiel?« fragte ich mit leichtem Schauder, aber sie hatte nur Betteln gemeint, nichts als Bettelei – eine Tätigkeit, die sich gut in die Philosophie einfüge, mit der sie die ganze Zeit flirte.

Ich lächelte erleichtert, obwohl ich zweifelsfrei wußte, daß sie im Zusammenleben mit Männern erfahren war – nach der Leichtigkeit ihres Umgangs mit mir, die sich auch in der Art ausdrückte, wie sie aufstand, das schmutzige Geschirr abräumte und es mit größter Selbstverständlichkeit spülte. Ich versuchte nicht, sie davon abzuhalten. Soll sie ruhig, dachte ich, gut, wenn sie sich jetzt schon als Hausherrin fühlt – obwohl sie meine neue Wohnung nicht besonders mochte. Sie wunderte sich, daß ein junger Mensch wie ich solch eine solide graue Wohnung mieten konnte, in der noch dazu ein kompletter Wandschrank voller Altfrauenkleider hing. »Haben sie dir wenigstens ein bißchen Mietnachlaß gewährt?« fragte sie von der Spüle aus, wobei wieder ihre unerklärliche Abneigung gegen die Lasars durchklang. »Vielleicht«, sagte ich und nannte die von meiner Geliebten bestimmte Mietsumme. Der Betrag erschien Michaela hoch, und sie sah darin kein besonderes Entgegenkommen für den Mann, der ihnen so treu gedient hatte. »Aber man kann von hier ein bißchen das Meer sehen«, sagte ich zum Lob der Wohnung und beschrieb auch den rötlichen Strahl, der bei Sonnenuntergang durchs Fenster drang und sich in der Spüle brach. »Du wirst hier also immer gern Geschirr spülen«, sagte ich lächelnd. »Glaubst du, ich werde extra hierherkommen, um dir das Geschirr zu waschen?« fragte sie ironisch. »Nicht extra«, antwortete ich ruhig, »aber wenn du hier bist.« Mit diesen Worten ließ ich schwebend leicht die Lippen über ihren Nakken gleiten. Ihre großen Augen wurden glänzend und schlossen sich einen Moment, während sie tastend die Tasse voller Seifenschaum auf die weiße Marmorplatte zu setzen versuchte. Wieder schlang sie die Arme um meinen Kopf und begann mich zu streicheln, und nach der Vehemenz ihrer Umarmung begriff ich, daß sie meinte, wir sollten uns noch mal lieben und ich würde erneut fähig sein, ihre Erwartungen zu erfüllen. Tatsächlich bemühte ich mich redlich, weigerte mich aber diesmal, ins Schlafzimmer zurückzukehren und die Kleidung abzulegen, beharrte vielmehr darauf, es in der Küche zu tun, die für unseren Liebesakt groß genug war; allerdings schepperte das Geschirr ringsum, und in fortgeschrittenem Stadium fiel auch die Tasse voll Seifenschaum in das Spülbecken und zerbrach. Obwohl es mir nicht gelang, selbst zu kommen, empfand ich große Genugtuung, daß Michaela wieder Befriedigung fand, diesmal ohne Schrei, nur mit einem tiefen Seufzer. »Liebst du mich?« wagte ich zu fragen, als ihre Augen wie zwei blaue Lampen aufgingen. Sie überlegte einen Moment. »Genau wie du mich liebst«, antwortete sie schließlich ernst, ohne zu lächeln. Und das war die Taktik, die sie fortan benutzte – abzumessen und ihre Gefühle den meinen anzupassen, das heißt meinen entsprechenden Erklärungen, denn ich hütete mich ja von Anfang an, ihr das Geheimnis meiner tiefen Verliebtheit in Lasars Frau zu verraten, aus Furcht, selbst so eine freie, unverklemmte junge Frau wie sie könnte diese Affäre als krankhaft oder vielleicht altmodisch betrachten.

Nach Mitternacht setzte sie den großen Helm wieder auf und bestieg trotz des Frühlingsregens, der unerwartet eingesetzt hatte, freudig das Motorrad, um in ihre Wohnung zurückzukehren. Stimmt, sie hätte bei mir schlafen können, aber ich bot es ihr nicht an, da sie weder Pyjama noch Zahnbürste dabeihatte und ich die erste gemeinsame Nacht nicht mit kleinen, aber störenden Unannehmlichkeiten verbunden wissen wollte und es bei allem ehrlichen Wunsch, die Annäherung zwischen uns zu beschleunigen, nach zweimal Liebe auch vorzog, allein in meinem großen Bett zu schlafen und meine Gedanken zu ordnen. Nach meiner Rückkehr sammelte ich die verstreuten Tassenscherben aus dem Spülbecken in einen kleinen Plastikbeutel, nicht in dem Glauben, man könne sie wieder zusammenfügen, sondern nur, weil ich meinte, man dürfe die Tasse, die zu einem kompletten Service gehörte, nicht einfach ohne vorherige Genehmigung der Hauswirtin in den Müll werfen. Am nächsten Tag rief ich Michaela wieder an. Zwar wußte ich, daß sie am Schabbat den ganzen Tag in ihrem Café arbeitete und sich nicht mit mir treffen konnte, aber ich wollte mehrere Rendezvous für die folgende Woche vereinbaren und vor allem die gemeinsame

Fahrt nach Jerusalem planen. Denn aufgrund unserer Unterhaltung hatte sich bei mir die Befürchtung eingeschlichen, die starke Indiensehnsucht, von der sie immer wieder sprach, könnte sich gegen ihr graues Leben in Tel Aviv durchsetzen und sie zu einer spontanen Fernostreise verleiten. Wenn ich sie nicht verlieren will, muß ich ständig in Verbindung mit ihr bleiben, sagte ich mir. Doch da ich jetzt neben der privaten Kliniktätigkeit in Herzlia auch mehrmals pro Woche Nachtdienst in der Station des Roten Davidsterns im Süden der Stadt versah, waren die Möglichkeiten, sie zu treffen, begrenzt. Deshalb überredete ich sie, nach ihrer Arbeit zu mir auf die Erste-Hilfe-Station zu kommen, um mir Gesellschaft zu leisten und die anfallenden Hausbesuche mitzumachen, die ihr sehr gefielen, weil sie Erinnerungen an die Zeit bei den Gehsteigärzten in Kalkutta wachriefen. Ihr Auftritt verwirrte anfangs die Patienten und deren Angehörige, wenn sie da nach mir hereinkam wie eine junge Außerirdische, den Helm unter den Arm geklemmt, die großen Augen Signale aus einer Wunderwelt ausstrahlend. Aber da ich sie sofort als Krankenschwester vorstellte und sie mir manchmal auch tatsächlich bei Untersuchungen und Behandlungen assistierte, gewöhnten sie sich rasch an ihre Anwesenheit. Auch sie begann sich zu meiner Freude an mich zu gewöhnen. »Magst du mich?« testete ich sie. »Genauso wie du mich«, antwortete sie dann umgehend, mit verschlossenem Gesicht, über das ein feines Lächeln wie ein fast unmerkliches Wellenkräuseln huschte. Aber über Sehnsucht nach Indien klagte sie nicht mehr – als habe meine Gegenwart, das heißt der Arzt in mir, schon etwas davon aufgesogen. Ich hegte keinen Zweifel daran, daß sie die medizinische Seite meiner Identität mochte, was vielleicht auch der verborgene Grund dafür war, daß sie mich auf der Hochzeit von Ejal und Hadas so gern hatte treffen wollen. Sie erinnerte mich an meinen Vater in der Art, wie sie mich begierig nach Krankheiten und Symptomen ausfragte – manchmal sogar während der Fahrt auf dem Motorrad –, um die vage und durchlässige Grenze zwischen Gesundheit und Krankheit zu verstehen. Und genau wie bei meinem Vater war es eine rein intellektuelle Neugier, ohne den Willen, persönliche Unpäßlichkeiten zu erkennen oder Schlüsse für ihren eigenen Körper zu ziehen, der mir kräftig erschien und seine indische Bräune bewahrt hatte, die mir schon bei unserer ersten flüchtigen Begegnung im Wohnzimmer der Lasars aufgefallen war, als ich sie einen Moment lang irrtümlich für einen jungen Mann gehalten hatte. Die leichte Geistesverwandtschaft, die ich zwischen Michaela und meinem Vater festgestellt hatte, bewahrheitete sich dann tatsächlich in der gemeinsamen Sprache, die die beiden bereits bei ihrem ersten Besuch im Haus meiner Eltern fanden, nur zehn Tage nach Ejals und Hadas' Hochzeit, die wir alle noch als ein Ereignis von spiritueller Macht in Erinnerung hatten, ohne deren Wesen recht zu erfassen.

Der Besuch bei meinen Eltern war mir wichtig, weil ich ihre Reaktion testen wollte, ehe ich eine schicksalhafte Entscheidung traf. Doch hätte ich gewußt, daß Michaela schwanger war, wären wir gewiß nicht mit dem Motorrad nach Jerusalem gefahren, sondern hätten versucht, einen der letzten Busse zu ergattern. Freitags gab es in der Klinik in Herzlia besonders viele OP-Termine, weil die Chirurgen der großen Krankenhäuser an diesem Tag ihre Kassenpatienten familiärer Obhut überließen und sich privaten Operationen widmeten, die manchmal bis nach Sabbatbeginn andauerten. Und tatsächlich waren von den Meereswellen, die man durchs Fenster sah, im Abenddunkel nur noch wogende Gischtstreifen übrig, als ich die Pupillen des letzten Patienten prüfte und ihn in warme Laken hüllte, um ihm ein wenig von der Wärme zurückzugeben, die er während der Operation verloren hatte. Doch trotz der späten Stunde wollte ich nicht auf den Besuch in Jerusalem verzichten, benachrichtigte nur meine Eltern, daß wir uns sehr verspäten würden und sie mit dem Essen nicht auf uns warten sollten. Aber sie beschlossen, doch zu warten, in der Hoffnung, wir würden nicht zu lange ausbleiben, und tatsächlich verspäteten wir uns nur geringfügig. Michaela war auf Abruf bereit, und ich fuhr rasant, nicht nur wegen der späten Stunde, sondern auch weil ich spürte, daß

Michaela die hohe Geschwindigkeit genoß und sie von mir erwartete. Und als wir dann um acht Uhr abends mit Schwung zur Steigung am Scha'ar Haggai ansetzten, war die Straße vor uns plötzlich frei von Autos, und der volle Mond, der über den Bergen aufstieg, schwamm uns entgegen, häufig zwischen Zypressen und Kiefern eintauchend, denen die Frühlingsnacht würzige Düfte entlockte, die uns bis zum Haus meiner Eltern begleiteten. Mein Vater, der auf unser Kommen gehorcht hatte, hörte das Motorrad in unsere Straße einbiegen und kam die Stufen hinunter, um uns zu empfangen. Ich merkte, daß ihn Michaelas verblüffend große Augen erstaunten, wenn nicht gar erschreckten, wußte aber auch, daß deren blaue Färbung, die seinem Augenton glich, ihm Vertrauen zu ihr einflößen konnte. Tatsächlich bemühte er sich sofort um Michaela, nahm ihr den Helm aus der Hand, half ihr ritterlich aus dem Parka, den sie unterwegs getragen hatte, ja, dieser sonst so stille Mann verfiel gleich in lebhaftes Plaudern mit ihr. Meine Mutter war zurückhaltender, musterte aber vor allem meine Miene, um daraus abzulesen, was ich während dieses praktisch aufgenötigten Besuchs wohl von ihr erwartete.

Nachts in meinem alten Zimmer wollte Michaela unbedingt intim werden, was mir jedoch überflüssig und auch ein wenig riskant erschien, denn meine Mutter hatte einen leichten Schlaf – erst recht wohl jetzt nach dem gemeinsamen Abendessen, das ihr gewiß noch nachging, da Michaela sich nicht im geringsten bemüht hatte, ihre jahrelange Unstetigkeit, was Ausbildung und Beruf betraf, zu vertuschen oder zu beschönigen. Das einzig Sinnvollere, was sie in den letzten Jahren geleistet hatte, schien ihr Dienst bei den Gehsteigärzten in Kalkutta gewesen zu sein. Ja, sie rieb meinen Eltern auch gleich noch unter die Nase, daß sie kein Abitur hatte, ohne ihnen auch nur die leiseste Hoffnung zu machen, daß sie es in der näheren Zukunft nachholen würde. Und obwohl sie ihre übliche Unabhängigkeit und Selbstsicherheit ausgestrahlt hatte, ohne es deshalb an Takt und Höflichkeit fehlen zu lassen, wußte ich, daß meine Mutter über das Gespräch beunruhigt sein und, sobald mein Vater eingeschlafen war, gewiß noch rastlos in der Wohnung herumlaufen würde. Deshalb fand ich es unfair von Michaela, ausgerechnet jetzt auf Sex zu bestehen, während wir es doch am nächsten Tag ungestört in meiner Wohnung tun konnten. »Der Wein, den dein Vater mir dauernd nachgeschenkt hat, wirkt auf mich«, sagte sie entschuldigend und begann, mir den Bauch zu streicheln und zu küssen. Doch ich weigerte mich standhaft. »Warum denn?« fragte sie erstaunt und versicherte dann: »Ich kann's auch ohne Schreien.« Ich traute ihrem Versprechen nicht, denn in letzter Zeit hatte sie viel geschrien und gestöhnt. Ich war zwar mittlerweile schon daran gewöhnt, wollte meine Mutter jetzt aber nicht mit dem kleinsten Pieps davon aufstören. In ihrer unbefriedigten Lust wälzte sich Michaela noch in meinem schmalen Jugendbett, nachdem ich längst eingeschlafen war, weswegen sie am nächsten Morgen noch in tiefem Schlummer lag, als ich mich zu meinen Eltern an den Frühstückstisch setzte, die von mir erwarteten, ihnen meine Absichten offenzulegen, soweit ich mir denn selbst schon darüber im klaren war. Aber was sollte ich ihnen erzählen? Konnte ich denn etwas von meiner wahren Leidenschaft – der für Lasars Frau – andeuten, die mein Gemüt verfolgte – selbst hier im kühlen, frühlingshaften Jerusalem, aus dessen Gärten Rosenduft wehte? Konnte ich meinen Eltern erzählen, daß die Heirat, die ich immer ernstlicher in Erwägung zog, auch ein Mittel war, der unmöglichen Frau, an die ich immer noch so viel dachte, eine Art Schutz vor mir zu gewähren?

Daher ließ ich ihnen gar nicht erst die Chance, mich auszufragen, sondern bat sie gleich, mir ihren Eindruck zu schildern. Wie vermutet, sah mein Vater, der komischerweise zuerst mit der Antwort herausplatzte, überhaupt nicht Michaelas Nachteile, sondern allein ihre Vorzüge. »Sie ist in Ordnung, völlig in Ordnung, sie wird dir viel helfen«, erklärte er mit einer Sicherheit, die ihm sonst bei solchen Dingen nicht eigen war. »Sie wirkt auch nicht verwöhnt, trotz ihrer Zartheit«, fügte er, plötzlich errötend, hinzu. Zu meiner

Überraschung äußerte sich meine Mutter ebenfalls positiv. »Richtig. Vielleicht ist sie ein bißchen desorientiert, weil sie etwas sucht und selbst noch nicht weiß, was es ist. Aber ich bin sicher, sobald sie ein Kind bekommt, wird sie ihren Platz finden und eine gute Mutter sein.« Es war eigenartig, daß meine Mutter gleich auf etwas übersprang, was an jenem Samstag morgen noch völlig außerhalb meines Denkbereichs lag, aber schon Wirklichkeit war, soweit denn die Wirklichkeit eines zweiwöchigen Fötus im Schoß einer Frau reichte, die schlummernd in dem Bett lag, in dem ich viele Jahre meines Lebens verbracht hatte. Als ich drei Monate später, nach unserer Hochzeit, meinen Eltern von der mittlerweile offenbarten Schwangerschaft erzählte, meine Mutter dabei an ihre Worte erinnerte und meine Bewunderung über ihr geheimes Gespür auszudrücken versuchte, wehrte sie sofort ab: »Nichts mit geheimem Gespür«, sagte sie. »Ich hegte damals keinerlei Verdacht.« Obwohl sie Michaelas Beweggründe, mir die Schwangerschaft zu verschweigen, wohl zu verstehen und zu respektieren versuchte, schwang leichte Verärgerung in ihrer Stimme mit, denn sie konnte sich nicht des Gefühls erwehren, daß hier verantwortungslos gegenüber dem Baby gehandelt worden war: »Es gibt nicht nur euch und eure Emotionen auf der Welt. Auch die Kleine ist ein menschliches Wesen.« Und es war sonderbar, daß sie von dem drei Monate alten Embryo genauso redete, wie Michaela selbst es tat, das heißt, es als fertiges, vollendetes Geschöpf betrachtete. Eigentlich hatte meine Mutter ja recht. Michaela hatte tatsächlich das Leben des Babys aufs Spiel gesetzt durch unsere häufigen gemeinsamen Fahrten auf meinem Motorrad, die durch ihre stillschweigende Ermunterung oft in wilde Raserei ausgeartet waren. Wäre sie gleich, als sie selber von ihrer Schwangerschaft wußte – sechs Wochen nach unserem Kennenlernen –, mit der Wahrheit herausgerückt, hätte ich sie nicht mehr auf dem Soziussitz mitfahren lassen und vielleicht sogar daran gedacht, das Motorrad gegen einen Wagen zu tauschen, wie es später tatsächlich geschah.

Aber bis zu unserem Abschied von meinem geliebten Motorrad sausten wir viel gemeinsam damit herum, und zwar erst recht, nachdem ich ihr meine Absicht verraten hatte, bald zu heiraten. Das geschah auf der Rückfahrt von unserem zweiten Besuch in Jerusalem, am Samstag früh auf halber Strecke in einer Raststätte am Flughafen, an der wir gewöhnlich haltmachten. Michaela saß vor dem großen Spiegel hinter dem Tresen, auf dem Kopf den schwarzen Helm, der die Strahlkraft ihrer Augen steigerte und künstlich ihr Gesicht vergrößerte, das ihr auch selbst zu klein und schmal für zwei so große Augen erschien. Sie war nicht überrascht von meinem Antrag, hatte vielleicht schon gespürt, daß sie trotz fehlenden Abiturs, Berufslosigkeit und vager Fernostsehnsucht einen positiven Eindruck auf meine Eltern gemacht hatte. Ein innerer Instinkt sagte ihr zwar, daß ich die Ehe aus einem Grund suchte, der nicht mit ihr zusammenhing und mir womöglich selbst nicht klar war, aber das Mysterium und die neue Verwirrtheit, die plötzlich von einem rationalen Menschen wie mir ausgingen, machten mich in ihren Augen nur schätzens- und begehrenswerter. Ich küßte sie auf die Stirn, wobei ich den harten Helm zwischen den Händen spürte, und wollte auch noch die Worte »Ich liebe dich« hinzufügen, brachte sie aber nicht über die Lippen und sagte daher allgemeiner: »Es gibt Liebe zwischen uns.« Das war eine richtigere und passendere Formulierung, denn Liebe – wenn auch zu einer anderen, unmöglichen Frau – gab es zwischen uns wie eine üppige, schmackhafte Speise, von der sie ebenfalls kosten durfte. Sie lauschte aufmerksam, dachte ein wenig nach und sagte dann: »Wenn du's wirklich eilig hast zu heiraten, habe ich nichts dagegen, denn ich bin gern mit dir zusammen. Obwohl ich nicht begreife, warum es dir so damit eilt. Fällt's dir plötzlich schwer, mit dir allein zu sein? Aber wenn wir heiraten, dann unter der Bedingung, daß du mich nicht hinderst, noch eine Indientour zu machen – nicht zu lang, aber auch nicht ganz kurz. Am besten wär's natürlich, du kämst mit, denn du weißt ja, daß du erst eine winzige Kostprobe von Indien erhalten hast, und selbst das nur zweckgerichtet. Aber wenn du nicht mitkommen kannst, versprich mir, daß du mich nicht hindern wirst, allein zu fahren, und falls wir dann schon ein Kind haben sollten, müssen deine Eltern oder du auf das Baby aufpassen, denn sonst müßte ich's mit nach Indien schleifen.« Ich weiß nicht, warum daraufhin ein so starkes Glücksgefühl in mir losbrach, daß ich mich nicht halten konnte, sondern mein Gesicht nah an ihres brachte, ihr mit leichter Hand den Helm vom Kopf löste und ihr auf die Lippen und in den Mund einen langen Kuß drückte, ungeachtet der wenigen Gäste, die an diesem Schabbatmorgen an ihren Tischen saßen und uns mit Sympathie beobachteten, als seien sie erleichtert darüber, daß dieser jungen Frau endlich der Helm abgenommen worden war.

Danach fügte Michaela der ersten Bedingung eine zweite hinzu: Unsere Hochzeit solle klein und bescheiden nur im Familienkreis gefeiert werden. Aber gerade diese einfache und natürliche Bedingung, die mir im Prinzip recht war, zog Probleme und viel Lauferei nach sich. Als ich sie meinen Eltern mitteilte, sank deren Stimmung, und fürs erste verfielen sie in düsteres Schweigen. Ein paar Tage später begannen sie beide, jeder auf seine Weise, bei mir gegen Michaelas Dekret Sturm zu laufen. Als Eltern eines einzigen Sohnes hielten sie sich nicht nur für berechtigt, sondern sogar für verpflichtet, eine Hochzeit auszurichten, zu der sie alle ihre Freunde und Bekannten einladen konnten, um sich dadurch auch für alle Familienfeste, zu denen sie über die Jahre gebeten worden waren, zu revanchieren. Außerdem war es ihnen ebenso Pflicht wie Herzensbedürfnis, meine Hochzeit als indirektes Druckmittel einzusetzen, um ihre Verwandten aus England, die lange nicht in Israel gewesen waren, zum Kommen zu motivieren. Jetzt konnte ich ihren Wunsch, eine große Hochzeit zu veranstalten, nicht mehr ignorieren und bat Michaela, ihre Bedingung fallenzulassen, aber plötzlich offenbarte sich ein unerwarteter Zug ihres Wesens, das mir bisher in seiner buddhistischen Entrücktheit nett und freundlich erschienen war – eine starke, fast schon rabiate Sturheit: Sie weigerte sich strikt, ihr Veto aufzuheben. Hochzeitsfeiern in Festsälen seien ihr ein Greuel, und sie bliebe den Trauungen ihrer besten Freunde fern, wenn sie an solchen Orten stattfänden. Auch an den netten Hochzeiten in En-Sohar nähme sie wegen der vielen geladenen Gäste nur selten teil, und selbst zu Ejals und Hadas' Feier sei sie nur gekommen, weil sie mich nach Enats Bericht von der Indientour näher habe kennenlernen wollen. Als ich merkte, daß ich sie nicht von ihrer Meinung abbringen konnte, versuchte ich meine Eltern zu überreden, sich mit einer großen Familienparty, vielleicht im Haus eines unserer wohlhabenden Verwandten im Großraum Tel Aviv, zu begnügen. Doch meine Eltern reagierten sehr gekränkt auf meinen Vorschlag und zeigten keinerlei Bereitschaft einzulenken. Ich wurde zu einer Art Mittelsmann zwischen ihnen und Michaela, und manchmal aß ich vor dem Nachtdienst nur deshalb in dem Café, in dem Michaela servierte, weil ich erneut versuchen wollte, sie umzustimmen. Schließlich baten meine Eltern mich, selbst mit Michaela sprechen zu dürfen, und fuhren eigens nach Tel Aviv, um sie allein zu treffen und mit ihr zu verhandeln. Aber sie war nicht zu überzeugen, als hätten sich all ihre Zweifel hinsichtlich der Ehe jetzt auf die Frage konzentriert, ob die Hochzeit mit vielen Gästen oder nur im Familienkreis gefeiert werden sollte. Wie ich erfuhr, war sie an einem bestimmten Punkt des Gesprächs meinen Eltern unverschämt frech über den Mund gefahren, hatte es dann bereut und war in bitteres Weinen ausgebrochen. Daraufhin hatten meine Eltern erschrocken nachgegeben. Mir tat es im Herzen weh, sie leiden zu sehen; sie waren ja beileibe keine Großtuer, sondern vom Wesen her bescheidene Menschen, und wenn sie um eine große Hochzeit kämpften, geschah das nur, weil sie sich verpflichtet fühlten, ihren Angehörigen in England auf diese Weise für deren zahlreiche Einladungen zu Familienfeiern zu danken. Obwohl sie wußten, daß viele ihrer Verwandten sowieso nicht kommen würden, wollten sie ihnen wenigstens signalisieren, daß man sie hier in Israel nicht vergessen hatte, und indirekt auch der Allgemeinheit mitteilen, daß das beunruhigend lange Junggesellendasein ihres einzigen Sohns beendet war. Aber auch Michaelas plötzlicher Tränenausbruch ging mir zu Herzen, denn sie war doch kein sentimentaler Typ, und wenn sie vor meinen Eltern anfing zu weinen, mußte sie anderen Kummer haben, vielleicht Bedenken hinsichtlich dieser Blitzhochzeit, die sie jetzt wohl als aufgenötigt empfand und von der sie in tiefstem Herzen spürte, daß es dahinter einen fremden, verborgenen Zweck gab, den sie nicht zu erkennen vermochte. Gewiß, ihre innere Freiheit und fatalistische Weltsicht ließen sie immer noch fest glauben, mit mir fertig werden zu können. Das Mysterium, das hinter meinem Verhalten durchschimmerte, verstärkte meine Anziehungskraft in ihren Augen sogar, begann sie aber auch zu verwirren. Ich erstand ein hebräischsprachiges Buch über die Religionen und Philosophien Indiens und begann es zu lesen, vielleicht fand ich dadurch ja mehr Zugang zu ihrem Denken und konnte sie so ein wenig für die fehlende Liebe entschädigen.

Unterdessen zeigten die Bitten meiner Eltern doch Wirkung bei ihr. Zwei Tage später rief sie aus eigenem Antrieb bei ihnen an und erklärte ihre Zustimmung zu einer gewissen Erweiterung der Hochzeitsfeier, die zu unser aller Zufriedenheit von nun an als »mittlere Hochzeit« bezeichnet wurde, wobei sie sich allerdings bei der Wahl des Festsaals das letzte Wort vorbehielt. Da man nun einen Saal mittlerer Größe brauchte, war das Angebot nicht sonderlich üppig, und unter einer Anzahl wenig begeisternder Möglichkeiten akzeptierte Michaela, die von Tag zu Tag teilnahmsloser wurde, einen mäßig großen Raum in einem alten Jerusalemer Innenstadthotel, in dem berühmten Dreieck Jaffa-, Ben-Jehuda- und King-George-Straße. Der Hoteleingang war zwar häßlich, aber der Saal selbst wirkte hübsch und gepflegt, zeichnete sich besonders durch üppige, vielfältige Pflanzen aus, und die Hotelbesitzer rühmten sich ihres schmackhaften Speisenangebots. Nachdem Michaela ihre Zustimmung gegeben hatte, fuhren wir mit dem Motorrad nach Tel Aviv zurück und machten unterwegs in unserer Stammraststätte am Flughafen halt. Sie war jetzt nervös und ein bißchen traurig, nahm sofort selbst den Helm ab und flirtete nicht mehr mit ihrem Konterfei in dem großen Barspiegel. Obwohl ich noch nicht wußte, daß sie zwei Tage zuvor das positive Ergebnis ihres Schwangerschaftstests erhalten hatte, spürte ich eine neue Spannung bei ihr, die nicht nur von dem trübseligen Anblick des Hotels herrührte, sondern eben auch von ihrer Entscheidung, die Schwangerschaft vor mir geheimzuhalten, damit sie uns nicht etwa störte, falls wir die Hochzeit im letzten Moment doch noch absagen wollten. Denn darauf hoffte sie wohl im Unterbewußtsein, das ich mit besorgtem Interesse verfolgte, in dem Gefühl, mit ihm einen stummen, separaten Dialog zu führen.

Schließlich waren die Einladungen gedruckt, in Hebräisch und in Englisch, und meine Eltern schickten schleunigst ein paar nach England, um den Angehörigen dort gebührend Zeit zu geben, die Reise vorzubereiten. Danach setzten wir uns an die übrige Gästeliste. Meine Eltern gingen sorgfältig ans Werk, um nicht die Michaela versprochene »mittlere« Hochzeit zu sprengen, wobei meine Mutter seit Michaelas kombiniertem Wut- und Tränenausbruch eine halb mißtrauische, halb mitleidige Haltung ihr gegenüber entwickelte. Das Problem war natürlich, wen man gar nicht zur Hochzeit einladen sollte und wen in der Annahme, daß er nicht kommen würde. Zu diesem Zweck erstellte mein Vater auf großen Karteikarten drei Listen potentieller Gäste. Zuerst bat er mich um die Namen meiner »Unabdinglichen«. Ich notierte natürlich Ejal und Hadas, dann Ejals Mutter, Amnon ohne Eltern, noch zwei gute Freunde aus der Wehrdienstzeit und zwei von der Uni, fügte der Liste Dr. Nakasch hinzu – nebst Frau, die ich noch nie gesehen hatte –, dachte einen Augenblick lang an Chischin, verwarf ihn aber schließlich und schrieb selbstsicher Lasar, seine Frau und natürlich auch Enat auf, durch deren Krankheit ich Michaela kennengelernt hatte. Meine Mutter lächelte bitter: »Komisch, daß wir langjährige gute Nachbarn nicht einladen dürfen, während zwei wildfremde Menschen wie Lasar und seine Frau plötzlich unsere Gäste sein sollen.« »Nicht eure, sondern meine«, gab ich heftig zurück. »Und warum nicht? Ich habe ein gewisses Interesse daran, sie einzuladen. Aber macht euch keine Sorgen, sie kommen sowieso nicht.« »Du wirst sehen, daß sie doch kommen«, sagte meine Mutter und brachte damit meinen Vater durcheinander, der sie gerade auf die Liste der Nichtkommenden hatte setzen wollen. Insgeheim wußte ich, daß meine Mutter recht hatte. Lasars Frau würde sich kaum die Gelegenheit entgehen lassen, mich unter dem Hochzeitsbaldachin stehen zu sehen, nicht nur weil sie vielleicht Sehnsucht nach mir hatte, sondern auch weil sie wußte, daß ich eigentlich ihretwegen heiratete.

Und falls sie es nicht weiß, werde ich es ihr klarmachen, dachte ich. Dazu muß ich einen Weg finden, ihr die Einladung persönlich zu überbringen. Von der Hochzeit selbst hatte sie gewiß durch Enat erfahren, zu der Michaela weiterhin freundschaftliche Bande unterhielt und die sie an einem Freitagabend sogar in meine Wohnung einlud – zu einer Abschiedsparty vom Junggesellenstand. Ich sah Enats Kommen ein bißchen aufgeregt entgegen, weil ich ihr seit unserer Rückkehr aus Indien nicht mehr begegnet war. »Wenigstens hast du keine Mühe gehabt, die Wohnung zu finden«, begrüßte ich sie an der Tür mit einer leichten Umarmung. Sie lächelte verlegen und errötete. Hatte ich ihr während irgendeines Abschnitts unserer gemeinsamen Reise etwas bedeutet? Sie hatte ein wenig zugenommen, die Zeichen der Hepatitis waren verschwunden und damit auch die leichte indische Sonnenbräune, die sich bei Michaela noch gehalten hatte. Jetzt wirkte sie gesund und sah sehr lieb aus. Sie trug weite schwarze Hosen, eine weiße Seidenbluse und darüber eine reichbestickte kleine rote Weste. An den Ohren baumelten Tropfenohrringe von der grünlichen Farbe ihrer Augen. Sie war verlegen, aber auch ein bißchen amüsiert, in der ihr so wohlvertrauten, jetzt aber von Fremden eroberten Wohnung zu sein. In ihrer Schulzeit sei sie häufig direkt vom Unterricht hierhergekommen, um bei der Großmutter zu Mittag zu essen und Hausaufgaben zu machen, erzählte sie, und manchmal hätte sie auch auf der Wohnzimmercouch übernachtet. »War's dir denn bequem, die ganze Nacht auf so einer schmalen Couch zu schlafen?« fragte ich. »Aber wieso denn schmal?« fragte sie verwundert zurück. »Man kann sie mit Leichtigkeit in ein breites Bett verwandeln.« Tatsächlich war es mir bisher verborgen geblieben, daß dieses einfache alte Sofa ausgeklappt werden konnte, und ohne Enat hätte ich es vielleicht noch lange nicht gemerkt. Trotz Michaelas Protesten rückte ich daher Sessel und Couchtisch beiseite, und Enat zeigte mir den verborgenen Griff, mittels dessen sich die Couch mühelos heben und in ein bequemes Bett verwandeln ließ, auf dem noch ein altes Laken lag, mit zwei großen bunten Flecken in der Mitte, die sich als zwei gut gepreßte Teile eines luftigen Sommerschlafanzugs der kleinen Enat entpuppten. »Siehst du, gut, daß du gekommen bist«, sagte ich liebevoll zu Enat. »Du hast einen Schlafanzug gefunden, und wir haben ein zusätzliches Bett entdeckt. Denn bei der Wohnungsübergabe hat deine Mutter vergessen, mir von den Wundern der Couch zu erzählen.« »Meine Mutter weiß kaum, was in ihrem eigenen Schlafzimmerschrank ist«, warf Enat verächtlich hin. Und auf einmal fühlte ich ohne jede Vorankündigung mein Gesicht erglühen und meinen Atem stocken, als lasse allein die Erwähnung des Schlafzimmers der geliebten Frau die flackernde, aber äußerst lebendige Erinnerung an einen schwer ruhenden weißen Körper und die verwöhnten Füße auferstehen, vor denen ich im angrenzenden Schlafzimmer hatte niederknien wollen, in dem Michaela jetzt das Licht dämpfte, nachdem sie einen kleinen Plastikbeutel für Enats vergessenen Pyjama geholt hatte, während Enat im Stehen vor sich hin lächelte, ohne die leiseste Ahnung von dem, was in mir vorging.

Unterdessen klopften neue Gäste an die Tür, und die Couch mußte schnell wieder in ihre Ausgangslage zurückgebracht werden. Es kamen zwei »indische« Freunde von Michaela und Enat, deren einen ich von dem Foto wiedererkannte, das Lasar mir gezeigt hatte, als ich zum erstenmal bei ihnen zu Hause war – die Arme um Enat und ein weiteres Mädchen gelegt, vor einem Tempeleingang stehend. Die beiden waren nach über einjährigem Aufenthalt erst kürzlich aus Indien zurückgekehrt, und Michaela stürzte sich aufgeregt auf sie, um Einzelheiten über Orte zu hören, die sie noch nicht kannte, aber vor allem, um sich nach israelischen und anderen Bekannten zu erkundigen, die noch dort herumreisten. Plötzlich verwandelte sich der riesige Subkontinent in einen fast intim vertrauten Ort, eine Art großen Kibbuz voll privater Eckchen und freundlicher Menschen, so daß ich das Gefühl bekam, meine eigene kurze Indienreise, die manchmal noch meine Gedanken aufwühlte, hätte gar nicht auf festem Boden stattgefunden, sondern in einem fernen Schwebezustand. Deshalb saß ich die meiste Zeit stumm lauschend dabei und wagte nur ab und zu eine kurze Frage. Ich fand es eigenartig, daß Enat sich begeistert an dem Gespräch über Indien beteiligte und mit den Namen von Orten und Menschen um sich warf, als sei sie auch eine große Heldin gewesen und nicht eine arme Kranke, die von Mutter und Vater abgeholt werden mußte. Mein Blick wollte nicht von ihr weichen. Sie war auf ihre Weise hübsch, aber keine Geste oder Bewegung erinnerten an die Frau, in die ich mich verliebt hatte. Ihr Gesicht wirkte anders, ähnelte ein wenig dem ihres Vaters, war aber feiner und von ganz hellem Teint. Hat die Leber die Sache wohl unbeschadet überstanden? überlegte ich plötzlich und gratulierte mir insgeheim selbst, daß ich immer noch ihre Transaminasewerte im Kopf hatte. Ein paar medizinische Fragen lagen mir auf der Zunge, aber ich hielt mich zurück, denn an so einem geselligen Abend wollte ich nicht wieder den Arzt herauskehren. Mittlerweile hatte einer von Michaelas »indischen« Freunden mein anhaltendes Schweigen bemerkt und vorgeschlagen, das Thema zu wechseln. »Aber er ist ja selber schuld«, protestierte Michaela lächelnd dagegen, daß man ihr einen derart fesselnden Gesprächsgegenstand wie Indien wegnehmen wollte. »Er hätte ein bißchen länger dort bleiben können, statt wie ein lieber Junge mit Enats Eltern zurückzufliegen. Soll er sich ruhig ein paar Geschichten anhören, vielleicht macht ihm das Lust, mit mir wieder hinzufahren.« Aber da klingelte es, und Amnon, der für ein paar

Stunden einen Ersatzwächter gefunden hatte, kam mit einer Flasche Rotwein herein, gefolgt von zwei weiteren Paaren, die uns Mut für die bevorstehende Hochzeit machen wollten, und ein paar mir unbekannten Leuten, die von der Party gehört hatten, so daß es in der Wohnung bald »gedrängt wie auf dem Bahnhof von Kalkutta« zuging, wie ich lächelnd zu den »indischen« Freunden sagte, aber nun beachtete schon keiner mehr meine Worte, denn die Gesellschaft begann sich in kleine Grüppchen aufzuteilen, und einige Gäste waren in mein Schlafzimmer übersiedelt, um sich auf dem breiten Bett der Großmutter auszustrecken. Auch Enat war dort gelandet, hatte die Schuhe und die hübsche Weste ausgezogen und sich zu den anderen gelegt. Ich ging zu ihr, setzte mich neben sie und konnte in dem ganzen Tumult leise eine Unterhaltung mit ihr führen, fragte zuerst nach der Großmutter, wobei wir beide uns vergnügt vorstellten, wie sie wohl auf das reagieren würde, was jetzt in ihrer Wohnung los war; dann lenkte ich zu Fragen nach ihren Eltern über, sammelte wie nebenbei neue Informationen über ihre Mutter, gab auch meine ärztliche Neugier noch nicht auf, sondern erkundigte mich nach ihrem gegenwärtigen Gesundheitszustand und versuchte aus der zeitlichen Distanz ihre Empfindungen von unserer ersten Begegnung in ihrer Kammer im Tempel von Buddh Gaya genau zu rekonstruieren. Ihre Antworten kamen erst zögernd, flossen mir nach und nach aber durchaus bereitwillig zu. Ihr Gesicht glühte und wirkte im Schattenspiel des gedämpften Lichts noch hübscher. Auch sie empfand die Bluttransfusion in der Pilgerherberge als Wendepunkt ihrer Krankheit. Ihre Mutter denke ebenso wie sie, und sogar ihr Vater werte die Sache letzthin nicht mehr ab, hege aber noch ein wenig Groll über die Hysterie, die ich auf dem Flughafen entfaltet hätte, um ihn zum Zwischenstopp in Varanasi zu zwingen.

»Hysterie?« staunte ich ob des Wortes, das ihr völlig natürlich über die Lippen ging. »Wieso das? Kam ich euch hysterisch vor?« »Ja«, sagte sie vorsichtig, und als sie meinen gekränkten Blick sah, milderte sie ab: »Du warst ein bißchen hysterisch. Aber vielleicht zu Recht. Wenn mein Vater sich einen Plan in den Kopf gesetzt hat, läßt er sich schwer davon abbringen. Und du mußtest hysterisch werden, um den Flug nach Neu-Delhi zu stoppen.« Doch ich blieb verblüfft, denn zum erstenmal im Leben hörte ich, daß mich jemand als »hysterisch« bezeichnete. Seit eh und je war ich als kaltblütiger Bursche bekannt, bis zu dem Grad, daß manche Mädchen mich für phlegmatisch hielten. Habe ich auf dem Flughafen von Varanasi Symptome von Hysterie gezeigt? fragte ich mich. Wenn ja, könnte man sie doch als Vorzeichen für die jähe Verliebtheit werten, die vier Nächte später in dem römischen Hotel ausbrach und von der ich immer noch keinem Menschen auf der Welt richtig erzählt habe, während ich jetzt mehr und mehr das Bedürfnis verspüre, es jemandem zu beichten, ja, sogar das Geheimnis meines Liebesakts mit der schwergewichtigen Frau zu verraten, die vor einigen Monaten auf der Tagesdecke dieses großen Betts gelegen hat, auf der sich jetzt ein paar lachende, aber unbekannte Leute tummeln, die leise miteinander plaudern, ganz leicht nach Schweiß riechen und Enat und mich freundschaftlich mustern. Enat sitzt mit untergeschlagenen Beinen klein und in sich gekehrt da, den Blick auf mich geheftet, rollt verlegen einen Zipfel der Tagesdecke zwischen den Fingern, als wolle sie mir etwas sagen, und sagt schließlich auch: »Weißt du, ich bin sehr froh über deine Hochzeit mit Michaela. Ich fühle mich sogar ein bißchen mitschuldig daran.« »Sicher«, bestätigte ich lachend, »du bist ganz und gar schuld daran. Du warst insgeheim unsere Heiratsvermittlerin.« Und nach kurzem Nachdenken fügte ich hinzu: »Und deine Eltern auch.« »Meine Eltern?« fragte sie entsetzt. »Auf welche Weise?« »Vielleicht haben sie mich mit dem Virus dieser Verbindung angesteckt, denn der Bund zwischen ihnen hat so was Besonderes an sich.« Sie lachte schrill, ein unangenehmes, böses Lachen. Plötzlich dachte ich erschrocken, sie könnte ihrem Vater erzählen, ich würde seine Liebe als Virus bezeichnen. Ich mußte mich mehr in acht nehmen mit dem, was ich sagte. »Wissen sie überhaupt, daß ich heirate?« Sie zuckte die Achseln, vor ein paar Wochen habe sie sich ein Zimmer gemietet und sei zu Hause ausgezogen. »Ich muß sie einladen«, sagte ich. »Warum das denn?« fragte sie niedergeschlagen. »Weil sie es verdient haben«, antwortete ich kurz. Ihr Gesicht wurde lang, als hätte ich ihr die wenige Freude genommen, die sie von mir erhalten hatte.

Und noch immer wußte ich nicht, ob mein Beschluß, Dori die Einladung persönlich zu überbringen, auf meinem ehrlichen Wunsch beruhte, sie und ihr Mann möchten bei meiner Hochzeit zugegen sein, oder ob es nur ein Vorwand war, sie wiederzusehen und ihr zu sagen: »Siehst du, ich bin wirklich ein zuverlässiger Mensch, der sein Versprechen hält, und heirate jetzt, um dich vor dieser wilden, unmöglichen Verliebtheit zu schützen, die meine Gedanken ständig befeuert, aber auch, damit du mir ab und zu erlaubst, mit dir zusammenzusein und meinen Kopf auf deinen weichen Bauch zu legen.« Allerdings wollte ich nicht überraschend vor ihrem Büro aufkreuzen und zwischen zwei Mandanten schnell mal wie ein Bettler anklopfen; deshalb rief ich sie an, um einen Termin zu erbitten. Ich hörte ein gewisses Zögern in ihrer Stimme, aber auch Aufregung und Freude. Sie wußte natürlich von meiner Hochzeit, erfaßte deren Bedeutung vielleicht auch ohne weitere Erklärung, aber als ich ihr vorschlug, uns in der Wohnung zu treffen, antwortete sie sofort erschrokken: »Nein, nein, nein, dort nicht.« Wir vereinbarten, daß ich in ihr Büro kommen sollte, allerdings am Ende des Arbeitstags, wenn die Sekretärinnen schon weg sein würden. Sie war nicht allein im Zimmer, sondern verhandelte mit einem jungen Paar über irgendeine Strafsache, während ich hinter der halb offenen Tür saß und ihrer hellen, klaren Stimme lauschte, mit der sie ihre Sache geduldig vortrug. Unter dem süßen Schmerz der Lust spannten sich meine Muskeln sanft. Widerstrebend hatte ich diesmal darauf verzichtet, Dori mit einem Geschenk zu überraschen, um sie nicht wieder zu erschrecken. Als die Mandanten dann unbegleitet herauskamen, während sie stumm im Zimmer blieb, stand ich auf, klopfte leise an die Tür und trat ein, ohne eine Antwort abzuwarten, den Kopf leicht gesenkt, damit sie die glühende Röte meines Gesichts nicht bemerkte.

War sie ebenfalls errötet? Das ließ sich schwer sagen, denn ich fand sie mit hastigem Schminken beschäftigt. Gewiß wirkte sie verlegen, aber nicht dermaßen, daß es sie gehindert hätte, mir ihr berühmtes Lächeln zuzublitzen, von dem ich nun schon merkte, wie lieb es mir war. Die lange Zeit, die seit unserem letzten Treffen in diesem Zimmer vergangen war, machte die Sache nicht leichter, sondern schwieriger. Aber sie war so viele Jahre älter als ich, daß ich sie beim besten Willen nicht von ihrer Pflicht entbinden konnte, uns beide aus der Verlegenheit zu retten und zu einem Gespräch zu führen, das mehr als leeres Gerede enthielt. Sichtlich zögerte sie einen Augenblick, ob sie zu meinem Empfang aufstehen sollte, blieb dann aber doch auf ihrem Stuhl sitzen, vielleicht um das elegante Kostüm zu verbergen, von dem ich glauben wollte, daß sie es meinetwegen angezogen hatte. Ohne länger abzuwarten, hielt ich ihr die Einladung hin, die sie mit einem Jubelruf entgegennahm, der übertrieben oder sogar gespielt hätte wirken können, wenn ich nicht im Herzen gewußt hätte, daß er echt war. Sie hoffte tatsächlich, meine Heirat würde sie von mir befreien. Sie hielt die Einladung vor die Augen, um sie langsam und sorgfältig zu lesen, erst den hebräischen Text und dann, nach dem weichen Gleiten ihrer Pupillen von links nach rechts zu schließen, auch den englischen. Ich musterte sie aufmerksam. Offenbar hatte sie erst kürzlich die Haare färben lassen, denn sie waren sehr rot. Zwei kleine Pickel sprossen jetzt an ihrem Hals, dessen Falten in den Monaten, seit ich ihn geküßt hatte, tiefer geworden zu sein schienen, und ihr Gesicht war ein bißchen aufgedunsen, vielleicht infolge ihrer Periode oder der Einnahme von Hormonpräparaten. Wieder bestätigte ich mir, was ich schon wußte – man konnte sie nicht als schöne Frau bezeichnen, und doch vibrierte ich innerlich vor Begehren. Sie mochte die Einladung gar nicht wieder aus den Händen legen, drehte sie andauernd hin und her, fragte, wo in Jerusalem dieses Hotel denn liege, und nachdem ich ihr erklärt hatte, wie man hinkam, fragte sie verwundert, warum wir keinen hübscheren Ort etwas außerhalb gesucht hätten. Ich erzählte ihr von Michaelas Abneigung gegen eine große Hochzeit, und an Orten außerhalb der Stadt hätte es keinen Sinn, eine mittlere Hochzeit zu feiern, sagte ich. Diese Erklärung leuchtete ihr ein und ließ sie lächelnd fragen: »Ist das eine echte oder rein diplomatische Einladung?« »Völlig echt«, versicherte ich eilfertig. »Dann werden wir versuchen zu kommen«, sagte sie. »Warum nicht? Ich freue mich wirklich für dich, und auch für Michaela, die mir trotz der Tatsache, daß sie ein paarmal bei uns zu Hause war, immer noch ein bißchen mysteriös vorkommt, vielleicht wegen ihrer frappant großen Augen. Aber Enati spricht immer gut von ihr. Und sie hat wirklich einen netten Bräutigam wie dich verdient, schließlich haben wir Enati dank ihrer noch rechtzeitig heimholen können.« »Und dank ihrer habe ich auch dich kennengelernt«, fügte ich eilig hinzu. Sie lächelte vergnügt und streckte mir freundlich offen ihre mollige, sommersprossige Hand über den Tisch entgegen. Sofort beugte ich mich vor und küßte ihre Finger, und zu meiner Überraschung zog sie die Hand nicht zurück, sondern lachte nur und flüsterte: »Nimm dich in acht, Lasar ist schon unterwegs, um mich abzuholen.« Doch die leichte Berührung ihrer Finger mit den Lippen wirkte derart erregend auf mich, daß ich die Knie zusammendrücken mußte, um die leise erwachende Erektion zu bremsen, die vielleicht auch von dem jähen angenehmen Gedanken herrührte, daß Dori ihrer Selbstbeherrschung nicht traute und sich daher an diesem Abend von Lasar abholen ließ. »Laut unserem Vertrag muß ich deine Erlaubnis einholen, einen weiteren Bewohner in die Wohnung aufzunehmen«, sagte ich lächelnd. »Wirklich?« lachte sie verwundert, als hätte sie den Vertrag nicht selbst aufgesetzt. »Du mußt Erlaubnis einholen? Dann ist sie hiermit erteilt.« Nun wurde ihre Miene plötzlich ernst. »Aber wenn ihr ein Baby bekommt, muß ich hören, was meine Mutter dazu sagt.« Und für einen Moment schien sie zu erwarten, daß ich mich jetzt nach dem Gesundheitszustand der Großmutter erkundigen sollte, damit sie damit angeben konnte, wie glänzend es der fröhlichen alten Dame ging, aber ich wollte keine leeren Floskeln von mir geben – ich wußte, Lasar war schon unterwegs, und ich wollte nicht, daß er hereinkam, bevor ich ihr wenigstens ein wahres Wort über meinen unaufhörlichen Verliebtheitsschmerz gesagt hatte, denn ich konnte damals ja noch nicht wissen, daß das künftige Baby, von dem sie sprach, bereits in Michaelas Bauch heranwuchs.

Ich sprang mit einem Mal auf, trat zu ihr und fragte in kraftlos flehendem Ton: »Aber was ist mit dir?« Sie wich in ihrem schwarzen Chefsessel zurück und blickte mich dermaßen erschrocken an, wie ich es bei ihr noch nie gesehen hatte. Und ehe sie mir antworten konnte, fügte ich niedergeschlagen hinzu: »Denn trotz alldem«, ich deutete auf die offen daliegende Einladung, »denke ich die ganze Zeit an dich.« Nun verschwand der Schreck aus ihren Augen, und das Lächeln kehrte in sie zurück. »Nicht schlimm«, versuchte sie mich zu beruhigen. »Ich denke auch an dich. Macht nichts. Vom Denken stirbt man nicht.« »Bist du sicher?« fragte ich verwirrt und beugte mich glücküberströmt nieder, um sie zu küssen, aber sie winkte ab und packte mich hart an der Schulter, um mich zurückzuhalten. »Hast du jemandem von mir erzählt?« fragte sie besorgt. »Nein, niemandem«, erwiderte ich. »Dann tu's bitte auch nicht, wenn wir uns weiterhin treffen sollen.« »Aber wieso auch erzählen?« brauste ich auf, »und wem denn?« Da knickte der abwehrende Arm ein. Und ich konnte mein Gesicht an ihres bringen, das parfümiert war, und es auch rasch küssen, und all das war schon mehr, als ich mir von dieser Begegnung erhofft hatte, auch wenn sie jetzt protestierend aufsprang, auf ihren hohen Absätzen rasch von der Stelle glitt und mich mit Wucht zurückstieß, ohne daß das ewige Lächeln aus ihren Augen gewichen wäre. »Willst du wirklich auf Lasar warten?« fragte sie jetzt in einem Ton, der neckisch klang. »Er möchte dich nämlich sprechen.« »Weiß er, daß ich hier bin?« fragte ich verblüfft. »Gewiß«, antwortete sie völlig natürlich. Aber ich fühlte mich zu glücklich und stürmisch erregt, um ihn jetzt zu treffen, und zog es vor, mich blitzschnell von ihr zu verabschieden und auf die Straße hinauszulaufen –, wo es bereits dunkel wurde.

Aber dann stoppte ich. Denn ich wollte doch sichergehen, daß er wirklich kam und nicht etwa vergaß, daß man sie hier nicht allein lassen durfte, an diesem einsamen Ort in der Dunkelheit des Frühlingsabends. Ich verbarg mich hinter dem Stamm eines alten, von weißen Blüten übersäten Baums, bis ich Lasars Wagen, den ich schon von weitem an den Scheinwerfern erkannte, gemächlich in die Straße einbiegen und ihn zögernd einen freien Parkplatz suchen sah. Schließlich gab er es auf und parkte auf dem Gehsteig, doch entgegen seiner sonstigen Gewohnheit öffnete er nicht gleich die Tür, sondern ließ mehrere Sekunden verstreichen, ehe er mit einer neuen Schwerfälligkeit, die gar nicht zu ihm passen wollte, ausstieg, und urplötzlich befiel mich ungeheure Neugier, und ich fragte mich: Was will er wohl von mir? Mit einem Schlag war meine Angst vor ihm verflogen, als würde mir die bevorstehende Hochzeit mit Michaela ihm gegenüber eine Machtposition verschaffen, und ich hastete ihm nach, ehe er mir aus den Augen verschwand, wobei ich dachte, wenn ich noch eine Einladungskarte in der Tasche hätte, würde ich sie ihm ohne weiteres übergeben.

2.

Darf man schon anfangen, über den Tod nachzudenken? Dann müßte man nämlich ein geheimes Türchen suchen, durch das er sich in eine Seele schmuggeln ließe, damit sie sich an seine stille Gegenwart gewöhnen kann, als wäre er eine kleine Figur, die man – sei es als harmloses Geschenk, sei es als unbedachten Kauf – ins Haus gebracht und aus ästhetisch unverantwortlichen Erwägungen an intimen Ort aufgestellt hat, sagen wir auf einem kleinen Nachttisch, noch ein gesticktes Deckchen untergelegt, ohne zu ahnen, daß, was man arglos für einen unbelebten Gegenstand hält, eines Nachts aufwachen, das Stickdeckchen unter den Füßen wegkicken und insgeheim mit raschem Griff die verblüffte Seele erwürgen kann.

Denn wie sonst sollte der Tod eintreten, während ein ganzer Trupp Ärzte trotz interner Meinungsverschiedenheiten energisch entschlossen ist, gegen ihn anzukämpfen, ja mit den raffiniertesten Geräten und mittels wirksamer Medikamente das Wohl des Körpers zu schützen sucht, der nicht nur weiterexistieren, sondern auch selbstvergnügt sein möchte. Deshalb wird man wieder jenen vergessenen Verwandten, Pensionär eines uralten Irrenhauses, suchen müssen, damit sich dieses magere, schwarzgekleidete Mysterium mit der Metalldrahtbrille auf der Nase bereit findet, uns gegenüber Platz zu nehmen, endlich den längst abgekühlten Tee vor sich zu trinken und uns in geordneter Reihenfolge seine phantastischen Anschauungen zu referieren – über die still auf der Stelle stehende Erdkugel, auf der sich jede Stunde gewissermaßen selbst genug ist. Und so kann er dann unser Grauen vor dem Tod einlullen, den er als grünliche Bronzefigur in der Innentasche seines Jacketts stecken hat.

Doch im letzten Augenblick, nur noch wenige Schritte von ihm entfernt, verzichtete ich auf die Begegnung, weil ich fürchtete, er könnte den Parfumhauch seiner Frau wittern, von dem ich noch umgeben zu sein glaubte; außerdem würde er mich dann gewiß bitten, ihn hineinzubegleiten, um sie dort nicht warten zu lassen, und ich wollte sie nicht durch mein erneutes Erscheinen, noch dazu an seiner Seite, verwirren. Wenn er mir etwas zu sagen hat, wird er einen günstigen Moment auf meiner Hochzeit abpassen, dachte ich, denn jetzt war ich schon sicher, daß sie beide daran teilnehmen würden, was mein Herz mit Freude erfüllte, obgleich ich nun wohl auch zum erstenmal eine gewisse Eifersucht ihm gegenüber empfand, als ich mich wieder hinter dem Stamm des alten Baums versteckte und aufmerksam verfolgte, wie sie die Wagenschläge öffneten, einstiegen und dabei ihr Gespräch in dieser wunderbaren, tiefen Bindung zwischen sich fortsetzten, die sogar Wildfremde wie meine Mutter wahrnahmen und bewunderten, als die Lasars dank seiner rastlosen Effizienz unter den ersten Hochzeitsgästen eintrafen und ein wenig verlegen eng nebeneinander in dem alten Jerusalemer Hotelsaal standen, umringt von frischen Blumen, die Michaela unbedingt zwischen den verstreut stehenden Kübelpflanzen hatte plazieren wollen, um den leichten Modergeruch ein wenig zu vertuschen. Sie waren ohne Enat gekommen, die ein Weilchen später allein erschien, in der Hand ein hübsch verpacktes Geschenk. Als wir es am nächsten Tag öffneten, entpuppte es sich als kleine Tonfigur, die viele Arme in die Welt streckte und Michaela in ungeheure Erregung versetzte. Sie stieß einen kurzen Schrei aus und barg das Gesicht rasch in beiden Händen. Als sie es wieder freigab, glühten ihre Wangen, und die Augen glitzerten feucht. Wie sich herausstellte, hatte ein Mönch in Kalkutta ihnen zwei identische Figuren verkauft, für die sie sich begeistert hatten. Aber da Enat wußte, daß die von Michaela auf der Rückreise abhanden gekommen war, hatte sie ihr nun ihre geschenkt. Das Geschenk von Enats Eltern indes – eine türkisfarbene Tagesdecke, die mir leichtes Herzklopfen bereitete – gefiel

Michaela gar nicht, und da ein Umtauschzettel beilag, ging sie später in das betreffende Geschäft und tauschte es gegen ein großes Kissen, wogegen ich mich nicht wehrte, da ich ihr keinen Verdachtsgrund liefern wollte.

Überhaupt hätte Michaela am liebsten die meisten Geschenke umgetauscht, als könnte sie dadurch etwas von der ganzen Hochzeitsaffäre auslöschen, die ihr noch lange auf dem Gemüt lastete, weil sie zum Schluß doch größer ausgefallen war – womöglich gerade wegen des redlichen Bemühens meiner Eltern, »eine mittlere Hochzeit in einem mittleren Saal« zu veranstalten. Denn im nachhinein ergab sich, daß viele Gäste, die mein Vater mit Sicherheit als »Geladene, die nicht kommen würden« eingestuft hatte, eben doch kamen, darunter zu unserem größten Erstaunen nicht wenige Verwandte aus England, die meine Hochzeitsfeier zum Anlaß für eine Israelreise genommen hatten. Die Schwester meiner Mutter und die Schwester meines Vaters samt Ehemännern wohnten selbstverständlich bei meinen Eltern, die ihnen ihr Schlafzimmer und natürlich auch mein Zimmer geräumt hatten. Dadurch waren Michaela und ich gehindert, uns dort für die Hochzeit fertigzumachen. Damit wir nun nicht verschwitzt und zerknittert von Tel Aviv geradewegs zur Feier kommen mußten, hatte Ejal, der sich zu Recht als Katalysator unserer Ehe betrachtete, vorgeschlagen, wir sollten vor und nach der Hochzeit bei seiner Mutter bleiben, die Michaela und mich mit Freuden empfing und besonders nett umsorgte. Nach einem schmackhaften, üppigen Mittagessen verordnete sie uns Ruhe in Ejals Zimmer, wo ich mich strikt weigerte, mit Michaela zu schlafen, obwohl ich wußte, daß sie gerade an fremden Orten von starker Lust befallen wurde. Auf keinen Fall wollte ich auch nur durch den leisesten Laut Ejals Mutter beschämen, die nicht zum Ausruhen auf ihr Zimmer gegangen war, sondern ihr Gehirn damit marterte, wie sie das schlichte weiße Kleid, das Michaela mitgebracht hatte, festlicher machen könnte. Zum Schluß gelang es ihr, Michaela zu überreden, zwei schwere alte Silberbroschen anzustecken, die sie aus den Tiefen ihres Schmuckkastens hervorgeholt hatte, und durch ein paar künstliche Blumen, die sie an den Saum heftete, wurde das Kleid, wenn nicht festlicher, so doch zumindest origineller. Obwohl sie sich so nett mit Michaelas Kleid beschäftigte, und es auch zweimal aufbügelte, plante sie insgeheim, sich vor der Hochzeit zu drücken. Als Michaelas Eltern wie vorgesehen kamen, um uns beide zum Friseur und von dort weiter zur Hochzeit mitzunehmen, hielt mich Ejals Mutter mit der Behauptung zurück, es sei nicht üblich, daß ein Brautpaar gemeinsam zu seiner Hochzeit erscheine, und schlug mir vor, bei ihr zu bleiben und mich später Ejal und Hadas anzuschließen. Ich fand, daß sie recht hatte, und fürchtete auch, in mögliche Spannungen zwischen Michaelas geschiedene Eltern zu geraten, von deren dauernden Streitigkeiten ich schon gehört hatte. Ich blieb also, um auf Ejal zu warten, und trank unterdessen mit seiner Mutter säuerlichen Kräutertee, der rot im Jerusalemer Sommerlicht schimmerte – dem süßen Licht der großen Ferien. Sie saß immer noch in ihrem leichten Morgenrock, mit wirrem Haar und ungeschminkt. Als ich schließlich nicht länger umhinkonnte, sie taktvoll zu fragen, wann sie sich denn ankleiden wolle, begriff sie, daß ihr Geheimnis durchschaut war, und ihr Gesicht nahm einen sonderbaren, traurig flehenden Ausdruck an: »Erlaß mir deine Hochzeit, Benji. Schon seit ein paar Tagen fühle ich mich nicht wohl, und ich fürchte, es wird mir dort zu eng. Ich kenne auch dieses Hotel, da sind viele Treppen zu steigen. Laß mich, Benji, und sei nicht gekränkt. Du weißt, wie sehr ich dich liebhabe.« Ich stammelte was von »meine Eltern werden enttäuscht sein«, was sie jedoch bezweifelte. »Sie werden gar nicht merken, daß ich fehle. Und wenn sie's doch merken«, hier lächelte sie leicht schelmisch vor sich hin, »dann sag ihnen, du hättest mich als Arzt dispensiert. Es ist so wunderbar, daß du und Ejal schon wirkliche Ärzte seid. Als wär's heute, sehe ich euch beide noch so klein und niedlich Ärzte spielen und das Haus in euer Krankenhaus verwandeln, und ich und manchmal auch Ejals armer Vater erklärten uns bereit, eure Patienten zu mimen. Dann mußten wir uns ins Bett legen, die Augen zumachen und stöhnen, damit ihr uns untersuchen und mit Arzneien und Verbänden kurieren konntet.« Sie lachte glücklich auf, und eine warme Welle überflutete mich bei der matten, aber greifbaren Erinnerung an zwei kleine Jungen, die sich über die große, schöne Frau mit den geschlossenen Lidern beugten, ihr weißen Puder auf die Beine streuten und sie mit Binden umwickelten. Die Erinnerung saß so tief in meinem Innern, daß ich die Augen schließen mußte, um sie auferstehen zu lassen. Dann blickte ich schweigend auf die schwergewichtige Frau, die mit fast mechanischer Geste die Ecken ihres Morgenrocks zusammennahm. Sie deutete mein Schweigen als Zustimmung, legte den Kopf schief, um zu lauschen, und rief freudig: »Sie kommen.« Und schon auf dem Weg zur Tür, sagte sie unverhofft: »Deine Michaela ist ein sehr unabhängiger Typ. Liebst du sie wirklich?« »Ich denke schon«, sagte ich lächelnd, erstaunt über die Frage. »Dann liebe, Benji, und denk nicht viel«, und damit öffnete sie die Tür, ehe Ejal seinen Schlüssel benutzen konnte. Er und Hadas waren festlich gekleidet, das Haar noch feucht vom Waschen. Nachdem sie mich herzlich umarmt und von allen Seiten gemustert hatten, bestanden sie energisch darauf, daß ich eine Krawatte umband, zumindest zu Ehren meiner englischen Gäste. Anfangs weigerte ich mich, aber schließlich gab ich nach, und wir gingen zu viert ins Schlafzimmer seiner Mutter, um einen Schlips aus der von seinem Vater hinterlassenen Sammlung auszusuchen.

Trotz des großen Gedränges im Saal herrschte auf meiner Hochzeit gute Stimmung. Auch die angebotenen Erfrischungen, von denen ich allerdings nichts kostete, waren ausgezeichnet, und noch lange nach der Feier berichteten meine Eltern stolz vom anhaltend positiven Echo der Gäste. Von Michaelas Seite kamen zwar nur wenige, aber angenehme und kultivierte Menschen, die gut mit den vielen Geladenen von unserer Seite harmonierten. Auch unsere britischen Verwandten entpuppten sich als nicht nur höflich, sondern auch gut gelaunt und fröhlich, und ihr schottischer Akzent gab ihrer Anwesenheit unter uns eine weitere vergnügliche Note. Dr. Nakasch, der mit seiner Frau – ebenfalls schlank und dunkel, aber weniger häßlich als er – frühzeitig eintraf, fand dank seiner orientalischen Manieren und guten Englischkenntnisse schnell Kontakt zu den Gästen aus Großbritannien und beeilte sich auch, Lasar nebst Frau seinen neuen Bekannten vorzustellen. Obwohl ich mich über das Kommen der Lasars sehr freute, hatte ich sie bis nach der Trauzeremonie, die sich wegen Michaelas verspätetem Eintreffen noch verzögerte, ignorieren wollen, aber in dem stetigen Strom langsam vordrängender Gratulanten, die mich beglückwünschen wollten, stand ich plötzlich vor ihnen. Seit ich mit seiner Frau im Bett war, hatte ich Lasar nicht mehr von Angesicht zu Angesicht gesehen, und trotz der Freunde und Verwandten, die mich umgaben und schützten, zitterte ich heftig, als er mir um den Hals fiel. Unsere Indienreise und vor allem der gemeinsame Schlaf im Zugabteil nach Varanasi berechtigten ihn seines Erachtens zu jener Intimität, die jähe Umarmungen ohne jede Vorwarnung erlaubt. »Danke fürs Kommen, danke fürs Kommen«, stammelte ich mit gesenktem Kopf, da ich es nicht wagen konnte, geradewegs diese Frau anzusehen, die mit ihrem mechanischen Lächeln offenbar jede Scham oder Verlegenheit zu überspielen vermochte. Lasar überreichte mir das Geschenk und wies, ohne den Inhalt zu verraten, in seiner praktischen Art gleich auf die Umtauschmöglichkeit hin. Während ich noch dankte und zu raten versuchte, was sich in dem weichen großen Paket verbergen mochte, eilte schon Mutters Glasgower Schwester herbei, die es übernommen hatte, die Geschenke auf dem Gabentisch aufzubauen, und mich nun davon befreien wollte. Um der Peinlichkeit zu entrinnen, stellte ich sie den Lasars vor, und sie, die meine Mutter über jedes Detail meines Lebens ausfragte, begriff nicht nur sofort, wen sie vor sich hatte, sondern sagte auch gleich lebhaft: »Oh, wir alle wollen Sie gern kennenlernen, diese Hochzeit ist doch auch ein bißchen Ihnen zu verdanken, nicht wahr?« »Uns?« staunte Lasar, den Kopf etwas schief gelegt, um den verborgenen Sinn hinter dem schottisch gefärbten Englisch meiner Tante zu erfassen. Aber meine Tante ließ sich nicht beirren. Sie faßte mich liebevoll um die Schulter und fuhr fort: »Er hat Michaela doch eigentlich bei Ihnen kennengelernt, nicht wahr? Das war ja dann eine Entschädigung für die Krankenhausstelle, die er wegen der Indienreise verloren hat.« Entsetzt versuchte ich sie zu korrigieren, doch Lasar faßte mich Schweigen gebietend am Arm, beugte sich erneut zu meiner Plappertante vor und bat sie um Wiederholung ihrer Worte, die ihn sichtlich verletzt und mich in Schwierigkeiten gebracht hatten. »Er hat seine Stelle noch nicht verloren«, sagte er in seinem simplen Englisch, aber mit dem selbstgewissen Lächeln eines Direktors, dessen wahre Macht darin lag, Dinge zu wissen, die andere Leute – darunter auch seine Frau, die ihm jetzt einen besorgten Blick zuwarf – nicht wußten. »Was heißt das?« fragte ich auf englisch, um meine Tante nicht zu kränken, die kein Hebräisch verstand. »Zuerst heiraten Sie mal«, fuhr Lasar ebenfalls auf englisch fort und deutete auf den sehr ernsten jungen Rabbiner, der eben den Saal betrat, »und danach bekommen Sie noch ein Geschenk«, und zu meiner Tante gewandt, die ihn bewundernd anstarrte, sagte er: »Machen Sie sich keinen Kummer, wir sorgen für ihn.«

Auch nach dem Eintreffen des Rabbiners dauerte es noch ein Weilchen bis zur Trauung, denn Michaela verspätete sich wegen ihrer Eltern, die sich in den Straßen von Jerusalem verfahren hatten. Aber das Warten wurde belohnt – der Jerusalemer Friseurladen hatte Verblüffendes mit ihrem Haar angestellt. Ihr Kopf schien gewachsen, gedunkelt und wies lauter neue Löckchen auf, und die beiden riesigen Augen strahlten jetzt aus einem großen Rund, das in richtiger Proportion zu ihnen stand. Sie schien mir wahrhaft schöner geworden zu sein, und ihre wenigen Verwandten und Freunde, die sich unter die Gäste unserer Familie gemischt hatten, eilten auf sie zu, um sie zu umarmen und zu küssen. Doch es blieb nicht viel Zeit für herzliche Begrüßungen, denn der ernste junge Rabbiner, den das Rabbinat uns geschickt hatte, wartete schon unter dem Hochzeitsbaldachin, den die Hotelkellner aufgestellt hatten. Nach meiner und meines Vaters Ansicht gestaltete er die Zeremonie zu steif und langweilig, gar nicht im Geist der umstehenden Hochzeitsgesellschaft. Ausgerechnet die so freigeistige Michaela zwang er, mich siebenmal zu umrunden. Die gewundene Predigt, die er uns über Wesen und Bedeutung der Ehe hielt, strotzte vor Aussprüchen obskurer Kabbalisten, von denen keiner je gehört hatte. Am schlimmsten war aber seine Humorlosigkeit; er ließ keine einzige witzige Bemerkung einfließen, wie sie die Rabbiner bei Freunden des Brautpaares gemeinhin anbringen, und einen Moment lang schien es fast, als halte er unsere Ehe für eine gefährliche Sache, vor der er uns warnen müsse. Aber gerade dieser extreme Jerusalemer Rabbiner, der vielen mit seinem strengen, trockenen Stil auf die Nerven ging, sagte Michaela zu. Sie fand auch die Zeremonie nicht zu lang, und selbst die Tatsache, daß sie siebenmal um mich hatte herumlaufen müssen, schien ihr nicht demütigend, sondern wegen der Seltsamkeit des Rituals aufregend. Seit dem Tag, an dem sie Indien verlassen hatte, dürstete sie nach Riten, und da sie, wie sie sagte, die kindische Phase stereotyp überreizten Aufbegehrens gegen jeden Anflug echten oder eingebildeten religiösen Zwangs überwunden hatte, machte es ihr Freude, das Mysterium, das sie bei unserem Ritus fand, in Gedanken mit all den Riten zu verbinden, denen sie auf Indiens Straßen begegnet war. Ihre Schwangerschaft schloß sie jedoch nicht in das Mysterium unserer Ehe ein, sprach vielmehr völlig rational und logisch darüber. Vierundzwanzig Stunden nach der Trauung eröffnete sie mir, daß sie ein Kind erwarte. Wir saßen gerade bei Sonnenuntergang halb nackt im schweren Wasser des Toten Meeres, zu Füßen des neuen Hotels, das meinen Eltern nach Ejals Hochzeit so gut gefallen hatte, daß sie beschlossen, uns als zusätzliches Hochzeitsgeschenk noch »ein paar Tage Flitterwochen« zu spendieren. Michaela schrieb sich selbst die Hauptschuld an der mangelnden Vorsicht bei unserem Wüstentechtelmechtel zu und sagte daher mehrmals, wenn ich meinte, diese Kleine komme zu plötzlich oder zu früh für uns, würde sie problemlos abtreiben lassen. Sie persönlich messe dem Leben in diesem Stadium keinerlei Bedeutung bei. Sie habe in ihrem Leben schon zwei Abtreibungen hinter sich und, wie ich ja selbst sähe, keinerlei gesundheitlichen Schaden dabei erlitten. »Du hättest aber welchen erleiden können«, flüsterte sofort der Arzt in mir, der einen Moment lang über die Verblüffung des frischgebackenen Ehemanns obsiegte, dem der Kopf schwindelte bei dem Tempo, mit dem seine Freiheit dahinschrumpfte – und alles wegen der unmöglichen Liebe zu einer anderen Frau. Ich weiß nicht, wie und warum Michaela das Geschlecht des Embryos hatte feststellen lassen, nachdem sie von seiner Existenz erfuhr. Aber mir scheint, gerade weil sie von einer Kleinen, nicht einer anonymen Leibesfrucht, sprach, entschied ich mich innerlich sofort gegen eine Abtreibung. Außerdem war mir klar, daß sich Michaela – bei aller entstandenen Verwicklung – mir gegenüber wahrhaft moralisch verhalten hatte. Sie redete doch immer wieder von ihrem Wunsch, noch einmal nach Indien zu fahren, und zweifellos würde ein Baby die neue Reise verzögern oder zumindest erschweren, während eine heimliche Abtreibung, die sechs Wochen zuvor, als sie gerade erst von der Sache erfahren hatte, sicherer gewesen wäre, besser in ihre Planung gepaßt hätte. Aber da sie mich nicht hintergehen wollte – das Baby gehörte schließlich auch mir –, hatte sie nichts gegen die Schwangerschaft unternommen, mir andererseits jedoch auch nichts davon gesagt, damit meine Entscheidung zur Ehe in völliger Freiheit fiel.

All das stand mir jetzt glasklar vor Augen, verstärkt durch die Stille der rötlichen Abendstimmung, die über dem Wüstenufer lag, an dem sich zu dieser glühendheißen Sommerzeit nur wenige Gäste tummelten. Ich war erregt über die Nachricht, aber auch ein wenig traurig. Die Schwangerschaft zu verschweigen erschien mir moralischer, als meine unmögliche Verliebtheit zu verheimlichen, deren Chancen jetzt, da ein Baby erwartet wurde, noch mehr geschwunden waren. Ich mußte irgendeine klare Geste gegenüber der Kleinen machen, beugte also den Kopf, um Michaelas festem, flachem Bauch einen Kuß aufzudrücken, leckte ein bißchen am Nabel herum, und da ich merkte, daß niemand uns beobachtete, hob ich das Bikiniunterteil an und ließ die Zunge weiter in die Richtung der Stelle spielen, an der das Baby zu gegebener Zeit herauskommen würde. Doch Michaelas Haut war vom Wasser des Toten Meeres derart salzig, daß mir die Zunge brannte; außerdem wollte ich bei ihr jetzt keine Lust wecken, die uns Unruhe vor dem Abendessen hätte bescheren können. Ich sagte nur lachend: »Na, was? Wir werden sie Ajelet nennen müssen, weil wir sie auf Ejals Hochzeit gezeugt haben.« Aber Michaela hatte schon einen anderen Namen im Kopf, der ganz spezielle Anziehungskraft und tiefe Bedeutung für sie besaß: Shiva, was auch an das hebräische Wort *schiva*, Rückkehr, anklang und zudem noch mit dem Menschen verbunden war, der uns nicht nur im rein technischen, sondern auch im tieferen Sinn zusammengeführt hatte, nämlich Enat, deren Geschenk Michaela nicht vergessen konnte. Sie hatte die Figur sogar ins Hotel am Toten Meer mitgenommen, zur Stärkung während der Flittertage.

Enat, die traurig und geistesabwesend bei ihren Eltern stand, das eingewickelte Geschenk in der Hand, entdeckte ich erst, als ich nach beendeter Trauung begann, mir einen Weg durch die zahllosen Gratulanten zurück zu den Lasars zu bahnen – oder richtiger zu Lasar selbst –, um noch rechtzeitig, bevor er verschwand, von ihm zu hören, was er mir zu sagen hatte. Dori war schon von ein paar Freunden meiner Eltern umringt, die mit überquellenden Tellern dastanden. Sie hatte noch nichts gegessen, ließ nur im Stehen ihre lachenden Augen blitzen und rauchte trotz des Menschengedränges um sich stur ihre dünne Zigarette. Ich umarmte Enat wärmstens, worauf sie mit einer sanften, zögernden Umarmung reagierte und sofort nach Michaela fragte, weil sie ihr eigenhändig das Geschenk überreichen wollte, das »für Michaela, nicht für dich« gedacht war. »Ja, ja, in Ordnung«, sagte ich lachend und hob ergeben die Hände. »Aber warum ißt du denn nichts?« fügte ich mit beleidigter Gastgebermiene hinzu. »Soll ich dir was bringen?« Doch Enat wehrte verlegen ab: »Wieso das denn? Du hast mich schon genug gepflegt, ich hole mir selbst was. Das Essen sieht wirklich lecker aus.«

Tatsächlich lobten alle das kulinarische Angebot, schon während der Hochzeit und auch später, wenn sie sich daran erinnerten. Lasar ging Mal für Mal gesenkten Kopfes, aber wild entschlossen ans Büfett, um sich den Teller mit rotem Fleisch zu füllen, das ihm offenbar besonders mundete, während Nakasch und seine Frau, schlank und hungrig, gar nicht erst aus dem Umkreis des Büfetts wichen, um ja keine der neuen Platten zu verpassen, die aus der Küche gebracht wurden. Sogar mein schüchterner Vater fand immer wieder eine Ausrede, aus dem Ring von Verwandten und Bekannten auszubrechen und ans Büfett zurückzukehren, um den Oberkellner für das gute Essen zu loben, bereit, sich durch neue Vorschläge verlocken zu lassen. Als sich die Menge im Saal gegen Ende der Feier zu lichten begann, bekam auch Michaela, die bis dahin nichts gekostet hatte, wahren Heißhunger. Sie setzte sich in einer Ecke mit ihren Eltern und Stiefeltern zusammen und schickte ihren jüngeren Bruder immer wieder aus, ihr den Teller mit Resten vom Büfett zu füllen. Meine Mutter hatte noch gar nichts gegessen, um sich ganz den zahlreichen Gästen widmen zu können, aber meine treue junge Tante aus Glasgow vergaß ihre ältere Schwester nicht, drängelte sich vielmehr hin und wieder mit einem Schüsselchen voll »etwas ganz Köstlichem« und einer Gabel zu ihr durch und fütterte meine Mutter dann eigenhändig, die zuerst verlegen abwehrte, zum Schluß aber doch wie ein braves Mädchen den Mund aufsperrte und danach in die allgemeinen Lobeshymnen einstimmte. Anscheinend nahmen nur Dori und ich nichts zu sich. Dori hätte wohl gern etwas gegessen, war aber zu stolz, sich mit allen anderen am Büfett zu drängeln, und als sich Lasar ihrer schließlich erbarmte und von einer seiner Runden mit einem Extrateller für sie zurückkehrte, war sie schon so hungrig, daß ihr vor Aufregung nach dem ersten Brocken die Gabel aus der Hand rutschte und zu Boden fiel, worauf sie lange lächelnd mit dem vollen Teller in der Hand dastand und darauf wartete, daß jemand ihr eine neue Gabel brachte, bis ein Kellner, der glaubte, sie sei mit dem Essen fertig, ihr diskret den Teller abnahm. Aber ich hatte mich weder dem Büfett genähert noch etwas von den Häppchen probiert, die Kellner auf großen Tabletts herumreichten, sondern nur mit völliger Gleichgültigkeit, fast schon mit leichtem Brechreiz, den Verwandten und Freunden zugeguckt, die sich an dem Essen gütlich taten – denn immenses Glück durchflutete mich, das Glück meiner Eltern, bewegt darüber, daß die geliebten Verwandten eigens aus England angereist waren, die Freude über meine guten Freunde, die mich unter der Chuppa umstanden hatten, über Michaela, die so hübsch aussah, und natürlich über die insgeheim stürmisch erregende Anwesenheit der geliebten Frau, die auf ihren langen, geraden Beinen dastand und mich mit lachenden Augen von fern beobachtete, und dann auch noch Lasars überraschendes Angebot, das mir auf einmal Hoffnung gab, durch die englische Hintertür ins Krankenhaus zurückzukehren.

Dies beruhte auf einer Übereinkunft zwischen unserem Krankenhaus und einem Londoner Hospital namens St. Bernadine, dessen Verwaltungsdirektor, ein alter Nichtjude namens Sir Geoffrey, vor einigen Jahren Israel besucht und sich in das Land verliebt hatte. Er hatte unserem Krankenhaus medizinisches Gerät, wirksame Medikamente und Fachbücher für die Bibliothek gespendet, zur Stärkung der Verbindung Lasar aber auch überredet, einen Ärzteaustausch zwischen den beiden Krankenhausern in die Wege zu leiten. Tatsächlich war vor kurzem auf Professor Levins Innerer Station ein hervorragender englischer Arzt eingetroffen, der sich gut in den Arbeitsablauf einfügte, und Dr. Samuel von derselben Station war schon drauf und dran gewesen, mit seiner Familie nach London zu reisen, um dort die Stelle seines englischen Kollegen einzunehmen. Nur hatte es im letzten Moment eine Panne gegeben, denn trotz seiner beruhigenden Versicherungen war es dem Londoner Krankenhausdirektor nicht gelungen, eine Arbeitsgenehmigung für den israelischen Arzt zu erwirken, ohne die er ihm wiederum nicht das volle Gehalt zahlen durfte, und so hatte er schon beschämt und bedauernd daran gedacht, seinen Arzt nach England zurückzuholen, damit er sein Brot nicht umsonst verdiente. Doch der scharfsinnige Lasar erinnerte sich an meinen britischen Paß, den er im indischen Konsulat in Rom hin und her gedreht hatte, und sagte sich sogleich: Hier wäre Dr. Rubin wieder der ideale Kandidat. Das wäre doch ein wahres Himmelsgeschenk für ihn, diese Arbeit oder Fortbildung an einem Krankenhaus, das vielleicht ein bißchen alt, aber durchaus ordentlich ist, und dann noch unter der speziellen Obhut des Verwaltungsdirektors, der ihm wie ein zweiter Vater sein wird. Und obwohl diese Fortbildung nur zehn Monate dauern würde, könnte sie immerhin als Auftragsangelegenheit von seiten des israelischen Krankenhauses gelten, so daß ich gewissermaßen durch ein Hintertürchen dorthin zurückkehrte. Und wer weiß, vielleicht fände sich – ohne daß es dafür eine Garantie gab, denn selbst Gott würde sich ja vorsehen, in diesem Staat irgend etwas zu garantieren – nach meiner Rückkehr aus England dann auch auf einer hiesigen Station ein Platz für mich.

»Aber auf welcher?« fragte ich, momentan ganz aus dem Häuschen. »Auf welcher?« wiederholte Lasar nachsichtig lächelnd und nickte meinem Vater und meiner Mutter zu, die aus zwei verschiedenen Richtungen auf uns zukamen, als spürten sie, daß mir jetzt wichtige Dinge gesagt wurden. »Es ist noch zu früh, um das zu sagen. Wir werden sehen. Sobald wir wissen, wer bleibt und wer weggeht.« Und hier wandte sich Lasar liebenswürdig an meine Eltern, um ihnen mitzuteilen, welches Angebot er mir eben gemacht hatte, und da meine neugierige junge Tante aus Glasgow meine Eltern aufmerksam lauschen sah, fühlte sie sich ebenfalls von dem Gespräch angezogen, das daraufhin ins Englische überwechselte. Meine Tante wollte Namen und Ort des Krankenhauses wissen, war aber, da sie in Schottland lebte, mit der Gegend nicht vertraut, und so wurden andere Verwandte, die London besser kannten, zu Hilfe gerufen. Alsbald drängte ein Verwandter heran, der mir noch nicht vorgestellt worden war, ein großer, sehr schmaler, schwarzgekleideter Mann mit einer kleinen Metallbrille, deren Bifokallinsen seinem länglichen, blassen Gesicht ein seltsames Aussehen verliehen, und gerade er, der beruflich nichts mit Medizin zu tun hatte, wußte so viele eingehende Dinge über dieses Krankenhaus im Nordosten Londons zu erzählen, daß ich annahm, er müsse wohl längere Zeit dort gelegen haben. Nun entpuppte sich auch die Wendung »ein bißchen alt«, mit der Lasar das Hospital beschrieben hatte, als typisch israelische Ignoranz; es war ein uraltes, wahrhaft historisches Krankenhaus, im tiefen Mittelalter, Anfang des 12. Jahrhunderts, gegründet, und enthielt neben alten Flügeln auch völlig neu gebaute. Meine beiden Tanten gerieten schon in Begeisterung über die neue Nachricht, die sie als wunderbaren Nachtisch dieser köstlichen Hochzeit werteten. Beide waren, durchaus zu Recht, sicher, daß mein und Michaelas Englandaufenthalt sehr bald auch meine Eltern auf Besuch dorthin führen würde, und der Gedanke an das baldige Wiedersehen mit ihnen linderte den bevorstehenden Abschiedsschmerz. Und Dori, die in geringer Entfernung stand und kopfnickend jemandem lauschte, der ihr irgendwas erklärte, beobachtete lachenden Auges das kleine Grüppchen, das sich um Lasar und mich drängte, und errötete dann untypisch stark, als meine Mutter zu ihr trat, um ihr merkwürdigerweise ebenfalls für die großzügige, gelungene Idee ihres Mannes zu danken.

Aber war es wirklich nur eine gelungene Idee Lasars, der seinen englischen Kollegen aus einer unerfreulichen Situation retten und mir bei dieser Gelegenheit eine gewisse Entschädigung und einen kleinen Hoffnungsschimmer hatte geben wollen? Oder stammte die Anregung dazu etwa von ihr, die mich vielleicht doch lieber weit weg wissen wollte, nachdem sie erschrocken gesehen hatte, mit welchem Tempo ich ihren geheimen Wunsch erfüllt hatte, mich in einen verheirateten und daher »möglicheren« Liebhaber zu verwandeln? Oder vielleicht hatte sie doch nicht die Hände im Spiel, sondern Lasar hatte etwas von meinen Gefühlen für seine Frau gespürt und versuchte nun unbewußt, seine Frau vor meiner jähen Verliebtheit zu retten. All das schwirrte mir noch im

Kopf, als ich von den letzten Gästen Abschied nahm, bloß konnte ich diese Gedanken ja mit niemandem teilen, auch nicht mit Michaela, die erst nach Ende der Hochzeit, spätnachts bei Ejals Mutter von Lasars Angebot erfuhr. Es tat uns leid, daß wir nicht daran gedacht hatten, der Mutter etwas von den leckeren Dingen mitzubringen, die es auf der Hochzeit gegeben hatte, sie dadurch ein bißchen für das Versäumte zu entschädigen und vielleicht auch mir Gelegenheit zu geben, meinen plötzlich auftretenden Hunger zu stillen. Ejals Mutter, die sich bereits hingelegt hatte, ging daran, ein schnelles, schlichtes Abendbrot, bestehend aus Salat und Rührei, herzurichten, um sowohl meinen knurrenden Magen als auch meine vielen Entschuldigungen zum Schweigen zu bringen. Und nun erst erzählte ich von Lasars Vorschlag, innerhalb eines Monats zu einem Fortbildungsjahr an einem Londoner Krankenhaus aufzubrechen. Ejals Mutter freute sich über das Angebot, und Michaela war auf der Stelle ganz Feuer und Flamme, in einer wahren Hochstimmung, die alle Müdigkeit verdrängte – nicht nur wegen der Reise ins Ausland, sondern auch weil England mit Indien zusammenhing. Und als wir in das aufgeklappte Jugendbett in Ejals Zimmer, in dem noch einige seiner Spielsachen herumstanden, kletterten, wurde sie von so starker Leidenschaft gepackt, als hätte sich die Fremdheit des Hauses, das uns in London erwartete, mit der Fremdheit von Ejals Zimmer vereint und ihre Lust verdoppelt. Dieser doppelten Leidenschaft wollte ich mich nicht widersetzen, erst recht nicht in unserer Hochzeitsnacht, aber da ich entsprechende Geräusche fürchtete, die Ejals seltsamerweise immer noch in der Wohnung herumlaufende Mutter peinlich berühren könnten, drückte ich Michaela immer wieder die Lippen auf den Mund und drang mit der Zunge ein, um jedes eventuelle Schreien oder Stöhnen während des langen Liebesakts zu ersticken oder wenigstens zu dämpfen.

Doch in der nächsten Nacht, im Hotel am Toten Meer, das durch seine Fremdheit verlockte, beschloß ich Michaelas unermüdlicher Leidenschaft zu widerstehen. Denn ich wollte nicht, daß wir unsere englische »Embryonin« einer weiteren Erschütterung aussetzten, nach all denen, die sie bereits auf dem Motorrad hinter sich hatte, und denen, die ihr bei unserer baldigen Übersiedlung nach England noch bevorstanden. Ja, wir beide betrachteten das Baby bereits als eine doppelt und dreifach gewickelte kleine Engländerin, deren von mir ererbte britische Staatsbürgerschaft durch die Geburt auf englischem Boden gefestigt werden würde. Michaela redete unablässig von der Reise. In den letzten Monaten hatte sie leicht depressiv auf das Schwinden ihrer Freiheit reagiert – erst wegen der vorzeitigen Rückkehr aus Indien, die ihr immer noch nachging, dann aufgrund unserer überstürzten Eheschließung, zu der sich jetzt noch ein Baby gesellte, das, so lieb und brav es auch sein mochte, doch die Leine um ihren Hals enger zog. So erschien ihr die Fahrt nach England natürlicherweise wie ein Schlupfloch nach – wer weiß? Jenen wunderbaren, strahlenden Weiten, deren verborgenen Zauber ich mir gar nicht vorstellen konnte, weil ich wie ein Wetterleuchten über sie hinweggehuscht war. Ich hingegen war nach der anfänglichen Freude eher verwirrt als begeistert über Lasars plötzlichen Vorschlag. Zum einen, weil er Trennung von der Frau bedeutete, die unablässig meine Gedanken beschäftigte – denn obwohl ich ja wußte, wie gering die Hoffnungsspanne war, die ich dieser Beziehung einräumen durfte, wußte ich doch auch, daß ich immer noch zum richtigen Zeitpunkt mein Motorrad besteigen und wenige Minuten später verborgen Posten beziehen konnte – in der Allee oder im Eingang eines Gebäudes neben ihrem Haus oder Büro, um sie ein oder aus gehen zu sehen, selbstzufrieden lächelnd, mit aufrechtem, leichtem Gang, abgesehen von dem gezierten Nachziehen des linken Fußes. Und zum andern hatte ich auch noch nicht genug von der großmütterlichen Wohnung, die weiterhin die Erinnerung an die wunderbare Wonne bewahrte, die ich am ersten Tag des Mietverhältnisses erlebt hatte, bei dem ich jetzt überlegte, ob ich es fortführen oder kündigen sollte. Michaela, die von Anfang an etwas gegen die Wohnung gehabt hatte, war dafür, den Vertrag aufzuheben, damit wir unbeschwert zu unserer

Englandtour aufbrechen konnten. Sie wollte unsere Sachen, in Kisten verpackt, gegen geringes Entgeld in einem Lagerhaus am Hafen unterstellen, zu dem ihr Stiefvater durch seinen Arbeitsplatz Verbindung hatte. »Sollen sie dort stehen, bis wir wiederkommen«, sagte sie und fügte auf einmal mit verschmitztem Lächeln hinzu: »Wenn wir wiederkommen.« Ihr fiel das natürlich nicht schwer, denn ihre sämtlichen Habseligkeiten paßten in eine mäßig große Kiste. Aber ich weigerte mich, in einem dubiosen Lagerhaus all die Kleider, Möbel, Gegenstände und Bücher unterzubringen, die ich in meinem Leben zusammengetragen hatte, und meinen Eltern konnte ich sie auch nicht aufhalsen. Und dann wollte ich auch nicht die Verbindung zu der Hauswirtin aufgeben, deretwegen ich diese Wohnung überhaupt gemietet hatte. Deshalb schlug ich meinem Freund Amnon vor, die Wohnung gegen eine bestimmte Beteiligung an den Mietkosten zu beziehen und unsere Sachen zu hüten, bis wir in einem Jahr zurückkämen. Zu meiner Überraschung nahm er an, obwohl die Wohnung weiter von seinem Arbeitsplatz entfernt lag und auch die Parkmöglichkeiten in der Nähe dürftiger waren. Seit ich mit Michaela befreundet war, hatte Amnon die Verbindung zu mir vertieft, denn Michaela ging geduldiger als ich mit ihm um, und wenn ich spätnachmittags wegfuhr, um an Dr. Nakaschs Narkosegerät zu stehen, lud sie ihn ein, mit ihr zu Abend zu essen, bevor er auf Nachtwache ging. Seine Doktorarbeit kam immer noch nicht vom Fleck, und es gab Momente, in denen ich mir selbst die Schuld daran gab, als seien ihm die wirren Dinge über die Verbindung zwischen Geist und Materie, die ich ihm mitten auf der Strecke von Jericho nach Jerusalem vorgetragen hatte, doch noch ins Hirn gedrungen und verstörten ihn trotz seiner skeptisch abwertenden Reaktion in jener Nacht. Womöglich hatten sich meine »philosophischen« Ergüsse bei ihm auch mit meiner seinerzeitigen Ankündigung verquickt, ich hätte vor zu heiraten. Und als er einige Zeit später erfuhr, daß es um Michaela ging – die ihm so gut gefiel, daß ich Verdacht bekam, er habe sich ein bißchen in sie verliebt, ohne das auch nur sich selbst einzugestehen, denn seine Treue mir gegenüber war absolut –, hatten sich meine theoretischen Ausführungen mit ihrer erotischen Wirkung verquickt, und deswegen tauchte er jetzt häufig bei uns auf, um sich mit mir und vor allem Michaela darüber zu unterhalten, wie die Materie in Geist umschlagen könnte. Mich begann er zu ermüden, aber Michaela hatte Geduld zuzuhören und ihm die Sache noch wirrer zu gestalten, indem sie begann, meine primitive, ungeordnete Theorie mit einem Wust mysteriöser Sprüche, die sie aus Indien mitgebracht hatte, zu durchmischen. Ich vermied es schon, mit ihr zu diskutieren, aber Amnon in seiner labilen Lage ohne rechten Mittelpunkt stürzte sich gern in jedes Gespräch und kam daher viel in unsere Wohnung, wurde dort heimisch, ließ sich schließlich sogar überreden, in unserer Abwesenheit dort einzuziehen, und war für einen Mietzuschuß bereit, all unsere Sachen, einschließlich der alten Großmutterkleider, zu hüten, bis wir in einem Jahr zurück sein würden.

Denn ich war sicher, daß wir wiederkommen würden, getreu dem Vertrag und Lasars Angebot. Sonst würde ich ja die geheime Hintertür verpassen, durch die ich eben wieder ins Krankenhaus zurückgekehrt war – laut der bürokratischen, aber präzisen Metapher von Lasar, der auch versprach, uns im Lauf des nächsten Jahres in England zu besuchen. »Das wäre großartig«, sagte ich mit echter Begeisterung. »Wir würden uns freuen, Sie zu Gast zu haben, beziehungsweise Sie beide, denn Dori kommt doch vielleicht auch mit.« »Gewiß kommt sie«, erklärte Lasar sofort, »wenn sie auf die Indienreise schon nicht verzichten wollte, wie könnte sie sich dann England entgehen lassen? Sie haben ja schon gesehen, wie schwer es ihr fällt, allein zu bleiben.« Gewiß wußte ich das, und der Gedanke, daß in England vielleicht tatsächlich ein Treffen stattfinden würde, verlieh mir die nötige Sicherheit, meine endgültige Zustimmung zu erteilen und meine einträgliche Tätigkeit als Anästhesieassistent aufzugeben. Zu Dr. Nakaschs Ehre sei gesagt, daß er mich ermunterte, nach England zu fahren. »Versuchen Sie, sich dort neben der Arbeit auf der Inneren Station auch in Narkose fortzubilden«, riet er mir. »Die beiden Gebiete sind miteinander verwandt. Es ist zwar ein altes Krankenhaus und das Gerät gewiß überholt, aber es findet sich immer unerwartet ein Mensch, von dem man etwas Neues lernen kann.« Meine Eltern freuten sich natürlich über unsere Abfahrt nach England, trotz der damit verbundenen Trennung; aber als ich ihnen, in Michaelas Abwesenheit, von der in sechs Monaten bevorstehenden Geburt erzählte und sie, nicht ohne Mühe, zu überzeugen versuchte, daß ich vor der Hochzeit selbst nichts von der Schwangerschaft gewuß hatte, weil Michaela meinen Entschluß zur Heirat lieber frei von anderen Erwägungen als meiner Beziehung zu ihr wissen wollte, waren sie völlig verblüfft. Als hätten sie jetzt erst neben Michaelas sittlichen und unabhängigen Charakterzügen auch ihre wilde Seite erfaßt. Doch das Glück, das ihnen die künftige Enkelin bereiten würde, durchpulste sie jetzt schon. Sofort beschlossen sie, den Besuch bei uns aufzuschieben. Statt, wie zunächst gedacht, in drei Monaten, im Herbst, zu uns zu kommen, würden sie mitten im Winter, zur Zeit der Geburt, anreisen und länger bleiben als ursprünglich geplant. Der Gedanke, daß ihre Enkelin in dem Land zur Welt kommen würde, in dem sie selbst geboren waren, erschien ihnen komisch, aber auch erregend. »Das ist ja gewissermaßen wie unsere eigene Rückkehr, unsere eigene *schiva* nach England«, sagte mein Vater und errötete auf rührende Weise, weil er einen etwas eigenartigen Gedanken gesponnen hatte. »Genau«, lachte ich. »Shiva. Das ist genau der Name, den Michaela der Kleinen geben will, aber nicht euretwegen, sondern wegen seines indischen Klangs.«

Michaela, glühend von dem langen Spaziergang durch Jerusalem zurückgekehrt, den sie eigens unternommen hatte, um mich ein wenig mit meinen Eltern allein zu lassen, warf uns allen einen tiefen, triumphierenden Blick zu. Mein Vater konnte nicht umhin, sie gleich beim Hereinkommen zu umarmen und zu küssen, denn nun, da sie Teil von seinem Fleisch und Blut im Schoß trug, war er ihr noch tiefer verbunden. Auch meine Mutter trat heran, um sie zu umarmen, obwohl sie, wie ich wußte, wegen des Täuschungsmanövers verstimmt war und wohl auch meinte, meine Verwandlung vom hartnäckigen Junggesellen zum Familienvater verlaufe zu schnell und übersteige womöglich meine Kräfte. Trotz allem war sie jedoch sehr glücklich angesichts der neuen Nachricht. Ich erzählte Michaela, daß ich meinen Eltern bereits den komischen Namen verraten hätte, der ihr eingefallen war, worauf sie, gekränkt über meine Worte, protestierte: »Gar nicht komisch. So wird das Kind heißen, und ob wir den Namen Schiva mit *Bet* wie Rückkehr oder Shiva mit *Waw* wie die Gottheit schreiben, werden wir noch sehen.« Und dann erklärte sie meinen Eltern die mythologische Bedeutung des Gottes Shiva als Zerstörer und wie er Brahma, den Schöpfer, und Vishnu, den Erhalter, ergänze. Meine Eltern lächelten: »Streitet euch jetzt nicht, wäre ja töricht. Es bleibt genug Zeit, um zu entscheiden. Ihr werdet den Namen noch tausendmal ändern.« Aber ich merkte schon, daß dies der Name meiner Tochter sein würde und man mit Michaela nur noch darum kämpfen konnte, daß er mit *Bet* geschrieben wurde und nicht wie der indische Gott, dessen Name ich seinerzeit dem barfüßigen indischen Bootsmann zugerufen hatte, der mich zwischen den Ghats von Varanasi auf und ab ruderte. Unterdessen mußte man die Nachricht von der in England zu erwartenden Geburt vor Lasar geheimhalten, damit er seinen Londoner Kollegen unverändert zäh weiterbearbeitete, auch für Michaela eine Teilzeitstelle zu finden, nicht aus Furcht, sie könnte sich in London langweilen – denn Michaela war ein Mensch, der sich überall beschäftigen konnte –, sondern einfach, um meinen Lohn aufzubessern, der leider sehr bescheiden ausfallen würde, da er sich nach dem Schekelgehalt berechnete, das ich bei Weiterbeschäftigung in unserem Krankenhaus hier bekommen hätte.

Aber es war zu spät, einen Rückzieher zu machen oder groß zu jammern, und es war auch nicht nötig. Wir waren beide jung und brauchten nicht viel. Trotzdem beschlossen meine Eltern nach telefonischer Rücksprache mit Verwandten in England, ein Sparkonto aufzulösen und uns bis zur ersten Lohnzahlung mit Bargeld auszustatten. Von dem Erlös des Motorradverkaufs erwarben wir die Flugtickets und bessere Winterkleidung, und den Rest deponierten wir auf meinem Bankkonto, um für den Fall, daß Amnon mit der Miete in Verzug geraten sollte, die vordatierten Schecks zu decken. Im Flugzeug strotzte Michaela vor Fröhlichkeit. Die Abreise aus Israel hatte sie in Hochstimmung versetzt, obwohl wir nicht ostwärts, sondern westwärts flogen, denn sie glaubte, daß Indien geistig und seelisch England näherstehe als Israel. Ich indes saß trübsinnig neben ihr, sah dem Kommenden mit ängstlicher Nervosität entgegen. Seit Beginn meiner mysteriösen Verliebtheit, deren völlige Unmöglichkeit ich mir selbst beweisen wollte, hat mein Leben einen gewundenen Lauf eingeschlagen, weil ich widersprüchliche Signale von der geliebten Frau empfange, sinnierte ich. Jetzt verschlägt es mich weit weg von ihr, und außer Lasars Versprechen, daß sie vielleicht auf einen kurzen Besuch nach England kämen, habe ich nichts, woran ich mich festhalten könnte. Dabei geschieht das alles doch gewissermaßen ihretwegen: die schnelle Heirat, die Mietwohnung, sogar die ständige Abhängigkeit von Lasar und seinen Plänen. Ich dachte wieder an all die Menschen, die sich um mich bemühten, vor allem meine Eltern, die nichts von dem wußten, was mich im tiefsten Innern antrieb. Es wäre doch besser gewesen, ihnen einmal alles zu beichten, um mein Gewissen zu beruhigen. Ich blickte Michaela an, deren große helle Augen mit dem strahlenden Blau des Himmel über den Wolken verschwammen. Was würde sie sagen, wenn ich ihr auf einmal meine Verliebtheit in Lasars Frau gestünde? Würde der weite, eifersuchtsfreie Geist der Hindus oder Buddhisten diesen Verliebtheitsschmerz im gemeinsamen Strom unserer Ehe trösten und lindern?

Denn so hatte Michaela die Ehe definiert, als »gemeinsamen Fluß« und nichts weiter. Und im Rahmen dieser toleranten Definition durfte auch ein solch plötzliches Geständnis mitschwimmen wie ein abgehackter Baumstamm. Doch ich beschloß, vorerst zu schweigen. Eigentlich hatte ich auch gar nichts zu beichten, denn in dem stürmischen, tumulthaften Monat seit unserer Hochzeit hatte ich keinen Kontakt mit Dori gehabt, außer einem einzigen Telefongespräch, in dem ich Amnon als unseren Untermieter vorschlug, damit uns die Wohnung mit unseren Sachen bis zur Rückkehr aus England erhalten blieb. Von der zu erwartenden Geburt sagte ich kein Wort, nicht nur in der Befürchtung, sie könnte daraufhin schwanken, ob sie den Vertrag aufrechterhalten sollte, der für einen einzelnen Mieter, nicht für eine wachsende Familie gedacht war, sondern auch weil ich meine Geschlechtsbeziehungen mit Michaela gewissermaßen im Dämmern halten wollte, als bestünde meine Ehe nur rein formal, denn ich wollte ihr keinen Vorwand liefern, unsere Beziehung abzubrechen. Und tatsächlich, obwohl ich durch den Hörer von Zeit zu Zeit jemanden in ihr Büro kommen hörte, um etwas zu fragen oder zu sagen, war sie nett und geduldig mit mir, und ihre freudig-sanfte Stimme erfüllte mich unwillkürlich mit solch praller Lust, daß ich beim Auflegen des Hörers feuchte Tropfen an meinem Penis fühlte, als würde er Tränen vergießen. Wie die Freunde meiner Eltern erinnerte auch sie sich wieder an die Hochzeit und erklärte, wie wohl sich alle gefühlt hätten, vielleicht wegen der besonderen Herzlichkeit, die die Verwandten aus England und Schottland verbreiteten. Sogar die religiöse Strenge des jungen Rabbiners, den sie als bildschön bezeichnete, war ihr nicht ärgerlich oder überflüssig erschienen. »Gut, daß man die Welt manchmal ernst nimmt«, sagte sie, und ihr Lachen strömte aus dem Hörer. Danach lobte sie mich, daß ich den Vorschlag ihres Mannes angenommen hatte, und gab halbherzig zu, es sei auch ein bißchen ihre Idee gewesen. Ihr Juristenverstand hatte sich an meinen englischen Paß erinnert, als Lasar ihr von den Schwierigkeiten mit der Londoner Partnerklinik erzählte. »Vielleicht wolltest du mich einfach loswerden?« fragte ich angespannt, aber ohne eine Spur von Zorn. Sie lachte wieder. »Mag sein. Aber ist das denn möglich? Ich sehe, du setzt deinen Freund in die Wohnung, um sie dir für deine Rückkehr zu sichern.«

Tatsächlich dachte ich an die Rückkehr nach Israel schon

in unseren ersten Stunden in London, wo gleich mit der Landung der blaue Himmel verschwand und wir mit einem Schlag in einen grauen, regnerischen Tag gerieten, wobei mir die Erkenntnis, mich wegen der Fremdheit ringsum mehr an Michaela halten zu müssen, zusätzliche Sorge bereitete. Sir Geoffrey persönlich holte uns am Flughafen ab. Er war ein rothaariger, ziemlich alter Mann, der ungeachtet der israelischen Politik ein eingefleischter Israelfreund geblieben war. Zuerst war er schwer zu verstehen, da er Worte verschluckte oder sie mit feiner Ironie verbrämte, der man schwer auf den Grund kam. Ich rätselte, wie Lasar mit seinem primitiven Englisch eine so starke Verbindung zu ihm hatte herstellen können. Obwohl er als Verwaltungsdirektor des Krankenhauses fungierte, schien er nicht Lasars absolute Befugnisse zu besitzen. Sein Verwaltungsstil war offenbar scheuer und zögernder. So vermochte er zum Beispiel bei unserer Ankunft im Krankenhaus nicht mal einen Bediensteten zu finden, der uns beim Gepäcktragen geholfen hätte, und schleppte eigenhändig einen unserer Koffer in das Gästezimmer, das einer Station angeschlossen war und uns für die erste Woche zur Verfügung stand, bis wir eine Wohnung fanden. Als wir am Ende des Korridors eine Schwesternstation und daneben ein altes Beatmungsgerät sahen, glaubten wir einen Moment lang schon, Mr. Geoffrey wolle uns einliefern, aber sobald wir das Zimmer betraten, war die Klinik vergessen. Es war ein sehr großer Raum von fast königlichen Ausmaßen, mit schweren Möbeln eingerichtet, deren alter, echter Glanz ins Auge fiel. Über dem etwas erhöhten Bett spannte sich ein grünlicher Himmel, um den Schlaf schöner und sicherer zu gestalten. In früheren Zeiten war dies das Krankenzimmer für Fürsten und hohe Würdenträger gewesen, aber in den letzten Jahren diente es als Unterkunft für Gäste des Krankenhauses, vor allem solche, dir für kurze Zeit kamen, um Fortbildungsseminare zu leiten oder komplizierte Behandlungen zu überwachen.

Eine dunkelhäutige alte Schwester, die unsere Ankunft bemerkt hatte, trat ein, um uns eine Tasse Tee anzubieten.

Wir alle nahmen gern an, zumal Sir Geoffrey in mitgebrachten Behördenpapieren noch ein paar fehlende Angaben ergänzen mußte. Er studierte eingehend meinen britischen Paß und versuchte dann unsere Heiratsurkunde, die wir in notariell beglaubigter und mit rotem Siegel versehener englischen Übersetzung dabeihatten, ein paar Daten zu entnehmen, die zur Regelung von Michaelas Rechtsstatus beitragen konnten, um ihr die volle britische Staatsangehörigkeit oder wenigstens eine rechtmäßige Aufenthalts- und Arbeitserlaubnis zu verschaffen. Sie selbst war völlig gelöst, hatte die Schuhe abgestreift, sich auf eins der kleinen Sofas hingestreckt und ließ ihre wunderbaren, strahlenden Augen nun mit großer Sympathie auf Sir Geoffrey ruhen, der gewiß nicht ahnte, daß dieses kalte, dämmrige, fremde Zimmer bei dieser jungen Frau bereits große Leidenschaft weckte, die mich in einer kleinen Weile, sobald er sich verabschiedet hatte, unverzüglich zu entsprechendem Handeln verpflichten würde, müde und ein wenig deprimiert, wie ich war. Unterdessen wurde der Tee gebracht, und zu Ehren Englands beschloß ich, ihn nach der Gewohnheit meiner Eltern mit Milch zu trinken. Nachdem Sir Geoffrey die Formulare fertig ausgefüllt und zusammengefaltet und den Füllfederhalter zugeschraubt hatte, begann ich ihn über die Stationen des Krankenhauses und besonders die Chirurgische Station auszufragen, erzählte ihm von meiner Erfahrung als Chirurg und zuletzt auch als Anästhesist und fragte zögernd, ob es möglich sei, mich hin und wieder dem Operationsteam zuzuteilen. »Ja«, erinnerte sich jetzt Sir Geoffrey, Lasar hatte ihn vor zwei Tagen angerufen und ihm die wahren beruflichen Neigungen des aus Israel entsandten jungen Arztes mitgeteilt und auch angefragt, ob man vielleicht eine Teilzeitarbeit für Michaela finden könne, und Sir Geoffrey war unverzüglich der Bitte seines Freundes nachgekommen. Doch während der Chef der Inneren Station bereit war, auf den israelischen Arzt zu verzichten, hatte der Chirurgiechef keinen Bedarf für einen weiteren Arzt. Doch in der Not- und Unfallstation des Krankenhauses würde man sich über Hilfe freuen, und dort fänden natürlich auch dringende Operationen statt, die zuweilen nicht weniger kompliziert seien als die auf der Chirurgischen Station. Wenn das mein wahrer Wille sei, brauchte ich mich also nur ihrem Team anzuschließen, sei es als Chirurg oder als Anästhesist, wie es mir beliebte.

»Dann kann er endlich ein bißchen glücklich sein«, sagte Michaela auf englisch, in ruhigem Ton, in dem leichter Tadel mitschwang, und erklärte Sir Geoffrey dann, wie leidenschaftlich gern ich am Operationstisch stehen wollte. Ihr Englisch war sehr simpel, aber zu meiner größten Überraschung hatte sie keinen israelischen Akzent, sondern eine richtige, korrekte Aussprache, die sie sich wohl in Indien angeeignet hatte. Sir Geoffrey hörte ihr mit offener Sympathie zu, sichtlich angetan von ihren riesigen strahlenden Augen, die dem schummrigen Dämmerlicht in dem großen Raum eine Spur Festlichkeit verliehen. Ich rätselte immer noch über Lasars vorsorgliches Telefongespräch. War es eine weitere Geste seines guten, fürsorglichen Herzens oder etwa ein geheimer Trick der geliebten Frau, die mich mit chirurgischer Arbeit verlocken wollte, meinen Aufenthalt in England zu verlängern, oder doch zumindest vorhatte, mir damit mögliche Gedanken an vorzeitige Rückkehr auszutreiben? In der Tat war ich vielleicht noch nicht glücklich, wie Michaela erwartet hatte, aber zweifellos doch zufrieden und voller Hoffnung. Die Vorstellung, daß es mir bald vergönnt sein würde, das Skalpell zu führen und in einer Atmosphäre ruhiger englischer Höflichkeit in lebendes Fleisch zu schneiden, ohne Chischins spöttisch prüfendem Blick oder der trüben, eifersüchtigen Miene rivalisierenden Kollegen ausgesetzt zu sein, versetzte mich in derartige Hochstimmung, daß ich Michaela nicht mehr davon abhalten konnte, ohne jedes Zögern die simple Arbeit anzunehmen, die Sir Geoffrey ihr anbot, nämlich die kleine Krankenhauskirche zu putzen, die in sein Verwaltungsressort fiel. Der Gedanke, daß Michaela während ihrer Schwangerschaft körperliche Arbeit leisten sollte, und dann noch in einer Kapelle des Krankenhauses, in dem ich als Arzt wirkte, erschien mir abwegig und absurd, aber ich biß mir auf die Zunge, um ihre Unabhängigkeit nicht in Anwesenheit von Sir Geoffrey anzutasten, der sich nach langem Zusammensein endlich von uns verabschiedete, hoch zufrieden mit sich selbst, weil es ihm schon in der ersten Stunde gelungen war, die Bedürfnisse der von ihm so verehrten Israelis zu erfüllen.

Nun machte ich mich daran, den einen Koffer auszupakken, in den wir von vornherein all das gelegt hatten, was wir für die Übergangsperiode brauchten, bis sich eine passende Wohnung finden würde. Michaela entnahm ihrem schmalen Rucksack die indische Figur, die Enat ihr geschenkt hatte, stellte sie auf ein kleines Bord über dem Bett und grüßte sie mit der traditionellen Verbeugung. Dann schlug sie vor, wir sollten uns ein Weilchen auf dem großen Bett ausruhen, ehe wir mit dem Einräumen weitermachten. Aber ich empfand kein Ruhebedürfnis und wollte nicht, daß die Kleidung weiter im Koffer zerdrückt wurde. Sie zog den Pullover aus, streifte nach den Schuhen nun auch die Socken ab und öffnete die Jeansknöpfe, um ihren Bauch zu entlasten, der sich nach ihrer Behauptung schon ein wenig zu runden begann. Dann streckte sie sich auf dem Bett aus und wartete, daß ich unsere Sachen fertig in den geräumigen Schränken verstaute, um mich danach an ihre Seite zu rufen und sich an mich zu schmiegen. Ihre Wimpern senkten sich, und ich wußte, daß sie sich nun der Leidenschaft hingab, die das fremde große Zimmer in ihr erweckte. Aber ich verspürte keinerlei entsprechende Lust. Ich war müde von der Reise und aufgeregt über die neuen chirurgischen Möglichkeiten, die sich mir auftaten. »Ich kann jetzt nicht, Michaela«, erklärte ich ihr, als ich sah, daß sie die Arme nach mir ausstreckte, die Augen bereits geschlossen. Aber sie ließ nicht locker, und da sie keine Scham kannte, stand sie auf, zog sich splitternackt aus, legte sich zitternd vor Kälte auf die Tagesdecke, die mir nicht sauber genug aussah, und sagte: »Dann komm mich wenigstens wärmen, das kannst du doch wohl?« Und obgleich ich keine Lust hatte, sie zu wärmen, wollte ich sie auch nicht verletzen, zumal ich ja wußte, wie wichtig es ihr war, an neuen Orten Sex zu haben – als erprobte Methode, Ängste zu vertreiben und die Fremdheit zu zähmen. Aber als ich nachschaute, ob die Tür auch abgeschlossen war, sah ich, daß sie weder Schloß noch Schlüssel hatte, sondern nur eine dünne Vorhängekette, die es erlaubte, sie auf einen Spaltbreit zu öffnen, vermutlich, um Patienten oder medizinisches Personal daran zu hindern, sich für unerlaubte Zwecke in diesem Zimmer einzuschließen. »Vielleicht lassen wir es jetzt doch lieber«, sagte ich flehentlich, da ich nicht nur unerwarteten Besuch fürchtete, sondern auch ein Schreien oder Stöhnen, das die Patienten auf dem Korridor erschrecken könnte. Aber Michaela ließ sich nicht abweisen. Die Leidenschaft war schon in voller Stärke bei ihr entflammt. »Sei doch nicht so ein Angsthase«, sagte sie und zog mich heran, drückte meinen Kopf erst zwischen ihre Brüste, dann auf ihren Bauch und zum Schluß zwischen ihre Beine, damit ich ihr mit der Zunge das Vergnügen verschaffte, das mein schlaffes Glied nicht zu geben vermochte. In ebendiesem Augenblick klopfte es leise an die Tür, und durch den schmalen Spalt lugte kurz das errötende Gesicht von Sir Geoffrey, der vergessen hatte, uns die Liste nahe gelegener freier Wohnungen auszuhändigen, die seine Sekretärin für uns zusammengestellt hatte. Er schämte sich zu sehr, um auch nur um Verzeihung zu bitten, und hängte die Liste hinter die Tür. Aber als wir uns später zum Abendessen im Speisesaal des Krankenhauses trafen, wirkte er äußerst freundlich und zuvorkommend, als habe unser spontaner Liebesakt, der sich blitzartig in voller Pracht seinen Augen dargeboten hatte, ihm nur wieder einmal die Vitalität und Dynamik bestätigt, die er den Israelis zuschrieb.

Tatsächlich bewiesen wir beide Vitalität und Dynamik in den ersten Stadien unseres Seßhaftwerdens, in denen uns die Dinge besser als erwartet von der Hand gingen, vielleicht auch weil meine korrekte englische Aussprache, die ich seit unserer Ankunft durch bewußtes Erinnern an die Sprache meines Vaters noch zu verbessern gesucht hatte, mir das Vertrauen von Wohnungsvermietern und Autoverkäufern sicherte. So fanden wir schon zwei Tage später in unmittelbarer Nähe des Krankenhauses eine passende, gar nicht teure Zweizimmerwohnung, die großzügig geschnitten und gemütlich war. Meine Eltern würden sich als Gäste darin wohl fühlen, sich aber kaum länger festsetzen können. Auch der kleine Gebrauchtwagen, den wir gekauft hatten, wirkte sauber und vielversprechend. Und obwohl ich offiziell nicht ranghoch genug war, um Anrecht auf einen Platz auf dem Krankenhausparkplatz zu haben, konnte Michaela, die mit Sir Geoffrey ihren eigenen leicht ironischen, aber herzlichen Umgangston gefunden hatte, die Erlaubnis erwirken, den Wagen auf dem Hinterhof der kleinen Kapelle abzustellen, so daß wir die Parkplatzsorgen los waren, vor allem nachts, wenn sich kaum ein freier Stellplatz finden ließ. Michaela war die Hauptbenutzerin des Wagens, und von Tag zu Tag kannte sie sich besser in Londons Straßen aus. Zwar sah ich mit fortschreitender Schwangerschaft besorgt den schwindenden Abstand zwischen ihrem Bauch und dem Steuerrad und ermahnte sie immer wieder, den Gurt anzulegen, was sie zuweilen vergaß, und langsam zu fahren, was ihr beinahe unmöglich war, aber es blieb mir nichts anderes übrig, als ihre Unabhängigkeit zu respektieren und auf ihre wachen Sinne zu vertrauen, selbst als sie anfing, in den etwas dubiosen Vierteln der Einwanderer aus Fernost zu verkehren, um dort Kontakt mit ihren heißgeliebten Hindus zu erneuern. Vorerst verließ ich mich auf ihre immer sichtbarer werdende Schwangerschaft als Schutz gegen Belästigung. Und ich wußte ja, daß ihr nur noch vier Monate Freiheit bis zur Niederkunft blieben, nach der sie an das Baby gebunden sein würde. Denn ich merkte schon, daß ich selbst voll und ganz von der Krankenhausarbeit in Anspruch genommen wurde, die nicht nur Begeisterung, sondern auch Furcht bei mir weckte.

Um seinem Austauschabkommen mit Herrn Lasar Nachdruck und Ansehen zu verleihen, stellte mich Sir Geoffrey allen Ärzten in der Notaufnahme als erfahrenen Chirurgen und Anästhesisten vor. Auch meine Arbeit als Militärarzt gab mir in seinen Augen besondere Autorität. Und so wurde ich denn nach nur einer Woche – als ich noch kaum richtig die Namen und Standorte der medizinischen Geräte in dem kleinen Operationssaal der Notaufnahme kannte und weit davon entfernt war, mich einigermaßen in dem Medizinschrank zurechtzufinden – eines Nachts, als ich Bereitschaft hatte, aufgefordert, bei der Notoperation an einem farbigen Mädchen von etwa zehn Jahren zu assistieren, das bei einem Verkehrsunfall schwere Brandverletzungen davongetragen hatte. Gleich zu Anfang der Operation wurde der leitende Arzt zu einem anderen Verletzten gerufen, der bei demselben Unfall eine Herzattacke erlitten hatte, und übergab mir in vollem Vertrauen, ohne viel zu fragen, großzügig das Skalpell mit der Bitte, die Operation zu Ende zu führen, in deren Verlauf es nötig wurde, die verletzte Milz zu entfernen. Und so stand ich zum erstenmal allein dem zarten, langgliedrigen Körper eines schwerverletzten kleinen Mädchens gegenüber, das mir zunächst zu stark narkotisiert worden zu sein schien, so daß ich einen Moment lang fürchtete, sie verliere den Puls. Die assistierende Schwester war jung und wirkte unerfahren, aber die Anästhesie oblag einer alten, weißhaarigen Ärztin, auf deren berufliches Können ich vertraute. Zuerst dachte ich, es gäbe nicht genug Licht im Saal, weil ich in den Tiefen des offenen Bauches nicht alles erkennen konnte, was ich sehen wollte. Vielleicht verwirrte mich die dunkle Haut des Kindes. Doch nachdem die Schwester vergeblich versucht hatte, die Leuchte über dem Operationstisch heller zu stellen, empfahl sie mir, eine kleine Lampe auf die Stirn zu setzen, ähnlich den Grubenlampen, die Bergleute im Film aufsetzen, wenn sie in die Tiefen der Erde einfahren, und das tat ich auch, beugte mich dann vor und stöberte in den Eingeweiden, die zum erstenmal in meinem Leben meiner alleinigen Verantwortung übergeben waren.

Tatsächlich entdeckte ich sofort, daß die innere Blutung nicht völlig zum Stillstand gekommen war, und fand noch versteckte beschädigte Adern, die wieder abgedichtet werden mußten. Ich forderte eine weitere Blutkonserve an und ließ die Transfusion während der Operation laufen, die ich sehr langsam vornahm, in der Erwartung, der leitende Arzt würde zurückkommen und mir das Skalpell abnehmen. Aber er kam nicht, und mir blieb nichts anderes übrig, als den Eingriff allein fortzuführen, wobei ich mir insgeheim eingestand, daß Professor Chischin und Dr. Nakasch vielleicht doch recht haben mochten mit ihrer Behauptung, ich zögere zuviel beim Operieren und eigne mich daher nicht zum Chirurgen. Doch hier in dem englischen Operationssaal glaubte ich, meine Langsamkeit würde mit Nachsicht und Natürlichkeit aufgenommen. Denn obwohl der Puls wieder regelmäßig wurde, die Atmung völlig intakt war und der schmale dunkle Körper den richtigen Grad an Schlaffheit aufwies, hatte ich schreckliche Angst, etwas mir Unbekanntes könnte im Verlauf der Operation losbrechen und das Mädchen unter meinen Händen sterben lassen, was nicht nur mir Schande bringen würde, sondern auch Lasar und seiner Frau, die mich hergeschickt hatten. Deshalb verlangsamte ich das Operationstempo noch mehr, prüfte wieder und wieder jeden Schnitt, den ich geführt hatte, und forderte in einem bestimmten Moment auch noch die Röntgentechniker an, damit sie weitere Aufnahmen von der Wirbelsäule machten. Mitternacht war längst vorbei, die weißhaarige alte Anästhesistin richtete die Augen nicht mehr auf ihre Geräte, sondern nur noch auf mich, ungläubig ob der Langsamkeit meines Handelns. Vielleicht hielt nur ihre anerzogene höfliche Zurückhaltung sie davon ab, eine Bemerkung zu machen, obwohl sie durchaus dazu berechtigt gewesen wäre. Die junge Schwester hingegen verhehlte ihren Ärger keineswegs, warf vielmehr die Instrumente heftig und lautstark in den Sterilisator und murmelte etwas vor sich hin. Aber ich nahm keine Rücksicht auf sie, und nachdem ich den Bauch sorgfältig mit kleinen präzisen Stichen vernäht hatte, um keine häßlichen Narben zu hinterlassen, gab ich endlich, nach fünf Stunden, das Signal, die Aufwachphase einzuleiten, erlaubte aber nicht, die kleine Patientin aus dem OP zu fahren, bevor ich gemeinsam mit der Narkoseärztin sichergestellt hatte, daß die Worte, die das Mädchen mit solch merkwürdigem Akzent murmelte, tatsächlich klar waren. So konnte ich sicher sein, daß bei der ersten Operation, die ich von Anfang bis Ende allein durchgeführt hatte, kein Teil des Bewußtseins ausgefallen war. Ohne den blutfleckigen Kittel abzulegen, folgte ich dem Bett, das langsam in den Aufnahmesaal gerollt wurde, in dem es zu dieser späten Nachtzeit längst völlig still war, denn auch die Patienten, die noch nicht auf die verschiedenen Stationen verteilt worden waren, hatten die Hoffnung auf Hilfe aufgegeben und lagen dösend da. Ich suchte den verantwortlichen Arzt, um ihm Bericht zu erstatten, erfuhr jedoch, daß er sich längst in seiner Kammer zur Ruhe gelegt und nicht einmal gefragt hatte, wie die mir überlassene Operation ausgegangen war – so großes Vertrauen setzte er in den neuen, jungen Arzt. Im Warteraum empfing mich dagegen ein Trupp hellwacher Angehöriger: hochgewachsene, langgliedrige Afrikaner und Afrikanerinnen, die mich mit ehrfürchtiger Bewunderung ansahen. Wie sich herausstellte, hatten sie gerade die Langsamkeit meines Vorgehens als hoffnungsvolles Zeichen gedeutet.

So fügte ich mich schnell in die Krankenhausarbeit ein, und da ich merkte, daß nachts in dieser Notaufnahme öfter unvorhergesehene Operationen anfielen, die man selbständig vornehmen konnte, arbeitete ich vorzugsweise abends und übernahm gern den nächtlichen Bereitschaftsdienst, zur Freude der einheimischen Ärzte, die im allgemeinen weniger Ehrgeiz als ihre israelischen Kollegen an den Tag legten. Demnach stand ich nun häufig in dem kleinen OP der Notaufnahme, mal als Chirurg, mal als Anästhesist, und führte eigenverantwortlich auch kompliziertere Eingriffe durch, zum Beispiel eine Blinddarmoperation, für die man einen Facharzt von der Chirurgischen Station hätte suchen können, wenn der elegant gekleidete junge Engländer, der sich vor Schmerz krümmte, mir nicht so leid getan hätte, daß ich aus eigenem Antrieb den Eingriff selbst durchführte, allerdings auf meine besondere Art, das heißt mit äußerster Langsamkeit, die die weißhaarige Anästhesistin, mit der ich öfter gemeinsam Dienst hatte, zu respektieren lernte, während ich mir an Stelle der hitzigen blonden Schwester eine geduldige, disziplinierte Schottin wählte. Wenn ich dann gegen Ende der Nacht sah, daß nichts Interessantes mehr für mich anfallen würde, ging ich durch die leeren Londoner Straßen zu meiner nahe gelegenen Wohnung zurück, weckte Michaela aus dem Schlaf und erzählte ihr von meinen Abenteuern. Sie wachte jedesmal gleich auf, um mir bereitwillig zuzuhören, nicht nur weil sie schon immer gern medizinischen Dingen gelauscht hatte, sondern auch weil sie sich freute, mich voll Enthusiasmus zu sehen. Ihr runder Bauch wölbte sich mehr und mehr unter der Decke, und wenn ich mich dann von meinem eigenen Redestrom mitreißen ließ, meinte ich manchmal eine leichte Bewegung zu erkennen – vielleicht ein Zeichen, daß das Baby mir ebenfalls zuhörte. Michaelas sexuelles Verlangen hatte in den letzten Monaten ihrer Schwangerschaft stark abgenommen, zum einen, weil sie in der kleinen Wohnung heimisch geworden war, zum andern wegen der sonderbaren Idee, die sie von einem Indienrückkehrer gehört hatte, der Beischlaf könnte bei der Leibesfrucht frustrierte Lust auslösen. Ich wollte mit Michaela keine theologischen Debatten über die Bedeutung des Lebens und das Bewußtsein bei Föten anfangen, zumal ich nicht besonders scharf auf Geschlechtsverkehr war. Aber die Erinnerung an die Liebe, die ich auf dem nicht weniger großen, runden und weißen Bauch zu Frühlingsbeginn in der frei werdenden Wohnung der Großmutter gekannt hatte, überschwemmte mich mit derart starker, süßer Sehnsucht, daß sich meine Augen mit Tränen füllten und ich den Kopf abwendete, damit Michaela es nicht sah.

Doch Michaela hätte jetzt sowieso nicht auf unerwartete Tränenfluten in meinen Augen geachtet. Sie war überglücklich über unseren Englandaufenthalt, genoß die große Freiheit, herumzustromern, mit Indien verbundenen Menschen zu begegnen und in Gedanken selbst eine weitere Tour dorthin zu planen. Wenn ich daher nach gründlicher Wäsche im Bad, bei der ich mir das Blut und den Eiter von der Seele zu schrubben suchte, ins Bett stieg, fand ich sie schon in Schlaf versunken, in Vorbereitung auf ihre kleine morgendliche Arbeit – ihre einzige Pflicht: Fegen und Aufwaschen der kleinen Kapelle und Ordnen der Stühle für Beter oder auch nur Touristen und Neugierige. Sie war zufrieden mit dieser einfachen körperlichen Arbeit, deren Entlohnung verhältnismäßig gut war, so daß ich schon den Verdacht hegte, Sir Geoffrey habe sie insgeheim durch eine hübsche Beihilfe aufgebessert, um mein niedriges Gehalt auszugleichen. Sie brachte aus der Kapelle auch Kerzenstummel mit, die sie ab und zu anzündete, um uns eine festliche Atmosphäre zu schaffen. Wenn ich so im Dämmerlicht vor Tagesanbruch aus dem Bad zurückkam, sah ich manchmal, daß sie mir, bevor sie wieder eingeschlafen war, eine halbe brennende Kerze ans Bett gestellt hatte, um meine Einsamkeit zu lindern, bis ich einschlief, und tatsächlich gelang es dem flackernden Licht, mein stürmisches Gemüt nach und nach zu beruhigen und mich in den Schlaf zu lullen oder mir wenigstens zu zeigen, wann es fünf Uhr morgens war, denn dann rief ich zum ermäßigten Nachttarif manchmal meine Eltern an, bevor sie zur Arbeit gingen. In der ersten Zeit telefonierte ich viel, weil ich nichts von Amnon und meiner Wohnung hörte und fürchtete, er könnte womöglich die Miete verspätet zahlen. Jedenfalls ermöglichten es mir die zwei Stunden Zeitunterschied zwischen London und Jerusalem, meine Eltern immer wach und ausgeruht anzutreffen, gern bereit, Auskunft über sich und das Geschehen im Land zu geben, aber vor allem begierig zu hören, was mit mir war, wie es Michaela ging, wie die Schwangerschaft fortschritt und ob nicht etwa Anzeichen für eine vorzeitige Niederkunft auftraten, denn zur Geburt wollten sie doch anreisen. Der Flugtermin stand bereits fest, und die Tickets waren sogar schon bezahlt. Michaela hatte es bei ihren Stadtbummeln übernommen, ihnen ein Zimmer im Umkreis unserer Wohnung zu suchen. Und obwohl meine Eltern sich gewöhnlich hüteten, zu lange auf meine Kosten zu telefonieren, konnten sie es sich nicht verkneifen, weitere Einzelheiten über das vorhandene Zimmerangebot zu erbitten, um zu entscheiden, welches für sie passen würde. Sie schienen nicht nur wegen der bevorstehenden Geburt und des Wiedersehens mit uns aufgeregt, sondern allein schon wegen des langen Aufenthalts in England, dem sie seit ihrer Auswanderung vor vielen Jahren immer nur kurze Besuche abgestattet hatten, während sie diesmal zwei ganze Monate hier wohnen würden, als kehrten sie in ihre alte Heimat zurück.

3.

Manchmal sammelt sich auf dem Figürchen geduldiger, gütiger Staub, so daß die ursprüngliche Farbe gedämpft wird. Und wenn nicht ab und zu jemand kommt und es mit einem feuchten Tuch abreibt, seilt sich schließlich aus der Höhe eine zierliche Spinne hinab, um mit viel Ausdauer eine große, raffinierte Falle in Form eines transparenten, aber dichten Netzes darum zu weben, ein feines Spitzenkleid – bis ein Sonnenstrahl, von leichtem Luftstrom ins offene Fenster getragen, die vergessene Figur in ein molliges, verstaubtes kleines Mädchen verwandelt, vom glänzenden Kleid zärtlich umspielt, so daß es scheint, die Kleine wäre bereit, mit jedem, der sie auffordert, tanzen zu gehen.

Aber wer wird sie auffordern? Wer könnte vergessen, daß der Tod eben Tod ist, selbst wenn er sich in jemand anderen verkleidet?

Das Baby kam in einer eiskalten Winternacht in unserer Wohnung zur Welt, ein paar hundert Meter vom Krankenhaus entfernt. Und noch immer begreife ich nicht, wie es Michaela gelingen konnte, mich – und vor allem meine Eltern – zu überreden, dem zuzustimmen. Aber waren wir denn wirklich überzeugt, oder hatten wir uns einfach mit ihrer sturen Entscheidung, zu Hause allein mit Hilfe einer Hebamme niederzukommen, abgefunden? Was blieb uns denn eigentlich anderes übrig? Schließlich konnten wir sie nicht zwingen, ins Krankenhaus zu gehen. »Tut mir leid«, verkündete sie uns dreien mit nachsichtigem Lächeln, als sie sah, wie wir mit uns rangen. »Nicht ihr, sondern ich habe das Kind die ganze Zeit im Leib getragen, und deshalb darf ich mir wohl rechtmäßigerweise selbst aussuchen, wo ich es in die Welt setzen will.« Damit war die Diskussion beendet. Trotzdem schien mir, wir hatten nicht genug getan, sie zu einer Änderung ihres Entschlusses zu bewegen; als hätten wir uns damit abgefunden, daß sie ein paar Macken besaß, denen man nachgeben mußte in Anbetracht ihrer vielen Vorzüge, die sich in London auf ganz praktische Weise zeigten. So hatte sie für meine Eltern ein großartiges und gar nicht teures Zimmer gefunden – mit separatem Eingang und eigener Küchenecke, nur ein paar Straßen von uns entfernt, in einem Häuschen mit kleinem Garten, dessen Eigentümer zu einem langen Urlaub in Italien weilten – und ihnen bei ihrem Eintreffen auch noch einen glänzenden Empfang bereitet. Obwohl sie schon mitten im neunten Monat war, wollte sie mich unbedingt zum Flugplatz begleiten, um sie abzuholen und von dort zuerst in unsere Wohnung einzuladen, wo uns ein üppiges Mahl erwartete, mit allerlei Käse- und Wurstsorten, von denen Michaela schon wußte, daß mein Vater sie gern aß. Meine Mutter, die nie viel zu sich nahm, wurde mit Brombeeren in saurer Sahne überrascht, aufgrund einer beiläufigen Bemerkung, die meine Tante aus Glasgow über ihre Lieblingsspeisen als Kind hatte fallenlassen. Im Zimmer meiner Eltern hatte Michaela den Tag zuvor für makellose Leintücher gesorgt, und auf dem Bett meiner Mutter, das hier neben dem meines Vaters stand, lag vorsorglich ein pralles Kissen, damit der Kopf höher lagerte, wie sie es in Jerusalem gewöhnt war. Und zu guter Letzt hatte sie von ihrer neuen Freundin Stephanie auch noch zwei Wärmflaschen ausgeliehen für den Fall, daß die englische Heizung meinen Eltern nicht genügte, zumal das Land bei ihrem Eintreffen Anfang Januar von einer besonders harten Kältewelle heimgesucht wurde.

Diese Stephanie, eine nicht mehr junge Frau aus Südafrika, die Michaela im Stadtteilchor kennengelernt hatte, war die Quelle einiger ihrer neuen Ideen, darunter auch die der Hausgeburt mit Hilfe einer Hebamme – offenbar der letzte Schrei unter jungen Leuten in Nordlondon, die, ihrer guten Gesundheit vertrauend, tieferen Sinn in der Rückkehr zu den einfachen Lebensweisen früherer Generationen suchten. Außerdem hatte die Hausgeburt auch ihre praktische Seite. Denn aufgrund eines cleveren Rechtsanspruchs, der sich nach englischem Brauch auf geheiligte Präzedenzfälle stützte, konnten sich die jungen Wöchnerinnen die dem Staat erspart gebliebenen Krankenhauskosten von der Sozialversicherung auszahlen lassen. Wäre dies der einzige Beweggrund gewesen, hätte ich trotz unseres bescheidenen Einkommens mit aller Macht gegen die Idee angekämpft. Aber ich wußte, daß Michaela irgendeine elementare Erfahrung zu machen suchte, und wenn die Hälfte der Menschheit immer noch ohne besonderes Tamtam zu Hause niederkam, bestand bei uns keinerlei Grund zur Sorge. Die Schwangerschaft war völlig normal verlaufen, Michaela selbst hatte sich immer gesund und kräftig gefühlt, außerdem noch einen Kurs für schmerzlose Geburt besucht, wußte also, was ihr bevorstand, und im Notfall war das Krankenhaus immerhin in unmittelbarer Nähe und ich selbst »ja Arzt«, wie sie mich leicht spöttisch erinnerte, unfähig zu verstehen, wieso gerade ein Arzt, noch dazu ein junger, von allen möglichen Schreckensvisionen heimgesucht werden konnte, auf die ein normaler Mensch gar nicht kommen würde. Zwar hatte ich während der letzten Monate in dem kleinen Operationssaal der Notaufnahme umfangreiche nächtliche Erfahrungen im – allerdings selten übermäßig tiefen – Eindringen in verschiedene Stellen des menschlichen Körpers gesammelt, aber hier ging es ja nicht ums Eindringen, sondern ums Herausholen – darum, ein liebes Wesen zur Welt zu bringen, bei dem ich mich schon damit abgefunden hatte, daß wir es Schiva nennen würden – aber mit *Bet*, nicht mit *Waw*, das war meine kleine Gegenbedingung für meine Einwilligung in die Hausgeburt, die Michaela, wenn auch unter Protest, akzeptieren mußte. »Du irrst dich wirklich, Benji«, sagte sie. »*Shiva* mit *Waw* ist eleganter als *Schiva* mit *Bet*. Und es hängt auch mit *schivion* [Gleichberechtigung] zusammen oder, wenn man will, sogar mit was Religiösem wie *schiviti elohim lenegdi tamid* [Ich habe Gott beständig vor Augen].« »Aber du meinst einen ganz anderen Gott«, erwiderte ich sofort. »Wieso anders?« fragte sie verwundert. »Es ist immer derselbe Gott, Benji. Warum begreifst du's denn nicht? Aber egal, soll's halt vorerst mit *Bet* sein, und wenn sie dann lesen und schreiben lernt, kann sie selbst entscheiden, wie sie ihren Namen schreiben will. Auf englisch ist es sowieso immer derselbe Buchstabe, und das ist die Hauptsache.« Damit war die kleine Unterhandlung zwischen uns beendet, und wieder hörte ich heraus, daß sie sich unterschwellig weigerte, nach beendeter Fortbildungszeit nach Israel zurückzukehren.

Meine Eltern hörten schon auf dem Weg vom Flughafen ebenfalls diesen Unterton, was sie mir auch sagten, aber nicht das, sondern die geplante Hausgeburt machte ihnen jetzt Sorgen. Anfangs versuchten sie, Michaela durch sanften Druck umzustimmen, wie es ihnen bei der Größe unserer Hochzeit gelungen war, aber diesmal konnte ich nicht neutral sein, fühlte mich vielmehr verpflichtet, Michaela beizustehen und meine Eltern zu beruhigen. Schließlich standen hier auch meine ärztliche Autorität und Ehre auf dem Spiel. Jedenfalls war es gut, daß Verwandte, vor allem die Nichte meines Vaters und deren Mann – ein blasser, baumlanger Typ von leicht mysteriösem Aussehen –, meine Eltern gleich nach ihrer Ankunft anriefen und ins Theater einluden. So wurden sie ein bißchen von ihren Ängsten vor der näherrückenden Hausgeburt abgelenkt, von der ich die beiden erst benachrichtigen wollte, nachdem sie vorüber war. Das war keineswegs leicht, denn meine Eltern wohnten ja nicht weit von uns, und trotz ihrer taktvollen Art und ihres Willens, nicht zu stören, sprachen sie mehrmals am Tag mit uns, zumal sich die Niederkunft ein paar Tage über das erwartete Datum hinaus verzögerte. Als Michaela mich dann um sechs Uhr abends im Krankenhaus anrief, um mir mitzuteilen, daß Fruchtwasser abgegangen war, bat ich sie daher, meinen Eltern nichts zu sagen, und eilte nach Hause. Dort traf ich bereits Stephanie an, die gern bei privaten Entbindungen dabei war und Michaela auch die Sicherheit eingeimpft hatte, diese Geburt werde gut verlaufen. Michaela lag schon, bleich, aber mit lächelndem Gesicht, auf meiner Matratze in unserem gemeinsamen Bett, denn ihre lag im anderen Zimmer vor der Heizung zum Trocknen, weil sie das Fruchtwasser aufgesogen hatte, von dem ich mich fragte, ob es wohl einen Geruch besaß. Die erste Wehe hatte noch nicht eingesetzt, und ich machte Stephanie und mir unterdessen belegte Brote und Kaffee, ließ Michaela aber nichts essen, damit sie hinterher nicht erbrach. Obwohl Michaela versichert hatte, die Hebamme werde »alles Nötige« mitbringen, hatte ich mich selbst auf die Entbindung vorbereitet. In der Apotheke hatte ich Polycin zum Desinfizieren, etwas zum Blutstillen und drei Ampullen Pitocin zur Förderung der Wehen gekauft; aber die Marcain-Spritzen zur Betäubung der Nerven im unteren Bekkenbereich waren in der Apotheke nicht zu bekommen, und so mußte ich sie insgeheim, unter leichten Gewissensbissen, aus dem Medikamentenschrank des Kreißsaals im Krankenhaus »leihen«, in der Hoffnung, daß wir sie nicht brauchen würden. Wie merkwürdig, daß mir eine Vorahnung eingegeben hatte, für die Entbindung bereit sein zu müssen, da etwas schiefgehen könnte, weshalb ich, ohne jemanden zu fragen, ein paar einfache, aber unerläßliche Instrumente in die Tasche gepackt hatte, wie Zangen, Skalpelle, gebogene und lange Scheren sowie Nadeln zum Vernähen. Kaum zu Hause angekommen, warf ich alles zum Desinfizieren in einen Topf mit kochendem Wasser. Es war schon sonderbar, daß ich hier voll Angst und Sorge in der kleinen Küche saß und auf das brodelnde Wasser starrte, während mir in nächster Nähe moderne Operationssäle zur Verfügung standen, die ich völlig frei betreten konnte. Wenn ich Michaela nun wirklich liebte – hätte ich ihr dann auch so nachgegeben? grübelte ich.

Die Hebamme war noch nicht da, obwohl sie längst mitgeteilt hatte, sie mache sich jetzt auf den Weg. Michaela ließ keine überflüssige Angst erkennen, denn sie hatte sich ja gut auf diese Stunde vorbereitet und war voller Zuversicht, daß alles normal verlaufen würde. Stephanie und ich beobachteten, wie sie der ersten Wehe mit den erlernten Atemübungen vorauskam und keinen Laut von sich gab. Unterdessen riefen meine Eltern an, die allein am Ton meiner Antwort spürten, daß bereits etwas vor sich ging. Ich beschwor sie, nicht zu kommen, bevor ich sie rief, und sie versprachen, meine ausdrückliche Erlaubnis abzuwarten; trotzdem konnten sie sich schwer zurückhalten, und eine halbe Stunde später sah ich durchs Fenster, daß sie unsere Straße auf und ab gingen, als wollten sie trotz der eisigen Kälte dem Ort des Geschehens nahe sein. Sie trugen schwere Mäntel und richteten von Zeit zu Zeit den Blick zu unseren erleuchteten Fenstern hinauf. Dann verschwanden sie – in einen nahen Pub, wie sich alsbald herausstellte, denn sie riefen von dort an, um mir mitzuteilen, daß sie ganz in der Nähe seien und ich sie bei Bedarf sofort alarmieren könne. Die Hebamme war immer noch nicht da, saß vermutlich im abendlichen Verkehrsstau fest, und mich packte langsam die Sorge, da ich nicht recht wußte, was genau ich mir medizinisch zu tun erlauben würde, falls sie, Gott behüte, gar nicht kam, und ob man Michaela nicht lieber zwingen sollte, sich ins Krankenhaus verlegen zu lassen. Obwohl die Wehen jetzt etwas schneller kamen, gab es noch keine Anzeichen von Öffnung. Michaela war ruhig, ließ nicht das leiseste Stöhnen verlauten, und mir erschien es wie ein Wunder, daß sie, die sich beim Sex wildes Schreien und Stöhnen erlaubte, derart gefaßt die starken Schmerzen ertrug, die sie jetzt so vehement überkamen, daß sie noch bleicher im Gesicht wurde und lange die Augen schloß. Einen Moment war ich ärgerlich auf mich selbst, daß ich die Frage der Hebamme und Entbindung allein Michaela überlassen hatte. Aber ehe ich einen drastischeren Schritt unternahm, wie etwa eine ausgebildete Kraft aus dem Krankenhaus holen zu gehen, beschloß ich, meine Eltern heraufzurufen, nicht nur, um in meiner eventuellen Abwesenheit jemand Qualifizierteren bei Michaela zurückzulassen als diese Stepanie, die allerdings ihre Ruhe bewahrte, sondern auch um von ihnen indirekte Ermutigung zu erhalten und womöglich die eine oder andere Erinnerung meiner Mutter zu wecken, die ja auch eine Geburt durchgemacht hatte, zwar eben nur eine – und auch die schon vor fast dreißig Jahren –, aber immerhin.

Deshalb eilte ich in den Pub hinunter, um sie zu holen. Anfangs hatte ich Mühe, sie in dem Gedränge zu entdecken, denn sie saßen nicht, wie ich es erwartet hatte, in irgendeiner Ecke, sondern standen wie einheimische Stammgäste am Tresen, tranken Bier und unterhielten sich höchst angeregt mit einem Trupp umstehender Engländer. Als sie mich einigermaßen erregt herbeidrängeln sahen, glaubte mein Vater, die Geburt sei schon überstanden und ich käme nun mit der entsprechenden Botschaft – so sehr hatte er im angenehmen Gespräch das Zeitgefühl verloren. Er stellte mich sogleich seinen neuen Bekannten vor, deren freundlichem Kopfnicken ich entnahm, daß ich auch hier eins seiner Gesprächsthemen gewesen war. Als wir zu dritt den Pub verließen, bemängelte mein Vater wieder mal, wie schon öfter seit seiner Ankunft in London, mein dürftiges Englisch samt hartnäckigen Fehlern und schlug erneut vor, wir sollten englisch miteinander reden, um meine Sprachkenntnisse aufzupolieren. Doch meine Mutter, die meine tiefe Erregung spürte, fiel ihm knapp ins Wort: »Nicht jetzt. Warten wir erst mal ab, bis Schiva geboren ist«, und es lag etwas wohltuend Vertrauenerweckendes in der Art, wie meine Mutter zum erstenmal den Namen der Kleinen aussprach, die noch gar nicht geboren war und, nach Michaelas unveränderter Gebärmutter zu schließen, wohl auch nicht so schnell geboren werden würde. Mein Vater ging natürlich nicht ins Schlafzimmer, sondern begnügte sich mit einem höflichen, flüchtigen Blick hinein, aber meine Mutter setzte sich ans Bett und unterhielt sich lebhaft mit Michaela und Stephanie, die über das fortdauernde Ausbleiben der Hebamme immer besorgter wurden. Es waren drei Stunden vergangen, seit sie sie gerufen hatten, und es kam kein Zeichen von ihr; dabei hatten sich die beiden ja nicht nur medizinisch, sondern auch spirituell auf sie verlassen.

Nun begriff ich, daß ich mein Kind eigenhändig würde entbinden müssen, und fühlte mich in eine geradezu skandalöse Lage manövriert, wenn man bedachte, daß mein Krankenhaus nur einen Steinwurf entfernt lag. Michaela, die meine Wut spürte, lächelte verlegen, wie entschuldigend. In ihrem sehr bleichen Gesicht zeichneten sich schon schwarze Ringe unter den Augenhöhlen ab, und ich wußte, daß sie starke Schmerzen litt, aber Angst hatte, sich zu beklagen, insbesondere nach ihrer Begeisterung über den Vorbereitungskurs für eine schmerzlose Geburt unter Leitung ebender Hebamme, die immer noch nicht da war und von der bei ihr zu Hause auch kein Mensch wußte, wo sie steckte. Ich brachte die vorsorglich beschafften Instrumente und Medikamente ins Schlafzimmer, legte Michaela zwei Kissen unter die Beine, um sie anzuheben, und gab ihr ohne Zögern eine Pitocin-Spritze zur Beschleunigung der Wehen. Noch hatte ich keiner Frau auf der Welt eine solche Spritze verabreicht, aber da ich vorher die Formel des Präparats studiert und gründlich über seine Wirkungsweise nachgelesen hatte, zauderte ich nicht, zumal es sich hier um eine schwache Lösung einer Substanz handelte, die ich als Muskelstimulanz nach Operationen kannte. Meine Mutter beobachtete ehrfürchtig, wie ich Michaela spritzte, und nickte im Vertrauen auf meine leichte, geübte Hand sanft und liebevoll mit dem Kopf. Obwohl sie einerseits voll und ganz gegen die Hausgeburt gewesen war, besaß sie andererseits auch die wunderbare Fähigkeit, bei Bedarf Optimismus zu verbreiten und alte Zwistigkeiten zu begraben. Um Michaela bis zur nächsten Wehe abzulenken, versuchte sie allerlei kleine Begebenheiten von meiner Geburt aus dem Gedächtnis hervorzukramen, denen Michaela mit halbem Ohr zuhörte, denn jetzt, unter dem Einfluß der Spritze, kamen die Wehen in kürzeren Intervallen, aber immer noch ohne jedes Zeichen einer bevorstehenden Öffnung des Muttermunds. Auch das Kind, dessen harten Schädel ich ertastete, um sicherzustellen, daß der Kopf tatsächlich als erstes hervorkommen würde, saß noch immer weit oben, als wolle es nicht näher rücken, solange die Pforte noch völlig verschlossen war. Von der Marcain-Spritze sah ich vorerst ab, um durch eine eventuell resultierende Erschlaffung die Geburt nicht etwa noch mehr zu verzögern, die ich in wachsender Angst schon flehentlich herbeisehnte. Stimmt, die Angst war übertrieben, denn ich erinnerte mich ja, daß jeder Krankenwagenfahrer ein- oder zweimal im Leben eine Notentbindung durchführen half, ohne großes Aufheben davon zu machen, und Michaela legte zudem bewundernswerte Leidensfähigkeit an den Tag, erbat nämlich noch immer keine schmerzlindernde Spritze und tat klaglos alles, was ich von ihr wollte, als sei sie bereit, zu pressen, bis sie in Stücke zerriß, solange ich sie nur nicht aus unserem Schlafzimmer ins Krankenhaus verlegte.

Und als dann endlich, zwischen sechs und sieben Uhr morgens, die Geburt selbst erfolgte – nachdem eine weitere Wehenspritze und ein vier Zentimeter langer Dammschnitt gegen zwei Uhr früh die Gebärmutter stimuliert hatten, sich langsam, aber sicher wie eine große, duftende rote Rose zu öffnen, und in der warmen Intimität unseres Schlafzimmers, in dem auf Michaelas Wunsch nur gedämpftes Licht herrschte, zusammen mit den ersten Anzeichen des grauen Londoner Morgens der behaarte, fast wuschelige Kopf unseres Babys hervorbrach –, da erst begann ich zu begreifen, wenn auch nicht zu rechtfertigen, warum Michaela so hartnäckig darauf bestanden hatte, zu Hause zu entbinden, zumal wenn die Geburt derart leicht und glatt verlief. Denn auch das Baby ließ es, vielleicht aus Solidarität mit Michaela, die die ganze Nacht keinen einzigen Schmerzenslaut von sich gegeben hatte, bei kurzem Weinen bewenden, das sofort aufhörte, als ich die Nabelschnur durchtrennt hatte und die Kleine meiner Mutter übergab, die sie in ein großes Handtuch wikkelte, die Hände mit einer Erregung zitternd, deren ich diese besonnene, unsentimentale Frau nicht für fähig gehalten hätte. Als wir später diese Augenblicke wieder ins Gedächtnis riefen, stellte sich heraus, daß die Erregung, von der meine Mutter derart geschüttelt wurde, daß sie das Baby beinah hätte fallen lassen, nicht nur von dieser Geburt oder dem haarigen, fast dämonenhaften Kopf des Säuglings herrührte, sondern auch von einer weit zurückliegenden, aber scharfen Erinnerung an die Einsamkeit, die sie bei meiner Geburt empfunden hatte, bei der sie noch nicht wußte, daß es zugleich ihre letzte sein würde. Aber ich war gebannt von dem schwarzbehaarten Kopf, der aus der blutenden Gebärmutter hervorkam, und zwar gerade wegen des Gegensatzes zu Michaelas knabenhaft geschorenem Schädel, der mich damals, als wir uns im Wohnzimmer der Lasars zum erstenmal begegnet waren, irregeführt hatte. Als sei aufgrund eines mysteriösen Wechselspiels etwas von dem üppigen langen Haar der geliebten, unmöglichen Frau auf dem Schädel meiner Tochter gewachsen, der nun dunkel glänzend auf meinem Kissen ruhte, während ich auf die Nachgeburt wartete, um dann kaltblütig die blutigen Fetzen der Scheide mit den aus dem Krankenhaus mitgebrachten Nadeln zu vernähen. Ich sage »kaltblütig«, weil auch die glückstrahlende Michaela die Bedeutung dessen erriet, was ich in dieser Nacht hatte durchmachen müssen – Arzt bei der Entbindung meines Kindes zu sein. Aber sie ahnte nicht, daß ich demnächst reale Entschädigung für meine direkte chirurgische Beschäftigung mit ihrem Blut, ihrer Scheide und ihrer Plazenta fordern könnte. Und als nun Stephanie, die die ganze Nacht fasziniert von meinem Verhalten gewesen war, endlich meinen Vater in unser Schlafzimmer bat, damit er seine Enkelin sehen konnte, wartete ich nicht die Reaktion dieses guten Mannes ab, der die ganze Nacht wach und ruhig im Nebenzimmer gesessen hatte, sondern eilte ins Bad, um mich von dem zu reinigen, was nach meinem Empfinden mein bißchen Liebe für Michaela besudelt hatte.

So tiefe und starke Müdigkeit hatte sich offenbar zwischen den vier Streben meiner Persönlichkeit angesammelt, die die ganze Nacht über exponiert gewesen waren – Arzt, Ehemann, Vater und Sohn –, daß ich in dem duftenden warmen Badewasser, das ich mir eingelassen hatte, kurz in leichten Schlaf versank und gar nicht merkte, daß unterdessen doch noch die Hebamme eintraf, die sich als hochgewachsene Frau von dunklem Typ, vielleicht orientalischer Abstammung, entpuppte, weißhaarig und Respekt gebietend. Wie sich herausstellte, hatte ihr mysteriöses Verschwinden einen prosaischen Grund gehabt, denn noch zu Beginn des Abends, als sie auf unseren Anruf hin eilig aufgebrochen war, hatte ein Auto sie angefahren und ernsthaft am Knöchel verletzt, was nicht nur eine längere polizeiliche Untersuchung, sondern auch mehrere Stunden auf der Unfallstation nach sich zog. Und da wir nicht im Telefonbuch standen, konnte sie uns nicht verständigen. Doch ihr Gewissen hatte ihr nicht erlaubt, aus dem Krankenhaus nach Hause zurückzukehren, und so war sie, unter quälenden Schmerzen an einer Krücke humpelnd, getreu ihrem Versprechen zu uns gekommen, begleitet von ihrer jungen Tochter, um zu sehen, ob sie hier noch gebraucht wurde. Und obwohl die Geburt bereits vorüber war, freuten Michaela und Stephanie sich über ihr Kommen und boten ihr einen Sessel im Schlafzimmer an – erstens, um ihr haargenau den Geburtsverlauf zu schildern, einschließlich aller damit verbundenen Empfindungen und der Hilfe, die die von ihr gelehrte richtige Atmung zur Linderung der Schmerzen geleistet hatte; und zweitens, um sie zu bitten, den Säugling gründlich zu untersuchen und ihre Meinung kundzutun. Tatsächlich weckten sie das Baby aus dem Schlaf und legten es nackt auf die Knie der Hebamme, die es von allen Seiten untersuchte und auch mit einem besonderen Öl einrieb, das sie mitgebracht hatte. Dann legte Stephanie die Kleine wieder zurück in mein Bett, neben Michaela. Noch hatte das Baby kein eigenes Bettchen. Michaela hatte zwar schon alles Nötige in einem großen Spezialgeschäft eingekauft, aber die Ware noch dort gelassen, um nicht vor der Geburt den Neid mysteriöser böser Mächte zu wecken. »Ich kann's nicht fassen«, sagte mein Vater in echter Verblüffung zu Michaela. »Du als emanzipierte, rationale Frau willst an mysteriöse böse Mächte glauben?« »Natürlich will ich nicht an mysteriöse Mächte glauben«, antwortete Michaela selbstgefällig, »aber was soll man machen, sie glauben nun mal an mich.« Stephanie und Michaela priesen mich vor der Hebamme in den höchsten Tönen. Und sie untersuchte tatsächlich den Gebärmutterhals und lobte meine Dammnähte, konnte jedoch nicht ihr Mißfallen über die wehenfördernden Spritzen verhehlen. Warum ich es denn so eilig gehabt hätte, wollte sie wissen. Die Natur habe schließlich ihren eigenen Rhythmus. Und wenn ich die Niederkunft meiner Frau nicht so beschleunigt hätte, wäre sie, die Hebamme, vielleicht noch rechtzeitig gekommen, sie selbst zu entbinden. Dachte sie an das entgangene Honorar, die berufliche Befriedigung oder beides zusammen?

All das war jetzt nicht mehr wichtig. Meinem Vater stand die Müdigkeit ins Gesicht geschrieben, und meine Mutter bat mich, ihnen ein Taxi zu bestellen, da sie mich nicht bemühen wollte. Aber ich bestand darauf, sie selbst nach Hause zu fahren, und ging den Wagen vom Parkplatz hinter der Kapelle holen, bestrebt, mir ein paar Einzelheiten von der nebligen Stille der Londoner Straße einzuprägen, die einem alten englischen Film entnommen zu sein schien, um Schiva, wenn sie mal größer war, vom Morgen ihrer Geburt erzählen zu können. Vor dem hübschen Haus mit Gärtchen, das meine Eltern bewohnten, kam meine hellwach aussehende Mutter auf die Idee, wieder zurückzukehren, um bei Michaela zu sein, während ich ein paar Stunden gesunden Schlaf in ihrem Bett neben meinem Vater finden könnte. Ich weiß nicht, ob mein trübes Gesicht ihr Sorgen bereitete oder ob sie schon wieder Sehnsucht nach dem neuen Baby verspürte, von dem sie sich gerade erst getrennt hatte. Doch ich lehnte ab. Zwar hätte ich im gepflegten Zimmer meiner Eltern, umgeben von der Stille des gutbürgerlichen Hauses, selig schlafen können, aber ich wußte nicht, wie Michaela mein Fortgehen wenige Stunden nach der Geburt auslegen würde, und so verabschiedete ich mich von meinen Eltern. Beide drückten mich fest ans Herz und küßten mich. Ich wußte, daß sie jetzt überglücklich waren und der dichte Nebel, der uns einhüllte, die beiden an ihre Kindheit erinnerte, was noch zu ihrem Glück beitrug. Sie waren stolz auf mich, weil ich eigenhändig die ängstlich erwartete Entbindung durchgeführt hatte. Auch ich war mit mir zufrieden, und während ich auf der Heimfahrt langsam und vorsichtig zwischen den kleinen Lieferwagen der Milchhändler lavierte, überlegte ich, ob ich in dem Routinebericht, den ich allmonatlich über meine Fortbildung am Krankenhaus anfertigte und an Lasars Sekretärin schickte, erwähnen sollte, daß ich die einen Monat zuvor überhaupt erst angekündigte Geburt eigenhändig im Haus durchgeführt hatte, was allerdings auf übermäßige Initmität in meiner Beziehung zu Michaela hindeuten könnte, oder ob ich mich mit der einfachen Mitteilung über Schivas Eintreffen begnügen sollte, damit sie, die ferne Geliebte, wußte, daß ihr der Weg bereits offenstand, die geheime, süße Verbindung zwischen uns zu erneuern – nun, da sie doppelt vor mir geschützt war.

Nach Hause zurückgekehrt, dachte ich, ich hätte vielleicht doch besser den Vorschlag meiner Mutter annehmen und ein bißchen im Zimmer der Eltern schlafen sollen, um Kräfte zu sammeln. Michaela und Stephanie waren nämlich noch immer in ein äußerst lebhaftes Gespräch mit der Hebamme vertieft, die trotz ihres schmerzenden Knöchels nach wie vor mir ihrer Tochter in unserem Schlafzimmer saß, ihr zweites oder drittes Glas Tee trank und in den Händen nicht mehr unser Kind hielt, sondern das indische Figürchen, das seine vielen Arme schwungvoll in alle Richtungen reckte. Sie redete nun nicht mehr über Geburten und Säuglinge, sondern über das Leben selbst, seinen Sinn und Zweck, und auch ich wurde gebeten, meine Ansicht kundzutun. Stephanie schenkte mir Tee mit Milch ein, und ich zog die Schuhe aus und legte mich aufs Bett, eingepfercht zwischen fünf Frauen, wenn man die Kleine mitrechnete, die mit den Augen blinzelte. Tatsächlich stellte ich fest, daß Stephanie und Michaela nicht umsonst für diese Hebamme schwärmten, zweifellos eine originelle Frau mit reicher Sprache und sonderbaren, amüsanten Ideen. Unter der berufsbedingten Hülle praktischer Sachlichkeit nistete der feste Glaube an Seelenwanderung und Seelentausch, und zwar nicht so sehr an diejenigen nach dem Tod, sondern die, die mitten im emsigen Fluß des Lebens erfolgen. Ihr Begriff der Seele war allerdings feiner und leichter als der übliche, denn sie trennte die schweren Teile, wie Erinnerungen und Kenntnisse, davon ab und beließ nur Ängste und Bestrebungen, die die Seele mit Leichtigkeit trieben und es möglich machten, sie auch willentlich von Ort zu Ort und von Mensch zu Mensch wandern zu lassen. Als sie beispielsweise zu Beginn des Abends mit der Knöchelverletzung ins Krankenhaus gebracht worden sei und begriffen habe, daß sie nicht mehr rechtzeitig bei uns eintreffen würde, habe sie ihre Seele zu den hier im Zimmer Anwesenden wandern lassen und besonders zu mir. Ob ich nicht gespürt hätte, daß mir heute nacht manches völlig leicht und sicher von der Hand gegangen sei, was ich nie zuvor gemacht hätte? fragte sie. »Ja, so habe ich wirklich empfunden«, gab ich ehrlich zu. »Aber wenn Ihre Seele in mich gefahren ist«, fuhr ich scheinbar naiv mit erschöpftem Lächeln fort, »wo war denn dann meine? Ich kann heute nacht doch nicht zwei Seelen gehabt haben.« »Sie war natürlich in mir«, antwortete die Hebamme schlicht und ungerührt auf meine Herausforderung. »Ich habe sie gehütet, bis die Geburt vorüber war und Sie mir meine zurückgaben.« »Und welchen Eindruck haben Sie von meiner Seele?« stichelte ich unbeholfen weiter. »Ehrlich gesagt, eine etwas kindliche Seele«, antwortete sie ernsthaft und errötete, als habe sie ein peinliches Geheimnis gelüftet. »Eine kindliche Seele?« lachte ich verblüfft, aber auch leicht gekränkt, denn ich hatte diese Antwort nicht erwartet. »In welcher Hinsicht kindlich?« »Mit ihren sonderbaren Verliebtheiten«, antwortete sie. »Verliebtheiten?« rief ich erschrocken. »Aber in wen bin ich denn verliebt?« »In mich zum Beispiel«, antwortete sie unverfroren und fixierte mich mit ernstem Blick, bis sich die Tochter, die ihre Mutter die ganze Zeit mit größter Bewunderung angehimmelt hatte, nicht mehr halten konnte und in schallendes Gelächter ausbrach, das sofort Michaela und Stephanie und zum Schluß auch die Hebamme selbst mitriß, worauf sie sich von ihrem Platz erhob, dem Baby leicht das Haar zauste und dann auch mir beruhigend die Hand auf die Schulter legte.

Doch nachdem die drei Frauen endlich das Haus verlassen hatten und Michaela mit dem Baby ins andere Zimmer umgezogen war, um mir ruhigen Schlaf zu ermöglichen, während sie selbst vor lauter Aufregung immer noch nicht einschlafen konnte, spürte ich auf einmal, benommen vor Müdigkeit, daß ich vielleicht wirklich fähig sein könnte, mich in diese respektable, weißhaarige Hebamme zu verlieben, ebenso wie ich mich in Dori verliebt hatte, die mir alsbald in einem wirren Traum erschien. Als ich aufwachte und mich so fern von ihr wiederfand, als Vater einer kleinen Familie im grauen London, da hätte ich vor lauter Sehnsucht weinen mögen. Es war drei Uhr nachmittags, draußen nieselte es, und im Nebenzimmer hörte ich meine Mutter im lebhaften Gespräch mit Michaela, die noch immer kein Auge zugetan hatte, aber ihre begeisterte Hochstimmung bewahrte, vielleicht weil unterdessen Bettchen, Babywanne und Kinderwagen vom Geschäft geliefert worden waren. Das Baby hatte schon sein eigenes Eckchen auf der Welt, und wenn noch diese oder jene Kleinigkeit fehlte, war mein Vater bereits auf die Londoner Straßen hinausgegangen, um sie zu besorgen. Daher konnte ich am selben Abend wie gewöhnlich um sechs Uhr ruhigen Herzens und ohne besondere Sorge meinen Nachtdienst im Krankenhaus antreten, in der sicheren Gewißheit, daß sich das Baby in der treuen Obhut Michaelas und meiner Eltern befand und auch das häusliche Leben wieder in seinen alten Bahnen verlief. Ich war sehr erleichtert, als ich die Instrumente und Spritzen schnell wieder unbemerkt an ihren Platz gelegt hatte. Aber es tat mir leid, daß ich meinen Arztkollegen nicht von der Geburt erzählen konnte, da ich fürchtete, unser Vorgehen könnte als Mißtrauensvotum gegenüber dem Krankenhaus gewertet werden. Und erst recht nicht konnte ich mit meinem Erfolg als Geburtshelfer prahlen, aus Angst, für verantwortungslos gehalten zu werden. Daher schwieg ich, und da wegen der strengen Kälte, die draußen herrschte, kaum Patienten in die Aufnahme kamen, konnte ich in der Erinnerung wieder und wieder selbstzufrieden die Geburt durchspielen, die ich in der Intimität unseres Schlafzimmers so effizient gesteuert hatte. Als ich nach Mitternacht vom Dienst heimkehrte, fand ich Michaela mit entblößter Brust dasitzen und das Baby stillen. Wie ich erfuhr, waren meine Eltern erst kurz zuvor gegangen, da sie sich offenbar nicht von der herzigen Ausstrahlung des Babys hatten losreißen können und vielleicht auch fürchteten, Michaela allein zu lassen. Seit Beginn der Geburt vor mehr als dreißig Stunden waren wir beide zum erstenmal allein. »Du klappst noch zusammen, wenn du nicht ein bißchen schläfst«, sagte ich sanft. »Mach dir keine Sorgen, das geht schon«, sagte sie liebevoll lächelnd. Zweifellos hatte die Geburt unsere gegenseitige Achtung verstärkt. Michaela mußte höchst beeindruckt von der Geistesgegenwart sein, die ich als Arzt bewiesen hatte, und ich dachte noch voller Respekt an die Selbstbeherrschung, die sie angesichts der Schmerzen gezeigt hatte. Ich weiß nicht, ob ihr der leise Verdacht durch den Kopf gehuscht war, meine Weigerung, ihr zum Schluß Beruhigungstabletten oder schmerzlindernde Spritzen zu verabreichen, könnte nicht nur auf meinem Willen beruht haben, ihre volle geistige Klarheit beim Zusammenwirken von Arzt und Patientin zu wahren, sondern auch auf geheimen Rachegelüsten wegen der mir aufgezwungenen Geburtshelferfunktion. Denn auf sonderbare Weise durchzuckte mich das Gefühl, unsere wachsende gegenseitige Achtung sei der Liebe, die uns einander näherbringen sollte, womöglich nicht zuträglich. Davon zeugte der gelassene Blick, mit dem ich zu dieser späten Nachtstunde ihre beiden birnenförmigen Brüste betrachtete, die nicht die geringste Leidenschaft bei mir erregten, nicht einmal den Wunsch, meine Lippen einer der Brustwarzen zu nähern, um das zu spüren, was jetzt mein Kind spürte.

Langsam und ohne Panik holte Michaela im Lauf der Woche den versäumten Schlaf nach und bereitete sich zielstrebig darauf vor, ihr normales Leben wiederaufzunehmen, vor allem ihre Streifzüge durch London. Mein Vater und meine Mutter standen ihr jederzeit als Babysitter zur Verfügung, aber sie wollte sie nicht zu sehr in Anspruch nehmen, zum einen, weil sie ihnen fürsorglich Zeit lassen wollte, ihren Urlaub, der in zwei, drei Wochen zu Ende ging, noch zu genießen, und zum andern, weil man lernen mußte, ohne sie auszukommen. Sie hängte sich eine Art Trageschlinge über den Bauch, der bereits wieder normale Ausmaße angenommen hatte, und setzte Schiva hinein, die sich dort warm und sicher fühlte wie ein kleines Känguruh in der Tasche seiner Mutter. So konnte Michaela, mit dem Baby vorm Bauch, schon eine Woche nach der Entbindung ihre leichte Putzarbeit in der Kapelle wiederaufnehmen und auch Leute besuchen, die sie von ihren Indientouren her kannte und im Osten Londons aufgestöbert hatte. Michaelas natürliche Selbstsicherheit begann auf die Kleine abzufärben, die ihr geistesverwandt wurde, denn sie war nicht nur bereit, still alle möglichen Streifzüge zu ertragen, sondern schien sie manchmal sogar zu genießen. Wem sie ähnlich sah, war trotz der Mutmaßungen meiner Eltern noch nicht festzustellen. Mir sah sie nicht ähnlich, und auch Michaelas verblüffende Augen hatte sie nicht geerbt. Als ich einmal nachmittags mit ihr allein blieb, erinnerte sie mich aufgrund des etwas flachen Schädels und der schmalen Augenschlitze an die nette, blasse, etwas mysteriöse Gestalt unseres nichtjüdischen englischen Verwandten, des Mannes einer Cousine väterlicherseits, der sich meinen Eltern gegenüber sehr liebenswürdig gezeigt hatte. Er und seine Frau waren beispielsweise auf die gute Idee gekommen, eines Sonntagnachmittags unsere englischen Verwandten zu einer kleinen Party zu Ehren unseres Töchterchens einzuladen, darunter auch die Schwester meiner Mutter, meine energiegeladene Tante aus Glasgow, die meine Eltern im persönlichen Gespräch überreden wollte, vor dem Rückflug noch eine Woche bei ihr in Schottland zu verbringen. Trotz ihrer großen Liebe für die jüngere Schwester zögerte meine Mutter, denn nicht nur der Abschied von dem Baby fiel ihr schwer, sondern sie wollte Michaela auch möglichst viel Freizeit für ihre Streifzüge durch London gönnen, ohne dauernd das Baby mit herumschleppen zu müssen. Doch inzwischen hatte sich herausgestellt, daß der Kinderstation des Krankenhauses ein halboffizieller kleiner Hort für die Kinder des Ärztestabs angegliedert war. Diese Einrichtung war zwar nicht für Säuglinge in Schivas Alter gedacht, aber Michaela hatte die leitende Schwester überreden können, die Kleine ab und zu für ein paar Stunden aufzunehmen. So konnten meine Eltern reinen Gewissens der beharrlichen Einladung meiner Tante folgen und ihren gelungenen Englandbesuch durch eine Rückkehr in die schottischen Kindheitsgefilde meiner Mutter ergänzen.

Ich ermunterte die beiden zu fahren, nicht nur, damit sie und meine Tante ihren Spaß haben sollten, sondern auch, weil ich bereits von Sir Geoffrey wußte, daß Lasar und seine Frau in den nächsten Tagen in London eintreffen würden, und den prüfenden Augen meiner Mutter nichts von der fieberhaften Erregung offenbaren wollte, in die mich der bevorstehende Besuch jetzt schon versetzte. Sir Geoffrey wußte zwar nur von Lasars Kommen und nicht, daß Dori ihn begleiten würde, aber mir war klar, daß diese Frau, die nicht hatte allein bleiben können, als ihr Mann zu einer kurzen Reise nach Indien aufgebrochen war, ihre Einsamkeit auch nicht würde ertragen können, wenn er nach London fuhr. Ich tröstete mich sogar damit, daß nur ihr baldiges Eintreffen sie davon abgehalten hatte, auf die Nachricht von Schivas Geburt zu reagieren, die ich in den monatlichen Routinebericht an Lasars Sekretärin eingeschmuggelt hatte. Ich erkundigte mich bei Sir Geoffrey nach Lasars Besuchsprogramm und erfuhr, daß es ein mit Veranstaltungen vollgestopfter Aufenthalt sein würde, da Lasar einen Londoner Freundeskreis für unser Krankenhaus gründen wollte. Ich bot mich also als weiteren Begleiter an, um seine Frau, wenn sie mitkommen sollte, zu beschäftigen, damit sie sich nicht langweilte. »Sie wirkt nicht wie eine Dame, die sich langweilt«, lachte Sir Geoffrey, der sie von dem Besuch vor zwei Jahren in Erinnerung hatte – eng mit ihrem Mann zusammen, lächelnd und selbstzufrieden. Offensichtlich mochte er sie, und beinah mußte ich sogar ein bißchen darum kämpfen, die beiden an seiner Stelle vom Flughafen abholen zu dürfen, was Michaela zwang, auf ihren Yoga-Kurs im Gemeindezentrum von South Kensington zu verzichten und zu Hause bei dem Baby zu bleiben, das übrigens leicht erkältet war. Sie protestierte nicht, spottete aber ein bißchen über den praktischen Beweggrund hinter meinem Diensteifer den Lasars gegenüber und fragte auch skeptisch, ob »die beiden Dicken« samt Gepäck überhaupt in unseren kleinen Morris passen würden. Ich hatte mich längst damit abgefunden, daß Enats Abneigung gegen ihre Eltern auf Michaela übergesprungen war, vielleicht noch in den Tagen ihrer Freundschaft in Kalkutta, und antwortete deshalb nichts. Meine Gedanken wanderten zu dem Überraschungsmoment, in dem Lasar und auch sie mich am Ausgang warten sehen würden, obwohl sie ja inzwischen eigentlich daran gewöhnt waren, mich auf Flughäfen zu sehen.

Sonderbarerweise entdeckte Lasar mich, ehe ich noch die beiden erkannt hatte, und umarmte mich fest. Auch seine Frau errötete nicht bei der plötzlichen Begegnung, strahlte nur wie immer und breitete mit einer Natürlichkeit, die mich verblüffte, die Arme aus, um mich an sich zu drücken und auf beide Wangen zu küssen. Ich wußte zwar, daß das nur ein normaler Freundschaftskuß war, geboren aus der Aufregung über Flug und Landung, wie ihn vermutlich sogar Sir Geoffrey erhalten hätte, wäre er an meiner Stelle gekommen, konnte aber trotzdem des plötzlichen heftigen Bebens nicht Herr werden, das mich befiel – als berechtigte dieser simple Kuß, den ich mit solch natürlichem Lächeln von der geliebten Frau in Anwesenheit ihres Mannes erhalten hatte, mein Herz zu der Hoffnung auf etwas Echtes und Bedeutsames bei ihrem Besuch, der im sanften Licht eines freundlichen Londoner Himmels begann. Gewiß wegen dieser neuen Gedanken, die mir durch den Kopf wirbelten, und nicht weil sie zu meiner Linken saß, bemüht, ihre langen Beine in dem beengten Raum des kleinen Wagens unterzubringen, verfuhr ich mich auf dem Weg vom Flughafen zum Hotel, eine höchst unangenehme Panne, die Lasar, müde und wie immer in Eile, mir nicht verzieh. »In Neu-Delhi haben Sie sich besser zurechtgefunden«, bemerkte er leicht sarkastisch, während er angespannt im Fond saß, eingepfercht neben einem Koffer, der nicht mehr in den Kofferraum gepaßt hatte, und die Londoner Straßen musterte. Als ich dann vor dem Hotel den Kofferraum öffnete und den anderen Koffer herausnahm, erkannte ich ihn von unserer Indienreise wieder und beugte mich mit einem unbestimmten Glücksgefühl nieder, um über das etwas abgewetzte Leder zu streichen, das mir immer noch mit dem gelblichroten Staub der Schotterstraßen bei den Tempeln von

Buddh Gaya bedeckt zu sein schien. Lasar wollte diesen Koffer schon in der Hotellobby aufmachen, um das Geschenk herauszuholen, das sie für das Baby mitgebracht hatten, aber Dori hielt ihn mit energischer Geste zurück. »Später, das hat noch Zeit, wir werden es der Kleinen selber geben«, und nun fragte sie mich zum erstenmal, wie das Baby hieß. Als ich ihr den von Michaela ausgesuchten Namen nannte, wirkte sie stürmisch erregt, vielleicht, weil sie sofort den tiefen indischen Zusammenhang erfaßte, der auch sie einschloß. Ich wollte von meinen Bedenken erzählen, meine Tochter ausgerechnet nach dem Gott zu benennen, der den ganzen Kosmos zerstören will, und von meinem Wunsch, in dem bescheidenen israelischen Kontext von Schiva – Rückkehr – zu bleiben. Aber es war unmöglich, zwei reisemüden Menschen zwischen Tür und Angel zu erklären, welche Rückkehr ich denn meinte.

Als ich nach Hause kam, war Michaela nicht da. Sie hatte die Kleine also trotz der Erkältung mit nach draußen genommen. Im ersten Moment ärgerte ich mich, daß sie meiner ärztlichen Anweisung nicht gefolgt war, und sah in ihrem Weggang fast einen kleinen Racheakt wegen des angeblich überflüssigen und übertriebenen Dienstes, den ich Lasar und seiner Frau erwiesen hatte. Aber tatsächlich ließ Michaela es trotz meiner bei der Entbindung bewiesenen Fähigkeiten nicht zu, daß ich meine ärztliche Autorität auch auf die Kleine ausdehnte. »Für sie sollst du nur Vater sein und nicht Arzt«, warnte sie mich mit dem entschiedenen Ton, den sie manchmal zu benutzen wußte. Ihr lag wirklich daran, mir keinen Autoritätsvorsprung in der Sorge für das Kind einzuräumen, und vom moralischen Standpunkt hatte sie damit ja recht. Trotzdem fürchtete ich jedoch, bei den Streifzügen an der kalten Luft könnte die Kleine eine Entzündung bekommen, die uns ausgerechnet in diesen Tagen ans Haus fesseln würde, in denen ich so frei wie möglich sein wollte, um mich näher an die Frau heranzumachen, von der ich schon im Moment unseres Wiedersehens wußte, daß ich keinesfalls auf sie verzichten durfte, es ja auch gar wollte – denn Verzicht auf sie, auch nur in Gedanken, könnte eine Lebensader verletzen, die mich jetzt nährte und mir die Kraft verlieh, mit Michaela und dem Baby fertig zu werden, ja sogar mit meinen Eltern, die in letzter Zeit weicher und sentimentaler geworden waren und mir unwillkürlich in allem gehorchten, was ich ihnen sagte. Und ich brauchte doch gar nicht viel, um diese Verliebtheit, die mich Tag und Nacht umtrieb, aufrechtzuerhalten, es genügte ab und zu ein strahlendes Lächeln von ihr, und schon fände ich den Mut, wieder ihr Büro aufzusuchen und ihr mit verzweifelter Kühnheit ein Liebesgeständnis abzulegen, das nicht nur ihre Verblüffung und Trauer wecken würde, sondern mehr noch Bewunderung für sich selbst, daß sie einen jungen Mann wie mich in derart zärtliche Verwirrung stürzen konnte, was in ihrem Innern eine ganz andere Leidenschaft entfachen mochte als die, die ihr treuer Mann, der sie unablässig streichelte und küßte, bei ihr weckte.

Doch als Michaela mit dem Baby zurückkam – das Kind gesund und rosig von dem Ausflug an der Winterluft und die morgendliche Erkältung wie weggeblasen –, mußte ich einfach ihren mütterlichen Instinkt bewundern, mit dem sie die Geringfügigkeit der Erkältung erkannt hatte, während sie mir übertrieben ernst erschienen war. Wieder einmal merkte ich, wie recht meine Mutter mit ihrer Prophezeiung nach Michaelas erstem Besuch in unserem Haus gehabt hatte – wenn Michaela erst mal ein Kind hätte, würde sie aufhören, sich selbst zu suchen, und ihren richtigen Platz finden, woran selbst das fehlende Abiturzeugnis keinen Abbruch täte. Ja, so gut gefiel sie mir jetzt, als sie mit sicheren Griffen und viel Geschick die Kleine wickelte und stillte, daß ich ihr meinen Wunsch antrug, in der kurzen Dämmerstunde, die mir noch bis zum Dienstbeginn blieb, mit ihr zu schlafen – mit dem Hintergedanken, dadurch vielleicht auch dem Drang Erleichterung zu verschaffen, den die gerade erst in London gelandete Frau in mir geweckt hatte, die man höflicherweise zusammen mit ihrem Mann würde zum Tee einladen müssen, damit sie sich die Kleine ansehen und ihr das eigens mitgebrachte Geschenk überreichen konnten, während ich die Gelegenheit nutzen wollte, bezüglich der Pläne für meine Rückkehr ins Krankenhaus in Israel vorzufühlen, um sicherzustellen, daß die »englische Hintertür« zurück nach Tel Aviv nicht etwa zugeschlagen war. Doch Michaela zögerte sehr. Ihre Freundin, die Hebamme, hatte ihr geraten, volle Geschlechtsbeziehungen erst drei Monate nach der Niederkunft wiederaufzunehmen, damit alle Nähte richtig verheilen und ihr Körper nach den Erschütterungen wieder zur Ruhe kommen konnte. Doch obwohl das vom medizinischen Standpunkt logisch erschien, war es wohl die abends nicht entladene Spannung, die mich veranlaßte, am folgenden Tag meinen Schlaf nach dem Nachtdienst zu verkürzen und schon gegen Mittag ins Krankenhaus zurückzukehren. Ich ließ Schiva in dem kleinen Kinderhort und ging vor Sir Geoffreys Büro auf und ab, in der Hoffnung, auf das Besucherpaar aus Israel zu stoßen. Tatsächlich hatte ich mich nicht geirrt. Schon von weitem konnte ich ihre festen Schritte und die ihres Mannes erkennen, und bald sah ich auch ihre Augen mir ängstlich besorgt zulächeln, denn sie begriff, daß ich nur deshalb im Flur vor Sir Geoffreys Büro herumlief, um ihr wieder zu begegnen. Und wenn ich in dem Augenblick nicht blitzartig auf die Idee gekommen wär, sie zu fragen, ob sie das Baby sehen wolle, wäre sie in ihrer bequemen Passivität vermutlich ihrem Mann zum Treffen mit Sir Geoffrey nachgelaufen, der, wie Lasar mir noch am Vortag erzählt hatte, dem Tel Aviver Krankenhaus für einen Spottpreis ein gebrauchtes, aber bestens erhaltenes Dialyse- und Narkosegerät aus der Abstellkammer des englischen Hospitals anbieten wollte. Sofort merkte ich, daß mein Vorschlag, das Baby zu sehen, sie lockte, und auch Lasar, der das offerierte Gerät einer gründlichen Detailprüfung zu unterziehen gedachte, um sicherzugehen, daß Sir Geoffreys gute Absichten ihn nicht in Verlegenheit bringen würden, redete seiner Frau wärmstens zu. »Warum denn nicht, Dori? Guck dir ein bißchen sein Baby an. Und falls Benji genug freie Zeit hat, zeigt er dir vielleicht auch die St.-Pauls-Kathedrale, die du heute noch gern sehen wolltest, denn ich fürchte, hier wird es lange dauern, und nachher kommt auch noch der Mann, der den Abend für die Leute vom Freundeskreis organisiert.« »Und wann willst du das Baby sehen?« rief sie perplex, als sei dies eine Pflicht oder Freude, die er nicht verpassen durfte. Worauf ich jedoch, fasziniert von der mir so einfach zugefallenen Gelegenheit, mir ihr allein zu sein, hastig versprach, Lasar werde die Kleine ganz gewiß noch zu sehen bekommen. »Sie werden noch mehrfach Gelegenheit haben, sie zu sehen«, wiederholte ich mein herzliches Versprechen gegenüber Lasar, der gar nicht so erpicht darauf schien, und wir verabredeten, daß ich Dori in zwei Stunden wieder zu Sir Geoffreys Büro zurückbringen würde. So war sie plötzlich in meiner Obhut, zwar nur für zwei Stunden, aber an einem ihr völlig unvertrauten Ort, in ihre bläuliche Samttunika gehüllt, die mir noch von der Indienreise bekannt war und wohl zu der Sorte Kleidungsstücke gehörte, die für alle Gelegenheiten paßten. Mit festem, sicherem Absatztrommeln ging sie nun neben mir her – eine mollige Frau in reifen Jahren, die, wenn ich ihr jetziges Alter erreichte, vielleicht schon aus dieser Welt abberufen sein würde. Allein dieser neue Gedanke flößte mir Trauer, aber auch zarte Freude ein. Lebhaft, doch in vorsichtiger Distanz, als hätten wir noch nie nackt miteinander geschlafen, begann ich sie nach dem Wohl der Großmutter im Altersheim zu fragen, weil ich sicher war, daß sie gern von ihr erzählen würde, zumal sie auch wußte, daß das ein Thema war, für das wir uns beide sehr interessierten. Und als ich sie leise in den Kinderhort führte und von der Pflegerin Erlaubnis erhielt, kurz den Säuglingsraum zu betreten, begnügte ich mich nicht damit, auf Schivas Bettchen zu zeigen, sondern weckte sie aus dem Schlaf und legte sie Dori in die Arme, damit Dori etwas von meinem Fleisch und Blut halten und kuscheln sollte.

Sie herzte das Baby mit großer Wärme, unter allerlei Jubel- und Begeisterungsrufen, die der Pflegerin neben uns gewiß übertrieben und gekünstelt vorkamen, während ich wußte, daß sie aufrichtig waren. Schivas Haarfülle machte Dori so großes Vergnügen, daß sie das Köpfchen der Kleinen, die für den Gast schon die Augen aufgeschlagen hatte, an den Busen nahm und sich gar nicht wieder von ihr trennen wollte, so daß ich schließlich behutsam eingreifen und Schiva ins Bett zurücklegen mußte. Ich war dermaßen bewegt von Doris Begeisterung, daß ich kaum noch an mich halten konnte, und während ich sie noch durch eine Seitentür in den geschäftigen Betriebshof des Krankenhauses führte, erzählte ich ihr im einzelnen die Geschichte der gelungenen Entbindung in unserem Schlafzimmer. In das automatische Lächeln ihrer Augen mischte sich jetzt ungeheure Neugier. Meine Geschichte gefiel ihr außerordentlich. Ja, sie schien derart aufmerksam zu lauschen, daß ich ihr vorschlug, nicht wie vorher geplant zur St. Paul's Cathedral zu fahren und dadurch womöglich eine Verspätung bei dem vereinbarten Treffen mit Lasar zu riskieren, sondern einfach die Wärme der raren Sonnenstrahlen zu nutzen und durch die Straßen rings ums Krankenhaus zu schlendern, erst mal diese Gegend kennenzulernen und vielleicht auch ein wenig weiter in ein angenehmeres Viertel vorzustoßen, die Gegend, in der meine Eltern ihr Zimmer gemietet hatten. Plötzlich wollte ich gern wissen, was diese wählerische Frau, die uns in Indien von Hotel zu Hotel geschleift hatte, um eine ihr genehme Unterkunft zu finden, wohl von dem schönen Zimmer halten würde, das Michaela für meine Eltern gefunden hatte und den beiden vielleicht auch einmal für einen längeren Londonurlaub dienen könnte. Und da die zwei Schlüssel, für Eingangstür und das Zimmer selbst, seit dem Abschied von meinen Eltern auf dem Bahnhof vor ein paar Tagen noch an meinem Schlüsselbund hingen, konnten wir ungehindert hineingehen.

Es war ein einzeln stehendes Haus, klein und gepflegt. Dahinter, seitlich von einem kleinen Rosengarten, versteckte sich der separate Eingang, extra als Zugang zum Zimmer, das meine Eltern gemietet hatten. Kleine Glöckchen hingen an der Tür, damit die Hausbesitzer eine gewisse Kontrolle über das Kommen und Gehen ihrer Mieter hatten, waren jetzt aber überflüssig, denn die Vermieter hielten sich in Italien auf. Nachdem das zarte Schellen verklungen war, öffnete ich die Tür zum Zimmer meiner Eltern, in dem es dunkel war, und bat Dori hineinzuschauen. Obwohl Fenster und Vorhänge schon seit Tagen geschlossen waren, hatte das Zimmer seinen angenehmen Geruch bewahrt – wegen des duftenden Bohnerwachses, mit dem man den Holzboden poliert hatte, und auch wegen der Atmosphäre meiner Eltern, die ein paar vertraute Kleidungsstücke im Schrank hatten hängen lassen. Vielleicht wegen ebendieser Atmosphäre zögerte Dori trotz ihrer Neugier anfangs, das große, schöne Zimmer zu betreten, aber als ich darauf bestand, ihr zu zeigen, wie preisgünstig es in Anbetracht seiner Vorzüge war, fand sie sich bereit, mir auch in die angrenzende kleine Küchenecke und sogar in das winzige Bad zu folgen, von dem ich sicher annahm, daß meine Mutter es sauber und ordentlich hinterlassen hatte. Es war kalt im Raum. Gerade wollte ich den Heizkörper mit Münzbetrieb in Gang setzen und auch einen Vorhang aufziehen, damit sie einen Blick in den hübschen Garten vor dem Fenster werfen konnte, aber sie hielt mich allein mit einer leichten Handbewegung zurück und setzte sich auf einen Sessel, wie damals in der Wohnung der Großmutter im Halbdunkel, die Beine vor sich ausgestreckt. Und auf einmal überkam mich eine Leidenschaft, die mir große Beklemmung bereitete, aber ich sah immer noch keine klare Linie, wie ich nun weitermachen solle, denn es war ja schon ein ganzes Jahr seitdem vergangen. Mußte ich wieder mit einem Liebesgeständnis beginnen? Daher bot ich ihr erst mal eine Tasse Tee an – ich wußte, daß meine Eltern hier nur Tee, keinen Kaffe vorrätig hatten. Mit wunderbarem Lächeln staunte sie über meinen seltsamen Vorschlag, nahm ihn aber an, weil vielleicht auch sie erkannte, daß wir dadurch ein wenig Muße bekamen, nicht nur uns selbst, sondern auch das Zimmer meiner Eltern zu prüfen. Doch nachdem ich den Elektrokessel angeschaltet und Teebeutel in zwei Tassen gelegt hatte, fand ich sie ungeduldig im Zimmer stehen, als erfasse sie jetzt, wie überflüssig und geradezu pervers es war, in der wenigen Zeit, die uns noch bis zur Rückkehr ins Krankenhaus blieb, im abgeschotteten, dämmrigen Mietschlafzimmer meiner Eltern Tee zu trinken. Sie äußerte den mir etwas abenteuerlich oder sogar kindisch erscheinenden Wunsch, einen Blick in die andern Räume, die der Hauseigentümer, zu werfen. Ich sah auf die Uhr, uns blieben noch dreißig oder vierzig Minuten, bis wir uns auf den Weg zu Lasar machen mußten, denn es kam ja gar nicht in Frage, ihn durch eine Verdacht erregende Verspätung besorgt zu machen. Ob sie wohl schon einsieht, daß wir auf der ganzen Welt kein besseres Plätzchen finden, um uns in vollendeter Verschwiegenheit und Anonymität zu lieben? schoß es mir fieberhaft durch den Kopf, oder schrecken die nebeneinander stehenden Betten meiner Eltern sie ab? Ich spürte nun schon rasende, wirbelnde Begierde im Bauch, ging aber hinter ihr einen langen, schmalen Korridor entlang, der in ein überraschend großes, dunkles Wohnzimmer führte, in dem sämtliche Möbel – Sessel, Sofas und Kommoden – mit weißen Laken abgedeckt waren, wie man es manchmal in alten Kriminalfilmen sieht. Ich wollte Licht anschalten, aber offensichtlich war der Strom in diesem Teil des Hauses abgestellt, weshalb ich glaubte, sie würde hier innehalten, aber ihre Neugier kannte keine Grenzen, und mit einer Art innerem Lächeln drang sie weiter vor, öffnete eine hölzerne Innentür, die den Weg in ein reizendes, in rötlichem Holz gehaltenes kleines Arbeitszimmer freigab, von dem sich ein weiterer Gang auftat, diesmal zu einem Zimmer, das überraschenderweise nicht dunkel wie die anderen war, denn man hatte einen Vorhang beiseite geschoben, und das wenige Tageslicht, das hineinströmte, wirkte stark und üppig in diesem dämmrigen Haus. Es war ein hübsches, großes Schlafzimmer, das in seinem hellen, modernen Stil von den übrigen Räumen abwich und ganz offensichtlich sofort den Gefallen dieser älteren Frau fand, die es mit neugierig begehrlichem Hausbesitzerinnenblick zu taxieren begann, und schon zog sie auch das weiße Laken vom Bett und legte darunter eine herrliche geblümte Tagesdecke in Grüntönen frei.

Stimmt, es wäre redlicher und passender gewesen, sich im gemieteten Zimmer meiner Eltern zu lieben, statt die Intimität der unbekannten Hausbesitzer zu entweihen, die ihren

Urlaub in Italien verbrachten und nichts von meiner Existenz wußten. Doch ich fürchtete, wenn ich sie jetzt ins elterliche Zimmer zurücklotste, könnte sie einen Rückzieher machen, und bis ich sie erneut verführt hätte, wäre unsere Zeit abgelaufen. Deswegen gestand ich ihr auch nicht wieder meine Liebessehnsucht, sondern trat mit stummer Entschiedenheit auf sie zu, um sie mit meinen Armen zu umfangen und sie zu küssen und erneut ihre Schwere zu spüren. Wieder erlaubte sie mir nicht, ihr auch nur ein einziges Kleidungsstück auszuziehen, als würde ich dadurch ihre Freiheit und Unabhängigkeit verletzen, und wie beim erstenmal wartete sie, bis ich splitternackt in dem wirklich kalten Zimmer vor ihr stand, ehe sie sich bereit fand, ebenfalls die Kleider abzulegen und sich auf der Blumendecke auszustrecken, die ihr offenbar nicht nur hübscher, sondern auch sauberer als das weiße Laken erschien. Anfangs wartete sie geduldig mit geschlossenen Augen, bis ich fertig wurde, mit stürmischen Küssen voll innerer Leidenschaft ihren schweren, süßen Bauch zu bedekken, der seit dem letztenmal noch gewachsen war, als würde sie dort weiterhin private Geheimnisse in langsamer, endloser Schwangerschaft horten. Aber als ich mich nicht mehr zurückhalten konnte und mit der Stirn zu ihrem Geschlecht hinuntergleiten wollte, hinderte sie mich, indem sie mich leicht an den Haaren zog, damit ich mich aufraffte, hochkam und wirklich mit ihr schlief, ergriff sogar energisch mein Glied und versuchte es mit unklarem Zorn einzuführen, vielleicht weil es schon von einem feinen Schleier wie perlende Tränen benetzt war, ähnlich meinem Gesicht, über das plötzlich Tränen rannen, die Salz in die Tiefen meiner Leidenschaft spülten und sie mit Schmerz und Mitleid über diese sonderbare Liebe vermischten, die nicht einmal den Preis der Ehe und des Babys einfordern konnte, mit denen ich mich belastet hatte. Innerhalb von ein, zwei Sekunden verlor ich die Konzentration und wußte, daß ich diese geliebte Frau schon nicht mehr zu befriedigen vermochte, ihr nur ermöglichen konnte, die Augen zu schließen, und zu verfolgen, wie ihre Leidenschaft abebbte und aufhielt und wieder aufgesogen wurde wie eine gischtende Welle, die ins Meer zurückfließt. Und so blieben wir lange Minuten still umschlungen liegen, bis ich merkte, daß sie auf ihre Uhr blickte und mich abschüttelte, überrascht, mein Gesicht tränenüberströmt zu sehen. »Aber was ist denn los? Sei nicht traurig, ist doch nicht schlimm.« Sie ließ ein Lächeln in den Augen aufblitzen. »Das war völlig in Ordnung. Sei kein Kindskopf, hier ist ja sowieso alles unmöglich.« Und schon zog sie sich mit untypischem Tempo an und sah fast besorgt zu, wie ich langsam und kraftlos meine Sachen zusammenklaubte und mich in dem fremden, kalten Zimmer ankleidete, aus dem wir uns wenige Minuten später davonmachten, ebenso wie aus dem Haus, das ihr insgesamt gefiel, und wenn noch Zeit genug blieb, würde sie es sogar Lasar zeigen, als mögliches Domizil für einen London-Urlaub. Auf dem Rückweg verfiel sie komischerweise in fröhliches Plaudern und beschleunigte ihre Schritte, als gebe das, was zwischen uns passiert war, ihr Hoffnung, mich loszuwerden oder wenigstens vor ihr gewarnt sein zu lassen. Aber als wir den Verwaltungstrakt des Krankenhauses betraten, sah ich ihre sonderbare Fröhlichkeit in leichte Nervosität umschlagen. Sie wollte sich lieber am Ende des Korridors von mir verabschieden und allein zu Sir Geoffreys Büro weitergehen, das mir von weitem dunkel aussah, als sei keiner drinnen.

Deshalb blieb ich stehen, um sie zu beobachten, denn ich wollte nicht, daß sie allein blieb. Tatsächlich stand sie vor verschlossener Tür, und auch im angrenzenden Vorzimmer war kein Mensch. Vom Ende des Flurs spürte ich, daß sie sehr verstört war; sie blieb nicht nur ungern allein, sondern war offenbar auch nicht gewohnt, auf ihren Mann zu warten. Sie setzte sich auf die Bank vor dem Büro, stand dann auf und wanderte auf und ab, bis sie mich am Ende des Korridors entdeckte. »Bist du sicher, daß es hier ist?« rief sie mir aufgebracht zu, als wäre ich fähig, sie irrezuführen. Und als ich es ihr bestätigte, sagte sie mit einiger Bitterkeit einen überraschenden, neue Sehnsucht und Hoffnung weckenden Satz: »Dann haben wir uns ja umsonst beeilt.« Trotzdem wollte sie nicht, daß ich ihn für sie suchte, sondern schickte mich weg. Ich ging zur Säuglingskrippe, um nachzusehen, ob Michaela die Kleine schon abgeholt hatte, aber sie war noch da. Wie ich hörte, war sie in den zwei Stunden, seit ich sie wieder in ihr Bettchen gelegt hatte, unruhig gewesen und hatte die meiste Zeit geweint. Daher riet die Pflegerin, lieber nicht auf Michaela zu warten, sondern sie heimzubringen. Ich setzte sie in ihre Trageschlinge, doch obwohl ich nicht gern mit dem Baby im Krankenhaus herumlief, ging ich nicht gleich nach Hause, sondern zurück zu Sir Geoffreys Büro, um zu prüfen, ob Lasar seine Frau bereits abgeholt hatte. Vom Ende des Korridors sah ich sie dort immer noch auf der Bank sitzen, aufrecht, die Beine übereinandergeschlagen, eine Zigarette rauchend; und mein Herz flog ihr vor Sorge und Liebe zu. Ich trat näher und fragte: »Was ist? Wo ist Lasar?« Sie zuckte die Achseln mit einem melancholischen Lächeln, das ich bei ihr nicht kannte, als fürchte sie, daß etwas passiert war. »Gibt's doch nicht«, sagte ich. »Er muß irgendwo im Krankenbereich stecken. Am besten, ich laß dir einen Moment das Baby da und geh ihn suchen.« Sie drückte die Zigarette aus und stimmte freudig zu, als sei das die gefundene Gelegenheit, schon mal ein bißchen Großmutter zu spielen. Ich steuerte auf den Operationstrakt zu, da ich wußte, daß sich dort das Narkose- und das Dialysegerät befanden, die Sir Geoffrey Lasar offeriert hatte. Doch ich erfuhr, daß die beiden eine halbe Stunde zuvor in die Aufnahme gegangen waren. »Warum?« fragte ich erstaunt und erfuhr, daß man Lasar zu irgendeiner Untersuchung dorthin gebracht hatte. Ich hastete atemlos zur Notaufnahme, überraschte unterwegs mit meinem Laufschritt die kaltblütigen Engländer, die mich bisher für einen der Ihren gehalten hatten. In dem mir so vertrauten Aufnahmesaal entdeckte ich sofort Lasars weiße Mähne; er lag ohne Jackett und Schuhe auf einem Bett, die Hemdsärmel hochgekrempelt, und nickte verlegen lächelnd, nach Art der Sorte Patienten, die sich für ihre Krankheiten entschuldigen, zu den Worten des Chefarztes, Dr. Arnold, einem ruhigen, aber mittelmäßigen Arzt, der Sir Geoffrey etwas auf dem

EKG-Streifen erklärte. »Wo ist Dori?« fragte er auf hebräisch, als er mich sah. »Sie wartet dort, wo Sie sich verabschiedet hatten«, antwortete ich. »Möchten Sie, daß ich sie hole?« »Nicht nötig. Sie wird bloß unnötig erschrecken, gleich werde ich hier entlassen«, erwiderte Lasar und fügte lächelnd hinzu: »Stellen Sie sich vor, die wollten mich hier einweisen.«

Passiert war folgendes: Als Lasar das von Sir Geoffrey angebotene Dialysegerät prüfte, wollte er auch mal ausprobieren, wie verschiedene dazugehörige elektronische Apparate, etwa Pulsschreiber und Elektrokardiograph, funktionierten, und hatte sich aus Neugier daran anschließen lassen. Das Routine-EKG zeigte spontan auftretende Phasen stark beschleunigten Herzrhythmusses, die Lasar wegen ihrer kurzen Dauer gar nicht gespürt hatte. Der Techniker, der die Abnormalität erkannte, rief eilig einen Assistenzarzt von der Kardiologie, der das EKG prüfte und Lasar auf der Stelle dabehalten wollte. Doch Lasar, der sich nicht anders als sonst fühlte, und auch Sir Geoffrey meinten, an dem schon lange unbenutzt stehenden Gerät könnte vielleicht etwas falsch eingestellt sein, und baten um eine Kontrolluntersuchung an einem anderen Gerät, die tatsächlich etwas bessere, wenn auch nicht völlig einwandfreie Ergebnisse lieferte. Der nunmehr hinzugezogene dienstältere Kardiologe, der Lasar ebenfalls untersuchte, äußerte die Vermutung, die ganze Sache sei vielleicht auf plötzliche Erregung wegen der Strapazen der Reise zurückzuführen – eine Auffassung, die durchaus mit seiner pakistanischen Abstammung harmonierte; englische Ärzte zögerten weit mehr, Leib und Seele zu verquicken. Nun hatte Sir Geoffrey genug von der ganzen Diskussion und nahm Lasar mit in die Aufnahme, weil er der ruhigen Sicherheit von Dr. Arnold vertraute, der Lasar erneut gründlich untersuchte und schließlich fand, es könne tatsächlich ein Fehler passiert sein, denn die Ergebnisse seines EKGs seien fast normal. Nur der Blutdruck war stark überhöht, weshalb er ihn eine mit zehn Milligramm dosierte Nifedipin-Kapsel unter die Zunge legen ließ, die sofort blutdrucksenkend wirkte. Danach versorgte er ihn mit Medikamenten für die folgenden Tage und riet ihm dringend, die Behandlung in Israel fortzusetzen. Nun wandte sich Dr. Arnold an mich, um mir die Ergebnisse zu erklären, da er wußte, daß ich sie Lasar ins Hebräische übersetzen konnte und er mich auch irgendwie für dessen Besuch verantwortlich hielt, denn auf seine Initiative war ich ja nach London gelangt.

»Ich habe nichts gemerkt. Ich habe wirklich nichts gemerkt und merke auch jetzt nichts«, entschuldigte sich Lasar eins ums andere Mal bei seiner Frau für den kleinen Zwischenfall, und dann bewunderte er die Kleine und versuchte, sich mit ihr anzufreunden. Wie ich mir gleich gedacht hatte, steckte sie nicht mehr in ihrer Trageschlinge, sondern lag gemütlich in den Armen der Frau, vor der ich plötzlich hätte auf die Knie fallen mögen, um sie um Verzeihung für mein Versagen anzuflehen. Lasar sah tatsächlich nicht krank aus. Und obwohl ich auch noch etwas hätte sagen können, um die Lage vom medizinischen Standpunkt zu erhellen, gestützt auf das bißchen, was ich von Dr. Arnolds Auswertung der EKG-Befunde verstanden hatte, beschloß ich, nicht noch mehr Verwirrung zu stiften, und überließ die beiden Sir Geoffreys Obhut, denn ich wußte ja, daß ich sie abends bei dem kleinen Empfang wiedertreffen würde, den das Krankenhaus für Lasar veranstaltete, damit er unserem Krankenhaus in Israel jüdische und nichtjüdische Freunde gewinnen konnte. Am Abend wirkte Lasar – frisch gewaschen und gekämmt im schwarzen Anzug mit roter Krawatte – wirklich gesund und kräftig. Er sprach schwungvoll über die Probleme unseres Tel Aviver Krankenhauses, in primitivem Englisch mit starkem, hebräischem Akzent, aber verblüffenderweise doch effizient, was mich wieder an unsere gemeinsame Indienreise erinnerte. Und Michaela neben mir lauschte ihm mit leicht spöttischem Lächeln, wobei sie diskret Schiva stillte, für die sich kein Babysitter gefunden hatte.

4.

Der Glasgow-Aufenthalt meiner Eltern, den meine Tante so herbeigesehnt hatte, litt ein wenig unter der schweren Erkältung meiner Mutter, die sich vermutlich ausgerechnet bei der Kleinen angesteckt hatte. Als mir mein Vater am Telefon von ihrer Erkrankung erzählte, erinnerte ich mich, daß Streptokokken von Säuglingen gefährliche Abszesse in den Kehlen Erwachsener auslösen können, und machte mir Vorwürfe, daß ich meine Mutter nicht gleich bei Schivas ersten Erkältungssymptomen vor zu engem Kontakt mit ihr gewarnt hatte. Zwar kümmerte sich meine Tante rührend um meine Mutter, und die beiden hatten Gelegenheit, Kindheitserinnerungen aufzufrischen, aber nun kam nur mein Vater in den Genuß des Ausflugs nach Nordschottland und zur Insel Skye, durchsstreifte mit meinem Onkel und meinem Cousin, der ebenfalls Arzt, aber noch ledig war, die herrliche, urwüchsige Landschaft, die er als gebürtiger Londoner nur bruchstückhaft und oberflächlich gekannt hatte. Wegen der Erkrankung meiner Mutter mußten meine Eltern ihren Aufenthalt in Glasgow um drei Tage verlängern, und als ich auf dem Bahnhof ihr blasses Gesicht sah und ihren trockenen Husten hörte, hielt ich es trotz der relativen Freiheit, die sie und mein Vater Michaela durch ihre Hilfe bei der Babypflege schenkten, für angezeigt, daß sie vorzeitig nach Israel zurückkehrten, denn die feuchte Londoner Luft tat ihnen nicht gut. Ich fuhr die beiden vom Bahnhof direkt zu ihrem Zimmer und trug ihnen den Koffer hinein, ohne zu ahnen, daß mich mit einem Schlag eine derart mächtige Woge der Sehnsucht nach dem, was hier vor einer Woche geschehen war, überrollen würde, daß ich nicht an mich halten konnte, sondern insgeheim, während meine Eltern noch ihre Kleidung aufhängten, auf ebender Route, die mir Dori so zielsicher gewiesen hatte, geradewegs ins Schlafzimmer schlich, wo noch immer jener gelbliche Lichtstrahl durch die freie Fensterecke einfiel, an der der Vorhang beiseite geschoben war. Erschrocken sah ich einen schönen großen Lederkoffer auf dem breiten Bett liegen und haargenau die Stelle meines Versagens bedecken, das mir jetzt, recht überlegt, nicht nur menschlich und daher verzeihlicher erschien, sondern sogar anziehend in seiner samtigen Weiche, derart, daß ich den sonderbaren Wunsch empfand, erneut so zu versagen. Ich hastete zu meinen Eltern zurück, die keineswegs glücklich über mein selbständiges Eindringen in die Intimsphäre unbekannter Hausbesitzer waren, die, soviel sie wußten, in ebendiesen Tagen heimkehren müßten. Sie sind schon zurück! hätte sich mir beinah ein sonderbarer Schrei entrungen, doch ich hielt an mich. »Aber was suchst du denn dort?« fragte meine Mutter höchst beunruhigt. »Ich sehe, du bist auch, als wir in Schottland waren, hier rumgelaufen.« Mit prüfendem Blick hatte sie meinen Besuch an den beiden Teetassen entdeckt, die ich für Dori und mich vorbereitet, aber zum Schluß doch nicht eingeschenkt hatte. Schon von Kindheit an hatte ich jeden Versuch aufgegeben, meiner Mutter etwas vorzulügen, zum einen, weil sie es verstand, auf geduldigen Umwegen die Wahrheit aufzudecken, zum anderen, weil ich immer wieder merkte, daß Lügen unweigerlich schwerer bestraft wurden als das Herausrücken mit der Wahrheit. Jetzt, da ich ohnehin keine Strafe zu erwarten hatte, begann ich ihnen der Reihe nach den Verlauf des Lasarschen Besuchs zu berichten. Ich schilderte den kleinen medizinischen Wirbel um Lasar, berichtete von dem Abend für die Freunde unseres Krankenhauses, der trotz Lasars primitiven Englisch erfolgreich verlaufen war, und schloß mit der Nachricht, daß ich, abgesehen von einem niedlichen Overall für Schiva, von ihm auch die Information erhalten hatte, er könne mir vielleicht etwas Unübliches besorgen – eine feste Halbtagsstelle als Narkosearzt.

»Narkosearzt?« fragte mein Vater leicht enttäuscht. »Nur Anästhesist?« »Ja«, bestätigte ich. »Nur Anästhesist.« Und warum nur eine halbe Stelle?« fragte er weiter in dem fordernden Ton, den er sich seit der Indienreise angewöhnt hatte, wenn die Rede auf Lasar kam. »Weil vorerst nicht mehr als eine halbe Stelle frei ist«, gab ich lächelnd zurück. »Dr. Nakasch geht zwar nächstes Jahr in Pension, aber nicht ich soll in den Genuß der frei werdenden Stelle kommen.« »Dr. Nakasch geht schon in Pension?« staunten meine Eltern, die ihn noch von der Hochzeit in guter Erinnerung hatten. Auch ich war überrascht gewesen, als ich von seinem Ausscheiden erfuhr. Seine recht dunkle Haut und die frische Glätte seines Gesichts hatten uns über sein wahres Alter hinweggetäuscht. »Aber warum mußtest du denn Lasar und seine Frau in unser Zimmer holen?« Meine Mutter ließ sich nicht von unserem ursprünglichen Gesprächsthema abbringen. Ich senkte ein wenig den Kopf, damit sie mir nicht in die Augen sehen konnte, und sagte: »Nicht beide, sondern nur seine Frau. Ganz einfach, Lasar mußte medizinisches Gerät prüfen, das Sir Geoffrey unserem Krankenhaus angeboten hatte, und damit seine Frau sich nicht langweilte, habe ich ihr das Baby im Hort gezeigt, danach das Krankenhaus und die nähere Umgebung, und dann dachte ich, sie sollte sich auch dieses hervorragende Zimmer ansehen, das Michaela für euch gefunden hat. Vielleicht haben die beiden mal Lust, es für längere Zeit zu mieten.« Aber da hätte ich mich umsonst bemüht, meinten meine Eltern, die schon wußten, daß im Sommer neue Bewohner ins Haus ziehen würden, die gewiß alle Räume selbst nutzten. »Dann habe ich sie halt ein bißchen irregeführt«, sagte ich und zog die grüne Strickjacke an, die mein Vater mir als Andenken von der Insel Skye mitgebracht hatte – zum erstenmal in meinem Leben hatte er mir allein ein Geschenk gemacht. Meine Mutter schwieg. Meine Erklärung für den Besuch von Lasars Frau in ihrem Zimmer erschien ihr zwar nicht überzeugend, aber was konnte sie sich denn sonst schon vorstellen? Ihre Lebenserfahrung war nicht reich und vor allem nicht pikant genug, als daß sie die unmögliche Wahrheit hätte erraten können. Deshalb ließ sie ab. Erschöpft und traurig saß sie da, hustete von Zeit zu Zeit. Ihr Husten gefiel mir nicht, aber da ich mich noch nie getraut hatte, ihr mit dem Stethoskop Herz oder Lungen abzuhören, konnte ich nur hoffen, daß die süßen Sirups, die mein Arztcousin ihr gegeben hatte, Linderung bringen würden.

Aber sie brachten keine Linderung, und so hütete sie sich in der letzten Woche ihres London-Aufenthalts, das Baby auf den Arm zu nehmen, was sie sehr traurig stimmte, denn die Kleine hatte sichtlich ihr Herz erobert, und das nicht nur, weil sie ihre Enkelin war. Michaela merkte, wie meine Mutter litt, und versuchte ihre Bedenken zu zerstreuen. »Nimm sie ruhig«, redete sie ihr zu, »die kannst du mit nichts anstecken. Sie ist gesund wie ein Bär«, aber entgegen ihrem sehnlichen Wunsch den süßen »Bären« in den Armen zu wiegen, hütete sie sich, in Schivas Nähe zu kommen, und legte sie nur manchmal meinem Vater in die Arme, der die Kleine mit scherzhaft warnendem Blick ansah. Uns allen tat es von Herzen leid, daß meine Mutter auf diese Weise den schönen Englandbesuch beenden sollte. Zur Entschädigung bestand Michaela darauf, meine Eltern einige Tage vor der Abreise zu einer indischen Nacht einzuladen. Stephanie erbot sich als Sonderbabysitterin, und ich wurde aufgefordert, mir rechtzeitig einen ganzen Tag Urlaub zu sichern, denn unsere Nacht begann schon beim ersten Dämmerschein mit einem kompletten Essen in einem exquisiten, keineswegs billigen indischen Restaurant, und im weiteren Verlauf des Abends sollten wir die Aufführung einer Wandertruppe von Musikanten, Sängern, Tänzern, Geschichtenerzählern und Akrobaten besuchen, die aus ganz Indien zusammengesucht und vom Pariser Théâtre du Soleil nach Europa gebracht worden waren, das es sich zum Ziel gesetzt hatte, die notleidende Kunst der dritten Welt zu unterstützen. Michaela sah diesem Abend mit großer Spannung entgegen, nicht nur in Vorfreude auf das zu erwartende Vergnügen, sondern vor allem aus Neugier, wie wir drei wohl auf das Ganze reagieren würden. Da sie sich vom ersten Tag unseres Kennenlernens als Missionarin für Indien in der »nichtindischen« Welt präsentiert hatte, fühlte sie sich auch für das Programm verantwortlich, das sie für uns ausgesucht hatte – wieder ein teures Vergnügen, weil im Eintrittspreis auch ein Spendenbetrag enthalten war. Doch in finanzieller Hinsicht konnte man ihr nichts vorwerfen, denn der ganze Abend ging »auf ihre Rechnung«, das heißt auf Rechnung des Geburtsgelds, das zum Schluß tatsächlich vom Gesundheitsministerium eingetroffen und derart großzügig bemessen war, daß man meinen konnte, der britische Staat wolle Hausgeburten bewußt fördern.

Daher zeigte ich mich ebenfalls großzügig und bestellte vor dem Essen für uns alle Aperitifs »auf Kosten« des Hebammenhonorars, das ich eingespart hatte, und zum Essen selbst noch eine Flasche säuerlichen Wein. Daran hatte ich gut getan, denn der leicht benebelte Zustand, in dem wir die Vorstellung erreichten, verhalf uns zu einem tiefergehenden Verständnis von Dingen, die auf den ersten Blick – bei allem guten Willen, Michaela nicht zu kränken – äußerst primitiv wirkten. Das fing schon bei der Eröffnungsnummer an: ein halbnackter Fakir mit langem, glänzendschwarzem Haar, das ihm fast bis ans Herz reichte, trat aus den Reihen des Publikums hervor, durchmaß in ernster Versonnenheit langsam die große Lagerhalle im alten Londoner Hafen, die für diese Vorstellung zum Veranstaltungssaal umfunktioniert worden war, und stieg auf die riesige, leere Bühne, die nun langsam von dunstigem Morgenlicht in indischen Tönungen, wie ich sie tatsächlich in Erinnerung hatte, erfüllt wurde. Dort öffnete er einen kleinen Wasserhahn und wusch sich in tiefer Stille lange und mit größter Konzentration Hände, Füße und Gesicht. Und während er dann vor der unsichtbaren Sonne mit Yoga-Übungen begann, zogen einer nach dem anderen kleine Künstlertrupps ein, jeweils in Stil und Farbe anders gekleidet, in den Händen volkstümliche Musikinstrumente ihrer Heimat. Jede Truppe bestand aus Erwachsenen und Kindern verschiedener Altersstufen, die in dem uns ausgehändigten Programmheft bescheiden als »Schüler« bezeichnet wurden und trotz teilweise erstaunlichem Tanz- und Spieltalent die ganze Aufführung über mit ängstlicher Aufmerksamkeit den diskreten, aber klaren Einsatzzeichen der erwachsenen Künstler folgten. Obwohl jeder Trupp seine eigene Auftrittszeit hatte und sie auch alle getrennt saßen, jeder für sich auf verschiedenen Ebenen der riesigen Bühne, die die Landkarte Indiens symbolisieren sollte, unterhielten sie den ganzen Abend über doch einen besonderen Dialog untereinander. Waren zum Beispiel die Sänger einer Truppe in ihren Gesang vertieft, kam plötzlich, ohne Vorwarnung, ein Junge aus einer Gruppe von Akrobaten hervorgeschossen, vollführte zwei, drei Minuten lang seine tollkühnen Sprünge und Wellen, bis er zu einem vielarmigen Gliederknoten, ähnlich dem Figürchen neben Michaelas Bett, oder einem längst ausgestorbenen Urtier erstarrte, sich schließlich wieder löste und still an seinen Platz zurückging. Oder der alte Zauberer erhob sich mitten im Tanz dreier kleiner Mädchen von seinem hohen Podium in der Tiefe der Bühne, ließ einen neuen Zauber steigen und sank wieder auf seinem Sitz zusammen. Man merkte, daß bei der Regieführung eine westliche Hand mitgemischt hatte, in dem Bestreben, eine bedeutsame Spannung zwischen primitiven Elementen zu schaffen, die sich wegen ihrer Stärke und Eigenart nicht so leicht verbinden ließen.

Und gerade die Primitivität dieser Truppen, die sich bei den schlichten Bewegungen der Tänzer ebenso zeigte wie bei den Musikinstrumenten – beispielsweise zwei einfache Holzstücke, die mit ungeheurer Geschwindigkeit aufeinandergeschlagen wurden, oder Schellenketten um die Fesseln, die bei jeder Fußbewegung einen besonderen Klang abgaben, ja sogar der Tülle eines zerbrochenen Tonkrugs ließ sich ein Ton entsaugen, der an nahendes Donnergrollen erinnerte –, gerade diese Primitivität war es, die bei Michaela einen Sturm der Gefühle auslöste. Sie hatte ein stärker bearbeitetes Programm erwartet, ausgefeilt und angepaßt an die »Beschränkungen« des westlichen Geistes, und nun traf sie hier im grauen London plötzlich wieder auf völlig authentische Künstlertruppen, wie sie sie natürlich sehr gut von Kalkuttas dunklen Seitengassen oder dem Bombayer Bahnhof in Erinnerung hatte. Ihre Wangen glühten, und in ihren Riesenaugen glänzten Tränen, als habe sie etwas Hochgeschätztes und

Intimes wiedererkannt, dem sie einst tief verbunden gewesen war, aber schon nicht mehr zu begegnen geglaubt hatte, obwohl ihr Herz noch immer nicht darauf verzichten wollte. Ich merkte, daß sie vor lauter Begeisterung ab und zu die Konzentration verlor und ihre Augen von der Bühne zu uns anderen schweifen ließ, um an unseren Reaktionen abzulesen, ob bei uns auch die richtige Seele zum Leben erwachte. Und mir scheint, wir bestanden den Test – nicht nur ich, für den die indischen Tänzer und Musikanten gewissermaßen den langsamen, unmerklichen Prozeß des Sich-Verliebens nachzeichneten, den ich im Winter zuvor durchgemacht hatte, nein, sogar mein Vater, von dem meine Mutter und ich befürchtet hatten, ihm könnte bei einer Aufführung ohne klare Handlung irgendwann der Geduldsfaden reißen, steckte voll gespannter Erregung, vermutlich wegen des leisen, aber klaren und rührenden Dialogs, der zwischen »Schülern« und »Lehrern« auf der Bühne stattfand, angefangen mit den ersten akrobatischen Übungen einer beleibten indischen Dörflerin, die selber flinke Sprünge vollführte, um dann ein kleines Mädchen und schließlich auch einen etwas größeren Jungen hüpfen zu lassen, der zu den atemberaubendsten und riskantesten Tricks bereit war, und endend mit einer bildhübschen großen Inderin im schimmernden Sari, die mit wachsender Eindringlichkeit eine lange, aufregende Geschichte erzählte, bei der es laut Programmbeilage um Kämpfe zwischen den Göttern ging. Als dann am Ende der Aufführung die weißhaarige Pariser Regisseurin die Kinder aus dem Publikum einlud, hinaufzukommen und sich den tanzenden und spielenden Künstlern anzuschließen, füllte sich die Bühne auf einen Schlag mit britischen Kindern, Blond- und Rotschöpfen zumeist, die mit solch verblüffendem Geschick die indischen Bewegungen nachahmten, daß man hätte meinen können, Seelen seien in den Saal gewandert und hätten sich des Publikums bemächtigt, das sich nun zu tosendem Applaus erhob.

Selbst mein ewig schüchterner Vater klatschte begeistert mit und stupste Michaela leicht an, der wahrhaftig Tränen aus den Augen rannen, auch vor Triumph, daß es ihr gelungen war, verstockte Herzen wie meines und das meiner Eltern für die indische Seinserfahrung zu öffnen, denn sie war ja nach wie vor entschlossen, für einige Zeit auf den Subkontinent zurückzukehren, und fürchtete vor allem, daß mich womöglich nichts mehr zur Rückkehr dorthin motivieren könnte, weil ich ja schon dort gewesen »zu sein schien« und das indische Prinzip erfaßt zu haben glaubte. Unablässig wiederholte sie mit völligem Ernst die Wendung »Es scheint dir so«, als hätte meine Indienreise gar nicht wirklich stattgefunden, als wäre ich nicht gegen Abend im Boot auf den Ganges hinausgefahren, um den Totenverbrennungen an den Ghats von Varanasi zuzusehen, als hätte ich nicht den Tempel in Buddh Gaya betreten und nicht in dem dunklen, morschen Kino in Kalkutta gesessen. Nein, all das galt nichts in ihren Augen, weil alles nur dem einen Ziel gedient hatte, Enat wieder gesund zu machen und den Lasars zu gefallen. Solange ich nicht um meiner selbst willen nach Indien gefahren sei, das heißt zu dem Versuch, meine Seele zu reinigen, die wie alle Seelen der Reinigung bedürfe, sei es, als wäre ich nie dagewesen. Zwar hatte ich ihr nach meinem Heiratsantrag vor dem großen Spiegel in der Raststätte auf dem Weg zum Flughafen mein Versprechen gegeben, ihr nicht im Weg zu stehen, falls sie eines Tages zu einer weiteren »Indienrunde« aufbrechen wollte. Aber jetzt fürchtete sie den Widerstand meiner Eltern, gerade weil sie ihr nun, da sie sie näher kennengelernt hatte, sehr lieb geworden waren. Sie wollte nicht, daß sie ihr wegen einer erneuten Reise, mit oder ohne Baby, böse wurden, und deshalb war es ihr wichtig, daß ich, wenigstens für einige Zeit, mitkam, vielleicht sogar im Rahmen der »Gehsteigärzte« oder der »Ärzte der Vergessenen«, wie die Franzosen sagen, und dadurch meinen Eltern gegenüber auch die Verantwortung für die Reise übernahm. Auf den ersten Blick schien es sonderbar, daß eine selbständige, emanzipierte Frau wie Michaela, die seit langem nur noch lose Beziehungen zu ihren Eltern unterhielt, sich Gedanken darüber machte, wie sie meinen Eltern Ärger und Sorge ersparen könnte, aber ich hatte schon die besonderen Bande erkannt, die sich zwischen ihr und meinen Eltern entspannen, vor allem zu meiner Mutter, die ihre Schwiegertochter wohl gerade deswegen unter ihre warmen Fittiche nehmen wollte, weil sie meine kühle Beziehung zu ihr spürte – so sehr ich mich auch immer bemühte, nicht nur freundlich und aufmerksam zu sein, sondern zudem alle meine wirklichen und vermeintlichen Pflichten zu erfüllen.

Denn gerade am Tag des mißglückten Liebesspiels auf der Blumendecke im Licht des schwachen Sonnenstrahls, der neben dem beiseite gezogenen Vorhang einfiel, hatte ich es doch, als ich mit Schiva auf dem Arm niedergeschlagen nach Hause kam – erregt wegen meines Versagens und besorgt über Lasars kleine Herzstörung –, für meine Pflicht gehalten, Michaela für die begangene Untreue zu entschädigen – und sei es nur vor mir selbst. Daher war ich, sobald ich ihr meinen Tagesablauf erzählt hatte, während sie auf dem Sessel saß und gemächlich die wieder ruhig gewordene Kleine stillte, spontan vor ihr niedergekniet und hatte den Kopf zwischen ihre starken, glatten Beine gelegt, um sie mit heißen Küssen zu verwöhnen – nicht nur auf die Innenseiten ihrer Schenkel, sondern auch auf die feinen, zarten, leicht geöffneten Lippen ihrer Scheide, die ich seit dem Vernähen des Dammschnitts mehr als sechs Wochen zuvor nicht mehr angerührt hatte. Mit Lippen und Zunge fühlte ich nun meine geübten Stiche. Michaela war derart überrascht von dieser koordinierten Berührung ihrer Brustwarzen durch die saugende Kleine und ihrer Schamteile durch mich, daß sie in tiefes Stöhnen verfiel und laute Wonneschreie ausstieß, die meiner Mutter, wären sie ihr zu Ohren gekommen, gewiß einen Teil ihrer Sorge über die Schwäche meiner Liebe zu meiner Frau genommen hätten.

Als wir dann mit Gefühlsausbrüchen, die wenig zum englischen Wesen meiner Eltern und erst recht nicht auf einen Londoner Flughafen paßten, von ihnen Abschied nahmen und meine Mutter trotz ihres immer noch nicht überstandenen Hustens einwilligte, die Kleine zu küssen, die wir mitgenommen hatten, um meinen Eltern die Minuten des Abschieds von England zu versüßen, nutzte meine Mutter ein momentanes Abflauen der Erregung, um mich in einen Winkel beiseite zu nehmen, ihre geliebte Schwiegertochter vor mir zu loben und mich zu warnen, sie nicht zuviel allein umherstreifen zu lassen, da sie sich sonst an eine Art Freiheit gewöhnen würde, die sie, wenn wir nach Beendigung des Fortbildungsjahrs zurückkämen, in Israel kaum finden würde. »Ich habe nichts dagegen, wenn ihr eine neue Rundfahrt durch Indien unternehmen wollt, zumal Michaela nun auch unseren Respekt für diesen großen Subkontinent verstärkt hat«, fuhr meine Mutter in ihrer klaren Denkweise fort, »aber jetzt dorthin zu fahren, wäre unverantwortlich riskant für das Baby, das noch viel zu klein ist, um gegen die furchtbaren Krankheiten geimpft zu werden, von denen du ja selbst einiges gesehen hast. Wartet ein paar Jahre, bis Schivi größer ist, und wenn du deinen Posten im Krankenhaus dann völlig sicher hast, kannst du beruhigt unbezahlten Urlaub nehmen und nicht bloß als Tourist, sondern auch als Arzt nach Indien fahren und dich dort nützlich machen. Wer weiß, vielleicht kommen Vater und ich euch dann wieder besuchen.«

Mit diesem wunderbaren Versprechen verließen uns meine Eltern, und auf dem Rückweg vom Flughafen, als Michaela fuhr und ich, das Baby auf dem Bauch, neben ihr saß, waren wir beide unerwartet traurig über ihre Abreise, als würde es uns nun schwerfallen, ohne sie zurückzubleiben. Aber während ich noch sicher war, sie in vier Monaten in Israel wiederzusehen, hoffte Michaela insgeheim, wir würden unseren Englandaufenthalt um mindestens ein Jahr verlängern. Nicht nur, weil die starke indische Präsenz, die sie in einigen Londoner Stadtvierteln entdeckt hatte, ihre Sehnsucht nach der Quelle etwas linderte, sondern auch, weil sie meinte, der fehlende Oberschulabschluß sei in England weniger hinderlich als in Israel. In London kam niemand auf die Idee, etwas von ihr zu fordern. Im Gegenteil, ihre Position hatte sich hier gefestigt. Jugendfreunde aus Israel, die eine Woche in London verbringen wollten, riefen sie noch vom Flughafen an, um von ihr Tips einzuholen, wie man Dinge fand, von denen reguläre Touristen nicht einmal ahnten, daß es sie gab. Manchmal wurden die Mittellosen unter ihnen eingeladen, ein oder zwei Nächte bei uns in der Wohnung zu schlafen, bis sie eine passende Unterkunft fanden. Und da ich nachts im Krankenhaus arbeitete und vor Sonnenaufgang zurückkehrte, störte es mich nicht, im Wohnzimmer eine zusammengekuschelte Gestalt zu entdecken, die bei meinem Erwachen mitten am Tag spurlos verschwunden sein würde. Einmal erzählte mir Michaela zu meiner Verblüffung, eine der vermummten Gestalten, die ich in der Nacht angetroffen hatte, sei Enat Lasar höchstpersönlich gewesen, die auf dem Weg in die Vereinigten Staaten einen Tag Zwischenaufenthalt in London gehabt habe. »Aber wieso hast du mich denn nicht geweckt, als sie wegging, damit ich ihr wenigstens Schalom sagen konnte?« rief ich ärgerlich überrascht. Doch Michaela wunderte sich. »Tut mir leid«, sagte sie entschuldigend. »Ich habe nie gedacht, daß dich Enat interessieren könnte oder daß du bei ihrer Behandlung in Indien eine echte Bindung zu ihr aufgebaut hättest. Außerdem war ich sicher, die Mühe, die du dir mit ihren Eltern gemacht hast, würde schon mehr als reichen, um deine Karriere im Krankenhaus zu fördern.« Natürlich machte ich sofort eine zornige Miene und protestierte gegen die unschöne Bemerkung, doch es beruhigte mich auch zu hören, daß Michaela keine geheimen Vermutungen über meine Gefühle für Lasars Frau hegte, obwohl sie in Kreisen verkehrte, die sich »Verliebtheiten wider alle Regeln« erlaubten und sie auch etwas über die unmögliche Verliebtheit hätten lehren können, die immer noch das Gemüt ihres Mannes erfüllte. Aber nein, Michaela war gegen die Lasars, weil sie jetzt von allem abrückte, was mit unserer möglichen Rückkehr nach Israel zusammenhing. »Was eilt's uns denn mit der Rückkehr?« fragte sie mich immer wieder. Israel laufe ja niemandem weg, und wenn wir noch ein Jahr dranhängten, könnte ich unterdessen reiche chirurgische Erfahrungen sammeln, die, wenn nicht Chischin, so vielleicht den Chirurgiechef eines anderen Krankenhauses überzeugen würden. »Wir fühlen uns doch wohl hier in London«, wiederholte sie immer aufs neue, wobei ihre großen, wie zwei blaue Laternen leuchtenden Augen mich flehentlich anhimmelten. »Uns erwartet keiner dort in Israel, außer deinen Eltern und ein bißchen auch meinen, und nächste Weihnachten könnten wir sie alle besuchen fahren.« Aber ich wußte im Herzen, daß es ein anderes Wesen gab, das wegen meines Versagens versöhnt werden mußte.

Daher bestand ich darauf, daß wir zum festgesetzten Zeitpunkt, also zu Herbstbeginn, zurückfuhren, trotz Michaelas guten und richtigen Argumenten, die sogar die Unterstützung von Sir Geoffrey fanden, der mich umzustimmen versuchte, noch ein Jahr länger zu bleiben. Eine nette Freundschaft hatte sich zwischen ihm und Michaela entsponnen, deren riesige Augen ihn immer noch begeisterten. Stets fand er Zeit, sie während ihrer Arbeit in der kleinen Krankenhauskapelle zu besuchen. Er setzte sich dann neben den Altar, auf dem unser Baby festgebunden war, und plauderte mit Michaela – über Israel, Indien oder die ganze Welt. Obwohl Michaelas Englisch der einfachsten grammatikalischen Grundregeln ermangelte, hatte sie eine gute Auffassungsgabe für idiomatische Wendungen, die sie nun gewandt in ihren Redestrom einfließen ließ, was ihr allgemeines Lob für ihre reiche englische Ausdrucksweise einbrachte. Manchmal schoß mir die Frage durch den Kopf, ob die geistigen Beziehungen zwischen ihr und Sir Geoffrey nicht auch anderweitigen Ausdruck suchten – aber dieser komische Gedanke kam mir wohl nur, weil ich ein Gegengewicht zu meiner begangenen und künftigen Untreue suchte. Wenn ich vor Sonnenaufgang aus dem Krankenhaus zurückkam, bildete ich mir gelegentlich ein, Sir Geoffreys Geruch in der Wohnung zu wittern. Aber was diesen Geruch genau ausmachte, konnte ich nicht sagen, außer daß es der typische Klinikgeruch war, den ich selbst am Körper und in der Seele trug. Jedenfalls schrieb Sir Geoffrey, nachdem er seine Versuche, mich zum Bleiben für ein weiteres Jahr zu überreden, aufgegeben hatte, an Lasar mit der Bitte, ihm an meiner Stelle einen andern Arzt zu schicken.

Doch Lasars Antwort ließ auf sich warten, weshalb Sir Geoffrey anrief, aber auch in seinem Büro war er nicht zu erreichen. Schließlich rief Lasar zurück, bestätigte alles, was es zu bestätigen galt, und erzählte Sir Geoffrey beiläufig, er werde sich demnächst einer Herzkatheterisierung unterziehen. Das sagte er keineswegs, um zu klagen oder Mitleid zu erregen, was gar nicht seine Art gewesen wäre, sondern nur, um ihm mitzuteilen, daß der zufällige EKG-Befund in London nicht fehlerhaft gewesen war. Das heißt, eigentlich wollte Lasar aus der Ferne klarstellen, daß die alten Geräte im Londoner Krankenhaus noch intakt seien und er infolge dieser ersten Feststellung versteckter Herzrhythmusstörungen nun in Israel einen Belastungstest mit allen Begleituntersuchungen habe machen lassen, deren schlechte Ergebnisse die Ärzte veranlaßt hätten, eine Katheterisierung zu empfehlen, obwohl Lasar nicht über Brustschmerzen geklagt hatte.

Aber Sir Geoffrey freute sich nicht zu erfahren, daß das alte EKG-Gerät seines Krankenhauses richtig angezeigt hatte. Er hätte lieber das Gegenteil gehört und erzählte mir von Lasars bevorstehender Katheterisierung mit einer bedenklichen Miene, die sofort neue Ängste bei mir weckte. Wenn wir auch alle wußten, daß Katheterisierungen und sogar Bypass-Operationen inzwischen so alltäglich geworden waren, daß Chischin, der kein Herzchirurg war, sie verächtlich abtat, blieb doch zu bedenken, daß die koronare Herzkrankheit hier offenbar mit gelegentlichen Herzrhythmusstörungen einherging, was den ganzen Fall erheblich komplizierte. Ich versuchte mich zu erinnern, ob Dr. Arnold von Kammer- oder Vorhofflimmern gesprochen hatte. Kammerflimmern wäre gewiß schlimmer. Du Spinner, schimpfte ich mich selber, da ich hier aus Tausenden Kilometer Entfernung versuchte, eine Herzdiagnose für einen Krankenhausdirektor zu stellen, der von den größten Kapazitäten umgeben war und gewiß nicht die zusätzliche Meinung eines jungen Assistenten mit äußerst dürftiger kardiologischer Erfahrung brauchte. Aber vielleicht löste der Gedanke, daß das verdachterregende EKG gerade vorgenommen worden war, als ich ihn ein oder zwei Kilometer entfernt auf einer herrlichen Blumendecke betrogen hatte, dieses angstvolle Schuldbewußtsein aus, als hätte mein Tun auf mysteriöse Weise sein Herz zum Flimmern gebracht, während es ihm umgekehrt gelungen wäre, mich versagen zu machen. Derlei Gedanken mochten für einen jungen Mann angehen, der sich in Abenteuer der Sorte stürzt, von der in Romanen erzählt wird, aber bei mir blieben sie nicht im Gedankenbereich. Ich ergriff die Initiative und rief von einem öffentlichen Telefon Lasars Büro an, um zu hören, wie es ihm ging und wie die Katheterisierung verlaufen war. Lasars treue Sekretärin klang tief gerührt über meine Nachfrage und versuchte, sie kurz und bündig zu beantworten, um meinen Geldbeutel zu schonen. Die Ärzte glaubten nicht, daß es sich um eine simple koronare Herzkrankheit handele, aber man werde erst klüger sein, wenn die Ergebnisse der Katheterisierung vorlägen. Das Schlimme sei, daß zu viele Ärzte, Freunde und Bekannte sich mit Ratschlägen einmischten, klagte die Sekretärin, und deshalb sei es gut, daß nun Professor Chischin die Sache in die Hand nehme. »Aber wieso das denn?« rief ich protestierend. »Er ist doch kein Herzchirurg!« »Na und?« gab sie zurück. »Er wird nicht selbst operieren, aber er wird entscheiden, wer es tut, und den Betreffenden natürlich während der Operation überwachen.«

Dieser Bericht aus Tel Aviv, der mich hatte beruhigen sollen, verstärkte nur noch meine Erregung. Ich sage »Erregung« und nicht »Angst«, denn was gab es schon zu befürchten? Wenn es um eine Bypass-Operation ging – mit ein, zwei oder drei oder auch noch mehr Bypässen –, war das doch eine Routineangelegenheit, bei der die Sterblichkeitsrate für einen Menschen vom allgemeinen Gesundheitszustand Lasars, der noch nie einen Herzinfarkt erlitten hatte, vermutlich unter einem Prozent lag, wenn er in gute Hände kam. Daher beruhte meine innere Erregung nicht auf ärztlicher, sondern moralischer Sorge. Und da uns jetzt nur noch ein Monat bis zu unserer Rückkehr nach Israel blieb und Sir Geoffrey sowieso demonstrativ gefordert hatte, ich sollte die letzten zwei Wochen als den mir zustehenden Urlaub nehmen, beschloß ich, vorsichtig bei Michaela vorzufühlen, ob wir unseren Rückflug nicht zwei Wochen vorverlegen könnten, damit ich bei Lasars Operation dabeisein konnte. Zuerst traute sie ihren Ohren nicht und forderte mich wieder und wieder auf, mein Verlangen zu begründen. Sie, die mich dauernd bestürmt hatte, unseren Aufenthalt in England zu verlängern, und sei es nur um einen Monat, stand jetzt verblüfft dem neuen Ansuchen gegenüber, unsere Rückkehr vorzuverlegen. Zum erstenmal seit unserer Hochzeit im glutheißen Jerusalemer Sommer des Vorjahres gerieten wir in eine Auseinandersetzung, die sich beinah zu einer echten Krise ausgewachsen hätte. Denn obwohl die sofort ausbrechende Debatte in ironisch kühlem Ton geführt wurde, verlief sie doch scharf, fast rabiat. Gerade weil unsere sexuelle Beziehung schon seit geraumer Zeit ziemlich abgekühlt war, versuchten wir – im Gegensatz zu glühend verliebten Paaren – nicht, uns im Bett aneinander zu rächen. Nein, das nicht. Frei von sexuell bedingter Aggressivität und Abrechnerei führten wir eine Diskussion, die einem Außenstehenden ruhig und kultiviert, wenn auch sehr eindringlich, hätte erscheinen können. Ich versuchte nicht, Michaela anzulügen und einen anderen Grund für unsere Rückkehr nach Israel vorzuschützen, sondern redete offenherzig über meine Sorge um Lasar und mein Bedürfnis, ihm und seiner Frau bei der Operation zur Seite zu stehen. Doch da ich noch immer nicht – nicht einmal mir selbst – die wahre, tiefe Quelle meiner Angst und Erregung eingestehen konnte, mußte ich, um Michaela zu überzeugen, einen Teil meiner unmöglichen Liebe zu seiner Frau auf Lasar selbst übertragen, als wäre er noch während der Indienreise ein geliebter Freund oder gar eine Art zweiter Vater für mich geworden, dem ich beistehen müßte. »Meinst du wirklich, es fehlt ihm dort an menschlichem Beistand, so daß du schwanzwedelnd wie ein kleiner Hund aus England angerannt kommen mußt?« fragte Michaela bitter und kniff die großen Augen zusammen, als sähe sie schon von weitem einen elenden kleinen Köter durchs Krankenhaustor laufen. »Du hast recht«, gab ich ehrlich zu. »Es fehlt ihm dort nicht an Menschen. Aber wie soll ich's dir erklären? Ich fahre nicht seinetwegen, sondern meinetwegen.« Zum Schluß wurde sie es leid, gegen nebulöse Wünsche und unklare Argumente anzukämpfen, und unterbrach unser Wortgefecht mit einem überraschenden Vorschlag. Wenn es mich denn derart verlange, bei seiner Operation dabeizusein, sollte ich halt allein fahren, und sie komme nach, zum ursprünglich geplanten Zeitpunkt oder vielleicht auch später – warum nicht? Ein unvertraut pfiffiges Lächeln erstrahlte plötzlich auf ihrem Gesicht, während die Augen sich wieder freudig weiteten – wenn ich mir erlaubte, zwei Wochen abzuknapsen, könnte sie sich nach derselben Logik und den Regeln der Gerechtigkeit und Gleichheit erlauben, zwei Wochen anzuhängen. »Und das Baby?« fragte ich sofort. »Was wird mit Schivi?« »Das Baby?« wiederholte sie versonnen, das pfiffige Lächeln noch immer im Gesicht. »Schivi wird vielleicht die einzige sein, die am ursprünglich vereinbarten Termin zurückkehrt. Wir werden sie zwischen uns aufteilen, so ist es tatsächlich gerechter. Ich werde schon jemanden finden, der sie nach Israel mitnimmt, und du hast genug Zeit, alles zu regeln, damit du sie dann aufnehmen kannst, oder du läßt sie ein bißchen bei deiner Mutter, um mir auch mal das Vergnügen zu gönnen, ganz allein zu sein.«

Und so geschah es. Erst nachdem ich den Flugtermin um zwei Wochen vorverlegt hatte und von der Frau im Reisebüro gewarnt worden war, ich könnte es mir nun aber nicht mehr anders überlegen, denn die Flüge Anfang September seien bereits alle ausgebucht, kam ich richtig zu mir und fragte mich: Warum tue ich das? Als merkte ich erst jetzt, wie angenehm mild London war und wie es vor sympathischen Touristen wimmelte. Ja es wurde mir auch nun erst richtig bewußt, daß ich vor lauter Eifer, in der Notaufnahme anfallende Operationen an betrunkenen Engländern zu ergattern, die sich kaputtgefahren hatten, oder an farbigen Asiaten, die ausgerechnet nachts krank werden mußten, nur wenig von dieser großen Stadt und ihrem reichen Kulturangebot genossen hatte. Theaterkarten waren zwar meist zu teuer für uns, aber es fehlte nicht an anderen interessanten Veranstaltungen, wie etwa Vorträgen von berühmten Leuten, darunter zu meiner größten Überraschung sogar Stephen W. Hawking höchstpersönlich, der zwei Tage vor meiner Abreise einen öffentlichen Frage- und Antwortabend über seine kosmologische Theorie im Barbican Arts Centre halten sollte. Trotz der sicheren Annahme, daß der Saal überfüllt sein würde, wollte ich versuchen, mich mit hineinzudrängeln, als Entschädigung für die vorzeitige Rückkehr, die ich mir in einem unkontrollierbaren Drang auferlegt hatte, als würde bei Lasars Operation etwas Wichtiges passieren – oder als könnte ich bei einem Blick in sein Körperinneres etwas über mich selbst entdecken. Ich bot Michaela an, samt Baby zu dem Vortrag mitzukommen, obwohl die Kleine in der letzten Woche ziemlich unruhig gewesen war, als wirke die ungewohnte Spannung zwischen ihrer Mutter und mir auf ihre Stimmung ein. Aber Michaela interessierte sich für den Kosmos nur in gefühlsmäßiger, nicht wissenschaftlicher Hinsicht, und da am selben Abend ihr Stadtteilchor probte, schlug sie vor, ich solle das Baby zum Vortrag mitnehmen, in der Annahme, die höflichen Engländer würden jemandem mit Baby, zumal einem Mann, einen Sitzplatz anbieten. Tatsächlich half mir Schiva, die ich in ihrer Tragschlinge vor den Bauch geschnallt trug, einen Sitzplatz in dem Saal zu finden, der zwar gestopft voll, aber nicht so hoffnungslos überfüllt war, wie ich gedacht hatte.

Schivi blieb fast den ganzen Abend ruhig. Da sie sonst viel mit Michaela zusammen war, die überall mit ihr herumlief, betrachtete sie sich vielleicht als Teil von ihr, während ich für sie ein eigenständiges Wesen war, das ihr Interesse erregte und in dessen Armen sie auch Ruhe finden konnte. Es lag also nicht an ihr, daß ich diesen Frage- und Antwortabend so frustrierend fand. Richtig, es gab gestandene Astrophysiker im Saal, aber es waren auch interessierte Leser der *Kurzen Geschichte der Zeit* gekommen, für die dieser öffentliche Abend eigentlich gedacht war. Doch die außerirdische, abgehackte Stimme Professor Hawkings, der in seinem Rollstuhl saß und den Sprachsynthesizer betätigte, wollte sich mir nicht so leicht entschlüsseln wie den gebürtigen Engländern im Saal. Das gute Ohr für die englische Sprache, das ich von jeher – und erst recht nach einem einjährigen London-Aufenthalt – zu haben glaubte, versagte jetzt zu meiner größten Enttäuschung. Aber vielleicht war es nicht nur das akustische Problem, das mich den Abend nicht recht genießen ließ, sondern auch die Tatsache, daß die Fragen und Antworten merkwürdigerweise in allgemein leichtherziger und humorvoller Atmosphäre verliefen, gespickt mit Wortspielen und feinsinnigen Hintergründigkeiten, als hätten sich das ganze Universum samt seinen Schwarzen Löchern, der Urknall, mit dem alles angefangen hat, und der endgültige Kollaps, mit dem vielleicht alles aufhören wird, einschließlich der erregenden Frage, ob Gott überhaupt eine Wahl hatte, als er dieses Universum schuf, ob es ihn also überhaupt gibt – kurz, als hätten sich all diese Theorien, in die ich mich vertieft hatte, als ich an jenem strengen Wintertag im Pyjama in meiner alten Tel Aviver Wohnung saß und auf den Anruf der Großmutter wartete, hier an diesem klaren Sommerabend in London in kurzweiligen Vergnügungsstoff für die sonst so steifen Engländer verwandelt, die neben mir saßen und dem Baby auf meinem Schoß wohlwollende Blicke zuwarfen. Möglicherweise hielten mich auch meine ernste, stürmisch erregte Stimmung wegen Lasars bevorstehender Herzoperation und die Feindseligkeit, die Michaela mir neuerdings entgegenbrachte, davon ab, mich gemütlich im Sitz zurückzulehnen und ebenfalls ein Lächeln zu versuchen. Und als dann Schivi, nachdem sie lange still an meinem Bauch gelegen hatte, plötzlich laut losheulte, was aus irgendeinem Grund große Heiterheit im Publikum auslöste – ja sogar Hawking selber zu einer witzigen Bemerkung veranlaßte –, konnte ich nur noch aufspringen und hastig den Saal verlassen, ohne es gewagt zu haben, auch nur eine einzige noch so schüchterne Frage über den Geist, der das Universum schrumpfen läßt, zu stellen, und auch ohne jeden Versuch, ein paar grundlegende Dinge zu begreifen, die im dunkeln geblieben waren.

So verließ ich denn London, trotz der reichen chirurgischen Erfahrung, die ich im St.-Bernadine-Hospital gesammelt hatte, recht niedergeschlagen, zumal auch noch der unerwartete Schmerz über die Trennung von der Kleinen dazukam. Allerdings war schon abgesprochen, daß ich in zwei Wochen am Flughafen Lud sein würde, vermutlich mit meinen Eltern, um Schivi in Empfang zu nehmen, denn zwei englische Freundinnen Michaelas hatten sich gern bereit erklärt, sie bei ihrem Israelflug mitzubringen, und in rund einem Monat würde ich erneut zum Flughafen fahren, um Michaela abzuholen. Mich erwartete dort mein Freund Amnon, der die ganze Zeit in unserer Wohnung gelebt hatte. Sobald er von meiner vorzeitigen Rückkehr hörte, hatte er darauf bestanden, den Lieferwagen der Firma, bei der er Nachtwache hielt, auszuleihen, um mir beim Transport der Koffer und des sonstigen Gepäcks, beispielsweise des Kinderbetts, zu helfen. Ich freute mich sehr, ihn wiederzusehen, obwohl ich feststellen mußte, daß er im Verlauf des Jahres dicker geworden war, sich das Haar hatte wachsen lassen und ziemlich schlampig gekleidet herumlief. Er wunderte sich, mich mit Sakko und Krawatte zu sehen, als hätte ich die spätsommerliche Hitze vergessen, und während er mein Gepäck auf den alten Lieferwagen lud, merkte ich, daß er sich einen neuen Sprachstil zugelegt hatte, nihilistisch und ein wenig zynisch – ausgerechnet er, der sich unter allen meinen Freunden immer durch seine lautere, arglose Seele ausgezeichnet hatte. Als wir uns dann auf dem Weg vom Flughafen langsam durch die Staus der Tel Aviver Stadtautobahn schoben, die mich sehnsüchtig an mein nicht mehr vorhandenes Motorrad denken ließen, konnte ich mich deshalb nicht enthalten, ihn erbarmungslos über den Stand seiner Doktorarbeit auszufragen. Wie sich herausstellte, hatte er während meiner Abwesenheit das Thema ein wenig geändert, beziehungsweise in eine etwas philosophischere Richtung erweitert, weshalb man ihm einen zusätzlichen Doktorvater zugeteilt hatte, der am wissenschaftsphilosophischen Institut lehrte. Ja, die konfusen Ideen, die ich ihm auf der Rückfahrt von Ejals Hochzeit mitten in der

Nacht referiert hatte, schwirrten ihm immer noch im Kopf herum und ließen ihn nicht los. »Du wirst es nicht glauben – ich denke immer noch an deine abstrusen Ideen und versuche was draus zu machen«, sagte er lächelnd, aber auch irgendwie leicht vorwurfsvoll. Selbstverständlich denke er nicht als Humanist, sondern als exakter Wissenschaftler darüber nach und versuche, ihnen wissenschaftlich fundierte Bedeutung abzugewinnen. Ich erzählte ihm von dem Abend mit Hawking, und er lauschte begierig jeder Einzelheit und brach auch in schallendes Gelächter aus, als ich ihm ein, zwei witzige Bemerkungen wiedergab, die ich hatte aufschnappen können. Wieder fragte er mich nach dem Grund für meine vorzeitige Rückkehr. Wegen seiner großen Zuneigung zu Michaela begriff er nicht, wie ich sie hatte allein lassen können. »Habt ihr euch vielleicht gestritten?« fragte er halb besorgt, halb hoffnungsvoll. Als er meine Erklärung hörte, schien er nicht überrascht, sondern verstand meinen Schritt so, wie ich ihn allgemein verstanden wissen wollte – auf rein menschlicher Basis. »Schön von dir, daß du dich so sehr um deinen Lasar sorgst«, sagte er mit Ernst oder giftigem Zynismus. »Wenn du so weitermachst, wirst du eines Tages noch selbst Krankenhausdirektor.«

Die Wohnung war nicht, wie befürchtet, verlottert, aber – da Amnon sich die Freiheit herausgenommen hatte, die Möbel der beiden Zimmer auszutauschen – in ihrem Stil verändert. Das breite Bett der Großmutter, auf dem ich mit Dori geschlafen hatte, stand jetzt mitten im Wohnzimmer, mit derselben braunen Tagesdecke darauf. Amnon hatte entdeckt, daß man aus dieser Lage bei einiger Anstrengung hinter dem Tel Aviver Dächergewirr den wunderbaren Streifen Meer sehen konnte, dessen Anblick beim Zubettgehen einem den Schlaf versüßte. Ich war gezwungen, eine Woche mit ihm zusammenzuwohnen, bis er sich in seiner neuen Unterkunft eingerichtet hatte, aber da er nachts arbeitete, sahen wir uns kaum, denn nach einem kurzen Zweckbesuch bei meinen Eltern, bei dem ich den alten Wagen meines Vaters bekam, verbrachte ich die meiste Zeit im Krankenhaus, um schließlich als Teilnehmer oder Beobachter bei Lasars Herzoperation dabeisein zu dürfen. Das war mein heimliches Ziel, und deswegen suchte ich zunächst Dr. Nakasch auf, um erste Einzelheiten zu erfahren, bevor ich Chischin oder Lasar selber traf. Wie ich erfuhr, wußte Nakasch noch gar nicht, ob er der leitende Narkosearzt bei der Operation sein sollte, deren Stab Professor Chischin gerade zusammenstellte. Das Krankenhaus hatte zwar eine Station für Herzchirurgie, geleitet von Dr. Granoth, einem Mann um die Vierzig, der als fähig und integer galt und erst kürzlich von einem längeren Fortbildungsaufenthalt in den Vereinigten Staaten zurückgekehrt war, aber Chischin und wohl auch Levin, sahen in ihm nicht den idealen Mann für Lasars Operation. Vielleicht fürchteten sie, wenn er den Bypass legen würde, könnte ihm das eine besondere Nähe zum Direktor verschaffen und damit die Exklusivität ihrer tiefen Freundschaft beeinträchtigen. Deswegen beschlossen sie, aus einem der großen Jerusalemer Krankenhäuser einen engen Freund ihres Jahrgangs und früheren Studienkollegen – Professor Adler, den Bypass-Künstler – hinzuzuziehen, damit er den Eingriff unter ihrer Aufsicht vornahm. Anfangs sträubte sich Lasar gegen die Absicht, einen auswärtigen Chirurgen für ihn zu holen, denn das käme ja praktisch einem Mißtrauensvotum gegen den leitenden Herzchirurgen seines Krankenhauses gleich. Doch Chischin und Levin, die insgeheim in trauter Einmütigkeit zusammenwirkten, wußten die Operation geschickt hinauszuzögern, bis Dr. Granot zu einer Konferenz nach Europa fuhr, so daß dann in seiner Abwesenheit der Jerusalemer Freund geholt werden konnte.

Da die Operation der Station für Herzchirurgie »gestohlen« und Chischins Allgemeiner Chirurgie übertragen worden war, mußte man auch ein anderes Operationsteam zusammenstellen, bei dem Chischin und Levin trotz ihrer leitenden Stellung gewillt waren, an der Seite ihres Jerusalemer Freunds die Aufgaben von einfachen Chirurgen oder gar Assistenzärzten zu versehen. Selbstverständlich wollte Chischin, daß Nakasch die Narkose übernahm, aber da Lasar demonstrativ erklärte, man dürfe den regulären Anästhesisten der Herzchirurgie, Dr. Jarden, nicht vor den Kopf stoßen, wurde er neben Nakasch hinzugezogen, ohne daß eine Rangordnung festgesetzt war. Allerdings erhielt Nakasch das Recht, sich einen weiteren Assistenten zu wählen. Genau darauf hatte ich gehofft. Es war am sechsten Tag nach meiner Rückkehr ins Land. Bisher war ich Chischin aus dem Weg gegangen und hatte auch Lasar nicht aufgesucht, der ohnehin nicht in seinem Büro war, weil er der dringenden Anweisung seiner beiden Freunde Folge leistete, sich vor der Operation ein paar Tage zu Hause auszuruhen. Seit meiner Rückkehr war ich nur um Dr. Nakasch herumgeschlichen, offiziell in meiner Eigenschaft als künftiger Mitarbeiter der Anästhesie, vor allem aber, um ihn zu überreden, mich als Assistenten für Lasars Operation auszuwählen. Doch Nakasch, der mein fachliches Können durchaus kannte und schätzte, lehnte unvermittelt ab. »Warum sollten Sie?« fragte er in seiner ruhigen, trockenen Art. »Wir werden dort ohnehin zu zweit sein, es bliebe Ihnen also nicht viel zu tun. Und Sie sind doch ein bißchen mit Lasar befreundet. Was wollen Sie da neben ihm stehen, wenn ihm der Brustkorb aufgesägt wird?« Doch ich ließ nicht locker. Auch Chischin und Levin seien ja wirkliche Freunde und wollten trotzdem während der Operation nicht nur bei Lasar stehen, sondern auch noch aktiv am Aufschneiden und Vernähen mitwirken. Und wir müßten uns doch alle darin üben, in jeder Lage und bei jedem Patienten Kaltblütigkeit zu bewahren. Dr. Nakasch hörte zu, wobei seine kleinen kohlschwarzen Augen in dem dunklen, fast kahlen Schädel funkelten und er sich mit seiner rötlichen Zunge ein wenig die Lippen leckte, wie immer, wenn er sich schwer entscheiden konnte. Er zögerte, gerade weil er mich wirklich mochte, wenn auch auf seine distanzierte, zurückhaltende Art. Einerseits wollte er mir nicht mit einer Operation weh tun, bei der mein Wohltäter aufgeschnitten wurde, aber da er andererseits sah, daß ich trotzdem sehnlich auf meinem Wunsch beharrte, wollte er ihn mir auch erfüllen. Daher beschloß er, den Rat Chischins einzuholen, der sofort sagte:

»Warum nicht? Was kann Benji da schon kaputtmachen? Im Gegenteil, sind wir halt alle um Lasar herum, alte und neue Freunde, dann wird's auch lustiger.«

Vielleicht projizierte ich nur meine eigene fieberhafte Erregung in die Seelen anderer, aber mit dem Näherrücken des Operationstermins, zehn Tage nach meiner Rückkehr aus England, packte mich das Gefühl, das ganze Krankenhaus sei in Hochspannung geraten. Möglicherweise hatte ich mich nach einem Jahr langer, geruhsamer Nächte in dem uralten Londoner Hospital einfach noch nicht wieder an israelische Hektik und Spannung gewöhnt. Denn Eingriffe dieser Art waren in den letzten Jahren doch schon Routinesache in den Krankenhäusern geworden. Jede Woche wurden mindestens zehn Patienten Bypässe oder künstliche Herzklappen eingesetzt, und hinzu kam die Korrektur angeborener Herzfehler bei Säuglingen und Frühgeborenen. Trotzdem schien es, daß gerade die Verwaltungsangestellten, die mehr als das medizinische Personal in alltäglicher Berührung mit dem Direktionssektor standen und den eigentlichen »Geist« des Krankenhauses ausmachten, auf ihre laienhaftere Art am ehesten das Gerücht von dem Eingriff verbreiteten und dabei die Sorge und Spannung anheizten. Auch die Tatsache, daß die Operation der Herzchirurgie »gestohlen« und der Allgemeinen Chirurgie übertragen worden war, steuerte hinter den Kulissen einiges zur Dramatisierung bei, so daß letzten Endes sogar Professor Chischin angesteckt wurde und die Operation für die ruhigeren Nachmittags- und frühen Abendstunden ansetzte, damit er und Levin in der nachoperativen Erholungsphase auf der Intensivstation für ihren Freund bereitstehen konnten. Am Vorabend des Operationstags beschloß ich, bei der Verwaltung vorbeizugehen und Lasars netter Sekretärin guten Tag zu sagen, die ich seit meiner Rückkehr nicht aufgesucht hatte. Der Verwaltungsflügel lag schon weitgehend menschenleer und im Dunkeln. Nur sie arbeitete noch in Lasars Vorzimmer weiter. Als sie mich in der Tür stehen sah, stieß sie einen Freudenschrei aus, sprang auf und streckte mir mit sanfter Geste das etwas welke Gesicht entgegen, bereit, einen Begrüßungskuß zu erhalten, aber auch zu geben. Ohne Zögern umarmte und küßte ich sie wärmstens und setzte mich dann, um ein bißchen zu plaudern. Zuerst wollte sie ein Bild von dem Baby sehen und einiges über England hören, aber ich lenkte das Gespräch bald auf Lasar, der zu meiner Überraschung mit seinen zwei Assistenten im Zimmer nebenan saß, um noch letzte Dinge zu regeln, bevor er sein Patientenbett belegte, was noch am selben Abend geschehen sollte. Sie war angesichts der bevorstehenden Operation ihres Chefs ebenso wie ich von fieberhafter Erregung und Sorge gepackt, was mir sehr guttat, da ich mich mit meinem Empfinden nun nicht mehr allein fühlte. Plötzlich sagte sie: »Gehen Sie ihm wenigstens mal guten Tag sagen.« Ich fuhr zusammen. »Warum jetzt stören?« fragte ich, aber die Sekretärin blieb stur, klopfte leicht an die Trennwand, öffnete und sagte: »Dr. Rubin ist aus England zurück und möchte Ihnen vor der Operation guten Tag sagen.« Lasar saß mit seinen Assistenten am großen Tisch. Offenbar war es ihm in der Zwischenzeit nicht gelungen abzunehmen, und er wirkte ein bißchen blaß. Sofort winkte er mich mit schneller, freundlicher Geste heran und sagte verwundert: »Sie hätten doch erst am Fünfzehnten zurück sein sollen, warum haben Sie ihre Ankunft vorverlegt?« Ich war derart verblüfft zu sehen, daß in seinem Direktorenhirn sogar in dieser Situation Platz für das Datum war, an dem ein vorübergehend beschäftigter Assistenzarzt wie ich aus England zurückkehren sollte, daß ich nicht so schnell eine Lüge parat hatte, sondern knallrot wurde und die mit unkontrollierter Wucht aus mir hervorbrechende Wahrheit stammelte: »Ich wollte einfach hiersein, wenn Sie operiert werden. Und morgen assistiere ich Dr. Nakasch bei der Narkose.« Jetzt hatte ich sogar den nie Überraschten überrascht. »Sie sind extra für meine Operation gekommen?« Er wandte sich erstaunt seinen Assistenten zu, die ebenfalls verdutzt über die überschwengliche Sorge waren, die ich an den Tag legte. Dann sagte er, wieder gefaßt: »Ich sehe, sämtliche Ärzte des Krankenhauses wollen meinen abgeschlafften Leib feiern. Schade, daß die Operation nicht auf der Bühne der großen Aula stattfindet.« Damit brach er in schallendes Gelächter aus, in das auch die beiden Assistenten und ich einfielen, nur die Sekretärin wahrte ihr stilles, etwas mysteriöses Lächeln. Aber es blieb keine Zeit für weitere Späße. Lasar winkte mir bereits zum Abschied, und ich verließ das Zimmer, doch bevor ich ganz wegging, erkundigte ich mich noch bei der Sekretärin, was Dori zu der bevorstehenden Operation gesagt hatte. Wie erwartet, war sie nervöser und verwirrter als ihr Mann. Bald würde sie kommen, um die erste Nacht im Krankenhaus bei ihm in dem dazu bereitgestellten Privatzimmer zu verbringen. Der Gedanke, daß sie nicht einmal nachts in ihrer eigenen Wohnung allein im Bett bleiben konnte, löste eine Welle wohligen Mitgefühls in mir aus, aufgrund dessen ich es anfangs sogar wagen wollte, hier im Büro auf meine Geliebte zu warten, doch ich fürchtete, wenn sie den Grund für meine vorzeitige Rückkehr aus England erfuhr, könnte sie Dr. Chischin bitten, meine Teilnahme an der Operation ihres Mannes abzusagen, und deshalb machte ich mich davon – aber nicht gänzlich. In der Tiefe eines Seitenkorridors blieb ich verborgen in der zunehmenden Dunkelheit sitzen, um auf den nahenden Klang ihrer festen, sicheren Schritte zu horchen.

Während der sechsstündigen Operation saß sie im Büro ihres Mannes, gemeinsam mit ihrem Sohn, und die ganze Zeit über war die treue Sekretärin, Frau Kolby, bemüht, die Gäste mit Essen und Getränken zu versorgen. Auch die Großmutter hatte nicht darauf verzichtet, aus dem Altersheim zu kommen, um bei der Familie zu sein und etwas von ihrem natürlichen Optimismus und ihrer reichen Lebenserfahrung abzugeben. Chischin und Levin kamen höchstpersönlich, um Lasar um zwei Uhr nachmittags von der Station in den Operationstrakt hinunterzubringen, und schienen ihre Aufgabe als einfache Krankenträger zu genießen. Obwohl Lasar durch Narkotika und Beruhigungsmittel schon ziemlich benommen war, mußte er mit mattem Lächeln die Witze und Bemerkungen parieren, mit denen Chischin ihn unablässig überschüttete. Professor Levin dagegen wirkte ernst und feierlich. Womöglich braute sich still in seinem Innern bereits der nächste psychotische Ausbruch zusammen, der ihn von seinem unterdrückten Zorn und Ärger erlösen würde. Da der OP bei Eingriffen dieser Art mit Apparaten vollgestellt war, wurde der »Start« in die Herzoperation in einem kleinen Narkosevorraum eingeleitet, in dem Dr. Nakasch und Dr. Jarden bereits auf den Krankenhausdirektor warteten und auch ich in einer Ecke stand. Ja, mir war schon klar, daß mein fester Platz bei dieser Operation in einem fernen Eckchen sein würde, denn neben den beiden Technikern, die die Herz-Lungen-Maschine bedienten, drei Pflegern und Schwestern sowie Professor Adler selbst, der immer noch am Wasserhahn stand und sich wieder und wieder mit zwanghafter Gründlichkeit die Hände wusch, würden auch Levin und Chischin mit Argusaugen jeden Handgriff überwachen. Da diese Art Operation präzise Abstimmung zwischen Chirurg und Anästhesisten erforderte, hatten letztere Anweisung erhalten, den »Flug« nach erfolgtem »Start« mit Hilfe eines Fentanyl-Tropfs aufrechzuerhalten, eines schnell wirkenden Narkotikums, das eine präzise Steuerung der Betäubung ermöglicht, im Gegensatz zu Narkosegasen, deren Wirkung allgemeiner und unberechenbarer ist. Nakasch hatte mir diese Planänderung noch erklären können, bevor Lasar gebracht wurde, doch in dem Moment, als man sein Bett hereinrollte, bemerkte ich ein bei Nakasch nie gekanntes Phänomen – ein leichtes Zittern seiner Hände. Nachdem er begonnen hatte, seine vorbereiteten Cocktails in die beiden Venenkanülen am Handgelenk zu injizieren, und es Zeit war, den Beatmungstubus des Respirators in die Lungen einzuführen, sah ich, daß dieser denkbar sorgfältige und geübte Anästhesist plötzlich die genaue Stelle verfehlte, so daß der schon stark benommene, aber noch nicht voll betäubte Lasar unter Nakaschs sehr dunkler Hand ein wenig zappelte, als wolle er sie beißen. Nakasch wurde ganz bleich und mußte gegen Lasars Gesicht Gewalt anwenden, um die Kontrolle wiederzugewinnen. Dann stellte sich heraus, daß der Tubus zu tief saß, und deshalb nur eine Lunge beatmete, so daß er entsprechend adjustiert werden mußte, damit er an den Teilungspunkt zu sitzen kam und beiden Lungen gleichmäßig versorgte. Im Gegensatz zu Nakasch, dessen untypische Aufregung meine Angst steigerte, arbeitete der zweite Anästhesist, der in Herzoperationen erfahrene Dr. Jarden, mit mustergültiger, fachmännischer Ruhe. Er beugte sich sofort über Lasars rechtes Bein, um eine Injektionskanüle für weitere schnelle Blut- oder Flüssigkeitszufuhr zu setzten, für den Fall, daß bei der Operation etwas schiefging. Jetzt wurden mit einem Mal vor den Augen aller im Zimmer Stehenden Lasars Schamteile entblößt. Ich senkte respektvoll den Kopf, ließ die Augen jedoch nicht ganz von dem großen Penis des Direktors, der in innerer Gelassenheit ruhte, ohne zu ahnen, daß einer der Anwesenden es wagte, sich im Namen einer unmöglichen Verliebtheit mit ihm zu messen. Nachdem Dr. Jarden die Körpergegend mit Betadin gesäubert hatte, führte er den langen, dünnen Katheterschlauch in den Penis ein und breitete dann ein steriles blaues Tuch über die Leistengegend, um sie vor der großen Kanüle zu schützen, die am Oberschenkel für eventuelle Notinfusionen in die Femoralisvene gesetzt wurde.

Ich hatte gar nicht gewußt, daß Anästhesisten und Chirurgen sich bei komplizierten Eingriffen an verschiedenen Körperstellen Notöffnungen für die Zufuhr von Medikamenten und Flüssigkeit schaffen. Nakasch, wieder völlig gefaßt, ging daran, an der Halsvene einen getrennten Zugang zur rechten Herzvorkammer anzulegen. Chischin beobachtete all diese Vorbereitungen höchst interessiert, erbot sich auch zögernd, selbst Hand anzulegen, aber Nakasch, der nach dem leichten Fehlgriff mit dem Beatmungstubus seine Ehre wiederherstellen mußte, wollte es sich nicht nehmen lassen, seine sterilen blauen Tücher über die Brust des Patienten zu breiten, der bereits unter der Beatmungsmaske lag, und die Kanüle schnell und effizient in die Vene zu schieben. Er warf die blutverschmierten Handschuhe in den Eimer und bedeutete Chischin und Levin, die ihn gebannt wie zwei Erstsemesterstudenten anstarrten, Lasar könne nun in den eigentlichen Operationssaal verlegt werden. »Kommen Sie her, Benji, und halten Sie den Ballon«, rief Nakasch mir zu, wie man einem Kind ruft, dem man Beschäftigung geben will, wohl nicht nur, um zu zeigen, daß er mich nicht vergessen hatte, sondern auch, um vor dem zweiten Anästhesisten meine Anwesenheit zu rechtfertigen. Sofort begann ich, hinter dem von Raum zu Raum rollenden Bett herzugehen und dabei den blauen Ballon in Intervallen zwischen den Händen zu drücken, um Sauerstoff in Lasars Lungen zu pumpen, bis er an den Hauptrespirator neben dem Operationstisch angeschlossen wurde. An diesem Tisch erwartete ihn bereits, in einen sterilen Spezialoverall gekleidet, der »ideale« Chirurg Professor Adler, ein Mann von kleiner Statur, am Kopf die Stirnlampe mit schwarzem Kabel, deren spezieller Lichtstrahl seinen Augen half, die wiederum hinter einer Brille mit überlangen, feinen Teleskopen steckten. Vielleicht weil Adlers besondere Spezialität die Korrektur angeborener Herzfehler bei Frühgeborenen war, was im Slang des Teestubentratsches im Operationstrakt als das »Penthaus« der Herzchirurgie galt, zeigte sogar ein so arroganter Chirurg wie Chischin Ehrfurcht vor diesem subtilsten aller Handwerke, das sich anmaßte, die Fehler und Schlampereien des Weltenschöpfers zu korrigieren. Doch jetzt lag weder Frühchen noch Säugling vor Professor Adler, sondern ein starker, gestandener Mann, der Verwaltungsdirektor dieses Krankenhauses, der der längst zur Routinesache avancierten Einsetzung dreier gewöhnlicher Bypässe – zweier venöser und eines an der linken Brustschlagader – bedurfte, weshalb Chischin, der offenbar auch die Aufgabe der OP-Schwester übernommen hatte, nun höchstperönlich den nackten Körper seines Freundes mit fast dotterhaft sämigem Betadin einrieb, um die hier äußerst notwendige Sterilität noch einmal zu verstärken, bevor Adler den langen Beinschnitt setzte, um die Vene zu entnehmen, die – in Änderung ihrer Bestimmung und in mehrere Stücke zerteilt – zur Lieferantin der Bypässe werden würde.

Professor Chischin, der stolze Patron, schien wundersamerweiser nicht nur bereit, sondern geradezu froh, als gehorsamer Chirurgieassistent seinem Jerusalemer Freund zur

Hand zu gehen, den er und Levin mit seinem Kosenamen Buma anredeten. Nur schien dieser Buma wenig froh über seine beiden Professorenfreunde, die ihm willig zu Befehl standen. Er wirkte etwas gestreßt durch das gedrängte Arbeitspensum, das man ihm hier aufzwang. Auf seiner Jerusalemer Station betrat nämlich ein Meisterchirurg seines Kalibers erst zwei oder drei Stunden nach Operationsbeginn den OP, nachdem Kollegen und Assistenten schon intensive Vorarbeit geleistet hatten, die er an einem eigens in seinem Zimmer installierten Fernsehschirm verfolgen und überwachen konnte. Ging er dann in den Operationssaal hinunter, um sich selbst über den Patienten zu beugen, fand er den Brustkorb schon fertig aufgesägt, die Brusthöhle weit geöffnet, die innere Brustschlagader im unteren Teil durchtrennt und abgeklemmt und sogar die künftig zur Arterie bestimmte Vene in voller Gänze in ihrer Weichlösung schwimmen, bereit für den Schnitt. Deshalb blieb einem Chefoperateur wie ihm nur noch überlassen, die Aorta an der Wurzel abzuklemmen, zwei Saugschläuche an die untere Hohlvene anzuschließen, die Schläuche dann mit der Herz-Lungen-Maschine zu verbinden, »Bypass an« zu sagen und die beiden Techniker vorzuwarnen, gleich bereit zu sein, den gesamten Blutkreislauf durch die Räder ihrer Maschine zu treiben, damit er selbst alsbald das stille, feuchte Herz anpacken konnte, mit dem sich nun tun ließ, was immer er begehrte. Doch hier mußte er sich mit der Vorbereitungsarbeit abgeben, die er zweifellos auf das perfekteste beherrschte, aber schon lange nicht mehr getan hatte. Chischin, dessen eingedenk, versuchte die ganze Zeit zu witzeln, um seinem Freund die Zeit zu verkürzen, damit er sich nicht ausgenutzt fühlte. Ob er wohl von der Familie Lasar ein Extrahonorar erhält? fragte ich mich, oder wird er letzten Endes wie ich auf sein Honorar verzichten, um in den Genuß anderer Vergünstigungen zu kommen? Darauf konnte ich keine Antwort erhalten und gewiß nicht von Professor Levin, der als typischer Internist einen mehr spirituellen Standort, bei den Anästhesisten, eingenommen hatte, die Lasar einen Tüllvorhang vors Gesicht gezogen, seine Augen mit Heftpflaster verschlossen und seinen Hals in eine stabile Lage gebracht hatten, damit nicht die kleinste Regung kam, als sie jetzt schrittweise den Blutdruck absenkten und für einen sehr tiefen, gleichmäßigen Schlaf sorgten, besonders für den schmerzhaftesten Moment dieses ganzen Eingriffs – den Augenblick, in dem der Brustkorb mittels einer elektrischen Säge geöffnet wurde, die der Jerusalemer Großmeister mit ungeheurer Sicherheit und solch verblüffendem Tempo führte, daß Chischin nicht umhinkonnte, einen kurzen, generösen Schrei der Bewunderung für seinen alten Freund auszustoßen, der das mit einem leisen Lächeln erwiderte, während er sich weiter vorbeugte, um in das ausdruckslose Gesicht Lasars zu blicken, dem – nach den stabilen Kurven und Zahlen zu urteilen, die rings um uns von den Monitoren flimmerten – selbst dieses furchtbare Sägen nicht auf den schlummernden Geist gegangen war.

Obwohl ich nahe bei Professor Levin stand, übersah er mich geflissentlich, als sei ich seit meiner Weigerung, mich von ihm dessentwegen, was in Indien geschehen war, erneut »prüfen« zu lassen, moralisch abgeschrieben. Doch da ich wußte, daß er bei all seinen Macken und Fehlern immer noch einer der tiefstblickenden Ärzte des Krankenhauses war, verfolgte ich weiter sein Mienenspiel, das seltsam ernst und besorgt wirkte, als befürchte er Schlimmes. Rührt all diese Sorge nur daher, daß er als Internist schon lange nicht mehr gewohnt ist, in Operationssälen herumzustehen? fragte ich mich. Oder ist es nur die private Sorge um das Schicksal seines nächsten psychisch bedingten Urlaubs, den er bereits im Innern anvisiert und den sein Freund Lasar ihm nach dem Aufwachen wird bewilligen müssen? Aber das lag noch fern. Jetzt nämlich begannen die beiden Anästhesisten, Dr. Nakasch und Dr. Jarden, die eine gemeinsame Sprache gefunden hatten, den zweiten, nunmehr wahrhaft außerirdischen »Start« einzuleiten: nicht mehr die Trennung von Körper und Geist, sondern die Trennung des Körpers von sich selbst und seine Übergabe an die Maschine mit ihren fünf Pumpen und glänzenden Messingrädern. Die zwei Techniker von dunklem Typ, die alle Schläuche richtig angeschlossen und die Maschine bisher nur mit Wasser betrieben hatten, schienen begierig, von dem Chefchirurgen – der jetzt hinter seiner Maske und Teleskopbrille Anweisungen zu murmeln begann, die die beiden laut wiederholten – Lasars gesamten Blutkreislauf auf die Räder ihrer Maschine zu bekommen, um daran die Funktionen von Herz und Lunge zu übernehmen: ansaugen, reinigen, mit Sauerstoff versorgen und in der richtigen Menge wieder in den Körper zurückpumpen, unter Einsatz von Kardioplegie zur künstlichen Ruhigstellung des Herzens. In diesem Moment sah ich, daß Levin den Blick zu dem in der Zimmerecke an der Decke hängenden Monitor hob, um Lasars Blutdruckamplitude als gleichbleibend flache horizontale Linie zu sehen, wobei die systolischen und diastolischen Werte dank des gleichmäßigen, leisen Arbeitens der Maschine einander glichen. Nun hatte ich das Empfinden, meinen stürmischen Geist nicht länger kontrollieren zu können. Kaum wie ein erfahrener Assistenzarzt, sondern eher als neugieriger junger Eleve tappte ich zu Chischin hinüber, der bereits Lasars Bein fertig vernäht hatte und jetzt, auf einem kleinen Podest stehend, mit Genuß die flinke Implantationsarbeit beobachtete, offenbar hoch zufrieden mit dem reibungslosen Fortgang der Dinge, und ich fragte ihn, ob auch ich neben ihm das Handwerk des Großmeisters verfolgen dürfe, um etwas dazuzulernen, denn wer wußte besser als Chischin, daß sich auch dann, wenn ich selbst aus der Chirurgie vertrieben und in die Anästhesie verbannt war, mein wahres Verlangen doch ewig unverwandt darauf richten würde, meine Hand in den menschlichen Körper zu stecken. »Gewiß doch«, antwortete er sofort freundlich und machte bereitwillig Platz, um auch mir einen guten Aussichtspunkt einzuräumen. Und nun sah ich mitten in dem Stahlrahmen, der die klaffende Brust wie ein aufgeschlagenes Buch offenhielt, Lasars stillstehendes Herz, und der Schmerz darüber, wie unmöglich meine Verliebtheit angesichts der ruhenden Liebe dieses starken Herzens war, versetzte mir einen Stich.

5.

Sehr nahe und trotzdem fern steht ein sonnenbraunes Figürchen auf dem Nachttisch neben unserem Bett. Können wir ihm mit Beschwerden kommen? Nichts weiter als ein lebloser Klumpen Ton ist es, der Natur selbst entrissen, ohne Willen und Ziel, sich seiner detailliert ausgearbeiteten menschlichen Gestalt nicht bewußt. Schließlich kann die schwungvoll entgegengestreckte kleine Tonhand uns nicht anfassen, ist sogar unfähig, sich zu senken. Und trotz des feinen, mysteriösen Lächelns, das – dem Lächeln der Jaconda gleich – auf dem Gesicht der Figur liegt, ist ihre Drohung nur die, die wir auf uns selbst projizieren, jetzt in der Tiefe der Nacht, da wir uns lange zwischen den kratzigen Laken wälzen. Denn die Figur des intim nahen Todes braucht ja nicht anders zu sein als beispielsweise die Brille oder der Geldbeutel oder sogar die daneben liegenden Schlüssel. Und trotzdem tastet unsere Hand im Finstern der Nacht nach ihr, um sie an ihrer zarten Gurgel zu packen und im Dunkeln zu erwürgen, denn bei Tageslicht könnten uns der Ausdruck des rötlich lackierten Gesichts und die ästhetisch erstarrte Bewegung der fein geformten Gliedmaßen abhalten, die uns fälschlich suggerieren, sie hätte Leben und Seele. Und dann, in der Dunkelheit, hören wir den Klang des Falls, weil unsere tastende Hand danebengegriffen hat, und während wir uns noch aus dem Bett bemühen und niederknien, um nach den Scherben zu tasten, – erschüttert ein jäher, aber absoluter Schmerz unseren Brustkorb und schlägt das Herz mit einem Streich, damit wir wissen, daß der Tod tatsächlich zu uns gekommen ist und nicht zu den am Boden zerstreut liegenden Tonscherben.

Jetzt, als Lasars »Weltraumflug« begann – ganz und gar gesteuert von den flinken dunklen Technikern an der modernen Herz-Lungen-Maschine, letztere bereits mit zahlreichen blutdurchströmten großen und kleinen Plastikschläuchen angeschlossen, die sich über den Operationstisch schlängelten und aus dem quadratischen Stahlrahmen des Retraktors, der den Brustkorb nach und nach wie ein Buch öffnete, das Blut ansaugten und wieder zurückfließen ließen –, jetzt konnte Nakasch seinen Posten an Lasars Kopf aufgeben und den Saal verlassen, um sich aus seiner Thermosflasche eine Tasse starken Kaffee einzuschenken. Zwar hätte ich auch gern etwas von dem vorzüglichen Kaffee getrunken, den seine Frau ihm jeden Morgen kochte, aber ich konnte mich noch nicht vom Fleck lösen, obwohl Dr. Jardens Aufsicht über die Narkose des Patienten völlig ausreichte, zumal das Beatmungsgerät stillstand, denn nicht nur Lasars Herz, auch seine Lungen waren gelähmt, und die Zufuhr gereinigten und mit Sauerstoff angereicherten Bluts in Körper und Gehirn erfolgte im richtigen Rhythmus, das Tempo ständig nach den Anweisungen des Operateurs reguliert, der über die Schulter wechselnde Befehle rief, worauf die Techniker sie wie eine angespannte Geschützbesatzung wiederholten, um sicherzugehen, daß kein fatales Mißverständnis eintrat. Das Blut in den Schläuchen floß frei, ohne zu stocken, denn der ständige Heparin-Tropf neutralisierte die natürlichen Gerinnungsfaktoren. Der Leiter des technischen Teams erklärte mir gern, wie er den ihm anvertrauten Kreislauf verwöhnte, ihn nach Bedarf erwärmte oder abkühlte, als handelte es sich um ein eigenes empfindsames und wissendes Organ, das man auch mit einer alkalischen Lauge beruhigen mußte, um die starke Säure zu neutralisieren, die infolge des Traumas bei der jähen Umlenkung von der Wärme des menschlichen Körpers in die Bewegung der fremden Maschine entstand. Als Dr. Jarden merkte, daß Nakasch länger ausblieb, zog er eine Zigarettenschachtel aus der Kitteltasche und bedeutete mir höflich, an das stumme Narkosegerät zu kommen, das eigentlich keinen Anästhesisten brauchte, sondern nun ein Paar Augen, um den kontrollierten Tropf von Biatril und Curare zu überwachen, die für anhaltende Muskelentspannung und Schmerzneutralisierung sorgten. Auch Levin verließ für einige Zeit den Saal, und am Operationstisch selbst standen wir drei Ärzte, Professor Adler, Professor Chischin und ich, der ich mir nun zwei Fußschemel übereinanderstellte, um von oben über das Netz, das Lasars Kopf abschirmte, hinwegsehen und aus gutem Blickwinkel genau die Implantation der Bypässe beobachten zu können, die jetzt unter Professor Adlers Händen zügig fortschritt, assistiert von Chischin, der in doppelter Rolle fungierte – als Schüler, der seinem Jerusalemer Freund vor allem technische Fragen stellte, und als großzügiger Lehrer mir gegenüber, da das wißbegierige Funkeln meiner Augen ihn immer noch, wie in den Tagen meiner Arbeit neben ihm, dazu animierte, mir brillante kleine Details klinischer Diagnose oder anatomischer Beobachtungen weiterzugeben, damit Lasars Operation, bei der Chischin nicht wirklich begriff, warum ich daran teilnahm, wenigstens meine Erfahrung und Weisheit als Arzt bereicherte.

Bevor ich in jener Nacht in meinem Bett den Kopf im Kissen vergrub, um Schlaf zu suchen, ließ ich die sechsstündige Operation wieder vor meinem geistigen Auge ablaufen – Lasars entblößte Schamteile, das sichtbar zwischen den Wänden der offenen Brust ruhende Herz, das frei durch Dutzende sich ringsum schlängelnder Schläuche fließende Blut, die leisen Messingräder der Herz-Lungen-Maschine –, ja alles, was dort geschehen war, erschien mir harmonisch, ruhig und verläßlich, besser als je erwartet, sogar der etwas dramatische Moment, in dem der natürliche Blutkreislauf in den Körper zurückgeleitet wurde, Lasars Herz sich jedoch weigerte, seinen Sinusrhythmus wiederaufzunehmen, was Professor Adler dazu veranlaßte, zwei kleine Elektroden aus dem Defibrillator zu ziehen, sie dem widerspenstigen Herzen zu beiden Seiten anzulegen und ihm ein paar kurze Stromstöße zu verpassen, um es zu starten und in den richtigen Rhythmus zu versetzen, der schon im dritten farbigen Quadrat des großen Monitors erschien. Ja, dachte ich im Dunkeln in meinem Bett, Chischin und Levin haben also recht daran getan, ihren Freund, den Großmeister aus Jerusalem hinzuzuziehen, der vollkommen ruhig und kompetent ans Werk ging und auch mit knapper, aber beruhigender Geste meine subjektiven Bedenken abwehrte, die ich – allerdings erst nach der Operation – zu äußern wagte. Dabei schien der Jerusalemer Großmeister, nach sechs Stunden ununterbrochenem Stehen derart erschöpft, daß er die Schwester bat, ihm beim Ablegen der Sachen – Maske, Handschuhe, Kopflampe, Kappe und steriler Kittel – zu helfen, nun gerade interessiert, mir mit der Geduld eines weisen Arztes, den keine Rede über den menschlichen Körper je langweilt, zuzuhören, doch Levin, der immer noch seine Animosität gegen mich hütete, fuhr ziemlich derb mit dem Hinweis auf einen Fehler in einer meiner Grundannahmen dazwischen, worauf Professor Adler es zur Wahrung des Hausfriedens vorzog, die Diskussion abzubrechen, mir nur noch etwas Beruhigendes über Lasars Herz zumurmelte und mit Chischin hinausging, um Lasars Frau und die übrigen Angehörigen von der gelungenen Operation zu benachrichtigen.

Ich schloß mich nicht der Kolonne an, die den verbundenen, schlummernden Lasar in den vorsorglich für ihn hergerichteten Intensivraum auf Chischins Station hinaufbrachte. Chischin hatte auch sein Büro in ein provisorisches Schlafzimmer für Lasars Frau verwandelt, die sich anschickte, die Nacht dort zu verbringen. Jetzt, da die Operation vorbei war und ich gesehen und empfunden hatte, was ich hatte sehen und empfinden wollen, hegte ich nur noch den Wunsch, mit mir allein zu sein. Aber da es schon nach ein Uhr nachts und der Tarif für Auslandsgespräche deshalb besonders günstig war, wollte ich Michaela anrufen, um letzte Absprachen für den Israelflug des Babys in zwei Tagen zu treffen und ihr bei der Gelegenheit vielleicht über den glücklichen Verlauf der Operation und meine Bewunderung für den Jerusalemer Großmeister zu berichten, ihr zu sagen, daß ich meine vorzeitige Rückkehr aus England nicht bereute, obwohl man mich hier kein bißchen gebraucht hatte. Doch trotz der späten Stunde, dreiundzwanzig Uhr Londoner Zeit, war Michaela nicht in unserer Wohnung, und ich fand es seltsam und ärgerlich, daß sie fähig war, die Kleine zu dieser Zeit per Autobus durch die Stadt zu schleifen.

Unseren kleinen Wagen hatten wir nämlich nach vielen Bemühungen einer Schwester im Krankenhaus verkauft, um die Flugtickets für Michaela und mich zu finanzieren, während die Kleine gratis mit zwei netten jungen Engländerinnen flog, die sich unterwegs mit ihr amüsierten. Nur hatte Michaela ihnen ohne mein Wissen versprochen, sie könnten zur Belohnung die ersten paar Tage ihres Israelaufenthalts in unserer Wohnung verbringen. Ich war ärgerlich, als ich das beim Eintreffen der beiden erfuhr. Erst einige Tage zuvor war es mir glücklich gelungen, Amnon mit seinen Sachen sanft vor die Tür zu setzen, und nun überrumpelten mich schon wieder zwei Gäste – überflüssige Belästigung zu einer Zeit, in der ich mich immer noch in stürmischer Gemütsverfassung befand, deren Ursache, wie ich sicher wußte, in Lasars zwei Tage zuvor erfolgter Operation bestand. Ich hatte es bisher vermieden, ihn in seinem Sonderraum auf Chischins Station zu besuchen, damit Dori oder jemand anders nicht etwa den Sturm bemerkte, der in meinem Innern tobte.

Da mir jedoch nichts anderes übrigblieb, als Michaelas Versprechen einzulösen, übergab ich den beiden englischen Mädchen widerwillig den Schlüssel, schrieb ihnen die Anschrift klar in beiden Sprachen auf und ermahnte sie, pfleglich mit der Wohnung umzugehen, zumal sie nicht mir gehöre, sondern gemietet sei. Außerdem bat ich die beiden, sie in ein, zwei Tagen zu räumen. »Ihr könnt in dem dreckigen Tel Aviv sowieso nichts anfangen«, erklärte ich ihnen trübe. »Geht in den Negev runter, zieht in die Wüste, fahrt nach Elat, dort findet ihr die wahren Freuden Israels.« Dann schnallte ich die Kleine in den speziellen Babysitz, den ich vorsorglich im Wagen angebracht hatte, so daß sie nun in Gegenrichtung neben mir saß, und schon fuhren wir gemeinsam los, um sie für sieben Tage bei meiner Mutter unterzubringen, die zu Ehren des kleinen Gastes Vorschuß auf den nächsten Jahresurlaub genommen hatte, denn sämtliche Urlaubstage für das laufende Jahr waren für die Londonreise draufgegangen. Unterwegs nach Jerusalem warf mir Schivi einen prüfenden Blick zu, als versuche sie sich zu erinnern, wer ich wohl sei. Sie war noch zu klein, um mich nach zweiwöchiger Trennung klar wiedererkennen zu können, aber groß genug, mich nicht völlig aus dem Gedächtnis gelöscht zu haben. Auf dieser Nahtlinie zwischen Erinnern und Vergessen fixierte sie mich nun mit argwöhnischem, aber auch so süßem Blick, daß ich mich ab und zu, je nach Straßenbedingungen, einfach hinüberbeugen und ihr ein flüchtiges Küßchen aufdrücken mußte, während ich die übrige Zeit auf sie einplauderte und Zukunftspläne vor ihr ausbreitete, ja sogar komische, längst vergessene Lieder sang, um sie zu vergnügen und auch vielleicht mein Gemüt aufzuheitern, das seit Lasars Operation recht verwirrt war, als rankten die Lasar eingepflanzten Bypässe auch in meiner Brust, und gelegentlich fühlte ich sogar einen scharfen Schmerz im Brustkorb, als hätte der aus Jerusalem herbeigerufene Großmeister, dessen Kosename – Buma – mich übrigens amüsierte, auch darüber die elektrische Säge geschwungen.

Doch als ich das Haus meiner Eltern in Jerusalem betrat, unterließ ich sofort das Lauschen auf meine inneren Gefühle, um ganz für die Sorgen meiner Eltern frei zu sein. Denn trotz ihrer großen Freude über das Wiedersehen mit der Enkelin wußten sie nicht recht, wie sie die siebentägige Pflege durchstehen sollten. Besonders sorgte sich meine Mutter, die im allgemeinen kühlen Mut und eine nüchterne Weltsicht bewahrte. Sie war im stillen merklich wütend auf Michaela und äußerte sogar den Verdacht, sie würde nicht zum verabredeten Zeitpunkt aus England zurückkommen. Doch ich beruhigte sie. Michaela halte immer Wort, und da sie nur wegen meinem sturen Verlangen, gleich nach Ablauf des Fortbildungsjahres ins Land zurückzukehren, notgedrungen jetzt schon herkommen müsse, sei es nicht schlimm, wenn sie sich noch ein kleines englisches Bonbon genehmige – zwei Wochen völlige Freiheit, um sich allein zu vergnügen, wie sie es immer gekonnt habe. Nachdem ich Schivi in das Bettchen gelegt hatte, das mein Vater von einem jungen Kollegen im

Büro, der auf ein neues Baby wartete, ausgeliehen hatte, genaue Anweisungen für Essen, Trinken und Baden erteilt und noch ein wenig von Lasars erfolgreich überstandener Operation und meinen Krankenhausplänen erzählt hatte, ging ich frühzeitig in mein Jugendbett, neben dem jetzt das Bettchen meines Kindes stand, und versank auch sofort in Schlaf, der sich allerdings merkwürdigerweise mit einem immer wiederkehrenden Alptraum füllte, so daß ich schließlich vor Tagesanbruch aufstand, leise von meinen Eltern Abschied nahm und nach Tel Aviv zurückkehrte, denn eigentlich war dies ja der Tag meines Arbeitsbeginns am Krankenhaus in fester, wenn auch nur halber Stellung.

Da ich meinen Schlüssel den Engländerinnen gegeben hatte, mußte ich lange an meine Wohnungstür pochen, bis eine von ihnen aufwachte und mir – in Shorts und einem knappen Shirt, das kaum den Busen bedeckte – öffnete. Sie hatten meine Anweisungen mißverstanden und ihre Schlafsäcke im Zimmer der Großmutter statt im Wohnzimmer ausgerollt, aber abgesehen von diesem Irrtum sah ich, daß sie die Wohnung in Ordnung gehalten hatten, und auch die Küche war sauber. Trotzdem legte ich ihnen erneut nahe, noch heute in die Wüste hinunterzufahren, um ein Erlebnis auszukosten, das sie in England nie bekommen würden. Jetzt, von nahem betrachtet, wirkten sie nicht so jung, wie ich am Flughafen gedacht hatte. Sie waren in meinem Alter und erinnerten im Körperbau, ihrer hageren, sportlichen Weiblichkeit, an Michaela, von der ich mir jetzt schon lebhaft vorstellen konnte, wie deprimiert sie nach ihrer Rückkehr in zwei Wochen sein würde. Ich fuhr zum Krankenhaus, mußte jedoch, da ich noch keine Parkplakette besaß, den Wagen weit entfernt abstellen und ein langes Stück zu Fuß gehen. Trotz offiziellem Herbstbeginn strahlte der Morgen noch mit solcher Macht, daß ich die Sonnenbrille aufsetzte, die ich im Flugzeug gekauft hatte, um meine Augen sanft an den Übergang vom englischen zum israelischen Licht zu gewöhnen. Zuerst begab ich mich auf die Narkosestation, um mich der Chefärztin, einer energiegeladenen älteren Frau mit viel Scharfsinn und

Humor, vorzustellen, der Lasar bereits eine Woche zuvor mein Kommen angekündigt hatte. Obwohl meine offizielle Einstellungsurkunde noch nicht vorlag, bot sie an, mich sofort für den Nachtbereitschaftsdienst im OP einzuteilen. Komisch, dachte ich, auch hier beginne ich meine Arbeit mit Nachtdienst, wie in London, aber ich akzeptierte das Angebot, nicht nur um den Kontakt mit meinen englischen Gästen gering zu halten, sondern auch wegen der Möglichkeit, nachtsüber auf Lasar in seinem Zimmer aufpassen und ihm bei Bedarf ein bißchen seine Einsamkeit vertreiben zu können. Im Speisesaal fand ich Nakasch, den ich nach Lasar fragte. Die Genesung schreite im richtigen Tempo fort. Er sei schon von den meisten Geräten abgestöpselt und in den neunten Stock verlegt worden – in ein Privatzimmer auf der Station von Professor Levin, der ebenfalls aktiven Anteil an der Pflege seines Freundes habe nehmen wollen. In drei oder vier Tagen könne er entlassen werden. Na also, dachte ich erfreut, wovor ängstige ich mich denn so, zog es aber immer noch vor, nicht gleich zu ihm hinaufzugehen und mich zwischen die vielen Besucher von innerhalb und außerhalb des Krankenhauses zu drängeln, sondern lieber erst in den frühen Abendstunden, kurz vor meinem Dienstantritt, vorbeizuschauen.

Ich kehrte in die Wohnung zurück, in der Hoffnung, meine beiden Engländerinnen könnten sich schon davongemacht haben, aber nein, sie waren erst vor kurzer Zeit aufgestanden, trugen Strandkleider über Badeanzügen, fragten mich nach dem Weg zum Strand und luden mich ein, mitzukommen. Erst wollte ich ablehnen, doch dann dachte ich mir, warum eigentlich nicht? Vielleicht würde gerade das salzige Meerwasser die Bedrückung lindern, die mir nicht von der Seele wich. Also ging ich meine Badehose suchen, die seit Urzeiten nicht mehr gebraucht worden war und nach dem lachenden Blick der Engländerinnen wohl längst außer Mode sein mußte. Es war komisch, plötzlich zur hellen Mittagszeit wie ein Jüngling in Badehose und leichtem Hemd durch das laute, geschäftige Tel Aviv zu schlendern, in Gesellschaft zweier lediger, fremder Engländerinnen, die übrigens miteinander verwandt waren und gern zusammen die Welt bereisten. »Wart ihr schon mal in Indien?« fragte ich. Nein, bis Indien waren sie noch nicht gekommen. Sofort empfahl ich ihnen wärmstens eine Tour dorthin. Ja, das Lob Indiens hätten sie überall singen hören, natürlich auch von meiner Michaela. Sie würden sogar erwägen, Michaela und mich auf unserer nächsten Reise dorthin zu begleiten, um uns ein bißchen mit der lieben Schivi zu helfen. Ich ging mit ihnen ins Meer, das sanft und warm war, ohne Wellen. Einen Moment erinnerte mich der Geruch an den des Fruchtwassers in der Londoner Wohnung, vielleicht wegen des amniotischen Elements in den Algen, die ständig im Wasser zerfielen. Aber der Geruch hinderte mich nicht, immer wieder kurz in die Fluten einzutauchen und mit jeder der beiden Engländerinnen ein Wettschwimmen zu veranstalten. Jetzt wurde mir leichter zumute, als sei das, was mich seit Lasars Operation bedrückt hatte, restlos in meinem Innern aufgegangen. Nachdem ich aus dem Wasser heraus war und mich abgetrocknet hatte, lud ich die beiden Engländerinnen zu heißen Maiskolben ein. Am Strand fand ich Amnon, der mit einem intelligent aussehenden Jungen Ball spielte. »Jetzt begreife ich, warum deine Doktorarbeit nicht vorankommt«, rügte ich ihn, bereute es aber sofort. Doch er schien nicht gekränkt über meine Bemerkung, interessierte sich nur sehr für die jungen Frauen. »Ah«, sagte er mit bitterem Lachen, jetzt verstehe er, warum ich ihn so eilig aus der Wohnung gesetzt hätte. Ich konnte ihm nur schwer klarmachen, daß sie mir völlig überraschend ins Haus geschneit waren, wehrte mich aber zur Entschädigung nicht dagegen, daß er uns in die Wohnung nachlief. Es war vier Uhr nachmittags, und die beiden machten sich, noch in feuchten Badeanzügen, gemeinsam mit Amnon daran, eine Zwischenmahlzeit zuzubereiten. »Tut mir leid, aber morgen müßt ihr die Wohnung verlassen«, warnte ich sie erneut, ohne die Wüste noch einmal zu erwähnen. »Wahrscheinlich hole ich morgen nämlich die Kleine zu mir zurück. Und sie braucht Ruhe und Ordnung«, fügte ich plötzlich hinzu, um einen akzeptablen Grund für die Räumungsorder zu liefern. Sofort bot Amnon ihnen sein Domizil an, was sie mit Freuden akzeptierten. Sie sahen mir nicht wie Flittchen aus, aber vielleicht schöpften sie gerade aus der Verwandtschaft zwischen sich Kühnheit und Sicherheit für verschwiegene gemeinsame Unternehmungen, die zwei reguläre Freundinnen sich kaum erlauben würden. Sie waren nicht hübsch, obwohl ihre Körper glatt und angenehm wirkten. Jede für sich erschien mir kaum attraktiv, nicht mal für einen Mann wie mich, der schon über zwei Wochen nicht mehr mit seiner Frau geschlafen hatte, aber der jähe Gedanke, Amnon könnte es mit beiden gleichzeitg treiben, erschien mir auf einmal erregend, obwohl Phantasien über Liebesspiele mit einem Frauendoppel mich sonst nicht gerade häufig überkamen.

Ich rief meine Eltern an, um zu hören, wie es ihnen und Schivi ging. Vorerst lief alles seinen geregelten Gang, wenn auch mein Vater heute früher von der Arbeit hatte zurückkommen müssen, um meiner Mutter zu helfen, die trotz ihrer ruhigen Stimme etwas gestreßt wirkte. Mir war schon aufgefallen, daß sie seit der starken Grippe, die sie sich im Winter in Schottland zugezogen hatte, gesundheitlich labiler geworden war, und ich nahm mir vor, sobald Lasar genesen und Michaela zurück war, für ein, zwei Tage nach Jerusalem hinauffahren und mich eingehender mit ihrem Gesundheitszustand zu befassen. Jedenfalls verhehlten meine Eltern auch nicht ihre große Freude an der Kleinen, die ihnen schon ein paar lustige Streiche gespielt hatte. Nun verabschiedete ich mich von Amnon und den beiden Gästen, die ihr Mahl noch nicht beendet hatten, und fuhr ins Krankenhaus. Es war sechs Uhr abends. Zuerst ging ich auf die Intensivstation, um zu melden, daß ich da war. Dann nahm ich meinen Piepser, ging damit ans Netz und fuhr zur Inneren Abteilung in den neunten Stock hinauf, um Lasars Zimmer zu suchen. Es war nicht schwer zu finden. Am Ende des Korridors sah ich ein paar Ärzte und Verwaltungsangestellte, die es sich nicht hatten nehmen lassen, den genesenden Direktor zu besuchen, und Doris schallendes, glückliches Lachen war von weitem zu hören. Ich machte kehrt, da ich mich nicht mit vielen Menschen drängeln wollte, und kam erst zwei Stunden später wieder. Jetzt war es ruhiger. Dori saß im Flur auf der Bank, den Sohn zur einen, die Großmutter zur anderen Seite.

Ich begrüßte alle drei und fragte nach dem Befinden des Patienten. Dori errötete stark und blieb einen Moment stumm, als sei auch sie heftig in mich verliebt, aber die Großmutter, die sich sehr freute, mich wiederzusehen, erklärte, ihr Schwiegersohn sei auf dem richtigen Weg, und Professor Chischin, der ihm am Morgen den Verband gewechselt habe, sei höchst zufrieden mit dem Tempo seiner Genesung. Nun faßte sich auch Dori wieder, lächelte freundlich und stellte mich ihrem Sohn vor. Der nickte gleichgültig, gewiß längst rechtschaffen müde vom Begrüßungsritual mit immer neuen Besuchern, die zu seinem Vater pilgerten. Aber ich erinnerte ihn daran, daß wir uns knapp zwei Jahre zuvor schon einmal flüchtig begegnet waren, als ich den ersten Abend in sein Elternhaus gekommen war, um über die Indienreise zu sprechen. Er hob die Augen und blickte mich prüfend an. »Ja, das ist der berühmte Dr. Rubin«, wiederholte seine Mutter, die es vorzog, mich so und nicht mit meinem Kosenamen zu nennen. Wie ich hörte, warteten alle draußen, weil Professor Levin jetzt Lasar untersuchte und ihm den Verband wechselte. Obwohl ich wußte, daß mein Eindringen zur Zeit der Visite Levin gar nicht behagen würde, wollte ich unbedingt einen Blick auf die Stelle werfen, an der der Brustkorb vor meinen Augen so flink aufgesägt worden war, klopfte daher leicht an die geschlossene Tür und trat sofort ungebeten ein. Wie gedacht, warf Levin, der offenbar gerade die lange Reihe brauner Fadenkreuze quer über Lasars Brust mit Jod bepinselte, mir einen wütenden Blick zu, als ich in den Raum schlüpfte, der durch seine Größe, herrliche Aussicht und Massen an Blumensträußen und Obstkörben überraschte. Doch Lasars spontaner Jubel hinderte Levin daran, mein Eindringen zu unterbinden. »Wohin waren Sie denn verschwunden?« rief Lasar mir wieder seinen ewigen Standardspruch zu, mit dem er schon in Indien angefangen hatte, obwohl auf dem Bahnhof von Neu-Delhi nicht ich ihnen, sondern sie mir verlorengegangen waren. »Ich bin hier«, sagte ich sofort lächelnd, »bin immerzu hier.« Dann erkundigte ich mich nach seinem Befinden, worauf er schnell erwiderte, er fühle sich ausgezeichnet, als wolle er auch mich im Kreis seiner behandelnden Ärzte beschwichtigen, denn er wußte ja, daß ich an seiner Operation teilgenommen hatte, glaubte aus irgendeinem Grund sogar, ich hätte aktiv daran mitgewirkt. Levin, der die Nähte fertig eingerieben hatte, ging nun mit den ungeübten Händen eines Chefinternisten, der eher im äußeren Abtasten und Lesen von Laborbefunden bewandert ist, daran, Lasar sorgfältig zu verbinden. Ich machte mich leise an die zusammengehefteten Krankenblätter und überflog die Werte von EKG, Temperatur, Blutdruck und die Befunde der Blut- und Urinuntersuchungen, die in den letzten Tagen bei Lasar durchgeführt worden waren. Und womöglich verlieh mir die Tatsache, daß ich an der Operation teilgenommen hatte, nun die Kühnheit, Levin auf die akuten Unregelmäßigkeiten auf einem Teil der EKG-Streifen hinzuweisen, die verfrühte Kammererregungen, manchmal sogar in Zweier- oder Dreiergruppen zeigten, deren Ursache mir unklar war. »Besteht hier nicht Verdacht auf ventrikuläre Tachykardie?« fragte ich. Zuerst versuchte Levin meine Frage zu ignorieren, aber da ich sie stur wiederholte, beschloß er etwas zu sagen, vielleicht um Lasar nicht zu beunruhigen. »Ich bitte Sie, Dr. Rubin«, schnauzte er hastig, »auch wir haben's gesehen, auch wir verstehen was. Und überhaupt kann sich nicht die ganze Welt nur um einen Kranken drehen, und sei's der Krankenhausdirektor persönlich. Es gibt auch noch andere Patienten, die uns brauchen.«

Doch ich wurde meine Sorge nicht los, und vier Stunden später, mitten in der Nacht, war mir klar, daß ich keine Ruhe finden würde, wenn ich nicht wieder in den neunten Stock hinauffuhr, der schon völlig im Dunkeln lag, abgesehen von der Schwesternstation, an der mein Arztkittel mir freien Durchgang verschaffte. Ich blieb horchend vor der geschlossenen Zimmertür stehen, hörte aber nur den Fernseher laufen, und klopfte dann leicht an, entschlossen, nicht hineinzuplatzen, sondern eine klare Antwort abzuwarten. Deren Ausbleiben ließ mich jedoch nicht auf dem Absatz kehrtmachen, sondern verstärkte nur noch meine Angst. Ich öffnete die Tür. Das Nachtlicht strömte üppig durchs offene Fenster herein, ansonsten herrschte Dunkel im Raum. Dori saß ohne Schuhe mit angezogenen Beinen auf einem großen Sessel und schlief, die eine Hand um die Brille geklammert, die andere in der ausgestreckten Hand Lasars, dessen kleine Augen auf dem flimmernden Fernsehschirm ruhten, der neben dem abgeschalteten Monitor an der Decke hing. Seit der Indienreise, bei der ich zum erstenmal Zeuge dieser besonderen Paarbeziehung geworden war, hatte ich nicht mehr mit solcher Macht die tiefe Liebesbindung zwischen den beiden gespürt. Nachdem sie ihn den ganzen Tag umsorgt hatte, konnte sie ihn nicht mal jetzt ein bißchen sich selbst überlassen, nach Hause fahren und allein für sich sein. Plötzlich überlief mich ein schmerzlicher Schauder, weil ich ihn betrogen hatte, und ich gelobte mir, Dori nach seiner Genesung nicht wieder anzurühren, selbst wenn sie die Initiative ergriff. Wenn das wirklich eine unmögliche Verliebtheit ist, muß alles daran unmöglich und irreal sein, dachte ich. Lasar betrachtete mein Hereinkommen mitten in der Nacht als etwas völlig Natürliches und winkte mir freundlich. Ich trat zu ihm, und da seine Augen mir ein wenig glänzend und die Wangen gerötet erschienen, griff ich instinktiv nach seiner Stirn, die er mir wie ein gehorsamer Patient entgegenstreckte, als sei er von dem Moment, in dem er in seinem Krankenhaus die Fronten gewechselt hatte, zum Patienten jedes Arztes und jeder Schwester mutiert, die ihn nun nach Belieben betasten durften. Er hatte Fieber, wenn auch kein hohes, vielleicht siebenunddreißigfünf, vielleicht auch achtunddreißig – eine durchaus zu erwartende Erscheinung nach einem so brutalen Eingriff mit Schockwirkung auf das ganze System, aber möglicherweise auch ein Warnzeichen. Er erzählte mir, die Schwester habe die erhöhte Temperatur vor einem Weilchen entdeckt, aber beschlossen, bis zum Morgen zu warten, um Professor Levin zu Rate zu ziehen. »Ich werde Ihnen eine fiebersenkende Tablette bringen«, sagte ich schlicht. Gerade weil man Lasar der Herzchirurgie »gestohlen« und der persönlichen ständigen Obhut der Chefs zweier so verschiedener Abteilungen wie der Chirurgischen und der Inneren unterstellt hatte und sein Chirurg spurlos verschwunden war, blieb er verlassen in diesem Privatzimmer, das allerdings sehr angenehm war und noch immer stark nach Blüten duftete, obwohl die Blumensträuße längst auf dem Korridor standen. Unser Getuschel weckte Dori, und sie schlug die hübschen Augen auf, die sich auf einmal mit ihrem strahlend glücklichen Lachen füllten, als sei nichts in ihrer Welt vorgefallen. »Na, Benji, wie sieht er aus?« fragte sie, wobei man schwer sagen konnte, ob die Frage sich an mich als Arzt oder als Freund richtete. »Er sieht gut aus«, antwortete ich lächelnd. »Bloß darf er hier vor lauter großen, wichtigen Professoren nicht ein bißchen verlorengehen«, fügte ich hinzu, bereute es aber sofort, denn sichtlich fürchtete sie derart um ihn, daß jedes sorgenvolle oder zweifelnde Wort von außen ihre Sicherheit erschütterte. »In welcher Hinsicht?« fragte sie. »Nichts Besonderes«, versuchte ich sie zu beruhigen, »bloß komm ich einfach so rein, fühle, daß er Fieber hat, und erfahre, daß man ihm kein fiebersenkendes Mittel gibt, weil man Professor Levin nicht wecken will, als dürfte kein anderer Arzt ihn anrühren.« »Aber warum? Kannst du ihm keine Tablette geben?« fragte sie mit einer Arglosigkeit, die mein Herz anrührte, das noch ob des Anblicks ihrer unbebrillten Augen pochte, denn so hatte ich sie nur gesehen, als ich mit ihr schlief. »Doch, natürlich«, antwortete ich selbstsicher. »Warum nicht? Auch wenn das Fieber nicht hoch ist – warum sollte er sich plagen?«

Aber meine Gedanken waren gar nicht mit Lasars Temperatur beschäftigt, sondern kreisten hartnäckig um die Möglichkeit einer ventrikulären Tachykardie, die zu plötzlichem Kammerflimmern führen konnte. Am Bett hingen Krankenblätter, die, soweit im Dunkel des Zimmers erkennbar, auch die detaillierten Ergebnisse der nicht geringen Anzahl von

EKGs enthielten, die seit der Operation bei ihm gemacht worden waren. Ich nahm die Blätter, um sie im Vollmondlicht, das aus der Herbstnacht hereinströmte, ein wenig zu studieren, und gleich erkannte ich längere Sequenzen rascher Rhythmusstörungen, fünf, sechs Schläge nacheinander, die in der Form offensichtlich vom dominanten normalen Sinusrhythmus abwichen und mir verdächtig schienen, tatsächlich ventrikulären Ursprungs zu sein. Meine geringen kardiologischen Kenntnisse reichten aus, Befürchtungen zu wecken, gefolgt von dem starken Drang, diese EKG-Streifen zu fotokopieren, um mich am Morgen in der Bibliothek in die Materie zu vertiefen oder sogar nach beendetem Dienst zu Professor Adler nach Jerusalem hinaufzufahren, um zu hören, was der Großmeister dazu sagen würde. Denn vielleicht zum erstenmal seit Beginn meiner Arbeit im Krankenhaus spürte ich, daß nur meine Jugend und Unerfahrenheit mich davon abhielten, Professor Chischin sogar jetzt, mitten in der Nacht, zu alarmieren und ihm die wahre, große Integration vorzutragen, die hier von derart dringender Bedeutung war, daß ohne sie die Gefahr einer wirklichen Katastrophe über uns allen schwebte. Aber da es schon einige Zeit her war, daß ich meinen Posten in der Aufnahme verlassen hatte, und man mich dort möglicherweise schon suchte, ging ich zu der Schwesternstation am Ende des Korridors, nahm – nicht ohne entsprechende Unterschrift – zwei Acamoll-Tabletten für Lasar und eine kleine gelbliche Valiumtablette von 5mg für seine Frau entgegen, und nachdem ich beide die mitgebrachten Pillen hatte schlucken sehen, verabschiedete ich mich mit dem Versprechen, am nächsten Nachmittag wiederzukommen, denn ich wußte, daß sie trotz der großen Sicherheit, die ihnen ihre guten, treuen Freunde im Krankenhaus einflößten, auch – vielleicht seit meinem Notstopp in Varanasi – eine gewisse verborgene Abhängigkeit von dem jungen Arzt entwickelt hatten, der mit ihnen in Indien gewesen war.

Daher fuhr ich nach dem Aufwachen in den späten Morgenstunden des nächsten Tages nicht wie versprochen zu meinen Eltern nach Jerusalem, um ihnen ein bißchen mit

Schivi zu helfen, die laut den wahrheitsgetreuen Berichten meiner Mutter bisher zwar lieb und pflegeleicht war und viel Freude brachte, aber auf die Dauer wohl doch erhebliche Anstrengung für die beiden älteren Menschen bedeutete, sondern rief an und entschuldigte mich vielmals. Und da ich mir nicht einmal selbst diese hartnäckige neue Furcht um Lasars Wohlergehen erklären konnte, die mich in der Nähe des Krankenhauses festhielt, aber auch keine Lüge erfinden wollte, weil mir das ihnen gegenüber immer unfair erschien, verzichtete ich auf jeden Versuch, meinen Eltern die Absage der Jerusalemfahrt zu erklären, so daß sich diese beiden logisch und besonnen denkenden Menschen mit dem Argument eines mysteriösen Gefühls begnügen und allein auf das Vertrauen setzen mußten, das sie mir gewöhnlich entgegenbrachten. So kehrte ich schon gegen Mittag, sechs Stunden vor Dienstantritt, ins Krankenhaus zurück und ging in die Bibliothek, um in Fachbüchern, die im allgemeinen in Schwesternlehrgängen für intensive Herzmedizin Verwendung fanden, über EKG und Rhythmusstörungen nachzulesen. Aber auch längeres Studium führte zu keinem eindeutigen Ergebnis. Es gab atriale Herzschläge, die wie ventrikuläre aussehen konnten. Die Unwissenheit verstärkte nur noch die vage Angst ohne klaren Anhaltspunkt. Ich ging zur kardiologischen Intensivstation, guckte mir ein bißchen die EKG-Befunde an, die in den letzten Stunden bei Patienten mit akuten Herzanfällen gemacht worden waren, und bat in einem ruhigen Moment den leitenden Arzt, mir Streifen mit klaren Phasen ventrikulärer Tachykardie zu zeigen. Ausgerüstet mit diesem Material fuhr ich in den neunten Stock hinauf, um zu sehen, wie es Lasar ging. Im Speisesaal hatte ich schon von den zwei Psychiatern, die ihn am Morgen besucht hatten, gehört, er sehe aus und benehme sich wie »ein reißender Tiger«, werde wohl morgen oder übermorgen nach Hause entlassen und sitze in einer Woche gewiß schon wieder auf seinem Direktorensessel, um die Zügel fest in die Hand zu nehmen.

Die beiden Psychiater sprachen mit Ärger und Erbitterung

von ihm, weil er ihren arglosen Krankenbesuch zu einem improvisierten kleinen Machtkampf umfunktioniert hatte, bei dem er sie wieder mal an seine neue Initiative erinnerte, die psychiatrische Abteilung im Krankenhaus aufzulösen und sie in eine bloße Außenklinik zu verwandeln – eine städtische Beratungsstelle für seelisch Kranke. »Sollen sie doch bitteschön die Betreuung der Seele aus dem Krankenhaus rausnehmen. Es tut weder der psychiatrischen Abteilung noch uns gut, wenn sie uns hier zwischen den Betten rumwandert«, erklärte Lasar schmunzelnd von seinem Lager aus, als ich ihm von der erbosten Reaktion der Psychiater auf seine Ideen erzählte. Dieses isolierte Privatzimmer, das nachts noch von berauschendem Blütenduft und der Dämmerhelle des Mondlichts erfüllt gewesen war, hatte sich in den Tagesstunden bereits in ein halbes Büro verwandelt, mit zwei Telefonen auf dem Boden und einem Stapel Ordner neben dem Essenstablett. Levin versuchte noch, die Besucherflut einzudämmen, aber Chischin, der in voller Größe an Lasars Bett stand, war höchst zufrieden über die wiedererwachte Aktivität seines Patienten. Die Temperatur war gesunken, der Verband abgenommen, und durch das Krankenhaushemd sah man die präzisen kleinen Kreuze der graden Nahtlinie über seiner Brust, die sich mehr und mehr schloß. Dori saß in der Ecke und lauschte mit leuchtendem Gesicht dem Redestrom von Lasars Sekretärin. Sie war stark geschminkt, trug ein elegantes Kostüm, dazu Schuhe mit hohen Absätzen, schien heute schon ein paar Stunden in ihrem Büro gewesen zu sein und hatte auch Zeit gefunden, Einkäufe zu tätigen, die nun in Plastiktüten zu ihren gekreuzten Füßen standen. »Willst du hier wieder die ganze Nacht verbringen?« fragte ich sie plötzlich, der Sekretärin unhöflich ins Wort fallend. Sie nickte erstaunt, als wüßte ich nicht, daß sie das unbequeme Schlafen im Sessel der Trennung von ihrem Mann und der drohenden Einsamkeit in ihrem Schlafzimmer vorzog. Und ich fand es tröstlich, daran zu denken, daß es trotz allem noch keinen einzigen unschönen Moment zwischen uns gegeben hatte. Eine starke Welle der Liebe erfaßte mich angesichts dieser

Frau, die jetzt kühn eine Zigarette hervorholte und in dem stickigen Raum anzündete – zum Leidwesen von Professor Levin, der eben hereinkam und ihr mit einer rührenden Geste beide Handflächen entgegenstreckte, um sie flehentlich davon abzuhalten, uns alle zu vergiften. Könnte es sein, daß ich insgeheim Lasars Tod herbeisehne? stieg wieder der verschwiegene Gedanke in mir auf, der seit dem Rückflug von Rom hartnäckig in meinem Innern rumorte und mich jetzt zwang, auf den kleinen Balkon hinauszutreten und mich über die Brüstung zu beugen, als wollte ich ihn ein für allemal in die weite Welt hinausspeien. Levin zog Chischin mit auf den Balkon, um ihm ein paar farbige Krankenblätter mit eben eingetroffenen Untersuchungsergebnissen zu zeigen, einschließlich einer Funktionsprüfung der linken Herzkammer mit Hilfe von radioaktivem Technetium. Chischin nahm die Brille ab und führte die Papiere rasch an seinen Augen vorbei. Er schien gänzlich ruhig. »Das war völlig vorhersehbar«, hörte ich ihn mit seiner lauten, sicheren Stimme ausrufen. »Auch ohne Herzchirurg zu sein, habe ich gewußt, daß der Herzmuskel noch von der Operation und dem überlangen Einsatz der Herz-Lungen-Pumpe unter Schock steht. Das erklärt die schlechte Funktion.« Aber Levin beharrte auf irgend etwas. Seine Stimme war schwächer, ich konnte seine Argumente nicht hören, die Chischin mit großem Interesse verfolgte, ohne sich jedoch recht überzeugen zu lassen. »Gut«, sagte er, »wir werden ihn erst Ende der Woche entlassen und alle Untersuchungen in zehn Tagen noch einmal wiederholen. Wenn die Herzfunktion dann wieder unbefriedigend ist, nehmen wir ihn zu Buma nach Jerusalem mit und sehen mal, was er sagt.« Levin nickte zu Chischins Vorschlag, schien aber nicht zufrieden zu sein, denn plötzlich sah ich, daß seine blauen Augen mich fixierten, während ich, die EKG-Streifen in der Hand, wie gefangen in der Ecke des kleinen Balkons stand, sorgsam bemüht, den Eindruck zu vermeiden, ich wollte mich in ihr Gespräch einmischen. Er winkte mich sanft heran. Ich machte ein paar Schritte, erstaunt über Levins freundliche Berührung am Arm, während er mit seiner tiefen, ernsten Stimme immer noch Chischin zu überzeugen versuchte und mit Blick auf das, was ich in Händen hielt, sagte: »Josef, hör dir zum Beispiel auch mal an, was Dr. Rubin denkt, von dem du gemeint hast, er sei so ein guter Internist, daß du von allen Assistenten gerade ihn nach Indien geschickt hast. Also, Dr. Rubin, sagen Sie ihm, was Sie von der Möglichkeit gefährlicher Rhythmusstörungen halten.« Doch ich war so aufgeregt von Levins sanftem Griff am Arm und dem versöhnlichen Ton, mit dem er mich angesprochen hatte, daß ich anfangs völlig durcheinandergeriet und arg stammelte, aber nach und nach gelang es mir, meine Gedanken zu ordnen und sogar neue Elemente hinzuzufügen, die ich vor ein paar Stunden auf der kardiologischen Intensivstation aufgeschnappt hatte. Chischin lauschte mir mit väterlichem Lächeln, schien aber nicht wirklich bemüht, meinen Worten zu folgen, sondern freute sich wohl bloß über den Enthusiasmus, mit dem ich meine Bedenken über die Natur der Rhythmusstörungen in Lasars Herz darzulegen versuchte. »Und auf einen solchen Internisten hast du für deine Station verzichtet?« rügte er Levin am Ende meiner Rede. »Nicht ich habe verzichtet«, antwortete Levin mit einem Unterton echten Bedauerns. »Er hat verzichtet.« Und damit endete auf merkwürdige Weise auch die medizinische Debatte, die eigentlich gar nicht begonnen hatte.

Vielleicht, weil die beiden Kinder Lasars, Enat und der Sohn in Uniform, ins Zimmer traten und von allen Anwesenden mit Freuden begrüßt wurden. Enat, die ihren Vater jetzt etwas zögernd umarmte und küßte, war gerade aus den Vereinigten Staaten eingetroffen, und ihr Bruder hatte sie vom Flughafen abgeholt. Als sie sich dann zu ihrer Mutter umwandte, die auf sie zukam, um sie in die Arme zu schließen und zu küssen, entdeckte sie mich und winkte mir zum Gruß. Ich schwang drohend den Finger nach ihr. »Du schläfst bei uns zu Hause und haust ab, ohne auf Wiedersehen zu sagen?« rügte ich sie. Sie wurde knallrot, entschuldigte sich lachend und erklärte dann ihren Eltern, wie knapp ihre Zeit bei dem kurzen Zwischenaufenthalt in London gewesen sei. Ich fühlte mich von Wärme umgeben in diesem Zimmer voller Angehöriger und Freunde, glücklich, als sei auch ich tief zwischen sie gepflanzt, wobei die unerwartete Aussöhnung mit Professor Levin noch zu meinem Glück beitrug. Nur blieb nicht viel Zeit, sich hier an guten Gefühlen zu erfreuen, denn außer Enat mußten alle schon ihrer Wege gehen, vor allem der verschlossene und etwas traurige Sohn, der Abstand von mir hielt. Er mußte zu seinem Stützpunkt zurückkehren, und seine Mutter sollte ihn zur Bushaltestelle fahren und dann schnell nach Hause eilen, um ihre Rückkehr hierher vorzubereiten, da sie die Nacht wieder bei ihrem Mann verbringen wollte. Jetzt stand sie an seinem Bett, um sich von ihm zu verabschieden und letzte Dinge zu besprechen, und während sie noch mit leichter Hand ihre aufgelöste Frisur in Ordnung brachte und fragte, was sie mitnehmen und was von zu Hause holen sollte, merkte ich, daß seine Hand, noch bläulich von den Blutergüssen der Infusionsnadeln, ihre Hand, die ihm übers Haar strich, suchte, um sie davon abzuhalten, ihn in Anwesenheit Fremder zu streicheln, aber auch auf seine Brust zu ziehen, ihr vielleicht einen neuen, versteckten Schmerz anzudeuten, mit dem er seine Arztfreunde noch nicht recht belästigen wollte.

So nahmen wir denn alle Abschied von dem Krankenhausdirektor, ließen nur Enat bei ihm, die zwar wegen des langen Fluges müder als wir alle wirkte, aber stur meinte, aufgrund ihrer inneren biologischen Uhr sei es immer noch Morgen. Wir traten auf den Korridor hinaus, wo uns durch die großen Fenster des neunten Stocks über die Hausdächer hinweg wunderbar klares Licht vom Meer zuströmte, das herbstlich weiche, rosige Licht der Nachmittagsstunden, in denen das ganze Krankenhaus zum zivilen Reich der zahllosen Besucher wird, die die Fahrstühle besetzen, die Krankenzimmer überfluten und mit den Blumen, Früchten, Abendzeitungen und Pralinenschachteln, die sie um sich verstreuen, nicht nur das medizinische Personal samt seinen Geräten und Medikamenten in die Flucht schlagen, sondern gewissermaßen auch den Schwerkranken, die sich unter den dünnen Decken verbergen, neue Hoffnung zufließen lassen. Obwohl Dori von ihrem Sohn und der Sekretärin, Frau Kolby, flankiert wurde, glaubte ich immer noch, ein paar Worte unter vier Augen mit ihr wechseln zu können, aber Chischin hielt mich auf. Schon in Lasars Zimmer hatte ich gespürt, daß er schwer von mir loskam, als hätte das, was ich über Veränderungen im EKG gesammelt und ihm und Levin vorgestottert hatte, ihn glauben lassen, es sei mir gelungen, einen neuen, unbekannten Faden zu Lasars widerspenstigem Herzen anzuknüpfen, das offenbar auch ihn beunruhigt hatte. Womöglich bereute er jetzt sogar, so leicht auf mich verzichtet zu haben. Jedenfalls bedeutete er mir zu warten, schnappte sich auf der Schwesternstation einen Telefonapparat und führte ein kurzes Gespräch mit seiner Oberschwester, die ihn trotz aller Vorhaltungen nicht von einer Operation dispensierte, die vom Morgen her aufgeschoben war. Danach fragte er mich freundlich, ob ich vor meinem Dienst noch nach Hause zurückkehren wolle. Ich blickte auf die Uhr. Es war halb fünf, und mein Nachtdienst begann in zwei Stunden. Hätte ich mein Motorrad nicht gegen einen Wagen getauscht, wäre ich zweifellos schnell heimgefahren, um zu duschen und ein wenig auszuruhen vor der langen Nacht, die mich erwartete, und vor allem noch einmal mit meinen Eltern zu sprechen. Aber mich mit dem Auto langsam durch den Tel Aviver Abendverkehr zu quälen und einen Parkplatz zu suchen erschien mir reichlich unsinnig. »Dann kommen Sie an meine grüne Seite bei einer Operation, die nicht lange dauern wird und, wie ich sehe, nicht länger aufgeschoben werden kann«, sagte er energisch, als sei er immer noch mein Patron. »Lasar hat mir erzählt, in dem Londoner Krankenhaus hätte man sie ungehindert operieren lassen. Die Engländer schätzen es wohl, fein langsam aufgeschnitten zu werden.« Dabei zwinkerte er mir lachend zu. Auch ich lachte, nicht nur wegen der Herzlichkeit, die er mir seit meiner Rückkehr aus London entgegenbrachte, sondern auch wegen des triumphalen Selbstwertgefühls, das mich nach der plötzlichen Aussöhnung mit Professor Levin erfüllte. Wer weiß? keimte spontan ein wilder Gedanke in mir auf, vielleicht hat Amnon recht, und eines Tages werde auch ich hier eine Station leiten oder womöglich gar dieses ganze Krankenhaus. Und mit derlei grandiosen Vorahnungen künftiger Größe, die mich manchmal mitreißen, gab ich Chischin die Zustimmung, meinen Nachtdienst schon jetzt, in dieser hellen, rotgoldenen Nachmittagsstunde, zu beginnen, und fuhr mit ihm in die Chirurgie hinunter. Ich griff mir das letzte grüne Hemd samt Hose vom Wagen, und konnte – während der diensthabende Anästhesist schon mit den Vorbereitungen für den »Start« der sehr jungen Frau begann, die uns alle mit traurig klagendem Blick ansah – die Telefonistin in der Zentrale überreden, mir Verbindung nach draußen zu geben, um meine Eltern anzurufen, die mich tatsächlich schon gesucht hatten, um mir aufgeregt von einem Gespräch mit Michaela zu berichten, die sich am Morgen aus Glasgow gemeldet hatte, wo sie die letzte Nacht mit ihrer Busenfreundin Stephanie unterwegs zur Insel Skye bei meiner Tante haltgemacht hatte. Es war irgendwie überraschend und ärgerlich zu wissen, daß Michaela jetzt, da wir hier alle in Sorge und Mühe steckten, Muße fand, in die Jugendgefilde meiner Mutter zu reisen. Ich fragte nach Schivi. Wie ich erfuhr, hatte sie in den Morgenstunden zweimal erbrochen, weshalb der alte Dr. Cohen hatte kommen müssen, der schon mein Kinderarzt gewesen war, und der hatte sie untersucht und ein Mittel verschrieben, vor allem aber die Großeltern beruhigt. Sie lasen mir den Namen des Mittels vom Rezept vor und baten um meine Erlaubnis, es der Kleinen zu geben. Es gehe ihr offenbar schon besser, aber sie wären doch beruhigter, wenn ich bald käme, um sie abzuholen.

Ich versprach hastig, am nächsten Morgen nach Dienstende direkt vom Krankenhaus nach Jerusalem hinaufzufahren. Und während ich den Umkleideraum betrat, sah ich Dr. Vardi, meinen stämmigen kleinen Kollegen und Rivalen, in blutgetränkter Operationskleidung dastehen; die noch um den Hals baumelnde Maske unterstrich den fiebrigen Ernst seiner Augen, die Chischin und mich freundlich musterten. Chischin erkundigte sich nach den Ergebnissen der eben beendeten Operation, worauf Dr. Vardi mit seiner üblichen zwanghaften Genauigkeit zu referieren begann, so daß Chischin wohl bald bereute, gefragt zu haben. Er wirkte zerstreut und besorgt, war im Geist offenbar mit etwas anderem beschäftigt. »Möchten Sie, daß ich Ihnen assistiere?« fragte Dr. Vardi, der wegen meiner ungewohnten Präsenz an der Seite seines Patrons beunruhigt schien. »Nein, nicht nötig. Sie haben heute genug getan, gehen Sie nach Hause«, sagte Chischin und legte mir die Hand auf die Schulter. »Ich habe Benji an meiner Seite, als früheren Chirurgen, als jetzigen Anästhesisten und immer als Freund, und das genügt mir völlig.« Wir betraten den Operationssaal, wuschen uns gründlichst die Hände, legten Handschuhe an, zogen Mundschutze über, und auf einmal fragte er mich, ob ich allein mit der Narkose fertig werden könne, was ich selbstsicher bejahte, obwohl ich formal gesehen noch nicht als einziger Anästhesist bei einer Operation fungieren durfte. Daraufhin entließ er den regulären Narkosearzt, nachdem er einige Informationen von ihm erhalten hatte. Und nun wandte er sich dem weißen Bauch der Frau zu, der wie immer sanftes Mitleid bei mir erregte, und spaltete ihn mit einem schnellen, präzisen Streich in feiner, aber klarer Linie vom Nabel bis zum Venushügel, der für einen Augenblick im Strahl der Abendsonne, die durch die runden Seitenfenster des Operationstrakts gefiltert wurde, aufzuleuchten schien. Obwohl die Bypass-Operation, die ich eine Woche zuvor gesehen hatte, in medizinisch-technologischer und sogar ästhetischer Hinsicht die jetzige Unterleibsoperation, bei der Professor Chischin plötzlich etwas Schlachtermäßiges bekam, bei weitem übertraf, konnte man nicht umhin, Chischins meisterhafte Präzision und die menschliche Wärme und Nähe zu bewundern, mit der er das sich öffnende Gewebe immer wieder betastete, um nicht nur zu sehen, sondern auch zu fühlen, was wirklich getan werden mußte.

Wir waren zu dritt im Operationssaal: wir zwei Ärzte und eine neue, uns noch unbekannte Schwester mit einem reinen Engelsgesicht. Nach einer halben Stunde – die entscheidende

Phase der Operation stand kurz bevor – klingelte das Haustelefon an der Wand. Ich ging den Hörer abnehmen und erkannte sofort die Stimme Levins, der dringend mit Chischin sprechen wollte. Angesichts unserer Aussöhnung erwog ich einen Moment, ihm meinen Namen zu nennen, aber da er sehr aufgeregt klang, sah ich davon ab und sagte nur, Chischin könne jetzt wohl kaum vom Operationstisch weggehen und werde ihn daher später zurückrufen. Doch Levin blieb stur, und Chischin, der das Gespräch mit halbem Ohr mithörte und sich tatsächlich nicht vom Fleck rühren konnte, bat mich zu klären, worum es ginge. Immer noch ungewillt, meine Identität preiszugeben, richtete ich Levin aus, Chischin könne nicht an den Apparat kommen und bitte zu wissen, worum es ginge. Nun kam ein kurzes Zögern, gefolgt von der Frage, mit wem er spreche, und als ich nun meinen Namen nannte, merkte ich, daß seine Erregung nur noch zunahm, während er mit tiefer Stimme sagte: »Ich glaube, Sie haben mit Lasars Rhythmusstörungen recht gehabt, Dr. Rubin. Sein Zustand hat sich sehr verschlechtert, er wird im Augenblick künstlich beatmet, und der Kardiologe, den wir aus der Intensivstation herbeigeholt haben, hat festgestellt, daß er jetzt an Kammertachykardie leidet, und erwägt eine sofortige Schockbehandlung, aber mir ist es sehr wichtig, daß Chischin sofort raufkommt, um ihn sich anzusehen, denn er kennt Lasars Allgemeinzustand besser als jeder andere.« Damit legte er auf. Dem Ton seiner Stimme entnahm ich, daß er Chischins Anwesenheit nicht deshalb wünschte, weil er ihn für den richtigen Mann hielt, sondern weil er ihn in dieser neuen Notsituation neben sich haben wollte, um die Verantwortung für die drohende Katastrophe mit ihm zu teilen. Sofort erklärte ich Chischin die Lage. Er verharrte stumm, hob die blutverschmierten Hände, als wolle er seinen entsetzten Kopf damit halten. Dank seines feinen Gespürs wußte er sofort, daß Lasar dort oben jetzt um sein Leben kämpfte, während er hier als einziger Operateur stand, gebunden durch seine Pflicht, vor der es kein Entrinnen gab. Er konnte nicht einmal mich hinschicken, um zu klären, was vor sich ging. Plötzlich sah ich seine Hände zittern, als verliere er seine wunderbare innere Konzentration. Er versuchte weiterzuarbeiten, ließ aber gleich wieder ab und bat mich, hinauszugehen und nachzuschauen, ob Vardi noch da war und ihn ablösen konnte, und als er sah, daß ich zögerte, den Respirator zu verlassen, schnauzte er ärgerlich: »Machen Sie sich keine Sorgen, ich kontrolliere den Apparat hier an Ihrer Stelle.« Es war ein eindeutiger ärztlicher Regelverstoß, jetzt den Operationssaal zu verlassen, doch ich wußte, wenn ich Dr. Vardi fand, konnte Chischin hinauffahren und mit seiner Courage und Geistesgegenwart vielleicht Lasar retten. Aber der Trakt war schon leer, abgesehen von ein paar Schwestern im Intensivraum. Und auf einmal verstärkte das röter werdende Abendlicht mein Grauen, so daß ich in der völligen Stille mein Herz pochen hörte – Chischins Augen waren in die Eingeweide des weiblichen Bauches vertieft, und das Beatmungsgerät blieb unbeaufsichtigt. Trotzdem konnte ich mich nicht halten, drückte auf den Knopf des Hauptzugangs und trat aus dem Trakt auf den belebten Korridor, um zu sehen, ob dort zufällig ein anderer Chirurg herumlief, den wir zu Hilfe holen konnten. In der Ferne sah ich den braunen Anzug von Nakasch aufblitzen, der offensichtlich auf dem Weg nach Hause war. Ich rannte, um ihn abzufangen, und er willigte sofort ein, hütete sich aber, in normaler Kleidung den Operationssaal selbst zu betreten. In meiner Abwesenheit war noch ein Anruf von Levin gekommen. »Aber was will er denn?« rief Chischin mit grauem Gesicht. »Wie kann ich jetzt den OP verlassen?« Das Gerücht von der Verschlechterung im Zustand des Krankenhausdirektors schien sich wie ein Lauffeuer unter dem Personal zu verbreiten, zwei Ärzte aus der Herzchirurgie waren bereits hinaufgeeilt, weil Professor Levin vom neunten Stock aus offenbar in alle Richtungen Hilferufe ausschickte. Mir tat es im Herzen weh, Chischins Hände erneut beben zu sehen. Er hielt inne, schloß die Augen, um sich zu konzentrieren, und arbeitete dann im richtigen Tempo weiter, bemüht, nichts durch unzulässige Eile zu verderben.

Die stille neue Schwester mit dem reinen Gesicht, die bisher keine Silbe von sich gegeben hatte, konnte nun doch nicht umhin, vorsichtig zu fragen: »Wer ist Lasar?« Chischin schwieg, gab keine Antwort, aber ich fing an, ihr sehr viel mehr über Lasar zu erzählen, als sie mit ihrer harmlosen Frage hatte wissen wollen, als wollte ich durch mein Reden über ihn seine Seele in ihrem Schweben zwischen Leben und Tod unterstützen. Wieder klingelte das Haustelefon. Es war Nakasch, um mitzuteilen, daß er Levin hatte überreden können, den inzwischen bewußtlosen Lasar in die Intensivstation der Herzchirurgie neben uns hinunterzubringen. Chischin wiegte den Kopf. Hier nahte der Moment seiner furchtbarsten Prüfung vor den Augen des gesamten Krankenhausstabs. Würde er wirklich das kurieren können, was hier aus dem Lot geraten war? Doch einstweilen fuhr er fort, die Adern zu durchtrennen und sofort elektrisch zu verschweißen, um Blutungen zu vermeiden. Hin und wieder hielt er der Schwester die Stirn hin, damit sie ihm den Schweiß abtupfte. Schließlich hörte man laute, aufgeregte Stimmen in den Operationstrakt eindringen, aber Chischin rührte sich nicht vom Fleck und bedeutete auch mir sanft, an meinem Platz zu bleiben. Nakasch kam in grüner OP-Kleidung herein, die Plastikkappe auf dem Schädel und das Gesicht schon halb hinter dem Mundschutz verborgen. Auf seine ruhige, noble Art erbot er sich zu helfen, um Chischin so bald wie möglich freizustellen. Über Lasar konnte er nicht viel berichten, außer der Tatsache, daß sein Herz trotz der Elektroschocks immer noch flatterte. Doch Chischin beschleunigte nicht sein Arbeitstempo. Plötzlich stürmte Levin in Straßenkleidung zu uns herein, mit sonderbarem, leicht mysteriösem Gesichtsausdruck, als hätte Lasar ihm schon die Genehmigung erteilt, seinen nächsten psychisch bedingten Urlaub anzutreten. Aber Chischin stoppte ihn sofort. »Ich bitte dich, David«, sagte er in strengem Ton, »laß uns hier in Gottes Namen die Regeln einhalten. Ich muß die Operation zu Ende führen. Auch diese junge Frau hat ein Anrecht darauf, alles zu bekommen, was wir ihr geben können.« Damit beugte er sich vor, um sich erneut auf den offenen Bauch zu konzentrieren, setzte seine Arbeit sorgfältig fort, und als alles beendet und der Schnitt für die Naht bereit war, konnte ich nicht mehr an mich halten und erbot mich, das Nähen für ihn zu erledigen. Chischin blickte mich hart an, seine kleinen Augen glühten in dem bleichen Gesicht, er überlegte kurz und sagte dann: »Richtig, warum nicht? Dr. Nakasch kann ja die Narkose zu Ende führen.« Und auf einmal huschte sogar ein leichtes Lächeln über seine Lippen, als könne er sich wirklich an den Moment erinnern, in dem Lasar hier hereingekommen war, um sich den idealen Mann für die Reise nach Indien zu suchen. Er legte die Schere aufs Tablett, hielt der Schwester die Hände hin, damit sie ihm die Handschuhe abzog, und eilte hinaus.

Nun ging ich daran, den großen Schnitt zu vernähen, ständig angestrengt lauschend, ob vielleicht etwas aus der Intensivstation zu hören war, ob noch Geräusche des Ringens dort aufklangen, obwohl ich wußte, daß die Trenntüren jeden Laut abhalten würden. Ich bot Nakasch an, er könne ruhig mal draußen nachsehen, was vor sich ging, aber er winkte mit seiner dunklen Hand deutlich ab. »Warten wir, Benji, wir wollen nicht stören«, als fürchte auch er noch, einen Blick auf das Geschehen im Nebenzimmer zu werfen. Daher setzte ich mein sorgfältiges Nähwerk fort, redlich bemüht, die richtigen Konturen dieses jungen weiblichen Bauches zu wahren, damit die bleibende Narbe so fein ausfiel, daß sie dem Auge möglichst verborgen blieb.

So verging keine leichte Zeit, bis ich Nakasch endlich das klare Zeichen geben konnte, unsere Patientin aufzuwecken, worauf ich ihn bat, an ihren Pupillen zu prüfen, ob sie wirklich in die Welt der Wachenden zurückgekehrt war, ehe er sich für den Nachhauseweg wieder umkleidete. Jetzt auf dem Flur spürte ich die aufgestaute Müdigkeit und Angst im Innern und beschloß, mich einen Augenblick auf einen Stuhl dort zu setzen, unterdessen den Narkosezettel auszufüllen und die Schwester mit dem reinen Engelsgesicht zu bitten, auf der Intensivstation am Ende des Korridors nachzusehen, was vor sich ging. Sie war gleich zurück mit den Worten: »Es tut mir sehr leid, Dr. Rubin.« Ich sprang auf und ging selbst dorthin. Meine Augen fielen zwangsläufig auf das zwischen die diversen Geräte gepferchte Bett, den Respirator zur einen, den großen alten Defibrillator zur anderen Seite. Lasars Körper war mit einem weißen Laken bedeckt, aber auf seinem Gesicht lag ein steriles grünes Tuch, das mich irgendwie blitzartig an den Anblick der beiden auf dem Textilmarkt in Neu-Delhi erinnerte – vor einem Stand mit Seidentüchern, an dem sie sich einen Schal nach dem anderen umlegte, während er ihr mit müde gelangweiltem Ausdruck zuschaute, gern weitergehen wollte, worauf sie meinte, er solle mal ein grünes Seidentuch aufprobieren, und ehe er noch abwehren konnte, hatte sie es ihm schon auf den Kopf gelegt und mit verblüffender Geschwindigkeit wie ein Großmuttertuch am Hals zugebunden, trat nun einen Schritt zurück, um sein verlegen amüsiertes Gesicht besser betrachten zu können, und brach schließlich in ein Riesengelächter aus, das im Moment die Vorübergehenden ansteckte. Und nun ist er tot, dachte ich, von tiefem Schmerz ergriffen, und seine guten Freunde Levin und Chischin können sich, erschüttert und schuldgeplagt, wie sie sind, nicht der Pflicht entziehen, zu der Frau zu gehen, die nicht allein bleiben kann, um ihr die furchtbare Botschaft zu überbringen. Nakasch stand jetzt neben mir, in Anzug und Krawatte. Auch er sah den Toten, der zwischen den medizinischen Geräten lag, und zögerte einen Augenblick, näher zu treten. Zum Schluß konnte er seine natürliche Neugier nicht mehr unterdrücken, ging hin und zog Lasar das grüne Tuch vom Kopf, um ihm ins Gesicht zu sehen und vielleicht auch von ihm Abschied zu nehmen. Denn Nakasch war ja aus dem tiefen Orient zu uns gekommen und trotz seiner großen Expertise in der Anästhesie und seines fundierten medizinischen Allgemeinwissens in tiefster Seele auch ein großer Fatalist. Wenn der Tod neben ihm landete, forderte er, ihn mit völliger Ergebenheit anzunehmen, ohne Widerrede, ohne Klage und vor allem ohne Beschuldigungen.

Deshalb wollte er auch jetzt nicht meine Diagnose hören,

sondern verabschiedete sich mit einem ruhigen Nicken von Lasar und von mir und eilte nach Hause, wobei er auf seine sparsame Art das Licht hinter sich ausschaltete und den ganzen Trakt auf einen Schlag mit trüben Schatten füllte, so daß ich beschloß, mich gar nicht erst umzuziehen, vielmehr noch in meiner grünen Operationskleidung in die Notaufnahme zu laufen, nicht nur, weil ich mich schon zum Dienstantritt melden mußte, sondern auch, weil ich sicher glaubte, daß man mir dort würde sagen können, was wirklich geschehen war. Tatsächlich fand ich zwei junge Assistenzärzte, die mit Levin, Chischin und anderen dabeigewesen waren, als man Lasar wiederzubeleben versuchte, doch sie waren noch derart verstört und deprimiert von dem Vorfall, daß trotz ihrer Bemühungen, alles mit dem typischen Eifer enthusiastischer junger Ärzte darzulegen und zu erklären, nicht viel Klares aus ihnen herauszuholen war. Sie wußten nur, daß Levin und Chischin gleich nach Feststellung des Todes zu Enat gehastet waren, die einen Schock erlitten hatte, als sie vom Ableben ihres Vater hörte. Erst hätten sie auch mich mitnehmen wollen, um seiner Frau die bittere Nachricht zu überbringen, aber da ich noch mit dem Vernähen beschäftigt gewesen sei, hätten sie darauf verzichtet und Lasars Sekretärin aus dem Büro geholt, die völlig hysterisch zu weinen und zu schreien angefangen habe. Entgegen der üblichen Art junger Ärzte jedoch versuchten sie niemanden zu beschuldigen. Selbst Levin, der bei Lasar gewesen war, als das Herzflattern einsetzte, kam bei ihnen ungeschoren davon. Erst zwei Stunden vorher hätte man bei Lasar doch ein EKG gemacht, mit völlig einwandfreiem Befund. Aber Rhythmusstörungen seien tückisch – sie kämen und gingen nach Belieben. Ich schwieg jetzt lieber – es konnte ja keiner ermessen, wie tief meine Bindung zu Lasar gewesen war – und versenkte mich statt dessen in die laufende Arbeit, die diese Nacht gehäuft anfiel, während die Nachricht vom Tod des Krankenhausdirektors in Wellen zwischen uns aufbrandete. Mitten in der Nacht wurde ich in den Operationstrakt hinuntergerufen, um bei einer Teilnarkose zu assistieren. Als danach eine kurze

Pause eintrat, ging ich erneut in den kleinen Raum mit den Geräten, gewissermaßen, um sicherzustellen, daß man den Leichnam bereits in die Totenkammer des Krankenhauses verbracht hatte, in die ich bisher aus irgendeinem Grund noch nie gelangt war. »Wie kommt man dorthin?« fragte ich den Mann an der Auskunft vor dem Haupteinang. Er wußte es zwar, behauptete aber stur, nachts sei dort alles zu und kein Mensch da. »Kann ja nicht sein«, sagte ich verärgert, »auch bei Nacht gibt es Tote«, und ging hinunter, wobei mir auf der Treppe drei Ärzte begegneten, die ich sofort erkannte und die in ihren Kitteln offensichtlich von dem Ort zurückkehrten, zu dem ich unterwegs war. Es waren Dr. Amit, stellvertretender Chef der Herzchirurgie, Dr. Jarden, der Anästhesist, der bei Lasars Operation mitgewirkt hatte, und der alte Pathologe des Krankenhauses, Dr. Chefetz. Zu meiner Überraschung sah ich, daß sie mich nicht nur erkannten, sondern auch keineswegs erstaunt über mein Kommen waren, als sei es völlig natürlich, daß ich um Mitternacht in die Totenkammer hinunterstieg. »Waren Sie dabei, als es passierte?« fragten sie gleich, wie auf der Suche nach Schuldigen. »Nein«, antwortete ich, »aber seit der Operation habe ich unaufhörlich an die Möglichkeit einer Kammertachykardie gedacht.« Dr. Amit schüttelte verneinend den Kopf. Er könne meine Meinung nicht teilen, vielleicht habe eine Rhythmusstörung vorgelegen, die dann tatsächlich den plötzlichen Tod herbeiführte, aber er schreibe die Verschlechterung des Zustands eher einem Infarkt zu, ausgelöst durch Verschluß eines der Bypässe. Die drei wirkten sehr deprimiert über das, was geschehen war. »Dieser Exitus wird nicht gerade zur Ehre unseres Krankenhauses beitragen«, bemerkte der alte Dr. Chefetz, der sich auf meine Bitte bereit fand, mir den Leichnam zu zeigen. »Aber Sie werden nicht mehr viel sehen«, warnte er mich, als er mit mir kehrtmachte, denn wie wir alle hatte Lasar seine Einwilligung erteilt, Organe für das Versuchslabor des Krankenhauses zu spenden. Mir erschien es eigenartig, daß der Pathologe meiner Bitte ohne Zögern stattgegeben hatte, als begreife auch er, daß ich hier ein besonderes Recht besaß. War das Gerücht über die Indienreise bis zu ihm durchgedrungen? Er öffnete die Tür zu den zwei miteinander verbundenen Kellerräumen. In einer Ecke stand ein mächtiger Kühlschrank mit Reihen großer Eisenschubladen. Er zog eine auf. Lasar sah kleiner aus als gewohnt, der Rumpf war nach dem Ausräumen wieder derb vernäht worden. »Auch das Herz?« fragte ich Dr. Chefetz. »Nein, wieso?« erwiderte er überrascht.

Erst jetzt kam eine Gelassenheit über mich, die auf ihren Schwingen auch großes Erwachen mitbrachte. Ich wußte, daß es nicht richtig war, meine Eltern zu dieser Nachtzeit zu wecken, aber ich hatte das Gefühl, sie an meinen Empfindungen beteiligen zu müssen. Also rief ich an und berichtete ihnen von Lasars plötzlichem Tod. Als gutherzige Menschen waren sie natürlich schmerzlich schockiert und voller Bedauern. Immer wieder wollten sie wissen, wie und warum es passiert sei, als könnten sie dort in Jerusalem verstehen, was große Professoren wie Chischin und Levin nicht verstanden. Auf einmal wollte ich sie auch trösten, ihnen sagen, sie sollten nicht traurig sein, denn Lasars Seele sei schon in mich gewandert, aber dann würden sie gewiß glauben, die Trauer hätte mir den Geist verwirrt, und deshalb bat ich sie nur um die Telefonnummer meiner Tante in Glasgow, vielleicht könnte ich dort noch Michaela erreichen. Ich nahm einen Piepser aus der Notaufnahme, schaltete ihn ein und stahl mich in den Verwaltungsflügel, da ich sicher annahm, daß die Sekretärin in dem Tumult vergessen hatte, die Zimmer abzuschließen. Tatsächlich war Lasars Bürotür offen, doch ich brauchte kein Licht anzuschalten, denn das Mondlicht genügte mir, die Ziffern auf dem ungesicherten Telefonapparat zu sehen. Ja, Michaela und Stephanie hatten einen netten Abend mit meinen Verwandten in Schottland verbracht. Ich erzählte von Lasars Ableben und bat Michaela, ihre Reise abzubrechen und vorzeitig heimzukehren. Am andern Ende der Leitung trat Stille ein. »Stimmt«, sagte ich energisch, »dir steht noch eine Woche in England zu, aber trotzdem wäre es unmoralisch, mich jetzt mit dem Baby allein zu lassen, angesichts der neuen Lage, in der ich mich befinde.« »Aber was für eine Lage denn?« fragte Michaela sanft erstaunt. Ich wurde wütend, daß sie es nicht von selbst verstand, versuchte jedoch, Gelassenheit zu bewahren. »Ich bitte dich, Michaela«, sagte ich ruhig, aber selbstsicher. »Nicht nur Schivi braucht dich, auch ich brauche dich. Denn nur dir kann ich erzählen, was mir geschieht, nur du bist fähig, zu verstehen und zu glauben, daß Lasars Seele in mich gewandert ist.« Jetzt herrschte wieder tiefe Stille am anderen Ende, doch schon nicht mehr das Schweigen des Widerstands, sondern ein anderes, neues Schweigen. Denn ich wußte im Herzen, daß das eben Gesagte derart ihre Phantasie beflügeln und ihren Geist locken mußte, daß sie auf die Fortsetzung ihres Ausflugs zur Insel Skye verzichten und ihre Heimkehr vorverlegen würde.

Vierter Teil

Liebe

I.

Zweimal kam ich während der Trauerwoche zum Beileidsbesuch ins Haus der Hinterbliebenen, das erstemal allein, am Morgen nach der Beerdigung, beim zweitenmal mit Michaela, die vier Tage nach unserem nächtlichen Telefongespräch aus London zurückkehrte. Wenn ich gewollt hätte, hätte ich sogar noch ein drittes Mal kommen können, diesmal mit meinen Eltern, die überlegten, was sie angemessenerweise tun sollten – an der Beerdigung teilnehmen oder während der Trauerwoche einen Kondolenzbesuch abstatten –, bis ich sie überzeugen konnte, daß ihre Beziehungen zu den Lasars nicht mehr als einen Beileidsbrief rechtfertigten, den ich ihnen am Telefon aufzusetzen half. Um die offenkundigen und verborgenen Verpflichtungen, die mir Lasars jäher Tod auferlegt hatte, erfüllen zu können, hatte ich meine Eltern gebeten, Schivi bei sich zu behalten, bis Michaela zurückkam. Die offenkundigen Pflichten waren klarer als die verborgenen und hingen mit der Beerdigung selbst zusammen, die erst einen Tag später stattfand, um der Krankenhausverwaltung und den vielen Freunden Gelegenheit zu geben, eine würdige Zeremonie zu planen, die vielleicht ein wenig den angeschlagenen Ruf des Krankenhauses würde verbessern können, der unter den Gerüchten über eine mißlungene Operation und eine ungenaue Diagnose gelitten hatte. Ich selbst achtete anfangs gerade deshalb auf peinliche Wahrung des Arztgeheimnisses, weil ich meinte, eine glaubhaftere Quelle für interne Informationen als Professor Levin sein zu können, der sich vor lauter Schock und Trauer über den Tod seines Freundes, der nicht nur auf seiner Station, sondern wahrhaft unter seinen Händen gestorben war, in seinen Winkel zurückgezogen und gewissermaßen zur Selbstbestrafung einen Teil seiner Aufgaben auf seinen Stellvertreter übertragen hatte. Auf diese Weise gelang es ihm, die meisten Pfeile der Kritik von sich auf Professor Chischin abzulenken, der die Operation der Herzchirurgie »gestohlen« und eine fremde Kapazität aus einem anderen Krankenhaus hinzugezogen hatte. Richtig, auch auf unserer Kardiologie starben gelegentlich Patienten nach einer Bypass-Operation, aber die galten als »interne« Abgänge, während Lasars Tod ein »externer« Abgang war, den man von außen, durch einen Akt des Verrats zu uns hereingetragen hatte. Doch ich, immer noch überzeugt, daß die Ursache für Lasars Tod nicht mit der Operation zusammenhing, sondern einem Fehler in der Diagnose entsprang, empfand inmitten wachsender Kritik das Bedürfnis, mein Schweigen aufzugeben und Chischin gegen seine hausinternen Ankläger zu verteidigen, die ich teils kaum kannte – Ärzte, Schwestern und Verwaltungsangestellte, die am Morgen nach dem Todesfall merkwürdigerweise die Neigung entwickelten, mich auf dem Korridor abzufangen, um herauszufinden, was genau denn geschehen sei. Dr. Nakasch, der zufällig eines dieser Korridorgespräche mitbekam, warnte mich sofort in untypisch scharfem Ton, das Geschwätz zu unterlassen, und auch bei der Trauerfeier, die auf dem Krankenhausvorplatz begann, spürte ich, daß er und seine Frau absichtlich bei mir blieben, um mich in ihrer kühlen Art taktvoll davon abzuhalten, in den intimeren Kreis von Trauernden, Angehörigen und engen Freunden um Dori vorzudringen, die einen etwas ängstlichen Sicherheitsabstand von ihrem geliebten Mann dort auf der Bahre hielt, von dem ich ihr auf entsprechende Frage gern gesagt hätte, was er jetzt empfinden durfte.

Tatsächlich hätte ich der unerwartet zahlreich erschienenen Trauergemeinde, die sich auf dem Vorplatz drängte, ein wenig wahren Trost zufließen lassen können. Einige trauerten wirklich und wahrhaftig, denn hier und da sah ich Tränen in den Augen eines Mannes oder einer Frau aufschimmern, während sie den Abschiedsworten des Medizinischen Krankenhausdirektors lauschten, eines grauen, zurückhaltenden Mannes, der zunächst mit leiser, aber klarer Stimme Lasars

Lebenslauf vom Blatt ablas. Lasar war nur zwei, drei Straßen entfernt von dem Krankenhaus geboren worden, das er geleitet hatte, und in dieser Gegend auch aufgewachsen und zur Schule gegangen. Als junger Mann hatte er ein Medizinstudium begonnen, es aber bereits im zweiten Jahr abbrechen müssen, da er wegen der schweren Erkrankung seines Vaters seine jüngeren Geschwister, einen Bruder und eine Schwester, unterstützen mußte, die man in dem Dori umstehenden Kreis leicht erkannte, da sie sich die Gesichtszüge des älteren Bruders gewissermaßen geteilt hatten. Von weitem schien es, als hüteten sie sich, Dori zu nahe zu kommen, womöglich in dem Verdacht, der Zorn dieser ewig lächelnden, verwöhnten Frau auf ihren Mann, der sie allein gelassen hatte, könnte stärker und rabiater als ihre Trauer über seinen Tod ausfallen. Sogar die Großmutter wahrte Distanz von ihr, stand von ihren beiden Enkelkindern flankiert, stützend und gestützt. Nur Chischin hatte es – vielleicht aufgrund seiner ärztlichen Autorität, die die Lasars immer für absolut erachtet hatten – gewagt, heranzutreten und sanft den Arm seiner trauernden Freundin zu nehmen, die aufrecht auf ihren geraden Beinen stand und auch in dieser schweren Stunde nicht auf das liebreizende leichte Abspreizen des linken Fußes verzichtet hatte. Chischin trug zu Ehren des Anlasses einen schwarzen Anzug, doch an Stelle eines Käppchens eine alte schwarze Schirmmütze, die ihm das Aussehen eines traurigen Vogels verlieh. Da ich in vielen Stunden neben ihm am Operationstisch jede seiner Stimmungsschwankungen zu spüren gelernt hatte, erkannte ich an seinen Bewegungen sogar von weitem starke seelische Anspannung, als wollte er das Skalpell schwingen, um sich selbst zu operieren. Noch wußte ich nicht, daß er sich bei den Organisatoren der Trauerfeier das Recht ausbedungen hatte, am offenen Grab einen Nachruf zu halten, dessen erste Sätze er gewiß schon im Geist zusammenfügte, während seine kleinen Augen die feindseligen Trauergäste musterten. Auch Doris Blick schweifte über die sich ringweise um sie Scharenden, aber kein Satz oder Wort schien in ihrer Phantasie aufzusteigen. Ihr Bewußtsein war wohl von dem jähen Unheil derart betäubt, daß sie gar nicht merkte, wie ihre Augen selbst in dieser furchtbaren Stunde immer wieder mit dem alten, herzlichen Lächeln aufleuchteten, wenn sie auf die vertrauten Gesichter ihrer Freunde trafen, allerdings mit so schwacher Energie, daß es mir schier das Herz brach.

Am nächsten Tag in der Lasarschen Wohnung, inmitten der vielen Menschen, die das große Wohnzimmer füllten, hörte ich Dori – in dem bewußten schwarzen Samtoverall, das blasse Gesicht ungeschminkt – nach dem Inhalt der Reden auf dem Krankenhausvorplatz fragen, da sie zu geistesabwesend gewesen sei, um viel von dem Gesagten mitzubekommen. Doch die Anwesenden taten sich bei allem guten Willen schwer, ihr genauere Formulierungen wiederzugeben, so daß ich mich schließlich aus meiner Zimmerecke einmischte und ihr fast wortwörtlich nicht nur Lasars Biographie, laut Darstellung des Medizinischen Direktors, wiederholte, sondern auch die bewegte Ansprache des Oberbürgermeisters, die hatte erkennen lassen, wie lieb und teuer ihm Lasar trotz harter Finanzdebatten gewesen war. Doch Chischins Rede am Grab brauchte man ihr nicht wiederzugeben, zum einen, weil Dori genausowenig wie alle anderen Trauergäste deren großartige Kraft hatte vergessen können, zum anderen, weil Chischin selbst jetzt nahe bei ihr saß, neben sich seine sonderbare junge Ehefrau oder Freundin, die die meiste Zeit des Jahres in Europa lebte. Während der Trauerwoche kam er zweimal täglich ins Haus, wohl nicht nur, weil er es für seine Pflicht hielt, der Witwe seines guten Freundes, die ihm auch selbst eine liebe Freundin war, Schutz und Sicherheit zu gewähren, sondern darüber hinaus, um notfalls auf der Stelle jede mögliche Anschuldigung medizinischer oder administrativer Art gegen seine Person abwehren zu können. Deshalb war es nur natürlich, daß er in dem leisen Kommen und Gehen auch mich nicht außer acht ließ. Obwohl ich in einem Eckchen weit weg von ihm Platz genommen hatte, fixierte er mich immer wieder, bemüht zu erraten, ob ich Dori mit etwas zu überraschen gedachte, was sie noch nicht wußte.

Aber ich wollte niemanden überraschen. Der Druck, der mir seit dem Todesfall auf dem Magen lastete, gelegentlich begleitet von leichtem Schwindelgefühl, als sei ich nicht Herr des Geschehens in meinem Innern, hatte jede Anklage verdrängt, und gewiß jede Klage gegen Chischin, der nicht ahnen konnte, daß sich in das Mitleid, das mich beim Blick auf Doris und Enats verweinte Augen überströmte, auch ein großes, lähmendes Glücksgefühl mischte, das mich veranlaßte, entgegen den Regeln des guten Tons nicht nach einer halben Stunde aufzustehen und mich zu verabschieden, um meinen Stuhl anderen Beileidsbesuchern frei zu machen, die ständig weiter durch die offene Tür hereinströmten, sondern an meinem Platz klebenblieb und trübe den Bekannten vom Krankenhaus zunickte, als gehörte auch ich zu den Trauernden im engeren Sinn.

Denn obgleich ich mich nicht zu den hinterbliebenen Angehörigen zählen konnte, empfand ich mich als verkappter Hausgenosse in dieser Wohnung, in der ich zwar nur flüchtig gewesen war, seinerzeit am Vorabend der Indienreise, jetzt aber gleich nach Betreten ein heimisches Gefühl verspürt hatte – nicht nur, weil meine verliebten Phantasien seit der Rückkehr aus Indien unablässig in diesen Räumen umhergeschwirrt waren, sondern auch, weil der wehe Geist des Hausherrn, der in meiner Seele barmherzige Aufnahme gefunden hatte, es mir nun ermöglichte, einfach aufzustehen, ohne Bitte um Erlaubnis in die Küche zu gehen und mir ein Glas kaltes Wasser zu genehmigen, ja sogar weiter den Flur entlang vorzudringen, um einen erneuten Blick in das Schlafzimmer zu werfen, in dem ich Lasar und seiner Frau vor unserer gemeinsamen Reise das Impfserum gespritzt hatte. Wie sollte sie, die unerlaubt in das Schlafzimmer wildfremder Menschen in London vorgedrungen war, mir auch verübeln, daß ich wie hypnotisiert an der Tür ihres großen Schlafzimmers verharrte, in dem das wunderbare weiche Herbstabendlicht das große Fenster rötlich färbte und meine Bedrückung ob des sich mir bietenden Anblicks nur noch verstärkte: Frauenkleidung, über Bett und Stühle geworfen, verstreute Schuhe und aufgerissene Schubladen in einem Chaos, das vermutlich Lasars Wut erregt hätte. Deshalb war es kein Wunder, daß ich bei einer leichten Nackenberührung schaudernd aufschreckte. Es war Chischin. Seine hohe Gestalt wirkte in den letzten Tagen etwas gebeugt, und die kleinen Augen waren müde und gerötet. Suchte auch er etwas, oder war er mir nur gefolgt? Er blieb stumm neben mir stehen, gleichfalls erschrocken über die Unordnung, die die verzweifelte und vielleicht auch wütende Witwe hier angerichtet hatte. »Waren Sie schon mal hier?« fragte er überraschend. »Vor langer Zeit mal«, sagte ich rot werdend, »vor der Indientour«, und plötzlich dämmerte mir, daß er vielleicht gar nicht die Wohnung an sich, sondern ebendieses Schlafzimmer meinte, weswegen ich zögernd fortfuhr: »Ich habe die beiden vor der Reise hier geimpft.« Er nickte, war mir gegenüber ganz Ohr. Seit dem Todesfall hatten wir uns nicht mehr unter vier Augen gesehen, und trotz des großen Statusunterschieds schien mir, daß es noch offene Fragen zwischen uns gab, die weniger die Medizin an sich als ihre Ethik betrafen. Nur hatte ich ihn noch nie so verletzlich erlebt und hütete mich daher vor jeder unbedachten Äußerung, die seine Gewißheit hätte erschüttern können, daß es ein natürlicher Todesverlauf war, den niemand von uns aufzuhalten vermochte. Aber als wißbegieriger Arzt konnte ich mir doch nicht die schon einige Tage in meinem Innern brennende Frage verkneifen, wie Professor Adler als Lasars Operateur sich das Geschehen erklärte. »Buma?« rief Chischin ärgerlich, wobei die Wiederbenutzung des Namens aus Jugendzeiten den Jerusalemer Großmeister wohl auch in meinen Augen auf Menschenmaß schrumpfen lassen sollte. »Der weiß noch gar nichts. Er ist nach der Operation ins Ausland gefahren und kommt erst in ein paar Tagen zurück. Aber was kann er uns denn anderes sagen, Benji? Sie wissen doch selbst, daß Lasars Kammertachykardie nicht mit der Operation zusammenhing, deren völlig erfolgreichen Verlauf Sie ja mit eigenen Augen gesehen haben.« Nun überkam mich ein Glücksgefühl – Chischin hatte meine Diagnose benutzt, als sei sie schon zur absoluten Wahrheit avanciert.

Stürmisch erregt über den unerwarteten neuen Triumph und gebannt zusehend, wie sich das Lasarsche Schlafzimmer auf einmal mit rosigen Schatten füllte, die das Chaos meiner unmöglichen Geliebten verschlangen, wollte ich nun großzügig den Mann belohnen, der mir zwar bei der Stellenvergabe auf seiner Station einen anderen vorgezogen, mich aber immerhin als idealen Mann für die Entsendung nach Indien betrachtet hatte, und so begann ich, seine Grabrede zu loben. »Eine sehr starke Rede«, sagte ich, »wunderbar geradezu, wenn man dieses Wort hier benutzen darf.« Sofort schloß er ungeduldig die Augen, senkte aber auch bescheiden dankend den Kopf und horchte auf die Schritte der ein und aus gehenden Kondolenzbesucher an der Wohnungstür. Obwohl schon viele seinen Nachruf gelobt hatten, schien meine Reaktion ihm wichtig zu sein. »Sie tut mir ja so leid«, fuhr ich unwillkürlich fort. »Was wird sie jetzt ohne ihn machen?« Chischin warf mir einen gelinde überraschten Blick zu, als finde er es unpassend, daß ein fremder junger Mann wie ich in patronisierend besorgtem Ton über Menschen sprach, die beinah das Alter der eigenen Eltern hatten. »Sie ist ja unfähig, auch nur einen Moment mit sich allein zu bleiben«, klagte ich, wobei auch ein wenig Verzweiflung über diese Frau mitschwang. Chischin schien über meine Worte besorgt. »In welcher Hinsicht kann sie nicht allein bleiben?« fragte er schlicht, als könne er mir durch die gewitzte Verleugnung der offensichtlichen Wahrheit ein Geheimnis entlocken. Aber ich begriff, daß ich mich besser vor ihm in acht nehmen sollte, gerade weil die Erlebnisse der letzten Tage uns einander nähergebracht hatten und die heftigen Schuldgefühle, die seine Seele uneingestandenermaßen weiter erschütterten, ihm sein Gespür für den Abgrund, der sich langsam in meinem Innern auftat, schärfen würden. Die Grabrede, die er zwischen zwei Kaddisch auf dem Friedhof gehalten hatte, ließ mir immer noch keine Ruhe. Hatte er sie vorher aufgesetzt, oder war sie wirklich spontan dem schmerzlichen Schluchzen entsprungen, das beim Auffüllen der Grube ringsum aufgeklungen war? Sobald ich nämlich sah, daß man den Leichnam anhob, um ihn in das Grab hineingleiten zu lassen, war ich in dem Drang, mich zu den Blutsverwandten des Verstorbenen zu gesellen, behutsam der diskreten Umklammerung von Nakasch und seiner Frau entschlüpft, um in den engeren Kreis vorzudringen, wo ich nun sah, daß Chischin erst einmal Dori stützen mußte, der plötzlich die Knie versagten und die Tränen kamen, dann abwartete, bis sie sich wieder gefangen hatte, und nun erst die zwei obersten Knöpfe seines schwarzen Jacketts öffnete, dabei eine Krawatte freilegte, die nicht etwa schwarz, sondern verblüffenderweise rot war, als wolle er symbolisch auch in seine Brust eine Wunde reißen, und schließlich zu seiner überraschenden Rede ansetzte, die ich Michaela unbeirrt schon auf dem Heimweg vom Flughafen in ihren Grundzügen wiedergab. Und obwohl Michaela gewiß lieber erst mal etwas über Schivi gehört hätte, die ihre Mutter trotz der langen Trennung mühelos wiedererkannt hatte und nun friedlich auf ihrem Schoß ruhte, hielt sie sich doch zurück und lauschte aufmerksam meinem Bericht über Chischins Worte, denn sie wußte: wenn ich meinte, dort sei für mich Wichtiges gesagt worden, war es auch wichtig für sie. Chischin hatte seinen Nachruf mit der entschiedenen Feststellung begonnen, der verstorbene Direktor verdiene seines Erachtens den Titel »idealer Mann« – nicht etwa als billige, romantische Floskel, sondern nach realistischer Prüfung der Persönlichkeit des Verstorbenen, der zwar in seiner Jugend wegen der elterlichen Notlage das Medizinstudium habe aufgeben müssen, aber nicht auf seine medizinische Berufung im weiteren Sinne verzichtet habe, sondern als Verwaltungsangestellter ins Krankenhaus eingetreten sei, wo er in verhältnismäßig kurzer Zeit mit viel Begabung und Geschick habe aufsteigen und große Macht ansammeln können. Chischin hatte sich nun am frischen Grab gerade aufgerichtet und begonnen, in fast kritischem Ton Wesen, Umfang und Einfluß der Macht Lasars zu schildern, der als Verwaltungsdirektor sicher im Sattel saß, während die Medizinischen Direktoren einander alle paar Jahre die Klinke in die Hand gaben, war jedoch bald zu der Schilderung übergegangen, wie Lasar seine Macht eingesetzt hatte, um dem medizinischen Personal effizient zu dienen, solange die Betreffenden eine Bedingung erfüllten – Treue zu den Patienten. Das war seine Macht, hatte Chischin erklärt, gestützt auf zwei Grundpfeiler: »Detailkenntnis und Wissen um die Grenzen«. Von der Länge eines unbezahlten Urlaubs bis hin zu einem defekten Zahnrad im Dialysegerät habe es für Lasar kein mit dem Krankenhaus verbundenes Detail gegeben, das seiner Kenntnis unwürdig gewesen wäre, und Kenntnis habe für ihn auch Verantwortung bedeutet. Doch das ungeheure Maß an Verantwortung, das Lasar sich aufzuladen bereit gewesen sei, habe niemals sein klares Wissen um die Grenzen seiner Autorität beeinträchtigt, schon gar nicht gegenüber den Ärzten, denen er Respekt gezollt und niemals in ihre professionellen Entscheidungen hineingeredet habe.

Michaela lauschte mir still und geduldig, denn sie spürte: wenn ich ihr Chischins Worte unbedingt wiederholen wollte, ehe sie nach einjähriger Abwesenheit überhaupt nach Hause gelangt war, würde sicher ein persönlicherer, auch sie und mich angehender Teil in dem Nachruf auf den »idealen Mann« folgen. Und tatsächlich waren wir alle erst dann in wahre Erregung geraten, als Chischin die allgemeinen Lobesworte beendet und in weicherem, intimerem Ton von Lasars Reaktion auf die zwei Jahre zuvor unternommene Indienreise zu erzählen begonnen hatte, um eine eher verborgene Seite in der Seele des effizienten Direktors, der nun heimgegangen war, aufzuzeigen. Die vielen Trauergäste, verstreut zwischen den weißen Grabsteinen im herbstlichen Mittagslicht – in der Luft bereits das Sehnen nach dem ersten Regen –, drängten leise enger zusammen, um Lasars Eindrücke von Indien besser hören zu können, die Professor Chischin jetzt wiedergab – nicht nur zu meiner völligen Überraschung, sondern, wie ich gleich spürte, auch zur Überraschung Doris, die sich die Tränen abwischte und das Gesicht des Redners forschend musterte. Obwohl Lasar entsetzt und aufgebracht über die Szenen gewesen sei, die sich seinen Augen auf den staubigen Straßen Indiens darboten, und besonders die in Schmutz und

Elend verkommenden Kranken und Versehrten seinen Protest hätten aufwallen lassen, habe er sich nicht gescheut, ernstlich zu erwägen, ob der große Abstand zwischen unserer und jener Welt uns denn auch einen spirituellen Vorsprung verleihe? Ob wir sicher behaupten könnten, unser Glück sei wahrer und echter als das der Menschen dort? »Und vielleicht«, hatte Chischin mit etwas zu lauter Stimme für den Geschmack Lasars gesagt, der jetzt nicht mehr aus dem Grab aufsteigen und die sonderbaren Sprüche, die Chischin ihm in den Mund legte, dementieren konnte, »vielleicht könnte gerade die gleichgültige Verachtung gegenüber ›Details‹ und ›Grenzen‹ bei Menschen der Welt, die wir als zurückgeblieben und unterentwickelt bezeichnen, uns ein richtigeres Empfinden von dem Kosmos geben, in dem wir unsere flüchtige Existenz verbringen, ja uns wenigstens eine Kostprobe des Bleibenden erhaschen lassen, nach dem es doch auch uns zuweilen – und besonders in solch schmerzlichen Abschiedsstunden, in denen wir einen lieben Menschen zu Grabe tragen – sehnsüchtig verlangt?« Und während Chischin nun den Blick über die Gesichter der andächtig lauschenden Trauergäste schweifen ließ, rückte er die schwarze Mütze auf dem Kopf fester und erzählte von der Nacht, die Lasar mit dem pensionierten indischen Beamten in dem kleinen Eisenbahnabteil unterwegs von Neu-Delhi nach Varanasi verbracht hatte, und von Lasars Staunen über die ruhige, absolute Gewißheit dieses Inders, sich durch ein korrektes Tauchbad im Ganges seine Wiedergeburt sichern zu können. Es war eigenartig, Chischin so über die Nacht in der Bahn sprechen zu hören, als sei Lasar dort völlig allein gewesen, doch dann fiel mir ein, daß Chischin recht hatte und Lasar in jener Nacht tatsächlich allein gewesen war, als er wach im Dunkeln saß und die drei schlummernden Menschen neben sich betrachtete. Chischin sprach mit schmerzlicher Stimme weiter, während sein über die Runde schweifender Blick einen Moment auf mir haften blieb: »Können wir denn leugnen, daß auch bei uns völlig modernen Menschen gelegentlich der Gedanke an eine Wiedergeburt aufkommt, besonders wenn wir an einem eben erst mit Erde gefüllten Grab stehen? Doch wie sollen wir uns mit einer Wiedergeburt trösten, wenn uns von Tag zu Tag klarer wird, daß da nichts ist, was wiedergeboren werden könnte, weil es eine Seele weder gibt noch je gegeben hat?« Jetzt klang unter den Umstehenden unwilliges Gemurmel auf, aber Chischin ließ sich nicht aus dem Konzept bringen. Er selbst stöbere ja sein Leben lang in den verstecktesten Winkeln des menschlichen Körpers und habe noch keine Spur von Seele gefunden, gestand Chischin vor versammeltem Publikum, und seine Freunde, große Hirnchirurgen, behaupteten, alles, was sie fänden und anfaßten, sei reine Materie, ohne jeden Hinweis auf das Vorhandensein von Geist, weshalb sie ebensosicher wie er selbst meinten, es werde eines Tages möglich sein, alles künstlich nachzugestalten und gewiß Teile anderer Gehirne einzupflanzen. Ebenso wie man heute fremde oder künstliche Organe in den Körper implantiere, würde man eines Tages fähig sein, dem Gehirn das einzupflanzen oder einzuspritzen, was das Gedächtnis erweitert, das Denken schärft und vielleicht auch den Genuß erhöht. »Daher kann ich mich nicht damit trösten, Lasar habe eine unsterbliche Seele, die ich um Vergebung zu bitten vermöchte«, schloß Chischin seine Worte mit einer überraschenden Wendung, »sondern nur mit der Erinnerung an das, was er mir oder ich ihm als Mensch von Fleisch und Blut gegeben habe, und wenn tatsächlich ein Fehler gemacht worden ist, dann nur aufgrund meiner großen Liebe zu ihm.«

Ein leicht ironisches Lächeln huschte über Michaelas Lippen, sei es nun wegen Chischins Rede oder weil ich mich bemühte, ihn Wort für Wort zu zitieren. »So will er sich also aus der Affäre ziehen«, bemerkte sie leise ohne nähere Erklärung, während ihre großen Augen noch immer versuchten, meinen Blick zu erhaschen, der ihr seit ihrer Ankunft auf dem Flughafen ausgewichen war und nun die vertrauten Straßen unseres Viertels nach einem Parkplatz absuchte. Auch in der Wohnung, in der ich Amnons Möbeltausch noch nicht rückgängig gemacht hatte, suchte Michaela weiter meinen Blick, um mir erneut die überraschende Erklärung zu entlocken, die mir in meiner Aufregung bei dem nächtlichen Telefongespräch aus Lasars Büro, wenige Stunden nach seinem Tod, herausgerutscht und ihr so wichtig gewesen war, daß sie ohne weiteres ihre Reise abgebrochen und auf die Insel Skye verzichtet hatte, um nach Hause zurückzukehren. Doch ich versuchte immer noch, ihren Blick zu meiden. Sie setzte erst mal Schivi in den kleinen Laufstall, den meine Eltern ihr in der letzten Woche gekauft hatten, und jetzt, da sie die Hände frei hatte, betrat sie die Küche, um mich am Spülbecken zu schnappen, zu umarmen und zu küssen, nicht nur aufgrund der Lust, die jeder fremde Ort bei ihr weckte – und die Wohnung war ihr nach einjähriger Abwesenheit fremd –, sondern auch, um mir die Gewißheit zu geben, daß ihr der sonderbare, mysteriöse Gedanke, den ich in jener Nacht geäußert hatte, durchaus wahr und verlockend erschien. Eine neue süße Wärme strömte mir entgegen – aus Michaelas Armen, die mich an ihren Körper zogen, ebenso wie aus ihrer langen Zunge, die mir das Gesicht leckte –, und die Leidenschaft, die über den Abschiedsärger der letzten Wochen und den Kummer um Lasars Erkrankung und Tod ins Hintertreffen geraten war, wallte jetzt derart stark in mir auf, daß ich vor weher Begeisterung schier erstickt wäre, da ich mit Gewalt versuchte, Michaelas Zunge zu verschlingen und ihre Augen mit Küssen zu bedecken, um ihr den durchdringenden Blick zu verstellen, mit dem sie mir immer noch die wilde Beichte zu entlocken suchte, derentwegen sie hastig heimgekehrt war. Ungeachtet ihres Protests schwang ich sie hoch und trug sie – von den Augen Schivis, die uns mit hochgerecktem Kopf nachsah, verfolgt – in das andere Zimmer, das wegen Amnons Meeressehnen vom Schlafzimmer der Großmutter zum Wohnzimmer mutiert war, legte sie auf das schmale Sofa, das ich nicht erst zu doppelter Größe auszuklappen versuchte, zog ihr die Kleider aus und kniete neben ihr nieder, um sie überall zu streicheln und zu küssen, auf der Suche nach einem Indiz, ob sie in England oder Schottland untreu gewesen war, fand aber keines, stand wieder auf und liebte sie lange und lustvoll, wie an jenem Abend auf der

Anhöhe hoch über Ejals Hochzeitsfeier. Wir ließen erst ab, als Schivis Wimmern zu forderndem Gebrüll anschwoll. »Habe ich nun auch mit Lasar geschlafen?« fragte Michaela mit lachenden Augen, als sie aus der Dusche kam, das feuchte Haar schüttelte und angetan zuguckte, wie ich Schivi auf ihrem hohen Kinderstuhl mit Brei fütterte, vor uns das Küchenfenster, durch das das Licht der untergehenden Sonne fiel. Und gerade ihr leicht scherzhafter Ton erleichterte es mir, nicht länger mit der Antwort hinterm Berg zu halten. »Du hast jetzt mit vielen Menschen geschlafen, toten und lebendigen«, sagte ich ruhig, »darunter vielleicht, warum nicht, auch Lasar.« Und in der Abenddämmerung, neben dem Baby, das horchend mit dem leeren Teller spielte, erzählte ich ihr in geordneter Reihenfolge den Ablauf des Todesdramas: Diagnose, Operation, Genesung und plötzlicher Rückschlag. Meine Geschichte entsprang nicht nur dem Blickwinkel des Arztes, der die Überlegenheit seiner Diagnose beweisen wollte, sondern vor allem der tiefen Erregung des jungen Mannes, der wie ein offenes Buch das stetige Herz eines Freundes gesehen hatte, den er, auch nachdem sein Herz flatternd verstummt war, nicht allein lassen mochte. »Du magst ihn nicht allein lassen?« fragte Michaela überrascht mit leichter Enttäuschung in der Stimme, als erwarte sie eine entschiedenere, aber auch mysteriösere Beichte von mir. »Genau«, sagte ich, unschlüssig, ob ich schon Licht in der Küche anschalten sollte, die sich mit Schatten füllte. »Genau das meine ich. Was hast du denn gedacht?« fuhr ich mit leisem Lachen fort. »Daß ich wirklich glaubte, Lasars Seele könnte in meine wandern?« »Warum nicht?« antwortete Michaela fast flüsternd und kraulte Schivi mit sanftem Finger zwischen den Augen, was die Kleine offenbar wie ein Kätzchen genoß – eine neue Angewohnheit, die in den zwei Wochen, während deren die beiden in London allein gelebt hatten, entstanden sein mußte. »Wenn es dir in der Geburtsnacht gelungen ist, die Seele der Hebamme bei dir einwandern zu lassen, warum solltest du dann nicht auch Lasars Seele aufnehmen können?« Ihre Worte bewegten sich jetzt an der feinen Linie zwischen Ironie und tiefem Ernst, wie immer, wenn sie eine Idee ansprach und dabei auch verkappte pädagogische Absichten hegte. »Die Seele der Hebamme?« lachte ich. »Wer hat das denn gesagt?« »Sie selbst«, antwortete Michaela, »erinnerst du dich nicht? Als wir alle bewunderten, mit welcher Perfektion du Schivi entbunden hast.« Ich schwieg. Hörte gern, daß sie meine Geburtshilfe als perfekt bezeichnete. Aber ich wollte mit ihr nicht weiter über Lasar debattieren, der ohnehin nicht aus seinem Grab aufsteigen und mich verraten konnte.

Am nächsten Tag nahm ich Michaela zum Beileidsbesuch ins Haus der Trauernden mit. Ich erklärte stur, sie müsse unbedingt noch während der Trauerwoche Enat trösten, die den Tod praktisch mit eigenen Augen hatte eintreten sehen. Wir wußten nicht, ob es akzeptabel war, ein Baby ins Trauerhaus mitzubringen, taten es aber trotzdem, weil wir noch keine Babysitterin hatten und ich weder Michaela allein gehen lassen noch selbst auf einen weiteren Besuch in der Wohnung verzichten wollte, in deren Räumen ich in Gedanken so oft herumspaziert war. Wieder fand ich das Wohnzimmer voller Trauergäste vor, darunter viele bekannte Gesichter aus dem Krankenhaus, von Leuten, die ihren Besuch in die letzten Tage der Trauerwoche verlegt hatten. Sie konnten unmöglich alle in täglichem Kontakt mit Lasar gestanden haben, hatten sich aber wohl sämtlich unter dem Schutz seines scharfen Blicks gefühlt und wollten nun, da dieser Schutz entfallen war, das Ausmaß des über ihren Köpfen klaffenden Lochs prüfen. Auch Chischin fand ich dort sitzen, auf demselben Platz wie beim letztenmal, zu Doris Rechten, die abgeschabte schwarze Mütze vom Friedhof auf dem Kopf, wie zum Zeichen seiner eigenen andauernden Trauer. Anstelle seiner jungen Begleiterin, die er bei einer seiner Europareisen kennengelernt hatte, war diesmal ein Mann von kleinem Wuchs in etwas salopper sportlicher Kleidung mitgekommen, der mir von weitem bekannt vorkam und sich beim Nähertreten zu meiner Verblüffung als Professor Adler, der Großmeister aus Jerusalem, entpuppte. Obwohl ein Chirurg gemeinhin nicht die trauernden Angehörigen eines verstorbenen Patienten aufsuchte, hatte Chischin ihn in voller Absicht mitgebracht, um allen zu beweisen, daß er die Operation, die sein Freund durchgeführt hatte, trotz des unglücklichen Ausgangs für erfolgreich verlaufen hielt. Deshalb hatte Chischin Adler bei dessen Rückkehr aus Europa vom Flughafen abgeholt und ihn auf dem Weg nach Jerusalem vorbeigebracht. Zögernd, Michaela mit dem Baby in der Trageschlinge vor dem Bauch, gingen wir auf Enat und Dori zu. Vom tadelnden Auge ihres Ehemanns befreit, rauchte Dori nun eine ihrer dünnen Zigaretten nach der anderen, während sie unkonzentriert und ohne ein Lächeln den Erklärungen Professor Adlers lauschte, der ihr geduldig und wohlgeordnet seinen schuldlosen Anteil an der Operation referierte. Enat, sehr blaß im Gesicht, sprang bei Michaelas Anblick auf, um sie mit derart viel Wärme und Liebe zu umarmen und zu küssen, daß Schivi beinah zwischen ihnen erdrückt worden wäre und Dori das Zuhören sein ließ und gebannt auf ihre Tochter starrte, die sich in ihrem Schmerz an Michaela schmiegte. Erschrocken sah ich, daß Dori stille Tränen vergoß und die Zigarettenasche beinah auf den Teppich fiel, weshalb ich mich instinktiv vorbeugte, um ihr den Aschenbecher näher zu rücken. Jetzt hatte mich auch Professor Adler erkannt und lächelte mir freundlich zu. Ob er sich wohl an die ventrikuläre Tachykardie erinnerte, die ich ihm zögernd als mögliche Diagnose offeriert hatte, als die Schwester ihm aus dem Operationskittel half? Es hätte mich nicht gewundert, denn nach dem klugen, direkten Blick seiner Augen hätte er vermutlich auch den Worten eines unerfahrenen jungen Arztes wie mir mit geduldigem Respekt zugehört, wenn es ihm nicht so eilig gewesen wäre, nach Jerusalem zurückzukommen. Als Enat Michaela samt Schivi in ihr Zimmer bat, um ein bißchen mit ihr allein zu sein, erlaubte ich mir daher, ihren frei gewordenen Platz bei den beiden Ärzten und Dori einzunehmen. Und als lindere meine Anwesenheit Kummer und Schmerz, blitzte schon wieder, wenn auch nur matt, das alte, ein wenig mechanische Lächeln in ihren Augen auf, und vielleicht in dem

Glauben, dieses Lächeln rechtfertigen zu müssen, erzählte sie Chischin und seinem Jerusalemer Freund, wie sehr Lasar mich geschätzt habe. Und ich, der nicht nur seine Sympathie, sondern auch seine Liebe wie ein bleiernes Pendel im Körper schwingen spürte, senkte den Kopf wie ein Junge, der mit Freude, aber auch Ungeduld hört, wie seine Mutter ihn vor fremden Menschen lobt, und begann nun doch, Professor Adler ein paar Fragen zu stellen, um die pathologische Entwicklung nach der Operation besser zu verstehen, nachdem der Eingriff selbst meiner bescheidenen Meinung nach durchaus geglückt war. Doch obwohl er sich um klare Erläuterungen bemühte und das aus dem Tritt gekommene und schließlich stehengebliebene Herz sogar auf ein großes Blatt Papier skizzierte, schien der Meisterchirurg, der so entschieden die elektrische Säge über Lasars Brust geschwungen hatte, keine einzige starke, überzeugende Begründung für den plötzlichen Tod anführen zu können, sondern häufte nur Erklärungen an, deren Verkettung ihre Schwäche überwinden sollte. Dori versuchte ihm zuzuhören, aber neue Trauergäste, Richter und Rechtsanwälte in Schwarz, kamen herein und fielen ihr um den Hals, so daß sie von seinen Worten abgelenkt wurde. Außerdem wußte sie ja, daß ihr Mann auch dann nicht wieder lebendig werden würde, wenn der wahre Grund für seinen Tod aufgedeckt werden sollte.

Aus ihrer Sicht hatte sie natürlich recht, aber einem Arzt, noch dazu einem jungen, durfte ein nicht bis ins kleinste aufgeklärter Todesfall keine Ruhe lassen. Deshalb trachtete ich danach, Professor Adler so lange zu bearbeiten, bis er nicht nur mir, sondern eigentlich auch sich selbst klargemacht hätte, was wirklich passiert war. Er schien sogar bereit zu sein, meine Herausforderung geduldig anzunehmen und gewissermaßen erneut Lasars Brustkorb aufzusägen, um mit dem Stahlrahmen des Retraktors das Buch des stehengebliebenen Herzens aufzuklappen und mit feiner Nadel das Kochsche Dreieck zu berühren, den Ort, an dem sich die wahre Gefahr verbarg. Doch hier unterbrach Chischin seinen Freund, der vor lauter Eifer, die Richtigkeit seiner Auffassung zu beweisen, völlig vergessen hatte, daß er erst vor ein paar Stunden in Israel angekommen war, und erinnerte ihn daran, daß es Abend wurde und er, Chischin, ihn noch wie versprochen nach Jerusalem fahren wollte. Außerdem kam ein neuer Schwung Trauergäste herein, und wir alle spürten, daß es Zeit war, anderen Platz zu machen. Professor Adler stand auf und verabschiedete sich sehr herzlich von mir, lud mich sogar ein, ihn in Jerusalem aufzusuchen, um die Debatte fortzusetzen. »Sehr gern«, stimmte ich auf der Stelle zu, »meine Eltern wohnen ja in Jerusalem.« Und damit geleitete ich die beiden Professoren zur Tür, als sei ich hier eingezogen – wenn auch nur zeitweise, allein der Trauer wegen, wie die Großmutter, die mit einer sauberen Schürze in der Küche stand, um Tee für die Gäste zu machen, und sich so freute, mich zu sehen, oder wie Enat, die sich mit Michaela in ihr altes Zimmer zurückgezogen hatte, um sie den Schock über den Tod ihres Vaters nachempfinden zu lassen und staunend zuzugucken, wie flink Schivi auf ihrem Bett herumkrabbelte. Dabei bestand doch kein Zweifel daran, daß die geliebte Frau, die Angst hatte, mit sich allein zu bleiben, nicht einzig auf die Anwesenheit ihres Soldatensohns bauen konnte, aus dessen Zimmer eine jugendlich lebhafte Unterhaltung drang, begleitet, wie mir schien, von ganz leiser Rockmusik, sondern gewiß auch erwartete, daß die Großmutter und Enat nicht bei sich zu Hause, sondern hier bei ihr übernachteten, zumindest während der Trauerwoche. Aber was sollte künftig werden? dachte ich besorgt, als müsse gerade ich eine Lösung finden, und schob die Schlafzimmertür ein Stückchen auf, wobei ich mit Freuden sah, daß das Chaos, das zwei Tage zuvor hier geherrscht hatte, spurlos beseitigt war, als sei unterdessen Lasars beunruhigter Geist eingekehrt, um Ordnung zu schaffen. Obliegt jetzt wirklich mir die Sorge? fragte ich mich, denn obwohl ich zwei Wochen mit ihr in Indien verbracht und zweimal mit ihr geschlafen hatte, wußte ich immer noch so wenig über sie. Und jetzt, da ich sie umringt und geküßt und so fest umarmt sah, daß ihre Frisur sich löste und ihr Haarsträhnen ins Gesicht fielen, die nicht nur ihre verweinten

Züge verbargen, sondern auch das wunderbare automatische Lächeln, das selbst tiefe Trauer und Sorge nicht auszulösen vermochten, da fragte ich mich, ob wirklich die Zeit gekommen war, mir selbst diese Sorge aufzubürden, nur um mich weiter der unmöglichen Verliebtheit hinzugeben, die plötzlich möglich werden konnte.

Ja, ist sie denn möglich? grübelte ich erregt, während ich mit glühendem Gesicht Enats Zimmer betrat, um Michaela und das Baby abzuholen. Und sofort hegte ich, aufgrund des neugierigen, aber auch ängstlichen Blicks, den Enat mir zuwarf, den Verdacht, daß Michaela etwas von Seelenwanderung gesagt haben könnte, denn Enat fühlte sich ja selbst nach Indien hingezogen, war in den zwei Wochen, in denen sie hilflos in dem Thaikloster in Buddh Gaya gelegen hatte, vielleicht den sonderbaren Ideen ihrer Pflegebeauftragten ausgesetzt gewesen und konnte sich leicht einen solch extremen Gedanken zu eigen gemacht haben. Deshalb lächelte ich ihr nicht nur eilig zu, sondern berührte sie auch freundschaftlich, um sie zu beruhigen, wie ich es während unserer gemeinsamen Reise, von Arzt zu Patientin, getan hatte. Doch diesmal schien sie unter meiner Berührung zu erbeben. Läßt du dich derart von Michaela beeinflussen, daß du schließlich glaubst, etwas Fremdes könnte die Grenzen meiner Persönlichkeit durchbrochen haben? hätte ich beinah protestiert, aber ich sagte kein Wort, saß nur auf dem Bett in dem Zimmer, das noch immer Spuren von Enats Kindheit und Jugend aufwies, und griff mir hastig Schivi, die sich angespannt versteifte, als hätte ein fremder Mann, nicht ihr Vater, sie aufgehoben. Enat wirkte deprimiert und ausgelaugt. Zwar hatte sie nur wenige Minuten die Agonie ihres Vaters miterlebt, bevor Professor Levin sie schnellstens wegschickte, aber diese Momente hatten genügt, eine Narbe bei ihr zu hinterlassen. »Eine echte Narbe, auf die sie nicht verzichten wird«, sagte Michaela auf dem Heimweg, »eine wirkliche Narbe, die man jemandem zeigen kann, der gern Narben sieht oder einfach sie selber liebt – eine spirituellere Narbe als die von der Hepatitis gebliebene, trotz der dramatischen

Bluttransfusion, die du ihr in Varanasi gemacht hast.« Ihrem Ton war nicht zu entnehmen, ob sie mit Ironie oder ehrlichem Mitgefühl von Enat sprach. Ich hatte schon öfter erlebt, daß sich Aussprüche von Michaela, die ich für boshafte Ironie gehalten hatte, später als völlig ernst und aufrichtig gemeint entpuppten. Deswegen zögerte ich mit der Antwort. Die Bluttransfusion in Varanasi schien jetzt, nach Lasars Tod, im Traum stattgefunden zu haben, nicht in der Wirklichkeit, die sich nun mit frischen, feinen Regentropfen füllte, die die Bremslichter der vor uns fahrenden Wagen in glitzernde Brillanten verwandelten. Schivi reckte sich auf Michaelas Schoß in die Höhe, angezogen von der Bewegung der ein- und aussetzenden Scheibenwischer. Jetzt merkte ich, daß Michaela Schivis Trageschlinge in Enats Zimmer vergessen hatte. Doch ich sagte erst mal nichts, weil ich nicht gleich kehrtmachen, sondern lieber im weiteren Verlauf des Abends zurückfahren wollte, um zu sehen, wer die Nacht bei Dori verbrachte. »Hast du Enat was von mir erzählt?« fragte ich ohne nähere Erklärung, aber Michaela begriff, was ich meinte. »Nein«, antwortete sie sofort, wobei ein verstecktes Lächeln in ihren großen Augen aufleuchtete. »Wenn sie nicht selbst erkennt, was geschehen ist, können ihr auch meine Worte nicht helfen.« Und dann fügte sie leise hinzu: »Hast du nicht gespürt, wie sie erzitterte, als du ins Zimmer kamst?« Ich verlangsamte die Fahrt und schloß sekundenlang die Augen. Ahnte sie, wohin sie mich mit diesen Wort trieb? »Ich sehe, du versuchst, ein bißchen Feuer zu entfachen«, murmelte ich, umklammerte das Lenkrad und wunderte mich über das Wort »Feuer«, das mir herausgerutscht war. »Aber das Feuer ist doch bereits entzündet, Benji«, antwortete Michaela mit ruhiger, fester Stimme. »Schon in jener Nacht, als du anriefst, um mich zurückzuholen, und unumwunden zugabst, was du fühltest, bist du in meinen Augen gestiegen, als hättest du dich in einen Brahmanen verwandelt. Deswegen habe ich auch nicht gezögert, die Reise abzubrechen und heimzukehren, obwohl ich fürchtete, du würdest hinterher das zu leugnen versuchen, was mit solcher Schönheit und Kraft aus dir hervorgebrochen ist.« Ich schwieg, lächelte überrascht Schivi zu, die ihre Augen von den wedelnden Scheibenwischern löste und mir einen fragenden Blick zuwandte, als wundere sie sich, daß ich nicht auf Michaela reagierte, die jetzt von wahrhafter Erregung erfaßt wurde bei ihrem Bemühen, mich nicht länger leugnen zu lassen, was mit mir geschehen war. Dadurch würde sie ja keineswegs meinen medizinischen Verstand schmälern, der dem meiner Professoren nicht nachhinke, einschließlich des kleinen Jerusalemers, der trotz seiner Weisheit und Einfühlungsgabe blind gegenüber dem nahen Tod Lasars gewesen sei, der doch auf dem Operationstisch offen vor ihm gelegen habe, während ich ihn schon von England aus gespürt hätte und deshalb eilig habe zurückkommen wollen, wie jemand, der einen Feuerschein am Horizont eines fernen Feldes sähe und dorthin eile – nicht um es zu löschen, sondern um Erleuchtung darin zu finden, weil es von der Art des heiligen Feuers sei, in dem man die Toten verbrenne und die Seele aus dem Leib befreie, ja dessen Anziehungskraft sogar bewirke, daß sich zuweilen auch die Witwe hineinwerfe.

»Die Witwe?« flüsterte ich verblüfft und amüsiert über Michaelas phantasievolle indische Assoziationen, doch wie sich herausstellte, war das kein bloßes Gerede, sondern handfeste Wirklichkeit, denn Michaela war bei ihrem Indienaufenthalt einmal Zeugin einer Witwenverbrennung geworden, was sie nie mehr vergessen würde. Obwohl diese Zeremonie nach den indischen Gesetzen streng verboten sei und daher nur sehr selten und im verborgenen stattfinde, fern von den Augen Fremder, hätten die Gehsteigärzte und ihre Helfer in Kalkutta das Vertrauen zweier indischer Ethnologen gewonnen, die die hingebungsvolle Tätigkeit dieser Fremden für Kranke und Versehrte einer besonderen Belohnung wert erachteten und ihnen nun nicht einfach nur einen grauenhaften Ritus vorführen wollten, sondern etwas Echtes aus dem Herzstück der nationalen Identität. Natürlich hatten sich nicht alle eingeladenen Ärzte und Schwestern dafür begeistert, die zweitägige Reise über verschlungene Wege zu dem entlegenen Dorf anzutreten, in das bei aller Primitivität schon ein feiner Hauch kommerziellen und touristischen Bewußtseins eingedrungen war. Doch Michaela konnte einfach nicht die Gelegenheit ungenutzt lassen, den uralten Ritus zu sehen, den die Engländer bis zur Ausrottung verfolgt hatten, denn sie wußte sehr wohl – wer in Indien vor dem Anblick des Todes zurückschreckte, setzte sich in Widerspruch zu dem wahren Geist des Ortes und sollte lieber fernbleiben. Die Zeremonie fand in einer versteckten Talrinne am Dorfrand statt, und alle Zuschauer mußten Distanz halten, die Fremden am allermeisten. Die Witwe war nicht alt, um die Fünfzig, aufrecht und geschmeidig, und hatte nach den ausdrücklichen Angaben der Veranstalter völlig freiwillig und in festem Glauben beschlossen, den Scheiterhaufen zu besteigen – und die Erinnerung an die ferne, farbige Feuerzunge, die langsam die Frau verzehrte, würde niemals im Gedächtnis verlöschen, nicht bei Michaela und gewiß nicht bei Enat, die sich von Michaela zum Mitkommen hatte überreden lassen. »Wieder und wieder bin ich verblüfft festzustellen, wieviel ihr zusammen wart«, sagte ich zu Michaela, die das Baby auf den Armen die Treppe hochtrug und das Fehlen der Trageschlinge noch nicht bemerkt hatte, die mir nun bald »einfallen« würde, damit ich glücklich erregt zu dem Haus zurückkehren konnte, in dem ebenfalls eine Witwe saß, bei der jedoch kein Mensch auf die Idee gekommen wäre, sie zum Besteigen des Scheiterhaufens aufzufordern, um ihre Treue und Liebe unter Beweis zu stellen, die ja allen klar und deutlich waren.

»Stimmt«, antwortete Michaela, schüttelte sich die Regentropfen aus dem Haar und betrat die Wohnung, »wir sind viel zusammengewesen, aber unsere Reaktionen waren immer ganz unterschiedlich. Ich verließ den Ort dieses sehr ernsten Geschehens doch mit einem erhabenen Gefühl, genau wie die Inder, die uns dorthin gebracht hatten und übrigens, täusch dich nicht, ebenso fortschrittlich und modern wie du oder ich waren. Aber Enat war hinterher derart entsetzt und durcheinander, so schockiert und verletzt – sogar richtig böse, daß ich sie verlockt hatte mitzukommen –, daß mir scheint, es hat damals bei ihr angefangen.« »Was denn?« »Ihre Krankheit. Die Gelbsucht. Der Verfall.« »Aber in welcher Hinsicht?« bohrte ich weiter, befeuert von dem Gedanken, nahe daran zu sein, die mysteriöse Quelle dessen zu entdecken, was mein Leben erschütterte. »Was weiß ich«, sagte Michaela achselzuckend, »vielleicht ist ihr Immunsystem geschwächt worden, als sie eine ältere Frau, im Alter ihrer Mutter, langsam in Flammen aufgehen sah, und dann braucht es in diesem Dreck nicht mehr viel, damit ein boshafter Virus einen befällt.« Als Michaela mein großes Interesse an dieser Zeremonie bemerkte, versprach sie mir, ein paar Bilder herauszusuchen, die einer ihrer Freunde insgeheim hatte aufnehmen können, bevor einige Soldaten eintrafen, die aus einem Nachbardorf herbeigerufen worden waren, um die Menge zu zerstreuen, aber die Frau, die bereits zu Asche geworden war, nicht mehr hatten retten können.

Die Türklingel läutete. Es war Amnon, der von Michaelas Rückkehr wußte und sie vor seiner Nachtwache begrüßen wollte. Wir freuten uns sehr über sein Kommen und bestanden darauf, daß er zum Abendessen blieb und erst mal zuguckte, wie Schivi gebadet wurde, was ihm vielleicht Lust auf eigene Babys machen würde. Um meine Aufregung angesichts des bevorstehenden nächtlichen Besuchs in der Lasarschen Wohnung zu lindern, erbat ich seine Hilfe dabei, den Zimmertausch wieder rückgängig zu machen, den er während unserer Abwesenheit in der Wohnung vorgenommen hatte. Michaela wollte mich anfangs von vorschnellem Handeln abhalten, meinte, die neue Raumaufteilung habe auch ihre Vorzüge, die wenigstens eine zusätzliche Prüfung wert seien, aber ich beharrte, diese Umkehrung könne eventuell für einen trägen Junggesellen wie Amnon passen, aber kaum für ein verantwortungsbewußtes Paar, das das Schlafzimmer nicht auf Kosten der Gäste vergrößern könne, die schließlich ein Anrecht hätten, im schönsten Raum der Wohnung zu sitzen. Beide waren nicht überzeugt, aber ich als »der ursprüngliche Mieter, Unterzeichner des Mietvertrags und damit auch wahrer Repräsentant der Hauswirtin« nötigte ihnen meinen

Willen auf, und so schleiften wir das breite Bett der Großmutter wieder an seinen Platz zurück und stellten die Klappcouch dem großen Fenster gegenüber, damit man von ihr aus ein Stückchen Meer sehen konnte – allerdings nicht an einem Abend wie diesem, an dem ständig leichter Regendunst in der Luft hing. Entsprechend wunderte sich Michaela auch, daß ich trotz Regen und später Stunde unbedingt noch die vergessene Trageschlinge holen wollte, als könnte man bis zum nächsten Tag nicht genausogut ohne sie auskommen.

Empfindet Chischin derartige Schuldgefühle, daß er, von Jerusalem zurück, wieder hier raufgegangen ist? überlegte ich besorgt, als ich seinen Wagen vor dem Lasarschen Haus parken sah. Ich eilte hinauf und klopfte sanft an die Tür, wobei ich mir in Gedanken einen kurzen Entschuldigungssatz für jedes potentielle Gegenüber zurechtlegte – einschließlich der Großmutter, die mir mit freundlichem Lächeln öffnete, frisch in weißer Bluse zum gutgeschnittenen Schottenrock. Die Wohnung, die einige Stunden zuvor von Menschen gewimmelt hatte, war jetzt leer und ein wenig dunkel, und die vielen verstreut stehenden Stühle, wohl aus Nachbarwohnungen zusammengeholt, drückten die Trauer, die hier eingezogen war, besser aus als alle schönen Worte des Trostes. Ohne langes Gerede führte mich die Großmutter den dunklen Korridor entlang zu Enats Zimmer, um das Verlorene zu suchen, während Doris Schluchzen aus der Küche mich wie ein Messer durchbohrte. Die Tür zum dunklen Schlafzimmer stand offen und gab Einblick in erneutes Kleiderchaos. Das Zimmer des Soldaten war erleuchtet, aber menschenleer, nur ein kurzes Gewehr lehnte dort an der Wand. Doch Enats Tür war geschlossen. Zuerst klopfte die Großmutter leicht an, und als keine Antwort kam, machte sie behutsam auf. Enat, die angekleidet und mit Schuhen zusammengerollt auf dem Bett lag und schlief, neben ihrem Kopf eine kleine brennende Lampe, schlug die Augen auf und griff sofort, als hätte sie meine Rückkehr erwartet, unters Bett, um Schivis Trageschlinge hervorzuziehen. »Tut mir leid«, flüsterte ich, während ich näher trat, um sie ihr abzunehmen. Sie nickte lächelnd. »Gib Schivi einen Kuß von mir«, bat sie und rollte sich wieder zusammen wie ein trauriger Embryo, ließ sich von der Großmutter lediglich die Schuhe ausziehen. Ich trat den Rückweg auf den Flur an, nicht geneigt, die Wohnung zu verlassen, ohne einen weiteren Blick auf Dori erhascht zu haben. »Übernachten Sie hier?« fragte ich die Großmutter spontan. »Nein«, sagte sie ein wenig verlegen. Sie sei den ganzen Tag über da, aber nachts kehre sie in ihr Altersheim zurück. In ihrem Alter könne man sich schwer an fremde Betten gewöhnen. Jetzt warte sie auf den Enkel, der ein wenig zum Luftschnappen mit seinen Freunden hinausgegangen sei und sie dann nach Hause fahren werde. Ich schwieg, verlangsamte meine Schritte, die Ohren nach der tränenerstickten Stimme Doris gespitzt, die Chischin etwas erzählte. »Aber ich kann Sie doch fahren«, bot ich sofort meine Dienste an und beugte mich vor, um in ihr sympathisches Gesicht zu sehen. »Vielen Dank«, erwiderte sie ohne Zögern. Und obwohl sie sich nach dem ermüdenden Tag hütete, mein Angebot auszuschlagen, vergaß sie auch nicht ihre gute Kinderstube. »Aber liegt das Altersheim denn überhaupt auf Ihrem Weg?« »Es wird auf meinem Weg liegen«, antwortete ich entschieden und folgte ihr in die Küche, um Dori und Chischin wissen zu lassen, daß ich die Großmutter mitnehmen würde. Die beiden saßen bei trübseligem, weißem Neonlicht am Küchentisch. Zwischen gebrauchten Gläsern und Tassen lag Doris Brille unter zerknüllten Papiertaschentüchern. Ihre Augen waren nackt wie in dem Augenblick unseres Liebesakts, nur rot verquollen. Zum erstenmal seit Lasars Tod konnte ich die Tiefe des Schmerzes ermessen, in den sie versunken war. Chischin saß in einiger Entfernung von ihr, das Gesicht traurig versonnen, die langen Beine vor sich ausgestreckt. Seine Trauerkappe lag auf dem Tisch. Vor ihm stand ein Teller mit Abendbrotresten, und zwischen den Fingern hielt er eine von Doris dünnen Zigaretten. Er, den ich noch nie hatte rauchen sehen, tat es als Geste gegenüber der Trauer und Verzweiflung seiner Freundin. Beide hoben den Blick zu mir, ohne überraschten oder fragenden Ausdruck, als sei es ganz natürlich, daß ich wie die übrigen Hausgenossen zu so später Abendstunde durch die Zimmer lief. Dori versuchte nicht, die Spuren ihres Weinens zu vertuschen, hielt mir im Gegenteil das tränenüberströmte Gesicht entgegen, als fordere sie auch von mir ein klares, starkes Wort des Trostes oder der Hoffnung, um – wenn schon nicht Lasar – doch wenigstens ihr verschwundenes Lächeln zurückzugewinnen.

»Kann ich deine Mutter mitnehmen?« fragte ich sie errötend, als sei es mit der Zustimmung der Großmutter allein nicht getan. »Gewiß«, antwortete Chischin an Doris Stelle, »damit erfüllen Sie einen wichtigen Dienst«, worauf er in vertraulichem Ton zu Dori gewandt hinzufügte: »Der Junge hat mit seinen Freunden offenbar die Zeit vergessen.« Sie nickte bestätigend, hob die Tasse an die Lippen und nippte ein Schlückchen. Ich stand zögernd an der Küchenschwelle, die Riemen von Schivis Trageschlinge über die Schulter geworfen, während die Großmutter sich hinter meinem Rücken im dunklen Flur, in dem offenbar die Glühbirne ausgebrannt war, rasch zum Gehen fertigmachte. »Draußen regnet es ein bißchen«, warnte ich allerseits, fügte jedoch gleich wieder beruhigend hinzu: »Aber noch ist es angenehm«, wobei ich sah, daß Dori die Hand nach der Schachtel ausstreckte, um sich eine weitere Zigarette zu genehmigen. Urplötzlich spürte ich denselben Drang wie Lasar, der sie immer vom Rauchen hatte abhalten wollen, und schob mit raschem Griff die Schachtel weg. Zuerst war sie perplex, als sei die Hand des Toten ins Zimmer zurückgekehrt. Doch sofort hatte sie sich wieder gefaßt und bot mir in der Annahme, ich wollte ebenso wie Chischin ihre schlanken Zigaretten probieren, mit großzügigem, herzerwärmendem Lächeln die Schachtel an, so daß mir nichts anderes übrigblieb, als ebenfalls eine zu nehmen, mich vorzubeugen, um mir von Dori Feuer geben zu lassen, und dabei etwas von diesen »auch für mich seltsam verwirrenden Tagen« zu murmeln, worauf Chischin mich freundlich anblickte und beifällig nickte. Auf der Straße warf ich die Zigarette sofort zu Boden und trat sie aus, was der Großmutter offenbar gefiel. Der leichte Regen und die entsprechend frische Luft freuten sie, als könnten nur Veränderungen in der Natur etwas Trost für die geschlagene Familie bringen. »Ihre Kleine ist nicht nur süß, sondern auch sehr brav«, bemerkte sie, während ich ihr erklärte, wie sie den Sicherheitsgurt anlegen sollte. »Offensichtlich weiß Ihre Michaela mit ihr umzugehen«, fügte sie hinzu. »Ich aber auch«, machte ich auch meinen Anteil als guter Ehemann und Vater geltend. »Sie auch, natürlich«, bestätigte die Großmutter, schien aber insgeheim mehr auf die innere Ausgeglichenheit Michaelas zu vertrauen, über deren Taten sie mich jetzt auszufragen versuchte. Doch ich wollte die kurzen Fahrtminuten nicht für unnützes Gerede über Michaela, Schivi oder auch mich vergeuden, sondern vor allem hören, wie sie über die Zukunft dachte, vielleicht auch über die trübe Gegenwart, mit der Chischin sich ebenfalls auseinanderzusetzen versuche. »Ja, Chischin läßt uns nicht im Stich«, sagte die Großmutter. »Auch für ihn ist es sehr schwer, denn er fühlt sich schuldig, weil er Lasars Operation aus der richtigen Station herausgenommen und einem wildfremden, wenn auch vielleicht recht netten Chirurgen übertragen hat.« Wieder verteidigte ich Chischin und sein Vorgehen, als könnte seine Schuld auch auf mich abstrahlen. Sie lauschte angetan meinen Worten, nickte zustimmend, als wolle auch sie Chischin gern freisprechen und sich davon überzeugen, daß der Tod ihres Schwiegersohns unvermeidbar gewesen war. »Allerdings gibt es für einen Arzt keinen völlig unvermeidbaren Tod«, versuchte ich ihr einen tieferen Gedanken nahezubringen. »Aber wie ist das denn möglich?« fragte sie erstaunt, als wollte ich sie vom ewigen Leben überzeugen. »Wenn wir akzeptieren würden, daß es unvermeidbare Todesfälle gibt, ginge die positive Konkurrenz zwischen den Ärzten verloren«, erklärte ich. Jetzt war die Großmutter ehrlich besorgt über meine Worte. »Geht die Konkurrenz so weit?« »Warum nicht?« fragte ich zurück. »Wir sind ja auch nur Menschen. Zum Beispiel – sogar als ich einige der Medikamente ausgewechselt habe, die Professor Levin Ihnen verschrieben hatte, empfand ich ein kleines Triumphgefühl. »Aber er hat sie inzwischen wieder zurückgetauscht«, antwortete sie sofort in scharfem Ton und lächelte mit offener Freude. »Ich weiß«, flüsterte ich in jähem Schmerz. »Ich weiß.«

Das Altersheim lag im Dunkeln, obwohl es erst zehn Uhr abends war. Doch die Großmutter schien keineswegs beunruhigt über diese Finsternis. Sie dankte mir herzlich, erlaubte mir, sie aus dem Sicherheitsgurt zu befreien, setzte ein weißes Barett auf, um ihren Kopf vor dem tröpfelnden Regen zu schützen, und stieg vorsichtig aus dem Wagen. Ich stieg ebenfalls aus und erbot mich, sie zu begleiten. Bei ihrer ausgezeichneten körperlichen und seelischen Verfassung brauchte sie keine Eskorte, aber mit ihrem feinen Gespür erfaßte sie, daß ich begierig war, die Unterhaltung fortzusetzen, und dankte mir daher wärmstens, als täte ich ihr wirklich einen großen Gefallen. Wir überquerten langsam den leeren Vorplatz. Ich stellte ein, zwei Fragen nach dem Altersheim, die sie knapp beantwortete. Jetzt standen wir vor der großen Glastür, auf deren anderer Seite der Pförtner vor dem Monitor saß, der nur die Großmutter und mich wie zwei Gespenster zeigte. Plötzlich wurde sie von einem Schauder überlaufen, als erkenne auch sie endlich die verlorene Seele ihres Schwiegersohns in einer Hand- oder Kopfbewegung oder etwa einem Tonfall, den ich bereits angenommen haben mochte. Die große Tür öffnete sich noch immer nicht. Die Großmutter richtete den Blick auf mich, ohne jedoch zu erfassen, daß eben meine Anwesenheit sie jetzt zwang, von ihm zu reden. »Es tut einem im Herzen leid um Lasar«, sagte sie beklommen und zog ein wenig am Rand des weißen Baretts, um wenigstens eine Gesichtsseite vor dem auffrischenden Wind zu schützen. Und als sei sie unsicher, ob ich bereit war, ihr starkes Gefühl zu teilen, fügte sie hinzu: »Wissen Sie, wie sehr er Sie geschätzt und gelobt hat?« Ich nickte in tiefem Schmerz, als erhielte ich erst jetzt die ausdrückliche Bestätigung für alles, was ich seit meiner Rückkehr aus England empfunden hatte. »Aber was wird jetzt mit Dori?« fragte ich. Die Großmutter zuckte die Achseln. »Für Dori wird es schwer werden. Sehr, sehr schwer.« Ich sah, daß sie noch nicht den Kern dessen erfaßte, was mich beschäftigte. »Aber wie soll sie denn mit sich allein bleiben?« »Wie?« seufzte die Großmutter, die immer noch nicht begriff, worauf ich hinauswollte. »Ich weiß nicht, wie. Sie wird einen Weg finden müssen. Es wird sehr schwer für sie sein. Wie für uns alle.« »Aber welchen Weg? In welcher Hinsicht?« beharrte ich, ungewillt, sie an der Hauptsache vorbeilavieren zu lassen. »Sie kann doch keinen Augenblick mit sich allein bleiben. Das ist ihr unmöglich.« Nun merkte ich, daß meine Hartnäckigkeit sie zu verwirren begann. Ihr Blick schweifte ab, und sie drückte sich schutzsuchend an die Tür, ängstlich direkten Blickkontakt vermeidend, um nicht etwa zugeben zu müssen, daß ich etwas wußte, was ich nicht wissen durfte, etwas, was selbst sie nicht einzugestehen bereit war. Doch ich wurde von meinem verzweifelten Schwung davongetragen. »Aber wie soll sie denn beispielsweise nachts allein bleiben? Wer wird bei ihr sein?« Jetzt begriff sie schon, daß sie nicht länger Fragen ausweichen konnte, die einer inneren Quelle entstammten, vielleicht von Lasar selbst gespeist. »Darüber machen Sie sich mal keine Sorgen«, sagte sie erleichtert lächelnd. »Sie wird einen Weg finden, nicht allein zu sein. Sie findet schon jemanden, der bei ihr bleibt. Selbst wenn wir sie als Kind mal abends allein ließen, ist sie rumgelaufen und hat irgendeine Freundin geholt, die dann bei ihr übernachtete. Sie hat es immer verstanden, Leute zu finden, die sich um sie kümmerten, damit sie keinen Augenblick allein blieb.« Ein süßer Schauer überkam mich bei dem Bild des kleinen Mädchens, das bei Anbruch der Dunkelheit durch die hübschen Straßen der Kindheit lief, um eine Freundin aufzutreiben, die bei ihr schlief, damit sie nicht allein in der leeren Wohnung bleiben mußte. Ja, nicht nur die Sorge war mir vom Herzen gefallen, auch ein neuer Horizont voll beruhigender Verheißung schien sich mir aufzutun. Ich drückte auf den Knopf neben der Tür und bat über die Sprechanlage den Nachtpförtner, uns zu öffnen. Er sah in seiner Liste nach, und nachdem er den Namen der Großmutter gefunden hatte, betätigte er den Türsummer, und ich verabschiedete mich von ihr, verließ aber den Vorplatz erst, nachdem ich mich telefonisch bei Michaela für die Verspätung wegen des Heimbringens der Großmutter entschuldigt und ihr mitgeteilt hatte, ich sei auf dem Weg nach Hause.

Michaela brauchte diese Mitteilung nicht, aber für Amnon, der aus irgendeinem Grund noch in der Wohnung auf mich wartete, war es wichtig zu wissen, daß ich mich auf dem Heimweg befand. Doch ich konnte es mir nicht verkneifen, erneut an Doris Haus vorbeizufahren, nicht nur, um mich zu versichern, daß Chischins Wagen schon weg war, sondern auch, um leise im Dunkeln die Treppen hinaufzusteigen, atemlos vor ihrer Tür stehenzubleiben und mit den Händen über die Klinke zu fahren, damit die geliebte Frau spürte: Auch wenn die Großmutter schon daheim war, die Tochter in ihrem Zimmer schlief und der Sohn noch nicht zurückgekehrt war, blieb sie doch nicht allein.

2.

Ist die Zeit gekommen, über die Liebe nachzudenken, damit das einst Unmögliche möglich werde? Denn der einzelne Vogel, der mitten in der Nacht ins Zimmer einbrach und unter dem Bett, zwischen den Tonscherben der zerbrochenen Figur, Krümel aus einem alten Brötchen pickte, das – für die Schule belegt – irgendwie unters Bett gerollt und vergessen worden war, könnte ja bei Tagesanbruch die großen bunten Schwingen ausbreiten und davonfliegen, um den Ort zu suchen, an dem das lockenhaarige Findelkind in der blauen Uniform verschwunden ist, das vor vielen Jahren hierhergebracht wurde, um in der Küche Hausaufgaben zu machen, das Schulwappen mit einer Sicherheitsnadel überm Herzen angeheftet.

Im Krankenhaus fühlte ich mich in den ersten Tagen nach der Trauerwoche immer wieder zum Verwaltungsflügel hingezogen, um zu prüfen, ob schon ein Nachfolger für Lasar bestimmt worden war – natürlich ein lächerlich unnützes Unterfangen, denn zum einen waren ja erst wenige Tage seit dem plötzlichen Todesfall vergangen, und zum andern hatte Lasar nicht zu der Sorte Direktoren gehört, die sich zur Hilfe einen Nachfolger heranziehen, sondern zu denen, die glauben, der wahre und richtige Nachfolger müsse sich im harten Kampf mit seinen Rivalen aus eigenen Kräften durchsetzen. Doch wenn ich vom Operationstrakt her den Korridor entlangkam, noch in meiner grünen Kluft, den Mundschutz wie gewöhnlich um den Hals baumelnd, trugen mich meine Füße unweigerlich bis zu Lasars Tür, an der weiterhin, als sei nichts geschehen, das Schild mit seinem Namen und den Empfangsstunden prangte. In jenen Tagen fand ich sein Büro verödet, ohne die sonst typische fieberhafte Aktivität, als löste sich ein

Großteil der brennenden Verwaltungsfragen seit dem Tod des Hauptakteurs ganz von selber. Die beiden früher fest zu seinem Büro gehörenden Typistinnen waren verschwunden, und an ihrer Stelle saß jetzt eine junge Kraft angelsächsischer Herkunft, die keine Schriftstücke oder Briefe zu tippen schien, sondern offenbar gemächlich medizinisches Material aus einem dicken alten Buch mit lateinischen Buchstaben kopierte, vermutlich für eins der klinischen Seminare, die im Krankenhaus stattfanden. Eigenartig berührte mich die Abwesenheit Frau Kolbys, Lasars treuer persönlicher Sekretärin, die mir immer besondere Sympathie entgegenbrachte. Ich sage »Abwesenheit«, nicht »Verschwinden«, weil ich manchmal Spuren von ihr im Zimmer vorfand, etwa eine herumliegende Handtasche oder eine Jacke am Garderobenhaken, aber wenn ich herauszubekommen versuchte, wo sie selber steckte, zuckten die Sekretärinnen in den Nachbarräumen die Schultern und vermochten mir keine klare Antwort zu erteilen. »Sie läuft irgendwo rum«, war das Genaueste, was ich erfahren konnte, womit sie nicht nur meinten, daß Frau Kolby im Verwaltungsflügel oder zwischen den Stationen des Krankenhauses umherlief, sondern einen weiteren Bereich einbezogen. »Sie läuft immer noch herum«, versuchte irgendeine nette Sekretärin zu präzisieren, als ich gegen Ende des Arbeitstags erneut kam, um mein Glück zu versuchen, wobei sie mir mit bloßem Arm sowohl Radius als Rhythmus dieses Herumwanderns zu illustrieren suchte.

Allerdings war ich ähnlicher Rastlosigkeit verfallen. Das merkten offenbar auch die angesprochenen Sekretärinnen, denn sie erkundigten sich nicht, was ich denn eigentlich von Lasars Sekretärin wollte oder ob man ihr etwas ausrichten dürfe. Sie spürten wohl, daß ich keine bestimmte Frage oder Bitte auf dem Herzen hatte, nur den vagen Wunsch, mich am Rand eines der vielen Löcher zu reiben, die der Tod des Direktors im Krankenhaus hinterlassen hatte. Mir stand ja jetzt viel Zeit zur Verfügung, nicht nur, weil Michaela mir seit ihrer Rückkehr die Sorge für Schivi abnahm, sondern auch, weil ich nur eine halbe Stelle hatte, die Privattätigkeit in der

Klinik in Herzlia noch nicht wieder angelaufen war und ich mich nach dem Fortbildungsjahr in London und meiner dabei reichlich gesammelten medizinischen Erfahrung nur ungern wieder um Nachtdienst in der Erste-Hilfe-Station bewerben mochte. Doch bis Michaela Arbeit fand und wir dann wenigstens finanziell wußten, wo wir standen, blieb mir nichts anderes übrig, als gegen Monatsende zuweilen ein paar solche Nachtdienste zu übernehmen. Lasars Heimgang hatte mich einer Protektion beraubt, die ich noch brauchte. Denn die feste Halbtagsstelle war mehr administrativ als fachlich begründet, ein Manipulationserfolg Lasars zu dem Zweck, mich für ein unklares Unrecht zu entschädigen, das mir in Indien oder hier angetan worden war. Und obwohl diese merkwürdige Festanstellung einen gewissen Erfolg für mich bedeutete, von dem die meisten Ärzte meines Alters nur träumen konnten, beließ mich ihr Teilzeitcharakter in einem unbequemen Schwebezustand, so daß ich manchmal schon kühn darauf verzichten wollte, um mir eine volle Stelle, und sei sie auch zeitlich begrenzt, auf der Chirurgischen Station eines andern Krankenhauses zu suchen. Daher diente das Treffen mit Lasars persönlicher Sekretärin nicht nur dazu, an eine der Lücken zu rühren, die der Verstorbene hinterlassen hatte, sondern auch der erneuten Klärung meiner Position und meiner Aufstiegschancen am Krankenhaus, diesmal aus der Sicht der erfahrenen Sekretärin.

Der leise Schrei, den die welke, bleiche Frau Kolby bei meinem Eintreten ins Zimmer ausstieß, bezeugte, daß der seltsame Satz, der seinerzeit um Mitternacht vor Erregung herausgerutscht war, um Michaela zum Abbruch ihrer Reise und vorzeitigem Heimkommen zu bewegen, nicht völlig aus der Luft gegriffen sein konnte. Allerdings schneite ich jetzt unerwartet erst in der Abenddämmerung herein, als der Verwaltungsflügel schon völlig leer und die meisten Türen längst abgeschlossen waren. Über zehn Tage waren seit der Trauerwoche vergangen, als ich am Ende einer einfachen, aber langwierigen Operation, bei der ich als Anästhesist meinem mit neiderregendem Geschick arbeitenden Kollegen und Rivalen Dr. Vardi zur Seite stand, auf die Idee kam, erneut die umherlaufende Sekretärin zu suchen. Ich war schon in Straßenkleidung, auf dem Weg nach Hause, und vom dunklen Korridor des Verwaltungsflügels aus wirkte ihr Zimmer leer und verschlossen wie die übrigen. Trotzdem drückte ich, ohne erst anzuklopfen, die Klinke hinunter, und tatsächlich saß Frau Kolby allein an ihrem Tisch, vor sich einen Stapel kleiner Rechnungen. Wir entschuldigten uns sofort wechselseitig, ich wegen meines jähen Eindringens, sie, daß sie mich nicht angerufen hatte, obwohl ihr ausgerichtet worden war, wie oft ich sie gesucht hatte. »Ja, seit dem, was hier passiert ist, habe ich keine Ruhe«, sie stand auf, ergriff mein Handgelenk, sprach tief erregt und unverblümt. »Die ganze Zeit laufe ich umher und denke, warum sind wir nicht vorsichtig gewesen. Wieso haben wir nicht genug aufgepaßt? Warum konnten wir die klaren Zeichen nicht lesen? Von Tag zu Tag fühle ich mich schuldiger, weil ich nicht energischer gewesen bin.« »Energisch wem gegenüber?« fragte ich. »Energisch gegenüber allen. Auch mit Dori, die denen zum Schluß nachgegeben hat. Aber vor allem nicht energisch genug ihm gegenüber. Denn er trägt eindeutig Mitschuld.« »Er?« tat ich dumm, um sie zu bewegen, ausdrücklich seinen Namen zu sagen. »Ja, auch Lasar hat eindeutig schuld«, schimpfte sie bitter, aber mutig weiter. »Warum soll er nicht schuld sein? Ich hatte ihn doch vor dem Umgehungsmanöver Chischins gewarnt, der letzten Endes immer nur an sich und seine Station denkt. Und Sie?« Sie blickte mich bohrend an. »Auch Sie sind schuld, Dr. Rubin, weil Sie es gewußt, aber geschwiegen haben.« »Was habe ich gewußt?« Ich wurde rot im Gesicht. »Alles«, antwortete sie ohne Zögern. »Obwohl Sie vielleicht auch wiederum nicht genug Macht hatten, die Sache zu stoppen. Aber setzen wir uns doch.« Dabei machte sie die Tür zu Lasars Zimmer auf und führte mich ganz natürlich hinein, als erwartete uns Lasar dort, um die Kollektivschuld für seinen Tod aktenkundig zu machen.

Was soll ich denn gewußt haben? wollte ich sie erneut fragen, hielt mich aber zurück, zum einen, weil ich jetzt nicht über die Tiefe meines Mitwissens mit ihr streiten wollte, zum anderen, weil bei mir der Wunsch erwachte, auch ein wenig von der Schuld auf mich zu nehmen, die diese gute Sekretärin so großzügig austeilte. Sie schaltete Licht in dem schönen, geräumigen Zimmer an, das unverändert war bis auf die große Couch, die man aus irgendeinem Grund entfernt hatte, wodurch die frühere angenehme Wohnlichkeit ein wenig beeinträchtigt wurde. Die Erde in den Blumenkübeln war zwar vor Trockenheit geborsten, aber die Pflanzen selbst hatten noch ihr Grün bewahrt. Sie setzte sich, gewissermaßen wie eine kleine Dame des Hauses, auf denselben Lehnstuhl vor dem großen Schreibtisch, auf dem sie immer gesessen hatte, um Lasars Diktat aufzunehmen. Mir hatte sie einen Stuhl von der Wand herangerückt, doch als sie merkte, daß sie sich in meiner Größe verschätzt hatte und mich daher von unten her ansehen mußte, stand sie wieder auf und rollte, ohne zu zögern, mit ruhiger Sachlichkeit den großen Schreibtischsessel hinter Lasars Tisch hervor, damit ich nicht nur bequemer, sondern auch in gleicher Augenhöhe mit ihr saß. »Das ist schon gut, völlig in Ordnung«, ermunterte sie mich, Platz zu nehmen, obwohl ich keine Anzeichen von Zurückhaltung an den Tag gelegt hatte. Im Gegensatz zu ihrem blassen Gesicht und müden Blick waren ihre Bewegungen wacher und entschiedener geworden, als hätte sich der Tod mit meinem Erscheinen von einer vollendeten Tatsache zur bloßen Panne gewandelt, die sich bei energischem Bemühen vielleicht beheben ließ. Daher sah sie mir, während ein plötzliches Glücksgefühl mich innerlich noch taumeln ließ, direkt in die Augen, um gewissermaßen die einmal eingefangene Seele nicht wieder aus meinem Innern entwischen zu lassen. Wie erwartet sprach sie nun von dem Verstorbenen und seiner Sorge und Hochachtung für mich. Er habe Chischin zwar nicht überreden können, mich auf der Chirurgischen Station zu belassen, aber wenigstens einen Weg gefunden, mir eine Stelle unter den Anästhesisten zu verschaffen. Und wieder sah ich, daß Lasars Sympathie und Wertschätzung in den letzten zwei Jahren wie eine unsichtbare Versicherung über meinem Haupt geschwebt hatte, deren Wert ich erst jetzt, nach ihrem endgültigen Verlust, würde voll ermessen können. Auch ihr selbst war ja nun eine Versicherungspolice abhanden gekommen, sie konnte ihre Stellung als Sekretärin im Vorzimmer der Machtquelle im Verwaltungsflügel sehr wohl verlieren, doch trotzdem wirkte sie nicht deprimiert, sondern erfaßt von dem inneren Enthusiasmus einer nicht mehr jungen Frau, die auf einmal entdeckt, daß die Grenze der Verzweiflung, die sie längst überschritten zu haben glaubte, von ihr abgerückt ist. Ja, gelänge es ihr, sich irgendwo – sagen wir in die Formel meiner indischen Verliebtheit – einzuklinken, könnte sie die Gegenrichtung einschlagen.

»Aber wo sind Sie denn die ganze Zeit herumgelaufen?« erlaubte ich mir, sie liebenswürdig zu tadeln, obwohl sie älter war. »Wo? Mit Dori natürlich«, erwiderte sie schnell. »Man muß ihr ein bißchen unter die Arme greifen.« »Womit?« fragte ich, von einem wohligen Schauer überlaufen. Doch es ging nur um ganz simple Dinge wie Bankkonten, Lasars Lebensversicherungen, die Autopapiere und verschiedene Zahlungen, um die Lasars Sekretärin sich kümmere, denn wer wisse besser als sie, daß Lasars Frau in diesen Dingen völlig hilflos sei. »Aber wieso denn hilflos?« protestierte ich ärgerlich, in dem Bemühen, sie zu verteidigen. »Sie ist doch selbst Teilhaberin einer großen Anwaltskanzlei.« »Genau«, erhielt ich klar zurück, »es ist eine große, wichtige Kanzlei mit einem ganzen Rudel von Buchhaltern und Sekretärinnen, die ihr alle praktische Dinge abnehmen. Dort gibt sie nur Ideenanstöße, und zu Hause hat sich natürlich Lasar um alles gekümmert.« »Und die Kinder?« »Die Kinder sind schon aus dem Haus«, erklärte sie entschieden. »Enat ist in ihr gemietetes Zimmer zurückgekehrt und der Sohn zum Militär. Jemand muß ihr ja zu Hilfe kommen.« »Ist sie jetzt allein?« flüsterte ich in Sorge, vermischt mit einer Spur Süße. Meine Gesprächspartnerin warf mir einen neugierigen Blick zu, um zu sehen, ob ich mir der tiefen Wahrheit hinter meinen Worten bewußt war, und gestand dann, daß sie in den letzten drei

Tagen, seit der Sohn zu seinem Stützpunkt zurückgekehrt war, auch bei Lasars Frau übernachtet habe. »Sie schlafen dort!« rief ich erleichtert. »Ist das denn keine Belastung für Sie?« »Und selbst wenn's eine wäre?« antwortete sie ausweichend. »Man muß ihr doch helfen, bis sich eine radikalere Lösung findet.« »Radikaler?« lachte ich, weil das Wort mir übertrieben vorkam und tatsächlich nicht für die simplen Lösungen paßte, die die Sekretärin im Auge hatte, wie etwa, daß die Großmutter zu ihr zog, Enat sich bereit fand, für einige Zeit nach Hause zurückzukehren, oder auch, daß man ein Zimmer an einen Studenten vermietete, bis der Sohn in eineinhalb Jahren seinen Wehrdienst beendete und man sehen würde, ob auch er, wie seine Schwester, zu einer Reise in ferne Länder aufbrechen wolle. »Und ich dachte, Sie hätten eine radikalere Lösung gemeint«, sagte ich mit gesenktem Blick und löste die Sperre unter dem Sessel, um ein wenig zu wippen. »Ja, das wäre für uns alle leichter«, erwiderte sie zu meiner Überraschung ohne Zögern oder Heuchelei, in dem praktischen Geist, den Lasar ihr während der langjährigen Zusammenarbeit vermittelt hatte. Doch sofort fügte sie die einschränkende Warnung hinzu: »Aber es dürfte nur jemand wie Lasar sein, jemand, der zu verwöhnen weiß und alles um sie her regelt, damit sie ihre gute Laune bewahrt und weiter so freigebig lächelt und jedem zuhört, der zu ihr kommt. Denn selbst Sie werden's kaum glauben, wenn ich Ihnen verrate, daß sie manchmal richtig wie ein verängstigtes kleines Mädchen sein kann, aber auch stur und hart, und wie hilflos, ja fast schon dumm sie sich mit Haushaltsgeräten und technischen Dingen anstellt.« Sie hielt einen Moment inne, unschlüssig, ob sie mir die in den letzten Tagen entdeckten Geheimnisse offenbaren sollte. »Obwohl ich die beiden ja aus der Nähe kannte, habe selbst ich nicht geahnt, was Lasar alles für sie getan hat. Hätten Sie geglaubt, daß sie nicht einmal ihre eigene Waschmaschine betätigen kann?«

Frau Kolby lachte aus Verblüffung über die neue Aufgabe, die sie da übernommen hatte, als erteilte der Geist des Direktors ihr nunmehr familiäre Aufträge, nachdem die administrativen versiegt waren. Ich lachte herzhaft mit. Mir gefiel das Gespräch über die rührende Hilflosigkeit dieser geliebten Frau, die von Stunde zu Stunde möglicher für mich wurde. Schon der Gedanke, daß sie vielleicht eben jetzt, zu dieser kühlen Herbstabendstunde aus ihrem Büro zurückgekehrt, allein in ihrer Wohnung umhertaumelte, verzweifelt angesichts der Waschmaschine oder des großen Trockners, ja selbst vor dem Heizofen, der nicht anging, oder der Stereoanlage, die nicht spielte, weckte bei mir – anders als bei Lasars Sekretärin – nicht nur Mitleid, sondern auch starke Sehnsucht, so daß ich einen Augenblick erwog, alle Regeln über den Haufen zu werfen und mutig meine hartnäckige, mysteriöse Verliebtheit zu beichten, um dieser fürsorglichen Sekretärin zu verstehen zu geben, daß hier eine weitere Schulter bereitstand, das Joch mitzutragen. Doch obwohl ich mich in diesem Moment hätte offenbaren können, war ich nicht sicher, ob ich auch Dori bloßstellen durfte, nicht einmal gegenüber einer Sekretärin, die derart intim mit der Familie vertraut war. »Werden Sie auch heute bei ihr übernachten?« fragte ich vorsichtig, ohne das leichte begehrliche Beben in meiner Stimme unterdrücken zu können. Sie habe sich noch nicht entschieden. Dori behaupte zwar nachdrücklich, sie brauchte keine Gesellschafterin mehr, da die schwersten Tage bereits überstanden wären, sie wieder zu Kräften käme und der Dinge selbst Herr werden könnte – und vielleicht müßte man sie sogar, zu ihrem eigenen Wohl, tatsächlich allein lassen, aber nun habe sie sich vor zwei Tagen eine Erkältung zugezogen, und gestern sei auch die Temperatur gestiegen, so daß man wohl doch mal vorbeischauen müsse, um nach ihrem Befinden zu sehen. Nicht bei ihr schlafen, fügte die Sekretärin hinzu, um ihre Absichten klarzustellen. Am besten rufe sie gleich jetzt bei ihr an.

Obgleich ich als befreundeter Arzt durch diese krankheitsbedingte Bresche hätte einschlüpfen können, schwieg ich und ließ Dori nichts von mir ausrichten. Denn seit jener späten Nachtstunde, zu der ich still an ihrer Wohnungstür gestanden hatte, war ich fest überzeugt, daß das Zeichen zur Wiederaufnahme unserer Beziehung von ihr, nicht von mir, ausgehen mußte. Nachdem der natürliche Schutz, den Lasar ihr gewährt hatte, entfallen und sie exponiert, verletzlich und allein zurückgeblieben war, mußte ich mich strenger zügeln und nur auf ihren Willen, nicht auf meinen, lauschen – als obliege es der fremden Seele, die sich in meinem Innern eingenistet hatte, diese Frau vor meiner eigenen Seele zu schützen, die rastlos ihren Trieben und Sehnsüchten hingegeben war. Daher stand ich, während Frau Kolby noch mit Dori am Telefon sprach und vermutlich einen Bericht über den Fortgang der Erkältung erhielt, von meinem Platz auf, ging in die Zimmerecke und hob ein wenig den Vorhang vor dem großen Fenster, um mich dahinter zu verbergen, mit halbem Ohr der Unterhaltung zu lauschen und mit Blicken die herbstliche Klarheit einzusaugen, die auch die Menschen läuterte, die jetzt ihre Krankenbesuche absolviert hatten und mit leeren Händen und erleichtertem Gefühl ins Freie strömten. Im Verlauf des ganzen Telefongesprächs vertuschte ich sorgfältig meine Anwesenheit, damit die Sekretärin sich nicht etwa verpflichtet fühlte, unverhofft meinen Namen zu erwähnen und bei Dori den Eindruck zu erwecken, ich lauerte ihr bei ihren Freunden auf. Sie mußte sich völlig frei fühlen, gerade weil jeder neue Kontakt zwischen uns schicksalhaft sein konnte. Als ich dann langsam aus meinem Versteck zwischen Fenster und Gardine hervorkam und noch kaum hatte fragen können, was es bei unserer Freundin Neues gäbe, sagte die Sekretärin mit ernster Miene zu mir gewandt: »Sie sucht nach Ihnen«, und als fürchte sie, ich könnte die Dringlichkeit der Forderung nicht erfassen, wiederholte sie entschieden: »Dori sucht Sie.« »Warum haben Sie mich dann nicht gerufen?« fragte ich verwundert lächelnd. Sie zuckte nur verlegen die Achseln. Jahrelang trainiert, Lasar abzuschirmen und seine Anwesenheit im Büro keinem Anrufer ohne ein klares Zeichen seinerseits zu verraten, hatte sie auch mir die Freiheit gelassen, zu entscheiden, ob ich dem Ruf dieser Frau folgen wollte. Ja selbst der leicht wippende Bleistift in ihren Fingern wartete jetzt darauf, daß ich ihm Klareres diktierte.

Aber hatte ich denn dieser treuen Sekretärin, die mich mit ihrem Feingefühl überraschte, etwas Klares zu diktieren, solange ich selbst noch nicht wußte, ob das wirklich das erhoffte Zeichen war oder doch nur die einfache Bitte einer erkälteten Frau an einen Mediziner, der erfolgreich, wenn auch nur für kurze Zeit, als Hausarzt der Familie fungiert hatte? Denn falls es tatsächlich das Zeichen war, das mich zu ihr rief, erreichte es mich ungeheuer schnell – allerdings verständlich bei einer Frau, die nicht allein bleiben konnte. Aber bin ich denn schon bereit für ihren Ruf? fragte ich mich immer wieder fieberhaft, während ich nach Hause eilte, da Michaela und ich am Abend ins Kino gehen wollten. Deshalb rief ich Dori nicht an, sondern besuchte mit Michaela die erste Abendvorstellung, um die Liebeskonflikte anderer zu verfolgen und zu prüfen, ob die Lösungen, die der Regisseur für seine Helden gefunden hatte, auch für mich passen könnten. Aber dauernd wanderten meine Gedanken zu der Frau, die auf mich wartete, so daß ich mich nicht in seine Lösungen vertiefen konnte, die offenbar nicht einmal für die Filmhelden selber paßten, denn der Regisseur mußte völlig logische und natürliche Wesenszüge und Gefühle verbiegen und verdrehen, um die Helden den Film heil beenden zu lassen. »Total idiotisch«, erklärte Michaela, als das Licht anging, nahm die Brille von den wunderbaren großen Augen und steckte sie zusammengeklappt in die Blusentasche. »Wie ein indischer Film. Aber dort liegt der ganze Kitsch wenigstens offen ausgebreitet, ohne solchen Firlefanz.« Ich pflichtete ihr bei und erzählte ihr von dem Film, den ich an jenem Morgen in Kalkutta gesehen hatte. Sie war erstaunt, daß ich bei meinen wenigen Stunden in Kalkutta auch noch Zeit auf einen dummen indischen Film hatte vergeuden mögen. Aber einige farbenprächtige Szenen daraus hafteten mir doch immer noch im Gedächtnis. »Du hast recht«, gab ich zu. »Doch ich war derart erschrocken über diese Stadt und hatte Angst, verlorenzugehen.« Und dann erzählte ich ihr den Traum, den ich vor über zwei Jahren auf dem Flug von Buddh Gaya nach Kalkutta geträumt hatte, wobei ich derart detailgenau berichtete, daß es schien, ich hätte ihn im Dunkel des eben zu Ende gegangenen Films erneut geträumt. »Aber in Kalkutta kann man doch unmöglich verlorengehen«, sagte Michaela und begann mir den besonderen Aufbau der Stadt zu erklären, dank dessen man mit Leichtigkeit ihren inneren Kern auffinden könne. Es gelang mir nicht, ihrem Gedankengang zu folgen, nicht nur, weil sie oft ätherisch wurde, wenn sie auf Indien zu sprechen kam, sondern auch, weil mich der Gedanke bedrängte, Dori könnte sich allein mit ihrer Krankheit quälen und mich womöglich immer noch suchen.

Tatsächlich verkündete unsere Babysitterin – die nette und aufgeweckte zwölfjährige Tochter von Michaelas Jugendfreundin Chagit, Vater unbekannt, deren zarten Alters wegen wir immer nur die erste, nie die zweite Vorstellung besuchen konnten – gleich bei unserem Eintreten: »Lasars Frau sucht dich.« »Lasars Frau?« fragte ich verwundert. »Hat sie sich so vorgestellt?« »Ja, genau so«, erinnerte sich das Mädchen mit Gewißheit. Michaela streifte mich mit weichem, überraschtem Blick, als sie sah, daß ich nicht eilig zurückrief, sondern mich zunächst daranmachte, ein paar Rechenaufgaben im Heft der jungen Babysitterin zu prüfen und, wenn nötig, zu korrigieren. Während das Kind dann farbenfrohes Eis mit Schokoladenstreuseln vertilgte, das Michaela ihr vorgesetzt hatte und eigentlich den einzigen Lohn ausmachte, den ihre Mutter ihr von uns anzunehmen erlaubte, räumte ich ihr noch, stellvertretend für den unbekannten Vater, den Schulranzen auf, warf alte Papierbogen weg, glättete Heftseiten, fischte auch ein altbackenes Pausenbrötchen heraus und wartete nun, bis das Mädchen Schivi ein letztes Mal geknuddelt hatte, um sie dann nach Hause zu bringen. »Rufst du sie nicht zurück?« konnte sich Michaela nicht enthalten zu fragen, als ich an der Tür stand. »Nicht nötig«, sagte ich sofort, ohne auch nur den Blick zu heben. »Ich weiß genau, was sie von mir will. Sie ist einfach krank und sucht einen Arzt.« Und dann erzählte ich ihr von dem Gespräch mit der Sekretärin, die Dori unter ihre Obhut genommen und bei ihr übernachtet hatte. »Wenn sie schon so schnell bettlägerig wird«, sagte

Michaela bedauernd, während sie dem Mädchen den Kragen der Windjacke geradezog, das unterdessen Schivi Grimassen schnitt, um sie zum Lachen zu bringen, »dann wird bei ihr eine schwere und langwierige Trauerzeit einsetzen.« »Schwer ja, das ist nur natürlich«, pflichtete ich meiner Frau bei, »aber auch langwierig? Da bin ich mir nicht sicher.« Michaela lauschte mir mit tiefem Interesse, erfolglos bemüht, meinen Blick zu erheischen. »Was willst du aber denn nun tun?« drang sie in mich, bevor ich die Tür hinter mir zumachte. »Du kannst sie doch nicht einfach ignorieren.« »Ich weiß«, beruhigte ich sie und versprach, auf dem Rückweg bei ihr vorbeizufahren. Ich nahm meine Instrumententasche aus dem Schrank und prüfte, was von ihrem Inhalt vielleicht helfen könnte. Michaela war erleichtert.

Immer noch versteifte ich mich darauf, ohne Vorankündigung bei Dori aufzutauchen, weil ich fürchtete, falls ich anrief, würde sie sich mit ein, zwei Fragen begnügen und entschieden mein Angebot ablehnen, noch heute abend zu einer richtigen Untersuchung bei ihr vorbeizuschauen. Schließlich dürfte der Ruf an mich als Hausarzt nicht den wahren Ruf ersetzen, der von Minute zu Minute möglicher wurde und mich derart mit einer Mischung von Leidenschaft und Furcht durchströmte, daß ich gar nicht erst, wie abgemacht, das Winken des Mädchens vom Wohnungsfenster abwartete, um sicherzugehen, daß man ihr tatsächlich die Tür geöffnet hatte, sondern in dem Moment, in dem ihr Lockenkopf im Treppenhaus verschwunden war, den Wagen wieder anrollen ließ, um schnell anzukommen, bevor etwas in mir den Beschluß sabotierte, ihren Telefonanruf als den erhofften wahren Ruf auszulegen. Deshalb ließ ich auch meine Arzttasche im Auto und wußte schon beim Hinauffahren im Lift, daß ich keine äußerliche Bestätigung brauchte, um zu ihr hineinzugehen, denn der Hauch, der seit dem Tod in meinem Innern schwebte, beschleunigte meine Füße, so daß ich an der von blühenden Topfpflanzen umstandenen Wohnungstür unwillkürlich die Hand in die Tasche steckte, um den Schlüssel zu suchen, und nur weil sich keiner fand, mußte ich doch den Klingelknopf drücken, der auch sofort ein helles, erregtes Zwitschern wie von einem Vogel ausschickte, das aber niemand im Haus zu hören oder zu beachten schien. Stille herrschte. Es war eine jener schweren, soliden Sicherheitstüren, die auch dann, wenn die Treppenhausbeleuchtung ausgeht und Dunkelheit hinterläßt, mit keiner Ritze verraten, ob Licht dahinter brennt. Wieder betätigte ich die Klingel, die wohl nach der Rückkehr aus Indien angebracht worden war, denn von meinem ersten Besuch hier erinnerte ich mich nicht an ein solches Zwitschern, und während der Trauerwoche hatte ich es nicht hören können, da die Tür für die ein- und ausgehenden Trauergäste ständig offen gewesen war.

Von weitem klang sie zögernd. Und mit Recht, denn sie konnte ja nicht ahnen, daß ich fähig war, zu dieser Stunde ohne Vorankündigung bei ihr aufzutauchen. Doch als ich spürte, daß sie nicht nur mit den Schritten, sondern auch in Gedanken zögerte, unschlüssig, ob es besser war, zu fragen, wer hinter ihrer Tür stand, oder den Besucher einfach zu ignorieren, ließ ich wieder das Vogelzwitschern erschallen und rief: »Ich bin's nur«, und um sie nicht von der Verantwortung für mein Kommen zu entbinden, fügte ich hinzu: »Du hast mich gesucht?« Jetzt öffnete sich die Tür, und sie stand da, ziemlich unförmig in einem Flanellnachthemd, über das sie eine dicke, alte grüne Strickjacke von Lasar gezogen hatte. Ihr Haar war zerzaust, und an den roten Flecken in ihrem Gesicht und dem tiefen Glanz ihrer Augen sah ich, daß sie wirklich Fieber hatte, was mich nun gerade beruhigte, denn selbst wenn sich herausstellen sollte, daß hier ein echter Liebesruf weder vorlag noch vorliegen konnte, hatte ich immer noch gut daran getan zu kommen. »Man hat dich allein gelassen!« entrang sich mir ein seltsamer Schrei, der nur rein verblüfft hätte klingen sollen, zu meiner Überraschung aber auch ein Quentchen Schmerz enthielt. »Wer hat mich allein gelassen?« fragte sie beunruhigt und mit leicht befremdeter Miene – vielleicht weil sie spürte, daß ich in tiefster Seele immer noch hartnäkkig glaubte, Lasar hätte auch anders gekonnt, als sie allein zu lassen. »Ich meine«, stammelte ich, »Enati oder ...« Ich tat mich schwer, den Namen ihres Sohns zu nennen. Doch sie verstand sofort und nahm ihn eilig in Schutz. »Er mußte zu seinem Stützpunkt zurückkehren«, sagte sie, immer noch ohne ein einziges Lächeln, fast feindselig. Ist sie womöglich böse auf mich? huschte es mir durch den Kopf, begleitet von einem Glücksschwall und leichter Furcht, weil ich den ungeduldigen Unterton heraushörte, den sie bei unserer gemeinsamen Reise manchmal ihrem Mann gegenüber an den Tag gelegt hatte. »Hast du mich gesucht?« wiederholte ich stur, ohne mit einem einzigen Wort auf ihre sichtbare Erkrankung einzugehen, um sie zu zwingen, mich nur als jugendlichen Liebhaber, dem der Weg nun offenstand, anzusprechen und nicht als diensthabenden Aushilfsarzt.

»Ja, ich habe dich gesucht«, erklärte sie düster, ebenfalls die Krankheit ignorierend. Und als müßte ich ihr seit Lasars Tod ständig zur Verfügung stehen, fügte sie hinzu: »Wohin warst du uns denn verschwunden?« Erschüttert von der neuen Klarheit meiner Lage, die sich gerade in dem vierten Wort ihres kurzen Satzes abzeichnete, zögerte ich nicht, sondern drückte mit der Sicherheit, die mich seit dem ersten Signal von Lasars Sekretärin zu Anfang dieses Abends erfüllte, diese Frau fest an mich, die mir bei aller Schwere in den Armen zu schweben schien, wobei man nicht sagen konnte, ob die Leidenschaft, die ihr in den Gliedern brannte, Ursache dieser Leichtigkeit war – oder aber die Kraft der Seele des Hausherrn, die aus mir hervorbrach. Jetzt, da ich sie berührte, spürte ich, daß ihr Fieber bedenklich hoch war, so hoch, wie es nur Babys haben dürfen, und daß sie selbst sich seiner Stärke gar nicht bewußt zu sein schien. Ihre sehr trokkene Haut, ohne eine Spur Schweiß, verwies auf etwas Virales, gegen das kein Antibiotikum wirken würde, auch nicht das, das ich unten in der Arzttasche hatte. Trotz Lasars dicker Strickjacke, die ihren Oberkörper einhüllte, schauderte sie vor Kälte, und ich wußte, wenn ich nun darauf bestehen wollte, ihr die Jacke auszuziehen und das Nachthemd abzustreifen, würde sie noch mehr zittern. Deshalb trieb mich das Verlangen lediglich dazu, vor ihr niederzuknien und meinen

Kopf zwischen ihre Beine zu legen, um ihr und mir Erleichterung zu verschaffen.

Aber sie wollte nicht, daß ich mich erleichterte, auch nicht um den Preis ihrer eigenen Befreiung, zog mich vielmehr mit einer wilden Geste an den Haaren, als wolle sie mich auf die Beine stellen und mich auffordern, klare Liebesworte zu sprechen, nicht länger bereit, sich wie bei den vorigen Liebesakten mit meinem erschrockenen Schweigen abzufinden. Gerade ihre glühende Schwäche verlieh dieser unverhofften Forderung Nachdruck, und ohne meinen Griff zu lockern, ihr vielmehr weiter Gesicht und Haar streichelnd und küssend und mich durch den Flur Richtung Schlafzimmer vortastend, in dem erneut großes Chaos herrschte, suchte und fand ich nun auch ein paar bisher unbenutzte Worte, mit der ich ihr nicht nur wieder meine unmögliche Verliebtheit zu schildern, sondern auch von der starken Leidenschaft zu erzählen versuchte, die meine neu übernommene Verpflichtung, sie nicht allein zu lassen, bei mir weckte. »Denn ich weiß, warum du mich suchst. Ich weiß es genau«, sagte ich aufgeregt und half ihr in das große Bett zurück, hin- und hergerissen zwischen dem natürlichen Willen des Arztes, sie sofort mit einer großen Decke zuzudecken und ihre innere Körpertemperatur ein wenig an die äußere Lufttemperatur anzugleichen, und dem Drang, ihr Fleisch zu entblößen, die Knöpfe der dicken alten Strickjacke zu öffnen, um ihr das Nachthemd hochzuschieben und die starken Brüste zu betrachten, wie sie üppig und ruhig über dem verwöhnten schwellenden Bauch wogten, der auch den neuen Trauerschmerz verschlungen hatte. Und als sie das lange, wohlgeformte Bein ausstreckte, das der Schuhverkäufer auf dem Flughafen von Rom in die Luft gehalten hatte, um Lasar die Reize des Schuhs vorzuführen, konnte ich nicht anders als den glatten Fuß in meinen Händen einzufangen, um festzustellen, ob die Glut, die ihren ganzen Körper durchströmte, tatsächlich bis an die Spitzen der drallen Zehen gelangte. Doch ich hütete mich immer noch, diese schmerz- und fiebergeplagte Frau mit meiner Leidenschaft zu überwältigen, ehe ich nicht aus ihrem Gesichtsausdruck wußte, wozu sie fähig war. Zum erstenmal, seit ich die Wohnung an diesem Abend betreten hatte, sah ich nun ein schwaches Lächeln über ihr Gesicht huschen, doch obwohl sie bereit schien, das Zudecken mit der Decke aufzuschieben, erlaubte sie mir nicht, mit ihr zu schlafen, ehe ich weiter von meiner Liebe redete und sie auch zu begründen versuchte, nun, da mir das tiefe Geheimnis ihres Daseins offenbar war.

»Es war Lasar«, konnte ich nicht umhin, ihren verstorbenen Ehemann zu verraten, während ich fortfuhr, ihre bloßen Arme und Beine zu streicheln und zu küssen. »Schon gleich zu Anfang, als ich den wahren Grund für deinen beharrlichen Wunsch, auf die Indienreise mitzukommen, erfahren wollte.« Sie bemühte sich jetzt, die von Leidenschaft und Krankheit gleichermaßen beschwerten Lider zu öffnen. »Obwohl er vorwurfsvoll darüber sprach, war es überraschend, wie sehr ihn deine Angst, verlassen zu werden, auch wiederum anzog«, fuhr ich fort, während sie mir mit der Hand den Kopf streichelte, der vor lauter Wonne wie von selbst zwischen ihre Schenkel rutschen wollte, um vom Ofenschlund verschlungen zu werden. Sie war überrascht, daß Lasar einem fremden Mann gegenüber so von ihr geredet hatte, noch dazu schon vor Antritt unserer Reise. Aber jetzt verstehe sie auch, warum ich manchmal, auf Bahnhöfen, versucht hätte, ihm Mühe abzunehmen, indem ich an seiner Stelle bei ihr blieb, ohne zu begreifen, daß damals für sie kein Unterschied zwischen »allein bleiben« und »ohne ihn bleiben« bestanden habe. »Was ist denn dann jetzt?« fragte ich schmerzlich. Ihr Kopf erstarrte auf dem Kissen, und sie gab keine Antwort. Um sie aus ihren Zweifeln zu erlösen, brachte ich vorsichtig und sanft meine Lippen an ihre glimmende Scham, erinnerte mich daran, wie die Woge der Verliebtheit über mich gekommen war, nachdem Lasar seine Rückkehr nach Israel vorverlegt und sie in Rom verlassen hatte – als hätte ich unwillkürlich gespürt, daß nur derjenige ihre Angst vorm Verlasssenwerden lindern konnte, der sich in sie verliebte, denn sonst nützte gar nichts. »Ist es immer so?« Ich hob den Kopf, Bestätigung heischend, und sie nickte jenseits des wie ein weißer Hügel aufragenden Bauches bejahend, die Augen geschlossen, ohnmächtig vor Leidenschaft und Krankheit, die sich verbündet hatten, und begann mit letzten Kräften auf meiner Zunge zu beben, seufzend vor Lust, flehte aber zugleich um Erbarmen und warnte mich vor Ansteckung.

Und bevor nun die Krankheit auf den Liebesakt einwirkte, über dem immer noch bedrohlich die Erinnerung an mein Versagen in London schwebte, stand ich rasch auf, um das große Licht zu löschen, ließ nur die kleine Nachttischlampe brennen, legte mit der Geschwindigkeit, die ich vom Umkleideraum neben dem Operationssaal gewohnt war, meine Kleidung ab und zog, selbst splitternackt, nun auch ihr behutsam, aber energisch sämtliche Kleidungsstücke aus, wobei ich auf ihr hartnäckiges, verzweifeltes Verlangen fortfuhr, sie mit Worten der Liebe und Zuneigung zu überschütten, denn ich wollte nicht nur in sie eindringen, sondern ihr auch ein paar warme Tropfen der Beruhigung in das von Einsamkeitsangst geplagte Herz träufeln. Erst danach vereinigten sich Liebhaber und Arzt zu einem Mann, der es eilig hatte, zwei große Decken über sie zu breiten, und auch auf ihren trockenen Husten achtete, der sich wie dumpfes Bellen anhörte. »Jetzt bin ich auch ein bißchen Arzt«, versicherte ich ihr, immer noch froh, daß die Krankheit für sie kein Vorwand gewesen war, mich zu rufen. Sie war sehr matt, lag mit eingezogenen Gliedern wie ein Embryo, als habe sich die eben erlebte Entspannung zu den Leiden der Krankheit gesellt. Ich mußte meine Tasche aus dem Auto holen, zog mich daher eilig an, und damit sie nicht noch einmal aufstehen mußte, um mir die Tür zu öffnen, zog ich den Schlüssel aus dem Schloß und steckte ihn ein, worauf ich, ohne erst auf den Fahrstuhl zu warten, die Treppen hinuntersauste. Trotz der späten Stunde wimmelte die Allee von gemächlich schreitenden Fußgängerpaaren, die, dem weißen Haar und der festlichen Kleidung nach zu urteilen, wohl Abonnenten des philharmonischen Orchesters waren, dessen Konzert offenbar länger als üblich gedauert hatte. Ich eilte zu dem öffentlichen

Telefon, hinter dem ich mich früher versteckt hatte, um ihr und Lasars Aus- und Eingang zu verfolgen. Wer hätte damals ahnen können, daß ich eines Nachts den Lasarschen Wohnungsschlüssel in der Tasche haben würde, während sie krank und hilflos allein dalag und auf meine Hilfe wartete, wie man auf den Beistand eines langjährigen Partners vertraut. Ich steckte die Telefonkarte in den Schlitz und blickte auf die grüne Anzeige, um zu sehen, wie viele Einheiten mir noch blieben. Aber muß ich denn jetzt schon Michaela anrufen? fragte ich mich, und wenn ja – was soll ich ihr sagen? Über meine Verspätung könnte ich sie mit ein, zwei Sätzen beruhigen. Aber Michaela setzt großes Vertrauen auf die Welt und gerät nicht leicht in Angst und Panik, weder meinetwegen noch wegen sonstwem, und ist jedesmal erstaunt, wenn sie hört, daß sich jemand um sie Sorgen macht. Deshalb wird sie, wenn sie den Hörer aufhebt, nicht fragen, wohin ich verschwunden bin und wann ich zurückkehre, sondern ob ich schon ein Brahmane werde.

Die grüne Anzeige am Telefonapparat wies noch drei Einheiten auf der Karte aus – genug für ein echtes Nachtgespräch mit meinen Eltern in Jerusalem, die ich tagsüber vor lauter Aufregung vergessen hatte anzurufen. Doch meine Mutter, die ich aus dem Schlaf riß, wunderte sich sehr, von mir zu hören, da sie erst eine halbe Stunde zuvor lange mit Michaela gesprochen hatte, daher bereits Schivis Tagesunternehmungen kannte und auch wußte, daß ich zu Lasars kranker Frau gerufen worden war. »Tut mir leid, habe ich nicht gewußt, weil ich noch nicht wieder daheim war«, erklärte ich ihr. »Woher sprichst du denn dann jetzt? Noch von ihr aus?« forschte sie besorgt. »Nein«, beruhigte ich hastig, nahm mich aber auch in acht, nicht zu lügen. »Ich spreche von einem öffentlichen Telefon aus. Mir ist einfach eingefallen, daß ich heute nicht wie versprochen angerufen habe.« »Oh«, machte meine Mutter bedauernd, obwohl meine Sorge sie offenbar rührte, »das hättest du nicht müssen. Wenn wir mit Michaela sprechen, ist es, als hätten wir auch mit dir gesprochen. Aber wieso kommst du erst jetzt von dort zurück? Was hat sie denn? Ist es wirklich was Ernsthaftes oder nur falscher Alarm?« »Ich weiß es noch nicht«, erwiderte ich, bemüht, keine Lüge herausrutschen zu lassen. »Sie hat hohes Fieber. Aber ohne weitere Symptome. Was Virales offenbar. Ich hoffe, die Hepatitis aus Indien kehrt uns hier nicht auf Umwegen wieder«, dabei lachte ich kurz und seltsam, verwundert, daß die Anzeige trotz der späten Stunde schon eine Einheit abzog, so daß mir nun nur noch eine Einheit für Michaela blieb. »Aber warum ruft sie gerade dich?« beharrte meine Mutter leicht verärgert. »Wo bleiben Lasars Freunde? Wo sind Professor Chischin oder Professor Levin, die sich sonst immer um die Familie gekümmert haben?« »Ich weiß es nicht, Mutter«, sagte ich kurz angebunden, um das Gespräch rasch zu beenden. »Sie hat mich gebeten zu kommen, also bin ich hingegangen. Was hätte ich denn anderes machen sollen? Nein sagen? Gut, ich hab's eilig. Reden wir morgen weiter. Gute Nacht.« Doch als ich die Karte erneut in den Schlitz steckte, um Michaela anzurufen und ihr, nach ihrer Lieblingsmetapher, einen ersten Flackerschein der Feuerzunge, die bald unser Haus niederbrennen würde, zu senden, war die letzte Einheit spurlos von der Karte verschwunden. Wären jetzt noch weitere weißhaarige Konzertfreunde die Allee entlanggekommen, hätte ich ohne Zögern jemanden von ihnen angesprochen mit der Bitte, ihm seine Telefonkarte zum vollen Preis abzukaufen, egal, wie viele Einheiten sie noch enthielt. Aber die Allee war schon leer, und der nette junge Mann, der vorbeikam, hatte nur eine Telefonmünze, die für diesen Apparat nicht taugte.

Auf einmal befiel mich der Wunsch, nicht wieder zu ihr hinaufzugehen, nicht einmal, um den Schlüssel zurückzubringen, sondern ihn in den Briefkasten zu werfen und zu verschwinden, um diese unmögliche Verliebtheit daran zu hindern, in wirkliche Liebe voll Leid und Enttäuschung umzuschlagen. Kann eine solche Frau mich denn wahrhaft lieben? fragte ich mich verzweifelt. Würde sie mich wirklich bei sich aufnehmen wollen? Und wer würde es ihr erlauben? Ihre Kinder? Ihre Mutter? Chischin? Was würden meine Eltern sagen? Und wie soll sie mich lieben, wenn in ihrem Innern, wie ihre Mutter erzählt hatte, ein kleines Mädchen rumort, das – von seinen Eltern im dunklen, leeren Haus allein gelassen – auf die Straße rannte, um sich eine Freundin zu suchen, die sich bereit fand, bei ihr zu schlafen? Und nur weil ich mich in sie verliebt habe, klammert sie sich doch so an mich. Vielleicht müßte man auch Michaela warnen, daß ein schlimmes Unglück in der Geschichte geschehen könnte, die mit Lasars jähem Tod erst angefangen hat. Doch als ich zum Wagen ging und den Schlag öffnete, fühlte ich in meinem Innern erneut das matte Flattern, das nicht nur auf der Müdigkeit nach einem langen Arbeitstag von morgens an beruhte, sondern auch auf dem sehnlichen Verlangen einer müden, einsamen Seele nach Heimkehr, nun, da auch der Schlüssel griffbereit war. Ich nahm die kleine Instrumententasche, die meine Eltern mir zum Doktorexamen geschenkt hatten, aus dem Kofferraum und ging die Treppen hinauf, und während ich mit einem Finger den Klingelknopf drückte, um sie mit dem erregten Vogelruf vorzuwarnen, schloß ich mit der anderen Hand schon die Tür auf, wobei ich mich fragte, ob es sinvoll wäre, sie zu wecken, falls sie schon tief eingeschlafen war.

Doch ich brauchte sie nicht zu wecken, denn trotz der krankheitsbedingten Erschöpfung, verdoppelt noch durch den fieberhaften Beischlaf, den ich ihr aufgenötigt hatte, war sie nicht etwa zur Ruhe gekommen, sondern aufgestanden, um zu duschen, und hatte danach an Stelle von Lasars alter Strickjacke ihren schwarzen Overall angezogen, der sie ein wenig plump und untersetzt aussehen ließ, dazu weiße Wollsocken, um ihre Füße warm zu halten, und in die Ohren hatte sie sich Wattepfropfen gesteckt. So saß sie nun auf der Wohnzimmercouch und rauchte eine Zigarette, versunken in das Grauen vor dem Verlassensein, als sei es Todesgrauen. Als sie mich hereinkommen sah, warf sie mir zwar anfangs ihr altes mechanisches Lächeln zu und verfolgte schweigend, wie ich meine Arzttasche auf den niedrigen Glastisch stellte, auf dem bei unserem ersten Treffen hier die Landkarte von Indien gelegen hatte. Doch dann konnte sie sich nicht enthalten, etwas traurig zu fragen: »Wie lange brauchst du, um eine Tasche aus dem Auto zu holen?« Ich gab keine Antwort, lächelte nur, erfreut, aber auch erregt bei dem Gedanken, daß sie bereits eine Abhängigkeit von mir zu entwickeln begann. Und um nicht alle Schranken zwischen uns einzureißen, fragte ich sie, ob Michaela angerufen und nach mir gefragt hätte. »Hier?« fragte sie verwundert. »Weiß sie, daß du bei mir bist?« »Natürlich«, antwortete ich sofort, wobei ich ihr mit dem entschiedenen Ton auch signalisieren wollte, daß man jetzt nach Lasars Heimgang niemanden mehr anzulügen brauchte. Sie verstummte, ein wenig verwirrt, und blickte auf die Instrumente, die ich aus der Tasche holte, zumeist noch glitzernd neu in ihrer Originalverpackung, kaum gebraucht, da ich ja noch keine Privatpatienten hatte und bei meinen Hausbesuchen während des Nachtdienstes auf der Station des Roten Davidsterns das dortige Gerät benutzte. Ich nahm mir einen Stuhl, brachte ihn ans Sofa und zog ihr mit flinkem Griff die Zigarette aus den Fingern, was nicht einmal Lasar zu tun gewagt hatte. Ich drückte sie im Aschenbecher aus, sagte ungeduldig: »Das ist nicht gut« und nahm ihre Hand, um den Puls zu fühlen, der zwar rasch ging, aber weniger rasch, als ich gedacht hatte – als sei das Fieber während meiner Abwesenheit von allein etwas gesunken.

Ihr Blutdruck war völlig normal, sogar niedrig für ihr Alter, der diastolische unter achtzig, und die Herzschläge, die wegen des Fiebers schnell gingen, waren sanft und klar zu hören. Mit dem feinen Lichtstrahl des Otoskops blickte ich ihr in Rachen und Ohren. Es waren keine offenen Anzeichen von Entzündung zu sehen, nur eine Rötung infolge starker Trockenheit. »Du mußt was Heißes trinken«, sagte ich. Aber der Elektrokessel war ein paar Stunden zuvor kaputtgegangen. Ich brach die Untersuchung ab und ging in die Küche, um zu sehen, wo der Defekt lag. Dort auf der grauen Granitplatte stand der Kessel zwischen ungespülten Gläsern und Tassen, völlig intakt, nur daß der Stecker ein wenig aus der Steckdose gerutscht war und keinen Kontakt mehr herstellte.

Ich zeigte ihr die Ursache der Störung. »Das ist alles?« fragte sie, ungläubig lächelnd. »Kann doch nicht sein.« »Das ist alles«, beharrte ich. »Wieso hast du das nicht selbst gemerkt?« Aber sie konnte offenbar gar nichts merken. Lasars Sekretärin hatte mir ja schon geschildert, wie sie sich vor Elektrogeräten scheute, als könnten sie ihr weh tun. Doch nun, als die rote Leuchte des Kessels anging und sie begriff, wie leicht der »Defekt« gewesen war, schenkte sie mir Vertrauen und zeigte mir den Toaster, der seit ein paar Tagen ebenfalls nicht mehr funktionierte, in der Hoffnung, auch hier würde sich vielleicht eine leichte Ursache für den Defekt finden. Tatsächlich hatte sich nur ein Kontakt gelockert, was mit einem kleinen Küchenmesser zu beheben war, damit seine Spiralen wieder rotglühend wurden. Und nun, ohne ersichtlichen Grund, während der Elektrokessel in der nächtlichen Stille zu pfeifen begann, schossen ihr plötzlich Tränen aus den Augen, als erkenne sie erst jetzt den tiefen Abgrund der neuen Abhängigkeit, in die ihr Mann sie gestoßen hatte, als er sie verließ und sich zu den Toten gesellte. Ich verharrte stumm auf dem Fleck. Trauer und Mitgefühl in meinem Innern bewahrten sie davor, daß ich sie berührte, ehe sie langsam ins Wohnzimmer ging und dort auf dem Sessel ihr sanftes, anhaltendes Schluchzen über das Unheil beendete, das ihr wieder greifbar vor Augen stand. In der Küche goß ich uns beiden Tee auf und legte ein paar Kekse dazu, die ich in einer Schublade entdeckt hatte. Ich fand die Zuckerdose und schnitt dünne Scheiben von einer alten Zitrone aus dem Kühlschrank ab. Dann ging ich ins Wohnzimmer und stellte alles auf den Glastisch, neben das Stethoskop. Ist sie wirklich eine Frau, um die man sich dauernd kümmern muß? dachte ich mit süßem Schreck, wobei ich mich erinnerte, wie Lasar sie während unserer Reise umsorgt und mit welcher Natürlichkeit sie seine Dienste angenommen hatte – wie jetzt von mir, als sie mit dankendem Nicken die Teetasse nahm und die heiße, säuerliche Flüssigkeit zu trinken begann, die sie so sehr brauchte, während ich mich fragte, ob das schon die Abhängigkeit war, auf die ich hoffte, die Abhängigkeit, die es ihr schwermachen würde, mich wegzuschicken.

»Aber wie kannst du Michaela so lange allein lassen?« rügte sie mich, die Augen noch rot verweint. »Sie macht sich gewiß Sorgen.« »Nein, Michaela macht sich keine Sorgen«, antwortete ich und begann mit tiefem Respekt, den unabhängigen, sorglosen Geist Michaelas zu schildern, der gerade zu solch nächtlicher Stunde seinen wahren Wert aufs schönste beweise. »Sie wartet nicht auf mich. Ich bin sicher, sie schläft längst seelenruhig.« Aber dessen war ich mir keineswegs gewiß. Im Gegenteil ist Michaela vielleicht wach geblieben, dachte ich, und sei es nur, um mich von fern mit ihren Gedanken zu stärken, damit ich die ungeheure Probe bestehen kann, von der auch sie weiß, daß ich sie jetzt durchmache. Und selbst wenn sie zögert, hier anzurufen – dann nicht aus Sorge um sich oder mich, sondern nur um Lasars Frau, deren Trauer wegen einer unvorsichtigen Geste meinerseits in erschütternde Angst und Panik umschlagen könnte. Denn Michaela weiß ja noch nicht, daß schon vor dem Tod eine Bindung zwischen uns entstanden ist, die ihn zwar nicht herbeigeführt, aber uns zumindest auf ihn vorbereitet hat. Wüßte sie es, würde sie ebenso wie ich auf das Vertrauen setzen, das diese Frau hier mir entgegenbringt. Jetzt, nachdem sie die letzten Tropfen Tee aus ihrer Tasse gesogen hatte und noch überlegte, ob sie mich um eine zweite Tasse bitten sollte, stand ich auf und legte mir das Stethoskop um den Hals, um die unterbrochene Untersuchung abzuschließen. Und sie folgte ohne Zögern, erhob sich von ihrem Sitz, streifte mitten zu dieser tiefen Nachtstunde den Overall ab und stand mit entblößtem Oberkörper da, weiß und schwer an Brüsten und Armen, wieder die geheime Landkarte der Schönheitsflecken offenbarend, und trotz ihrer leichten Verlegenheit war sie sichtlich frei von dem Verdacht, ihr junger Arzt könnte sich erneut in einen stürmischen Liebhaber verwandeln. So erwärmte sich die Platte des Stethoskops langsam in meinen Fingern, und ich hörte Dori sorgfältig erst das Herz, dann die Lungen ab, die zwar etwas verschleimt klangen, aber ohne ein besorgniserregendes Röcheln, so daß ich zu keiner abschließenden Diagnose gelangen konnte, denn ich wollte ihr zu dieser späten Nachtzeit ja kein Blut abnehmen wie in der Zelle des Tempels in Buddh Gaya, um tiefere Dinge über sie zu erfahren. Und da ich im Gegensatz zu manchen jungen Ärzten auf Nachtdienst in der Notaufnahme oder auf der Erste-Hilfe-Station nicht dazu neigte, eingebildeten Kranken listigerweise ambivalente psychologische Andeutungen hinzuwerfen, enthielt ich mich, gegenüber der geliebten Frau etwas Kritisches über die irrlichternde Seele in ihrem Innern zu bemerken, riet ihr vielmehr einfach, wieder ins Bett zu gehen, um Körper und Seele ein wenig Ruhe zu gönnen. Obwohl sie jetzt hellwach und sogar etwas ausgelassen war, nach Art der Sorte Patienten, die schon durch die ärztliche Untersuchung an sich von ihrem Gefühl, krank zu sein, befreit werden, akzeptierte sie meinen Rat, bat lediglich, wir sollten noch ein Glas Tee trinken, und ging sogar selbst den Kessel anschalten, um zu prüfen, ob sich hinter der behobenen Störung nicht noch eine weitere verbarg, die sich nach meinem Weggang bemerkbar machen würde. Aber ich hatte noch keinerlei Absicht, sie zu verlassen, zum einen, weil ich wußte, daß sie in tiefster Seele nicht allein bleiben konnte, zum anderen, weil ich sicher fühlte und wußte, daß Michaela in unserer Wohnung wach saß, wenn sie sich hatte wach halten können, und mich in Gedanken begleitete, ja auch bei der Anstrengung unterstützte, die Seele, die sich an mich gehängt hatte, wieder zurück nach Hause und ins Bett zu bringen.

Dori schluckte auf meinen Rat zwei weitere Tabletten zur Senkung des Fiebers, ging sich ausziehen und kam in einem frischen, dünneren Nachthemd zurück, hüllte sich aber nicht wieder in Lasars alte Strickjacke, sondern legte sich sofort in das große Doppelbett und bat mich nur noch, sie mit drei Decken zuzudecken und das kleine Licht im Flur brennen zu lassen, wenn ich ging. Aber ich wollte sie noch nicht verlassen, gewiß nicht ehe ich den tiefen Atem des Schlafes hörte. Ich blieb im Flur, an der offenen Schlafzimmertür, blickte durch die dunklen, klaren Fenster auf die jetzt unruhig bewegten Baumkronen, von denen der herbstliche Nachtwind nicht ablassen wollte. Und während meine Augen wieder und wieder mit ruhigem Blick die Umrisse der Gestalt unter dem Deckenberg musterten, fragte ich mich unaufhörlich, wie der Moment aussehen würde, in dem ich von ihr loskäme. Doch ich konnte mich auch dann noch nicht davonmachen, als endlich die tiefen, regelmäßigen Atemzüge des Schlafs erklangen und sich sogar ein leichtes Schnarchen, das ich von der gemeinsamen Nacht mit dem Inder im Eisenbahnabteil in Erinnerung hatte, dazugesellte. Wellen der Liebe und Leidenschaft begannen in meiner doppelten Seele zu wogen, und eine neue, unbekannte Lust ließ mich wie angenagelt im Flur verharren. Stimmt, ich hätte ins Zimmer gehen und mich ein bißchen auf den Rand des großen Betts setzen können, ohne daß sie mich bemerkt hätte, aber ich lehnte weiter im Türrahmen, hielt mich wach, wie es mich die lange Erfahrung mit Nachtwachen und dem anhaltenden Stehen am Operationstisch gelehrt hatte. Doch als ihr sanftes Schnarchen derber und lauter wurde, sei es wegen falscher Kopflage auf dem Kissen, sei es wegen verstopfter Nebenhöhlen, fiel mir Lasar ein, der im fahrenden Zug nach Varanasi auf das Bett über sich gestiegen war, um sie festzuhalten, damit sie aufhörte. Deshalb trat ich ins Zimmer, um sie ebenfalls anzupacken, auf daß das schlafende Bewußtsein sich korrigieren möge. Aber mein Griff war zu fest oder zu anhaltend, denn sie erwachte, richtete sich mit gechlossenen Augen und zerzaustem Haar auf und rief erschrocken: »Du?« Ich ließ von ihr ab und wich zurück, denn ich wußte, sie meinte ihn, nur ihn, als sei durch die Berührung meiner Hand eine Geste des Toten zu ihr herübergekommen. All das dauerte jedoch nur eine knappe Sekunde, und aufgrund ihrer schmerzlichen Miene begriff ich, daß die Illusion schon geplatzt war. Zuerst tastete sie nach dem Schalter der Nachttischlampe, aber bald gab sie auf oder verzichtete und ließ den Kopf sinken, um sich in sich selbst zu versenken, den regelmäßigen Atem wiederzufinden, fand ihn jedoch nicht, wachte auf und öffnete erneut die Augen.

»Ich störe dich«, flüsterte ich, als sie die Brille aufsetzte, um mich besser zu sehen. »Nein«, antwortete sie sofort mit klarer, wacher Stimme, als hätte sie während der letzten Stunde nicht geschlafen. Und als sie merkte, daß ich schwieg – womöglich überzeugt, sie hätte das nur aus Höflichkeit gesagt –, hob sie den Kopf vom Kissen und erklärte: »Du hast mich noch nie gestört.« Worauf sie wie zur Bekräftigung fortfuhr: »Auch Lasar hast du nie gestört. Vor der Reise waren wir unschlüssig, ob wir wirklich einen Arzt mitnehmen sollten, denn du weißt ja, wie wir sind, immer zusammen, bestrebt, unter uns zu sein. Aber schon am ersten Abend, von dem Moment, als du hier ankamst, spürten wir, daß man mit dir auskommen könnte. Und wir hatten uns nicht getäuscht. Die ganze Fahrt über waren wir erstaunt, wie du es fertigbrachtest, immer bei uns zu sein, ohne zu stören. Das beruht vielleicht alles auf dieser englischen Ruhe, die du aus dem Elternhaus mitgebracht hast, sie bewahrt dich wohl davor, dich aufzudrängen, auf die Nerven zu fallen, obwohl auch du weit kommen willst.« »Weit wohin?« »Sehr weit«, klang ihre klare, helle Stimme in die Stille der Nacht. »Sehr weit?« fragte ich auflachend. »Ja, sehr weit«, wiederholte sie ohne Zögern. »Lasar hat immer von dir gesagt: ›Das ist ein Mann, der sehr weit kommen möchte und auch kommen wird, aber in Ruhe, wie ich es mag.‹« Sie verstummte einen Moment, schloß die Augen, als kehre der entschwundene Schlaf langsam zu ihr zurück. »Aber wohin kommen?« beharrte ich stur, wobei eine neue Furcht in meinem Innern aufflackerte. »Weit wohin?« Sie senkte geduldig den Kopf, wie eine Mutter vor einem Sohn, der Dinge erklärt haben will, die sich nicht erklären lassen. »Weit, wie er sich selbst weit kommen sah.« »Das heißt im Krankenhaus?« beharrte ich mit bebender Stimme. »Auch im Krankenhaus natürlich«, sagte sie. »Deshalb wollte er dir unbedingt die Festanstellung sichern, und sei es nur auf Teilzeitbasis, als Chischin auf dich verzichtete und er fürchtete, du würdest an ein anderes Krankenhaus wechseln. Denn ebenso wie er achtest du nicht nur auf Dinge, die anderen Leuten entgehen, sondern absorbierst sie auch und bewahrst sie im Innern, damit du sie im Bedarfsfall immer parat hast, ohne überflüssige Sorge.«

»Ohne überflüssige Sorge«, wiederholte ich aufgeregt ihre Worte, eigentlich ohne sie recht zu verstehen. »Aber warum hat er überhaupt von mir geredet?« Sie rückte das Kissen hinter ihrem Kopf zurecht und lächelte wohlig. »Vielleicht weil Chischin ganz zu Anfang, als er dich vorschlug, sagte: ›Das ist der ideale Mann für euch‹ und Lasar unter Chischins Einfluß daran zu glauben begann, vor allem von da an, als du dich auf dem Flughafen vor uns hingestellt, den Weiterflug aufgehalten und darauf bestanden hast, ein Hotel aufzusuchen und Enati die Bluttransfusion zu geben, die uns trotz aller Nachforschungen immer noch nicht ausreichend erklärlich ist. Aber Lasar hat immer gesagt: ›Egal, macht nichts, soll es halt willkürlich gewesen sein, meinetwegen sogar völlig mysteriös, aber ich weiß und spüre, daß er sie uns dadurch gerettet hat.« Ich hatte ja bereits Enati; von Lasars positiver Einstellung zu der bewußten Bluttransfusion erzählen hören, aber das ausdrückliche Wort »mysteriös«, das jetzt in der Dunkelheit im Namen des toten Direktors ausgesprochen wurde, erregte ungeheure Freude bei mir, trotz der Abfälligkeit, die man auch hätte heraushören können. Und nun überkam mich ein solch starkes Begehren, sie dieses Wort erneut in Lasars Namen sagen zu hören, daß ich mich nicht zurückhalten konnte, sondern im Taumel der Erschöpfung, die sich in meinem Innern angesammelt hatte, zu dem großen Bett hinging und ohne Vorwarnung die Decken anhob, um mich wieder der warmen Quelle des Mysteriums anzukoppeln. Schon bei der ersten Berührung ihres Fleisches wußte ich, daß die beiden Tabletten, die ich ihr vor dem Schlafen zu schlukken gegeben hatte, ihre Wirkung getan hatten und die Körpertemperatur wieder normal geworden war. Wenn ich nun wirklich eine weitere Seele in mir trage, dachte ich fieberhaft, braucht sie doch auch ihren Beischlaf, und stürmisch aufgewühlt fing ich wieder an, diese Frau zu umarmen und zu küssen, die nur wenige Jahre jünger als meine Mutter war. Sie erschrak über meinen Ausbruch und begann zu ringen, doch selbst bei meiner tiefen Erschöpfung war ich noch stärker als sie. Und wieder flehte sie, ich solle nicht schweigen, solle von meiner Liebe reden, als erscheine ihr ein stummer Liebesakt, noch dazu in der Stille der Nacht, als die allergrößte Untreue. Also wiederholte ich die Worte, die ich schon früher am Abend gesagt hatte, auf daß der üppig reife Körper sich in meinen Händen mehr und mehr entspanne.

Zum Schluß versank sie in wirklichen Schlaf, der ihr als Kranke oder Genesende zustand, und ich legte mich hinter ihren Rücken und umfing fest ihren Bauch, in derselben Haltung, in der ich die beiden in dem Hotelzimmer mit Blick auf den Ganges hatte schlafen sehen. Wieder über Michaela nachsinnend, fragte ich mich, ob sie es wohl geschafft hatte, mich in Gedanken bis jetzt zu begleiten. Denn falls ja, würde sie auch weiter durchhalten. Und wenn sie schon abgelassen und Schlaf gefunden haben sollte, würde sie friedlich bis zum Morgen schlummern. So oder so brauchte ich nicht heimzueilen. Und obwohl ich wußte, daß ich an diesem intimsten Ort, an dem der tote Direktor gelegen hatte, nicht die Herrschaft über mein Bewußtsein verlieren durfte, konnte ich doch nicht dem tiefen Drang widerstehen, die Frau, die ich liebte, schlafend in den Armen zu halten und ihren breiten Bauch zu umfangen, wenn nicht zum Schlummer, dann wenigstens für einen kurzen Traum, vielleicht sogar den, den ich in dem großen alten Propellerflugzeug zwischen Gaya und Kalkutta geträumt hatte. Aber ich vermochte mir den Traum nicht in Erinnerung zu rufen, nur das Bild des Flugzeugs selbst, mit den vielen Indern, die sich darin drängten. Nun versuchte ich mich an den Film zu erinnern, den ich zu Beginn des Abends mit Michaela gesehen hatte, aber er verschwamm mir im Gedächtnis, als läge er schon lange zurück. So blieb keine Wahl, als dem Schlafbedürfnis nachzugeben, das immer stärker wurde. Aber ich schlief nicht lange, nur drei Stunden, von zwei bis fünf, dann wachte ich in derselben Haltung und auf demselben Fleck auf und war trotzdem völlig ausgeruht. Vorsichtig löste ich meinen Griff, glitt aus dem Bett, verließ das Zimmer und schloß die Tür hinter mir. Ich fühlte mich leicht und durchgeistigt, befreit von der Schwere im Innern, die mich lange Zeit gedrückt hatte. Vor den Wohnzimmerfenstern zeichneten sich erste Lichtgespinste ab, und ich wanderte ein bißchen in den stillen Zimmern umher, bemüht, die Quelle der Angst aufzuspüren, die die Frau, die ich jetzt allein lassen mußte, bedrohte. Um sieben Uhr mußte ich bereits meinen Dienst im Krankenhaus antreten, zuvor aber noch zu Hause vorbeigehen, um mich zu rasieren und umzuziehen. Doch ich wollte nicht verklebt und zerknittert von der langen Nacht bei Michaela erscheinen und fürchtete auch, mich bei dem zweifachen Liebesakt vielleicht mit dem Virus angesteckt zu haben, wenn sie denn wirklich einen Virus hatte. Deshalb zog es mich ins Badezimmer, in der Hoffnung, daß es dort zumindest lauwarmes Wasser gab, um mich zu reinigen. Aber das Wasser war sogar glühendheiß, und so konnte ich der Versuchung nicht widerstehen, mich auszuziehen und zu duschen. Lasars Toilettenutensilien lagen hier noch über die Konsolen verstreut, und seine Gegenwart war an vielen Sachen spürbar – Zahnbürste, Rasierapparat, Rasierschaum, Rasierwasser, Bademantel. Ja, er hatte meine Begabung, unwichtige Details aufzunehmen und sie in meinem Innern zu speichern, richtig eingeschätzt, denn hier erkannte ich eindeutig viele Gegenstände, die er auf unserer gemeinsamen Reise mitgehabt hatte, vermochte sie von den Sachen anderer Bewohner zu unterscheiden, und konnte daher, ohne zu zögern oder mich fremd zu fühlen, sein Rasierzeug benutzen, mir mit seiner Zahnbürste die Zähne putzen, mich in seinen Bademantel hüllen. Und als ich die Wohnung verließ, brauchte ich nicht auf Wiedersehen zu sagen, denn ich war fest entschlossen, zu ihr zurückzukehren, ja ich nahm sogar den Schlüssel mit.

Doch wie eigenartig war es, nach einer solchen Nacht wieder in einen strahlenden Tel Aviver Morgen hinauszutreten, der kein einziges Zeichen von Mysterium enthielt – hier die wohlbekannte breite Allee vor dem Haus, der Wagen mit feuchten Blättern übersät, die beim Kampf der nächtlichen Winde abgefallen waren, randvoll mit Milchbeuteln gefüllte

Kisten am Eingang des kleinen Supermarkts und Zeitungsboten, die mit ihren Mopeds um das Mann-Auditorium sausten, die Drahtkörbe bereits geleert. Hätte ich jetzt nur auch direkt ins Krankenhaus eilen können, das nicht weniger auf mich wartete als seinerzeit auf Lasar. Aber ich wußte, auch wenn ich gewaschen und rasiert war, mußte ich mich der zeigen, die mich wach in der Küche erwartete – und zu meiner Überraschung nicht allein, sondern mit der süßen Schivi, die bereits aufgewacht war und nun in ihrem hohen Stuhl saß, der üppige Haarschopf zerzaust und ein rotes drittes Auge zwischen die Augen gemalt, ein deutliches Zeichen für den Sehnsuchtsausbruch ihrer Mutter. Und als Schivi mich eintreten sah, legte sie beide Händchen zu einer indischen Begrüßungsgeste an die Lippen, wie Michaela es ihr beigebracht hatte, um den neuen Brahmanen zu empfangen, der aus der Unterwelt aufgestiegen war.

3.

Und sogleich entdeckt er sie, kein Findelkind in zerknitterter Schuluniform mehr, sondern eine große, hübsche junge Frau, die am Morgen in ihrer Küche steht, eine rote Schürze vorgebunden, und mit einem großen Holzlöffel Brei für ihre drei Kinder rührt, die, je nach Alter, auf verschieden hohen Stühlen sitzen, die Gesichter höchst verwundert dem Fenstersims zugewandt, auf dem jetzt ein großer Vogel gelandet ist, der wie ein erregter, sinnierender Lehrer vor ihnen auf und ab stolziert. Die Kinder jubeln angesichts des protzigen, farbenprächtigen Schwänzchens, das wie das Pendel einer lebenden Uhr hin und her schwingt. Doch die junge Mutter im Hintergrund weiß, daß sie trotz der allgemeinen Freude schnell ihren Jüngsten beruhigen muß, da er sonst bald in wüstes Geheul ausbrechen wird, aus Furcht vor dem Gefiederten, der jetzt stehengeblieben ist und sie aus einem grünen Auge mit durchdringendem Blick fixiert. Deshalb zieht sie den Kleinen aus seinem hohen Stuhl, herzt und küßt ihn zur Beruhigung und übergibt ihn den Armen des eben hereinkommenden Mysteriums, ihres zusehends kahler werdenden Mannes im gutsitzenden Anzug, die Brille mit dünnem Goldrand versehen. Er übernimmt seinen Kleinen so freudig, daß man den Eindruck gewinnt, er sei von seinem Wahn geheilt und beharre nicht weiter darauf, daß die Erde auf dem Fleck stehe, jede Stunde sich selbst genug sei und nichts im Universum verlorengehe.

Doch war es denn richtig, jetzt zu Hause vorbeizuschauen, oder hätte ich lieber direkt zum Krankenhaus fahren sollen? Michaelas blasse Züge und gerötete Augen mochten zwar davon zeugen, daß sie dem Ringen der vergangenen Nacht gegenüber nicht gleichgültig gewesen war, aber hatte sie es bei vollem Bewußtsein oder nur im Nebel ihres Schlafes verfolgt? Sie begrüßte mich freundlich, als ich in die Küche kam, anscheinend kein bißchen böse über mein Verschwinden, ja womöglich sogar verwundert, daß ich schon heimgeeilt war. Muß ich ihr wirklich alles beichten, was heute nacht vorgefallen ist, dachte ich, ihr in diesem flüchtigen Zeitraum bis zum Dienstantritt im Krankenhaus von der unmöglichen Verliebtheit erzählen, die sich zusehends in mögliche Liebe verwandelt? Oder hat jemand, der imstande ist, seine Seele auf Wanderschaft zu schicken, vielleicht ein Schweigerecht? Anfangs beugte ich mich nieder, um erst Schivi einen sanften, väterlichen Kuß zu geben und dann auch Michaela, der ich behutsam den Teelöffel aus den Fingern nahm, um an ihrer Stelle die Kleine weiterzufüttern, so daß sie selbst mir ein schnelles Frühstück herrichten konnte, das, wenn möglich, auch ein Schüsselchen von dem süßen Brei enthalten sollte, den ich in letzter Zeit so mochte. Ich versuchte mein Mahl schweigend einzunehmen, sah aber sofort, daß nicht nur Michaela Rechenschaft von mir forderte, sondern sogar Schivi im Essen innehielt und mich mit ihren drei Augen anblickte. Daher begann ich langsam und vorsichtig, ein paar Hauptpunkte des nächtlichen Geschehens preiszugeben, hob dabei vor allem auf die physische und psychische Gesundheit der mir aufgezwungenen neuen Patientin ab, übertrieb ein wenig bei der Darstellung ihrer Hilflosigkeit in allem, was mit Haushaltsdingen und Elektrogeräten zusammenhing, und schilderte erneut hämisch die unerklärliche, aber reale Angst, von der sie befallen wurde, wenn sie allein blieb. Obwohl ich mir nach Lasars Tod vorgenommen hatte, mich möglichst jeder Lüge zu enthalten, zögerte ich doch noch, jetzt in der wenigen mir verbleibenden Zeit die Affäre mit dem Beischlaf in die strahlende Morgenluft der kleinen Küche zu werfen, und begnügte mich mit der Schilderung der seelischen Unterstützung, die ich geleistet hatte. Doch Michaela, die fasziniert an jedem Wort von mir hing, wollte unbedingt bestätigt wissen, was sie im Herzen gespürt hatte, und als sie mich frank und frei fragte, ob ich mit Lasars Frau auch geschlafen hätte, mochte ich sie nicht um einen Teil der Faszination bringen, die meine Geschichte bei ihr erregte.

Deshalb begann ich – den Blick nicht von der großen Wanduhr über dem vielarmigen Figürchen wendend, das wir von Enat erhalten und auf ein hohes Regal zwischen zwei Vasen gestellt hatten, damit ihm nichts passierte – mit sparsamen Worten nicht nur von dem ersten, sondern auch von dem zweiten Liebesakt zu erzählen, um zu zeigen, wie ernsthaft ich ringen mußte. Womöglich war ich damit ein wenig zu weit gegangen, denn auf einmal wurde Michaela tiefrot im Gesicht und wirkte verblüfft und erregt, wohl nicht so sehr wegen des Beischlafs an sich, sondern weil es gleich zweimal dazu gekommen war – für sie ein klares Anzeichen der tiefen Veränderung, die uns alle erwartete. »Dann klammert er sich jetzt fest an dich«, erklärte sie, mich halb mitleidig, halb ehrfurchtsvoll musternd, »statt in was Stummes und Lebloses zu wandern, um Leben zu spenden und wiedergeboren zu werden, hat er sich an einen Lebenden gehängt, um mit aller Kraft an seinem vorherigen Platz festzuhalten.« Und als sie sah, daß ich weiter schwieg, fügte sie hinzu: »Nimm dich in acht, Benji, damit du zum Schluß nicht deine Seele verlierst.«

»Aber ich hab sie offenbar schon verloren, Michaela«, flüsterte ich mit trübseligem Lächeln, nahm achselzuckend meinen Teller, stellte ihn in die Spüle und zog den Lasarschen Wohnungsschlüssel aus der Tasche, um ihr zu beweisen, wie weit die sonderbaren und höchst persönlichen Worte, die wir halb im Ernst, halb im Scherz miteinander wechselten, auch reale Bedeutung besaßen, über die sie sich bei allem Schmerz doch begeistern konnte. Denn hier sah sie einen ätherischen Gedanken aus der indischen Realität, der sie so sehnsuchtsvoll anhing, plötzlich vor ihren eigenen Augen in einem Nicht-Hindu verwirklicht, einem rational und praktisch denkenden Arzt von gemäßigtem Temperament, der sich an der mysteriösen Nahtstelle von Seele und Leib verfangen hatte, an der sogar Stephen W. Hawking gelähmt zappelte. Gerührt betrachtete ich Schivi, die mit erhobenem Kopf aufblickte und in tiefer Aufmerksamkeit dem Gespräch der bei ihr stehenden Erwachsenen lauschte. Mir war längst aufgefallen, wie aufmerksam sie an den Lippen ihrer Eltern hing, ihnen mit einer unerklärlichen inneren Erregung lauschte, die sie jetzt dazu veranlaßte, unwillkürlich den perfekten Kreis des dritten Auges, das Michaela ihr aufgemalt hatte, mit dem Finger zu einem diffusen Fleck zu verreiben, der ihre ganze Stirn einnahm. Ich blickte auf die Uhr. Mir blieben nur noch wenige Minuten, bis ich mich zum Krankenhaus aufmachen mußte. Von nahem sah ich, daß Michaelas geliebtes Figürchen mit Staub bedeckt war und sogar feine Spinnweben von ihm herabbaumelten. Michaela betrachtete lächelnd den Schlüssel, den ich ihr zeigte. »Verstehst du jetzt die tiefe Weisheit hinter dem Brauch, die Witwe auf dem Scheiterhaufen zu verbrennen?« fragte sie mich mit einem boshaften Flackern in den Augen. »Nein, die verstehe ich nicht«, antwortete ich ehrlich mit leichtem Schauder. »Man muß sie verbrennen, damit die Seele des sehnsüchtigen Ehemanns sich nicht in Gestalt eines Fremden zu ihr stiehlt. Man verbrennt die Witwe nicht, um sie dafür zu bestrafen, daß sie am Leben geblieben ist, sondern lediglich, um die Seele eines unschuldigen, schwachen Mannes zu schützen, der bereit ist, sich für die unermüdliche Liebe des Ehemanns einspannen zu lassen.« Ich nickte, nahm – ein wenig geistesabwesend, da es schon Zeit fürs Krankenhaus wurde – das Figürchen vom Regal und entkleidete es mit leichtem Finger seines feinen Spitzengespinstes, um erneut zu prüfen, ob die Bewegung seiner sechs Arme irgendwie aufeinander abgestimmt war. »Dann hätte man ja auch Dori verbrennen müssen?« fragte ich lächelnd. »Gewiß«, antworete Michaela ohne Lächeln in herausforderndem Ton, und ihr Gesicht wurde immer glühender. »Wenn sie Lasar dazu gebracht hat, sie so zu lieben – dann soll sie ihm auch nachfolgen und sich selbst verbrennen.« Und aufgrund eines Nachgedankens, der in ihren Riesenaugen aufflackerte, fügte sie hinzu: »Und wenn es ihr schwerfällt, könnte man ihr helfen.« Die letzten Worte, die gewiß scherzhaft gemeint waren, flößten mir Grauen ein, aber ich lächelte weiter, beugte mich zu Schivi hinunter, die

Interesse an der Figur in meinen Händen zeigte, und gab sie ihr, doch die Kleine war nicht bereit für die unerwartete Gabe, das Figürchen entglitt ihren kleinen Händen, fiel zu Boden, verstreute seine sechs winzigen Tonarme um sich und trennte sich einen kurzen Moment später auch von seinem Schädel. Der Schmerzensschrei entschlüpfte nun gerade mir, nicht Michaela. Sie bewahrte ihre Kaltblütigkeit, als sei sie seelisch bereits auf einen Racheakt für ihre scharfen Worte vorbereitet gewesen. Sie verschränkte die Arme über der Brust, wohl um die selbst auferlegte Zurückhaltung abzusichern, kein bißchen gewillt, mit mir niederzuknien, um die Scherben ihrer herzgeliebten Figur aufzusammeln, und gewiß nicht, mir auf die lächerliche Frage zu antworten, ob die Scherben wieder zusammenzufügen seien. Mit triumphierender Genugtuung sagte sie: »Jetzt bleibt keine andere Wahl, als dorthin zurückzukehren, um eine neue Figur auszusuchen.« Und als sie sah, daß ich mir des vollen Ernstes ihrer Worte nicht bewußt war, fügte sie an: »Die einzige Frage, die wir bedenken müssen, ist die, ob ich Schivi schon jetzt mitnehme oder sie einstweilen bei dir oder bei deiner Mutter oder auch, warum nicht, bei Lasars Frau lasse.«

Doch um das zu besprechen, war nun wirklich keine Zeit mehr. Die Operation, für die ich als Anästhesist eingeteilt war, sollte in einer halben Stunde beginnen, und meine Verspätung überschritt langsam das erträgliche Maß. Merkwürdigerweise spürte ich trotz des scharfen Wortwechsels und der ausdrücklich angekündigten Rückkehr nach Indien nicht, daß eine wirkliche Kluft zwischen uns entstanden war, ja, ich verließ das Haus erregt und sogar ein wenig glücklich darüber, daß Michaela mich bevollmächtigt hatte, mein Abenteuer fortzuführen, ohne mich deswegen vor die Tür zu setzen. Daher willigte ich sofort ein, als sie mich bei meinem Weggang bat, ihr das Auto dazulassen, damit sie es an diesem regnerischen Tag für ihre Besorgungen benutzen konnte, denn ich ahnte nicht, daß ihre geplanten Besorgungen schon mit der Indienfahrt zusammenhingen. Schließlich konnte das zerschmetterte Figürchen allein sie ja nicht veranlaßt haben, sich augenblicklich auf den Weg nach Osten zu machen. Ich glaubte auch nicht, daß meine Untreue sie schockiert hatte. Eine derart freigeistige Frau wie Michaela ließ sich nicht von Untreueakten beeindrucken, weder von eigenen noch von denen anderer. Vermutlich hatte das, was mir geschah, bei ihr einfach mit Macht wieder die alte Sehnsucht nach der Atmosphäre des Ortes geweckt, an dem sie sich laut ihren wiederholten Erklärungen frei und ungezwungen fühlte, obwohl er – rein äußerlich – so elend und mit Leid geschlagen wirkte. Aber war es wirklich nur ihre alte Indiensehnsucht, von der sie mir schon bei unserem Kennenlernen, auf Ejals Hochzeit, erzählt und die zu respektieren ich gelobt hatte, als sie in der Raststätte an der Schnellstraße von Jerusalem nach Tel Aviv der Heirat zustimmte? Ober stand hinter dem allen ein neues Sehnen – nicht nach dem großen Subkontinent, sondern nach sich selbst als der wahrhaft verantwortlichen Quelle für mein stürmisches Abenteuer, da sie vor über zwei Jahren aus Indien angekommen war, um die Lasars über Enats Erkrankung zu benachrichtigen und sie zu bewegen, hinzufahren und sie von dort zurückzuholen. Denn als sie nun sah, wie ich seither – ihretwegen – zusehends in ein Schicksal mit bitterem Ende gerissen wurde, meinte sie, zu meiner Rettung zum Ausgangspunkt zurückreisen und mein Kind mitnehmen zu müssen, um mich an den Ort zu locken, an dem sich zu meinem Wohl die verständigen und einfühlsamen Kräfte erheben würden, die meiner dringend bedurften, das heißt die wahren Kranken und Versehrten, die auf Kalkuttas Gehsteigen lagen und auf Arztfreiwillige aus ebender Welt warteten, die sich als frei und glücklich bezeichnete. Aber all das begann ich erst zu verstehen, als die endgültige Entscheidung, Schivi mit auf die Reise zu nehmen, gefallen war, nachdem Stephanie in London auf Michaelas Ruf hin sofort eingewilligt hatte, die Tour gen Osten mitzumachen. Als ich dann an jenem Morgen mit leicht schwindelndem Kopf im Operationssaal am Narkosegerät stand, dachte ich jedoch weder an Michaela noch an mich, sondern nur an die Frau, die ich krank oder gesund in der großen Wohnung zurückgelassen hatte – bald würde sie aufstehen, merken, daß sie allein war, und sich sorgen, wann ich – oder jemand anders – wohl käme, um bei ihr zu sein.

Im Krankenhaus angekommen, hätte ich gern zuerst den Verwaltungsflügel aufgesucht, um Lasars Sekretärin schnell zu erzählen, daß ich dem an mich gerichteten Ruf auf vollkommenste Weise gefolgt war, und indirekt zu eruieren, ob womöglich auch von der anderen Seite Bericht vorlag. Aber dazu reichte die Zeit nicht. Erst als der Patient nach erfolgreichem »Abheben« sanft auf seinem vorgezeichneten Kurs dahinsegelte, schlüpfte ich einen Moment in die Kammer neben dem OP und rief sie an, um ihr von dem Arztbesuch zu berichten, nach dem sie sich trotz nur oberflächlicher Untersuchungen keine Sorgen mehr zu machen brauche. Sie dankte mir sehr. »Ich weiß, daß wir Ihnen dieser Tage vielleicht ein wenig Umstände machen«, sagte sie entschuldigend und verband sich dabei leichtweg mit der Frau, an die ich unaufhörlich dachte, »aber plötzlich merkte ich, daß sie ein wenig verloren schien, ohne ärztliche Adresse, gerade weil sie gewohnt war, daß Lasar mit seinem gesamten Krankenhaus ihr immer zur Verfügung stand. Und obwohl nach dem, was passiert ist, natürlich alle bereit sind, ihr weiterhin von ganzem Herzen zu helfen, glaubt jeder, es würde sich schon jemand anders um sie kümmern.« »Ja«, pflichtete ich ihr bei. »Auch ich war sicher, Professor Levin hätte sie längst ganz unter seine Obhut genommen. Er ist doch eigentlich wie ein Hausarzt für ihre Familie.« »Gewesen«, verbesserte sie mich eifrig. »Früher war er's mal. Aber jetzt ist er ihr böse, weil sie seine Forderung ablehnt, die meiste Schuld auf Professor Chischin zu schieben. Er begnügt sich nicht damit, daß ich ihm immer wieder sage, was ich auch Ihnen gesagt habe, daß wir nämlich allesamt, jeder für sich, ein bißchen schuld an diesem Tod sind. Auch ich und Dori und ihre Mutter, nicht einmal Lasar selbst kann ich völlig freisprechen. Aber nein, dieser verrückte Dickschädel, dem Lasar so oft vergeben hat, will jetzt ein Ehrengericht einberufen, um Professor Chischin den Prozeß zu machen. Er ist nicht wie Sie, Dr. Rubin, er will keine Verantwortung auf sich nehmen. Gestern, nachdem Sie weg waren, hat's mir ein bißchen im Herzen weh getan, daß ich Sie bei meiner Schuldausteilung ebenfalls mit bedacht habe.« »Aber warum denn?« sagte ich beruhigend. »Sie haben völlig recht. Wir sind alle schuld, zumindest moralisch. Auch ich. Nicht weniger schuld als Lasar selbst.« Aber wir konnten jetzt unmöglich länger über die moralische Mitschuld an Lasars Tod diskutieren, während der auf dem Operationstisch zurückgelassene Patient mir auch strafrechtliche Schuld zuweisen konnte. Daher hatte ich es eilig, in den OP zurückzukommen und mich zu vergewissern, daß die flimmernden Ziffern auf allen Monitoren in Einklang waren und den glatten Weiterflug garantierten. Daher versprach ich Frau Kolby, mich im Lauf des Tages telefonisch oder persönlich wieder bei ihr zu melden, um aus erster Quelle von dem Ausmaß des Streits zu erfahren, der mehr und mehr zwischen den beiden Freunden entflammte. Ja, diese Sekretärin erwies sich jetzt als treue Stütze, an die wir uns in dem Wirrwarr nach seinem Tod allesamt klammern konnten. Aber ich wußte nicht, ob mir diese Stütze erhalten bleiben würde, sobald sie über kurz oder lang von meinen Liebeshoffnungen erfuhr. Deshalb beschloß ich, zusätzliche Aufmerksamkeit in sie zu investieren, denn wenigstens diese treue, alleinstehende Frau, auf die Lasar nach Art starker Direktoren mit großer Machtkonzentration ebenso angewiesen gewesen war wie sie auf ihn, sollte doch gern weiterhin meine Verbündete bleiben, nicht nur bei den kleinen Querelen im Krankenhaus, sondern auch bei dem großen Kampf, der diesen Morgen ausgebrochen war. Daher ging ich, sobald nach Ende der Operation, die sich zum Schluß etwas kompliziert hatte, in den Pupillen des Narkotisierten der deutliche Funke Bewußtsein auftauchte, der es mir erlaubte, ihn der Obhut der Intensivraumschwestern zu überlassen, nicht mit den anderen Chirurgen zum Mittagstisch, sondern begnügte mich mit zwei belegten Brötchen aus der Cafeteria, mit denen ich zu Lasars Büro eilte, nachdem mein Anruf im Hause Lasar unbeantwortet geblieben war.

Frau Kolby errötete nicht allein wegen des Käsebrötchens, das ich ihr galant anbot, sondern vor allem, weil ich in ihrer Gesellschaft essen wollte. »Lasar hat das manchmal getan«, erzählte sie, ihr feines, etwas faltiges Gesicht vom süßen Licht der Erinnerung durchglüht. »Wenn er merkte, daß ich wegen Arbeitsüberlastung im Büro blieb und nicht in die Kantine gehen wollte, wurde er ungehalten und holte mir schließlich etwas zu essen.« »Wer gewohnt ist, eine Frau zu umsorgen, den drängt es wohl auch bei anderen«, sagte ich mit herzlichem Lachen über den dynamischen Mann, der gewiß im Grab Qualen litt, weil er niemanden mehr umsorgen konnte. »Aber glauben Sie nicht, nur bei Frauen«, sprach ich weiter aus Erinnerung, »auch um mich hat er sich gekümmert. Während der Indienreise, auf dem Flug von Rom nach Neu-Delhi, war ich eingeschlafen und hatte das Abendessen verpaßt, doch als ich aufwachte, fand ich zwei Sandwiches in der Tasche vor meinem Sitz.« Lasars Sekretärin ließ traurig den Kopf hängen. Offenbar stieg die Sehnsucht nach ihrem Patron von neuem in ihr auf, zumal seit dem Vortag Veränderungen in ihrem Büro eingetreten waren, als hätten die zahlreichen Verwaltungsprobleme, die zunächst mit dem Ableben des Direktors verschwunden schienen, im ganzen Krankenhaus keinen gefunden, der sich ihrer angenommen hätte, denn sie türmten sich nun erneut ringsum in Form von Aktenstapeln. Stand das Eintreffen des Nachfolgers unmittelbar bevor? Nach der unbekannten Sekretärin mit den intelligenten Zügen, die die Stelle der verschwundenen Typistin eingenommen hatte, zu urteilen, anscheinend ja. Sie war neu hier, offenbar von außerhalb des Krankenhauses angeheuert, doch obwohl sie Lasar nicht gekannt hatte, verschlang sie jedes Wort, das seine Sekretärin und ich miteinander sprachen, wobei ihr nur manchmal ein leicht spöttisches Lächeln übers Gesicht huschte. Als sie merkte, daß Lasars Sekretärin sie weiterhin ignorierte und keine Anstalten machte, mich ihr vorzustellen, nutzte sie ungerührt eine Gesprächspause, um sich selbst vorzustellen und mich auch gleich nach meinem Namen zu fragen, den sie als ehrgeizige Sekretärin gewiß nicht wieder vergessen würde. Nachdem wir solchermaßen Bekanntschaft geschlossen hatten, erbot sie sich freundlich, mir etwas zu trinken zu bringen, doch Lasars Sekretärin wischte das Angebot vom Tisch und komplimentierte mich in sein Zimmer, um mir dort die Fürsorge, die mir als Angehörigem des inneren Kreises um den früheren Direktor gebührte, angedeihen zu lassen, aber auch der Neugier der anderen zu entkommen, die vielleicht nicht nur ausersehen war, ihr zu helfen, sondern auch an ihre Stelle zu treten.

Bei Betreten des großen Büros sah ich, daß die Couch, die am Vortag gefehlt hatte, an ihren Platz zurückgebracht worden war, vermutlich nach Reparatur oder Neuverleimung. Auch die vorher trockene Blumenerde war jetzt feucht und saftig. Und es lagen hier ebenfalls neue Akten, die der dringenden Entscheidung eines neuen Direktors harrten, von dessen baldigem Eintreffen allenthalben verstreute Zeichen zeugten. »Wissen Sie, wer es sein wird?« fragte ich die Sekretärin, die den Elektrokessel in Gang setzte. »Nein«, antwortete sie achselzuckend. »Ich habe keine Ahnung. Ich weiß noch nicht mal, ob überhaupt schon jemand bestimmt worden ist. Aber auch ich wittere ihn bereits in der Luft, genau wie Sie.« Plötzlich empfand ich Neid, als umgehe der, der ausersehen war, an Lasars Stelle das Krankenhaus zu leiten, auch einen Mann wie mich, der nicht nur bereit, sondern auch fähig war, über die hier ruhenden Akten zu entscheiden, von denen ich sogar eine aufzuheben und kurz durchzublättern wagte, zum Verdruß der Sekretärin, die aber trotzdem keinen Einspruch erhob. »Womit war er eigentlich die ganze Zeit beschäftigt?« fragte ich, als ich merkte, daß ich eine Personalakte in Händen hielt, auf der das Foto einer jungen Frau prangte. »Mit Personalproblemen?« »Natürlich nicht nur«, erwiderte sie. »Aber Personalangelegenheiten besaßen tatsächlich besondere Anziehungskraft für ihn. Ja, er mochte insgeheim gern über menschliche Schicksale entscheiden.« Ich nahm das Glas Kaffee aus ihrer Hand entgegen und sank mit tiefem Seufzer auf die Couch, nicht aus Müdigkeit nach dem sechsstündigen Stehen im Operationssaal, sondern wegen der fast schlaflosen Nacht in Lasars Haus.

Doch die Sekretärin war der Lasarschen Familie so hingebungsvoll verbunden, daß sie sich gar nicht wunderte zu hören, daß ich die ganze Nacht dort verbracht hatte, nur verstand sie nicht, warum ich die meiste Zeit wach geblieben war. »Da haben Sie aber übertrieben«, rügte sie mich mit der Erfahrung einer Frau, die selbst einige Nächte damit zugebracht hatte, Doris Einsamkeit zu lindern. »Ihr hätte es genügt zu wissen, daß Sie auf der Couch im Wohnzimmer schlafen. Das allein beruhigt sie schon.« Sie saß auf dem Sessel neben mir, die sehr mageren Beine übereinandergeschlagen, und redete, als glaubte sie, ich könnte diese oder die folgenden Nächte erneut dorthin gerufen werden. Ein plötzliches Wohlbehagen überkam mich, begleitet von dem glühenden Wunsch zu gestehen, was wirklich passiert war. Es konnte doch nicht angehen, daß Michaela das Recht besaß, die Botschaft in ihrer indischen Auslegung zu verbreiten, während ich Schweigen wahrte. Schließlich saß hier ja keine einfache Sekretärin, sondern eine Busenfreundin der Lasars, die in tiefster Seele spürte, wen sie jetzt wirklich vor sich hatte, denn als sie mich gähnen und weit nach hinten in die Kissen sinken sah, empfahl sie mir aus eigenem Antrieb, die Schuhe auszuziehen und diese Couch für eine leichte Ruhepause bis zur nächsten Operation zu nutzen, die mich in einer halben Stunde erwartete. »Manchmal habe ich Lasar zwischen zwei Terminen ein kurzes, aber richtiges Nickerchen machen lassen, ohne daß jemand was gemerkt hätte. Auch Sie haben ein wenig Ruhe verdient. Warum nicht?« erklärte sie warmherzig, und während ich noch zögerte, auf den verlokkenden Vorschlag einzugehen, hatte sie schon die Vorhänge vor die Fenster gezogen, um das Zimmer etwas abzudunkeln, zog aus einer der unteren Schubladen eine dünne Decke hervor, stellte die Telefonanlage ab und verließ das Zimmer mit den Worten: »Sogar eine Viertelstunde kann Ihnen etwas von dem ersetzen, was Sie nachtsüber verpaßt haben, und ich rufe unterdessen mal an, um zu hören, was dort vor sich geht, wohin sie verschwunden sein könnte.« Zweifellos hat Lasars plötzlicher Tod auch diese feinfühlige Frau verwirrt, wenn sie mir auf einmal vorschlägt, auf seiner Couch ein Nickerchen zu halten, dachte ich mit vager Genugtuung. Aber glaubt sie denn, ich sei imstande, noch fiebernd und berauscht von der letzten Nacht, hier wirklich zu schlafen oder auch nur einzunicken? Doch ich kann die Augen zumachen und mich in meine Grübeleien verkriechen wie eine Schnecke in ihr Häuschen, ja, mich trotz allem auch in Lasars Decke wickeln, die anscheinend nicht gedacht war, ihn zu wärmen, sondern ihn wohl nur symbolisch von der Welt, die ihn ständig kümmerte, abschirmen sollte.

Nun erst, in der Stille des Zimmers, hörte ich das unablässige Rauschen des Regens, der mich mehr und mehr störte, als wäre auch er Teil der allgemeinen Feindseligkeit, die augenblicklich gegen mich erwachen würde, sobald Michaelas Indienreise und meine Liebe bekannt wurden. Würde ich jedoch, neben der Liebe zu dieser Frau, die nur sieben Jahre jünger als meine Mutter ist, beispielsweise auch noch auf diesen Stuhl, dessen Silhouette sich hinter dem Tisch abzeichnet, berufen, um dieses Krankenhaus zu leiten, könnte die allgemeine Ablehnung eventuell abflauen. Denn obwohl ich noch ein junger Arzt bin, spüre ich die Kraft und Fähigkeit in mir, Entscheidungen zu fällen. Und aufgrund meiner medizinischen Ausbildung könnte ich sogar die Qualität der Entscheidungen, die in diesem Raum fallen, verbessern. Jetzt steht mir zum Beispiel der Sinn danach, die Akte anzuschauen, die ich vorhin durchgeblättert habe, und so ging ich auf Strümpfen zum Schreibtisch hinüber, nur um festzustellen, daß das Foto der jungen Frau auf dem Deckel mich vorher irregeführt hatte, denn es war lediglich eine alte Personalakte einer langjährigen Angestellten und netten Bekannten, nämlich der Oberschwester der Chirurgischen Station, die in einem persönlich gehaltenen Schreiben Lasar ersuchte, ihre Pensionierung aufzuschieben, unter Beifügung einer Empfehlung von Chischin. Doch während ich noch überlegte, wie ich gegebenenfalls entscheiden würde, war das Rascheln des Seitenumblätterns offenbar in den Nebenraum gedrungen, denn Lasars Sekretärin klopfte an die Tür und trat ein, um mit leuchtendem Gesicht zu berichten, Dori sei zu Hause, schon wieder gesund, munter und fieberfrei, zumindest nach ihrer Behauptung, habe am Morgen bereits einen Einkaufsbummel gemacht und werde in Kürze zu ein paar dringenden Besprechungen ins Büro gehen. Überhaupt klinge sie zuversichtlicher, denn am Abend werde ihr Sohn, der Soldat, auf ein paar Tage Urlaub kommen, so daß wir alle vorerst der Sorge ledig seien. »Haben Sie ihr nicht erzählt, daß ich hier bin?« fragte ich. Doch getreu ihrer Methode, die Anwesenheit eines Menschen nicht ohne dessen ausdrückliche Genehmigung preiszugeben, antwortete sie auf der Stelle »Natürlich nicht. Wir haben Ihnen schon genug zugesetzt. Jetzt ist der Sohn bei ihr, und Chischin hat auch versprochen, sie anzurufen. Sie haben mehr als Ihre Pflicht getan.«

Mit dieser Bestätigung verließ ich den Verwaltungsflügel Richtung Operationstrakt, in dem eine Thyreoidektomie anstand, bei der ich Dr. Joubran assistieren sollte, dem destinierten Nachfolger Dr. Nakaschs als Anästhesist der Intensivstation. Doch als ich ankam, fand ich dort noch niemanden vom Operationsteam vor, nur den Patienten selber, einen älteren Mann mit üppigem, rotem Haar, der vor einer Weile aus der Inneren Station in den Operationssaal heruntergebracht worden war. Trotz der narkosevorbereitenden Präparate, die er auf der Station erhalten hatte, war er eigenartigerweise noch hellwach, saß allein rastlos auf seinem Bett, im offenen kurzen weißen Morgenrock, die nackten Beine in der Luft baumelnd, die Augen angstvoll geweitet, und lauschte sichtlich dem Rauschen des Regens draußen, der jetzt noch stärker fiel. Ich trat zu ihm, stellte mich vor und bat ihn dringend, sich hinzulegen. Mit sanfter Hand tätschelte ich ihm Hals und Schultern, wie man ein verängstigtes Tier beruhigt. Seine Krankenakte und der braune Umschlag mit den Röntgenaufnahmen lagen am Fußende seines Betts, und obwohl ich als Narkoseassistent nicht verpflichtet war, darin Einsicht zu nehmen, holte ich alle Unterlagen und Aufnahmen heraus, verstreute sie übers Bett und studierte sie eine nach der anderen. Dann fragte ich ihn ein bißchen über sich selber aus – ein bescheidener Mann um die Siebzig, Mitglied eines Kibbuz im Jordantal, nicht nur stolz darauf, daß er selbst noch sechs Stunden pro Tag in einer regionalen Metallfabrik arbeitete, sondern mehr noch, daß sein Sohn, der ihn eigenhändig aus der Station heruntergebracht hatte und jetzt im Warteraum saß, dem Kibbuz treu geblieben war. Ich redete mit ihm ein bißchen über seine Krankheit, seine Empfindungen und Schmerzen. Er wußte nicht viel zu erzählen, und auch Schmerzen hatte er fast keine, nur grauenvolle Angst, hier allein in dem mit Instrumenten vollgestopften Operationssaal zu sein. Sein Gesicht glühte, und der Atem ging hörbar schwer. Ich beschloß, ein paar Untersuchungen vorzunehmen, um mir die Zeit zu vertreiben und meine betrübte Stimmung zu heben. Zuerst maß ich den Blutdruck, der, wie ich es mir schon gedacht hatte, beängstigend hoch war – völlig unpassend für eine derart langwierige Operation; auch Pulsschlag und Herzrhythmus schienen unregelmäßig zu sein. Man konnte nicht wissen, ob das Zufallsergebnisse aufgrund seiner Erregung waren oder ob hier eine organische Störung vorlag, die oben unbemerkt geblieben war. Ich rief die Innere Station an und bat, einen Arzt zu sprechen. Als der Hörer abgehoben wurde, erkannte ich Professor Levins Stimme. Im ersten Moment wollte ich auflegen, um dem Gespräch auszuweichen, aber er hatte bereits meine Stimme erkannt und redete mich namentlich an. Seit Lasars Tod hatten wir kein Wort gewechselt, weshalb ich mich bemühte, so vorsichtig wie möglich zu sein und nur dürre Daten zu nennen, ohne Interpretationen oder Vermutungen. Wie erwartet lauschte er mir mit tiefer Aufmerksamkeit und versuchte auch nicht, etwas von den genannten Daten geringschätzig abzutun oder meine Vermutungen vom Tisch zu fegen. Im Gegenteil, er wollte mit völlig untypischer Sorge wissen, was ich vorschlagen würde, als sei ich, nicht er, die wahre Quelle der Autorität. »Ich dachte, es wäre vielleicht angezeigt, daß einer Ihrer Ärzte herunterkommt und sich erneut mit den Chirurgen berät«, schlug ich behutsam vor. »Es ist nutzlos, mit den Chirurgen zu reden«, sagte er mit unerklärlicher Wut. »Wenn sie einen Patienten erst mal unter der Fuchtel haben, lassen sie nicht wieder locker. Deshalb holen Sie ihn am besten schleunigst dort heraus und bringen ihn auf die Station zurück, dann überlegen wir vielleicht gemeinsam, was zu tun ist.« Jetzt wußte ich, daß meine Einmischung verfehlt gewesen war. Die Angst des Patienten und die Sorge, in der ich seit dem Morgen schwebte, hatten bereits Levins psychische Störung angefacht. Doch es blieb keine andere Wahl. Ich ging auf den Korridor hinaus, um den Sohn des Patienten zu suchen, einen vierschrötigen Kibbuznik, der im Warteraum Zeitung las, und ihn zu bitten, seinen Vater auf die Station zurückzubringen. Doch ich unterließ es, dem rollenden Bett zu folgen, zum einen, weil ich auf die Leute vom Operationsteam warten mußte, um ihnen das Verschwinden des Patienten zu erklären, und zum anderen, weil ich Professor Levin aus dem Weg gehen wollte, denn ich wußte, er hatte mich nicht zu sich bestellt, um über den Zustand dieses Patienten zu beraten, sondern um erneut Chischins Schuld zu klären. Bald danach traf der Chirurg ein, und, wie ich es mir gedacht hatte, war es Dr. Vardi, mein Kollege und Rivale. Mit knappen Worten schilderte ich ihm die vorgenommenen Untersuchungen, das Telefongespräch mit Professor Levin und die Entscheidung, die Operation aufzuschieben. Er hörte mir ruhig zu, den blonden Kopf ein wenig gesenkt. Gewiß hätte er gern eine scharfe Bemerkung über mein merkwürdiges neues Zusammenspiel mit Professor Levin losgelassen, aber er hielt an sich und schwieg, erfaßte wohl meinen verstörten Zustand und wollte mich nicht durch ein überflüssiges Wort verletzen. Schließlich zuckte er die Achseln und sagte: »Dann gehen wir halt alle nach Hause.«

Da ich den Wagen nicht dabeihatte, erwog ich, ein Stück mitzufahren, aber als ich im Krankenhausportal stand und die Wucht des Regens spürte, bekam ich Lust, die ganze angesammelte innere Spannung und Müdigkeit mit dem reinen Wasser aus der Luft fortzuspülen. Daher verabschiedete ich mich von ihm und lief in Sturm und Regen hinaus, gelegentlich unter Ladenvordächern oder in einem Treppenhaus Unterschlupf suchend. Das Schwanken zwischen dem Bedürfnis, zum Ausruhen nach Hause zu gehen, und dem starken Wunsch, ihr Büro im Süden der Stadt aufzusuchen, um mit eigenen Augen zu sehen, ob sie tatsächlich, wie behauptet, genesen war, fand ein Ende, als mir eine große Ladung Wasser bis in die innerste Kleiderschicht drang und mich zwang, zum Wechseln heimzueilen. Die Wohnung war leer, und nach den wenigen Tellern auf dem Abtropfbrett zu urteilen, waren Michaela und Schivi auch nicht zum Mittagessen zurückgekehrt. Ich schaltete den Boiler ein, und bis das Wasser warm wurde, legte ich mich nackt ins Bett und deckte mich mit einer großen Decke zu. Der Gedanke an den rothaarigen Patienten, den ich ohne Operation zurückgeschickt hatte, verursachte mir jetzt Kummer und Reue. Wer hätte geahnt, daß Levin nur auf meine Stimme am Telefon, ohne mich zu sehen, den Umschwung in meiner Seele erkennen und plötzlich verwirrt und unterwürfig darauf reagieren würde. Denn falls er sich tatsächlich mit Schuldgefühlen wegen Lasars Tod quälte, mußte ich mich besonders vor jedem erneuten Kontakt mit ihm hüten. Das Telefon klingelte. Einen Moment zögerte ich abzunehmen, aus Angst, man könnte mich in den Operationssaal zurückrufen, aber es war Chagit, Michaelas Jugendfreundin und Mutter unserer jungen Babysitterin, auf der Suche nach Michaela, die vor einer Stunde mit Schivi hätte ankommen sollen. »Der Regen hält sie wohl länger auf«, sagte ich unbesorgt und bat sie, Michaela auszurichten, daß ich früher aus dem Krankenhaus zurückgekehrt und nun zu Hause sei. »Soll sie anrufen, wenn sie bei mir ankommt?« fragte sie. »Nur, wenn sie möchte«, erwiderte ich und wählte nun die Nummer meiner Eltern. Sie waren nicht da, hatten aber einen Anrufbeantworter angeschlossen, dessen Erwerb sie schon länger erwogen hatten. Die erregte, langsame Stimme meines Vaters bat erst auf hebräisch, dann auf englisch, nach dem Klingelzeichen eine Nachricht zu hinterlassen. Ich beglückwünschte meine Eltern zu dem neuen Apparat, der die Verbindung zwischen uns ohne große Mühe verbessern würde, denn seit Schivis Rückkehr aus England war ihr Drang nach tagtäglichem Kontakt gestiegen, fügte ein paar Worte über den draußen tobenden Regensturm hinzu, erzählte, daß ihre Enkelin am Morgen die indische Figur zerschmettert hatte, und versprach, mich im Verlauf des Abends wieder zu melden. Jetzt, da meine Pflichten gegenüber der Welt erfüllt waren, kuschelte ich mich tief in das breite Bett der Großmutter und tauchte in meine Seele ab, um nachzusehen, was in ihr verblieben war.

Zumindest gab es dort noch einen lichtüberströmten Traum, der rasch aus dem Dunkel aufstieg. Und eindeutig war es mein Traum und nicht der eines anderen, denn mein Vater sollte darin vorkommen. Ich war nämlich eigens losgegangen, um mich mit ihm zu treffen, in einer ländlichen Ortschaft an einem See, der noch verborgen lag zu Füßen eines lieblichen, sanften Felshangs voll gepflegter kleiner Akkerflächen, so wohlbestellt, daß sie aussahen wie blühende Gärten. Trotz der frühlingshaften Mittagsstunde segelten am Horizont ein paar graue Wattebäusche – Überbleibsel des langen, harten Winters –, die an der Fensternische eines der Steinhäuser vorbeizogen, das nur aus einer einzigen schmalen Stube bestand. Dort saß schweigend eine Schar rothaariger Dörfler, wohl sämtlich Verwandte, an einem langen, schmalen Tisch voll ausgelegter Messer und Gabeln und wartete nur noch auf einen Gast, um das Mahl zu beginnen, das eine unsichtbare Frau ihnen bereits in einer angrenzenden Kammer kochte. Vielleicht erwarten sie, daß ich ihn zu ihnen bringe, schoß es mir durch den Kopf, und ging meinen Vater an den schmalen, gewundenen Wasserrinnen zwischen den Häusern suchen, dachte beim Gehen aber nicht an ihn, sondern an sein altes Auto, das mir überlassen war. Wohin ist es denn verschwunden, überlegte ich, wo habe ich es geparkt? Kann ich denn damit die schmalen Feldwege heraufgefahren sein, zwischen kleinen Äckern, so wunderbar bestellt wie liebliche Gärten, am Felsenhang, der so leicht und bequem zu erklimmen ist, daß ich mühelos schon den Gipfel überwinde, auf den von öden Flächen umgebenen großen See hinunterblicke und auf der anderen Seite hinabzuwandern beginne, und mitten beim Gehen gerate ich jetzt in Bedrängnis, weil ich gänzlich allein hier bin und kein Mensch mir helfen kann, das alte Auto aus den abstoßend grauen Fluten des Sees zu ziehen, nachdem ich es offenbar geistesabwesend habe hineinrollen und versinken lassen. Doch nun weckte mich das Läuten des Telefons aus meiner Traumbedrängnis, und der Anruf war auch tatsächlich zur Beruhigung gedacht. Chagit wollte mir sagen, ich solle mir keine Sorgen machen, denn Michaela habe ihr eben mitgeteilt, sie sei mit Schivi unterwegs zu ihr. »Danke, aber ich war wirklich nicht in Sorge«, erklärte ich der Freundin fröhlich, die sich entschuldigte, vor lauter Besorgnis, daß ich beunruhigt sein könnte, meinen Schlaf gestört zu haben. »Ich vertraue immer auf Michaelas richtige Entzifferung der Welt, trotz ihrer indischen Phantasien oder umgekehrt – vielleicht gerade deswegen. Gleich wirst du einsehen, wie sehr ich ihr vertraue, wenn du erst mal ihren neuen Plan hörst, nach Indien zurückzukehren, diesmal mit Schiva.«

»Dann hast du ihr also letzten Endes nachgegeben?« rief Chagit traurig, da sie Michaelas Indiensehnsucht sehr wohl kannte, sich aber ungern von ihr trennen wollte. »Und du? Fährst du auch mit?« »Wie kann ich hier denn alles stehen- und liegenlassen, sag mal selbst?« forderte ich eine unmögliche Antwort und fügte dann hinzu: »Vielleicht fahre ich zum Schluß hin, um die beiden von dort zurückzuholen.« Mit diesem Gedanken beruhigte ich mich auch, als ich nach einer Weile erfuhr, welch umfangreiche Reisevorbereitungen Michaela bereits hatte erledigen können. Als habe sie zur Entschädigung für die ihr teure Figur, die ihre sechs Arme nebst Kopf über den Boden verstreut hatte, beschlossen, ihren eigenen Kopf zu verdoppeln und die Arme zu verdreifachen, um in den wenigen Stunden meiner Abwesenheit von daheim alles zu tun, damit ihre Rückkehr nach Indien unwiderruflich wahr wurde. Sie hatte mehrere Reisebüros aufgesucht, um die Daten und Preise billiger Flüge zu vergleichen und erste Alternativen ins Auge zu fassen, war auf dem erst kürzlich im Herzen Tel Avivs eröffneten indischen Konsulat gewesen, um ihr Visum zu beantragen, und hatte natürlich auch nicht vergessen, sich beim Gesundheitsamt in der Ha'arba'a-Straße zu erkundigen, ob ein Kleinkind wie Schivi bereits geimpft werden könne. Und da sie nach all dem immer noch nicht richtig spürte, daß die Reise tatsächlich Gestalt annahm, hatte sie trotz Sturm und Regen mehrere Gebrauchtwagenhändler abgeklappert, um den Wert unseres Autos zu erfahren, mit dessen Verkauf sie die Reise finanzieren wollte, und sich bei der Gelegenheit auch gleich nach dem Preis eines gebrauchten Motorrads für mich zu erkundigen, da sie es für unfair hielt, mich nach ihrer Abfahrt unmotorisiert zu lassen. Dem Ganzen war natürlich ein langes Gespräch mit Stephanie in London vorausgegangen, um sie wegen der unmittelbar bevorstehenden Reise vorzuwarnen. Das alles erzählte sie mir gleich brühwarm am Telefon, sobald sie bei Chagit angelangt war, als fürchte sie, ich könnte im Lauf des Tages meine Meinung geändert haben und sie nun hindern wollen, Schivi mitzunehmen, deren Mitreise nach Indien ihr aber äußerst wichtig war, besonders jetzt, da Stephanie ihre Begleitung zugesagt hatte.

Große Erregung klang aus Michaelas Stimme, und ich merkte, daß der Regentag voller Indienvorbereitungen sie mit ungeheurem Glück erfüllt hatte, als hätte sich nicht mir, sondern ihr heute die Möglichkeit einer großen Liebe aufgetan. In der Wohnung war es schon früh dunkel geworden, denn seit den Morgenstunden hatte die Welt sich ja ununterbrochen in Regen gehüllt, als sei nun der von den Meteorologen längst vorausgesagte Winter angebrochen und gäbe sein Bestes. Ich hatte schon geduscht und saubere, warme Kleidung angezogen, und Michaelas Anruf erwischte mich mitten in Erwägungen, ob ich Dori im Büro aufsuchen sollte, um zu erfahren, woran ich mit ihr nach der letzten Nacht war. Dämmerung herrschte sogar in der Küche, die sich sonst in den Nachmittagsstunden immer mit Licht füllte; jetzt schimmerte durch das bewußte Fenster über der Spüle nur ein feiner Lichtstrahl, der dem verborgenen Sonnenuntergang hinter den Wolken hatte entschlüpfen können. Zu Michaelas Ehre sei gesagt, daß ihre große Freude sie nicht hinderte, meine trübe Stimmung zu spüren, die nicht nur auf dem Eintreffen des beurlaubten Soldatensohns und der wachsenden Ungewißheit hinsichtlich meiner Lage beruhte, sondern auch auf der Aussicht, mich bald als Fußgänger auf den Straßen bewegen zu müssen. Nachdem sie mir erneut versichert hatte, Schivi keinesfalls ohne vorherige Beratung mit mir impfen zu lassen, bekam sie daher plötzlich Mitleid mit mir und sagte besonders zärtlich: »Erinnerst du dich, wie ich schon bei unserer ersten Begegnung, bei Hadas' und Ejals Hochzeit, gestaunt habe, daß du die geschenkte Fahrt nicht ausgenutzt hast, noch ein bißchen allein dort zu bleiben? Wenn dich also reut, was du damals versäumt hast, und du mitkommen möchtest, bist du von ganzem Herzen eingeladen. Wir nehmen dich, wie du bist, wie immer deine Seele sein mag.« Damit brach sie in befreites, ungehemmtes Lachen aus, wie ich es in London bei ihr gehört hatte. Einen Moment überlegte ich – warum nicht? Vielleicht ist das der richtige Weg, der Falle zu entkommen, in die ich mich mehr und mehr verstricke. Vielleicht wird gerade an dem Ort, an dem die bunte Seide meiner Verliebtheit langsam gewoben wurde, diese Liebe sich nach und nach wieder auflösen und in das Mysterium zurückfließen, dem sie entstammt. Und ich weiß doch auch, wie schwer mir die Trennung von Schivi fallen wird.

Aber Michaela war jetzt unfähig, tiefer in meine Gedankengänge einzudringen, um mich mitzuziehen. Womöglich wollte sie es auch nicht wirklich. Sofort faßte sie mein Schweigen als Ablehnung auf. Und ohne mich zu fragen, was ich in den nächsten Stunden vorhätte, verabschiedete sie sich vorerst von mir – wie gewöhnlich, ohne zu sagen, wann sie heimkäme. Ich machte eilig Licht in der Küche, nicht nur, um der deprimierenden Dunkelheit zu entrinnen, sondern auch, um auf dem Hängeboden zwischen Küche und Badezimmer meinen alten Helm zu suchen, keineswegs verärgert über

Michaelas Absicht, das Auto zur Reisefinanzierung zu verkaufen, denn wir hatten ja wirklich keine anderen Geldquellen. Und obwohl meine Eltern mir den Wagen zum Ersatz für das Motorrad gegeben hatten, galt unsere Partnerschaft dafür genauso wie für jeden anderen Gegenstand im Haus. Schließlich konnte sie ja nicht deswegen zu kurz kommen, weil eine zusätzliche Seele in mich gewandert war und ich das durch die Heirat geschlossene Bündnis verletzt hatte. Auch ihre Idee, mir für einen Teil des Erlöses aus dem Autoverkauf wieder ein Motorrad anzuschaffen, erschien mir fair. Es störte mich nicht, ja gefiel mir sogar ein bißchen, obwohl ich wußte, daß das erneute Auftauchen eines Motorrads meine Eltern sehr betrüben würde, die merkwürdigerweise an diesem verregneten Tag immer noch draußen herumzulaufen schienen, denn als ich wieder anrief, hörte ich erneut die erregte Stimme meines Vaters vom Anrufbeantworter. Diesmal ließ ich vorsichtshalber keine Silbe verlauten, um sie nicht durch zwei Ansagen nacheinander zu erschrecken, legte nur leise den Hörer auf und stülpte mir den schwarzen Helm über, der in den eineinhalb Jahren auf dem Hängeboden den bitteren Geruch des Moders angenommen hatte, den die Winde vom nahen, aber unsichtbaren Meer mitbrachten. Der Spiegel zeigte jetzt meine vorherige Gestalt, jung und leicht. Würde das Motorrad mir nicht den heute begonnenen Kampf mit meiner Umwelt erschweren? Zwar ging es nicht an, daß eine reifere, ältere Frau es Michaela gleichtun, den zweiten Helm aufsetzen und mit mir nach Jerusalem brausen würde, um meine Eltern zu besuchen, aber es konnte durchaus sein, daß sie einmal an einem warmen Sommerabend, wenn die Tel Aviver Straßen vollgestopft und Parkplätze knapp waren, den Rücksitz besteigen würde, um noch rechtzeitig ins Kino zu gelangen. Allein der Gedanke daran weckte in mir akute Sehnsucht nach ihr, und obwohl es kein Sommer-, sondern ein regnerischer Winterabend war, konnte ich nicht allein in der Wohnung bleiben, nahm vielmehr einen alten Schirm, den die Großmutter in der Besenecke zwischen Küche und Bad zurückgelassen hatte, und ging hinaus.

Zweifellos hatte ein so großer schwarzer Schirm nicht der zarten, kleinen Großmutter gehört, sondern ihrem Mann, weshalb ich besonders froh war, daß er, obwohl jahrelang nicht benutzt, leicht und bereitwillig aufging und ergiebigen Regenschutz bot. Daher beschloß ich, auf die Fahrt mit dem Bus zu verzichten und stur zu Fuß weiterzugehen, wobei ich lächelnd an die vielen Inder dachte, die sich bei Regen und Sonne, tags und manchmal auch nachts nicht von ihren Schirmen trennten, als würde ihnen der schwarze Spannstoff nicht nur Schutz vor den Naturgewalten, sondern auch spirituelle Erhöhung bieten. Tatsächlich empfand auch ich ein solches Hochgefühl, als ich beinah trocken bei ihrem Büro ankam, das ich zu dieser frühen Abendstunde besonders voll und geschäftig vorfand. Sämtliche Kollegenzimmer waren erleuchtet, und im Warteraum saßen nicht wenige Mandanten. Ich mußte einen Moment abpassen, in dem eine der drei Sekretärinnen Doris Zimmertür öffnete, um zwei Mandanten, die im Warteraum getrennt gesessen hatten, einzulassen, damit ich ihr wenigstens meine Anwesenheit signalisieren und sie nach ihrem Befinden fragen konnte, und sei es nur als beflissener Hausarzt. Falls sie mein unerwartetes Erscheinen verwirrte und verlegen machte, wahrte sie doch eine ruhige Miene, und das alte Lächeln in den Augen begrüßte mich, als gehörte ich zum Bürostab. Ein weißhaariger Mann im eleganten Anzug, offensichtlich ein Rechtsanwalt, zog jetzt seinen Stuhl neben sie, vermutlich, um ebenbürtige Position gegenüber den beiden Klienten zu beziehen, die eben das Zimmer betraten und wohl einen Vergleich schließen wollten. Sie nutzte die kurze Pause, stand auf und kam auf mich zu, völlig sicher, daß ich jetzt nicht versuchen würde, sie in ein längeres Gespräch zu verwickeln. Sie trug Schwarz, wie auch vor Lasars Tod häufig. Nur waren es diesmal Sachen, die ich nicht kannte – ein schwarzer Pullover mit hellem Rollkragen, der ihren Hals umgab, und ein zu enger Rock, der den vorstehenden Bauch derart häßlich betonte, daß selbst die langen, wohlgeformten Beine in Absatzstiefeln den Eindruck nicht wettmachen konnten. Ist sie wirklich genesen, fragte ich mich, oder womöglich gar nicht krank gewesen? Dabei hatte ich am Vortag ihre fiebrige Hitze doch am ganzen Körper gespürt. Sie hegte offensichtlich nicht die Absicht, mich vorzustellen, weder ihrem Rechtsanwaltskollegen, der wohl rätselte, wer ich war, noch der mir unbekannten Sekretärin, die mir erst den Weg verstellt hatte, um zu klären, ob ich Dori oder einen anderen Anwalt suchte. Ich wollte auch nicht viele Worte machen, ihr nur das Wesentliche mitteilen: daß Michaela alles wußte und daß sie abreiste und ich bald ganz für meine Geliebte frei sein würde, so daß selbst eine Heirat in den Bereich des Möglichen rückte. Aber wie konnte man in Gegenwart derart vieler Fremder Bedeutsames sagen, und so sprach ich lediglich als gewissenhafter Arzt, der auf dem Heimweg von der Praxis schnell mal bei seiner Patientin vorbeischaute, um zu erfahren, ob die Medikamente angeschlagen hätten. »Alles in Ordnung. Das Fieber ist völlig zurückgegangen«, sagte sie verlegen lächelnd, und als sie sah, daß ich mich mit einem solch optimistischen Bericht nicht begnügte, fügte sie hinzu: »Bloß habe ich offenbar einen beginnenden Husten. Nicht weiter schlimm. Unterwegs werde ich noch versuchen, was zu kaufen, Symphocal oder so.« »Symphocal ist gut für Kinder«, antwortete ich hastig, obwohl diese Arznei auch bei Erwachsenen wirkte. »Ich bringe dir ein besseres Mittel. Wann gehst du hier weg? Ich habe nämlich kein Auto.« Sie berührte mich mit den Fingerspitzen, bemüht, mich wieder zu Verstand zu bringen. Auch sie habe keinen Wagen hier, aber jemand vom Büro werde sie heimfahren. Vielleicht käme auch Chischin vorbei und nähme sie mit, denn er suche irgendwelche Unterlagen, die Lasar mit nach Hause genommen hatte. »Wenn nicht hierher, dann bring ich dir das Mittel ins Haus«, sagte ich zurückweichend. »Wenn jemand da ist, wird man mir aufmachen, und wenn nicht, auch nicht schlimm. Ich habe einen Schlüssel.« Damit zog ich ihn aus der Tasche, um zu zeigen, daß ich sehr ernste Absichten verfolgte.

Aber mit einem sonderbaren Schrei der Erleichterung schnappte sie mir den Schlüssel aus den Fingern. Denn trotz der großen Langmut, die sie mir gegenüber bewies, während die Leute in ihrem Zimmer langsam die Geduld verloren, und bei aller Gewißheit, daß mein noch jugendliches Alter die neugierige Sekretärin daran hindern würde, die Art unserer Beziehung zu erraten, wollte sie mich doch zügeln und mir klare Grenzen setzen, die ich sofort anzuerkennen bereit war, weshalb ich mich nun freundlich verabschiedete, ungeachtet der Enttäuschung über die Beschlagnahme des Schlüssels. Draußen hatte der Regen aufgehört, doch ich spannte erneut den schwarzen Schirm über dem Kopf auf. Schnell fand ich eine Apotheke, und aufgrund meines Arztausweises konnte ich ein rezeptpflichtiges Medikament erwerben, ein ziemlich aggressives Mittel gegen Husten, das Nakasch gern nahm, um seine Grippen und Erkältungen rasch loszuwerden. Obwohl ich in ihr Büro hätte zurückgehen und das Medikament bei der Sekretärin deponieren können, bekam ich wachsende Sehnsucht nach ihrer Wohnung, und da die Regenpause anhielt und ich sah, daß die strahlend klare Luft viele Tel Aviver ermunterte, fröhlich durch die Straßen zu schlendern, obwohl sie zwischen Pfützen lavieren mußten, beschloß ich, den Weg fortzusetzen, und durchquerte die Stadt nun auf den Schleichwegen eines Fußgängers, der nicht nur auf Abkürzungen bedacht ist, sondern auch auf ein kurzes Briefchen, das er seiner Geliebten mit dem Medikament zurücklassen möchte. Schon von weitem konnte ich, wie ein langjährig Ortskundiger, im weißen Licht die Silberwipfel der breiten Allee vor dem Haus erkennen, und obwohl ihr Briefkastenschlitz breit genug war, um das mitgebrachte Medikament durchzustecken, klappte ich den Schirm zusammen und fuhr mit dem Fahrstuhl in den obersten Stock hinauf, wohlbewußt, daß ich damit vielleicht den Kampf um meine Liebe gegen einen unbekannten, aber auch höchst fanatischen Gegner aufnahm.

Aber der Sohn war noch nicht vom Militär eingetroffen. Dennoch öffnete sich die Tür, und ich hörte das dumpfe Drehen der Waschmaschinentrommel, von Enat in Gang gesetzt, die gekommen war, ihre Sachen im Elternhaus zu waschen. Sie stand jetzt in der Tür, überrascht und fast erschrocken über mein Eintreffen mit dem Medikament in der Hand, zum einen, weil sie nichts von der Erkrankung ihrer Mutter wußte, obwohl sie zwei, drei Tage zuvor am Telefon miteinander gesprochen hatten, und zum anderen, weil sie davon ausgegangen war, der Tod ihres Vaters würde meine Beziehungen zu diesem Haus einschlafen lassen und nicht etwa das Gegenteil bewirken. Jetzt, da ihr Gesicht so bleich und ihre Schönheit verblaßt war, nahm ich bei ihr Ähnlichkeiten mit Lasar wahr, die mir vorher nicht aufgefallen waren, als schnitze das schmerzliche Erinnerungsbild des vor ihren Augen mit dem Tod ringenden Vaters insgeheim weiter ihre Züge. Sie war nachlässig gekleidet, in einen grünlichen Pullover und Jeans, die farblich nicht dazu paßten und zu weit waren. Als sie mir zögernd das Medikament abnahm, sorgfältig jede Berührung vermeidend, fürchtete ich, sie könnte mich geistesabwesend fortschicken und es hinterher bereuen. Deshalb bat ich, das Krankenhaus anrufen zu dürfen. Wortlos, scheinbar immer noch ängstlich, wies sie mir den Weg zum Wohnzimmer, in dem mustergültige Sauberkeit und Ordnung eingekehrt waren, vermutlich dank der Putzfrau. Enat selbst ging in die Küche und zog die Tür hinter sich zu, dem Anschein nach, um mir Privatsphäre einzuräumen, in Wirklichkeit aber wohl, um schnell das improvisierte Mahl zu verputzen, das sie sich gemacht hatte. Ich rief Professor Levins Innere Station an, um nach dem Befinden des Patienten zu fragen, dessen Operation ich im letzten Moment verhindert hatte. Obwohl ich seinen Namen nicht kannte, wußte die diensthabende Schwester sofort, wen ich meinte, nicht nach Angaben über sein Leiden oder Alter, sondern nur aufgrund seines roten Haars, das offenbar auch sie beeindruckt hatte. Wie ich erfuhr, hatte man ihn in den Operationssaal zurückgebracht, nach einer heftigen Debatte zwischen Professor Levin und Professor Chischin, der plötzlich erschienen war und darauf bestanden hatte, den Eingriff vorzunehmen. »Also doch«, bemerkte ich leise, schmerzlich daran erinnert, daß meine überflüssigen Bedenken mittelbar ein erneutes Aufflackern des Hasses zwischen den beiden

Freunden herbeigeführt hatten. »Haben sie zufällig auch mich erwähnt?« fragte ich weiter. »Ja, Dr. Rubin«, antwortete die Schwester bestimmt. »Man war ärgerlich auf sie und Dr. Vardi, weil Sie abgehauen sind.« »Abgehauen?« wiederholte ich und mußte über ihren Versuch lachen, die Schuld in Schulslang zu formulieren. Aber hatte es denn Sinn, ihr die wahren Beweggründe erklären zu wollen, die ich selbst nicht recht verstand? Ich beendete das Gespräch und öffnete die Küchentür einen Spaltbreit, um Enat, die in ihren von Quarkbechern umringten Teller vertieft war, zu bitten, ein weiteres Telefonat führen zu dürfen. Auch die Küche war sauber und ordentlich, und durch die Blumengardine des großen Fensters sah ich, daß der Regen jetzt wieder einsetzte. Enat lächelte verlegen, als wollte ich sie auf den Arm nehmen. »Welche Frage? So viele du willst. Fühl dich wie zu Hause«, und während ich kehrtmachte, um Chagit anzurufen und Michaela zu bitten, mich hier abzuholen und nach Hause zu fahren, erfolgte ein Umschwung in der verängstigten Seele, die ich in der Küche zurückgelassen hatte, und sie fragte mich, ob ich Zeit und Lust hätte, eine Tasse Kaffee mitzutrinken.

Natürlich bejahte ich, nicht nur, weil ich wirklich einen Kaffee brauchte, Michaela bitten wollte, mich hier abzuholen, und immer noch hoffte, die Hausherrin heimkehren zu sehen, sondern auch in dem Versuch, die Verbindung zu Enat und ihrem Soldatenbruder ein wenig zu vertiefen, der eben jetzt völlig durchnäßt ankam. Seit unserer letzten Begegnung auf dem Korridor der Inneren Station hatte er seine dunkle Infanterieuniform mit dem hellen Tuch der Luftwaffe und das Gewehr mit einer leichten, handlichen Maschinenpistole vertauscht, vermutlich auf Bewirken einflußreicher Freunde, denen es gelungen war, seine Abkommandierung zu einer Dienstleistungseinheit in der Nähe zu erreichen, um seiner Mutter, die nicht allein bleiben konnte, das Leben zu erleichtern. Trotz der an Feindseligkeit grenzenden Befremdung, die er angesichts meiner Anwesenheit im Haus an den Tag legte, bemühte ich mich, sanft mit ihm umzugehen, denn ich wußte, daß der Schmerz des Verwaistseins in beiden immer tiefer wurde und weder er noch seine Schwester zu glauben vermochten, daß meine Anwesenheit die Sache irgendwie erleichtern könnte. Ich erzählte Enat von Michaelas Plan, eine weitere Indienreise zu unternehmen. Und gerade diese simple Nachricht entfachte Feuer in ihrer teilnahmslosen Seele, und die weit geöffneten Augen gaben ihren feinen Zügen etwas von ihrer alten Schönheit zurück. »Ich war sicher, daß sie nicht verzichten würde!« rief sie bewundernd, äußerte aber auch Bedenken dagegen, mit einem Baby in Indien herumzureisen. Das sei »schon nicht mehr dasselbe«. Doch als ich ihr von der guten Londoner Freundin erzählte, die mitfahre, war sie beruhigt. Eine gute Freundin könne viel helfen. Am liebsten würde sie mit auf die Reise gehen, aber kein Mensch würde ihr jetzt erlauben, wieder dorthin aufzubrechen – nach dem, was passiert sei. Dabei konnte man nicht wissen ob sie ihre Gelbsucht oder den Tod des Vaters meinte. »Du brauchst Erlaubnis?« rief ich verblüfft. »Von wem denn? Von deiner Mutter? Hier, ich gebe dir Erlaubnis.« Obwohl ich nicht ausführte, in wessen Namen ich Erlaubnis erteilte, begriff sie, daß es der Arzt in mir war, und in ihren Augen leuchtete ein Funken Herausforderung auf, was bei ihr nicht häufig vorkam. »Und wenn ich dort wieder krank werde, kommst du dann auch allein, um mich heimzuholen?« fragte sie. »Du wirst nicht wieder krank«, sagte ich völlig sicher. »Und wenn zufällig doch was passieren sollte, dann sei unbesorgt. Wir holen dich wieder dort raus. Aber warum eigentlich überhaupt noch mal hinfahren? Genügt dir nicht, was du gesehen hast? Was zieht euch denn bloß so dorthin?« Sie wunderte sich über meine Frage. »Ich dachte, Michaela hätte dich längst mit dem indischen Bazillus angesteckt.« »Michaela ist ein verlorener Fall. Sie ist schon selber eine halbe Hinduistin«, erwiderte ich, »deshalb kann sie mir nichts erklären.« Enat blickte ihren Bruder an, der in der Tür stand, an einer großen Scheibe Brot kaute und unserem Gespräch lauschte. Dann senkte sie den Kopf, bemüht, der Herausforderung gerecht zu werden, eine überzeugende Erklärung für Indiens Attraktivität zu finden, die nicht einmal

Michaela mir zu geben vermocht hatte. Langsam und mit leiser Stimme versuchte sie, ihre Gedanken zu formulieren. »Es sind viele Dinge. Aber was einen vor allem anzieht, ist das Zeitgefühl. Die Zeit ist dort anders, freier irgendwie, offen, nicht irgendeinem Ziel untergeordnet. Sorglos. Anfangs meint man, es sei unwirkliche Zeit, später zeigt sich, daß es die wahre Zeit ist, noch unverdorben.« Und als sie sah, daß ich dem anderen Zeitgefühl noch nicht auf den Grund kam, fügte sie hinzu: »Manchmal meint man, die Erdkugel hätte aufgehört, sich zu drehen – oder überhaupt noch nie damit angefangen. Und jede Stunde sei so für sich, wie endlich. Und deshalb gehe auch nichts verloren.« Ein leichtes Grinsen huschte jetzt über das Gesicht ihres Bruders, aber als er sah, daß ich in tiefem Einverständnis nickte, stopfte er sich die restliche Brotscheibe in den Mund und schickte sich an, Maschinenpistole und Kitbag aufzuheben, die mitten im Wohnzimmer auf dem Boden lagen.

Aber das rasche Vogelzwitschern an der Wohnungstür kam ihm zuvor, und so mußte er erst seine vor Nässe zitternde Mutter in Empfang nehmen, die beide Hände voll hatte – in der einen trug sie einen eingepackten Kuchen, in der anderen eine Einkaufstasche und einen noch leicht flatternden Schirm. Und obwohl sie genausogut wie ich wußte, daß ihr Sohn eintreffen mußte, brach sie in großen Überraschungsjubel aus, legte eilig alles aus den Händen und umarmte und küßte ihn, als kehrte er vom Schlachtfeld heim, ja, sie vergaß völlig, daß noch andere anwesend waren. Zum Schluß gab sie auch Enat einen leichten Kuß und bat sie, ihr beim Auspacken der Tasche zu helfen. Und als sie dann endlich mit argwöhnischem Lächeln das mitgebrachte Medikament betrachtete, erklang erneut der rasche Vogellaut, und Chischin trat ein, in einem schweren, durchnäßten Mantel, die alte Mütze von der Beerdigung wieder auf dem Kopf, eine weitere Einkaufstasche in der Hand, gleichfalls erfreut angesichts des Soldaten, dem er auf die Schulter klopfte mit den Worten: »Dann hat es also geklappt«, womit er vielleicht andeutete, daß auch er bei dieser Verlegung von einer Einheit zur anderen seine Hand im Spiel gehabt hatte. Und ohne jemanden um Erlaubnis zu bitten oder mich zu beachten, als sei ich nichts als ein Gespenst, legte er den Mantel ab und eilte wie ein langjähriger Hausgenosse auf den großen Arbeitstisch in der Wohnzimmerecke zu. Das war offenbar das wahre Ziel seines Besuchs, denn innerhalb weniger Minuten hatte er bereits die ihm wichtigen Unterlagen entdeckt, von den übrigen Papieren und Akten getrennt und an Dori gewandt erleichtert verkündet: »Jetzt bin ich beruhigt«, sichtlich zufrieden mit seinem toten Freund, der nicht nur im Krankenhaus Ordnung verlangt, sondern sie auch im eigenen Haus gewahrt hatte. Sie wollte ihm etwas entgegnen, bekam aber einen heftigen Hustenanfall, vergeblich bemüht, den Ansturm in ihrem Innern unter pausenlosem Lächeln zu ersticken, bis ihr keine Wahl mehr blieb, als mein Medikament wieder vom Tisch zu nehmen und es Chischin zu zeigen, der nichts weiter sagte, als daß es ein starkes Mittel sei, das Nakasch gern nähme, was nicht gerade dazu beitrug, Dori das Präparat schmackhafter zu machen. »Warte, geh nicht weg«, sagte sie zu ihrem alten Freund, der nicht den Anschein erweckte, als wolle er gehen. »Wir trinken alle einen Tee.« Und nachdem sie Enat gebeten hatte, den Elektrokessel einzuschalten, dessen Stecker vielleicht ein wenig lose sei, ging sie ins Schlafzimmer, um die feuchten, schlammverschmierten Stiefel auszuziehen, an denen auch ein paar rötliche Herbstblätter klebten. Chischin las die Aufschrift auf der Medikamentenschachtel zu Ende, sank wortlos in den Sessel, die Schriftstücke in Händen, und übersah mich weiterhin demonstrativ, als hätte ich mich tatsächlich in ein Gespenst verwandelt. Dafür begann er eifrig in den gefundenen Papieren zu blättern, die wie ärztliche Atteste aussahen. Innerhalb des letzten Monats hatte er ein wenig abgenommen, und neue Falten durchfurchten sein Gesicht, das mich trotz allem, was geschehen war, noch immer faszinierte. Aus dem Schlafzimmer schallte weiter Doris Husten. Chischin unterbrach seine Lektüre und horchte, ein flüchtiges Lächeln auf den Zügen, als glaube er nicht an einen klinischen Grund für das Husten.

Jetzt trafen seine Augen endlich auf meine, und plötzlich sagte er völlig natürlich, als setzte er eine bereits begonnene Unterhaltung fort: »Was ist dort eigentlich heute nachmittag mit Levin passiert? Was genau haben Sie denn dort entdeckt, daß Sie ihn vom OP aus anrufen mußten?« Doch ehe ich noch antworten konnte, winkte er unhöflich ab. »Egal. Unwichtig. Geben Sie mir nicht wieder Untersuchungsbefunde. Ich weiß. Sie haben recht. Immer haben Sie recht. Aber lassen Sie in Gottes Namen Professor Levin in Ruhe. Was wollen Sie denn von ihm? Warum haben Sie ihn angerufen?« »Ich habe nicht ihn angerufen, sondern die Station«, begann ich mich zu verteidigen, »und er hat einfach den Hörer abgenommen und gebeten, ihm den Patienten zurückzuschicken.« »Gut, schon gut«, winkte Chischin erneut ab und fuhr mit harter Stimme fort. »Ich habe ja gar nichts gesagt. Aber ich bitte Sie, ihn künftig in Ruhe zu lassen. Er hat es sehr schwer. Er fürchtet sich jetzt vor seinem eigenen Schatten und gewiß vor jeder Bemerkung anderer – und besonders von Ihnen.« »Von mir?« entfuhr mir ein Überraschungsschrei, der trotz seiner Ehrlichkeit bereits das dumpfe Wissen enthielt, daß Levin jetzt Angst vor mir hatte. »Ja, von Ihnen, von Ihnen«, beharrte Chischin mit einer Ungeduld, die auch Wut durchklingen ließ. »Was wundern Sie sich denn? Seit der Operation und allem, was geschehen ist, samt all den Diagnosen, die dort im Umlauf waren, muß er dauernd an Sie denken. Also, bis er nicht ein bißchen davon loskommt, bitte ich Sie, lassen Sie ihn in Ruhe. Reden Sie über nichts mit ihm, weder über medizinische noch sonstige Angelegenheiten. Haben Sie Mitleid mit ihm. Er ist völlig verstört. Wir haben gerade einen furchtbaren Streit hinter uns.«

Meine innere Erregung war jetzt derart groß, daß ich nicht wußte, wo ich beginnen sollte. Denn neben der großen, echten Bestürzung, die Chischins Worte bei mir ausgelöst hatten, verspürte ich auch einen Anflug freudiger Genugtuung. Stimmt, ich hätte auf Chischins merkwürdige Sätze reagieren sollen, mit Protest oder zumindest großer Verwunderung, aber seiner trübseligen Miene entnahm ich, daß er mir sehr dankbar wäre, wenn ich schweigen und mich ebenso wie er Dori zuwenden wollte, die jetzt hereinkam, die Bronchien immer noch vor Husten grummelnd, als bräche sich jetzt all das Bahn, was sie bei den Verhandlungen mit ihren Mandanten hinuntergeschluckt hatte. Sie hatte sich vollständig umgezogen und trug nun eine Art Kleidermix: eine weiße Stickereibluse zu dicken Wollhosen, an den Füßen alte Hausschuhe und um den Hals einen Wollschal, als wisse sie noch nicht recht, was sie von dem Abend erwarten solle, der eben in Gesellschaft ihr lieber und werter Menschen begonnen hatte. Ich erhob mich, glühend erregt vor Liebe und Verlangen, versucht, meinen Kampf gerade hier und jetzt anzufangen, umringt von Menschen, die verpflichtet waren, sie zu beschützen und mich hier wegzuschicken. Aber ich wartete noch auf Michaela, und sie kam auch tatsächlich bald herein, mit Schivi in der Tragschlinge, hellwach und voller Neugier trotz des geschäftigen Tages, als hätte die Indienreise bereits begonnen. Michaelas strahlende Riesenaugen überflogen das Wohnzimmer und musterten Dori derart durchdringend, daß ich schon fürchtete, sie könnte an meiner Stelle meine Liebe in aller Öffentlichkeit verkünden – ein Gedanke, der mir plötzlich solches Grauen bereitete, daß ich nur noch schnellstens fortwollte. Zwar bestürmte Enat jetzt Michaela, sich zu uns zu setzen und einen Tee mitzutrinken, aber ich wies ihre Einladung energisch zurück. »Genug. Wir müssen gehen. Schivi hat den ganzen Tag außer Haus verbracht, und deine Mutter ist eigentlich noch krank und sollte sich legen.« Dabei blickte ich die Frau an, die wieder in Husten ausbrach, es jedoch immer noch stur unterließ, das mitgebrachte Medikament anzurühren. Aber Enat fügte sich noch nicht in das Verdikt, sondern bestürmte Michaela erneut, fast unter Tränen, noch nicht zu gehen. Versetzte Michaelas Absicht, ein weiteres Mal nach Indien aufzubrechen, Enats Seele in Sturm und ließ sie die Nähe der Freundin suchen, oder steckte etwas anderes dahinter? Denn es lag etwas Mitleiderregendes in der Geste, mit der Enat Schiva aus ihrer Schlinge schnappte und sie in den Armen zu wiegen begann. Jetzt war Michaela in

Verlegenheit. Ihrerseits war sie bereit, Enats Bitte zu erfüllen und zu einer Runde Tee Platz zu nehmen, zumal sie bei dieser Gelegenheit ein bißchen ihre Neugier hinsichtlich der Frau, mit der ich während der letzten Nacht zweimal intim geworden war, hätte befriedigen können. Doch sie spürte meine innere Aufgewühltheit und meine Weigerung, noch länger hierzubleiben. Und da sie so glücklich und zufrieden über die vielen Reisevorbereitungen war, wollte sie nett zu mir sein und gab meiner Bitte nach, uns sofort auf den Heimweg zu machen. Tatsächlich hatte ich mit meiner Beharrlichkeit recht gehabt, denn als ich Schivi zu Hause aus ihren Windeln befreite, sah ich, daß der lange Tag gerötete Stellen in der Leiste und rund um ihre zarte Scham hinterlassen hatte. Ich beschloß, sie selbst zu waschen, und als ich sie fertig fürs Bett gemacht hatte und Michaela, in tiefe Grübeleien versunken, im Badewasser saß, rief ich meine Eltern an, da ich meinte, es könne doch nicht angehen, daß vierundzwanzig Stunden seit meinem Streitruf gegen die Welt vergangen waren, ohne daß jemand es merkte.

Trotz der relativ späten Stunde fand ich zu meiner Überraschung meine Mutter allein zu Hause. Mein Vater war zur Generalversammlung der Angestellten des Landwirtschaftsministeriums gegangen, um über eine Verschärfung der Streikmaßnahmen in dem eine Woche zuvor dort ausgebrochenen Arbeitskampf zu beraten. Seine Abwesenheit ermunterte mich, sofort mit meiner Beichte loszulegen. Und ohne erweichende Umschweife und Vorreden begann ich, zum Plätschern von Michaelas Körper in der Badewanne, gleich mit dem Kern der Sache. Ich habe eine wichtige Mitteilung. Michaela hat beschlossen, mit Schivi nach Indien zurückzukehren. Ja, mit Schivi. Sie wird nicht allein sein, denn Stephanie kommt aus London dazu. Ich bleibe hier. Vorerst, wenn du so willst. Nicht nur, weil ich in Indien nichts zu suchen habe, sondern auch, weil ich hier gefunden habe, was ich suche. Ich habe Liebe gefunden. Ganz einfach, eine altneue Liebe zu einer verheirateten Frau, die jetzt für mich möglich sein könnte. Möglich in der Hinsicht, daß ihr Mann gestorben ist. Richtig, sie ist viele Jahre älter als ich, und du errätst, wer sie ist. Ja, du errätst es. Doch, du weißt, wer es ist. Wenn du's nicht weißt, sag ich's dir. Also, du weißt es. Ja, ich meine es im Ernst, und ich werde die Kräfte dazu haben. Sie erfüllen bereits mein ganzes Wesen. In welcher Hinsicht? In der Hinsicht, daß auch der Tote meine Liebe mit unterstützt. Der verstorbene Ehemann. Auf welche Weise? Auf mysteriöse Weise, die du nie verstehen wirst, weil ich sie selbst nicht verstehe, aber ich brauche sie auch nicht zu verstehen, denn ich spüre es in meinem Innern. Nun versank meine Mutter in derart strenges Schweigen, daß ich den Hörer ein Stück vom Ohr halten mußte. Zum Schluß sprach sie knapp. Sie war zu klug, zu dieser späten Stunde mit mir debattieren zu wollen, zumal sie meinen inneren Tumult sehr wohl spürte. Sie bat mich nur, ihr eines zu versprechen – meinem Vater kein Wort davon zu sagen. Ich versprach es ihr sofort. Aber sie begnügte sich nicht mit dem bloßen Versprechen, forderte mich vielmehr zum erstenmal im Leben auf, es ihr zu schwören. Und ich schwor es ihr beim Leben Schivis, die bald auf einen langen Weg ausziehen würde.

4.

Jetzt, da er mit dem Brei, den seine jugen Frau ihm vorgesetzt hat, fertig ist, seelenvergnügt angesichts seiner drei Kinder, die mit ängstlichem Lachen Brotkrumen auf das Fenstersims werfen, um den immer dreister werdenden, sturen Gefiederten zu versöhnen, steht er auf, nimmt die neue Tasche, die seine Frau ihm gekauft hat, und verabschiedet sich mit feierlicher Süße von seiner Familie, um an seine tägliche Arbeit zu gehen. Und obwohl ihn bei seinem Stand als langjähriger Pensionär, Rentenempfänger einer wohlreputierten Anstalt für geistige Gesundung, keinerlei wirkliche Arbeit erwartet, sprüht er nun, da er auf die von klarem Morgenlicht überflutete Straße hinaustritt, immer noch vor frischer Energie, der Körper im eleganten Anzug wirkt flexibel wie der eines Tänzers, und sein zusammengeklappter Schirm in der Hülle beginnt in der Luft zu fuchteln, als marschierte ein ganzes Orchester hinter ihm her. Und obgleich er vermutlich noch keinem Menschen verraten hat, wohin er strebt, weiß der treu über seinem Kopf kreisende zweite Vogel bereits, daß er auf dem Fenstersims eines Reisebüros auf ihn warten soll, wo man den Kunden mit freundlicher Geduld empfängt, um endlich zu erfahren, was seine Richtung ist.

Ja, die Erdkugel hat sich plötzlich zu drehen begonnen, gesteht er, ein verschämtes, strahlendes Lachen in den schwarzen Augen, die jetzt klar durch die geschliffenen Gläser der Goldbrille zu sehen sind. Aber das Mysterium ihrer Bewegung unterscheidet sich nicht vom Mysterium ihres Verharrens. Ist es dann also wirklich notwendig, sich aufzumachen und an all diese verlockenden, faszinierenden Orte zu fahren, deren Bilder hier bei Ihnen an den Wänden hängen, während doch – wenn wir uns nur ein wenig über die Zeit, die uns wie ein starker Strom mitzuschwemmen sucht, erheben –

jeder ersehnte Ort allein kraft der Drehung ebendorthin gelangt, wo wir uns befinden? Und wenn Sie mir nicht glauben, dann fragen Sie bitte diesen Vogel, der an die Fensterscheibe pickt.

Sprießt hier ein neuer Humor an Stelle des verdorrten? Grübeln jetzt die Reisebüroangestellten, deren Computer bei seinem Eintreten zu funktionieren aufgehört haben. Denn falls ja, besteht vielleicht auch Hoffnung, ein Unterbewußtsein an Stelle des herausgeschnittenen einzupflanzen.

Erst im Schlafdämmern, den Kopf schon schwer auf dem Kissen lagernd, in den Ohren die ruhigen Atemzüge Michaelas – die sich weder geweigert hatte, neben mir ins Bett zu steigen, noch mir mit Forderungen gekommen war, mich woandershin zu legen –, die geschlossenen Augen bemüht, weiteres Dunkel aus meinem Inneren zu schöpfen, um die Lichtflitter zu überwinden, die von der Außenwelt dauernd weiter ins Haus geschleust wurden, begriff ich, daß ich einen Fehler begangen hatte. Ich hätte meiner Mutter nicht geloben oder gar schwören dürfen, meinem Vater kein Wort zu sagen, denn damit gestand ich indirekt ein, daß meine Liebe etwas Krankhaftes an sich hatte, was meinem Vater derart tiefen Kummer bereiten könnte, daß man sich seiner erbarmen und ihm die Sache so weit wie möglich verheimlichen mußte. Denn wie hätte ich die Forderung meiner Mutter sonst verstehen sollen? Meine Eltern hatten doch immer darauf geachtet, nichts voreinander zu verbergen, besonders nichts, was mich betraf, nicht unbedingt aus übermäßig starker Liebe und Bindung, sondern aus der Fairneß und Treue heraus, die die Grundwerte ihrer Lebensführung bildeten. Und nun brach meine Mutter plötzlich die Regeln und betrog meinen Vater. Meinte sie, mich allein aus eigener Kraft von meiner Liebe abbringen zu können, oder glaubte sie genau umgekehrt, in der heftigen Auseinandersetzung, die bereits zwischen ihr und mir ausgebrochen war, könnte gerade mein Vater die Linien überqueren und mein offener oder versteckter Bündnispartner werden? In meinem fiebrigen Gedankenwirbel vermochte ich mir noch keine klare Meinung darüber zu bilden, was meine Mutter wohl tun oder lassen würde, aber ich war sicher, sie würde diese Nacht kein Auge zutun, womöglich gar nicht erst ins Bett gehen. Und plötzlich tat es mir leid, sie in geringer Entfernung von mir mit quälenden Gedanken beschäftigt zu wissen. Wäre ich ein wirklich guter und feinfühliger Sohn, und nicht nur in der oberflächlichen Weise, in der ich meine Pflichten erfüllte, hätte ich jetzt zum Telefon greifen und versuchen müssen, sie zu trösten oder zu beruhigen oder ihr wenigstens Gelegenheit zu geben, ihren Ärger in Worten oder Schweigen auszudrücken. Aber da ich wußte, daß mein Vater an ihrer Stelle oder zusammen mit ihr oder im Verlauf unseres Gesprächs den Hörer abnehmen konnte und mein Schwur dann seine Wirkung verlieren würde, unternahm ich nichts. Wenn sie beschlossen hatte, ganz allein den Kampf mit mir aufzunehmen, mußte sie ein wenig auf die Solidarität der Welt verzichten.

Dieser Grundsatz beherrschte fortan meine Beziehungen zu meiner Mutter. Ich schwieg, und die Initiative für weitere Nachforschungen blieb in ihren Händen, genauso wie es allein Michaela überlassen blieb, das Abreisedatum nach Indien festzulegen, und mir, das Liebesband mit Dori zu erneuern. Doch während meine Mutter und ich in leichte Lähmung verfielen, setzte Michaela mit großer Energie und Effizienz ihre Vorbereitungen fort, denn sie hatte sich dem Traum der Rückkehr nach Indien derart verschrieben, daß weniger die Rückkehr an sich als die damit verbundene Innigkeit und Treue ihrer Reise spirituelle Bedeutung verlieh. Natürlich war es keine Erlösung von mir, sondern von der materialistischen, leistungsorientierten Wirklichkeit um sie herum, mit der Michaela sich noch nicht für den Rest des Lebens abgefunden hatte. Dabei empfand sie sogar doppelte Freude, weil sie es auch anderen ermöglichte, in den Genuß der Reise zu kommen – nicht nur Stephanie, die uns fast täglich anrief, um Fragen zu stellen und Gedanken zu äußern, sondern sogar Schivi, von der Michaela glaubte, gerade ihr zartes Bewußtsein werde Eindrücke von der Reise derart intensiv aufnehmen, daß sie bis ans Lebensende in ihrem Innern weiterglimmen würden. Um die Kleine auf die Tour vorzubereiten, malte sie ihr nach wie vor allmorgendlich ein sichtbares drittes Auge auf die Stirn, rot, blau oder grün, das sie noch niedlicher aussehen ließ und bei ihr Erregung über den bevorstehenden Abschied von mir weckte. So streckte sie mir häufig die Ärmchen entgegen, in dem Wunsch, sich an mich zu hängen. Und ich bemühte mich tatsächlich, so oft wie möglich mit ihr zusammenzusein, zumal Michaela sie nicht mehr zu ihren Besorgungen mitnehmen konnte, da sie zur Fußgängerin geworden war, nachdem wir den Wagen verkauft hatten, um den Erlös zur einen Hälfte in die Reise und zur andern Hälfte in den Erwerb eines Motorrads zu stecken, das zwar nicht so groß und stark wie mein voriges war, aber doch flink und wendig genug für diese ebene, verkehrsreiche Stadt, deren Behörden Autobesitzern weiterhin das Leben schwermachten. Deshalb sah ich, als Stephanie mitten in einer winterlichen, aber klaren Nacht per Charterflug aus London eintraf, keinerlei Problem darin, mit dem Motorrad zum Flughafen zu fahren, um sie abzuholen, denn Stephanie kam ja schon als Rucksacktouristin zu uns, und selbst auf einem kleinen, bescheidenen Motorrad wie meinem ließ sich ein Rucksack schließlich mit Leichtigkeit unterbringen.

Tatsächlich schwebte eine allgemeine Mühelosigkeit über den Vorbereitungen für die Reise, die an einen Embryo erinnerte, dessen sämtliche Einzelheiten im verborgenen entstehen, bis er dann vollendet zur Welt kommt. Das passende Datum wurde festgelegt, und es fanden sich auch äußerst billige Tickets, da Michaela Kairo als Startpunkt für den Flug auf den Subkontinent gewählt hatte, man von Tel Aviv nach Kairo für wenig Geld mit dem Bus fahren konnte und Schivi dank der Tatsache, daß sie bei Reiseantritt noch kein Jahr alt war, gratis flog. Daher mußte Michaela bedauernd den Vorschlag meiner Mutter ablehnen, die Abreise bis nach Schivis erster Geburtstagsfeier zu verschieben, die vielleicht ein bißchen über den Abschied von der Enkelin hätte hinwegtrösten können. Obwohl meine Eltern die Kleine nicht häufig sahen, hatte der tägliche Telefonbericht über sie und ihre Unternehmungen in den letzten Monaten ihnen doch ihre graue Welt ein wenig versüßt. Zwar setzten sie ebenso wie ich auf Michaelas Geistesgegenwart und Erfahrung sowie ihr Vertrautsein mit den Geheimnissen der indischen Mentalität, aber da die Tour nicht zeitlich begrenzt war, mußte sie zwangsläufig einige Angst bei ihnen wecken, die Michaela nach bestem Vermögen zu lindern versuchte, da sie meinen Eltern gegenüber freundschaftliche Zuneigung empfand und die beiden während unseres gemeinsamen Aufenthalts in London auch achten und schätzen gelernt hatte. Deshalb fand sie Zeit, mit Schivi nach Jerusalem zu fahren, um viele Stunden mit meinen Eltern zu verbringen und in Ruhe von ihnen Abschied zu nehmen, verbunden mit eingehender, sachlicher Erörterung verschiedener Lösungen für möglicherweise auftauchende Komplikationen. Zur Beruhigung ihrer Gemüter nahm sie sogar Stephanie mit, so daß meine Eltern sich erneut der seelischen Ausgeglichenheit und praktischen Tüchtigkeit dieser alten Freundin aus London erinnern konnten, die auf dieser Reise nicht bloß als Begleiterin fungieren würde, sondern auch als Ersatzmutter für Schivi, falls Michaela, Gott behüte, etwas zustoßen sollte oder sie einfach mal den Wunsch verspürte, sich ein paar Tage zu Orten aufzumachen, die für Kleinkinder kaum empfehlenswert waren.

Natürlich brachte meine Mutter Stephanie dazu, mit meinem Vater und Schivi einen Spaziergang in den Glockenpark zu unternehmen, um dann, mit Michaela allein, behutsam zu erforschen, was wirklich zwischen uns vorgefallen war und ob denn etwas Wahres an meiner Liebeserklärung für die »ältere Frau« sei, deren Namen meine Mutter sich noch zu nennen hütete, obwohl sie durchaus wußte, um wen es ging. Michaelas Antworten verblüfften sie, nicht nur, weil sie frank und deutlich waren, worauf sie noch vorbereitet gewesen sein mochte, sondern mehr noch, weil sie in hinduistischen Begriffen der Seelenwanderung erfolgten, als hätte die Indienreise praktisch schon begonnen und Michaela säße mit ihrer Freundin am Ufer des Ganges – und nicht in einem Jerusalemer Wohnviertel bei einer Frau, deren Geist nicht weniger hell und klar war als das Licht vor den Fenstern. Zwar hatte meine Mutter sich während der Londoner Zeit bereits an Michaelas etwas verschwommene Analyse menschlicher Zustände gewöhnt, und solange es um andere, ihr zumeist unbekannte Menschen ging, mochte sie das auch geduldig hinnehmen, aber hier ging es ja um mich, ihren einzigen Sohn, und unser Eheleben, das dabei völlig in die Brüche gehen konnte. Stimmt, auch meine Mutter begriff, daß meine Untreue Michaela nur als Vorwand diente, ihr altes Verlangen nach erneutem Umherstreifen in Indien zu befriedigen, eine Leidenschaft, die vom ersten Tag an über unserer Ehe geschwebt hatte. Deshalb vollzog meine Mutter im Verlauf des Gesprächs eine Kehrtwende und schlug Michaela vor, die Fahrt mit Schivi nicht als etwas zu betrachten, was die Kluft zwischen uns notwendigerweise vertiefen mußte, sondern als etwas, was die Tür für künftige Versöhnung öffnen könnte. Michaela stimmte meiner Mutter augenblicklich zu, vielleicht auch, weil sie plötzlich Mitleid mit dieser versöhnlichen grauen Frau bekam, die sich mit Schuldgefühlen wegen meiner Gedanken und Taten quälte. Und um verstärkte Unterstützung meiner Mutter für ihre näher rückende Reise zu gewinnen, erklärte sie ihr, wie ihrer und Schivis Indienaufenthalt während der nächsten Monate mir helfen könnte, mich aus einer Affäre zu befreien, die tatsächlich geeignet sei, mich in Leid und Elend zu verstricken. Denn vielleicht würde die Sehnsucht – und sei es nur nach Schivi – mich an einen Ort führen, wo man mich stärken könnte, gerade weil Seelenwanderung und Wiedergeburt dort natürlich, real und alltäglich wirkten. »Auch ihr beide seid eingeladen, mit ihm zu uns zu kommen«, fügte Michaela völlig ernsthaft hinzu, wobei ihre großen hellen Augen Vertrauen auf das erneute Zusammentreffen ausstrahlten, während sie von den Weiten Indiens redete, als wären es Räume ihrer Privatwohnung. »Es wäre wirklich wunderbar, uns gerade dort wiederzutreffen, wie wir es uns in London versprochen haben.«

Von dieser Unterhaltung berichtete meine Mutter mir

schleunigst, bevor Michaela, Stephanie und Schivi in Tel Aviv zurück sein würden, und damit mein Vater es nicht hörte, ging sie noch einen Beutel Milch kaufen und rief mich unterwegs von einem öffentlichen Telefon an. Ihre Angst galt jetzt nicht mehr unserer gefährdeten Ehe – meine Liebe zu Lasars Frau hielt sie immer noch für eine vorübergehende, irreale Marotte –, sondern richtete sich ganz und gar auf Schivi, da sie nach all den wirren Reden fürchtete, Michaela könnte sie als Köder benutzen, um mich und womöglich auch meine Eltern ebenfalls nach Indien zu locken, sogar um den Preis unverantwortlich schwerer Trecks zwischen Orten voller Krankheit und Leid. Deshalb forderte meine Mutter auf einmal in leicht hysterischem Ton, ich solle diese Reise stoppen oder Michaela zumindest daran hindern, Schivi mitzunehmen. »Das ist doch unmöglich, Mutter, wie kann man eine Mutter daran hindern, ihr Baby mitzunehmen«, antwortete ich in ruhigem Ton, bemüht, Kaltblütigkeit zu bewahren, während sich mir das Herz verkrampfte angesichts dieser Störung ihres Denkvermögens, das sich sonst immer durch seine Gründlichkeit ausgezeichnet hatte. Aber ich versprach meiner Mutter, mit Michaela Absprachen für den Fall zu treffen, daß ich Schivi zurückholen wollte. Trotz der Trauer über den Abschied von ihr, die mit näher rückendem Abreisetermin wuchs, kreisten meine Gedanken jedoch nicht um die Kleine, sondern um ein anderes Baby, dessen nun aufgedeckte Hilflosigkeit, die Lasar zu verbergen und zu vertuschen gesucht hatte, nur noch mehr die Glut meines Verlangens anfachte, die seit dem unerwarteten doppelten Liebesakt auf ihrem Krankenlager sengend lebendig geblieben war. Hätte meine Mutter Michaela tatsächlich überreden können, Schivi bei mir zu lassen, wäre mir doch einiges an Freiheit und Wendigkeit im Ringen um meine Liebe abhanden gekommen, die jedesmal gewissermaßen wieder auf den Nullpunkt zurückkehrte – zumal es dieser Frau erneut gelungen war, sich mit lieben Verwandten zu umgeben, um nicht allein zu bleiben. Nicht nur fand der Soldat einen Weg, Abend für Abend aus seinem Stützpunkt heimzukehren, auch

Chischin schaute oft am Abend vorbei, und wer wußte, ob sie mit ihrem freigebigen Lächeln nicht auch die zarte Großmutter würde bewegen können, ab und zu aus ihrem Altersheim zu kommen, um ein wenig Ordnung in das wachsende Chaos im Schlafzimmer zu bringen und offene Schubladen hinter sich zu schließen.

Aber als der eigentliche Abschiedstag anbrach, wurde mir plötzlich doch traurig ums Herz, als begriffe ich erst jetzt, daß ich Zuneigung und Freundschaft um mich her einbüßte, ohne mir bisher einen Bruchteil der erhofften Liebe gesichert zu haben. Der Abschied von Schivi war gerade deshalb besonders schmerzhaft, weil er um Mitternacht stattfand, der merkwürdigen Stunde, die die Billigreisegesellschaft gewählt hatte, um die jungen Rucksacktouristen per Omnibus nach Ägypten zu befördern, direkt zum Abflug der Maschine in den Osten – vielleicht, damit sie nicht erst in der Großstadt Kairo verlorengehen konnten. Jetzt, da ich Schivi in ihrer Tragschlinge wie ein weiteres Bündel neben den großen Rucksäcken von Stephanie und Michaela ruhen sah, erfaßte ich, daß die Duldsamkeit, die ich hinsichtlich dieser Tour an den Tag gelegt hatte, nicht ganz verantwortungsbewußt gewesen war. Und obwohl ich die Kleine eigenhändig geimpft hatte, streng nach den präzisen Dosierungsvorschriften zweier namhafter Kinderärzte unseres Krankenhauses, wurde ich die Sorge nicht los, daß man die Abreise vielleicht ein wenig hätte aufschieben müssen, um sicherzugehen, daß keine Impfkomplikationen auftraten. Zwar wirkte Schivi jetzt gesund und munter, ließ die Augen vergnügt über die Gesichter der vielen jungen Leute schweifen, die sich mit Bewunderungsschreien über sie beugten und sie samt ihrem aufgemalten kleinen dritten Auge über der Nasenwurzel den besorgten Eltern zeigten, um ihnen damit Mut zu machen, daß hier doch eine noch jüngere Reisende unter ihnen sei, die noch gar keinen Wehrdienst abgeleistet, ja nicht einmal die Schule begonnen habe, aber ich empfand trotzdem weiter Schuldgefühle wegen des Leichtsinns von Michaela und mir und schwor mir, sobald meine Innenwelt aufgeklart war, einen Weg zu finden, die Kleine an ihren natürlichen Platz zurückzuholen. Denn bis dahin würde ihr »natürlicher Platz« in den nächsten Monaten doch gewiß auf Gehwegen und Bahnsteigen sein. Schon jetzt begann sie ihren Weg ja auf zwei Tel Aviver Pflastersteinen, zwischen denen feuchter Sand hervorlugte, während Michaela noch ihre Freunde umarmte, von denen ich nie geahnt hatte, daß sie so zahlreich waren – und so treu, daß sie sich nicht einmal durch die späte Stunde hatten abschrecken lassen, zum Lebewohlsagen zu kommen. Sogar Amnon hatte seinen Wachposten verlassen und war herbeigeeilt, um nicht den Moment des Abschieds von Michaela zu verpassen, in die er offenbar ein bißchen verliebt war, denn eben hörte ich ihn versprechen, sich ihr später anzuschließen, falls er eine Postkarte erhielte, und dabei wußte ich doch, daß er sich niemals erlauben würde, seine Eltern und den zurückgebliebenen Bruder zu verlassen, die ihn so dringend brauchten.

Schließlich war auch für mich der Moment des Abschieds gekommen, und nachdem ich Schivis Gesicht erneut mit Küssen überhäuft und ihr wieder und wieder in die Augen geblickt hatte, damit sie mich nicht vergaß, nahm ich Michaela beiseite, um sie noch einmal zur Vorsicht zu mahnen. Und obwohl ich sie seit jenem Morgen, an dem mir die Figur aus den Händen gerutscht war, nicht mehr angefaßt hatte, um keine Verlegenheit zu stiften, schreckte ich jetzt nicht mehr davor zurück, nahm sie vielmehr zur Bekräftigung meiner Worte fest in die Arme und drückte ihr einen langen Kuß auf den Mund. Ihre Riesenaugen schlossen sich nicht, blieben vielmehr weit offen, strahlten geradezu im Dunkel der Nacht, und unwillkürlich fuhr sie mir leicht mit den Fingern übers Haar, was sie sonst nie tat, als wisse sie, daß die Gefahr, die über meinem Kopf schwebte, schwerer wog als alle möglichen Risiken ihrer Reise. Bevor sie sich Stephanie anschloß, die bereits mit Schivi im Bus verschwunden war, vergaß sie daher nicht zu sagen: »Wenn du dich zu sehr verstrickst, mach dich einfach auf, laß alles stehen und liegen und komm zu uns. Wir würden uns alle freuen.« Und während ich noch beide Hände ans Gesicht legte zum Dank für dieses großzügige Versöhnungsangebot, stieß sie einen überraschenden letzten Satz hervor: »Es gibt nichts, wofür es sich zu sterben lohnte, Benji.« Ohne mir das Recht einzuräumen, auch nur ein einziges Wort darauf zu erwidern, eilte sie in den Bus, der offenbar nur noch auf sie gewartet hatte, denn er schmückte sich jetzt mit kleinen roten Lichtern und setzte so leise, als glitte er schon einen der großen Flüsse entlang, die auf die jungen Reisenden warteten, aus der schmalen Gasse, wo die zahlreichen Begleitpersonen zurückblieben, die erst jetzt merkten daß die Nacht nur noch kurz sein würde.

Daher hatten sie es nicht eilig, heimwärts auseinanderzulaufen, tauschten vielmehr Adressen und Telefonnummern, in dem Bestreben, mögliche Fäden um ihre Lieben zu spannen, deren sicheres Verschwinden auch die eben gesagten scherzhaften Abschiedsworte jäh in schmerzliche Erinnerung verwandelte. Erst jetzt sah ich Enat neben Amnons Kleinlaster stehen, ihr schwarzer Mantel betonte das Blond ihrer Haare, die in einer Art Selbstverstümmelungsakt rabiat geschoren waren. War sie wirklich erst in letzter Minute eingetroffen, oder hatte sie mir aus dem Weg gehen wollen, um nicht in Verlegenheit zu geraten? Ein schüchternes Lächeln huschte über ihr Gesicht, während sie zögerte, ob sie Amnons Angebot annehmen sollte, sich von ihm in seinem Lieferwagen heimbringen zu lassen, allerdings unter der Bedingung, daß sie hinten aufstieg, weil der Beifahrersitz schon besetzt war von Chagit und ihrer süßen Tochter, die nicht auf den nächtlichen Abschied von ihrem kleinen Schützling verzichtet hatte. Ich eilte auf Enat zu, die ich selbst dann, wenn sie ahnte, was vorging, nicht ignorieren durfte, sondern im Gegenteil möglichst zu meiner Verbündeten machen mußte. Daher überredete ich sie trotz ihrer Verlegenheit und Ablehnung, Amnons Lieferwagen zugunsten meines Motorradrücksitzes aufzugeben, setzte ihr eigenhändig meinen Helm auf den Kopf und zog behutsam den Riemen an ihrem dünnen Hals zu. Doch obwohl ich gewohnt war, daß Jungfernfahrer auf dem Sitz hinter mir zuweilen Angst bekamen, hatte ich eine derart heftige Panik, wie Enat sie ausstrahlte, noch nie erlebt. Wie ein verängstigtes Tier krallte sie ihre Finger in meine Windjacke und schrie ab und zu auf, als wollte ich sie in einen unbeherrschbaren, feindlichen Abgrund rollen und nicht einfach nach Hause fahren, nur knapp über der erlaubten Geschwindigkeit durch die schummrigen Straßen der Stadt, die zu dieser Stunde trotz ihres Anspruchs, keine Pause zu kennen, in Trägheit verfiel, wenn nicht gar eine wirkliche Pause einlegte – die sich jetzt, vor ihrem Haus in dem leicht vergammelten südlichen Stadtteil, in dem sie ihr Zimmer hatte, ausnutzen ließ, um erstaunt nachzuforschen, was denn diese furchtbare Angst zu bedeuten haben mochte. Aber Enat schien weder beschämt noch belustigt über das, was mit ihr während der Fahrt passiert war, sondern verhielt sich, als wäre ihre Panik ganz natürlich und berechtigt gewesen, wenn nicht wegen der Maschine, dann wegen des Fahrers. Denn auch jetzt, als das Motorrad stumm neben uns stand und ich ihr eigenhändig den Helmriemen löste, schien sie sich vor mir zu fürchten – blaß und vor Kälte zitternd, bereit, mir auf meine Bitte hin ihre Telefonnummer zu nennen, solange ich sie nur in ihr dunkles Treppenhaus entließ, in dem sie vor lauter Eile vergaß, das Licht anzuschalten.

Ja, weiß sie wirklich schon alles? fragte ich mich einigermaßen schmerzlich, und erscheint ihr meine Liebe derart erschreckend, so widerwärtig und empörend, daß sie nicht mal mehr eine Minute bei dem Mann stehen kann, der bis ans Ende der Welt zu ihr gereist war – und dem allein, nicht ihren Eltern, sie ein bißchen Vertrauen geschenkt hatte –, um sie aus Lebensgefahr zu retten? Denn auch, wenn sie vielleicht meint, diese Liebe würde ihr selbst geraubt, könnte sie doch immer noch das Mysterium respektieren, das sie mir aufgezwungen hat, vielleicht in dem Hotel in Varanasi, als ich ihrer Mutter Blut abzapfte, um sie, die Tochter wiederzubeleben. Diese Grübeleien beunruhigten mein Gemüt noch auf der Heimfahrt und erschwerten zusätzlich die sowieso schon traurige Begegnung mit der Wohnung, die trotz Michaelas redlichem Bemühen, sie sauber und ordentlich zu hinterlassen, noch von Spuren der mir genommenen Kleinen wimmelte, deren süßes Gesichtchen mir dabei in der Erinnerung auftauchte und Tränen in die Augen trieb. Obwohl meine Eltern mich gebeten hatten, sie ohne Zögern zu wecken, um ihnen zu erzählen, wie der Abschied verlaufen war, weigerte ich mich, auf den Kummer, der ohnehin mein Herz erfüllte, auch noch die wütende Enttäuschung meiner Mutter zu häufen, die sehr wohl wußte, daß ich der Fahrt auch deshalb so leicht zugestimmt hatte, weil ich mich mit aller Kraft meinem selbstgewählten Liebeswahn hingeben wollte. Daher unterließ ich es, in Jerusalem anzurufen, sie aus dem Schlaf zu reißen und traurig zu stimmen, ja, ich tat sogar etwas Ungewöhnliches – stellte nämlich das Telefon ab und verdunkelte die Wohnung, bevor ich ins Bett stieg. Und da mein Krankenhausdienst erst gegen Mittag begann und ich die Müdigkeit langer, aufregender Stunden hinter mir hatte, durfte ich nicht nur auf reguläre Schlafruhe hoffen, sondern auf bewußtlosen Tiefschlaf.

Doch der Schlaf, der mit wohligem, vollständigem Bewußtseinsverlust begonnen hatte, wurde alsbald von einer Art matten elektrischen Schockwelle erschüttert, war wie auf verborgenen Knopfdruck nicht nur unterbrochen, sondern gänzlich zerfallen, und aus den Trümmern flog scheinbar etwas auf und verschwand. Und obwohl die vor Müdigkeit fiebernde Seele weiterhin dem geraubten Schlaf nachschreit und die Glieder schlaff und schwer auf dem Bett kleben, weiß das Bewußtsein schon, daß es mich wieder beherrscht, daß nur noch Hoffnung auf zunehmendes Wachen besteht. Selbst wenn ich die Augen fest zudrücke, finde ich kein tröstendes Dunkel, sondern einen lämpchengeschmückten Bus, der jetzt, nach Überquerung der Grenze, eine Wüstenstraße nah der Küste entlangsaust, und in dem silbrigen Dämmerlicht seines Innern liegt Schivi auf dem Schoß Michaelas, die gewiß ebenfalls wohlig döst, vielleicht an Stephanie gelehnt, die mit einem der jungen Rucksacktouristen plaudert, deren warmer Atem den fahrenden Raum erfüllt. Und zum erstenmal lastet mir die Angst des Verlassenseins auf der Seele, als spähte ich nicht aus der Breite des Doppelbetts auf die Lichter dieses Busses, in dem Frau und Tochter mir davonfahren, sondern aus dem Spalt eines kleinen Kundschafterzelts, einsam und verlassen in dürrer bläulicher Weite. Und plötzlich bin ich der unerklärlichen Stumpfheit des Alls ausgesetzt, so daß ich nicht anders kann, als die Nachttischlampe einzuschalten, obwohl mir dieses Licht nicht meine Sicherheit und Kontrolle wiederverschafft, sondern nur den schmerzlichen Neid auf all jene erhöht, die ihren Tiefschlaf fortführen können, miteinander verbunden in ihren Körpern oder Träumen. Dann bin ich also nicht befreit, sondern verlassen, denke ich. Nicht einmal das leise Rauschen des draußen fallenden Regens kann mich gegen das feine Grauen der neuen Einsamkeit abschirmen, die in die Wände dieser Wohnung kriecht. Und das Blut, das in meinen Adern fließt, genügt gewissermaßen nicht mehr, mich zu erhalten. Während ich so rastlos unter der Decke rangele und mir selbst drohe, aus dem Bett zu steigen, in der Hoffnung, die Müdigkeit werde mich überwältigen und mir den unterbrochenen Schlaf zurückgeben – wirft mich das Bett doch tatsächlich selber hinaus, als empfinde es meine Berührung mit Kissen und Decken als Belastung. Fast schlafwandelnd tappe ich aus dem kleinen Lichtkreis des Schlafzimmers in das Halbdunkel des Wohnraums, bemüht, mich einer weniger entfremdeten Realitätsformel anzuklinken, nämlich der auf dem bunten, alten Sofabezug, der in meinem Innern sofort Sehnsucht nach der lachenden, molligen Frau entfacht, die mit übergeschlagenen Beinen darauf gesessen hat, erstarrt vor Schreck, aber auch Freude über das Liebesgeständnis eines jungen Mannes. Aber kann diese Sehnsucht, die das Herz vielleicht mit süßer Trauer zu erwärmen vermag, mich allein schon dazu veranlassen, jetzt den Pyjama auszuziehen und mit matten, schwerfälligen Bewegungen ein Kleidungsstück übers andere zu streifen? Nein. Etwas Stärkeres und Echteres nötigt mich, die Lichter auszuschalten und mit dem Helm in der Hand in die regnerische Nacht hinauszugehen, um menschlichen Kontakt zu suchen. Als sei jetzt, da Lasars

Seele aus meinem Innern verschwunden war, mein Verlassensein doppelt geworden.

Wäre es nämlich wenigstens sechs Uhr morgens gewesen, hätte ich vielleicht meine Eltern angerufen, um diesen sonderbaren nächtlichen Ausgang zu vermeiden. Auch wenn der Schwur, den ich meiner Mutter geleistet hatte, mich daran hinderte, in Gegenwart meines Vaters alles zu sagen, was mich bedrückte, hätte ein Gespräch über den Abschied von Michaela und Schivi und unser aller Zukunftspläne doch mein plötzliches Gefühl von Verlassensein ein wenig lindern können. Doch es war erst drei Uhr früh, und da ich vor lauter beruflichem Übereifer keine Erfahrungen mit Tel Aviver Kneipen erworben hatte – und gewiß nicht mit denen, die lange aufhielten –, konnte ich mir menschlichen Kontakt zu dieser Stunde nur bei denen verschaffen, die ihn stets zu geben vermochten, das heißt in meinem Krankenhaus, von dem ich wußte, daß es selbst zu so verschwiegener Nachtstunde wie drei Uhr früh absolutes, ewiges Wachen bewahrte, das bis in den entlegensten Winkel drang und eine Decke der Sicherheit über alle Anwesenden breitete – Patienten und Angestellte gleichermaßen, ob sie sich nun in den Betten wälzten, auf ihren Stühlen dösten oder auch tot in ihren Stahlfächern lagen. Aber da ich wußte, daß nach der ersten Überraschung über mein Kommen zu falscher Zeit einer der Anästhesisten in der Aufnahme mich noch verlocken wollen könnte, ihn abzulösen, suchte ich lieber andere Teile des Krankenhauses auf, die sehr viel dunkler als gewöhnlich wirkten. Ich fragte einen der Sicherheitsbeamten. Ja, auch er habe einen Unterschied bemerkt und sei beunruhigt darüber, denn wenn das im ganzen Krankenhaus so sei, beruhe das ja nicht auf einer Störung oder einem sonstigen Zufall, sondern auf einer neuen Anordnung der Verwaltung, um Stromkosten zu sparen. Und da kam mir blitzartig der Gedanke: Man hat bereits einen Nachfolger für Lasar ernannt, und gewiß ist es ein Krankenhausexterner, wenn er als erstes anordnet, die Beleuchtung herunterzuschalten. Ich beschloß, zur Kinderstation hinaufzufahren, auf der gewiß Eltern wach waren. Doch zuerst ging ich zu meinem Schrank auf der Intensivstation hinunter, um dort Windjacke und Helm abzulegen, den Kittel mit meinem aufgestickten Namen überzuziehen und mir ein Stethoskop um den Hals zu hängen. Geschützt durch die unauffällige Identität eines Nachtarztes fuhr ich zur Kinderstation hinauf, die tatsächlich, wie erwartet, auch zu solch gottverlassener Stunde von überraschender Lebendigkeit war, weniger dank der Sorge der Eltern, die teils in den Ecken dösten, teils rotäugig und trostlos auf den Gängen herumliefen, als dank der Wachheit jener Kinder, die wegen noch nicht enträtselter Krankheiten ständige Aufmerksamkeit beanspruchen durften. Auch ich wollte Aufmerksamkeit bekommen, aber die Eltern um mich her sahen nicht, daß ich ebenso wie sie vor Müdigkeit zerschlagen war. Und obwohl ich immer wieder erklärte, ich sei kein Kinderarzt, sondern Anästhesist und nur hier durchgekommen, weil ich jemanden suchte, verzichteten sie nicht auf die Berührung mit der vorübergehenden ärztlichen Autorität, um medizinische oder administrative Fragen an mich zu richten, die ich mit großer Geduld zu beantworten versuchte, wenn auch in allgemeinen, ambivalenten, ausweichenden und unverbindlichen Begriffen, als sei die Quelle der Autorität in meinem Innern, die meinen Diagnosen und Antworten stets Kraft und Klarheit verliehen hatte, beeinträchtigt. Deshalb war es kein Wunder, daß nach einiger Zeit selbst die nörglerischsten Eltern von mir abließen, doch während mein ganzes Wesen immer noch dem geraubten Schlaf nachschrie, beharrte ich nach wie vor darauf, einmal schnell durch die Station zu laufen und in die Zimmer voller Spielsachen und farbiger Plakate zu spähen, um die brennenden Augen am Anblick schlafender Kleinkinder zu laben, einige davon im Alter Schivis, die jetzt in Michaelas oder vielleicht schon Stephanies warmem, sicherem Schoß ruhte. Auch nachdem ich die Treppen hinuntergegangen war, nunmehr fest entschlossen, heimzukehren, ins Bett zu klettern und durch Schlaf die unbegreifliche Angst zu unterdrücken, die in meinem Innern erwacht war, mochte ich doch nicht auf einen weiteren Versuch verzichten, der mich – immer noch mit

Kittel und Stethoskop und ungeachtet des Sturmwinds in dem kleinen Hain hinter dem Hauptgebäude – hinausführte, um das Nebengebäude zu erreichen, das unsere kleine Psychiatrie beherbergte, die nun, mit Lasars Tod, vielleicht gerettet war. Und obwohl es mich noch nie in diese Station verschlagen hatte, wußte ich sehr wohl, daß dort keine besorgten Verwandten herumliefen – und selbst wenn, würde ich nicht mit ihnen sprechen wollen, sondern mit dem diensthabenden Arzt, der mir vielleicht einen guten Rat geben konnte.

Doch obwohl der diensthabende Psychiater den Schlaf der Gerechten schlief, blieb ich zu einer längeren Unterhaltung dort, denn ich fand eine alte Bekannte – Chischins frühere Oberschwester, deren Gesuch um einjährigen Aufschub ihrer Pensionierung abgelehnt worden war, weswegen sie nun, zur Aufbesserung ihrer nicht sehr hohen Altersbezüge, aushilfsweise Nachtwachen auf verschiedenen Stationen des Krankenhauses übernahm. »Aber wer hat denn bereits Ihr Gesuch abgelehnt?« rief ich bestürzt und erzählte ihr, daß ich einige Tage vorher zufällig ihre Akte auf Lasars Schreibtisch gesehen hatte. »Wäre Lasar noch am Leben, hätte er gewiß nicht Professor Chischins Gesuch abgelehnt, Sie an seiner Seite auf der Station zu belassen«, endete ich im Brustton der Überzeugung, denn ebenso wie die anderen Mitarbeiter der Chirurgischen Station hatte ich ihr tiefen Respekt gezollt, obwohl auch sie Dr. Vardi mir vorgezogen hatte. Aber die weißhaarige Schwester, die im dicken Wintermantel neben einem kleinen Heizstrahler auf der leeren, kalten Schwesternstation saß, war keineswegs sicher, wie Lasar im Überlebensfall ihr Gesuch wirklich beschieden hätte. »Manchmal konnte er sehr stur sein, fast grausam stur«, erklärte sie, und als sie sah, daß ich über ihren Ausspruch verblüfft war, setzte sie hinzu: »Glauben Sie nicht, Dr. Rubin, nur weil Sie mit ihm und seiner Frau mal zwei Wochen in Indien verbracht haben, seien Ihnen schon alle Seiten seiner Persönlichkeit vertraut.« Es schwang ein aggressiver Unterton in ihren Worten mit, und ich staunte, daß sie meine Indienreise, die nun fast zwei Jahre zurücklag, noch in Erinnerung hatte. »Aber wie könnte man die denn vergessen?« rief sie lachend. »Ich sehe Sie immer noch verwirrt auf die Station kommen, mit dem großen Medikamentenrucksack, den Dr. Hessing Ihnen übergeben hatte, und mich bitten, Sie zu impfen. Sie wirkten damals so unter Druck, so dermaßen ärgerlich und verbittert über diese ganze Sache, die Chischin Ihnen mit Gewalt aufgehalst hatte.« Jetzt erwachte in meinem Innern Sympathie für diese noble ältere Frau, die klaglos die Funktion einer einfachen Schwester erfüllte, um ein paar zusätzliche Schekel nach Hause zu bringen. Ich erinnerte mich ebenfalls, wie ich zu jener Dämmerstunde hinter dem provisorischen Wandschirm die Hosen vor ihr heruntergelassen hatte, damit sie mir mit leichter, sicherer Hand die beiden Impfseren spritzen konnte, die ich aus dem Gesundheitsamt in der Ha'arba'a-Straße mitgebracht hatte. »Merkwürdig, daß wir uns heute wiedertreffen«, sagte ich, unfähig, die kleine Beichte länger zurückzuhalten, die mir seit meinem Eintreffen im Krankenhaus diese Nacht auf der Seele brannte. »Meine Frau und mein Baby sind nämlich genau diese Nacht nach Indien abgefahren, erst vor ein paar Stunden habe ich sie zum Bus gebracht und als ich sehr müde nach Hause zurückkam und schlafen ging, bin ich ein, zwei Stunden später plötzlich wieder aufgewacht, und nicht nur konnte ich nicht weiterschlafen – ich kann auch kaum noch mit mir allein bleiben. Das ist mir noch nie passiert.«

Sie lauschte still und mit ernster Miene meiner Klage. Ich wußte, daß sie nicht viel Phantasie besaß, nur gradliniges Denken mit offener Sympathie für jede menschliche Not, soweit sie nur sicher war, daß es sich um eine echte Not, keine vorübergehende Laune handelte. Sie bot mir eine Tasse Kaffee an, aber ich dankte. »Nein, noch habe ich den Schlaf nicht endgültig aufgegeben«, begründete ich meine Ablehnung. »Ich muß wieder ins Bett gehen. In knapp acht Stunden soll ich im OP auf den Beinen sein.« Nun äußerte auch sie, wie alle anderen Krankenhausmitarbeiter, Verwunderung über die ungewöhnliche Halbtagsstelle, die Lasar mir verschafft hatte, und fragte, ob ich wirklich glaubte, diese Sonderregelung würde auch nach seinem Tod bestehen bleiben. »Warum nicht?« erwiderte ich leicht verärgert. Sie zuckte die Schultern. Vielleicht würde man einen Weg finden, reine Freundschaftsdienste ohne formale Grundlage demnächst rückgängig zu machen, meinte sie, das hinge vom Wesen des neuen Direktors ab. »Aber gibt es denn wirklich schon einen neuen Direktor?« fagte ich verwundert. »Hat jemand ihn gesehen? Hat Chischin etwas angedeutet?« Wie sich herausstellte, wußte sie von nichts, ebensowenig wie Chischin. Aber als sehr langjährige Mitarbeiterin im Krankenhaus spüre sie, daß schon jemand für den Posten ernannt sei, vielleicht ja keine Einzelperson, sondern zwei oder drei. Lasar habe große Macht im Krankenhaus besessen, und möglicherweise sei es an der Zeit, sie aufzuteilen. So denke jedenfalls Professor Chischin. »Ja«, sagte ich versonnen, »Lasar wird Chischin sehr fehlen.« Sie nickte. Ihre Diagnose war schwerwiegender als meine. Chischin fürchte die Vergeltung des neuen Direktors, deshalb fordere er, dessen Befugnisse aufzuteilen. Denn trotz seiner smarten Grabrede wisse er sehr wohl um die Größe des Schadens, den er angerichtet habe, nicht wegen selbstherrlichen Verlassens auf die eigenen medizinischen Entscheidungen, wie viele meinten, sondern in der eifersüchtigen Erwägung, wenn ein anderer Arzt des Hauses Lasar behandle, könne er dessen Vertrauen gewinnen und Chischin damit aus seiner Vorzugsstellung verdrängen. Deswegen quäle sich Chischin weiter mit Schuldgefühlen, nicht nur gegenüber dem Toten, sondern auch im Hinblick auf dessen Frau, denn Lasar und seine Frau seien doch immer ein enges Paar gewesen, das alles gemeinsam gemacht habe. Und wer dem einen liebevoll verbunden war, sei es auch dem andern gegenüber gewesen. Mir stockte einen Moment das Blut. »In welcher Hinsicht liebevoll verbunden?« fragte ich lächelnd, während mein Herz von Verzweiflung erfüllt war bei dem Gedanken, Schuld und Liebe könnten sich zu einem mächtigen Gefühl verbinden, gegen das nichts ankäme. »In der Hinsicht, daß er jetzt enge Verbindung mit ihr pflegen und sie umsorgen wird, bis er sicher sein kann, daß sie keinen Ärger oder Haß gegen ihn hegt. Denn Chischin wird besonders von Menschen angezogen, die ihm böse sind oder ihn hassen«, erklärte die alterfahrene Schwester, die in all den Jahren die Seele ihres Stationschefs ebenso verstehen gelernt hatte wie Frau Kolby die Lasars. »Aber wie kann er jetzt enge Verbindung mit Lasars Frau pflegen, wenn er doch selbst eine Frau hat?« bohrte ich weiter. »Nur eine?« gab die wissende Schwester verwundert zurück. »Chischin ist mit vielen Frauen eng verbunden. Da kann er mühelos eine weitere hinzunehmen.«

Jetzt drang ein kurzer, wilder Aufschrei aus einem Zimmer, wurde aber auf der Stelle vom Gemurmel anderer Patienten überspült, die scheinbar die ganze Nacht wach gelegen und auf den Alptraum ihres Gefährten gewartet hatten, um ihn dann beruhigen zu können. Die Schwester legte in derselben treu horchenden Geste, die ich von meinem Jahr auf der Chirurgischen Station in Erinnerung hatte, den Kopf etwas schief, um zu beurteilen, ob die anderen ihn beruhigen konnten oder ob es weiterer Einmischung bedurfte. Plötzlich tat es mir im Herzen leid um diese fleißige Frau, die als Oberschwester der Chirurgie jahrelang daran gewöhnt gewesen war, in den drastischen Begriffen von Skalpellführung, Schnitten, Nähten, Infusionen und Verbandswechsel zu denken, nun aber verborgene Geisteskrankheiten mit Hilfe der bunten, kleinen Kapseln bekämpfen mußte, die auf den Schrankborden hinter ihrem Rücken aufgereiht standen. Sie war sichtlich besorgt über die Freiheit, mit der ich jetzt an ihren Medikamentenschrank trat und seinen Inhalt inspizierte. Und obwohl sie wußte, daß ich als Arzt berechtigt war, mich mit jedem Medikament selbst zu behandeln, bestand sie darauf, daß ich nichts ohne Genehmigung eines verantwortlichen Arztes der Station einnahm. Trotz der leichten Kränkung, die damit verbunden war, fand ich, daß sie recht hatte. Denn mit ihrer phantasielosen Ehrlichkeit und Strenge nötigte sie mich, für mein zwischen Müdigkeit und Panik hin- und hergerissenes Gemüt nicht materielle, sondern spirituelle Beruhigungsmittel zu suchen.

Und sei es auch nur ein Telefongespräch mit meinen Eltern, die wegen ihrer Fähigkeit, allein meinem Tonfall zu entnehmen, in welcher Stimmung ich mich gerade befand, schnell den Ursprung des Schmerzes ausfindig machen und ihn richtig eingrenzen könnten. Denn auch wenn meine Mutter mir meinen Vater auf Distanz gerückt hatte mit ihrem Verlangen, ihn nichts von der Liebe wissen und verstehen zu lassen, die mein Herz erfüllte, konnte seine natürliche Geduld doch bei jeder Notlage wertvolle Hilfestellung leisten. Aber es war fünf Uhr morgens, und es kam gar nicht in Frage, vor sechs anzurufen, selbst wenn einer der beiden gelegentlich schon zu dieser Stunde wach war und in der Wohnung herumlief. Ich verabschiedete mich von der Schwester und versprach ihr zum Beweis, daß ich wegen der verweigerten Selbstbedienung aus ihrem Medikamentenschrank nicht böse war, sie mal wieder während ihrer Dienstzeit zu besuchen. Auf dem Rückweg zum Hauptgebäude blickte ich zu dem stillen, verhangenen Himmel hinauf und fragte mich, ob wohl auch Michaela, mitten in der Wüste, jetzt wie ich den ersten Fleck Morgenlicht suchte. Ich ging in die Intensivstation hinunter, um den Kittel zurückzubringen, die Windjacke wieder anzuziehen und den Helm zu nehmen, aber statt danach wieder hinaufzugehen, drückte ich die Nummer, die die Tür zum Operationstrakt öffnete. Es war ein simpler Kode, die ersten drei geraden Zahlen, unverändert seit meinem Arbeitsantritt im Krankenhaus, und dabei wäre das doch eine Aufgabe für den neuen Direktor, dachte ich, denn es gab keinen Mitarbeiter im Haus, dem diese Tür verschlossen gewesen wäre. Wie immer zur Nahtstunde zwischen den Arbeitsschichten gab es keinerlei laufende Tätigkeit, aber die Dunkelheit war neu. Die Anweisung, Strom zu sparen, hatte also selbst in das Allerheiligste des Krankenhauses, die Operationssäle, vordringen können, die sonst stets mit Licht, gespeist aus einem eigenen, unabhängigen Aggregat, überflutet gewesen waren, jetzt jedoch sämtlich im Dunkel lagen, abgesehen von einer kleinen Kammer, deren offenbar aus Versehen brennen gebliebenes Licht mich anzog. Obwohl ich viel im Trakt herumlief, hatte ich seit Lasars Tod noch keinen besonderen Grund gefunden, diese Kammer zu betreten, die mit speziellen Geräten und Präparaten für Herzoperationen angefüllt war, allem voran der Herz-Lungen-Maschine, deren weiße Plastikschläuche wie die Arme einer großen Krake herabbaumelten. Aber nicht diese Maschine zog meine Aufmerksamkeit an, sondern der Schrank mit den Narkotika, von denen ich überwiegend nicht nur Namen und Wirkungsweise, sondern auch ihre pharmazeutische Zusammensetzung kannte. Mit leichtem Grinsen dachte ich jetzt an die treue Schwester, die sich geweigert hatte, mir auch nur eine kleine Tablette gegen Angstzustände zu verabreichen, während ich hier vor einem Schrank voll teurer, starker Medikamente stand, aus denen ich mir auf eigenen Antrieb, ohne jemanden um Erlaubnis zu fragen, einen winzigen Cocktail hätte mixen können, der mich, falls ich ihn mir selbst in die Vene spritzte, innerhalb kürzester Zeit in vollendeten Schlaf versetzen würde – ohne Gefühl, ohne Bewußtsein, ungestört und traumlos: ein Schlaf, den keine Erregung abbrechen könnte.

Jetzt, da ich allein in dem dunklen, leeren Operationstrakt bin, zwischen Dutzenden hochentwickelten Geräten, die den Menschen in Stücke teilen und auf bessere Weise wieder zusammensetzen können, empfinde ich kein bißchen von der Angst oder Panik, die diese Nacht meinen Schlaf jäh unterbrochen und mich nach draußen getrieben hat. Als sei das, was mich bedrohen könnte, gar nicht mit der Außenwelt verbunden, sondern mit dem, was sich in den vertrauten Wänden meiner Wohnung befindet, aus der heute nacht die Menschen weggegangen sind, die mir eigentlich am nächsten stehen sollten. Aber kann es denn sein, kommt mir ein überraschender neuer Gedanke, daß meine Liebe nicht nur die Frau umfassen möchte, sondern auch ihre Not, dort nicht allein bleiben zu können, wo ihr Bett steht, aus Angst vor dem, was zwar weder Form noch Gestalt besitzt, aber doch unendlich geschlechtlich und giftig in seinen Absichten ist, die nicht nur auf dem kleinen Hängeboden über dem Badezimmer oder der dunklen Besenkammer neben der Küche verborgen sitzen, sondern sich auch über die kleinen Ritzen der Schrankfächer verteilen und in dem unsichtbaren, leichten Moderhauch in den Unterwäsche- und Strumpfschubladen mitschwirren, bis sie sich schließlich in Spinnweben und Staubfusseln unter den Schubladen voll hochhackiger Damenschuhe verwandeln. Das ist der Geruch, den sie in den Hotelzimmern ausschnuppern möchte, die man ihr zur Übernachtung anbietet. Diese überraschend neue Erkenntnis dessen, was heute nacht in meinem Innern vorgeht, belebt jetzt mein Gemüt und freut mich derart, daß ich bereit bin, den Sparanweisungen des neuen, wenn auch namentlich noch nicht bekannten Direktors Folge zu leisten und das Licht auszuschalten, ehe ich den Operationstrakt verlasse, ohne auch nur einen Tropfen eines narkotisierenden, empfindungsausschaltenden oder muskelentspannenden Präparats genommen zu haben, weil ich möchte, daß nichts Materielles oder Äußerliches mein Gemüt beruhigt, sondern nur der Glaube, daß das, was mich heute nacht schwindlig macht, mir letzten Endes verstärkte Kraft geben wird, sie gänzlich zu umfangen, nun, da ich vom Joch meiner kleinen Familie befreit bin. Deshalb lenke ich das Motorrad auf dem Heimweg zu der breiten Allee bei ihrem Haus, um sicherzugehen, daß Lasars großer, alter Wagen an seinem festen Platz unter den Gebäudepfeilern parkt. Und obwohl ein kleines Auto ihn zubaut, verliere ich nicht die Fassung. Denn mit ein wenig Phantasie kann man sich vorstellen, daß es für den Soldaten angeschafft worden ist, damit er es leichter hat, allabendlich nach Hause zu kommen, um bei seiner Mutter zu sein.

Doch kaum habe ich die Wohnung betreten, merke ich schon, daß in den Trümmern der müden Seele erneut dieses erregte Gefühl des Verlassenseins erwacht, als ruhe nur hier zwischen den vertrauten Wänden, Möbeln und Dingen die wahre Welt voll Inhalt und Geheimnis, die sofort die Schwäche und Unfähigkeit, dortzubleiben und allein mit ihr fertig zu werden, freilegt. Und obwohl die Zeiger der Uhr noch nicht auf sechs Uhr stehen, will ich nicht mehr warten, sondern rufe meine Eltern an, um ihnen die Geschichte des

Abschieds von Schivi und Michaela zu erzählen und bei der Gelegenheit auch ein Wort des Trostes zu erhalten. Mein Vater ist es, der den Hörer abnimmt, und er führt auch das Gespräch mit mir, stellt viele Fragen und will Einzelheiten wissen. Doch es sieht nicht so aus, als könnte oder wollte er mir ein aufmunterndes oder tröstliches Wort sagen, denn er ist trauriger und bedrückter als wir alle über Michaelas und Schivis Abreise, als ginge der große Fortschritt, den ich in den letzten zwei Jahren gemacht habe, mit diesem Abschied verloren. Und während ich an dem hallenden Begleitgeräusch merke, daß meine Mutter am zweiten Apparat neben ihrem Bett mithört, wundere ich mich, daß sie immer noch Schweigen wahrt und nicht mitredet – als falle es ihr schwer, mit mir zu sprechen. Allerdings ist ihr Ärger tiefer und auch begründeter als der meines Vaters, aber ihr Schweigen beginnt mir doch zuzusetzen, und als ich merke, daß mein Vater das Gespräch beenden will, halte ich nicht länger an mich, sondern frage nach ihr. Tatsächlich scheint sie neuerdings Mühe mit mir zu haben, denn sie fragt in dürrem, fast befremdetem Ton, woher ich spräche, ob vom Krankenhaus oder noch von daheim. Doch als ich ihr antworte, mein Dienst beginne erst mittags, erkundigt sie sich erstaunt, warum ich so früh anriefe. Ob ich aufgewacht sei oder nicht hätte schlafen können? »Beides, ich bin aufgewacht und habe auch nicht einschlafen können«, erkläre ich, schildere ihr ein bißchen die Ereignisse meiner nächtlichen Wanderungen und füge dann hinzu: »Offenbar kann ich mich schwer daran gewöhnen, wieder mit mir allein zu sein.« Aus irgendeinem Grund bricht jetzt in Jerusalem Schweigen aus, und ich höre meinen Vater den Hörer auf die Gabel legen, als könne er jetzt, da meine Mutter das Gespräch übernommen hat, in seiner schüchternen, aber bestimmten Art sein Mißfallen über mich zum Ausdruck bringen, denn er bricht ja sonst niemals von sich aus ein Telefongespräch mit mir ab. Doch nun wird die Stimme meiner Mutter ein wenig weicher, als hätte auch sie die Bedeutung von Vaters Auflegen erfaßt, und sie fragt mich, ob ich vorhätte, am Wochenende nach Jerusalem zu kommen. Und als ich bejahe, bittet sie mich, nicht mit dem neuen Motorrad, sondern mit dem Bus zu fahren, als sei meine Existenz wegen der Trennung von Michaela verwundbarer und riskanter geworden. »Wenn du Freunde besuchen möchtest, kannst du Vaters Wagen benutzen«, fügt sie hinzu, um mich zur Einwilligung zu bewegen, und legt schnell auf, als spüre sie von fern, daß ich am Rand des Schlafes schwebe.

Schwebe – denn der Schlaf ist noch nicht stark genug, mich zu überwältigen, obwohl ich mein ganzes Wesen darbringe, um mich ihm hinzugeben und zu unterwerfen und ihm nichts in die Quere kommen zu lassen. Deswegen stelle ich erneut das Telefon ab, nicht nur, weil ich eben bereits mit meinen Eltern gesprochen habe, sondern auch in der Gewißheit, daß Michaela, falls es ihr in den Sinn kommen sollte, vor dem Abflug anzurufen, lieber mit meinen Eltern reden werde, zum einen, weil in Jerusalem ein Anrufbeantworter ans Telefon angeschlossen ist, der jede Nachricht aufnimmt, und zum anderen, weil sie weiß, daß die Trauer über den Abschied von ihr dort noch stärker ist als die, die sie in unserer Wohnung zurückgelassen hat, die ich jetzt auch verdunkle, sowohl um die Lichtstrahlen daran zu hindern, meinen Schlaf zu stören, der mich nun fest packt, als auch in dem klaren Empfinden, je mehr ich die Welt um mich auslösche, desto weiter lindere – nicht verschlimmere – ich meine Angst vor dem Verlassensein. Und tatsächlich überwältigte mich endlich tiefer, erschreckend machtvoller Schlaf, und nichts durchdrang den bleiernen Vorhang, der vor mir niederging, als läge ich an einem lauten, quicklebendigen Tel Aviver Tag nicht in meinem Bett, sondern in einem Stahlfach in der Leichenkammer des Krankenhauses, das zum erstenmal, seit ich die Arbeit dort aufgenommen hatte, ebenfalls aus meinem Bewußtsein gelöscht war, denn nach zehn Stunden Schlaf entdeckte ich, daß die Stunde meines Dienstbeginns längst verstrichen war. Es war schon sechs Uhr abends, und wegen des abgestellten Telefons hatten sie es im Operationssaal gewiß schon mit mir aufgegeben und einen Ersatzmann für mich gefunden. Und der Gedanke, daß es schon Ersatz für mich gibt, verstärkt nicht etwa das Schuldgefühl dessen, der immer darauf geachtet hat, ein pflichtbewußter, vertrauenswerter und pünktlicher Mensch zu sein, sondern wirkt irgendwie erleichternd. Als seien nicht nur Michaela und Schivi jetzt aus dieser Wirklichkeit verschwunden, sondern auch ich.

Richtig, es besteht eine klare Diskrepanz zwischen der Freude, die mir dieses Verschwinden bringt, und der angstvollen Erregung, die das Alleinsein bei mir entfacht, aber vermutlich schon durch ein Baby wie Schivi beruhigt werden könnte. Doch ich weiß, es gibt einen Menschen auf der Welt, dem diese Diskrepanz verständlich wäre, denn sie ist für ihn und keinen anderen geschaffen. Deshalb lösche ich nicht das kleine Licht – das mehr und mehr das Bedrohende der bekannten und vertrauten Welt meiner Wohnung offenbart und mir wieder das Gefühl vermittelt, nicht genug rote Blutkörperchen zu haben –, sondern stehe in großer Erregung auf und stelle das Telefon wieder an, um ihr Büro anzuläuten und das Recht einzufordern, nicht nur als Liebhaber und gelegentlicher Arzt mit ihr zu sprechen, sondern auch als Mieter, der seine Hauswirtin zu Hilfe ruft. Aber Dori war vor einer Weile mit einer Freundin ins Café gegangen, und die Sekretärin, die mir nicht sagen konnte, wann genau sie zurück sein würde, fragte sehr höflich nach meinem Namen und Begehren. Und obwohl ich ihr nicht sagen konnte, was mein Begehren war, fand ich mich bereit, meinen Namen zu nennen, und bat, die Anwältin möge mich zurückrufen. »Meine Frau ist heute nacht mit unserer Tochter nach Indien abgereist«, erzählte ich der Sekretärin. Und als ich ihrem Schweigen entnahm, daß sie nicht recht wußte, was sie mit dieser Mitteilung anfangen sollte, fügte ich heiser hinzu: »Und ich liege jetzt krank danieder.« Diese sonderbare Lüge, mit Leichtigkeit dem Mund eines Menschen entschlüpft, der zur Wahrheit erzogen war, seit er denken konnte, begann mich jetzt so zu deprimieren, daß ich mich gedrängt fühlte, erneut das Telefon abzustellen, um diese Lüge nicht etwa durch weitere stützen zu müssen. Nach meiner Krankmeldung war ich sicher, daß sie mich anrufen würde, nicht allein wegen des Versprechens, das die Sekretärin mir gegeben hatte, sondern auch, weil nach Michaelas Fortgang mein Kranksein sie nicht weniger verpflichten mußte als ihr Kranksein mich nach Lasars Fortgang verpflichtet hatte. Doch ich begehrte von ihr jetzt keine Pflichterfüllung, sondern Liebe, die durch diese Lüge genauso vergiftet werden konnte wie meine Beziehung zum Krankenhaus vergiftet worden wäre, wenn ich jetzt angerufen hätte, um mich für mein mangelndes Erscheinen mit Kranksein herauszureden. Denn obwohl ich wußte, daß aus Angst vor Ansteckung oder Entzündung selbst die eingebildete Krankheit eines OP-Arztes als real betrachtet wurde, wollte ich mich nicht elegant dem berechtigten Ärger entziehen, den mein unbegründetes Fernbleiben gewiß ausgelöst hatte. Und wenn schon ein Nachfolger für Lasar ernannt war, sollte er mich lieber einbestellen, um mich vor einem erneuten Verschwinden zu warnen – wie dem jetzt, um sechs Uhr abends, einer Stunde, in der die Welt draußen von pulsierendem Leben und Treiben erfüllt war und Menschen, die ihre Arbeit erfolgreich und zufrieden beendet hatten, von Laden zu Laden strebten, um Dinge einzukaufen, die ihnen den Abend und die Nacht angenehmer machen würden, während ich aufstand und das Licht ausknipste, um im völligen Dunkel zu verschwinden und mich von der intimen Welt abzusetzen, deren Einsamkeitsdrohung um so stärker wurde, je weiter die Frau und das Baby, die mich verlassen hatten, sich daraus entfernten.

Aber ich war dermaßen ausgeschlafen, daß ich in dem völligen Dunkel, das ich um mich geschaffen hatte, kein Auge zubekam, geschweige denn wieder im Schlaf versinken konnte. Als Arzt, der während langer Dienstzeiten Stunden zwischen Schlafen und Wachen verbringen muß, war mir die Unschuld junger Leute schon völlig abhanden gekommen, die sich grund- und bedenkenlos gänzlich von den Wogen des Schlafes umfangen lassen können. Im Gegenteil, nach zehn Stunden durchgehenden Schlafs wurde mein Hirn langsam klar und lauter, wie das eines im Himmel schwebenden Engels, so daß nicht einmal Hunger und Durst meine Ruhe störten. Ich befühlte die Bartstoppeln, die seit dem Morgen des Vortags gesprossen waren, und fragte mich: Ob sie mich wohl hier aufsuchen wird? Denn wenn ich wirklich krank daniederliege, bin ich doch weder im Krankenhaus noch im Haus meiner Eltern, sondern nur hier, in dieser Wohnung, deren rechtmäßige Eigentümerin sie zwar nicht ist, aber deren Mietvertrag sie unterzeichnet hat, was sie natürlich nicht verpflichtet, mich zu lieben, aber sehr wohl verpflichtet, sich daran zu erinnern, daß sie hier willig meinem Liebesgeständnis gelauscht hat, nicht nur, ohne mich zu unterbrechen, sondern auch, um danach den Akt zu vollziehen. Und da meine Seele nur noch weiter Klarheit und Helle ansammelte, begann ich an ihre Macht zu glauben, von fern sowohl auf die Gedanken dieser Frau einzuwirken als auch auf ihren molligen, verwöhnten Leib, dessen süßen, geheimen Schönheitsfleckenplan ich noch nicht fertig studiert hatte. Deshalb würde sie, sobald der letzte Mandant gegangen war, aufstehen, sich in ihre bläuliche Samttunika hüllen und grundlos ihr Lächeln allen im Büro Zurückbleibenden schenken, und auch wenn eigentlich kein Regen in der Luft lag, sondern nur einzelne Tropfen durch den Wind aus den wogenden Bäumen geweht wurden, würde sie nicht darauf verzichten, den Schirm über ihrem Kopf aufzuspannen, denn nie war sie bereit, ihre Gelassenheit aufzugeben und ihre Schritte zu beschleunigen, nicht einmal für die paar Meter bis zu dem großen Wagen, der rücksichtslos in der kleinen Straße geparkt stand. Und nachdem sie wieder in den Spiegel über dem Steuerrad gelächelt hatte, um zu prüfen, ob der Weg hinten frei war, würde sie sich vielleicht an die sonderbare Nachricht, die ich ihr hinterlassen hatte, erinnern und, während ihr kleiner Fuß noch den Wagen bremste, seufzend ihre Schminkutensilien aus der großen Tasche auf dem Beifahrersitz nehmen, um die Augen mit einem schmalen Strich zu versehen und die Wangen zu pudern. Aber statt sich ein weiteres Auge zwischen die Augen zu setzen, um die Realität ringsum besser erfassen zu können, würde sie nur noch ein

Lächeln in den Spiegel werfen, in der Hoffnung, daß er es ihr aufmunternd zurückgeben möge. Erst dann würde sie ein wenig vom Bremspedal lassen und in die Straßenmitte gleiten, zwar sehr langsam, aber auch völlig ungeachtet des von hinten kommenden Wagens.

Vielleicht hofft sie, ich würde sie nicht hören, wenn sie jetzt so sanft an die Tür klopft? Denn sie zaudert nicht nur, die ihr so intim bekannte Behausung zu betreten, die vor knapp zwei Jahren von ihrem Liebhaber erobert worden ist, sondern hegt auch wahrhaft Besorgnis, weil keiner ihrer Verwandten oder Freunde weiß, daß sie kurz davor steht, von einem Strudel starker, fordernder Liebe verschlungen zu werden, aus dem sie sich nur mit eigenen Kräften befreien kann. Also klopft sie jetzt nur leicht, in der Hoffnung, nicht gehört zu werden, damit sie reinen Gewissens wieder die Treppe hinuntergehen kann, in dem Bewußtsein, mich in meiner Krankheit nicht preisgegeben zu haben, selbst wenn sie sie für unwirklich gehalten hat. Aber meine Seele, die ausgeschickt worden war, den großen Wagen, der durch den starken Vorabendverkehr kroch, zu begleiten; die auf sie wartete, als sie unterwegs anhielt, um Kuchen und Obst in Läden einzukaufen, die ich noch aus der Zeit kannte, in der ich ihr und Lasar mit dem Motorrad nachgefahren war; die ihr aus den Lüftungsklappen neben dem Armaturenbrett ins Gesicht blies, um sie zu bewegen, vom Weg abzuweichen und nachzusehen, was das Schweigen desjenigen bedeuten sollte, der ihr eine klare Mitteilung über sich selbst hinterlassen hatte – ebendiese Seele ist auch schon angespannt, nicht nur ihr leisestes Klopfen wahrzunehmen, sondern bereits ihre Atemzüge, falls sie letzten Endes beschlossen hätte, reglos und ohne einen Ton vor meiner Tür stehenzubleiben, wie ich vor ihrer Tür gestanden hatte. Kein Wunder also, daß ich, vor Aufregung bebend, aber in der Dunkelheit geschützt, aus dem Bett springe, um der Frau zu öffnen, die im schwachen Treppenhauslicht dasteht, den Schirm in der einen Hand, Schlüsselbund und einen kleinen Blumenstrauß in der anderen, auf dem Kopf einen neuen Hut, der nicht nur zu ihrer Schädelform paßt, sondern durch seine schwarze Farbe auch signalisiert, daß sie sich immer noch als in Trauer befindlich betrachtet.

Und erst jetzt, da sie die Wohnung betritt, wage ich endlich, das erste Licht anzuschalten, die Dunkelheit ein wenig zu zerstreuen und die Schatten des Zimmers zu offenbaren, um zu spüren, wie übertrieben und vielleicht auch kindisch die Angst des Alleingebliebenen war, wenn sie nun so schnell in seinem Innern dahinschmilzt. Und obwohl ich dem Anschein nach als Kranker vor ihr stehe – strähniges Haar, blaß und unrasiert, im Pyjamahemd –, fragt sie nicht, wie es mir geht, sondern wird gebannt von der Wohnung angezogen, als fiele ihr erst jetzt ein, daß sie hier nicht nur Gast ist, sondern als Hauswirtin auch das Recht hat, von Zeit zu Zeit Art und Umfang der Veränderungen zu prüfen, die der Mieter in ihrer Wohnung vorgenommen hat. Und nach dem Schwinden des Lächelns aus ihren Augen zu urteilen, ist sie wohl nicht nur erstaunt, sondern auch verärgert über die vielen Veränderungen, die Michaela und ich wissentlich oder unwissentlich in der Wohnung der Großmutter vorgenommen haben, aber sie enthält sich einer Bemerkung, tut nur einen weiteren Schritt vorwärts zu dem Kinderbett in der Wohnzimmerecke, betrachtet das verknitterte Laken und den haarigen Teddybären darauf, der zu groß war, um mit nach Indien zu reisen, und wer weiß, ob Schivi jetzt nicht Sehnsucht nach ihm hat, während sie im Flugzeug auf dem Boden krabbelt. Ich mustere ängstlich die um zwanzig Jahre ältere Frau und erfasse, daß der neue Hut auf ihrem Kopf nur ein Zeichen für den Wandel in ihrer Kleidung ist, wenn sie auf das enganliegende Kostüm und die hohen Absätze, die ihre Beine schöner machten, verzichtet hat, zugunsten einer neuen, aber schlichten Solidität, exemplifiziert durch bequeme, flache Schuhe und einen weiten Hosenanzug, der ihren Bauch zwar völlig überspielt, sie jetzt aber in eine untersetzte, biederere und häßlichere, überraschenderweise jedoch auch jünger wirkende Frau verwandelt. Nun wendet sie sich endlich mir zu und fragt mich mit leicht spöttisch gefärbter Verwunderung: »Bist du wirklich krank?« Ich senke ein wenig den Kopf, damit sie nicht bemerkt, daß ich errötet bin, aber doch meine gestammelte Entschuldigung für meine Lüge hören kann, mit der es mir gelungen ist, sie an den einzigen Ort zu locken, der wirklich uns beiden gehört, den einzigen Ort auch, an dem wir jetzt von dem Urteil des dritten Auges frei sein können. Doch sie unterbricht mich schon mit mütterlichem Ton, in dem auch eine neue Ungeduld mitschwingt: »Egal, du brauchst dich nicht zu entschuldigen. Ich wußte, daß du nicht krank bist.« Und wie um meine Gewissensbisse zu beruhigen, reicht sie mir den bescheidenen Anemonenstrauß, den sie mir mitgebracht hat. Und während ich noch eine blaue Vase mit Wasser fülle, im Licht der stummen Blitze, die im Sonnenuntergangsfenster über dem Spülbecken der dunklen Küche flimmern, führe ich die Blumen ans Gesicht, um in ihrem Duft den Parfümhauch ihres Körpers zu suchen, erzitternd bei der sicheren, neuen Erkenntnis, daß diese Blumen nicht gebracht wurden, uns einander näherzubringen, sondern im Gegenteil, um von mir Abschied zu nehmen. Deshalb überläuft mich, als ich die Blumen in die Vase stelle und dabei sehe, daß sie schon auf dem Sofa sitzt, genau an der Stelle, an der sie zwei Jahre zuvor in völliger Stille meinem Liebesgeständnis lauschte, nicht eine Woge des Glücks, sondern des Schmerzes. Muß ich wirklich bei jeder Begegnung mit ihr wieder am Ausgangspunkt beginnen? Widerspricht denn alles, was zwischen uns geschieht, dermaßen der Natur und dem Leben, daß es von einem Treffen zum anderen ausgelöscht wird und verdunstet, als besäße es nicht die Kraft, uns erhalten zu bleiben? Wenn sie nun fähig wäre, wie Michaela zu glauben, daß die Seele ihres Ehemanns von Zeit zu Zeit in mich wandere, könnte sie doch ruhiger sein. Denn ich brauche nicht zu warten, bis das Flugzeug in Indien landet, um ihr all das zu offerieren, was das Wesen eines befreundeten jungen Mannes in sich birgt, nur damit sie nicht mehr allein bleibt.

Aber gerade, weil sie offenbar gespürt hat, was ich ihr jetzt anzubieten beabsichtige, ist sie meinem Ruf gefolgt und, nach einem langen Arbeitstag, von ihrem Heimweg abgewichen, um zu mir heraufzukommen. Denn nicht der erlogene Teil meiner hinterlassenen Nachricht hat sie hierhergelockt, sondern der wahre Teil über die Abreise von Michaela und Schivi, deren schneller Terminierung sie entnimmt, daß hier nicht, wie sie zuerst dachte, nur eine leere Drohung aus Ärger über die Nacht meines Fernbleibens von zu Hause vorgelegen hatte, sondern ein realer Plan. Ja, auch die Tatsache, daß ich mit Michaelas Abenteuer einverstanden gewesen war, ihr sogar erlaubt hatte, die Kleine aus ihrem Haus und Bett zu reißen und auf eine zeitlich unbegrenzte Rucksacktour zu dubiosen Orten voll Krankheit und Dreck mitzunehmen – alles nur, um ebenso frei wie sie sein zu können –, beunruhigt und erschreckt sie nun durch die Verpflichtungen, die ihr damit auferlegt werden sollen. So sehr, daß sie sich nicht enthalten kann, die eigenartige, überraschende Frage hervorzustoßen: »Aber wer bist du denn?« ehe sie sich überhaupt nach meinem Begehren erkundigt. Doch vielleicht habe ich genau diese Frage schon lange erwartet, denn ich erzähle nun dieser Frau, deren Brillenfunkeln allein mich jetzt schon in Aufregung versetzt, ohne zu zögern, von dem weiteren, dem fünften Fluß, der während unserer gesamten Indienreise neben mir herströmte – dem der Liebe und Bindung zwischen ihr und Lasar. Und wenn ich anfangs auch verstört und befremdet von der Intensität der Beziehung zwischen ihnen gewesen sei, die sich so sehr von der zwischen meinen Eltern unterschieden habe, sei ich später davon angezogen, ja geradezu süchtig danach geworden. Und während ich mich bei den vier realen Strömen, zu denen ich von Neu-Delhi bis Kalkutta hinabgegangen sei, gehütet hätte, mir mehr als die Fingerspitzen zu benetzen, hätte ich mich bei diesem fünften Strom nicht in acht genommen, sei vielmehr ganz und gar in ihn eingetaucht, ja, ich hätte, nicht genug damit, auch noch von seinem Wasser getrunken, das jetzt nach Lasars Tod aus mir hervorbreche, so daß ich selbst nicht mehr sicher wüßte, wer ich wirklich sei. Und obwohl ich wisse, daß der Altersunterschied zwischen ihr und mir uns unmöglich füreinander mache, wisse ich auch sehr gut, daß nur ich sie wie Lasar umsorgen könne, damit sie nie mehr allein bliebe.

»Aber ich will ja allein bleiben«, kommt ihre überraschende Antwort flüsternd, aber doch mit enormem Nachdruck, und ein ärgerlicher Blitz huscht über ihre Augen, bis er erlischt und verschwindet mit den Lichtern, die jetzt plötzlich nicht nur in Zimmer und Wohnung ausgehen, sondern auch in allen Fenstern der Häuser ringsum. Und aus dem ganzen Viertel, in dem eben der Strom ausgefallen ist, steigt ein sehr mattes Seufzen auf, eine Mischung von Trauer und Erregung, die mich dazu veranlaßt, mit leicht mitleidigem Lächeln festzustellen: »Aber du kannst es nicht.« »Weil ich es noch nie wirklich gewollt habe«, erwidert sie mit merkwürdiger Sicherheit, als berechtige die unerwartet über uns hereingebrochene Dunkelheit sie, ihr ganzes Leben allein als willensbestimmt zu erklären, weshalb es auch nicht verblüfft, daß sie, sobald sie meine Absicht spürt, eine Kerze oder Taschenlampe zu suchen, mir Einhalt gebietend sagt: »Warum denn? Es geht auch so. Das Licht kommt doch ohnehin gleich wieder«, womit sie eine dünne Zigarette aus der Handtasche zieht und mit Feuer blinkt, und in der dunklen Wirklichkeit um uns herum, die aus eigenen Kräften aus jedem hellen Gegenstand Lichtpartikel zu erzeugen versucht, sogar aus dem weißen Rauch, der von ihrer Zigarette aufkräuselt, spricht sie nicht nur von der Notwendigkeit, sich von mir zu trennen, sondern auch von der Pflicht dazu, gerade weil wir beide den Schutz unserer Ehepartner verloren hätten. Denn erst jetzt, nach dem Tod des Mannes, dessen Herzrhythmus nicht mit seinem Herrschaftsdrang über sie habe standhalten können, fühle sie, daß die insgeheim angebahnte Verbindung zwischen uns – ursprünglich dazu gedacht, ihr den erstickenden Druck seiner unendlichen, dominiersüchtigen Liebe ein wenig zu erleichtern – nun, nach seinem Tod, auf dem schnellsten Wege sei, sich in dieselbe Sorte fordernder Liebe zu verwandeln, so daß es ihr jetzt, während ich vor ihr säße, noch dazu in solcher Dunkelheit, schon vorkomme, als sei Lasars Seele in mich gewandert.

Nun, als ich diesen Satz wörtlich aus dem Mund des Menschen hörte, der ihm am nächsten gewesen war, konnte ich nicht mehr an mich halten, sondern erhob mich von meinem Platz, da ich wußte, wenn das tatsächlich geschehen war, erhielt ich doch jetzt die absolute Freiheit, all das zu verwirklichen, was ich erhofft hatte, nicht nur ihr gegenüber, sondern auch im Hinblick auf das Krankenhaus, ja, eigentlich im Hinblick auf jeden Ort, den ich erreichen wollte. Als öffneten sich nicht nur diese Stadt, dieses Land oder die ganze Welt vor dem tragenden Geist meiner geheimsten und dunkelsten Triebe, sondern auch das Universum selbst, dem der hartnäkkige Lichtausfall ringsum zusehens sein allerschönstes Sternenfunkeln zurückverlieh. Doch auch Dori spürte anscheinend höchst intensiv die furchtbare Freiheit, die sich mit Gewalt ihrer bemächtigen wollte, sprang daher wütend und erschrocken auf und rief, bereits mit hysterischem Schluchzen in der Stimme: »Nein, komm mir nicht zu nahe. Du darfst mich nicht mehr anrühren. Das erlaube ich dir nicht. Das ist unmöglich. Enat weiß schon von uns. Es ist schrecklich. Du mußt verzichten. Sag dir: Sie ist nicht mehr. Sie ist ihrem Mann nachgegangen und hat sich den Toten zugesellt.«

5.

Und am Freitag nachmittag, in der beginnenden Dämmerung eines klaren, trockenen Wintertags, auf dem oberen Deck eines doppelstöckigen Busses von Tel Aviv nach Jerusalem hinauf, erschien die Fahrt einem gewöhnlich bodenverbundenen Motorradfahrer wie mir nicht ganz wirklich – eher wie ein sanftes Segeln, das die Hügel und Wälder leise wiegt, sie auf weicher Stoffbahn rollt. Jetzt war ich froh, daß ich mein Versprechen, nicht mit dem Motorrad nach Jerusalem zu fahren, gehalten hatte, obwohl ich gern seine Zugkraft auf der steilen Straße zu meinem Elternhaus getestet hätte. Denn diese sanfte Fahrt, die durch das Sitzen auf dem Oberdeck englische Wohligkeit vermittelte, linderte und erleichterte gewissermaßen meine in Verzweiflung schwimmenden Gedanken an das Gespräch, in dem ich versucht hatte, um meine Liebe zu kämpfen. So freigebig und rasch sie in ihrer Erwiderung auf mein erstes Liebesgeständnis gewesen war, so scharf und stur war jetzt ihre Weigerung ausgefallen, mich auch nur an sie heranzulassen, als ringe sie um ihr Leben. Einen Moment hatte es geschienen, als helfe ihr sogar die durch den anhaltenden Stromausfall ausgelöste Dunkelheit, mir zu entkommen. Als ich gegen ihren Willen einen verstaubten doppelarmigen Leuchter, der noch aus der Zeit der Großmutter stehengeblieben war, vom Regal herunterholte und die beiden dicken roten Kerzenstummel darin anzündete, sah ich im Schein der rötlichen Flammen erschrocken ihr Gesicht hart und glühend, als würde sie der Kampf, sich von mir zu lösen, zerschlagen und erschöpfen. Aus erwachendem Mitleid mit ihr war ich in Schweigen verfallen, um es ihr leichter zu machen, aufzustehen und von mir Abschied zu nehmen.

In der Zentralstation an der Einfahrt nach Jerusalem angekommen, sah ich, daß an der Haltestelle der Linie, die zum

Viertel meiner Eltern fuhr, kein Mensch stand. So kurz vor Sabbatbeginn würde dort wohl kein Bus mehr kommen. Doch obwohl ich zu Hause hätte anrufen und meinen Vater bitten können, mich abzuholen, zog ich es vor, bis zum Stadtzentrum zu fahren und von dort zu Fuß zu gehen, vielleicht, um die schwierige Begegnung, die mir bevorstand, ein wenig hinauszuzögern. Denn seit dem Abend, an dem ich mit meiner Beichte herausgeplatzt war, hatte ich meine Mutter noch nicht wieder getroffen, und unsere Telefongespräche waren flüchtig und rein sachlich gewesen – nicht nur weil mein Vater da war und mithören konnte. Auch der Abschied meiner Eltern von Michaela und Schivi hatte ja ohne mein Beisein stattgefunden. Und vielleicht zum erstenmal, seit ich denken konnte, empfand ich nicht nur Beklemmung, sondern sogar Angst, nach Hause zu gehen.

Scheinbar absichtlich verlangsamte ich das Tempo, probierte ein paar neue Abkürzungen durch kleine Straßen, in denen ich jahrelang nicht mehr als Fußgänger herumgelaufen war, verwundert über die vielen Gottesdienstbesucher, die, in schwere Mäntel gekleidet, in Privathäusern verschwanden, die sich an Sabbatabenden in von Gesang erfüllte Synagogen verwandelten. Wieder fiel mir auf, wie der Sabbat von Jahr zu Jahr seinen Zugriff auf diese Stadt verstärkt, im Gegensatz zu Tel Aviv, wo sich der Sabbat wie ein leichter Spitzenschleier der Ruhe niedersenkt, erst nur die Spitzen der Bäume berührend, wie die, die ich vom Schlafzimmerfenster Doris gesehen hatte – die ja im Herzen glauben mochte, mit einiger Hartnäckigkeit schließlich allein bleiben zu können, nachdem der Tod sie vom Joch der Liebe befreit hatte, während ich mit Sicherheit vermutete, daß sie in dieser Abenddämmerung nicht allein war, vielmehr umgeben von Familie – der Großmutter, dem Soldaten und vielleicht auch Enat, die man würde versöhnen müssen; und in der hellerleuchteten Wohnung halfen ihr gewiß alle, das Abendessen zuzubereiten. Solchermaßen erfüllt von Sehnsucht nach der Stadt, die ich zurückgelassen hatte, betrat ich mein Elternhaus, blickte auf die glimmernden Reste der Sabbatkerzen in den zwei alten

Silberleuchtern, die wie immer weit voneinander entfernt auf dem Eßtisch standen, den in den letzten Monaten bereits fünf Stühle umgeben hatten, Schivis hohen Kinderstuhl mitgerechnet, während er heute wieder auf den Zustand meiner Junggesellenzeit reduziert war – drei Stühle vor drei sattsam bekannten bläulichen Tellern. Mir war klar, daß nicht nur ich dieser Begegnung besorgt und angespannt entgegensah, sondern daß auch meine Eltern die Wut fürchteten, die sie im Herzen gegen mich hegten. Und da sie nicht wußten, ob ich zum Schluß auf die Fahrt mit dem Motorrad verzichten würde, hatte meine Verspätung noch die Sorge erhöht, die seit Michaelas und Schivis Abreise hier in der Luft schwebte. Zwar war Michaelas erste Nachricht über die heile Landung in Indien auf dem Anrufbeantworter, aber sie war zu knapp ausgefallen, um meinen Vater zu befriedigen, der weit mehr um Schivi bangte als meine Mutter. Gerade weil er schüchtern und verhalten war, sorgsam bemüht, seine Mitmenschen nicht mit seinen Gefühlen zu belasten, hatte die nagende Sorge in seinem Innern eine unbekannte, neue Aggressivität gegen mich angestaut, weil ich derart leichtsinnig seine geliebte Kleine auf Abenteuertour hatte mitziehen lassen. Und obgleich meine Mutter, die in ihrer unsentimentalen Art Schivi und Michaela stets sachlicher und ausgeglichener begegnet war, seine Befürchtungen vielleicht durch vernünftiges Reden ein wenig hätte beruhigen können, tat sie nichts. Die Schwermut und Trauer infolge meines verblüffenden Geständnisses, dessen Inhalt sie um jeden Preis vor meinem Vater geheimhalten wollte, hinderten sie irgendwie daran, ihm gegenüber mein nun erneut vorgebrachtes Argument zu unterstützen, daß Michaela das Recht habe, ihr Kind mitzunehmen, wohin es ihr beliebe, und sei es nach Indien. Auch dieses Argument vermochte daher nicht die trübselige Stimmung um den Abendbrottisch zu vertreiben, ebensowenig wie die Höflichkeit und Selbstbeherrschung meiner Eltern oder die Verpflichtung zu leichtem Humor, die jedem Menschen englischer Abstammung obliegt. Besonders störte mich, daß meine Mutter es neuerdings geflissentlich vermied, mich gerade anzusehen. Selbst wenn sie mit mir sprach, wendete sie das Gesicht ab. Noch weiß sie nicht, daß meine Liebe zurückgewiesen worden ist und in reines Leiden umschlägt, dachte ich – verbittert über die Ungerechtigkeit, die mir jetzt zuteil wurde – und suchte den Blick meines Vaters, der mich zwar ansah, ohne zu zögern, aber in völligem Schweigen. Und als ich ihn darauf ansprach, daß er meine Fragen nicht beantwortete, gestand er verlegen lächelnd, er müsse dauernd daran denken, was mit Schivi in Indien passiere, was sie esse, wo sie schlafe. »Schade um deine Sorge«, sagte ich zu ihm, »ihr wird gar nichts passieren. Michaela hat ein besonderes Talent, gerade in zweifelhaften Gegenden bestens zurechtzukommen.« Mein Vater lauschte mir und nickte, schien aber nicht beruhigt zu sein.

Nach Ende der Mahlzeit bat er meine Mutter, ihm seinen Gebetsschal suchen zu helfen, denn der langjährige Hausmeister des Amts hatte die Mitarbeiter zur Bar-Mizwa-Feier seines Enkels eingeladen, die am nächsten Morgen in einer Synagoge eines der neuen, ferner gelegenen Stadtteile stattfinden sollte. »Willst du denn wirklich hinfahren?« fragte meine Mutter verwundert. »Warum erst mühsam den Weg suchen? Ich glaube kaum, daß jemand ernstlich mit deinem Kommen rechnet.« Aber mein Vater beharrte darauf. Er sei sicher, es handle sich um eine echte Einladung. Diesem guten, einfachen Mann sei es wichtig, daß mein Vater die Bar-Mizwa-Feier des Enkels durch seine Anwesenheit ehre. Gegen ihre Gewohnheit versuchte meine Mutter weiterhin, meinen Vater von der Idee abzubringen. Nun kam mir ein eigenartiger Gedanke: Sie hat Angst, mit mir allein zu Hause zu bleiben, notgedrungen meiner Liebesgeschichte ausgesetzt, über die sie offenbar immer noch in tiefstem Wesen entsetzt und empört ist. Trotz meiner Müdigkeit nach schlaflosen Nächten beschloß ich daher, ihnen meine schmerzliche Anwesenheit zu ersparen, und machte mich bald nach dem Essen mit dem Wagen meines Vaters zu Ejal auf, den ich lange nicht mehr gesehen hatte. Er war mit seiner Frau wieder zu seiner Mutter übergesiedelt, deren Zustand sich in der letzten Zeit verschlechtert hatte. Obwohl das Zusammenleben mit ihr für Hadas gewiß schwer sein mußte, hoffte ich, sie würde sich wenigstens damit trösten, daß sie auf diese Weise die Miete sparte. Hadas machte die Tür auf, küßte mich wärmstens und fragte gleich nach den neuesten Nachrichten von meinen »Inderinnen«. Ejal sei noch im Krankenhaus aufgehalten worden, und sie würde bald losfahren, um ihn abzuholen. Unterdessen plauderten wir ein wenig. Sie hatte sich ein bißchen zum eifrigen Hausmütterchen entwickelt und war auch etwas runder geworden, als hätte sie Ruhe und Frieden in ihrem Eheleben gefunden. Wir sprachen über Michaelas Indienreise. »Aber das war ja zu erwarten«, sagte Hadas. »Seit ihrer Rückkehr hat sie unaufhörlich verkündet, sie wolle wieder dorthin fahren. Als wir damals staunten, daß sie so schnell der Hochzeit mit dir zustimmte, hat sie gemeint: Macht nichts, Benji ist Arzt, da hat er in Indien immer was zu tun.« Von Schivi redete Hadas gar nicht, als sei sie nur ein Teil von Michaelas Körper. Und als ich dann über Sehnsucht nach der Kleinen und Wehmut angesichts ihres leeren Bettchens zu klagen begann, wurde es für sie Zeit, zum Krankenhaus zu fahren, um Ejal abzuholen. Bevor sie ging, weckte sie Ejals Mutter, die von meinem erwarteten Besuch gewußt und sich bei ihrer Schwiegertochter ausgebeten hatte, mir Gesellschaft leisten zu dürfen. Sie kam nicht zu mir heraus, sondern lud mich in ihr Schlafzimmer ein, das seit meiner Kindheit unverändert schien, abgesehen von dem Rollstuhl, der an ihrem Bett stand und dessen Anblick mich mit Erstaunen und Sorge erfüllte. Sie beruhigte mich, und ihr stark aufgedunsenes Gesicht errötete leicht. Nicht aus Notwendigkeit, sondern nur aus Bequemlichkeit benutze sie den Rollstuhl, wegen der schweren Körperlast auf den Beinen. Tatsächlich hatte sie seit unserem letzten Zusammentreffen Fleisch angesetzt. Sie freute sich sehr über mein Kommen und fing an, mir eingehend allerlei über Sohn und Schwiegertochter zu erzählen, aber mein vor Kummer und Schmerz verkrampftes Herz wollte nicht Geschichten von anderen hören, und seien es die besten Freunde. Auch die Müdigkeit und Aufregung der letzten Woche begannen sich bemerkbar zu machen. Und da ich jetzt in dem alten braunen Plüschsessel gegenüber ihrem Bett versunken saß und den Geruch dieses so wohlvertrauten großen Zimmers einsog, fielen mir bei ihrem Reden von allein die Augen zu. Sie registrierte lächelnd meine Müdigkeit. Und in dem Flackern des leichten Schlummers, der mich ergriff, sah ich sie in ihrer ungeheuren Massigkeit aufstehen, sich in den Morgenmantel hüllen und in den Rollstuhl setzen, mit dem sie zu mir fuhr, mir eine Wolldecke über die Knie zu breiten, ehe sie aus dem Zimmer rollte, dessen Wärme und Gemütlichkeit, vermengt mit der neuen, aber starken Trübsal meiner Seele, mich plötzlich wünschen ließ, zu verschwinden oder aufgesogen zu werden.

Deshalb konnten wir, als Ejal und Hadas mit erheblicher Verspätung eintrafen, das Treffen zu dritt nicht ganz so wie erhofft genießen. Obwohl Ejal nach einem schweren Krankenhaustag sehr müde war, interessierte ihn kein Gesprächsthema, das nicht mit Medizin und Krankenhäusern zu tun hatte. Vor allem wollte er wissen, was dort bei Lasars offener Herzoperation passiert war und ob sich an meiner Position jetzt etwas zum Schlechten verändern könnte, nachdem der Direktor, der mich besonders unter seine Fittiche genommen hatte, verschieden war. Doch ich, noch ein wenig träge und benommen von dem sonderbaren Schlummer, der mich befallen hatte, gab nur allgemeine Antworten, die Ejal nicht befriedigten, da er immer dramatische ärztliche Debatten suchte, um seinen von endlosen Bereitschaftsdiensten ermüdeten Geist anzuregen. Nur seine Mutter war jetzt hellwach und erhob sich aus ihrem Rollstuhl, um uns ein kleines Abendessen zu bereiten, angereichert durch frisch gebackenes, noch warmes Gebäck, bei dem ich trotz der späten Stunde kräftig zulangte. Deswegen ging ich, nach Mitternacht ins Haus meiner Eltern zurückgekehrt, nicht wie gewöhnlich in die Küche, um mir vor dem Schlafengehen etwas Eßbares zu suchen, sondern setzte mich ein Weilchen ins dunkle Wohnzimmer, sehr wohl spürend, daß meine Mutter zwar wach in ihrem Bett lag, sich aber nicht traute, wie sonst zu mir herauszukommen, als habe sie Angst, mir unter vier Augen zu begegnen. Dabei hätte ich gar nichts dagegen gehabt, sogar mitten in der Nacht mit dem unmöglichen, aber notwendigen klärenden Gespräch anzufangen, das wir miteinander würden führen müssen. Der gebügelt und zusammengefaltet auf dem Tisch liegende Gebetsschal meines Vaters zeugte davon, daß seine Entscheidung über die Ängste meiner Mutter vor mir gesiegt hatte und uns seine Abwesenheit am nächsten Morgen, ob wir wollten oder nicht, zu einer Konfrontation zwingen würde. Deshalb wandte ich beim Vorbeigehen an der offenen Schlafzimmertür das Gesicht ab, um sie nicht wach liegen zu sehen, und ging sofort ins Bett. Und in krassem Gegensatz zu den Schlafstörungen, die mich in den vergangenen Nächten geplagt hatten, verlosch hier mit einem Schlag mein flackerndes Bewußtsein, ehe ich noch meinen Körper in die gekrümmte Stellung eines Embryos, der sich hilfsweise an den Urschlaf zu erinnern sucht, hatte bringen können – als wirke die Anwesenheit meiner Eltern im Nebenzimmer, selbst bei akut bestehender Feindseligkeit mir gegenüber, wie eine Schlafspritze auf meine Nerven.

Vielleicht wegen meines jähen Einschlafens verspürte ich beim Aufwachen keinerlei Wohlgefühl, sondern nur plötzliche Beklemmung, verstärkt durch die leisen, aber rastlosen Schritte meiner Mutter von einem Zimmer zum anderen. Es war sehr spät, und die Tatsache, daß sie mich nicht geweckt hatte, bevor mein Vater zurück sein konnte, zeugte weniger von Rücksichtnahme auf meine Erschöpfung als von Furcht vor meiner Geschichte. Um es ihr leichter zu machen, ging ich daher nicht gleich zum Frühstücken in die Küche, sondern betrat zunächst das Bad, wusch und rasierte mich, kehrte ins Zimmer zurück, um mich anzuziehen, und erst dann, gewaschen und ausgehfertig – wie in den Kinofilmen, in denen das perfekte Erscheinen der Helden zum Frühstück für ihre Anständigkeit und Stabilität bürgt –, kam ich in das vom ruhigen Licht eines Jerusalemer Wintersabbats überflutete Wohnzimmer. Sie saß in einer Ecke des Sofas, dessen grünen Blumenstoff sie bei ihrem letzten Englandbesuch gekauft hatten, und hielt das Buch, das sie gerade las, mit beiden Händen weit von ihrem aufrechten Gesicht entfernt, das spitz wie das eines müden, traurigen Vogels wirkte. Aus dem Radio strömte gefühlvolle Vokalmusik, die nie zum Durchbruch gelangte, da der Leiter des samstagvormittäglichen Musikquiz' sie jeweils mit seiner arroganten Stimme unterbrach. Sie spürte mein Erscheinen sofort, blickte mich zum erstenmal seit dem Vortag direkt an, wenn auch noch von fern, und sagte: »Auf dem Tisch steht alles bereit, Benji. Iß erst, danach können wir reden.« Diese ebenso klare wie sonderbare Trennung zwischen Frühstück und künftigem Gespräch bezeugte mehr als alles andere ihre Befürchtung, die Rede über meine Liebe könnte uns besudeln. Deswegen hielt ich inne, betrat trotz meiner trockenen Kehle und dem Verlangen nach Morgenkaffee das Wohnzimmer und sagte: »Egal. Warten wir mit dem Frühstück. Vater kann jede Minute zurückkommen. Laß uns reden.« Darauf schaltete ich das Radio ab, klappte, ohne zu fragen, das offen auf den Tisch abgelegte Buch – die englische Übersetzung eines israelischen Romans, den sie am Vorabend bewundernd erwähnt hatte – zu und ließ mich langsam in den Sessel sinken. »Bist du böse auf mich?« fragte ich, und ehe sie noch antworten konnte, fügte ich hinzu: »Wenn du böse oder besorgt bist, hast du keinen Grund mehr dazu. Da ist nichts. Die bewußte Beziehung ist schon abgebrochen. Was hattest du überhaupt gedacht? Daß solch eine Liebe irgendeine Chance hat?« Jetzt konnte man den tiefen Schock spüren, der sie überlief, als sie das Wort »Liebe« ausdrücklich aus meinem Mund hörte. »Wovon redest du denn?« fragte sie, wie atemlos. »Ja, von der Liebe zu dieser Frau«, antwortete ich schnell und bestimmt und suchte ihre Augen, um sie mit meinem Blick zu durchbohren und nicht mehr entkommen zu lassen. »Aber wie ist das denn möglich?« fragte sie weiter, den Blick mit nachsichtigem Lächeln senkend, als kämpfe sie gegen den merkwürdigen Eigensinn eines Kindes. »Das ist möglich«, erklärte ich in ruhigem, aber wuterfülltem Ton. »Ich sag's dir, und du hörst mir mal zu. Ich bin sehr elend dran, denn ich habe mich mit meiner ganzen

Seele und aus ganzem Herzen in diese Frau verliebt.« Meine Mutter ballte die Faust und legte sie in einer klaren Geste der Bestürzung an den Mund. Nun folgte anhaltendes Schweigen. »Aber seit wann ist das denn? Diese Liebe bei dir?« fragte sie schließlich, wobei ein feines, verzerrtes Lächeln über ihre Lippen huschte, als könne sie nur mit einer Grimasse das Wort auszusprechen wagen, dessen Realität sie sich bisher anzuerkennen geweigert hatte, vielleicht auch für sich selbst. »Seit wann?« Ich war verlegen, denn diese Liebe schien auf einmal sehr alt zu sein. »Offenbar seit dieser Reise, die wir gemacht haben. Aber nicht am Anfang, sondern gegen Ende. Am Anfang ist sie mir auf die Nerven gegangen, aber später sind meine Gefühle umgeschlagen. Vielleicht haben sie einen jungen Arzt mitgenommen, damit er sich in Enat verlieben sollte, aber ich habe mich in sie selbst verliebt.« Meine Mutter lauschte mir intensiv, leicht mit dem Kopf nickend. »Aber was willst du denn jetzt?« fragte sie sanft weiter, die kindlich verschämte Faust nicht von den Lippen nehmend. »Das, was man immer will, wenn man jemanden liebt – alles«, antwortete ich seelenruhig, plötzlich überzeugt, daß gerade die ganze Wahrheit, die in diesem Haus stets viel gegolten hatte, mich jetzt vor ihrem Abscheu bewahren würde, selbst wenn ich alles offenbarte, was in den letzten zwei Jahren geschehen war. »Ja, alles«, wiederholte ich mit Nachdruck, »denn ich habe schon alles gehabt. Weil ich nämlich schon mit ihr zusammen war. Noch vor Lasars Tod. Noch vor der Heirat mit Michaela, aber auch danach. Mehrere Male. Zum Beispiel in England, als ihr nicht da wart, in dem Haus, in dem ihr gewohnt habt, aber nicht in eurem Zimmer, sondern in einem Raum weiter drinnen.« Jetzt errötete sie stark, als würde der Beischlaf durch die genaue Ortsbezeichnung dermaßen starke Realität gewinnen, daß es sie schwindelte. Sie wandte das Gesicht ab, aufgeregt, aber auch verärgert. Konnte sie meinen, daß das, was wenige Schritte von dem Zimmer, in dem sie und mein Vater gewohnt hatten, geschehen war, Lasars Tod ausgelöst und womöglich auch Michaelas Willen geweckt hatte, Schivi zu nehmen und bis Indien fortzulaufen?

Aber selbst, wenn ihr harte Gedanken dieser Art kamen, bremste sie sie kraft ihrer starken Selbstbeherrschung und schwieg, vielleicht auch, um die Flut meiner Beichte zu stoppen und mir keine Gelegenheit zu geben, weitere Einzelheiten über die Liebe preiszugeben, die solchen Widerwillen bei ihr erregte. Auch ich bekam, sobald ich die Macht der in meinen Händen befindlichen Wahrheit spürte, Erbarmen mit ihr und schwieg. »Aber jetzt, Benji, sagst du, ist alles vorbei?« fragte sie plötzlich sehr behutsam. Ich senkte bestätigend den Kopf. »Aber warum? Lasar ist doch schon nicht mehr?« verwunderte sich meine Mutter, die trotz ihres Abscheus der inneren Logik der Affäre, von der ich ihr erzählte, folgte. So etwas wie ein leichtes Lächeln stieg in meinem Innern auf, als ich den Willen der Frau zu rechtfertigen versuchte, die ihre Fähigkeit erproben wollte, ein Mensch für sich zu sein. Auch ihre Hingabe mir gegenüber hatte ja nur dazu dienen sollen, ihr die erdrückende Liebe ihres Mannes zu erleichtern, der sie wegen ihrer Unfähigkeit, allein zu bleiben, wie eine beharrliche, kräftige Schlingpflanze umrankt hatte. Der schmale Mund meiner Mutter stand vor staunendem Lauschen ein wenig offen, und nun konnte man unter ihren Runzeln die feinen, geradlinigen Züge des arglosen schottischen Mädchens erkennen, das sie einmal gewesen war. »Und ich dachte ...« sagte sie stockend. »Das habe ich auch gedacht«, schnitt ich ihr das Wort ab, ohne sie den Satz beenden zu lassen, ohne überhaupt zu wissen, was sie hatte sagen wollen, mit aller Kraft bemüht, dem Blick ihrer kleinen Augen auszuweichen, die von einer leichten Entzündung gerötet waren. »Vielleicht bin ich deswegen elend und verwirrt. Denn jetzt, da ich mich durch seine Liebe gezwungen glaube, sie ebenfalls dominieren zu müssen, weiß ich, daß sie recht hat.« Verblüffende Totenblässe breitete sich nun über ihr Gesicht aus, als sei das Mysteriöse, das ich eben in den Raum gestellt hatte, in ihren Augen sehr viel gefährlicher als die verlorene Liebe zu einer Frau, die nur sieben Jahre jünger als sie selber war. Und da auf einmal kann sie, die stets Ruhige und Selbstbeherrschte, nicht mehr an sich halten, springt stürmisch auf, die gebeugte

Gestalt läßt sie zum gefährlichen Vogel werden, der aufgesteckte Zopf ihres Haarknotens löst sich vom Fleck und fällt ihr über die Schulter, aber sie spürt es nicht, geht nur – die Arme über der Brust verschränkt, vielleicht um den sie überlaufenden Schauder zu verbergen – schweigend in dem großen Zimmer auf und ab, dabei ständig auf die Wanduhr blickend, bis sie sich wieder in der Gewalt hat und, ruhiger geworden, vor mir stehenbleibt, ein leichtes Funkeln in den kleinen Augen, und mir empfiehlt, in die Küche zu gehen und das Frühstück einzunehmen, als vermöchten Ei, Käse, Kaffee und Schnittbrot besser als alle erdenklichen Worte von ihr mich – und vielleicht auch sie – zu dem zurückzuführen, was sie für die einzige Realität hält, die diesen Namen verdient. Und als sie mich zögern sah, fügte sie hinzu: »Komm, ich möchte jetzt auch was trinken.« Ich gehorchte ihrem Wunsch, stand auf, folgte ihr, setzte mich an meinen Stammplatz und guckte zu, wie das Stück Butter in der schwarzen Pfanne schmolz. Sie brach ein Ei auf, schüttete es ganz in die Pfanne und umrandete es mit roten Wurstfetzen. Muß ich Mitleid mit ihr haben und aufhören? fragte ich mich. Oder soll ich der Wahrheit treu bleiben? Das Ei begann in der Pfanne zu blubbern, und die rötlichen Wurststückchen schwemmten langsam mit ein. Sie schnitt Brotscheiben ab und stellte sie in den Toaster, dann füllte sie einen tiefen Teller mit etwas von dem Haferbrei, den sich mein Vater am Morgen gemacht hatte, vielleicht um sich für die langen Stunden zu wappnen, die er in der Synagoge würde zubringen müssen. Sie stellte den Brei vor mich hin, ohne mich zu fragen, ob ich ihn wollte, offenbar in dem Glauben, frühere Kindheitszucht würde mich wieder zu Verstand bringen. Aber gerade der liebliche Duft des über die weißen Breifalten gestreuten Zimts – Kindheitsduft eines einzigen Sohnes, der weiß, daß er im Verlauf seines Lebens nolens volens zum einzigen Sinn und Ziel seiner Eltern werden würde –, ebendieser Geruch rief jetzt derart tiefe Traurigkeit bei mir hervor, daß mir plötzlich die Augen trübe wurden. Ich legte den Löffel aus der Hand und wäre am liebsten ins Bett zurückgegangen und in anhaltenden Schlaf versunken. Meine Mutter sah den abgelegten Löffel, rückte, ohne ein Wort zu sagen, äußerst behutsam den Teller zur Seite und lächelte mir zu – durch die Nachricht von der abgebrochenen Verbindung trotz allem ruhig und versöhnlich gestimmt. Doch diese Ruhe bringt mir keine Erleichterung, verschärft vielmehr meinen Schmerz, und ich spüre meinen Hunger schwinden und schiebe, ohne ihr ins Gesicht zu sehen, auch den großen Teller weg, den sie mir jetzt vorsetzt, mit dem von roter Wurst umkränzten Spiegelei, das mir als Kind immer wie das verletzte Riesenauge eines Urtiers erschienen war, und beginne offen mit meiner Mutter zu sprechen, sie vor dem zu warnen, was in meinem Innern vorgeht. Denn auch, wenn ich immer ihre Meinung angenommen hätte, lieber keine Zeit auf das Unmögliche zu verschwenden, sondern mich nur an das zu halten, was richtig sei und sich gehörte, sähe ich hier nach Lasars Heimgang, daß das, was phantastisch und irreal erscheine, durchaus real und möglich sein könne. Und ohne die Frage entscheiden zu wollen, ob es eine Seele gebe – oder nie gegeben habe, wie Chischin in seiner Trauerrede an Lasars Grab behauptet habe –, spürte ich, daß das, was in mich gewandert sei, egal, ob echt oder eingebildet, meine Liebe zum einzigen gemacht habe, für das es sich zu leben lohne, ja, ohne das, wie ich jetzt zum erstenmal empfände, das Leben bitter und einsam, beängstigend und überflüssig würde. Denn jetzt, da Michaela weggefahren sei und Schivi mitgenommen habe, schiene ich meine früher so entwickelte Fähigkeit zu verlieren, mit mir allein zu bleiben. Schon ein paar Nächte fände ich keinen Schlaf. Und zum erstenmal, seit ich zurückdenken könne, sei ich verstört und zerschlagen. Dabei wisse ich doch, daß ich mich leicht und angenehm in Schlaf versetzen könne, wie ich jeden Tag andere Menschen auf dem Operationstisch betäubte. Schmerzlos und völlig entspannt – ein perfekter Schlaf, den ein Arzt sich für all die schweren Studienjahre und die erworbene Erfahrung schenken könne.

Sie drehte die Flamme unter dem kochenden Wasserkessel aus und goß sich endlich Kaffee auf, und ich fragte mich, als ich ihr trübselig gesenktes Gesicht sah, ob das Todessinnen, das ich ihr lediglich als Klage hatte vorwerfen wollen, in ihren Augen wohl auch Ausführungschancen besitze. Erkennt sie in meinem Innern ein Unheil, das ich noch nicht spüre? Denn ohne mich nach meinen Wünschen zu fragen, nimmt sie mir schon den zurückgeschobenen Teller weg, wirft das wunde, entzündete Auge in die schwarze Pfanne zurück und sagt: »Denkst du etwa wirklich daran?« Ich empfand es als Schwäche, daß sie nicht den Mut besaß, das Wort selbst auszusprechen, und fragte deshalb: »Woran?«, damit sie den Tod aus sich herausholen sollte. Und sie tat es auch, die Tasse in beiden Händen haltend, sorgfältig bedacht, sie nicht an die Lippen zu führen, als sei der Tod in der schwarzen Flüssigkeit versunken. »Ja, Mutter«, sagte ich gelassen. »Schon in Indien hat es mich zu den Flußufern hinuntergezogen, um die Leichenverbrennungen zu sehen, denn selbst wenn der Tod dort natürlicher und weniger tragisch wirkt, ist er doch weit davon entfernt, leer zu sein.« Die Züge meiner Mutter waren jetzt so ernst, daß man meinen konnte, sie hätte tatsächlich Angst vor meiner Drohung. Warum konnte ich dann nicht auch Dori so bedrohen? schoß es mir blitzartig durch den Kopf – zumindest, als ich mich darauf versteifte, sie die dunklen Treppen zu ihrem Wagen in einer Straße nebenan zu begleiten, deren Dunkel von flimmernden Laternen getüpfelt war, bei denen man nicht wußte, ob offene Flamme oder Strom, was mich an die Laternen in jener ringförmigen Straße in Neu-Delhi erinnerte, die ich vom Roten Fort aus zurückgegangen war, ohne anfangs zu begreifen, warum ich nicht zum Hotel gelangte, in dem sie schlummernd lag, nicht aus Müdigkeit, sondern aus Treue zu ihrem Ehemann, der auf dem langen Nachtflug nicht wie alle anderen hatte einschlafen können und daher erschöpft auf sein Hotelbett gefallen war. Ich hatte sie auf die schummrigen Lichter in den Schaufenstern hingewiesen und an Neu-Delhi erinnert, aber sie hatte nur gelächelt, ohne sich zu erinnern. Ihre flachen Schuhe machten sie kleiner und stämmiger, aber auch jünger, vielleicht weil sie den neuen scharzen Hut nicht mehr auf dem Kopf, sondern im Nacken sitzen hatte, mit zwei herabhängenden Schalenden um den Hals gebunden. Ja, damals auf dieser Tel Aviver Straße, die sich aus eigener Kraft mit echtem, starkem Mysterium anfüllte, hätte ich dieser Frau drohen müssen, die sich von mir ablösen und allein bleiben wollte. Denn hätte umgekehrt ich mich absetzen wollen, sie mich aber gebeten zu bleiben, hätte ich ihr nicht so weh getan, wie sie mir weh tat. Aber ich hatte nichts gesagt, weil ich wußte, daß sie meine Drohung lächelnd in den Wind schlagen würde. Denn nur meine Mutter, die mich besser als jeder andere kennt, weiß, daß ich niemals, auch nicht als kleiner Junge, eine Drohung ausgesprochen habe, die ich nicht tief drinnen ernst meinte. Deshalb braucht sie jetzt, da sie mit der Kaffeetasse in den Händen dasteht, nicht zu überlegen, ob meine Drohung echt oder eingebildet ist, sondern sagt leise: »Wie wagst du es, auch nur daran zu denken? Es gibt doch Menschen, die von dir abhängig sind.« »Ihr nicht«, erwiderte ich ruhig, aber nachdrücklich. »Auf keinen Fall ihr. Nur ein Mensch, Schivi, und die hat Michaela, die immer für sie sorgen wird, weil sie sie als Teil ihrer selbst betrachtet.«

Jetzt waren die Schritte meines Vaters zu hören, und der Geschwindigkeit, mit der die Tür aufging, und der Art, wie er den Namen meiner Mutter rief, war schon zu entnehmen, daß er froh und zufrieden zurückkam, wenn nicht wegen der Feier in der Synagoge, zumindest wegen seiner menschlichen Tat, und vielleicht auch, weil er sich nicht im Weg geirrt hatte. Sein Gesicht zeigte hier und da rötliche Flecke, wie sie nach dem Genuß von Wein auftreten. »So schnell bist du zurück?« sagte meine Mutter, die flink aufsprang, um ihn im Flur zu begrüßen und einen Moment aufzuhalten, ehe er in die Küche kam, vermutlich, damit ich die Fassung wiedergewinnen und die trübe Miene ablegen konnte. »Wieso schnell?« entrüstete sich mein Vater, der bei dem morgendlichen kleinen Abenteuer seine Sorgen ein wenig vergessen hatte. »Ich bin um sieben Uhr früh aus dem Haus gegangen, und wie lange können sie ihre Gebete denn schon hinziehen?« Wie sich herausstellte, hatte er die Synagoge ohne größere

Irrfahrten gefunden, und da er als einziger Beamter der Behörde gekommen war, hatte man ihn entsprechend erregt mit allen Ehren empfangen und ihn auch zur Lesung aus der Tora aufgerufen. »Es war wichtig, daß ich hingegangen bin, wirklich wichtig«, bestätigte mein Vater erneut, wenn nicht uns, dann wenigstens sich selbst, nahm den Hut ab und kam in die Küche, und als er das geschrumpfte Urtierauge sah, das in der Pfanne ein wenig geschrumpft war, fragte er: »Ist das für mich?« »Ja«, antwortete meine Mutter, »wenn du möchtest. Benji hat heute morgen keine Lust zum Essen gehabt.« Er setzte sich sofort hin und verspeiste begierig mein Frühstück, obwohl man ihn auch in der Synagoge genötigt hatte, das eine oder andere zu kosten. Unserem Schweigen entnahm er wohl, daß wir hier in seiner Abwesenheit Wichtiges besprochen hatten, aber er war noch zu erregt und erfüllt von seinen eigenen morgendlichen Erlebnissen, als daß er hätte mitreden können, zumal ich bald darauf hinausging, um bis zum Mittagessen einen Spaziergang durchs Viertel zu machen und die kalte, trockene Luft des strahlenden Jerusalemer Sabbats zu atmen. Die Drohung, die meiner Mutter einfach so, wie ein Windzug, ins Gesicht geschlagen war, ließ mich nicht in Ruhe. Komisch, wie selten ich in den letzten Jahren hier zu Fuß gegangen bin, dachte ich, und süße Wehmut rankte sich um die Erinnerungen an jenen regnerischen Abend, an dem ich mit einem großen schwarzen Schirm Tel Aviv zu Fuß durchquert hatte. Aber wie sehr sich die Jerusalemer Straßen doch von den geraden, offenen Straßen Tel Avivs unterscheiden. Ließe sich wohl in ganz Tel Aviv eine solch schmale, steile Gasse wie diese hier finden, die an die Mauer des Leprakrankenhauses grenzt und sich dann mit einem Schlag zum Vorplatz des Jerusalem-Theaters öffnet? Schade, daß ich die wahre Kraft des neuen Motorrads nicht in einer solchen Gasse testen kann, sann ich enttäuscht, als nähme ich für immer Abschied von diesem Ort. Und so, in echter oder eingebildeter Abschiedsstimmung, ging ich die Straße der Konsulien weiter, einst mein täglicher Schulweg zum Gymnasium, musterte erneut die vertrauten Häuserfronten, hielt hier und da inne, um die Schilder an den Eingängen zu lesen – unter ihnen viele Schilder von Ärzten samt Titel und Spezialgebieten –, überrascht zu sehen, wie viele Schilder ich noch aus Schulzeiten in Erinnerung hatte, wie zum Beispiel das große, alte, das den Namen des berühmten Kardiologen Professor Siegfried Adler trug – und daneben nun ein kleines, neues: *Professor Abraham Adler, Herzchirurg.* Dann ist das also das Haus dieses Buma, staunte ich, des Großmeisters, der von Jerusalem nach Tel Aviv herunterkam, um den Direktor unseres Krankenhauses umzubringen, dessen Seele in meine wandern zu lassen und damit meine Liebesbeziehung zu zerstören. Dabei haben doch all die Argumente, die er damals vor mir aufgehäuft hat, noch immer nicht den Schleier des Rätsels zerrissen, der diesen Tod umgibt.

Einen Moment fühlte ich mich verlockt, hineinzugehen und das Haus zu inspizieren. Ich hatte Professor Adler ja versprochen, bei ihm vorbeizuschauen, wenn ich in Jerusalem war, um das klärende Gespräch über Lasars Herzflattern fortzusetzen. Er schien ein verantwortungsbewußter Arzt zu sein, der die Fragen und Ansichten eines jungen Kollegen gewiß gern hören würde. Es war kurz vor zwölf. Auch die größten Faulpelze waren bereits aufgestanden, und selbst die ganz Fleißigen gönnten sich zu dieser Stunde ein wenig Müßiggang. Wohnt der Sohn, der erfolgreiche Professor, womöglich in der alten Wohnung mit seinem Vater zusammen, rätselte ich, als ich sah, daß das ganze Gebäude nur einen einzigen Eingang besaß, an der ein altes Schild *Adler*, ohne Angabe von Vornamen, prangte. Dann ist es gewiß nicht das Domizil meines Adlers, dachte ich. Aber da so einladend volltönende Musik herausschallte, klopfte ich an die Tür, und ein rüstiger alter Mann im sportlichen Pullover öffnete mir. Klar und bündig erklärte ich ihm nicht nur, wer ich war und wen ich suchte, sondern auch den Grund meines Anliegens. Wie ich erfuhr, wohnte Adler junior nicht hier, sondern im Viertel En Kerem, in der Nähe des Krankenhauses. Hier im Haus befand sich nur seine Privatpraxis, neben der väterlichen Praxis und Wohnung. Unterdessen war auch Professor

Adlers Mutter herausgekommen, eine dicke, forsche alte Dame, die ihre Rundlichkeit an ihren Sohn weitervererbt hatte. Schade, sagten die beiden Adlers, die gut aufeinander eingespielt zu sein schienen, sie hätten gern ihren Sohn in En Kerem angerufen, um zu hören, ob er mich heute empfangen könne, aber er sei gestern zu einem Kongreß nach England gefahren und komme erst in ein paar Tagen zurück. »Schade«, sagte der berühmte Kardiologe noch einmal, »er hätte sicher gern mit Ihnen über Herrn Lasars Operation gesprochen, die uns allen viel Kummer bereitet hat. Ich habe von Ihnen gehört, Dr. Rubin, er hat erwähnt, daß Sie bei der Operation dabei waren und an Kammertachykardie dachten. Wir haben viel über diesen Eingriff geredet, und obwohl er nicht schuld war, ist er doch immer noch etwas besorgt wegen der ganzen Geschichte. Richtig, es war nicht genau sein Spezialgebiet, eher meines, aber er will sich jetzt mehr in diese Sache vertiefen, um nicht noch einmal überrascht zu werden...« Der bekannte Kardiologe legte schlicht und einfach die geäderte Hand in der Herzgegend auf den weichen Pullover, als verspüre er leichten Schmerz. »Ich weiß«, unterbrach ich ihn, »das Kochsche Dreieck.« Das Gesicht des alten Herrn leuchtete auf, und seine braunen Augen voll deutschjüdischer Menschlichkeit strahlten mich dankbar an. »Ja, das Kochsche Dreieck«, wiederholte er hoch erfreut in intimem Ton, als hätte er persönlich den gelehrten Koch gekannt, der den winzigen, unsichtbaren Befehlsbunker des Herzens entdeckt hatte, und bat mich ins Haus.

Doch das Gespräch mit dem Seniorprofessor, das noch eine geschlagene Stunde in seinem großen Zimmer voll düsterer Bücherschränke, die überwiegend nicht medizinische Fachbücher, sondern Geschichtsbände und literarische Werke enthielten, fortdauerte, half nicht, das Rätsel um Lasars Tod zu lösen, ja, verstärkte es eher noch. Im Lauf der Unterhaltung merkte ich, daß das Interesse des berühmten Kardiologen, der seinerzeit eine der großen Kapazitäten des Hadassa-Krankenhauses gewesen war, nicht eigentlich der Ursache für das Ableben Lasars, den er nie kennengelernt hatte, galt. Ihm ging es allein darum, den guten Ruf seines Sohnes zu verteidigen. Zu diesem Zweck schilderte er mir nun allerlei mehr oder weniger merkwürdige Fälle plötzlichen Herzflatterns, die er in seiner langen, reichen Erfahrung gesehen hatte, und versuchte, sie Lasars Herz anzuhängen. Auch seine Frau, die dabeisaß und unserem Gespräch aufmerksam lauschte, führte ab und zu Patienten ihres Mannes an. Obwohl es angenehm war, geschützt vor dem immer stärker werdenden Jerusalemer Mittagslicht mit den beiden netten alten Leuten zusammenzusitzen und sie zu beeindrukken – wenn nicht dank Kenntnissen und Einsicht, so immerhin durch Interesse und Fragen –, konnte ich meine Eltern doch nicht länger mit dem Mittagessen warten lassen. Daher eilte ich nach Hause, und obwohl ich nur um eine halbe Stunde verspätet kam, erkannte ich an der Besorgnis meiner Mutter, daß sie meine Drohung erschreckend ernst genommen hatte, weshalb ich das Haus nicht mehr verließ, sondern auf mein Zimmer ging und die Nachmittagsstunden schlummernd verbrachte, um ein paar Stunden auf Vorrat zu schlafen für die angstvollen Nächte, die nun einmal den erwarteten, der nicht mit sich allein bleiben konnte. Auch mein Vater, noch etwas angesäuselt von dem Wein, den man ihm morgens in der Synagoge angeboten hatte, versank in tiefen Schlaf. Nur meine Mutter blieb auf und versuchte ihren Roman zu lesen, aber zum Schluß hielt sie es nicht mehr aus und kam in mein Zimmer, um mich zu beschwören, bloß meinen Vater nichts von unserer Unterhaltung wissen zu lassen. Man dürfe ihm nicht noch mehr Kummer bereiten. Meine Drohung erwähnte sie mit keinem Wort, als würde jedes Bereden ihr zusätzliche Realität verleihen. Aber abends, als ich schon nach Tel Aviv zurückgekehrt war, nutzte sie eine kurze Abwesenheit meines Vaters, um mich anzurufen und festzustellen, ob ich schon da war und wie es mir ging. Meine vagen, teilnahmslosen Antworten und vor allem meine Angst vor Schlaflosigkeit erhöhten ihre Sorge, so daß sie vorschlug, ich solle vielleicht für ein paar Tage nach Jerusalem zurückkommen. »Aber wie kann ich denn? Man erwartet mich morgen im Krankenhaus.« Sie überlegte einen Moment und meinte dann, sie oder mein Vater oder auch sie beide zusammen könnten mich für ein, zwei Tage in Tel Aviv besuchen. Zu ihrer Überraschung schlug ich diese Möglichkeit nicht aus. »Wir werden sehen«, sagte ich. »Denken wir noch mal darüber nach.« Aber sie ließ nicht locker, und auf einmal begann sie stockend englisch zu reden, was sie mir gegenüber sonst vermied. Wenn mir Schlimmes in den Sinn komme, müsse ich sie wenigstens vorwarnen. »Mach mir keine Überraschungen«, hauchte sie ins Telefon und verwandelte dadurch die verschwommene Drohung, die ich am Morgen hingeworfen hatte, in etwas Echtes und Lebendiges. »Du hast nicht das moralische Recht, mir auch nur den Gedanken zu verheimlichen«, fuhr sie fort. »Mein Leben lang habe ich dir nichts vorenthalten.« Damit hatte sie tatsächlich recht, weder sie noch mein Vater hatten je etwas vor mir verborgen, und es sah auch nicht so aus, als ob sie etwas zu verbergen gehabt hätten. »Aber warum bist du denn so erschrocken?« fragte ich hämisch trübe, während ich mich auf der Couch ausstreckte, die Augen schloß und mein Gesicht genau auf die Stelle legte, auf der Dori an jenem Nachmittag mit übergeschlagenen Beinen gesessen und mit erregter Sympathie meinem überschwenglichen Liebesgeständnis gelauscht hatte. »Nicht daß ich daran dächte, mir etwas anzutun, aber wenn du an Seelenwanderung glauben würdest, wäre die Welt weniger furchterregend. Denn falls mir etwas passierte, würde ich dir wenigstens meine Seele lassen.« Aber war sie jetzt überhaupt fähig, ironische oder hintergründige Reden zu begreifen?

Um drei Uhr morgens klingelte das Telefon und zerstreute die Reste meines Schlafdämmerns. Es war Michaela, die aus Varanasi, wo die Sonne gerade aufging, anrief. Ihre Stimme klang warm, klar und freudig. »Varanasi?« rief ich zutiefst erstaunt und ein wenig neidisch. »Und ich dachte, diesmal wolltest du Orte anpeilen, an denen du noch nicht warst.« »Stimmt«, bestätigte Michaela, die sich glücklich und gelassen anhörte, aber wie hätte sie Stephanie versagen können, zuerst das offene Herz Indiens zu berühren? Selbst ich als oberflächlicher Tourist wisse doch schon, daß das Herz hier, bei den Ghats und Tempeln am Ganges sei. »Und Schivi?« rief ich. »Was ist mit Schivi?« Auch Schivi habe nicht unbeeindruckt von der spirituellen Macht Varanasis bleiben können. Sie sei nämlich wieder zufrieden, nach einer gewissen Unruhe in Neu-Delhi, vielleicht wegen des Durchfalls, den sie gehabt, aber schon fast überwunden habe. »Aber was war es denn?« entfuhr mir ein sonderbarer Schrei – nicht nur der Aufschrei eines Vaters und Arztes, der wegen der großen Entfernung nicht zu helfen vermag, sondern auch der eines Menschen, der nicht allein bleiben kann. Doch Michaela, die selbst in ihrem großen Glück von fern meinen Schmerz spürte, beruhigte mich schnell. Ich könnte mich auf sie verlassen. Was Schivi angehe, ließe sie sich auf kein Risiko ein. Außerdem kämen sie in ein paar Tagen nach Kalkutta, und dort würden sie dann ja von hervorragenden Ärzten und guten Freunden umgeben sein. »Wieder Kalkutta?« rief ich überrascht, mit dem steigenden Verdacht im Herzen, die Ärzte von Kalkutta reizten sie nicht weniger als Indiens Mysterium und Zauber. »Und Schivi?« platzte ich erneut aufgeregt heraus. »Wie nehmen die Inder sie auf?« Gerade diese merkwürdige Frage, die nächtlichem Taumel entsprang, war keineswegs überflüssig. Denn selbst eine Indienexpertin wie Michaela hatte nicht geahnt, daß Schivi derartige Aufmerksamkeit und Sympathie bei den Indern auslösen würde, die es im allgemeinen nicht gewohnt waren, einen so kleinen westlichen Menschen zu sehen, der durch seine Winzigkeit das Allgemeinmenschliche offenlegte. Und wenn Michaela ihnen dann auch noch den Ursprung des Namens verriet, steigerte sich die Erregung zu wahrer Begeisterung. »Sind sie nicht böse, daß du ihr diesen Namen gegeben hast?« rief ich in der stürmischen Sehnsucht, die mich überflutete. Doch wie ich erfuhr, gab es keineswegs Ärger, sondern im Gegenteil nur Freude und Bewunderung darüber, daß so eine Kleine mit ihren hellen Augen den Namen des gefährlichen, aggressiven Gottes, des Weltenzerstörers, trug, dermaßen, daß ihr manchmal sogar Menschen nachliefen. »Sei vorsichtig, Michaela, in Gottes Namen, sei vorsichtig«, begann ich jetzt in den Telefonhörer zu rufen, denn ihre Stimme wurde immer matter, wie vom Winde verweht, bis sie völlig verschwunden war.

Nach solch einem Gespräch konnte ich wirklich nicht weiterschlafen, und ich mußte auch frühmorgens im Operationssaal antreten, denn alle Operationen waren in die erste Tageshälfte vorverlegt worden wegen der Abschiedsfeier für Nakasch, die mittags stattfinden sollte. Nakasch selbst hatte es sich nicht nehmen lassen, auch an seinem letzten Arbeitstag im OP zu erscheinen, um mit seiner berühmten Gelassenheit am Narkosegerät zu stehen, wobei seine spiegelglatte schwärzliche Glatze durch die Nylonkappe leuchtete. Kein Wunder also, daß bei der Feier in dem kleinen Auditorium am Verwaltungsflügel ehrliche Lobesworte über seine große Loyalität und Strebsamkeit fielen, aufgrund deren er sich in vierzigjähriger Arbeitszeit nicht einen einzigen Tag Abwesenheit erlaubt hatte. Auch Chischin hielt eine Rede auf seinen treuen Anästhesisten, aber seit Lasars Tod hatte er an Sicherheit und Humor eingebüßt, und bald wurden seine Worte ermüdend. Geleitet wurde die Feier von einem jungen Mann um die Dreißig, der als einer der beiden Direktoren, die Lasars Amt übernommen hatten, vorgestellt wurde. »Ich sehe, ein einzelner hat nicht genügt, die hinterlassene Lücke zu füllen«, sagte ich erregt zu Frau Kolby, die nicht so sehr deshalb zu der Feier gekommen war, weil sie Nakasch kannte, sondern eher, weil sie immer noch müßigging, nachdem sie aus dem Vorzimmer des Leitenden Direktors verdrängt worden war. Tatsächlich hatte man der neuen Verwaltung doppelte Kräfte verleihen müssen, um einige der von Lasar getroffenen Regelungen rückgängig zu machen, wie etwa die Festanstellung auf Teilzeitbasis, die einem gewissen jungen Arzt gewährt worden war und noch am selben Tag, gleich nach der Feier, in einer Unterredung mit dem gleichaltrigen Direktor aufgekündigt wurde, der sich sehr für seine Entscheidung entschuldigte und mich ob meiner offensichtlichen Trübsal zu versöhnen suchte, die weniger auf der – bereits erwarteten – Annullierung als auf der Jugendlichkeit des Mannes beruhte, der jetzt auf dem Sessel seines Vorgängers wippte, dessen Seele zusehends aus meinem Innern schwand.

Bis sich dann – nach Beendigung meiner Arbeit am Monatsende – eine reguläre Assistentenstelle in der Narkoseabteilung für mich finden würde, konnte ich von ganzem Herzern Nakasch danken, der mir anbot, bereits am nächsten Tag als Anästhesieassistent bei einer privaten Operation in der Klinik in Herzlia zu fungieren. Während der Stunden dauernden operativen Entfernung von Karzinomen und Metastasen aus Bauchhöhle und Brust war Chischin ungewöhnlich schweigsam und traurig, und als ich merkte, daß er meinem Blick auswich, schoß mir der Gedanke durch den Kopf, er könnte aus erster Quelle oder auf Umwegen von meiner Affäre mit Dori gehört haben. Doch erst, als wir uns nach beendeter Operation im Umkleideraum anzogen, erfuhr ich den wahren Grund seiner Feindseligkeit. Professor Adler hatte Chischin von meinem Besuch bei seinem Vater erzählt. »Was genau führen Sie im Schild, Dr. Rubin?« fragte er und drängte mich in eine Ecke. »Sind Sie wirklich nur an der Wahrheit interessiert?« »Ja«, erwiderte ich sofort ohne Zögern, bemüht, meine bloßen Beine vor seinen Blicken zu verbergen, »nur an der Wahrheit, an nichts sonst. Und auch die würde ich für mich behalten. Was haben Sie denn gedacht? Daß ich sie Dori ausplaudern wollte?« Seine kleinen Augen musterten mich stumm, halb gläubig, halb ungläubig. Dann fuhr er in strengem Ton fort: »Ich will doch sehr hoffen. Ich hoffe sehr ... Ich hoffe, es wird Ihnen nicht einfallen, zu ihr zu laufen und sie in Ihre Wahrheit zu verwickeln. Es wird Zeit, daß Sie erwachsen werden, Dr. Rubin, und erkennen, daß bei der Medizin auch Mysterium im Spiel ist. Darin liegt ihre Faszination. Wir haben es mit lebenden Menschen zu tun, nicht mit leblosen Objekten.« Darauf mußte ich doch fragen: »Aber was ist mit ihr? Was ist mit Dori? Wie erholt sie sich?« Nun konnte Chischin sich ein zufriedenes kleines Lächeln nicht verkneifen. »Wie soll man das wirklich wissen?« bemerkte er und breitete beide Hände zu einer fragenden Geste aus. »Aber wir haben sie wenigstens zu einer Europareise überreden können. In einer Woche wollen wir uns schon in Paris treffen.« Wegen seines unklaren Familienstands konnte man nicht wissen, ob hinter seinem Plural eine weitere Frau stand oder ob er nur von sich selber redete. Aber ich konnte nicht an mich halten. »Schon nach Europa?« entfuhr es mir schmerzlich. Jetzt kehrte der alte ironische Funke in Chischins Augen zurück. »Ich hoffe, Sie haben nichts dagegen?« Er beugte sich ein wenig nieder und klopfte mir wohlwollend auf die Schulter. Mir pochte vor Weh das Herz. War sie schon imstande, allein auf Reisen zu gehen, während es mir von Minute zu Minute schwerer fiel, allein zu bleiben?

Deshalb stoppte ich, als ich Dr. Nakaschs ruhige Gestalt an der gelben Bushaltestelle stehen sah, und bot ihm meinen Sturzhelm an, wenn er nur einverstanden wäre, daß ich ihn mit meinem Motorrad nach Hause fuhr, denn ich wollte auf der Fahrt nach Tel Aviv hinein jemanden hinter mir haben. Nakasch hatte wegen Geschwindigkeitsüberschreitung für drei Monate seine Fahrerlaubnis verloren. »Sie und zu schnelles Fahren?« staunte ich, während er den Helm, noch warm von meinem Schädel, auf seine schwärzliche Glatze setzte, »und ich sehe Sie immer als den solidesten Menschen der Welt.« »So wirke ich auf Sie?« sagte Nakasch grinsend und stieg auf den Rücksitz, und obwohl er angeblich noch nie auf einem Motorrad gesessen hatte, spürte ich keinerlei Angststrom hinter meinem Rücken, im Gegenteil, seine Hand, die manchmal allein durch Auflegung die Patienten einzuschläfern und aufzuwecken schien, ruhte leicht auf meiner Schulter und linderte ein wenig die wachsende Angst vor dem Abend. Ich brachte ihn nach Hause und nahm, ohne zu zögern, seine Einladung an, auf eine Tasse Kaffee mit in seine kleine Wohnung hinaufzukommen, in der entgegen meinen Erwartungen ein gewisses Chaos herrschte, weniger wegen des häuslichen Lebens, als wegen intensiver wissenschaftlicher Tätigkeit, derentwegen das Wohnzimmer mit Fachzeitschriften und den Utensilien eines kleinen Labors angefüllt war. Nakasch und seine Frau testeten, ob sich die im Operationssaal verwendeten Narkotika zur Betäubung, Unempfindlichmachung und Muskelrelaxion zu Beruhigungscocktails für den Alltagsgebrauch mixen ließen. »Nur zur Beruhigung?« erkundigte ich mich und reichte Frau Nakasch gern mein Täßchen für eine weitere Runde Kaffee, der einen angenehmen, aber unvertrauten Geschmack besaß. »Oder mehr als das?« Sie wechselten Blicke, unschlüssig, ob ich einer ehrlichen und vollständigen Antwort würdig war. Beide waren dunkel, hager, ähnelten sich in ihrer Häßlichkeit wie eineiige Zwillinge. Vielleicht hatten sie deshalb Bedenken gehabt, Kinder in die Welt zu setzen.

Sie hüteteten sich natürlich vor einer klaren, verpflichtenden Antwort, wollten mir aber sichtlich gern eine Andeutung machen – daß ihr eigenes Ende zum Beispiel schnell und sanft verlaufen würde und vor allem unabhängig von den willkürlichen Entscheidungen selbstgerechter Ärzte, die das Leid des Lebens heiligten. Als konkreten Erfolgsbeweis schenkten sie mir ein Röhrchen mit ein paar Schlaftabletten aus eigener Herstellung, die sich von den herkömmlichen Schlafmitteln, die der Hausarzt verschrieb, nicht in Intensität oder Dauer des bewirkten Schlafes unterscheiden sollten, sondern in der Geschwindigkeit seines Eintritts und vielleicht auch in der Wohligkeit seines Schwindens beim Erwachen. Obwohl ich jetzt, mit dem Röhrchen in der Tasche, der Nacht sicherer entgegensah, wollte ich nicht gleich nach Hause eilen, denn trotz des Sturmwinds, der mehr und mehr den Abend eroberte, reifte der Wunsch in mir, ein altes Versprechen einzulösen und Amnon auf seinem Wachtposten zu besuchen. Amnon war dermaßen überrascht, daß er mich zuerst kaum wieder aus seiner Umarmung entlassen wollte. »Und ich dachte schon, du würdest dich langsam von mir distanzieren, weil ich immer noch mit dieser verfluchten Doktorarbeit herummache«, sprudelte er eine eigenartige, aber begründete Klage heraus, die mir einen Schnitt ins Herz versetzte, »aber ich werde sie fertigstellen, Benji, du wirst es noch sehen. Wenn ich ein bißchen festhänge, dann nur, weil ich keine Lust hab, wie alle andern vorgekautes Zeug wiederzukäuen, sondern zumindest eine völlig neue, ureigene Aussage machen möchte.« Und diese ureigene Aussage suche er jetzt nicht nur tagsüber bei sich zu Hause oder in der Bibliothek, sondern auch nachts auf seinem Wachtposten, zumal er seit einigen Monaten zum Aufseher über andere Wächter befördert und daher davon befreit sei, selbst die Zäune der Fabrik abzulaufen, vielmehr nur noch mit Funksprechgerät und Telefon in der winzigen Baracke sitzen müsse, in der seine Blätter und Bücher verstreut lagen. Aber ehe er über sich und seine Pläne rede, wolle er hören, was mit all den Frauen sei, die ich nach Indien geschickt hätte. Ob sie schon an ihrem Zielort Kalkutta eingetroffen seien, von dem aus Michaela ihm ein Telefongespräch geradewegs in diese Baracke versprochen hatte? Wenn Michaela ihm offenbart hat, was sie mir verschweigt, weiß er vielleicht noch mehr von ihr, sagte ich mir. Und tatsächlich stellte ich zu meiner Verblüffung fest, daß Amnon über sie, und auch mich, Dinge wußte, die er überwiegend von keinem gehört, sondern kraft seines guten, geradlinigen Verstands erfaßt hatte, vor allem aber auch dank seiner großen Neugier in bezug auf seine Freunde und Bekannten, besonders aber mir gegenüber, und zwar noch seit der Zeit, als wir gemeinsam die Schulbank des Gymnasiums drückten.

»Hast du auch meine unmögliche Verliebtheit erraten können?« mußte ich unbedingt fragen, ohne ihn direkt anzusehen, den Kopf über die auf dem Tisch verstreuten Blätter gebeugt, in dem Bestreben, zwischen seinen Formeln und Skizzen etwas Bekanntes zu entdecken. Er war überrascht über das unerwartete Vertrauen, das ich ihm schenkte. Nein, gab er ehrlich zu. Davon habe er erst am Abend des Abschieds von Michaela gehört. Zwar habe er erraten, daß mir etwas tief Emotionales in Indien passiert sei, dabei aber immer an Enat und nicht ihre Mutter gedacht. Ja, anfangs habe er gespürt, daß sich nach meiner Rückkehr aus Indien irgendwas in meinem Innern gelöst habe, aber als wir auf der

Rückfahrt von Ejals Hochzeit an der Straße vom Toten Meer hinauf nach Jerusalem auf dem kleinen Hügel haltmachten und ich ihm meine Privattheorie über den umgekehrten Urknall referiert habe, bei dem der Geist die Materie bis zum letzten Krümel schrumpfen lassen würde, habe er angefangen, sich meinetwegen Sorgen zu machen. Ich sei doch immer der gute Freund gewesen, um den man sich nicht habe zu sorgen brauchen, der verantwortungsbewußte Musterschüler, der ausdauernd und präzise auf das Ziel zugeflogen sei, auf das seine Eltern ihn abgerichtet hätten. Aber als er gesehen habe, wie schnell ich mich zur Ehe mit Michaela entschlossen hätte, die ich, wenn er mal einen Verdacht äußern dürfe, wohl nicht genug liebte, habe ihn das Gefühl beschlichen, ich könne es ihm nachtun und absacken. Sogar mein Besuch bei ihm hier lasse ja wohl vermuten, daß meine Lage nicht die beste sei. Doch während er selbst in der Erde verbuddelt stecke, vielleicht wegen seines Bruders, ja, wegen seines armen kleinen Bruders, hätte ich, der in seinen Augen immer ein idealer, ausgewogener Mensch gewesen sei, mich jetzt in eine Art Raumschiff verwandelt, das aus dem Ruder gelaufen sei und nun taumelnd zwischen den Sternen umherirre. Aber ein Raumschiff, das sich reparieren ließe. Ich sähe doch mit eigenen Augen, daß Astronauten ihre Kapseln verließen, um aus der Bahn geratene Gegenstände wieder auf die richtige, ursprüngliche Umlaufbahn zu bringen. Denn das sei ja das Gute am Weltall – nichts ginge dort in die Brüche.

Einen Moment verstummte er, selbst verblüfft darüber, daß er seinen Mißerfolg dem zurückgebliebenen Bruder angehängt hatte. Und, scheinbar unfähig, seine selbst geweckte Erregung länger zu zügeln, sprang er auf und umarmte mich erneut wärmstens, wobei er mir die Pistole am Lendengurt an die Brust drückte, so daß mir nichts anderes übrigblieb, als ebenfalls die Arme um ihn zu schlingen und seine Geste zu erwidern. So standen wir einen Augenblick eng umschlungen in der kleinen Wachbaracke, hörten in der Stille den Wind draußen heulen, begleitet vom außerirdischen Knacken der Walkie-talkies. Und obwohl es mir seinetwegen wirklich das

Herz zuschnürte, fühlte ich mich doch auch abgestoßen von der weichlichen Gefühlsduselei, die sich in der letzten Zeit seiner bemächtigte. Bloß nicht wie er in Wehleidigkeit und Selbstmitleid abgleiten, dachte ich mit wachsendem Widerwillen. Dann schon besser Loslösung – nicht Depression, sondern Nirwana, das Ende aller Seelenwanderungen. Dabei dachte ich schon an Nakaschs Schlaftablette, die mir die Nacht versüßen würde. Auf Nakasch kann man sich immer verlassen, pflegte Chischin zu sagen. Die Nachricht, daß die geliebte Frau allein verreisen würde, wollte mir nicht aus dem Sinn. Aber ist es denn möglich? rätselte ich neidisch und verärgert. Ist es nicht gefährlich? Dabei kam mir ein neuer Gedanke: Man muß Enat finden und mit ihr reden. Jetzt, da ihre Mutter wegfährt und mich mit dem Toten allein zurückläßt, muß ich Enat bitten, mich zu befreien. Sie könnte den Schlüssel für mich in der Hand haben. Behutsam, aber entschieden löste ich mich aus Amnons emotionaler Umarmung, und obwohl ich die Telefonnummer von Enats Zimmer dabeihatte, fragte ich ihn, ob er etwas von ihr wisse. Seit der Nacht des Abschieds von Michaela hatte er sie nicht mehr getroffen, aber er glaubte, sie kellnerte noch in demselben Pub, dessen Namen und genaue Lage er wußte.

Trotz seiner Erklärungen fand ich das Lokal nicht so leicht. Der stürmische Nachtwind, gegen den das Motorrad anzukämpfen hatte, leitete mich irre in den kleinen Straßen im Norden der Stadt, nahe am Meer, und bis ich vor der rotgestrichenen Holztür mit dem eingebrannten Namen des Pubs stand, war nicht wenig Zeit vergangen. Das Lokal war klein und offenbar nicht sonderlich populär, denn auch an diesem stürmischen Abend hatte dort nur eine Handvoll Gäste Unterschlupf gefunden, die ein wenig distanziert dasaßen, als prüften sie immer noch, ob die Kneipe ihrem Niveau entsprach. Aber die Musik war angenehm gemäßigt, und ich brauchte nicht lange zu suchen, um Enat zu entdecken, die in Jeans und rotem Shirt mit dem aufgedruckten Namen des Pubs Gläser von einem Tisch abräumte. Da ich mich an unseren panischen Wortwechsel in der Nacht des Abschieds von Michaela und Schivi erinnerte, ging ich nicht gleich zu ihr hinüber, sondern winkte ihr nur von weitem und setzte mich in eine ruhige Ecke, in der wir uns ungestört würden unterhalten können. Doch obwohl sie vermutlich begriff, daß ich es, wenn ich schon mal in einer Sturmnacht bis hierher gegondelt war, sicherlich auf sie abgesehen hatte, kam sie nicht herüber, sondern schickte die andere Bedienung, um nach meinen Wünschen zu fragen, während sie selbst hinter die Theke trat, wohl um gewissermaßen eine zusätzliche Barriere zwischen uns aufzurichten. Sie weiß alles, ging es mir angstvoll durch den Kopf. Aber ist es denn möglich, daß ich bis ans Ende der Welt gefahren bin, um sie zu behandeln, und ihr in einem bestimmten Moment vielleicht sogar das Leben gerettet habe, sie aber jetzt keinerlei Kontakt zu mir wünscht? Bis nach Kalkutta bin ich doch gereist, um die Wahrheit über sie zu erfahren. Mit Leichtigkeit kann ich mir ihre Blutbefunde ins Gedächtnis rufen, und meine Hände spüren noch immer ihre geschädigte Leber in den Fingern. Unfähig, länger an mich zu halten, nahm ich das Glas, das die andere Kellnerin mir gebracht hatte, und trug es an die Theke, um mich vor sie hinzusetzen und sie zu zwingen, mich anzuhören. Doch Enat, die gewiß von weitem jede meiner Bewegungen verfolgt hatte, schlüpfte flink in eine ferne Ecke und knüpfte ein Gespräch mit den Gästen an einem Tisch dort an. Die wenigen Menschen und die ruhige Musik ließen es nicht zu, sie unauffällig zu nötigen, mir entgegenzutreten und sich wenigstens eine Frage anzuhören. Deshalb blieb ich an der Theke stehen und trank langsam mein Bier, in der sicheren Annahme, daß sie letzten Endes würde zurückkommen müssen. Doch bald darauf war sie verschwunden. Ich fragte die zweite Bedienung nach ihr, ohne ihren Namen zu nennen, um sie nicht in Verlegenheit zu bringen, aber die andere wußte nicht, wo sie steckte. Ich wartete ein paar Minuten, ließ mir dann das Glas erneut füllen und kehrte an meinen vorherigen Platz zurück. Doch sie kam nicht wieder, und da auch keine neuen Gäste eintrafen, schien die zweite Kellnerin über ihr Verschwinden unbesorgt.

Es verging etwa eine halbe Stunde. Jemand von den Umsitzenden bat um aggressivere Musik und bekam sie auf der Stelle. Ich schloß die Augen. Da ich das Trinken nicht gewöhnt war, machten mich die zwei Bier leicht schwindlig. Ich beschloß zu gehen, jedoch nicht, ohne vorher die Gegend der Toiletten abzusuchen. Auf den Toiletten war kein Mensch, aber daneben befand sich eine Schwingtür, die in eine neonbeleuchtete kleine Küche führte. Sofort entdeckte ich sie in der Ecke neben dem großen Kühlschrank, wo sie mit einem Glas Milch saß. Wahrscheinlich hatte sie nicht geglaubt, daß ich sie bis hierher verfolgen würde, denn bei meinem Eintreten erblaßte sie stark, als sähe sie ein Gespenst vor sich, sprang hastig von ihrem Platz auf und machte mir mit einer mitleiderregenden Geste ihrer schmalen Hand ein verzweifeltes Haltezeichen, das ich aus tiefem Respekt für sie ohne Zögern sofort befolgte. Sie wirkte gequält, hatte Angst, mir gerade in die Augen zu blicken, rollte den Saum des großen roten Shirts, in der Hoffnung, es möge jemand hereinkommen und sie vor der erzwungenen Begegnung retten. Aber kein Mensch kam herein, und auch die wilde neue Musik im Pub legte zu.

»Ist hier wirklich ein Irrtum passiert, als ich mich, statt in dich, in deine Mutter verliebt habe?« fragte ich sie in ruhigem Ton geradeheraus, ohne Vorrede, und sah ihr Gesicht erröten, dessen reine Züge jetzt auf dem bunten Hintergrund des Wandregals voller Flaschen noch mehr hervortraten. Sie schüttelte eilig verneinend den Kopf, als wolle sie mich abwehren. »Nein, du hast dich nicht geirrt«, murmelte sie. »Deine Eltern haben mich nach Indien mitgenommen, damit ich mich in dich verlieben sollte, und ich habe mich als Arzt benommen«, fuhr ich fort. »Habe ich mich da geirrt, sag mir, hab ich mich geirrt?« Doch sie schüttelte gequält weiter den Kopf und sagte: »Nein, du hast dich nicht geirrt. Du konntest nicht anders handeln.« Jetzt senkte sich tiefe Gelassenheit über mich, als hätte ich von ihr wahre Genehmigung für den erwünschten großen Schlaf erhalten. Aber sie wußte nicht, was ich auf dem Herzen hatte, und da sie fürchtete, ich könnte die Unterhaltung fortsetzen, schlüpfte sie wie ein flinkes Eichhörnchen an mir vorbei, sorgfältig bedacht, sich nicht an mir zu reiben, lief die Stufen hinauf und machte, so wie sie war, im leichten Shirt, die Holztür auf, durch die rasch ein wilder Windstoß hineinblies, und weg war sie, verschwunden, vielleicht in einen benachbarten Pub.

Schon im Treppenhaus hörte man das Telefon klingeln. Das kann nur Michaela sein, dachte ich, und begann hinaufzurennen. Aber ehe ich die Tür aufmachen konnte, brach das Klingeln ab. Auf dem Röhrchen, das Dr. Nakasch mir gegeben hatte, klebte ordnungsgemäß ein Etikett, das alle Ingredienzien des selbstgemischten Medikaments samt ihrer jeweiligen Dosierung auflistete. Soll ich wirklich eine ganze Schlaftablette nehmen? dachte ich, brach die kleine Pille in zwei Krümel und schluckte erst mal nur einen. Aus dem schnellen Niederklappen der Lider ersah ich seinen besonderen Vorzug, Frucht langjähriger Erfahrung eines exzellenten Anästhesisten, der die Bestandteile einer normalen Schlaftablette mit den winzigsten Molekülen destillierten Mohnextrakts anzureichern wußte. Doch ich durfte mich nicht von der herrlichen Schwere überwältigen lassen, denn in den Tiefen meines Bewußtseins wartete ich auf ein erneutes Klingeln des Telefons. Und es klingelte tatsächlich. Es war nicht Michaela, sondern meine Mutter, bei deren Stimme ich erschrak. »Wo warst du denn? Wo bist du bloß gewesen?« kam die Beschwerde derer, die mich schon viele Stunden lang suchte. Wie sich herausstellte, hatte Michaela meine Eltern noch zu Beginn des Abends aus Kalkutta angerufen und ein langes Gespräch mit ihnen geführt. »Worum geht's dann also?« erwiderte ich ärgerlich, mich fest an den dünnen, glatten Faden des Wachseins klammernd, der mir zu entgleiten drohte, »hätte das nicht bis zum Morgen warten können?« Aber meine Mutter steuerte ein klares Ziel an. Sie seien zwar heil angekommen und hätten Unterkunft in der Herberge gefunden, in der auch einige der ehrenamtlich tätigen Ärzte wohnten, doch Michaelas Worten habe sie entnommen, daß Schivi noch nicht genesen sei, der Durchfall, der in

Neu-Delhi begonnen hatte, weiter anhielte und Schivi jetzt ein wenig Fieber habe. Seit diesem Gespräch könnten meine Eltern keine Ruhe finden. Müßte ich jetzt nicht ein klareres Wort mit Michaela sprechen? Es sei ihnen gelungen, ihr die Telefonnummer eines Ladens in der Nähe der Herberge zu entlocken, den man anrufen könne, um Nachricht zu hinterlassen. Und während ich nun gegen die dicke Decke der Schläfrigkeit ankämpfte, die mein ganzes Wesen einhüllen wollte, versuchte ich die beiden zu beruhigen. Durchfall sei eine Standarderscheinung in Indien, besonders bei Landesneulingen. Auch Lasar habe die ganze Tour über daran gelitten, und es sei ihm deswegen schließlich nichts passiert. Aber vor allem, und das vergäßen sie – Michaela befinde sich derzeit in den Händen von westlichen Ärzten, und die würden ihr helfen, Schivis Probleme zu überwinden. Ich wußte nicht, ob ich ihre Angst etwas gelindert hatte, spürte aber, daß ich unter der Schockwirkung von Nakaschs Tablette nicht mehr zu sagen vermochte, und brach rigoros die Unterhaltung ab, teilnahmslos, vielleicht sogar, ohne Schalom zu sagen.

Vielleicht deshalb kam am nächsten Nachmittag, als ich meinen Frischoperierten vom Narkosegerät abstöpselte und im Begriff stand, ihm den bewußten scharfen Lichtstrahl in die Pupillen zu schicken, eine Schwester der Intensivstation zu mir, um mir mitzuteilen, im Warteraum sei eine Frau, die mich sprechen wolle. Zu meiner Überraschung fand ich dort meine Mutter, die zwischen den Angehörigen der Operationspatienten saß, wo sie in ihrer typischen Art vermutlich wieder mal den Nöten anderer lauschte, ohne ihre eigenen Sorgen anzusprechen. Ob sie sich wohl als Mutter einer der Ärzte am Operationstisch vorgestellt oder lieber kein Wort gesagt hatte, um nicht überheblich zu klingen? Selbst von fern wirkte sie sehr müde und angespannt, als kämpfe sie jetzt allein an zwei Fronten, ohne zu wissen, welche der beiden die schlimmere sei. Sie trug das graue Wollkostüm, das ich noch von meiner Abiturfeier kannte, und obwohl der Sturmwind der vergangenen Nacht die Wolken weggefegt und einen blitzblanken Himmel über uns hinterlassen hatte, war sie als geborene Britin nicht ohne Schirm unterwegs, getreu der dortigen Erziehung, die einen lehrt, stets mit Regen zu rechnen. Ich faßte sie an der Schulter und beugte mich zärtlich nieder. Sie brach ihre Unterhaltung ab und wandte mir das Gesicht zu, das verwirrt schien, mich in grünlicher OP-Kluft zu sehen. Dann stellte sie mich ihrer Nachbarin vor, die mich sofort fragte, ob ich etwas über die Operation ihres Mannes wisse. Ich verneinte bedauernd, ließ meine Mutter, ohne sie noch zu fragen, was sie zu mir geführt habe, aufstehen und lud sie freundlich ein, sich die Operationssäle anzugucken, die sie noch nie gesehen hatte. Sie war überrascht und aufgeregt über mein Angebot und wollte nur erst wissen, ob ich befugt sei, sie dorthin mitzunehmen. Aber ich war zu lange im Haus, um erst Genehmigung einholen zu müssen. Ich nahm eine weiße Jacke von einem Wagen, half ihr hinein, und über den kindlichen Zopf, den sie aufgesteckt trug, stülpte ich ihr eine Plastikhaube. Natürlich führte ich sie nicht in einen gerade benutzten Saal, sondern in den eben frei gewordenen, um ihr die verschiedenen Apparate zu zeigen, besonders das Narkosegerät, und ihr namentlich die diversen Narkosemittel vorzustellen, wobei ich sogar auf die bunten Flaschen deutete. Sie lauschte aufmerksam meinen Erklärungen, und obwohl sie offenbar nicht viel begriff, stellte sie keine Fragen, als beschäftige etwas Neues, Bedrohliches ihre Gedankengänge und lähme ihr Gemüt angesichts der tödlichen Möglichkeiten, die mir zu Gebote standen.

Da ich jedoch bald an einer weiteren Operation teilnehmen mußte, konnten wir nicht länger im Operationstrakt verweilen und gingen in die Cafeteria hinauf, um den wahren Grund ihres unerwarteten Besuchs zu erörtern. Es war schwer, klar aus ihr herauszuholen, was sie zu mir geführt hatte. Erstens sei sie gar nicht eigens angereist, protestierte sie. Sie habe eine alte Tante meines Vaters im Altersheim besucht – die Großmutter von Vaters Nichte Rachel, die gemeinsam mit ihrem Mann Edgar in London so nett zu ihnen gewesen sei. Und erst da sei sie auf die Idee gekommen, bei mir vorbeizuschauen, um erneut über Schivi zu sprechen. Meine beruhigenden Worte letzte Nacht hätten ihre und Vaters Sorge nicht ausräumen können. Hier sei wieder die Telefonnummer in Kalkutta, über die man Verbindung zu Michaela aufnehmen könne. Wenn sie sich selbst in Gefahr begeben wolle, solle sie es halt tun, aber sie dürfe nicht die Kleine gefährden. Wie könnte ich mich denn überhaupt derart von meinem Kind entfremden? Ich wollte ihr eine niederschmetternde Antwort geben, sagte aber kein Wort, sondern versank in Schweigen, versuchte vergeblich, mir Schivi in Kalkutta vorzustellen. Und während ich noch die letzten Tropfen aus der Kaffeetasse sog und dabei in die entzündeten kleinen Augen meiner Mutter blickte, versuchte ich zu raten, ob unser Rundgang durch den leeren Operationssaal ihr vielleicht das erbetene erste Warnsignal gegeben hatte. Jedenfalls fiel es ihr, die Abschiede von anderen Menschen und auch von mir sonst nie in die Länge zog, jetzt schwer, von mir loszukommen. Nachdem ich sie ans Hauptportal begleitet hatte, machte sie kehrt und lief mir wieder zum Operationstrakt nach. »Mach dir keine Sorgen um Schivi«, wiederholte ich, bevor ich die Kodenummern drückte, um die große Glastür des Trakts zu öffnen. Einen Moment wollte ich hinzufügen: »Sorg dich lieber um mich«, aber ich ließ es und entschwand in den hellen Korridor, der sich vor mit auftat.

Als ich am nächsten Abend nach dem Abendbrot verzweifelt feststellte, daß meine neue Furcht vor der Unfähigkeit, allein zu bleiben, bereits in die ersten Stunden der Abenddämmerung vorankroch, beschloß ich, noch diese Nacht ins Krankenhaus zurückzugehen, um zu prüfen, was in einem der leeren Operationssäle für mich möglich wäre. Der Gedanke an ein Einschlafen ohne Aufwachen auf dem Operationstisch schien mir nicht mehr absurd. Aber um sieben Uhr rief mein Vater aus Jerusalem an. Als er nachmittags von der Arbeit zurückgekehrt sei, habe er meine Mutter nicht zu Hause angetroffen, obwohl das Versicherungsbüro, in dem sie als Sekretärin arbeitete, Dienstag nachmittags geschlossen war. Statt dessen habe er einen einfachen Zettel vorgefunden, auf dem geschrieben stehe: »Ich bin für einige Zeit weggegangen, mach dir keine Sorgen.« »Warum sorgst du dich denn dann?« erwiderte ich ungeduldig. »Sicher kommt sie bald wieder.« Aber zwei Stunden später rief er erneut an, um mir mitzuteilen, daß keine Spur von ihr zu finden sei und keiner etwas wisse. »Du weißt, ich bin kein hysterischer Typ«, versuchte mein Vater sich zu verteidigen, »aber mir ist nicht klar, wo sie steckt.« Wir verabredeten, uns in einer Stunde wieder zu sprechen, aber schon eine Viertelstunde später war er erneut am Apparat. Es war nach neun. Er habe eine kleine Suchaktion im Haus unternommen, und nun scheine es ihm, daß der neue, in England gekaufte Koffer fehle, den Mutter allerdings auch jemandem ausgeliehen haben könne. »Kann sie denn weggefahren sein, ohne mich vorher zu warnen?« fragte er, und jetzt sprach er englisch mit mir, ohne auch nur, wie sonst, hier und da hebräische Brocken einzuflechten, als habe er beschlossen, sich mit ganzer Kraft an seine Muttersprache zu klammern, die ihm allein Richtung in diesem neuen Chaos ringsum geben konnte. Ich fragte ihn, ob ich zu ihm nach Jerusalem hinaufkommen solle. »Noch nicht. Aber falls ich Mutter auf der Polizei als vermißt melden muß, solltest du lieber mitkommen, damit ich nicht noch in Verdacht gerate«, sagte er scherzhaft. Er schien amüsiert über die Ähnlichkeit mit einem Detektivfilm, denn Bücher las er kaum. Ich versprach ihm, in der Nähe des Telefons zu bleiben, und spürte, wie die neue Angst meines Vaters, die mir aus Jerusalem zuströmte, meine eigene Furcht linderte, die alsbald in Verwunderung umschlug, als er mich mit der Nachricht anrief, nach intensiver Suche scheine es ihm nun, daß nicht nur der neue Koffer fehle, sondern auch ein Sommerkleid, das sie besonders gern trage. »Kann sie denn plötzlich auf und davon gefahren sein? Aber wohin?« fragte er mehr sich selber als mich, jedoch ohne Klage oder Ärger über seine Frau, die ihn ohne jede Ankündigung verlassen hatte, sondern nur in philosophischem Staunen, wohin ihre Schritte sie wohl gelenkt haben mochten. »Such ihren Paß«, riet ich meinem überraschten Vater um zehn Uhr nachts, worauf er sich tatsächlich gleich an die Suche machte und mir eine Viertelstunde später mitteilte, er habe ihren israelischen Paß gefunden, aber ihr britischer, der immer bei seinem britischen Paß gelegen habe, sei weg. Könne sie ihn mitgenommen haben? Aber wozu? »Gleich werde ich dir Antwort geben«, versprach er mit eigenartiger Sicherheit, und nach einer halben Stunde rief er wieder an, um mir zu berichten, daß er gerade eben ein langes Gespräch mit meiner Tante, der Schwester meiner Mutter in Glasgow geführt habe, und obwohl sie dort verblüfft und auch ein wenig amüsiert über seine Nachricht gewesen seien, ohne ihm jedoch einen Anhaltspunkt liefern zu können, habe er das Gefühl, sie sorgten sich nicht so, wie sie sich hätten sorgen sollen. Wüßten sie womöglich etwas, was sie vor ihm verbargen? Oder war die schottische Kaltblütigkeit stärker als die englische?

Jetzt war uns beiden schon klar, daß meine Mutter irgendeine geheime Tour mit unklarem Ziel unternahm. Hätte mein Vater mehr auf ihre Kleidung geachtet, wäre ihm eher aufgefallen, was fehlte, aber solche Dinge waren ihm gleichgültig, weshalb ich wenig aus ihm herausbekam. Erstaunlicherweise verschwand seine tiefe Sorge, sobald er begriff, daß meine Mutter auf Reisen gegangen war. Nun begann er die ganze Sache aus einem anderen Blickwinkel zu betrachten. Zwar konnten auch bei einer Reise mit unbekanntem Ziel weitere Fälle plötzlichen Verschwindens auftreten, aber bei Reisen gab es auch klare Bewegung auf ein Ziel zu, denn es war ja kaum denkbar, daß eine rational denkende Frau wie meine Mutter sich ohne Ziel auf den Weg machte. »Ich werde ein bißchen wie Sherlock Holmes«, sagte er amüsiert um ein Uhr nachts, verblüffend wach, und berichtete mir von allerlei Funden unter ihren Sachen und in bisher unbekannten, verborgenen Ecken ihrer Schubladen. Um fünf Uhr morgens, zwischen zwei kurzen Schlafphasen, versuchte ich ihn anzurufen, erhielt aber keine Antwort. War er verzweifelt losgezogen, um sie auf der Straße zu suchen? Nunmehr entschlossen, nach Jerusalem zu fahren, hinterließ ich Nachricht bei der Telefonzentrale des Krankenhauses, daß meine Mutter verschwunden sei, ich nach Jerusalem eilen müsse, um meinem Vater bei der Suche zu helfen, und daher nicht zur Arbeit erscheinen werde. Warum, zum Teufel, bin ich nicht fähig, zu lügen und zu sagen, meine Mutter sei krank, beschimpfte ich mich selbst, während ich gegen einen neuen Ostwind die Schnellstraße nach Jerusalem hinaufraste und zusah, wie die Sonnenstrahlen gewaltsam den Dunstschleier durchlöcherten. Gut, daß ich den Schlüssel der Jerusalemer Wohnung immer an meinem Schlüsselbund hatte. So konnte ich eintreten und meinen Vater, tief in sein Bett verkrochen, in festem Schlaf vorfinden.

»Ich möchte beruhigt sein können«, sagte mein Vater, dessen Gesicht trotz der nächtlichen Aufregungen rosig ausgeschlafen wirkte. »Ich weiß, sie ist eine vernünftige Frau mit realistischen Zielen. Sie wäre auch der letzte Mensch auf der Welt, der sich etwas antun würde. Aber ich bin sicher, mit ihrem jetzigen Verschwinden zielt sie auf dich, nicht auf mich ab. Schon seit einigen Wochen spüre ich, daß etwas zwischen euch im Gange ist. Daß sie dir wegen irgendwas, was du getan hast, böse ist. Aber ich konnte mich noch so bemühen, die Wahrheit zu erfahren, sie wollte mir keinen Krümel davon preisgeben. Vielleicht sagst du mir jetzt mal, was zwischen euch vorgefallen ist.« Aber ich hatte der grauen Frau, die jetzt mein Leben wie durch Fernbedienung zu steuern suchte, geschworen, meinem Vater kein Wort zu sagen. Und erst recht durfte ich ihm nicht noch mehr Kummer bereiten. Bald würde er sich entscheiden müssen, wie er am Arbeitsplatz sein Fernbleiben melden wollte. Würde er auch seinen Kollegen offenbaren müssen, daß seine Frau verschwunden war, und wie ich zum Gespött werden? Aber um halb acht klingelte das Telefon. Es war meine Tante aus Glasgow, aufgeregt und mit neuster Nachricht. Mutter sei unterwegs nach Kalkutta, um Schivi zurückzuholen. Sie würde in wenigen Stunden landen. Auch Michaela wisse von ihrem Kommen. Wie sich herausstellte, hatte meine Tante die ganze Nacht keine Ruhe gefunden, bis es ihr gelungen war, Edgar, jenem mageren, blassen Londoner Verwandten mit den dicken Brillengläsern, die ihm ein mysteriöses Aussehen verliehen, Einzelheiten über die plötzliche Reise meiner Mutter zu entlokken. Denn nur ihn hatte meine Mutter ins Vertrauen gezogen.

Merkwürdigerweise überkam meinen Vater bei der Nachricht von der Kalkuttatour meiner Mutter eine so große Ruhe, daß er sich anzog und wie gewohnt zur Arbeit ging. »Wenn du was Neues erfährst, ruf mich im Amt an«, sagte er und verließ das Haus. Und ich blieb allein in der Wohnung meiner Eltern, wie einst als kranker Schüler. Ich machte auch dem Krankenhaus keine Mitteilung. Wenn schon einmal die sonderbare Nachricht vom Verschwinden meiner Mutter von mir ausgegangen war, mußte sie erst die gebührende drohende Bedeutung erhalten, ehe ich sie annullierte. Aber da ich daran gedacht hatte, Nakaschs Röhrchen einzustecken, als wäre es ein medizinischer Rucksack im Miniaturformat, um etwas in der Hand zu haben, womit ich meinem Vater zu Schlaf verhelfen und seine Ängste lindern könnte, zog ich den zweiten Krümel der halbierten Tablette heraus und schluckte ihn nun, weil ich mir sagte, jetzt, da meine Mutter über dem großen Subkontinent schwebt, um die Kleine heimzuholen, muß ich Kräfte für die Stunde ihrer Rückkehr sammeln, denn dann wird sie mir die ganze Last der Tour aufbürden.

Als mein Vater, wie gewohnt, in den frühen Nachmittagsstunden zurückkehrte, fand er mich tief schlafend und weckte mich nicht, denn anders als meine Mutter respektierte er stets meinen Schlaf. Ja, er achtete ihn auch noch, als er einen weiteren Anruf von meiner Tante aus Glasgow erhielt, die von nun an bis zur Rückkehr meiner Mutter aus Indien als Verbindungsperson zwischen uns und dem sonderbaren Verwandten diente, den meine Mutter wegen seiner guten Verbindungen zu Firmen, die mit Indien handelten, zu Recht ausgewählt hatte, sie auf ihrer Tour zu dirigieren. Durch Telefongespräche, Telegramme und Faxe längs der Strecke, die ich selbst zurückgelegt hatte, vermochte er meine Mutter sicher zu leiten, da treue, verläßliche indische Beamte auf Flugplätzen oder gelegentlich Bahnhöfen auf sie warteten und für die bescheidene, aber respektable Bequemlichkeit der älteren Frau sorgten, die allein losgefahren war und mit einem etwas kranken Baby geradewegs nach Hause zurückkehren würde, ohne die farbenprächtige, wunderbare und beängstigende Fülle wahrzunehmen, die zu ihrer Rechten und Linken lag.

Meine Mutter war am Dienstagmorgen abgereist und traf am Freitag, vor Sabbatbeginn, wieder im Lande ein. Ihre ganze Reise hatte rund siebenundsiebzig Stunden gedauert. Da ich schon am Donnerstag aus Jerusalem zu meiner Krankenhausarbeit zurückkehrte und meine Kollegen nicht durch eine weitere Abwesenheit verwirren wollte, konnte ich die beiden nicht am Flughafen in Empfang nehmen und überließ es meinem Vater. Aber ich verließ vorzeitig die Aufnahmestation und sauste in der Abenddämmerung mit dem Motorrad nach Jerusalem. Der Schutzschild des Helms war hochgeklappt, damit ich den Duft der früh blühenden Gräser und Blüten genießen konnte. Im Haus meiner Eltern brannten die Lichter in allen Zimmern, und so konnte ich gleich sehen, daß weitere Falten auf dem übermüdeten Gesicht meiner Mutter dazu gekommen waren, sie aber auch zusätzlichen Glanz besaßen, den die alten Falten nicht gehabt hatten. Schivi, bei der meine Mutter von nun an darauf bestand, sie – wie Michaelas Freunde in Indien – wieder Schiva zu nennen, war tatsächlich in schlechter, aber nicht kritischer Verfassung. Sie war dünner und ein wenig braun geworden. Wegen ihres gelben Saris und des strahlenden dritten Auges zwischen den eigenen Augen, das meine Mutter während der ganzen Rückreise nicht abgewischt hatte, sah sie einen Moment den indischen Kleinkindern ähnlich, die mir ans Ufer des Ganges nachgelaufen waren. Seit unserem Abschied hatte sie Laufen gelernt, und da sie mich jetzt – anders als seinerzeit auf dem Flughafen, als die beiden Engländerinnen sie aus London mitgebracht hatten – auch gleich erkannte, begann sie auf mich zuzuwatscheln. Sofort schwang ich den kleinen Körper empor und umarmte ihn fest. All die Tage hatte ich sie für einen Teil Michaelas gehalten und nicht gewußt, wie sehr sie auch Teil von mir war. Wie sich herausstellte, hatte Michaela ohne Überlegung eingewilligt, Schiva meiner Mutter zu übergeben. Sie war eine realistische Frau, die wußte, daß für ein so kleines Kind an solchen Orten Gefahr bestand. In der kurzen, stürmischen Nacht, die meine Mutter in Kalkutta verbracht hatte, war sie zu der Auffassung gelangt, daß Michaelas spirituelles Hingezogensein zu Indien durch die simple, menschliche Erfahrung bei der Arbeit mit den Gehsteigärzten verstärkt wurde, die sie in den Augen der Inder fast selbst zur Ärztin machte, obwohl sie nicht einmal das Abitur besaß. Trotzdem glaubte meine Mutter, daß Michaela bald von dort zurückkehren würde. »Aber wirst du sie auch annehmen können?« fragte sie streng, immer noch ohne mich direkt anzusehen. »Wenn nicht, mußt du nämlich nach Jerusalem zurückkehren.«

»Hast du daran gedacht, dich vor dem Abflug impfen zu lassen?« fragte ich meine Mutter, die nun erfaßte, daß sie sich mit dieser Tour womöglich auch selbst gefährdet hatte. Aber mein Vater war glücklich, ging auf die Knie, um die Bewegungen der Kleinen zu verfolgen, die ich behutsam auf den Boden gestellt hatte, damit sie weiterlaufen konnte. Nein, er trug meiner Mutter ihr Verschwinden nicht nach, war im Gegenteil sehr stolz auf ihr Handeln. Aber hatte er sie auch geküßt oder umarmt, als sie aus der Ankunftshalle des Flughafens gekommen war? Denn ich hatte die beiden ja noch nie in meiner oder anderer Leute Gegenwart herzen und küssen gesehen, so daß ich manchmal rätselte, wie sie mich überhaupt gezeugt hatten.

Nun tut sich endlich die Tür auf, und langsam wird das Bett des Mysteriums aus dem Operationssaal zur Intensivstation hinausgerollt. Doch obwohl er in tiefen Schlaf versunken, mit weißen Verbänden umwickelt und an Infusionen und flimmernde Geräte angeschlosssen ist, weiß keine unter den Schwestern, die ihn dort erwarten, was man mit ihm anfangen muß und wie man ihn wiederherstellen könnte. Denn man hat ja weder Skalpell noch Säge über ihm geschwungen, ist auch nicht mit Schlauch oder Nadel in ihn eingedrungen, um einzupflanzen, was ihm seit Urzeiten herausgeschnitten war. Und auch wenn ihm kein Tropfen Blut abgezapft worden ist, leidet er doch Qualen nach einer ganzen langen Nacht hartnäckigen Stöberns in zerrissener schwarzer Seele. Deshalb ist es vielleicht gut, in sein vom Morgenlicht erfülltes Zimmer einen großen Käfig zu stellen, in dem zwei wilde Vögel mit eiserner Kette aneinandergefesselt sind, die womöglich mit ihrem Gesang seine Leiden erleichtern können. Da bricht schon das erste Lächeln auf seinem Antlitz durch. Ist der junge, neue Pflänzling bereits angegangen? fragen die Schwestern, die sich um sein Bett drängen, darunter auch sie, jenes aufgefundene Schulmädchen, das sich, größer, reifer und schöner geworden, hier insgeheim, als Krankenschwester verkleidet, eingeschlichen hat, um ihn zu versorgen. Aber der Lichtstrahl, der in ihren Augen platzt, als sei er auf Smaragd getroffen, verrät sie. Und da kann ich mich nicht mehr enthalten, in diesen Traum einzustürmen. Mein Liebling, wispere ich ihr zu, gebrochen vom Schmerz der Liebe. Mein Liebling, meine Geliebte.

1991–1994

Abraham B. Jehoschua

Die Manis

Roman. Aus dem Hebräischen von Ruth Achlama. 469 Seiten. SP 2140

Das faszinierende Porträt der Familie Mani, das von 1848 bis in die Gegenwart reicht, ist zugleich das Porträt eines ganzen Volkes: Abraham B. Jehoschua hat mit seinem Roman ein Meisterwerk von alttestamentarischer Weisheit und großer stilistischer Modernität geschaffen.

»Jehoschua vereint in seinen *Manis* Beneidenswertes: Die Fähigkeit in politischen und geschichtlichen Zusammenhängen zu denken, den psychologischen Scharfblick, das Mitgefühl für seine Figuren und das feine Gehör selbst noch für die Nuancen ihres Sprachduktus, diktiert von ihrer Herkunft und ihrer Zeit.«

Süddeutsche Zeitung

Die fünf Jahreszeiten des Molcho

Roman. Aus dem Hebräischen von Ruth Achlama. 466 Seiten. SP 1556

»Jehoschua hat mit diesem ebenso heiteren wie tragischen Roman die Reihe seiner epischen Werke ›Der Liebhaber‹ und ›Späte Scheidung‹ erfolgreich fortgesetzt und mit der Geschichte vom Pechvogel Molcho eine liebenswert komplizierte, auf jeden Fall populäre Figur geschaffen.«

Die Welt

Der Liebhaber

Roman. Aus dem Hebräischen von Jakob Hessing. 443 Seiten. SP 1769

»Jehoschua, der heute schon als ›hebräischer Klassiker‹ gilt, hat einen Roman von Rang verfaßt, der sich mit großen Werken der Weltliteratur messen kann.«

Stuttgarter Zeitung

Späte Scheidung

Roman. Aus dem Hebräischen von Barbara Linner. 447 Seiten. SP 1723

Angesichts der Wälder

Erzählungen. Aus dem Hebräischen von Jakob Hessing. 283 Seiten. SP 1664

Jesús Díaz

Die Initialen der Erde

Roman. Aus dem kubanischen Spanisch von Wilfried Böhringer. 514 Seiten. SP 1693

Jesús Díaz zählt zu den bedeutendsten Vertretern der kubanischen Gegenwartsliteratur. In diesem Roman gelingt es ihm meisterhaft, die Spannung eines Landes zwischen Voodookult und sozialistischer Fortschrittsideologie in den inneren Widersprüchen seines Romanhelden Carlos zu spiegeln. Das Schicksal dieses leidenschaftlichen, mitreißenden Helden und gleichzeitig Antihelden, sein Leben, das in Höhen und Tiefen seinesgleichen sucht, ist beispielhaft in einer Welt, die sich so rasant verändert wie unsere.

»Über ›Die Initialen der Erde‹, von Wilfried Böhringer kongenial ins Deutsche übertragen – läßt sich eigentlich nichts sagen, das dem Erlebnis, ja dem Glück nahekäme, das es ist, dieses Buch zu lesen, diese Geschichte, die im doppelten Sinn des Wortes ergreift. Seine Substanz ist so wenig beschreibbar wie seine Sprache; wie die (afrokubanische) Musik, deren erotische und spirituelle Klangfarben, deren verschiedenste Tempi und Rhythmen Jesús Díaz rein, unverfälscht in seine Prosa transportiert.«
Deutsches Allgemeines Sonntagsblatt

»›Die Initialen der Erde‹ ist ein Feuerwerk von Leidenschaften, ein Trommelfeuer an Blasphemien, eine rasende Abfolge gröbster Zärtlichkeiten.«
Die Zeit

Die verlorenen Worte

Roman. Aus dem kubanischen Spanisch von Wilfried Böhringer. 400 Seiten. SP 2620

Drei junge Literaturliebhaber im Havanna der sechziger Jahre sehnen sich nach einem besseren Leben und der großen Kunst, scheitern jedoch an der Zensur. Ihre Texte sind »verlorene Worte«. Ein opulenter, vor Witz funkelnder Kuba-Roman von einem der bedeutendsten kubanischen Gegenwartsautoren.

Camilo José Cela

Der Bienenkorb

Roman. Aus dem Spanischen von Gerda Theile-Bruhns. 274 Seiten. SP 782

Der Bienenkorb, das ist das Madrid während des Zweiten Weltkriegs, das ist das Café der Doña Rosa, Spiegel eines durch den Bürgerkrieg entwurzelten Kleinbürgertums und Drehpunkt vieler Lebensgeschichten. Von hier führen die Fäden in die Hinterhöfe, Parkanlagen und Absteigen Madrids, zu den sich ständig wiederholenden Szenen von Liebe, Ehebruch und Eifersucht, der Suche nach dem Glück und der Sinnlosigkeit des Daseins. Momentaufnahmen und Porträtstudien, kurze Einblendungen, skizzenhafte Erzählungen und Impressionen fügen sich zum Kaleidoskop, zum Panoptikum.

»In Celas Roman spricht der Mensch selbst und – nahezu – er allein. Dieser Erzähler ist ein Meister der Tonfälle, er versteht es virtuos, sein dreihundertköpfiges Personal zum Reden zu bringen.«

Frankfurter Allgemeine Zeitung

Jorgi Jatromanolakis

Der Schlaf der Rinder

Roman. Aus dem Neugriechischen von Norbert Hauser. 191 Seiten. SP 2515

Ein Morgen 1928 in einem Dorf auf Kreta: Als der Seifensieder, Seidenraupenzüchter und Geldverleiher Servos den Bauern Dikeos aufsucht, um seine Schulden einzutreiben, macht dieser kurzen Prozeß und erschießt ihn. Der Mörder flieht in die Berge. Sein Sohn Grigoris ist aus dem Gleichgewicht geworfen und fällt in den Schlaf der Rinder, ein Schlaf mit geöffneten Augen und wunderlichen Folgen: Die Sinne sind so geschärft, daß er in drei Kilometern Entfernung die Seidenraupen kauen hören kann, daß er durch geschlossene Türen sehen kann, daß er überall ist und nirgends. Mit diesem Mord wird eine Familienfehde entfacht, die über ein halbes Jahrhundert andauern wird. Als Markos, der Sohn des Opfers, Grigoris, den einzigen Nachkommen des Mörders ersticht, ist nicht nur das Gesetz der Blutrache erfüllt, sondern damit geht auch die Zeit der alten Mythen zu Ende.

Barbara Kingsolver

Siebengestirn

Roman. Aus dem Amerikanischen von Dorothee Asendorf. 448 Seiten. SP 2276

Bis vor kurzem hätten die junge, unkonventionelle Taylor Greer und ihre sechsjährige Adoptivtochter Turtle nicht glücklicher sein können. Zusammen mit dem Rockmusiker Jax, der sie beide von Herzen liebt, leben sie in einer Künstlerkolonie in Tucson, Arizona. Drei Jahre zuvor hatte eine Indianerin das verstörte, mißhandelte Kleinkind einfach in Taylors Auto »ausgesetzt«. Und Taylor, die sich sofort leidenschaftlich in ihre unverhoffte Mutterschaft hineinfand, legalisierte sie mit einer Adoption. Eines Tages machen Taylor und Turtle einen Ausflug zum Hoover-Staudamm. Sie retten dank Turtle einem Verunglückten das Leben, werden berühmt und kommen ins Fernsehen. Dort sieht sie Annawake Fourkiller, eine ehrgeizige indianische Anwältin, die sich das Durchsetzen der Rechte ihres Volkes zur Lebensaufgabe gemacht hat. Annawake erkennt, daß es sich bei Turtle um ein Cherokee-Kind handelt; und das sollte ihrer Meinung nach nicht bei Weißen, sondern bei seinem Stamm aufwachsen. Nachdem sie herausgefunden hat, daß bei Turtles Adoption Rechtsfehler vorlagen, verlangt sie die Rückgabe des kleinen Mädchens – bevor es ganz vom Einfluß der »weißen Kultur«, in der Herkunft und Familienzusammenhalt nicht mehr gelten, korrumpiert wird…

»Der Roman ›Siebengestirn‹ ist spannend geschrieben, rührt ans Herz und ist voller Humor.«
Schweizer Familie

Das Bohnenbaumglück

Roman. Aus dem Amerikanischen von Dorothee Asendorf. 281 Seiten. SP 2180

Die Pfauenschwestern

Roman. Aus dem Amerikanischen von Astrid Arz. 448 Seiten. SP 2648

»Ein herrliches, einfühlsames Buch voll politischer und persönlicher Fragestellungen, reich an Hoffnung und dem Zauber des alltäglichen Lebens.«
Alice Hoffmann.«

Jorge Amado

Die Abenteuer des Kapitäns Vasco Moscoso

Roman. Aus dem brasilianischen Portugiesisch von Curt Meyer-Clason. 348 Seiten. SP 1187

Die Auswanderer vom São Francisco

Roman. Aus dem brasilianischen Portugiesisch von Andreas Klotsch. 330 Seiten. SP 1910

Dona Flor und ihre zwei Ehemänner

Eine Geschichte von Moral und Liebe. Roman. Aus dem brasilianischen Portugiesisch von Curt Meyer-Clason. 478 Seiten. SP 666

Jorge Amado erzählt ironisch und voller Phantasie, wie Dona Flor in einer erotischen Ménage à trois die Gesellschaft an der Nase herumführt – und glücklich dabei ist.

Die Geheimnisse des Mulatten Pedro

Roman. Aus dem brasilianischen Portugiesisch von Kristina Hering. 377 Seiten. SP 1504

Jubiabá

Roman. Aus dem brasilianischen Portugiesisch von Andreas Klotsch. 355 Seiten. SP 687

Leute aus Bahia

Zwei Romane. Aus dem brasilianischen Portugiesisch von Johannes Klare. 271 Seiten. SP 1596

Nächte in Bahia

Roman. Aus dem brasilianischen Portugiesisch von Curt Meyer-Clason. 443 Seiten. SP 411

»Ich habe Bahia durch Jorge Amado kennengelernt, aber auch Brasilien kenne ich durch ihn.«

Pablo Neruda

Tieta aus Agreste

Roman. Aus dem brasilianischen Portugiesisch von Ludwig Graf Schönfeldt. 581 Seiten. SP 926

Tote See

Roman. Aus dem brasilianischen Portugiesisch von Erhard Engler. 371 Seiten. SP 697

Das Verschwinden der heiligen Barbara

Roman. Aus dem brasilianischen Portugiesisch von Kristina Hering. 469 Seiten. SP 1568

Viva Teresa

Roman. Aus dem brasilianischen Portugiesisch von Ludwig Graf von Schönfeld. 452 Seiten. SP 2098

»Wahrscheinlich muß man in Lateinamerika leben, um so ungebrochene Lebensfreude, so hemmungslose Lust am Fabulieren zu produzieren, wie Jorge Amado.«

Mannheimer Morgen

SERIE PIPER

Julia Alvarez

Wie die García Girls ihren Akzent verloren

Roman. Aus dem Amerikanischen von Stefanie Kuhn-Werner. 304 Seiten. SP 2275

Der mehrfach ausgezeichnete erste Roman von Julia Alvarez ist die Geschichte einer Einwandererfamilie aus der Karibik, die es nach New York verschlagen hat. Für die vier heranwachsenden Töchter hat jedoch das Leben in der schönen neuen Welt nicht nur seine Schokoladenseiten, da ihre Träume von Unabhängigkeit, Karriere und vom Mann fürs Leben nicht immer vereinbar sind mit dem, was sich die Familie für ihre Töchter vorstellt.
Am Anfang scheint es nur ein kurzer Abstecher nach Amerika zu sein, doch dann wird er zur Flucht vor dem Regime in der Dominikanischen Republik und zum Dauerzustand. Dr. Carlos García wird schließlich nebst Gattin zum Bürger der USA, im Schlepptau die Viererbande seiner heranwachsenden Töchter. Wie finden sich Carla, Sandra, Yolanda und Sofia im New Yorker Exil zurecht, wie können sie das aufregende Leben in der neuen Welt leben, wenn die Werte und Normen ihrer reichen und adligen Familie unermüdlich eingeklagt werden.

»Julia Alvarez' intelligenter Roman ist äußerlich ein Familienepos, das in der dominikanischen Diktatur und in New York spielt. Innerlich geht es um mehr… Auf die Doppelmoral wird nicht mit dem Finger gewiesen, sie zeigt sich subtil in der spannenden, für viele Deutungen offenen Geschichte.«

Brigitte

Die Zeit der Schmetterlinge

Roman. Aus dem Amerikanischen von Carina von Enzenberg und Hartmut Zahn. 464 Seiten. SP 2554

Schön, klug und mutig: Minerva, Patria, Maria Teresa, drei der vier Schwestern Mirabal, als Widerstandskämpferinnen von ihrem Volk verklärend »die Schmetterlinge« genannt, werden hinterrücks von den Schergen Trujillos, Diktator der Dominikanischen Republik, ermordet. Nur die vierte, Dedé, kommt davon. Julia Alvarez leiht jeder der Schwestern ihre Stimme.

Out el Kouloub

Ramsa

Tochter des Harems. Roman. Aus dem Französischen von Anne Büchel. 223 Seiten. SP 2511

Der Tochter eines einflußreichen Ägypters mit erstklassiger Bildung gelingt der revolutionäre Ausbruch aus dem Harem – das ist der Hintergrund einer unbeirrbaren und leidenschaftlichen Liebe im Ägypten um die Jahrhundertwende. Out el Kouloub, 1892 geboren, erzählt in ihrer autobiographisch gefärbten Geschichte von einer ungewöhnlichen und mutigen Befreiung, die sich in allen Harems des Orients herumspricht: Gegen alle Regeln der Gesellschaft liebt Ramsa den jungen Offizier Mahir, die Katastrophe ist unvermeidlich, und Ramsa entschließt sich, ihren eigenen Weg zu gehen und sich das Recht auf ein selbstbestimmtes Leben zu nehmen.

Saidas Klage

Roman. Aus dem Französischen von Anne Büchel. 224 Seiten. SP 2512

Nina Bouraroui

Der verbotene Blick

Roman. Aus dem Französischen von Carina von Enzenberg und Hartmut Zahn. 128 Seiten. SP 1606

Auf den Straßen Algiers treiben sich die Männer wie streunende Schakale herum, während die Frauen hinter verschlossenen Türen Fett ansetzen. Ein junges Mädchen sitzt hinter der Glasscheibe ihres Fensters gefangen und wird zur Beobachterin der Stadt. Längst hat sie in der aufgestauten Sinnlichkeit auf den Straßen Algiers die Gewalt, die hinter der unterdrückten männlichen Sexualität lauert, erkannt: »Ich weiß es seit langem, daß ich mich von der Welt der Männer, dieser riesigen Irrenanstalt, fernhalten muß. Ja, wir befanden uns mitten unter Irren, durch den Islam auf immer von den Frauen getrennt, sie berührten und umarmten sich, spuckten auf die Windschutzscheiben oder in die Hände, hoben die Schleier von Greisinnen hoch, pinkelten in Bussen und betätschelten Kinder. Sie lachten aus Verdruß und Verzweiflung.«

Jane Campion, Kate Pullinger

Das Piano

Der Roman. Aus dem Englischen von Carina von Enzenberg. 240 Seiten. SP 2606

Die junge Schottin Ada McGrath, streng viktorianisch erzogen, ist seit ihrem sechsten Lebensjahr stumm – nur ihr Klavier gibt ihr die Möglichkeit, sich auszudrücken und dem Gefängnis ihrer Sprachlosigkeit zu entkommen. Zusammen mit ihrer kleinen Tochter Flora schifft sie sich nach Neuseeland ein, wo sie Alisdair Stewart erwartet, ihr neuer Ehemann. Er weigert sich, ihr Klavier durch die sumpfige Wildnis des Dschungels nach Hause zu schleppen. Es bleibt am Strand. Ada ist verzweifelt und sieht erst einen Lichtblick, als sie erfährt, daß Stewart das Instrument an George Baines gegen Land veräußert hat. Baines, ebenfalls Einwanderer, der mit den Maori lebt und ihre Sprache spricht, ist fasziniert von der schönen jungen Frau: Eine dramatische Liebesgeschichte beginnt. – Mit ihrem preisgekrönten Film »Das Piano« schuf die neuseeländische Regisseurin Jane Campion eines der ungewöhnlichsten Kinoereignisse und ein weltweit gefeiertes Meisterwerk. Mit dem Roman hat Jane Campion den Stoff vollendet und um die Vorgeschichte ihrer beiden Helden – die Stummheit Adas und die Herkunft von Baines – erweitert.

»Jane Campion bewundert Menschen, die das Risiko suchen, die Grenzerfahrung, die ihr Leben in Gefahr bringt.«
Die Zeit

Sten Nadolny

Die Entdeckung der Langsamkeit
Roman. 359 Seiten. SP 700

»Dieses Buch kommt, scheint's zur richtigen Zeit. Nadolnys heute ganz ungewöhnliche ruhige Gegenposition im gehetzten Betrieb der Politiker und Literaten hat etwas Haltgebendes und unangestrengt Humanes.«

Der Tagesspiegel

Netzkarte
Roman. 164 Seiten. SP 1370

»So unterschiedlich die Hauptdarsteller in seinen Büchern auch sind, eines verbindet sie: der besondere Blick auf das kleine Abenteuer und das große Erleben ... Das Staunenkönnen zeichnet Sten Nadolnys Helden wie ihn selber aus, und er lehrt es seinen Lesern neu.«

FAZmagazin

Ein Gott der Frechheit
Roman. 288 Seiten. SP 2273

»... Jenseits der tradierten Heldengeschichten vom Götterboten Hermes spinnt Nadolny seine Handlungsfäden zu einer amüsanten göttlichen Komödie unserer neunziger Jahre weiter. Mit Hermes begreifen wir die politischen Veränderungen in Osteuropa ganz anders. Es ist der Blick des Fremden, der uns unsere unmittelbare deutsche Gegenwart mit neuen Augen sehen läßt.«

Focus

Selim oder Die Gabe der Rede
Roman. 502 Seiten. SP 730

Das Erzählen und die guten Absichten
Münchner Poetikvorlesungen im Sommer 1990, eingeleitet von Wolfgang Frühwald.
136 Seiten. SP 1319

Neben den intuitiv-schöpferischen Kräften, die dem romantischen Bild des Dichters entsprechen, interessiert ihn ganz besonders die Rolle der bewußten, logisch begründbaren Erzählziele. Dementsprechend zieht er sich bei seiner Abwehr »guter Absichten« nicht hinter die unangreifbare Forderung nach schöpferischer Souveränität zurück.

Frankfurter Rundschau
Unabhängige Tageszeitung